지복의 성자

THE MINISTRY OF UTMOST HAPPINESS
by Arundhati Roy

이 도서의 국립중앙도서관 출판예정도서목록(CIP)은
서지정보유통지원시스템 홈페이지(http://seoji.nl.go.kr)와
국가자료공동목록시스템(http://www.nl.go.kr/kolisnet)에서 이용하실 수 있습니다.
(CIP제어번호: CIP2019053028)

지복의 성자

The MINISTRY
of UTMOST HAPPINESS

아룬다티 로이 장편소설
ARUNDHATI ROY
민승남 옮김

문학동네

일러두기

1. 원주라고 밝히지 않은 주석은 모두 옮긴이주다.
2. 본문 중 고딕체는 원서에서 이탤릭체나 대문자로 강조한 부분이다.

위로받지 못한 이들에게

모든 건 그대 마음에 달렸으니……

나짐 히크메트

차례

해가 졌는데도 빛은 남아 있는 마법의 시간, 날여우박쥐 무리가 오래된 묘지의 반얀나무에서 떨어져나와 연기처럼 도시를 가로질러 날아간다. 박쥐들이 떠나면 까마귀들이 집으로 돌아온다. 집으로 돌아오는 까마귀들의 소음을 다 합쳐도 사라져버린 참새들과 만만 년 넘게 사자死者들을 지켜왔으나 말살되어버린 옛 흰등독수리들이 남긴 정적을 채우지 못한다. 독수리들은 디클로페낙 중독으로 죽었다. 소의 통증 완화와 우유 생산량 증가를 위한 근육이완제로 사용되는 소 아스피린 디클로페낙은 흰등독수리들에게 신경가스처럼 작용한다—작용했다. 화학적으로 근육이 이완된 젖소나 물소가 죽으면 유독한 독수리 미끼가 된다. 소들이 더 성능 좋은 낙농 기계가 되고, 도시가 아이스크림과 버터스카치 크런치와 땅콩 크림 초코바와 초콜릿칩을 더 많이 먹고 망고 밀크셰이크를 더 많이 마시는 동안, 독수리들은 피곤해서 깨어 있을 수가 없다는 듯 모가지를 늘어뜨리기 시작했다. 부리에서 침이 은구슬처럼 뚝뚝 떨어졌고, 독수리들은 한 마리씩 죽어서 나뭇가지 아래로 떨어졌다.

그 정다운 옛 새들의 소멸을 알아챈 사람들은 많지 않았다. 고대해야 할 다른 것들이 너무 많았으니까.

1
늙은 새들은 어디에 가서 죽는가?

그녀는 묘지에서 나무처럼 살았다. 새벽이면 까마귀들을 배웅하고 집으로 돌아오는 박쥐들을 맞이했다. 해질녘엔 반대로 했다. 새벽과 저녁 사이엔 그녀의 높은 가지들에 흐릿한 형체로 앉아 있는 유령 독수리들과 교류했다. 가지들을 살며시 감아쥔 독수리 발톱이 절단된 사지의 통증과도 같은 느낌을 주었다. 그녀는 독수리들이 이곳을 떠나 이야기에서 퇴장한 것에 대해 슬퍼하지만은 않는 것 같다고 생각했다.

처음 이곳으로 왔을 때, 그녀는 수개월 동안의 무심한 학대를 마치 한 그루의 나무처럼—꿈쩍도 않고—견뎌냈다. 어떤 꼬마가 돌을 던졌는지 돌아보지도 않았고, 자신의 나무껍질에 새겨진 욕을 읽으려고 목을 길게 빼지도 않았다. 사람들이 그녀를 서커스 없는 광대, 궁전 없는 여왕이라고 헐뜯을 때에도 그 상처가 그녀의 가지들 사이로 산들바람처럼 불어가게 했고, 살랑거리는 잎사귀들의 음악을 고통을 달래주는 진통제로 삼았다.

한때 파테푸리 마스지드*에서 기도를 이끌었던 장님 이맘** 지아우딘이 그녀의 친구가 되어 그녀를 찾아오기 시작한 후에야 동네 사람들은 그녀를 조용히 놔둘 때가 되었다고 생각했다.

오래전에 영어를 아는 어떤 남자가 그녀 이름을 (영어로) 거꾸로 쓰면 마즈누Majnu가 된다고 말해주었다. 그러면서 영어에도 라일라와 마즈누 이야기***가 있는데 거기서 마즈누는 로미오, 라일라는 줄리엣이라고 했다. 그녀는 정말 재미난 일이라고 생각했다. 그녀가 물었다. "그러니까 내가 그들의 이야기를 키츠디****로 만들어놓았다는 건가요? 라일라가 실제로는 마즈누이고 로미가 진짜로 줄리일 수도 있다는 걸 알게 되면 그들은 어떻게 할까요?" 다음에 다시 만났을 때, '영어를 아는 남자'는 자신이 착각했다고 말했다. 그녀 이름을 거꾸로 쓰면 무즈나Mujna가 되고, 그건 이름이 아니며 아무 뜻도 없다는 것이었다. 그녀는 이렇게 대꾸했다. "상관없어요. 난 다 되니까요. 난 로미와 줄리이고, 라일라와 마즈누죠. 그리고 무즈나도 돼요. 안 될 게 뭐예요? 내 이름이 안줌이라고 누가 그래요? 난 안줌이 아니라 안주만*****이에요. 난 메필******이에요. 모든 사람과 아무도 아닌 사람, 모든 것과 아무것도 아닌 것

---

* 올드델리에 있는 17세기 이슬람교 사원.

** 이슬람교의 예배를 인도하는 성직자.

*** 마즈누와 라일라의 비극적인 사랑 이야기를 그린 인도 설화.

**** '뒤범벅' '뒤죽박죽'이라는 뜻.

***** '모임' '집합'이라는 뜻.

****** 음악과 춤이 있는 소규모 연회.

의 모임. 초대하고 싶은 사람이 더 있나요? 모두가 초대되었어요."

'영어를 아는 남자'는 그런 생각을 해낸 그녀가 똑똑하다고 말했다. 자신은 절대로 그런 생각을 해낼 수 없었으리란 것이었다. 그녀가 말했다. "우르두어를 기준으로 생각한다면 어떻게 그런 걸 떠올릴 수 있었겠어요? 어때요? 영어가 우리를 자동으로 똑똑하게 만들어주지 않나요?"

그가 웃었다. 그걸 보고 그녀도 웃었다. 그들은 필터 담배를 나눠 피웠다. 그가 윌스 네이비 커트 담배는 짧고 뭉툭하고 돈값을 못한다고 불평했다. 그녀는 그래도 포 스퀘어나 너무 남성적인 레드 & 화이트보다는 윌스 네이비 커트가 낫다고 말했다.*

그녀는 이제 그의 이름을 기억하지 못했다. 어쩌면 처음부터 몰랐는지도 모른다. '영어를 아는 남자'는 자신이 가야 할 곳으로 떠난 지 오래였다. 그리고 그녀는 국립병원 뒤 묘지에서 살고 있었다. 벗이라곤 고드레지사社 제품인 철제 옷장뿐이었는데 거기 그녀의 음악—긁힌 레코드판과 테이프—과 낡은 하모니움**, 옷가지, 장신구, 아버지의 시집들, 사진 앨범들, 콰브가에서 그녀가 불태우지 않은 신문 스크랩 몇 개가 들어 있었다. 그녀는 옷장 열쇠를 구부러진 은제 이쑤시개와 함께 검은 실에 매달아 목에 걸고 있었다. 잠은 너덜너덜한 페르시아산 양탄자에서 잤는데, 낮에는 양탄자를 옷장에 넣고 밤에는 무덤 두 개 사이에 펼쳤다(자신만의 우스갯거리로, 그녀는 절대 연이어 같은 무덤 사이에서 자지 않았

* 윌스 네이비 커트, 포 스퀘어, 레드 & 화이트는 모두 인도의 담배 상표.

** 작은 풍금과 비슷한 인도 전통악기.

다). 그녀는 여전히 담배를 피웠다. 여전히 네이비 커트로.

어느 날 아침, 그녀가 늙은 이맘에게 신문을 읽어주고 있는데, 분명 그걸 듣고 있지 않던 이맘이—짐짓 무관심한 태도로—물었다. "당신네 사람들은 힌두교인조차 화장을 안 하고 매장한다는 게 진실인가?"

그녀는 문제가 생길 것임을 직감하고 어물쩍 넘어갔다. "진실? 무엇이 진실인가요? 진실이 뭐죠?"

이맘은 자신이 던진 질문 밖으로 벗어나고 싶지 않아서 기계적으로 웅얼거렸다. "사츠 쿠다 하이. 쿠다 히 사츠 하이." 진실은 신이다. 신은 진실이다. 굉음을 내며 고속도로를 달리는, 알록달록 색을 칠한 트럭 뒷면에서 볼 수 있을 법한 경구였다. 그가 시력을 잃은 초록색 눈을 가늘게 뜨며 교활한 초록빛 목소리로 속삭였다. "말해보게, 당신네 사람들은 죽으면 어디에 묻히지? 시체는 누가 목욕시키지? 기도는 누가 올리지?"

안줌은 한참 동안 아무 말도 하지 않았다. 그러다 이맘에게로 몸을 내밀고 나무랍지 않게 속삭였다. "이맘님, 사람들이 색깔에 대해 말할 때—빨간색, 파란색, 오렌지색 같은 말로 황혼의 하늘이나 라마단 기간의 월출을 묘사할 때—당신 마음속엔 무엇이 떠오르나요?"

그렇게 서로에게 깊은, 거의 치명적이기까지 한 상처를 낸 후, 두 사람은 누군가의 양지바른 무덤 위에 나란히 앉아 조용히 피를 흘렸다. 마침내 침묵을 깬 건 안줌이었다.

"말씀해주세요," 그녀가 말했다. "당신이 이맘님이잖아요, 제가 아니라요. 늙은 새들은 어디에 가서 죽나요? 하늘에서 우리 머리

위로 돌처럼 떨어지나요? 길거리에서 새들의 시체가 우리 발부리에 걸리나요? 우리를 이 지구에 보낸 전지전능한 존재가 우리를 데려갈 적당한 방도를 마련해놓았을까요?"

그날 이맘의 방문은 여느 때보다 일찍 끝났다. 안줌은 그가 무덤들 사이로 탁-탁-탁 지팡이를 짚으며 떠나는 걸 지켜보았다. 그의 눈이 되어주는 지팡이가 그의 앞길에 나뒹구는 빈 술병, 버려진 주사기와 만나 음악을 만들었다. 안줌은 그를 붙잡지 않았다. 그가 다시 오리란 걸 알기 때문이었다. 제아무리 교묘하게 감춰져 있어도, 그녀는 외로움을 알아보았다. 자신에게 그의 그늘이 필요하듯 그에게도 자신의 그늘이 필요하다는 것을, 둘이 그렇게 묘한 접선을 이루고 있음을 감지했다. 그리고 그녀는 '필요'가 상당량의 잔혹함을 수용할 수 있는 창고임을 경험을 통해 배워왔다.

안줌이 좋은 마음으로 콰브가를 떠나온 건 아니었지만, 그곳의 꿈과 비밀들은 그녀만의 것이 아니기에 함부로 누설할 수 없음을 알고 있었다.

2
콰브가

그녀는 추운 1월의 어느 밤 성곽도시 델리, 샤자하나바드*에서 등불 아래(정전이었다) 다섯 아이 중 넷째로 태어났다. 아기를 받은 산파 아흘람 바지가 두 개의 숄에 싼 아기를 산모 품에 안겨주며 말했다. "아들이에요." 그와 같은 상황에서라면 산파가 그런 실수를 저지르는 것도 무리는 아니었다.

첫아기를 임신한 첫 달에 자하나라 베굼과 그녀의 남편은 아들이 태어나면 이름을 아프타브라고 짓기로 했다. 세번째 아이까지 딸이었다. 그들은 육 년이나 아프타브를 기다렸다. 아프타브가 태어난 밤은 자하나라 베굼의 인생에서 가장 행복한 때였다.

이튿날 아침, 해가 뜨고 방안이 기분좋게 따뜻해졌을 때 그녀는 아기 아프타브의 포대기를 벗겼다. 그녀는 느긋한 기쁨을 물리도

* 올드델리의 옛 명칭.

록 느끼며 아기의 작은 몸—눈 코 머리 목 겨드랑이 손가락 발가락—을 자세히 살펴보았다. 그러다가 아기의 남아 성징 아래에 작고 아직 다 형성되지 않았지만 의심할 바 없는 여아 성징이 자리하고 있는 걸 발견했다.

어머니가 자신의 아기를 두려워한다는 게 가능한 일일까? 자하나라 베굼에겐 가능했다. 그녀의 첫 반응은 심장이 죄어들고 뼈가 재로 변하는 기분을 느낀 것이었다. 두번째 반응은 자신이 착각한 게 아님을 확인하기 위해 다시 살펴본 것이었다. 세번째 반응은 창자가 요동치고 가느다란 변 줄기가 그녀의 다리를 타고 내려오는 과정을 거치며 자신이 창조해낸 존재로부터 화들짝 물러난 것이었다. 네번째 반응은 자신과 아기를 죽여버릴까 생각한 것이었다. 다섯번째 반응은 아기를 들어올려 바짝 끌어안고 자신이 알고 있는 세계와 존재하는 줄도 몰랐던 세계 사이의 틈으로 떨어진 것이었다. 어둠 속에서 빙글빙글 돌며 심연으로 추락하는 그녀에게 그때까지 확신했던 모든 것이, 가장 작은 것부터 가장 큰 것에 이르기까지 모조리, 불가해하게 다가왔다. 그녀가 아는 유일한 언어인 우르두어에서는 모든 것이, 생명을 지닌 것들만이 아니라 모든 것—양탄자, 옷, 책, 펜, 악기까지—이 성을 지니고 있었다. 모든 것이 남성 아니면 여성이었다. 모든 것이. 그녀의 아기만 빼고. 물론 그녀는 자신의 아기 같은 사람들을 가리키는 단어가 있음을 알고 있었다—히즈라. 사실 그런 단어가 두 개 있었다. 히즈라와 킨나르. 하지만 단어 두 개로 언어를 만들 수는 없는 법이다.

언어 바깥에서 사는 게 가능할까? 당연히 이 질문은 그녀에게 단어의 조합이나 하나의 명쾌한 문장으로 전해지지는 않았다. 소리 없는 배아胚芽의 울부짖음으로 전해졌다.

그녀의 여섯번째 반응은 몸을 씻고 당분간 아무에게도 말하지 않기로 결심한 것이었다. 남편에게조차. 그녀의 일곱번째 반응은 아프타브 옆에 누워 휴식을 취한 것이었다. 기독교인들의 신이 천국과 지상을 만든 후에 그랬던 것처럼. 그 신의 경우 자신이 창조한 세상을 이해한 후에 휴식을 취한 데 반해, 자하나라 베굼은 자신이 창조한 존재가 그녀의 세상을 혼돈에 빠뜨린 후에 휴식을 취했다는 차이가 있었지만 말이다.

어쨌든 그건 진짜 여성의 성기가 아니라고 그녀는 스스로에게 말했다. 그것의 통로는 열려 있지 않았다(그녀는 그걸 확인했다). 그건 그저 하나의 부속물, 아기 물건이었다. 어쩌면 닫히거나, 아물거나, 어떻게든 사라질지도 몰랐다. 아는 사원을 다 찾아다니며 자비를 베풀어달라고 신께 기도를 올리리라. 신은 기도를 들어주실 터였다. 그녀는 신이 그러리란 걸 알았다. 어쩌면 신은 그녀가 이해하지 못하는 방식으로 자비를 베푼 것일 수도 있었다.

자하나라 베굼은 집밖으로 나갈 수 있을 것 같은 기분이 들자마자, 아기 아프타브를 데리고 걸어서 십 분 거리에 있는 하즈라트 사르마드 샤히드* 영묘를 찾았다. 그때 그녀는 하즈라트 사르마드 샤히드의 이야기를 알지 못했고, 자신이 무엇에 그토록 강력하게 이끌려 그의 성지로 발길을 돌린 건지 짐작도 하지 못했다. 어쩌면 그가 그녀를 부른 것일 수도 있었다. 아니면 미나 바자르에 갈 때

* '샤히드'는 이슬람교나 시크교의 순교자를 가리킨다.

지나치며 본, 그곳에서 천막을 치고 지내는 이상한 사람들에게 이끌렸던 것인지도 몰랐다. 아프타브를 낳기 전이었다면 길에서 마주치지 않는 한 눈길조차 주지 않았을 사람들. 그런데 갑자기 그들이 세상에서 제일 중요한 사람들처럼 보였다.

하즈라트 사르마드 샤히드 영묘를 찾는 모든 이가 사르마드의 이야기를 아는 건 아니었다. 이야기의 일부분만 아는 이들도, 전혀 모르는 이들도, 자기 멋대로 이야기를 지어내는 이들도 있었다. 그가 일생의 사랑을 찾아 페르시아에서 델리로 온 아르메니아 유대인 상인이라는 건 대부분의 사람들이 알았다. 그 일생의 사랑이 그가 신드에서 만난 아브헤이 찬드라는 힌두교인 소년이라는 걸 아는 사람은 거의 없었다. 그가 유대교를 버리고 이슬람교를 받아들였다는 건 대부분이 알았다. 그의 영적 추구가 끝내는 정통 이슬람교까지 버리도록 만들었다는 건 거의 몰랐다. 그가 공개 처형을 당하기 전에 샤자하나바드의 길거리에서 알몸의 고행자로 살았다는 건 대부분이 알았다. 그가 처형을 당한 게 공공장소에서 알몸을 보인 죄가 아닌 배교의 죄 때문임은 거의들 몰랐다. 당시 황제였던 아우랑제브가 사르마드를 궁으로 불러, 라 일라하 일랄라, 마호메트-우르 라술 알라—알라 외에 신은 없고, 마호메트는 알라의 사도다—라는 칼리마*를 암송해 진정한 이슬람교도임을 증명하라고 명했다. 사르마드는 붉은 요새에 있는 궁중에서 이슬람 재판관과 신학자들로 이루어진 배심원단 앞에 알몸으로 서 있었다. 그가 칼리마를 암송하기 시작하자 하늘에서 흘러가던 구름이 멈추고, 새

* 이슬람교의 신앙 고백문인 '샤하다'를 지칭한다.

들은 날갯짓을 중단했으며, 붉은 요새의 공기는 뚫고 들어갈 수 없을 정도로 빽빽해졌다. 하지만 그는 암송을 시작하자마자 중단했다. 첫 구절까지만 암송한 것이다. 라 일라하. 신은 없다. 그는 영적 추구를 완성해 충심으로 알라를 받아들일 수 있을 때까지는 그 이상 증언할 수 없다고 고집했다. 그때까지는 칼리마 암송이 기도에 대한 조롱만 될 뿐이라는 것이었다. 재판관들의 지지를 등에 업은 아우랑제브는 사르마드의 처형을 명했다.

그렇다고 하즈라트 사르마드 샤히드의 이야기를 모르고 그에게 경배를 드리러 간 사람들이 사실이나 역사에 거의 관심이 없는 무지한 행동을 했다고 여기는 것은 잘못이다. 영묘 안에 들어가면, 강렬하고 감지 가능하며 그 어떤 역사적 사실들의 합보다 진실한 사르마드의 불순종적 영靈이 그의 축복을 염원하는 이들에게 나타났기 때문이다. 사르마드의 영은 성체를 넘어선 영성, 화려함을 넘어선 소박함, 절멸의 가능성을 앞둔 순간에도 굴하지 않는 황홀한 사랑의 가치를 찬양했다(하지만 결코 설교는 하지 않았다). 사르마드의 영은 자신을 찾아오는 사람들이 자신의 이야기를 그들의 필요에 맞게 변형시키는 것을 허용했다.

자하나라 베굼이 그 영묘에서 친숙한 인물이 되었을 때, 그녀는 사르마드가 자마 마스지드*의 계단에서, 그에게 작별인사를 하기 위해 모여든 그를 사랑하는 수많은 인파가 지켜보는 가운데 어떻게 참수를 당했는지에 대한 이야기를 들었다(그리고 들려주었다). 그의 머리는 몸에서 잘려나간 뒤에도 계속해서 사랑의 시들을 낭

* 올드델리에 있는 인도 최대의 이슬람 사원.

송했고, 그는 현대의 오토바이 운전자가 헬멧을 집어들듯 태연하게 자신의 말하는 머리를 들고 자마 마스지드 계단을 올라가 역시나 태연하게 천국으로 직행했다. 그래서 하즈라트 사르마드의 작은 영묘(그의 피가 흘러내려 웅덩이를 이룬 자마 마스지드의 동쪽 계단 아래에 삿갓조개처럼 붙어 있는)는 바닥이 붉고, 벽들이 붉고, 천장이 붉은 거라고 자하나라 베굼은(자신의 이야기를 들어주는 사람이라면 누구에게나) 설명했다. 삼백 년이 넘는 세월이 흘렀지만 하즈라트 사르마드의 피는 씻기지 않는다고 그녀는 말했다. 그의 영묘에 어떤 색을 칠해도 시간이 지나면 저절로 붉은색으로 변한다고 주장했다.

자하나라 베굼은 맨 처음 군중—향유와 부적을 파는 사람들, 순례자들의 신발을 관리해주는 사람들, 불구자들, 거지들, 노숙자들, 축제 때 도살하기 위해 살찌우고 있는 염소들, 성지 밖 방수포 밑에 자리를 잡고 사는 조용하고 늙은 고자들 무리—을 지나 그 작고 붉은 방에 들어섰을 때, 마음이 차분해졌다. 거리의 소음이 희미해지고, 멀리서 들려오는 듯했다. 그녀는 잠든 아기를 무릎에 놓고 구석에 앉아, 힌두교인들뿐 아니라 이슬람교도까지 하나둘씩 들어와 사르마드의 축복을 기원하며 무덤을 둘러싼 격자무늬 창살에 붉은 실이나 붉은 팔찌, 메모지를 묶는 걸 지켜보았다. 자하나라 베굼이 스스로에게 눈물을 허용한 건, 종이 같은 건조한 피부와 빛으로 자은 성근 턱수염을 기른 반투명의 노인이 구석에 앉아 몸을 앞뒤로 흔들며, 가슴 아픈 일이 있는 듯 조용히 우는 걸 본 후였다. 그녀는 하즈라트 사르마드에게 속삭였다. 이 아이는 제 아들 아프타브입니다. 제 아들을 당신께 데려왔습니다. 이 아이를 보살펴주소서. 그리고 제게 이 아이를 사랑하는 법을 가르쳐주소서.

하즈라트 사르마드는 그렇게 해주었다.

아프타브의 생애 첫 몇 해 동안 자하나라 베굼은 안전하게 비밀을 지킬 수 있었다. 그녀는 아들의 여아 성징이 아물기를 기다리며 아들을 가까이에 두고 맹렬히 보호했다. 아프타브 밑으로 아들 사키브를 낳은 후에도 아프타브가 홀로 자신에게서 멀리 벗어나는 것을 허락하지 않았다. 그건 아주 오랫동안 간절히 아들을 기다려온 여인의 행동으로는 별나 보이지 않았다.

아프타브는 다섯 살이 되자 추리왈리갈리(팔찌 가게 골목)에 있는 우르두-힌디어 남학교에 들어갔다. 그는 일 년도 되지 않아 아랍어로 된 쿠란 대부분을 암송할 수 있었고, 그걸 얼마나 이해했는지는 분명치 않았지만 그건 다른 아이들도 마찬가지였다. 아프타브의 성적은 평균 이상이었으나, 그의 진짜 재능은 음악에 있다는 것이 아주 어릴 적부터 분명히 드러났다. 그는 감미롭고 진실한 목소리를 갖고 있었으며, 한 번만 듣고도 곡조를 익혔다. 그의 부모는 찬드니마할에 있는 비좁은 거처에서 아이들에게 힌두스탄 고전음악을 가르치는 걸출한 젊은 음악가 우스타드* 하미드 칸에게 아들을 보내기로 결정했다. 어린 아프타브는 수업을 단 한 번도 빼먹지 않았다. 아홉 살이 되었을 즈음 그는 바다 카얄을 이십 분 동안

* 명인, 특히 음악의 명인에게 붙이는 호칭.

라가 야만과 두르가, 바이라브*로 노래할 수 있었으며 라그 푸리야 다나슈리를 부를 때는 목소리가 호수 위를 스쳐 날아가는 돌처럼 레 플랫을 수줍게 미끄러져갔다. 그는 러크나우 창녀의 기교와 자세로 차이티**와 툼리***를 부를 수 있었다. 처음엔 모두 재미있어하고 격려까지 해주었지만 이내 다른 아이들이 킥킥거리며 놀려대기 시작했다. 쟤는 여자야. 쟤는 남자나 여자가 아냐. 쟤는 남자이고 여자야. 여자-남자, 남자-여자 히히히!

아프타브는 그 놀림을 견딜 수가 없어서 결국 음악 수업에 가지 않게 되었다. 하지만 그를 애지중지하던 우스타드 하미드는 아프타브만 따로 가르치겠다고 했다. 그래서 음악 수업은 계속되었지만 아프타브는 학교에 가는 걸 거부했다. 그때쯤엔 자하나라 베굼도 얼마간 희망을 잃은 상태였다. 그곳이 도무지 아물 기미를 보이지 않았던 것이다. 그녀는 이런저런 기발한 핑곗거리를 꾸며내 아들의 할례를 몇 년 동안 미뤄오고 있었다. 하지만 다음 차례인 사키브가 할례를 기다리고 있었기에 시간이 얼마 남지 않았다는 걸 알았다. 결국 그녀는 해야만 하는 일을 했다. 용기를 끌어모아 남편에게 진실을 고백하며 마침내 자신의 악몽을 함께 나눌 사람이 생겼다는 안도감과 슬픔에 울음을 터뜨렸다.

그녀의 남편 물라카트 알리는 약초를 다루는 의사인 하킴이었고 우르두어와 페르시아어 시 애호가였다. 그는 평생 다른 하킴—루아프자(페르시아어로 '영혼의 묘약')라는 유명 셔벗 상표를 개발

---

* 모두 힌두스탄 고전음악의 종류.

** 힌두력에서 첫번째 달에 해당하는 차이트라에 부르는 노래.

*** 인도의 전통적 경음악 장르.

한 하킴 압둘 마지드—가문을 위해 일했다. 쇠비름 씨앗, 포도, 오렌지, 수박, 박하, 당근, 약간의 시금치, 쿠스쿠스, 연꽃, 두 종류의 백합과 다마스크장미 증류액을 원료로 하는 루 아프자는 원래 강장제로 만들어졌다. 그런데 그 반짝이는 루비색 시럽 두 큰술을 차가운 우유나 맹물에 타서 마시면 맛도 좋을뿐더러 델리의 여름 폭염과 사막바람에 실려오는 이상한 열기를 견디는 데 효과적이라는 사실이 밝혀졌다. 그리하여 약으로 나왔던 것이 이내 그 지역에서 가장 인기 있는 여름 음료가 되었다. 루 아프자는 번창한 기업이자 모르는 이가 없는 이름이 되었다. 루 아프자는 사십 년간 시장을 지배하며 올드델리에 있는 본부에서 남으로는 하이데라바드, 서로는 아프가니스탄까지 제품을 보냈다. 그러다 나라가 분할되었다.* 인도와 파키스탄 사이의 새 국경에서 신의 경동맥이 터졌고 수백만의 사람들이 증오로 목숨을 잃었다. 이웃들은 마치 서로 모르는 사이였던 것처럼, 서로의 결혼식에 간 적이 없었던 것처럼, 서로의 노래를 부른 적이 없었던 것처럼 등을 돌렸다. 성곽도시가 무력에 의해 열렸다. 그곳에 살던 가족들(이슬람교도)이 도망쳤다. 새 가족들(힌두교도)이 들어와 성곽 주변에 터를 잡았다. 루 아프자는 심각한 타격을 입었지만 이내 극복하고 파키스탄에 새 지점을 열었다. 사반세기가 지나고 동東파키스탄 대학살이 끝난 후, 신생국 방글라데시에 지점을 하나 더 열었다. 하지만 전쟁과 세 나라의 피비린내나는 탄생을 겪고도 살아남았던 '영혼의 묘약'도 세상 대부

* 1947년 영국의 식민지였던 인도제국은 독립하면서 인도와 파키스탄으로 분할되었다.

분의 것들이 그러하듯 결국 운이 다하고야 말았으니, 코카콜라에 무릎을 꿇었던 것이다.

물라카트 알리는 하킴 압둘 마지드가 신뢰하고 아끼는 인재였지만 그곳에서 받는 봉급만으로는 가계를 꾸려나갈 수가 없었다. 그래서 근무시간 외에는 집에서 환자들을 보았다. 자하나라 베굼도 흰 면으로 간디 모자를 만들어 찬드니초크*에 있는 힌두교인 상점들에 도매로 넘겨 그 수입을 가계에 보탰다.

물라카트 알리는 자신이 몽골제국 황제 칭기즈칸의 둘째 아들 차가타이의 직계혈족이라고 했다. 그는 갈라진 양피지에 정교하게 그려진 가계도를 간직하고 있었다. 또한 누렇게 변색되고 부식된 종이가 가득 든 작은 양철 가방을 지니고 있었는데, 그 종이들이 자신의 주장을 입증한다고 믿었다. 고비사막에서 온 주술사들, '영원한 푸른 하늘' 숭배자들의 후손이자 한때 이슬람의 적으로 간주되던 그들이 어떻게 수세기 동안 인도를 통치한 무굴왕조의 선조가 되었으며, 어떻게 수니파였던 무굴의 후손 물라카트 알리의 가문이 시아파가 되었는지에 대해 설명해준다고 믿었다. 그는 몇 해에 한 번꼴로 자신을 찾아오는 기자에게 그 가방을 열어 종이들을 보여주곤 했지만, 대개의 경우 기자는 그의 말을 주의깊게 경청하지도, 진지하게 받아들이지도 않았다. 그 긴 인터뷰는 기껏해야 올드델리에 관한 주말 특집기사에 흥밋거리로 언급되는 정도의 가치밖에 지니지 못했다. 만일 그 특집이 양면 기사로 나가면 무굴 요리 클로즈업 사진, 릭샤를 타고 좁고 더러운 거리를 달리는 부르카

* 델리에 있는 시장 거리.

차림의 이슬람교도 여인들을 멀리서 찍은 사진, 그리고 물론 필수적이라 할 수 있는, 자마 마스지드에서 완벽한 대형을 이룬 채 흰색 빵모자를 쓰고 고개를 숙여 기도를 올리는 수천 명의 남성 이슬람교도들의 조감鳥瞰 사진과 함께 물라카트 알리의 작은 사진이 실리기도 했다. 일부 독자들은 그런 사진들을 인도가 종교를 초월한 관용과 세속주의를 위해 기울인 노력이 성공했다는 증거로 보았다. 다른 독자들은 델리의 이슬람교도가 활기찬 게토*에서 만족스럽게 살고 있는 듯 보인다는 사실에 일말의 안도감을 느꼈다. 반면 어떤 이들은 그 사진들을, 이슬람교도가 '통합'을 원치 않고 번식하고 조직화하느라 바쁘며 곧 힌두교 인도에 위협이 될 것임을 입증하는 증거로 보았다. 그런 견해에 동의하는 사람들이 우려할 만한 속도로 영향력을 얻어가고 있었다.

신문에 무엇이 실리건 실리지 않건, 자신의 믿음에 맹목적으로 사로잡힌 물라카트 알리는 그의 비좁은 방에 찾아오는 손님을 언제나 귀족의 퇴색된 품위로 환영했다. 그는 위엄 있게 과거 이야기를 했지만 향수는 절대 보이지 않았다. 그는 자신의 조상들이 13세기에 횡으로는 지금의 베트남과 한국에서부터 헝가리와 발칸 국가들, 종으로는 북시베리아에서 인도 데칸고원에 이르는 세계 역사상 가장 큰 제국을 통치한 이야기를 들려주었다. 그리고 자신이 좋아하는 시인들 중 하나인 미르 타키 미르의 우르두어 2행 연구聯句를 낭송하며 인터뷰를 마무리하곤 했다.

* 소수민족이 모여 사는 배타적 거주 구역.

지스 사르 코 구르우르 아지 하이 얀 타지-바리 카
칼 우스 페 야힌 쇼르 하이 피르 나우하가리 카

오늘 왕관을 자랑스럽게 과시하는 머리는
내일, 바로 여기서, 비통함에 빠지리

새 지배계급의 경솔한 사절인 그의 손님들 대부분은 자신의 젊은 자만심을 거의 의식하지 못하고 있었기에, 마치 골무 크기의 잔에 든 걸쭉하고 달콤한 차와 함께 삼켜야 하는 간식처럼 제공된 그 2행 연구의 다층적 의미를 완전히 이해하진 못했다. 물론 그들은 그 시가 올드델리의 허물어진 성벽에 둘러싸인 지저분한 게토로 쪼그라든 몰락한 제국에 대한 비가임을 알고 있었다. 또한 물라카트 알리 자신의 궁핍한 처지에 대한 슬픈 논평이기도 하다는 것 역시 알았다. 그들이 깨닫지 못한 건, 그 2행 연구가 우르두어—그 언어를 쓰는 대부분의 사람들처럼 점차 게토화되어가는—에 무지한 상대에게 학식 있는 남자가 거짓 겸손을 보이며 내놓는 교활한 간식, 기만적인 사모사*, 애도로 포장된 경고라는 사실이었다.

물라카트 알리의 시에 대한 열정은 하킴으로서의 일과 동떨어진 단순한 취미가 아니었다. 그는 시가 병을 치유할 수 있다고, 최소한 대부분의 병을 치료하는 데 큰 도움이 된다고 믿었다. 그는 다른 하킴들이 약을 처방하듯 환자들에게 시를 처방했다. 그는 자신의 방대한 레퍼토리에서 모든 병과 상황, 분위기, 정치 풍조의 미

* 인도의 세모꼴 튀김 만두.

묘한 변화에 불가사의할 정도로 딱 들어맞는 2행 연구를 끄집어낼 수 있었다. 이러한 습성은 그를 둘러싼 삶을 더 심오하게 해주는 한편 실제보다 덜 분명하게 만들기도 했다. 매사에 묘한 침체감을 불어넣어 삶에서 일어나는 모든 일들이 전에도 일어났던 것처럼 느껴지게 했던 것이다. 그 일이 이미 시로 쓰이고, 노래되고, 언급되고 역사의 창고 속으로 들어간 듯한 느낌. 새로운 것은 존재 불가능한 듯한 느낌. 그가 2행 연구를 꺼낼 기미를 보이면 주위의 젊은이들이 킥킥거리며 도망치는 건 그런 이유에서일 수도 있었다.

자하나라 베굼이 아프타브에 대해 이야기했을 때, 물라카트 알리는 어쩌면 난생처음으로, 그 상황에 맞는 2행 연구를 찾아내지 못했다. 충격에서 헤어나는 데 한참이 걸렸다. 이윽고 정신을 차린 그는 더 일찍 진실을 말해주지 않은 아내를 나무랐다. 그는 시절이 바뀌었다고 말했다. 지금은 현대라고. 그는 아들의 문제를 해결해줄 간단한 의학적 방법이 있을 거라고 확신했다. 그들은 쑥덕거림과 소문이 도는 올드델리 동네들과 멀리 떨어진 뉴델리에서 의사를 찾아보기로 했다. 신께서는 스스로 돕는 자를 돕는다고, 그는 아내에게 조금은 준엄하게 말했다.

일주일 후, 그들은 불행한 아프타브에게 남성적인 철회색 파탄족 슈트에 자수 장식이 들어간 검정 조끼를 입히고, 빵모자를 씌우고, 앞코가 곤돌라처럼 위로 말려올라간 주티 신발을 신기고, 자신들도 제일 좋은 옷으로 차려입은 다음 말이 끄는 탕가를 타고 니자무딘 슬럼가로 떠났다. 그 나들이의 표면적인 목적은 인도 분할 후 파키스탄으로 건너가서 루 아프자의 카라치 지점에서 일하는 물라카트 알리의 형 카심의 막내아들인 아이자즈의 신붓감을 물색하는 것이었다. 하지만 진짜 이유는 자칭 '성性과학자' 닥터 굴람 나비와 진료 약속이 되어 있었기 때문이었다.

닥터 나비는 정확하고 과학적인 성향을 지닌 직설가임을 자부하는 인물이었다. 그는 아프타브를 진찰한 후, 의학적으로 말해서 히즈라—남성의 몸에 갇혀 있는 여성—는 아니라고, 실용적인 목적을 위해 그 단어를 쓸 수는 있지만 의학적으로는 아니라고 말했다. 아프타브는 외적으로는 남성적 특징이 더 지배적으로 나타나지만, 실은 남성과 여성의 특징을 모두 지닌 헤르마프로디테*라는 희귀한 경우라는 것이었다. 닥터 나비는 여아 성징을 봉합해서 없애줄 외과의사를 소개해줄 수 있다고 했다. 약도 처방해줄 수 있다고 했다. 하지만 표면적인 것만이 문제가 아니라고, 그는 말했다. 분명 치료가 도움은 되겠지만 '히즈라 성향'이 사라지진 않을 거라는 말이었다. (그는 '성향'이라는 뜻으로 피트라트라는 단어를 썼다.) 완전한 성공을 보장할 순 없다고 했다. 지푸라기라도 잡고 싶은 심정이었던 물라카트 알리는 마냥 기뻤다. 그는 이렇게 말했다. "성향? 성향은 문제가 안 됩니다. 누구나 이런저런 성향을 갖고 있고…… 성향이란 건 잘 단속하면 그만이니까요."

물라카트 알리는 닥터 나비와의 만남을 통해 아프타브의 고통에 대한 즉각적인 해결책을 얻진 못했지만, 커다란 도움을 받은 건 사실이었다. 2행 연구 없는 몰이해의 바다에서 위태롭게 기울어가던 그의 배가 균형을 유지하도록, 그가 방향을 잡도록 해줄 좌표를 얻

* 그리스신화에서 미소년 헤르마프로디토스와 요정 살마키스가 하나의 몸으로 합쳐져 남성도 아니고 여성도 아니면서 동시에 남성이기도 하고 여성이기도 한 존재가 된 이야기에서 유래한 말로 자웅동체를 일컫는다.

은 것이었다. 이제 그는 자신의 고뇌를 현실적 문제로 전환시키고, 그가 잘 이해할 수 있는 것, 즉 수술비를 어떻게 마련하느냐의 문제에 관심과 에너지를 쏟을 수 있었다.

그는 가계 지출을 줄이고 돈을 빌릴 수 있는 지인들과 친척들의 명단을 만들었다. 그와 동시에 아프타브에게 남성성을 심어주는 문화적 과업에 착수했다. 그는 아들에게 시에 대한 사랑을 전수하고, 툼리나 차이티 같은 노래를 부르지 못하게 했다. 밤늦게까지 아프타브를 앞에 앉혀놓고 용사였던 선조들이 전장에서 보인 용맹함에 대한 이야기를 들려주었다. 하지만 아프타브는 그런 이야기들에 아무 감흥이 없었다. 그러다 테무진—칭기즈칸—이 아름다운 아내 보르테 카툰과 혼인하게 된 이야기, 그녀가 라이벌 부족에게 납치당했을 때, 그가 너무도 사랑하는 그녀를 되찾기 위해 사실상 혼자서 그 부족의 전사들 전체와 싸운 이야기를 듣자, 아프타브는 자신이 보르테 카툰이 되고 싶어한다는 걸 깨달았다.

아프타브는 누이들과 남동생이 학교에 가 있는 동안 자기 집의 좁은 발코니에서 치틀리카바르—초자연적인 힘을 지녔다는 점박이 염소를 모신 작은 영묘—와 그곳을 지나 마티아마할초크와 합류하는 복잡한 거리를 몇 시간이고 내려다보았다. 그는 금세 동네의 운율과 리듬을 익혔다. 기본적으로 우르두어 욕설—나 니 에미랑 씹할 거다, 가서 니 누이랑 씹해라, 니 에미 성기에 걸고 맹세한다—이 끝없이 이어지다가 하루에 다섯 번씩 자마 마스지드와 올드델리의 다른 작은 이슬람 사원들에서 기도 시간을 알리는 소리에 의해 흐름이 끊겼다. 아프타브가 날마다 특별한 목적도 없이 철저한 감시를 이어가는 동안, 이른아침 시장 한복판에 반짝이는 신선한 생선이 든 수레를 세우는 험악한 생선 장수 구드두 바이는 해가 동쪽에서 뜨고 서쪽으로 지는 것만큼이나 예외 없이, 오후에 '난 카타이'*를 파는 키 크고 상냥한 와심으로 길게 늘어졌고, 와심은 저녁에 과일을 파는 작고 마른 유누스로 쪼그라들었으며, 유누스는 늦은 밤이 되면 커다란 구리 냄비에 든 마티아마할 최고의 양고기 비리아니**를 파는 건장한 하산 미안으로 팽창했다. 그러던 어느 봄날 아침, 아프타브는 밝은색 립스틱을 칠하고 금색 하이힐을 신고 반짝이는 초록색 새틴 살와르 카미즈***를 입은 키가 크고 엉덩이가 날씬한 여자가 미르에게서 팔찌를 사는 걸 보았다. 치틀리카바르의 관리인까지 겸하고 있는 팔찌 장수 미르는 매일 밤 영묘와 가게를 닫을 때 팔찌를 무덤 안에 보관했다. (그는 두 직업의 근무시간이 겹치도록 잘 관리하고 있었다.) 아프타브는 이제껏 그 립스틱 칠한 키 큰 여자 같은 사람을 본 적이 없었다. 그는 가파른 계단을 달려내려가 거리에서 그 여자를 조심스럽게 따라다니며 그녀가 염소 족발과 머리핀과 구아버를 사고 샌들 끈을 고치는 걸 지켜보았다.

아프타브는 그 여자처럼 되고 싶었다.

그는 투르크만 게이트까지 여자를 따라가서 그녀가 안쪽으로 사라진 푸른 문 밖에서 한참을 서 있었다. 보통 여자라면 그런 차림으로 샤자하나바드의 거리를 활보할 수 없었다. 샤자하나바드의 보통 여자들은 부르카를 입거나 손과 발을 제외한 몸의 모든 부분

---

* 인도의 전통 과자.

** 쌀을 고기나 생선, 야채와 함께 찐 인도 요리.

*** 무릎 아래까지 내려오는 긴 셔츠(카미즈)와 헐렁한 바지(살와르)로 이루어진 인도 전통 복장.

과 머리를 가리고 다녔다. 아프타브가 따라간 여자가 그런 차림으로 그렇게 활보할 수 있었던 것은 여자가 아니기 때문이었다. 그녀가 무엇이건 아프타브는 그녀처럼 되고 싶었다. 칭기즈칸의 아내 보르테 카툰이 되고 싶었던 것보다도 더 그녀가 되고 싶었다. 자신도 그녀처럼 가죽을 벗긴 염소 사체들이 거대한 고기의 성벽처럼 걸려 있는 정육점들을 아른아른 빛을 내며 지나고, 이발사 일리야스가 젊고 야윈 정육점 주인 리아카트의 머리를 자르고 브릴크림* 으로 윤기를 내주는 '뉴 라이프스타일 남성 미용실' 앞을 히죽거리며 걸어가고 싶었다. 매니큐어를 칠하고 팔찌를 잔뜩 찬 손으로 우아하게 생선 아가미를 들어올려 얼마나 신선한지 확인한 다음 생선 가격을 흥정하고 싶었다. 웅덩이를 건널 때 살와르를 살짝 들어올리고 싶었다—발목에 찬 은 발찌들이 드러날 수 있는 딱 그 정도만.

그저 부속물에 불과한 것은 아프타브의 여아 성징이 아니라 남아 성징이었다.

그는 음악 수업이 없을 때는 갈리다코탄에 있는 그 키 큰 여자가 사는 집의 푸른 문 밖에서 얼쩡댔다. 그는 그녀의 이름이 봄베이 실크이고, 그 푸른 문이 달린 하벨리**에 그녀 같은 여자들이 일곱 명—불불, 라지아, 히라, 베이비, 님모, 메리, 구디야—더 살고 있으며 그들보다 나이가 많은 쿨숨 비라고 불리는 우스타드, 즉 구루***가 집안의 어른 노릇을 하고 있음을 알게 되었다. 그리고 그들

* 영국의 남성용 헤어크림 브랜드.

** 인도의 전통적인 저택.

*** 종교적 또는 정신적 지도자.

의 하벨리가 '꿈의 집'이라는 의미의 '콰브가'로 불린다는 것도 알게 되었다.

그 지역 사람들이 다 아는 물라카트 알리를 콰브가 거주자들도 알고 있었고, 그의 노여움을 사고 싶지 않았기에 처음에 그들은 아프타브의 접근을 막았다. 하지만 아프타브는 그 어떤 질책과 벌이 기다리고 있어도 날마다 고집스럽게 그곳을 찾았다. 그곳은 공기가 그에게 자리를 내주는 세상에서 단 하나뿐인 장소였다. 그가 도착하면 마치 학교 교실에서 앉을 자리를 내주는 친구처럼 공기가 옆으로 슬그머니 물러나는 듯했다. 아프타브는 수개월 동안 콰브가 거주자들의 심부름을 해주고, 그들이 순회공연을 나갈 때 가방과 악기를 들어주고, 하루 일과가 끝난 후 그들의 지친 발을 주물러주며 공을 들인 끝에 용케 콰브가에 입성할 수 있었다. 마침내 그곳에 들어와도 된다는 허락이 떨어진 날이 온 것이었다. 그는 천국의 문이라도 지나듯 그 허물어져가는 평범한 집으로 들어갔다.

푸른 문으로 들어가면 높은 담장에 둘러싸인 포장된 마당이 나왔고, 마당 한쪽에는 수동 펌프가, 다른 쪽에는 석류나무 한 그루가 서 있었다. 세로 홈이 새겨진 기둥들이 있는 깊은 베란다 뒤로 방이 두 개 있었다. 그중 한 방은 지붕이 함몰되고 벽이 무너진 상태였으며 그 잔해 더미에 고양이 가족의 보금자리가 있었다. 무너지지 않은 방은 큰방으로 상태가 꽤 좋았다. 연초록색 칠이 벗어져가는 벽에는 목제 옷장 네 개와 고드레지 철제 옷장 두 개가 세워져 있었고 옷장은 영화 스타들—마드후발라, 와히다 레흐만, 나르기스, 딜리프 쿠마르(본명은 무함마드 유수프 칸이었다), 구루 두트, 그리고 세상에서 제일 슬픈 사람도 미소 짓게 만들 수 있는 코

미디언인 델리 출신의 조니 워커(바드루딘 자말루딘 카지)—사진으로 뒤덮여 있었다. 그 옷장들 중 하나의 문짝에 흐릿한 전신 거울이 달려 있었다. 방 한구석에는 낡아빠진 화장대가 놓여 있었다. 높은 천장에는 전구가 하나밖에 안 켜지는 깨진 샹들리에와 날개가 긴 암갈색 선풍기가 달려 있었다. 그 선풍기는 인간의 특성을 지니고 있어서 수줍음이 많고, 까탈스럽고, 예측불가였다. 우샤라는 여성형 이름도 갖고 있었다. 우샤는 이제 젊지 않아서 긴 빗자루로 찌르고 구슬려야 느린 폴댄서처럼 천천히 돌며 작동하곤 했다. 우스타드 쿨숨 비는 그 집에 있는 유일한 침대에서 잤고, 침대 위에는 그녀의 앵무새 비르발의 우리가 걸려 있었다. 비르발은 밤에 쿨숨 비가 곁에 없으면 학살이라도 당하듯 울부짖었다. 깨어 있는 시간에는 핵폭탄급 욕설을 구사했고, 욕설의 포문은 언제나 비방과 교태가 반반씩 담긴, 아이 하이!*로 열었는데, 식구들에게서 주워들어 배운 표현이었다. 비르발이 하는 최고의 욕은 콰브가에서 가장 흔하게 들을 수 있는, 살리 란디 히즈라(자매끼리 씹하는 창녀 히즈라)였다. 비르발은 그 욕의 모든 변형을 알았다. 그래서 그 욕을 교태스럽게도, 익살스럽게도, 애정을 담아서도, 진짜 통렬하게 화를 내면서도 할 수 있었다.

나머지 식구들은 베란다에서 잤고, 낮에는 침구를 긴 베개처럼 둘둘 말아두었다. 겨울이 되어 마당에 안개가 끼고 추워지면 모두 쿨숨 비의 방으로 몰려들었다. 화장실은 무너진 방의 잔해를 지나야 나왔다. 다들 수동 펌프에서 번갈아 목욕을 했다. 일층에 있는

* '아이고' '맙소사'라는 뜻.

터무니없이 가파르고 좁은 계단은 이층 부엌으로 이어졌다. 부엌 창문에서는 홀리트리니티교회의 돔 지붕이 보였다.

메리는 콰브가 거주자들 중 유일한 기독교인이었다. 그녀는 교회에 다니진 않았지만 작은 십자가 목걸이를 걸고 있었다. 구디야와 불불은 힌두교인이었고, 가끔 그들의 출입을 허용하는 사원에 갔다. 나머지는 이슬람교도였다. 그들은 자마 마스지드와 그들을 안쪽 방까지 들어가게 해주는(생물학적 여성과 달리 히즈라는 월경을 하지 않아서 부정한 존재로 여겨지지 않았다) 영묘에 갔다. 하지만 콰브가에서 가장 남성적인 사람은 월경을 했다. 비스밀라는 이층 부엌 테라스에서 잤다. 그녀는 작고 강단 있는 검은 피부의 여자로 목소리가 버스 경적 같았다. 몇 년 전 아이를 못 낳는다는 이유로 델리 운수 회사의 버스 기사인 남편에게 쫓겨난 뒤, 이슬람교로 개종하고 콰브가에 들어왔다(이슬람교와 콰브가는 관련이 없었지만). 물론 그녀의 남편은 불임이 자기 탓일 수도 있다는 생각은 해본 적이 없었다. 비스밀라(예전에는 빔라였던)는 부엌을 관리하는 한편, 반갑지 않은 불청객이 콰브가에 발을 들이지 못하도록 시카고 갱단 못지않은 잔혹함과 무자비함으로 콰브가를 지켰다. 젊은 남자들은 그녀의 명시적인 허락 없이는 콰브가 출입이 엄격히 금지되었다. 나중에 안줌의 고객이 된 '영어를 아는 남자' 같은 단골도 밀회를 위한 수속을 밟기 전에는 들어올 수 없었다. 부엌 테라스에서 비스밀라와 함께 자는 라지아는 기억을 잃었을 뿐만 아니라 실성까지 해서 자신이 누구이고 어디서 왔는지도 몰랐다. 라지아는 히즈라가 아니었다. 여장을 좋아하는 남자였다. 라지아는 여자로 간주되는 건 원치 않았고 여자가 되고 싶어하는 남자로 여겨지길 원했다. 그녀는 그 둘의 차이에 대해 사람들(히즈라들을 포함한)에게 설명하려는 노력을 그만둔 지 오래였다. 라지아는 지붕 위에서 비둘기들에게 먹이를 주면서 하루하루를 보냈고, 그녀가 히즈라들과 자신 같은 사람들을 위해 생각해낸 미활용 비밀 정책(그녀가 다오-페치*라고 부르는) 쪽으로 모든 대화를 몰고 갔다. 그게 어떤 정책인가 하면, 그들 모두를 하나의 집단 거주지에서 살게 하고 정부에서 연금을 줘서 더이상 바드타미지—나쁜 짓—로 생계를 꾸릴 필요가 없게 해주는 것이었다. 라지아의 또다른 주제는 길고양이들에 대한 정부 연금이었다. 기억도 없고 확고한 기반도 없는 그녀의 정신은, 무슨 까닭인지 어김없이 정책 쪽으로 방향을 틀었다.

아프타브가 콰브가에서 처음으로 사귄 진짜 친구는 그곳에서 제일 어리고 유일하게 고등학교까지 마친 님모 고라크푸리였다. 중앙우체국 상급 사무원으로 일하는 아버지를 둔 님모는 고라크푸르에 있는 집에서 도망쳤다. 그녀는 아프타브보다 훨씬 나이가 많은 것처럼 굴었지만 사실 일고여덟 살 차이밖에 나지 않았다. 그녀는 키가 작고 통통했으며 숱 많은 곱슬머리와 한 쌍의 언월도 같은 근사한 눈썹, 유난히 짙은 속눈썹을 갖고 있었다. 아름다울 수도 있었을 얼굴이었지만, 면도를 해도 수염이 너무 빨리 자라는 바람에 화장한 뺨이 푸르스름하게 보였다. 님모는 서양 여자들의 패션에 매료되어, 콰브가에서 도보로 오 분 거리에 있는 다리야간지에서 일요일마다 열리는 헌책 시장에 가 패션 잡지들을 맹렬히 사 모

* '다오'는 방책을, '페치'는 비법을 의미한다.

았다. 샨티파스의 외국 대사관에서 일하는 쓰레기 수거인들로부터 잡지를 사들이는 책장수 나우샤드가 패션 잡지들을 따로 빼놓았다가 님모에게 대폭 할인된 가격으로 팔았다.

"신이 왜 히즈라를 만들었는지 알아?" 어느 날 오후, 님모가 모서리가 잔뜩 접힌 1967년 판 〈보그〉 잡지를 휙휙 넘기며 그녀를 매혹시키는 맨다리의 금발 여자들을 감상하다가 아프타브에게 물었다.

"아뇨, 왜 만들었는데요?"

"일종의 실험이었어. 신은 행복할 수 없는 생물체를 만들어보기로 결심한 거야. 그래서 우리를 만들었지."

그 말은 아프타브에게 물리적인 타격과도 같은 충격을 주었다. "어떻게 그런 말을 할 수 있죠? 여기 사는 사람들은 다 행복하잖아요! 여긴 콰브가잖아요!" 그가 점점 더 패닉에 빠지며 말했다.

"여기서 누가 행복한데? 전부 가짜고 속임수야." 님모가 잡지에서 눈도 떼지 않고 짧게 대꾸했다. "여기 행복한 사람 없어. 행복이 가능하질 않아. 아레 야르* 생각을 해봐. 너 같은 정상인을 불행하게 만드는 것이 뭐지? 너 말고 너 같은 어른들을 말하는 거야. 그들을 불행하게 만드는 것이 뭐지? 물가 상승, 자녀 입시, 남편의 폭력, 아내의 부정행위, 힌두-이슬람 폭동, 인도-파키스탄 전쟁…… 결국엔 해결이 되는 외적인 문제들이지. 하지만 우리에겐 물가 상승, 입시, 때리는 남편, 부정한 아내가 전부 우리 내부에 있어. 폭동도 우리 내부에 있지. 전쟁도 우리 내부에 있고. 인도-파키스탄 전쟁도 우리 내부에 있어. 그리고 그것들은 절대로 해결이 안 돼. 해

* '이보게, 친구'라는 뜻으로 억양에 따라 놀라움이나 경멸 등을 표현할 수 있다.

결될 수가 없으니까."

아프타브는 그 말은 완전히 틀렸다고, 그건 내가 행복하기 때문이라고, 나는 과거 그 어느 때보다 행복하다고 반박하고 싶은 마음이 간절했다. 그는 님모 고라크푸리의 말이 틀렸음을 보여주는 살아 있는 증거였다, 그렇지 않은가? 하지만 반박을 하려면 자신이 '정상인'이 아니라는 걸 밝혀야만 하는데 아직은 그럴 준비가 되지 않았기에 아무 말도 하지 않았다.

아프타브는 열네 살이 되어서야 님모의 말을 완전히 이해하게 되었지만 그때 님모는 이미 주州 운수 회사의 버스 기사와 함께 콰브가에서 도망친 후였다(버스 기사는 바로 그녀를 버리고 자신의 가족에게 돌아갔지만). 아프타브의 몸은 갑작스럽게 자신과의 전쟁에 돌입했다. 키가 커졌고 근육질이 되었다. 털도 많아졌다. 공황에 빠진 그는 얼굴과 몸의 털을 제거하기 위해 부르놀을 발랐지만, 그 화상 연고는 피부에 검은 얼룩만 남겼다. 그래서 누이들에게서 훔친 앤 프렌치 제모 크림을 써보기도 했다(그 제모 크림은 하수구 냄새가 나서 금세 발각되었다). 그는 집에서 만든 집게 비슷한 핀셋으로 무성한 눈썹을 뽑아 가늘고 비대칭적인 초승달 모양으로 만들었다. 목에는 위아래로 오르내리는 울대가 생겼다. 그다음엔 가장 잔혹한 배신—그가 아무런 손도 쓸 수 없는 것—이 찾아왔다. 변성기가 온 것이다. 달콤한 고음 대신 굵직하고 강한 남자 목소리가 나왔다. 그는 그 목소리가 혐오스러웠고, 말을 할 때마다 자신이 두려웠다. 그는 점점 조용해졌으며 오직 최후의 수단으로만, 다른 방법들을 다 동원한 뒤에야 말을 했다. 노래도 중단했다. 그가 음악을 들을 때 그에게 주의를 기울이면, 마치 그의 정수리에 있는 바늘구멍에서 흘러나오는 듯한, 고음의 아주 작고 곤충이 내는 소리 같은 콧노래를 들을 수 있었다. 사람들이 아무리 구슬려도, 심지어 우스타드 하미드가 직접 나서서 설득해도 아프타브는 노래를 부르지 않았다. 그는 다시는 노래를 부르지 않았다. 상스러운 히즈라 모임에서 힌디 영화 주제가를 우스꽝스럽게 따라 부르거나 정상인들의 잔치—결혼, 출산, 집들이—에 몰려가 (프로 자격으로) 춤추고, 거친 목소리로 노래하고, 축복을 해주고, 돈을 안 주면 저주와 엽기적인 음란 행위로 분위기를 망치고 (훼손된 음부를 노출시켜서) 곤란하게 만들겠다며 주인에게 위협을 가할 때를 제외하고는 말이다. (그것이 바로 라지아가 말한 바드타미지였고, 님모 고라크푸리가 "우린 다른 사람들의 행복을 먹고 사는 자칼떼지. 우린 쿠시-코르, '행복 사냥꾼'이야"라고 언급한 것이었다.)

음악이 아프타브를 저버리자 그는 대부분의 보통 사람들이 현실세계라고 생각하고 히즈라들이 두니야, 즉 '세상'이라고 부르는 곳에서 더 살아야 할 이유가 없어졌다. 어느 날 밤, 그는 돈 몇 푼과 누이들의 좋은 옷들을 훔쳐 콰브가로 들어갔다. 수줍음과는 거리가 먼 자하나라 베굼은 아들을 데리러 그곳으로 달려갔다. 아프타브는 돌아가기를 거부했다. 어머니는 우스타드 쿨숨 비에게, 적어도 주말에는 아프타브가 정상적인 남자옷을 입고 집에서 지내게 하겠다는 약속을 받아낸 뒤에야 그곳을 떠났다. 우스타드 쿨숨 비는 약속을 지키려 애썼지만 그 타협은 몇 달밖에 지속되지 못했다.

그리하여 아프타브는 열다섯 살이라는 나이에, 그의 가족이 수세기 동안 살아온 터전에서 겨우 몇백 야드 떨어진 곳에 있는 평범한 문을 지나 다른 세계로 들어갔다. 콰브가의 영구적인 거주자가 된 첫날밤, 그는 마당에서 모두가 좋아하는 영화에 나오는 모두가 좋아하는 노래—영화 〈위대한 무굴 황제〉의 삽입곡 〈나는 사랑했다, 그러니 두려울 게 무엇인가〉—에 맞추어 춤을 췄다. 이튿날 밤에 열린 작은 의식에서 그는 콰브가의 초록색 두파타*를 받고 그를 정식 히즈라 공동체의 일원으로 만들어주는 규칙과 의례를 배웠다. 인도에는 일곱 개 지역에 히즈라 가라나**가 있었고 각 가라나에는 나야크, 즉 지도자가 있었으며, 한 명의 최고 지도자가 가라나 전체를 이끌었는데, 아프타브는 그중 하나인 델리 가라나에서 우스타드 쿨숨 비의 제자가 되어 안줌이라는 이름을 받았다.

자하나라 베굼은 다시는 콰브가로 아들을 찾아가지 않았지만 수년간 날마다 그곳에 따뜻한 음식을 보냈다. 그녀가 안줌과 만나는 유일한 장소는 하즈라트 사르마드 샤히드 영묘였다. 그곳에서 그들은 잠시 함께 앉아 있곤 했는데, 키가 180센티미터에 이르는 안줌은 조신하게 머리에 스팽글 달린 두파타를 두르고 있었고, 자그마한 자하나라 베굼은 검은 부르카로 가린 머리칼이 하얗게 세어가고 있었다. 이따금 그들은 몰래 손을 잡았다. 반면 물라카트 알리는 그 상황을 받아들이기가 더 어려웠다. 그의 상처 입은 마음은 아물 줄 몰랐다. 그는 계속해서 기자들과 인터뷰를 했지만 칭기즈칸 왕조에 닥친 불행에 대해서는 사적으로도 공적으로도 일절 말하지 않았다. 그는 아들과의 모든 연을 끊는 걸 택했다. 다시는 안줌을 만나지도, 그녀와 말을 섞지도 않았다. 이따금 둘이 길에서

---

* 인도 여자들이 두르는 긴 스카프.

** 음악가들이나 춤꾼들이 도제 형식으로 전통을 이어가는 공동체.

마주치면 눈길은 교환해도 인사는 나누지 않았다. 절대로.

수년의 세월이 지나면서 안줌은 델리에서 가장 유명한 히즈라가 되었다. 영화 제작자들이 서로 그녀를 차지하려고 다퉜고, NGO 단체들도 그녀를 독점하려 했으며, 해외 특파원들은 직업적 호의로 서로에게 그녀의 전화번호를 선물했다. 새Bird 병원*, '도적떼의 여왕'으로 알려진 자수한 도둑 풀란 데비**, 리지 숲에 있는 오래된 폐허에서 하인과 샹들리에를 거느리고 살면서 존재하지도 않는 왕국에 대한 소유권을 주장하는 '오우드 베굼'의 연락처와 함께. 기자들은 안줌을 인터뷰할 때, 그녀가 집을 떠나기 전에 보수적인 이슬람교도 부모와 형제들, 이웃 사람들에게 학대를 당했으리라 간주하고 그런 이야기를 털어놓으라고 부추겼다. 그리고 그녀가 부모님은 자신을 극진히 사랑해주었고 잔인했던 건 자신이었다고 고백하면 예외 없이 실망한 기색을 보였다. 그녀는 기자들에게 이렇게 말하곤 했다. "끔찍한 사연을 가진 다른 사람들이 있어요. 당신들이 쓰고 싶어하는 그런 사연들. 그들을 인터뷰하지 그래요?" 하지만 물론 신문들은 그렇게 하지 않았다. 그녀가 선택된 인물이었으니까. 독자들의 취향과 기대에 맞게 이야기를 살짝 고치는 한이 있어도 그녀의 사연을 실어야 했다.

콰브가의 영구적인 거주자가 된 안줌은 마침내 자신이 그토록 갈망하던 옷차림—스팽글 달린 고운 쿠르타***와 주름 잡힌 파티

---

* 디감바 자인교 사원의 별칭으로 다친 새들을 보살펴주는 시설이 마련되어 있다.

** 천민 계급과 학대받는 여성을 위해 싸운 의적이었으며 자수 후 복역을 마치고 정치인으로 활동했다.

*** 인도에서 즐겨 입는 헐렁한 셔츠.

알라 살와르, 샤라라, 가라라*, 은 발찌, 유리 팔찌, 달랑거리는 귀걸이—을 할 수 있었다. 그녀는 코를 뚫어 돌장식이 박힌 정교한 코핀을 꽂고, 콜**과 푸른 아이섀도로 눈의 윤곽을 뚜렷하게 그리고, 반짝거리는 붉은 립스틱으로 섹시한 활 모양의 마두발라*** 입술을 연출했다. 머리는 아주 길진 않았지만 뒤로 넘기면 땋은 머리 가발과 연결할 수 있을 정도의 길이는 되었다. 얼굴은 강하고 윤곽이 뚜렷했고 아버지를 닮은 인상적인 매부리코를 가졌다. 그녀는 봄베이 실크처럼 아름답진 않았지만 더 섹시하고 흥미로웠으며, 일부 여자들에게서 볼 수 있는 잘생긴 얼굴이었다. 그런 생김새가 과장되고 발칙한 종류의 여성성에 대한 굳건한 추구와 합쳐져 동네의 진짜 생물학적 여자들을—심지어 부르카로 완전히 가리고 다니지 않는 여자들까지도—흐릿하고 헤뜨러져 보이게 만들었다. 그녀는 걸을 때 엉덩이를 과장되게 흔드는 법과 히즈라 특유의 손가락을 벌린 박수로 소통하는 법을 배웠다. 총알처럼 발사되는 히즈라 박수는 어떤 의미라도 될 수 있었다—그렇다, 아니다, 어쩌면, 와! 베헨 카 라우다(네 누이 성기), 본사디 케(똥구멍으로 태어난 새끼). 그리고 오직 히즈라만이 특정 순간의 특정 박수가 어떤 특정한 의미를 지니는지 해독할 수 있었다.

안줌의 열여덟번째 생일에 쿨숨 비가 콰브가에서 파티를 열어주었다. 델리 전역에서 히즈라들이 몰려들었고 도시 밖에서 온 손님들도 있었다. 안줌은 난생처음 사리를 입었는데 등이 없는 촐리****

---

* 파티알라 살와르, 샤라라와 가라라는 모두 통이 넓은 인도의 여성용 전통 바지.

** 눈가에 바르는 화장용 검은 가루.

*** 1950년대 인도의 대표적인 여성 배우.

에 붉은 '디스코' 사리를 둘렀다. 그날 밤 안줌은 결혼 첫날밤의 새 신부가 된 꿈을 꾸었다. 잠에서 깬 그녀는 자신의 성적 쾌감이 아름다운 새 옷에 남자의 방식으로 표현된 걸 보고 고통에 빠졌다. 그런 일이 처음은 아니었지만 무슨 까닭에선지, 어쩌면 사리 때문에, 그녀의 수치심은 그 어느 때보다 격렬했다. 그녀는 마당에 앉아 늑대처럼 울부짖으며 자신의 머리와 가랑이 사이를 때리고 스스로 가한 고통에 비명을 내질렀다. 그런 신파극에 익숙한 우스타드 쿨숨 비는 안줌에게 진정제를 먹인 후 방으로 데려갔다.

안줌이 진정되자 우스타드 쿨숨 비는 전에 없이 조용한 태도로 그녀에게 말했다. 히즈라는 신의 총애를 받는 선택된 사람들이기 때문에 그 어떤 것도 부끄럽게 여길 이유가 없다. 그러면서 히즈라라는 단어는 '신성한 영혼'이 사는 '육체'를 의미한다고 설명해주었다. 그로부터 한 시간 사이에 안줌은 신성한 영혼들이 다양하고, 콰브가라는 세계 또한 두니야보다 더하진 않더라도 그만큼 복잡하다는 걸 알게 되었다. 힌두교도인 불불과 구디야는 콰브가에 들어오기 전에 봄베이에서 정식으로 (지극히 고통스러운) 종교적 거세 의식을 거쳤다. 봄베이 실크와 히라는 그렇게 하고 싶긴 했지만 그들이 믿는 이슬람교에서는 신이 부여한 성을 바꾸는 게 금지되어 있다고 믿었고, 그래서 그 경계 안에 어찌저찌 머물렀다. 베이비는 라지아처럼 남자로 남아 있으면서도 다른 모든 방면에서는 여자가 되기를 원했다. 우스타드 쿨숨 비로 말할 것 같으면, 이슬람교에 대한 봄베이 실크와 히라의 해석에 동의하지 않는다고 했다. 그녀

**** 인도 여성들이 입는 짧고 딱 붙는 상의로, 주로 사리 안에 입는다.

와 님모 고라크푸리는—서로 다른 세대에 속했지만—수술을 받았다. 그녀는 믿을 만하고 입이 무거워서 올드델리 동네방네에 환자들 소문을 퍼뜨리지 않는 닥터 무크타르를 안다고 했다. 그녀는 안줌에게 잘 생각해보고 어떻게 하고 싶은지 결정하라고 말했다. 안줌은 삼 분 만에 결정을 내렸다.

닥터 무크타르는 닥터 나비보다 더 큰 위안을 줬다. 그는 안줌의 남성 성기를 제거하고 기존의 질을 보강시켜줄 수 있다고 했다. 목소리가 굵어지는 걸 막아주고 가슴 발육을 도와줄 알약도 권했다. 할인해달라고 쿨숨 비가 졸랐다. 할인해주겠다고 닥터 무크타르가 승낙했다. 쿨숨 비가 수술비와 호르몬제 비용을 대주었고 안줌은 몇 년을 두고 그 돈을 갚았으며 그런 일이 몇 번이나 되풀이되었다.

힘든 수술이었고 회복은 그보다 더 힘들었지만, 결국 수술은 안도감을 주었다. 안줌은 자신의 피에서 안개가 가시고 마침내 분명한 사고가 가능해진 것 같은 느낌을 받았다. 하지만 닥터 무크타르의 질 수술은 사기로 밝혀졌다. 구실을 하긴 했지만 닥터 무크타르가 말한 대로는 아니었고 두 번이나 재수술을 받은 뒤에도 마찬가지였다. 하지만 닥터 무크타르는 전부든 일부든 돈을 돌려주겠다는 말은 하지 않았다. 오히려 절박한 사람들에게 수준 미달의 가짜 신체기관을 만들어주며 번 돈으로 안락한 삶을 이어갔다. 그는 락스미나가르에 집 두 채를 소유한 부자로 생을 마감했으며, 그 집들은 두 아들에게 한 채씩 나눠줬고, 딸은 람푸르의 부유한 건축업자에게 시집보냈다.

안줌은 쾌락을 주는 자로서는 노련한 기교를 발휘하여 큰 인기를 얻었지만, 붉은 디스코 사리를 입었을 때 맛보았던 것이 그녀의 생애 마지막 오르가슴이었다. 닥터 나비가 그녀의 아버지에게 경고했던 '성향'들은 그대로 남아 있었지만, 닥터 무크타르의 약은 목소리가 굵어지지 않게 하는 데 효과가 있었다. 하지만 목소리의 울림을 제한하고 음질을 거칠게 만드는 바람에 기묘하게 귀에 거슬리는 소리가 되었고, 가끔 하나의 목소리가 아니라 두 목소리가 다투는 것처럼 들리기도 했다. 그 목소리는 다른 사람들을 질겁하게 만들었지만, 목소리의 주인에겐 신이 주신 원래 목소리만큼 공포스럽진 않았다. 그렇다고 기쁘지도 않았지만.

안줌은 땜질된 몸을 가지고, 꿈은 일부만 실현된 상태로 콰브가에서 삼십 년 넘게 살았다.

그녀가 그곳을 떠나고 싶다고 선언했을 때, 그녀의 나이는 마흔여섯이었다. 물라카트 알리는 이미 저세상 사람이었다. 자하나라 베굼은 치틀리카바르에 있는 옛집 한편에서(집의 나머지 반은 바닥, 침대, 그리고 평평한 데라면 어디든 가리지 않고 중고 영어책을 산더미처럼 쌓아놓고 사는 이상하고 소심한 청년에게 세를 줬다) 사키브의 가족과 함께 살았는데 거의 병상에 누워 지내는 처지였다. 안줌은 그곳에 가끔 찾아가는 건 환영받았지만 거기 머물 수는 없었다. 콰브가도 새로운 세대의 거주자들이 차지해서, 옛사람들은 우스타드 쿨숨 비, 봄베이 실크, 라지아, 비스밀라, 메리뿐이었다.

안줌은 갈 곳이 없었다.

어쩌면 그런 이유로 아무도 안줌의 선언을 진지하게 받아들이지 않았을 것이다.

떠난다거나 자살하겠다는 연극조의 선언은 콰브가의 일상이라고 할 수 있는 격렬한 질투와 끝없는 음모, 계속해서 옮겨다니는 의리에 대한 판에 박힌 반응이었던 것이다. 다시 모두가 의사와 약을 권했다. 닥터 바가트의 약이 모든 걸 치유해준다고, 그들은 말했다. 모두 그 약을 먹는다고. "난 그 '모두'와 달라." 안줌이 말했고, 그 말에 다시금 모두 자만심의 덫에 대해 (찬반양론으로) 수군거렸다. 도대체 자기가 뭐라고 생각하는 거지?

자기가 뭐라고 생각했느냐고? 어떻게 보느냐에 따라 별게 아닐 수도, 대단한 것일 수도 있었다. 그녀에겐 야망이 있었다, 그랬다. 그리고 그 야망은 원점으로 돌아왔다. 이제 그녀는 두니야로 돌아가서 보통 사람처럼 살고 싶었다. 엄마가 되고 싶었다. 아침에 자신의 집에서 일어나 자이나브에게 교복을 입히고 책과 도시락을 챙겨서 학교에 보내고 싶었다. 문제는 그녀 같은 사람에게 그런 야망이 합당한가, 그렇지 않은가였다.

자이나브는 안줌의 유일한 사랑이었다. 안줌은 삼 년 전 신자들의 머리에서 기도 모자가 날아가고 풍선 장수의 풍선들이 모두 한쪽으로 기울던 어느 바람 센 오후에 자이나브를 발견했다. 자이나브는 자마 마스지드 계단에서 혼자 큰 소리로 울고 있었다. 겁에 질린 커다란 눈을 한 지독히도 야윈 생쥐 같은 아이. 안줌은 그 아이가 세 살쯤 되었으리라 짐작했다. 아이는 칙칙한 초록색 살와르 카미즈를 입고 꾀죄죄한 흰색 히잡을 쓰고 있었다. 안줌이 다가가서 손가락 하나를 내밀자 아이는 힐끗 올려다보더니 그 손가락을 잡고 계속해서 쉬지 않고 울었다. 그 '히잡 쓴 생쥐'는 자신이 무심코 보인 신뢰의 제스처가 자신이 잡고 있는 손가락 주인의 마음에 어떤 폭풍을 일으켰는지 짐작도 못했다. 그 조그만 생명체가 안줌을 무서워하지 않고 무심하게 계속 울어대자 님모 고라크푸리가 너무도 오래전에 너무도 날카로운 통찰력으로 인도-파키스탄 전쟁이라고 부른 것이 (잠시나마) 진정되었다. 안줌의 마음속에서 전쟁중이던 두 파벌이 침묵했다. 그녀의 몸이 전쟁터가 아니라 관대한 주인이 된 듯했다. 죽을 때 그런 느낌일까, 아니면 태어날 때 그런 느낌일까? 안줌은 알 수 없었다. 그녀의 상상 속에서 그것은 충만함, 전체성, 그 둘 중 하나의 느낌을 지녔다. 그녀는 몸을 구부려 생쥐를 두 팔로 부드럽게 안아 들고 두 개의 싸우는 목소리로 아이를 달랬다. 그런데도 아이는 겁을 먹지도, 그녀에게 관심을 돌리지도 않고 내처 울어댔다. 안줌은 한동안 거기 서서 우는 아이를 안고 기쁜 미소를 짓고 있었다. 그러다가 아이를 계단에 내려놓고 밝은 분홍색 솜사탕을 사준 뒤, 아이의 보호자가 데리러 올 때까지 시간을 보낼 요량으로 어른들 문제에 대해 무심하게 이야기하며 아이의 관심을 끌려고 했다. 하지만 그건 일방적인 대화였던 것이, 생쥐는 제 이름조차 모르는 듯했고 말을 하고 싶지도 않은 것 같았다. 솜사탕을 다 먹어치운 아이의 (솜사탕이 아이를 먹어치운 건지도 모르지만) 얼굴에는 밝은 분홍색 턱수염이 생기고 손은 끈적거렸다. 요란한 울음은 흐느낌으로 잦아들더니 이윽고 침묵이 되었다. 안줌은 몇 시간 동안 아이와 함께 계단에 앉아 아이를 데리러 올 사람을 기다리며, 지나가는 사람들에게 혹시 아이를 잃어버린 사람을 아는지 물었다. 저녁이 되어 자마 마스지드의 커다란 나무 문이 닫히자 안줌은 아이를 무등 태워서 콰브가로 데려갔다. 콰브가에서 그녀는 그런 상황이라면 사원 관리소에 길 잃은 아이를 발견했다고 신고를 했어야 마땅하다며 질책을 받았다. 안줌은 이튿날 그렇게 했다. (다만 그때쯤엔 아이를 속절없이 사랑하게 되었기에, 가망 없는 희망을 품고 무거운 발걸음으로 마지못해 자마 마스지드로 향했다.)

일주일 동안 사원 몇 곳에서 하루에 몇 차례씩 안내 방송이 나갔다. 하지만 아무도 생쥐를 데리러 오지 않았다. 몇 주가 지났지만, 여전히 아무도 찾아오지 않았다. 그래서 자연스럽게 자이나브—안줌이 지어준 이름이었다—는 콰브가에 머물게 되었고, 그곳에서 그 어떤 아이보다 더 많은 어머니들에게(그리고 어떤 의미에서는 아버지들에게) 아낌없는 사랑을 받았다. 아이가 새로운 삶에 적응하는 데 그리 오랜 시간이 걸리지 않은 것으로 보아 과거의 삶에 대한 과도한 애착은 없었던 듯했다. 안줌은 아이가 실종된 게 아니라 버려진 것이라고 믿게 되었다.

몇 주 안에 아이는 안줌을 '엄마'(안줌이 스스로를 그렇게 부르기 시작했으므로)라고 부르기 시작했다. 콰브가의 다른 거주자들은 (안줌의 지도하에) 모두 '아파'(우르두어로 이모)라고 불렀고 메리는 기독교인이라 메리 앤티*라고 불렀다. 우스타드 쿨숨 비와 비스밀라는 '바디 나니'와 '초티 나니'가 되었다. 큰할머니, 작은할

* 영어로 '이모'라는 뜻.

머니였다. 생쥐는 모래가 바다를 흡수하듯 사랑을 흡수했다. 그리고 금세 난폭하고 왕쥐* 같은 성향(겨우 통제가 가능한)을 가진 당돌한 꼬마 아가씨로 탈바꿈했다.

한편, 엄마는 날이 갈수록 혼란스러워졌다. 그녀는 자신도 모르는 사이에 한 인간이 타인을 너무도 많이, 너무도 완전하게 사랑하는 게 가능하다는 사실에 발목이 잡히고 말았다. 처음엔 훈육에 대해 잘 모르고 마치 첫 반려동물을 갖게 된 아이처럼 분주하고 어수선하게 자신의 감정을 표현할 줄만 알았다. 자이나브에게 필요 이상의 장난감과 옷(퍼프소매가 달린 하늘하늘한 드레스, 뒤꿈치에 불이 들어오고 삑삑 소리가 나는 중국산 신발)을 사주고, 목욕을 시키고, 불필요하게 여러 번 옷을 입혔다 벗겼다 하고, 기름을 발라주고, 머리를 땋았다 풀었다 하고, 낡은 양철통에 돌돌 말아 보관해온 어울리거나 어울리지 않는 리본들을 묶었다 풀었다 했다. 음식을 지나치게 많이 먹이고, 동네 산책에 데리고 다니고, 자이나브가 천성적으로 동물을 좋아한다는 걸 알게 되자 토끼—콰브가에 온 첫날밤에 고양이한테 물려 죽었다—도 사주고 숫염소도 사줬다. 이슬람 신학자 스타일의 턱수염을 가진 이 염소는 마당에 놓고 키웠는데, 이따금 무표정한 얼굴로 반짝이는 알약 모양의 똥을 사방에 뿌렸다.

콰브가는 그동안 더 나은 환경이 되었다. 무너진 방은 보수하고 위층에 방을 하나 더 들였으며, 안줌과 메리가 그 방을 함께 썼다. 안줌은 바닥에 매트리스를 깔고 자이나브와 함께 잤는데, 그녀의

* bandicoot. 인도에 서식하는 주둥이가 길고 몸집이 큰 쥐.

긴 몸이 마치 성벽처럼 아이를 안전하게 둘러쌌다. 밤이면 그녀는 아이에게 노래보다는 속삭임에 가깝다고 할 수 있는 자장가를 불러주었다. 그리고 자이나브가 말귀를 알아들을 수 있을 만큼 자라자 잠자리에서 이야기를 들려주기 시작했다. 처음엔 어린아이에게 전적으로 부적절한 이야기들을 들려줬다. 그건 잃어버린 시간을 벌충하고, 자이나브의 기억과 의식 속에 안줌 자신을 주입하고, 자신을 있는 그대로 드러냄으로써 두 사람이 서로에게 온전히 속할 수 있도록 하기 위한 다소 서투른 시도였다. 결과적으로 안줌은 자이나브를 자신의 화물—기쁨과 비극, 삶의 카타르시스적 전환점들—을 부릴 부두로 이용했다. 하지만 그 이야기들 상당수가 자이나브에게 단잠을 선사하기는커녕, 악몽을 꾸거나 몇 시간 동안 무섭고 짜증스러운 상태로 깨어 있게 만들었다. 이따금 안줌 자신이 이야기를 하며 울기도 했다. 자이나브는 잠자리에 드는 시간을 두려워하기 시작했고 안줌이 다른 이야기를 더 들려주지 않도록 눈을 꼭 감고 잠든 척했다. 하지만 시간이 지나면서 안줌은 (어린 이모들의 조언으로) 이야기들의 편집 방향성을 잡게 되었다. 그녀의 이야기는 아이에 맞게 성공적으로 다듬어졌고 마침내 자이나브도 밤에 이야기를 듣는 의식을 고대하게 되었다.

자이나브가 제일 좋아하는 이야기는 안줌과 친구들이 어느 야심한 밤에 남南델리의 디펜스콜로니에서 트루크만 게이트까지 걸어오면서 겪은 '고가도로 이야기'였다. 그때 그들은 대여섯 명이었고 D블록에 있는 부잣집 잔치에 다녀오는 길이라 멋지게 차려입은 상태였다. 잔치가 끝난 후 그들은 잠시 신선한 공기를 마시며 걷기로 했다. 그 당시엔 델리에 신선한 공기라는 게 있었다고, 안줌은 자이나브에게 말했다. 그들이 디펜스콜로니 고가도로—당시 델리 유일의 고가도로였던—를 반쯤 건넜을 무렵 비가 오기 시작했다. 고가도로에서 비를 만나면 어떻게 해야 할까?

"계속 걷는 수밖에 없죠." 자이나브가 합리적이고 어른스러운 말투로 대답했다.

"바로 그거야. 그래서 우리는 계속 걸었지." 안줌은 그렇게 말하곤 했다. "그다음엔 무슨 일이 일어났을까?"

"쉬가 마려웠어요!"

"쉬가 마려웠지!"

"하지만 멈출 수가 없었어요!"

"멈출 수가 없었지."

"계속 걸어가야 했어요!"

"계속 걸어가야 했지."

"그래서 우리는 가그라*에 쉬를 했지!" 자이나브는 그렇게 외쳤다. 똥, 오줌, 방귀가 모든 이야기의 가장 재미있는 부분, 혹은 전부인 나이였던 것이다.

"맞아, 그리고 아무도 없는 거대한 고가도로에서 비를 쫄딱 맞으며, 몸이 젖은 여자가 봄베이다잉** 타월로 몸을 닦고 있는 커다란 광고판 밑을 걸어가는 기분은 세상에서 최고였지." 안줌이 말했다.

"그리고 그 타월은 양탄자만큼이나 컸죠!"

"그래, 양탄자만큼이나 컸지."

---

* 인도 여성들이 입는 치마의 한 종류.

** 인도의 대표적인 섬유 회사.

"그러고 나서 엄마는 그 여자한테 몸 좀 닦게 타월을 빌려줄 수 있느냐고 물었죠."

"그러자 그 여자가 뭐라고 말했지?"

"그 여자는, 나힌*! 나힌! 나힌!이라고 말했어요."

"그 여자는, 나힌! 나힌! 나힌!이라고 말했지. 그래서 우린 쫄딱 젖은 채 계속 걸었고……"

"가람-가람(따뜻한) 오줌이 탄다-탄다(차가운) 다리를 타고 흘러내렸죠!"

자이나브는 어김없이 이 대목에서 미소를 지으며 잠이 들었다. 안줌의 이야기에서 역경과 불행의 암시는 모두 삭제되어야 했다. 자이나브는 안줌이 화려한 옷을 입고 손톱에 매니큐어를 바르고 수많은 팬들을 거느린, 음악과 춤이 있는 빛나는 삶을 영위해온 젊은 요부로 둔갑하는 걸 좋아했다.

그래서 안줌은 자이나브를 기쁘게 해주기 위해 자신의 삶을 그런 식으로 더 단순하고 행복하게 다시 쓰기 시작했다. 그리고 결과적으로 그런 과정을 통해 그녀는 더 단순하고 행복한 사람으로 거듭날 수 있었다.

예를 들어 '고가도로 이야기'는 인디라 간디가 선포한 장장 이십일 개월간의 국가비상사태가 절정에 이르렀던 1976년에 실제로 일어난 사건을 편집한 것이었다. 인디라 간디의 응석받이 작은아들 산자이 간디가 청년국민회의(집권 여당 산하 청년 조직)의 수장으로서 국가를 통치하다시피 하며, 국가가 자신의 장난감이라도

* '아니'라는 뜻.

되는 양 함부로 다루던 시절이었다. 시민권은 유예되고, 신문은 검열을 당하고, 인구 조절이라는 미명하에 수천 명의 남자들이(대부분 이슬람교도였다) 수용소로 끌려가 강제로 불임수술을 받았다. 새 법—국가보안법—에 따라 정부는 내키는 대로 사람들을 체포할 수 있었다. 감옥들은 꽉꽉 찼고, 산자이 간디는 자신의 명령을 수행하도록 소수의 부하들을 일반 대중 사이에 풀었다.

고가도로 이야기의 그 밤, 안줌과 친구들이 몰려간 잔치—결혼 피로연—에 경찰이 들이닥쳐 난장판을 만들었다. 주인과 손님 세 명이 체포되어 경찰차로 끌려갔다. 아무도 이유를 몰랐다. 안줌 일행을 잔치에 데려다준 밴 운전사 아리프는 손님들을 차에 태워 그곳을 벗어나려 했다. 하지만 그런 주제넘은 짓을 한 벌로 왼손과 오른 무릎 관절이 박살났다. 경찰은 매터도어 밴에서 그의 손님들을 끌어낸 후, 그들이 서커스 광대라도 되는 듯 엉덩이를 차면서 매춘과 외설죄로 체포되고 싶지 않으면 당장 꺼지라고, 집까지 뛰어가라고 명령했다. 안줌 일행은 맹목적인 공포에 사로잡혀, 어둠과 억수 같은 빗줄기를 뚫고 식인귀처럼 달렸다. 빗물에 지워진 화장이 얼굴을 타고 다리보다 훨씬 빨리 내달렸고, 얇은 옷이 흠뻑 젖어서 보폭을 제한하고 속도를 떨어뜨렸다. 사실 그건 히즈라들이 일상적으로 겪는, 특별할 것도 없는 수치였고, 그 잔혹했던 시기에 다른 사람들이 견뎌야 했던 시련에 비하면 아무것도 아니었다.

그건 아무것도 아니었지만, 그래도, 아무것도 아니진 않았다.

안줌이 편집을 하긴 했지만 고가도로 이야기에도 얼마간의 진실은 남아 있었다. 예를 들면 그날 밤에 진짜로 비가 내렸다. 그리고 안줌은 진짜로 달리면서 오줌을 쌌다. 디펜스콜로니 고가도로 위에는 진짜로 봄베이다잉 타월 광고판이 있었다. 그리고 광고 속 여자는 진짜로 타월을 빌려달라는 부탁을 딱 잘라 거절했다.

ঞ

자이나브가 학교에 들어갈 나이가 되기 일 년 전, 엄마는 아이의 입학 준비를 시작했다. 안줌은 자신의 옛집에 찾아가 동생 사키브의 허락을 받고 물라카트 알리의 책들을 콰브가로 가져왔다. 그후로 그녀가 책상다리를 하고 앉아 책(성서 쿠란이 아닌)을 앞에 펼쳐놓고 손가락으로 글자를 짚어가며 입술을 움직이거나, 눈을 감고 몸을 앞뒤로 흔들며 방금 읽은 것에 대해 생각하거나, 예전에 알았던 것을 되살리기 위해 기억의 늪 바닥을 훑는 모습이 자주 보였다.

자이나브가 다섯 살이 되자 안줌은 아이를 우스타드 하미드에게 데려가 노래 수업을 받게 했다. 음악이 자이나브의 천직이 아니라는 건 처음부터 명백했다. 아이는 수업시간 내내 짜증스럽게 몸을 비비 꼬았고, 어쩌면 그렇게 어김없이 음이 틀리는지 그것도 재주라면 재주였다. 인내심 강하고 친절한 우스타드 하미드는 파리 한 마리가 그를 성가시게 하는 것처럼 고개를 흔들며 미지근한 차를 입에 가득 물고 하모니움 건반을 눌렀는데, 그건 제자가 다시 노래하기를 원한다는 뜻이었다. 어쩌다 한 번씩 자이나브가 정확한 음 비슷한 걸 내면, 그는 행복하게 고개를 끄덕이며 말했다. "댓츠 마이 보이!"* 이 말은 그가 손주들(영어 학교에 다니고 있는)과 함께 즐겨 보는 카툰 네트워크 채널의 〈톰과 제리〉에서 배운 것으로 학생의 성별과 상관없이 최고의 칭찬이었다. 우스타드 하미드가 자이나브에게 이런 칭찬을 해주는 건 아이가 잘해서가 아니라 안줌을 생각해서였다. 그는 그녀가(아프타브였을 때니까 '그'라고 해야 하는 건지도 모르겠지만) 얼마나 아름답게 노래했는지 기억하고 있었다. 안줌은 수업시간 내내 함께 앉아 있었다. 그녀의 정수리 바늘구멍에서 나오는, 곤충소리 같은 고음의 콧노래가 다시 등장했는데, 이번엔 자이나브의 제멋대로인 목소리를 통제하고 정확한 음을 내도록 돕는 신중한 안내자 역할을 하기 위해서였다. 하지만 소용없었다. '왕쥐'는 노래를 할 수 없었다.

자이나브의 진짜 열정은 동물들을 향하고 있었다. 그녀는 올드델리의 거리에서 공포의 대상이 되었다. 그녀는 더러운 닭장에 갇힌 채 정육점 밖에 쌓여 있는, 반쯤 털이 빠지고 반쯤 죽은 흰 닭들을 모두 풀어주고 싶어했고, 길에서 휙 지나가는 모든 고양이들과 대화를 나누고 싶어했으며, 피와 내장이 흘러가는 덮개 없는 하수구 속에서 뒹구는 떠돌이 강아지들을 모두 집으로 데려가고 싶어했다. 그녀는 이슬람교도에겐 개가 부정한 것—나지스—이라 만지면 안 된다는 말을 귀담아듣지 않았다. 날마다 다니는 길에 뻣뻣한 털이 무성한 커다란 쥐들이 돌아다녀도 움츠러들지 않았고, 노란 닭발 무더기나 톱으로 잘라낸 염소 족발, 피라미드 모양으로 쌓인 채 앞 못 보는 푸른 눈으로 쳐다보는 염소 머리, 진주처럼 흰 광택을 번득이며 커다란 스테인리스 그릇에서 젤리처럼 떨리고 있는 염소 뇌를 보는 것에 익숙해질 수 없는 듯했다.

---

* That's my boy. 남자아이나 수컷 반려동물에게 쓰는 '잘했다'는 뜻의 칭찬.

자이나브 덕에 도살당하지 않고 세 번의 바크르 이드*를 무사히 넘긴 애완 염소 말고도 안줌은 자이나브에게 잘생긴 수탉까지 사줬는데, 그 수탉은 새 주인이 반갑다고 포옹하자 사납게 쪼는 것으로 답했다. 자이나브는 아픈 것보다도 상심해서 엉엉 울었다. 자이나브는 그 사건으로 교훈을 얻었지만, 수탉에 대한 애정은 줄어들지 않았다. 그녀는 수탉 '사랑이'를 만날 때마다 안줌의 두 다리를 껴안고 무릎에 몇 번 키스했는데, 키스 사이사이 수탉에게 간절하고 애정어린 시선을 보내어, 자신의 애정의 대상과 키스를 받고 있는 사람으로 하여금 그 의미를, 그 키스가 진짜로 누구를 향하고 있는지를 분명히 알게 만들었다. 어찌 보면 자이나브를 향한 안줌의 혼란스러운 마음은 동물에 대한 자이나브의 혼란스러운 태도에 고스란히 반영되어 있었다. 자이나브는 살아 있는 동물을 그토록 좋아하면서도 탐욕스러울 정도로 육식을 즐겼다. 안줌은 일 년에 적어도 두 번은 자이나브를 고성古城 푸라나킬라에 있는 동물원에 데려가 코뿔소, 하마, 그리고 자이나브가 제일 좋아하는 보르네오산 긴팔원숭이 새끼를 보여주었다.

늘 건강이 넘치던 자이나브는 다리야간지에 있는 텐더버즈유치원 KGB(Kindergarten-Section B)**에 입학하고—사키브와 그의 아내가 공식적인 부모로 등재되었다—몇 개월이 지나면서부터 자꾸 아프기 시작했다. 심각한 병들은 아니었지만 병이 꼬리에 꼬리를 물고 이어지며 아이를 취약하게 만들었다. 처음엔 약한 바이러

* '이드'는 이슬람교의 축제로, 두 번의 이드 중 더 성대하게 기념하는 바크르 이드에는 동물을 죽여 제물로 바친다.

** '유치원 B반'이라는 뜻.

스성 열병에 걸렸다가 그다음엔 우려할 만한 바이러스성 열병을 앓았고, 그다음엔 독감, 그다음엔 말라리아에 시달렸다. 안줌은 도움이 되지 않는 방식으로 조바심쳤고, 콰브가에서의 의무(이제 대부분이 관리와 행정 업무인)를 게을리하여 욕을 먹어도 아랑곳하지 않고 은밀히 피해망상증을 키우며 밤낮으로 왕쥐를 간호했다. 그녀는 자신의 행운을 시샘한 누군가가 자이나브에게 저주를 걸었다고 확신하게 되었다. 의심의 화살은 콰브가에서 상대적으로 새 식구에 속하는 사이다에게 향했다. 사이다는 안줌보다 훨씬 어렸고, 자이나브가 엄마 다음으로 좋아하는 사람이었다. 사이다는 대학을 졸업했고 영어를 할 줄 알았다. 그보다 중요한 건, 당시의 신조어들을 구사할 줄 알아서 '시스젠더'* '여성에서 남성으로의 전환FtoM' '남성에서 여성으로의 전환MtoF' 같은 용어를 썼고, 인터뷰할 때 자신을 '트랜스젠더'라고 칭했다는 점이었다. 반면 안줌은 그런 호칭을 '트랜스-프랑스trans-france'라고 비꼬며 히즈라라는 명칭을 고집했다.

신세대가 흔히 그렇듯 사이다도 전통 옷 살와르 카미즈와 서양 옷—청바지, 스커트, 홀터넥(멋진 근육이 있는 긴 등을 드러내는)—의 경계를 자유롭게 넘나들었다. 그녀는 지방색과 고풍스러운 매력은 부족했지만 현대적 이해, 법에 대한 지식과 성 소수자 인권 단체 활동(관련 콘퍼런스에서 두 차례 연설까지 했다)으로 그 부족함을 채우고도 남았다. 그런 모든 이유로 사이다는 안줌과 다른 파에 속하게 되었다. 게다가 사이다는 언론에서도 안줌을

* cisgender. 트랜스젠더와 상반되는 개념으로, 신체적 성과 사회적 성이 일치하는 사람을 뜻한다.

1위 자리에서 밀어냈다. 해외 신문들은 옛 이국미 대신 젊은 세대를 택했다. 이국미는 새로운 인도—핵무기와 국제금융의 신흥 중심지—의 이미지에 맞지 않았다. 교활한 늙은 암늑대 우스타드 쿨숨 비는 그런 변화의 바람에 민감했고 콰브가에 생길 이득을 간파했다. 그래서 사이다는 연공서열로 따지면 불리해도, 영국 여왕처럼 서둘러 물러날 생각이 없는 듯한 우스타드 쿨숨 비가 은퇴를 결심하면 콰브가의 우스타드에 오를 후보자로서 안줌과 치열한 경쟁을 벌이고 있었다.

우스타드 쿨숨 비는 여전히 콰브가에서 주요 결정권자 노릇을 했지만, 일상적인 일에는 적극적으로 관여하지 않았다. 관절염이 도지는 아침이면 그녀는 마당의 차르파이*에 누워 라임과 망고 피클 병들, 그리고 바구미가 생기지 않도록 신문지에 펼쳐놓은 밀가루와 함께 햇볕을 쬐었다. 그러다가 햇볕이 너무 뜨거워지면 실내로 들어가 발 마사지를 하고 주름살에 겨자씨 기름을 발랐다. 그녀는 이제 남자처럼 긴 노란색 쿠르타—노란색은 그녀가 하즈라트 니자무딘 아울리야의 제자였기 때문에**—와 체크무늬 사롱***을 입었다. 두피를 겨우 덮는 성근 백발은 둘둘 감아 조그맣게 쪽을 쪄서 뒤통수에 핀으로 고정했다. 콰브가 아래쪽 거리에서 담배와 판****을 파는 그녀의 오랜 친구 하지 미안이 그들이 늘 최고의 영

---

* 끈을 엮어서 만든 인도의 간이침대.

** 노란색은 니자무딘 아울리야 성인을 상징하는 색이다.

*** 말레이시아, 인도 등지에서 남녀 구분 없이 허리에 둘러 입는 천.

**** 구장나무 잎에 양념이나 향신료 등을 넣고 싸서 먹거나 씹다가 뱉는 것. 향정신성 효과가 있다.

화로 꼽는 〈위대한 무굴 황제〉 오디오테이프를 들고 찾아오는 날이 가끔 있었다. 그들은 그 영화의 모든 노래와 대사를 외우고 있었다. 그래서 테이프를 따라 노래도 부르고 대사도 읊었다. 그들은 세상 그 누구도 우르두어 대사를 그렇게 잘 쓸 수 없고, 그 어떤 배우도 딜리프 쿠마르의 발음과 대사 전달력을 따라갈 수 없을 거라고 믿었다. 때로는 우스타드 쿨숨 비가 주인공 살림 왕자는 물론 아크바르황제 역까지 맡고, 하지 미안이 살림 왕자의 사랑을 받는 노예 소녀 아나르칼리(마두발라가 연기한) 역할을 했다. 그리고 이따금 그들은 역할을 바꾸기도 했다. 그들의 합동 공연은 진실로, 그 무엇보다도, 잃어버린 영광과 죽어가는 언어를 기리는 경야제經夜祭였다.

어느 날 저녁, 안줌이 위층 자신의 방에서 왕쥐의 뜨거운 이마에 냉찜질을 해주고 있는데, 마당에서 사람들이 큰 소리로 떠들고 뛰어다니고 고함치는 소리가 들렸다. 그녀는 처음엔 불이 난 줄 알았다. 노출되고 뒤엉킨 채 거리에 낮게 걸린 전선에서 툭하면 저절로 불길이 일어나는 바람에 화재가 잦았기 때문이다. 그녀는 자이나브를 안아 들고 계단을 달려내려갔다. 모두들 우스타드 쿨숨 비의 방에 놓인 TV 앞에 모여 있었고, 그들 얼굴에서 TV 불빛이 깜박거렸다. 민간 항공기 한 대가 높은 빌딩에 충돌했다. 그 항공기는 기체가 빌딩에 반쯤 박힌 채 망가진 장난감처럼 허공에 위태롭게 매달려 있었다. 잠시 후 두번째 비행기가 두번째 빌딩에 충돌해 불덩어리로 변했다. 평소엔 수다스럽던 콰브가 거주자들이 죽음과도 같은 정적 속에서 높은 빌딩들이 마치 모래 기둥처럼 허물어지는 광경을 지켜보았다. 사방이 연기와 흰 먼지에 휩싸였다. 먼지조차도 다르게 보였다—깨끗하고 이국적이었다. 개미만한 사람들이 높은 빌딩에서 튀어나와 재 부스러기처럼 떨어져내렸다.

이건 영화가 아니라고 TV 관계자들이 말했다. 실제로 일어나고 있는 사건이었다. 미국에서. 뉴욕이라는 도시에서.

콰브가 역사상 가장 긴 침묵이 심오한 질문에 의해 깨졌다.

"저기서도 우르두어를 쓰나?" 비스밀라는 그걸 알고 싶어했다.

아무도 대답하지 않았다.

방안의 충격이 자이나브에게 스며들어 아이는 열에 들뜬 꿈에서 깨어났으나 이내 다른 꿈으로 직행했다. 텔레비전 반복 재생에 익숙지 않은 자이나브는 비행기 열 대가 빌딩 열 채에 충돌한 것으로 알았다.

"전부 열 번이에요." 아이는 텐더버즈유치원에서 배운 영어로 침착하게 선언한 뒤 뜨겁고 통통한 뺨을 안줌의 목덜미에 있는 주차 공간에 다시 갖다댔다.

자이나브에게 내린 저주가 온 세상을 아프게 만들었다. 대단히 강력한 시플리 자두*였다. 안줌은 사이다가 뻔뻔스럽게 성공을 자축하고 있는지 아니면 무고한 척하고 있는지 확인하려고 곁눈질로 흘끗 보았다. 그 교활한 년은 다른 모든 사람들처럼 충격에 휩싸인 척 연기를 하고 있었다.

12월쯤 되자 올드델리는 때아닌 모기떼처럼 하늘에서 윙윙대는 전투기들과 강철비처럼 떨어지는 폭탄을 피해 몰려온 아프가니스

* '흑마술'이라는 뜻.

탄 가족들로 넘쳐났다. 물론 위대한 정치꾼들(올드델리에서는 모든 상점 주인과 이슬람 신학자가 여기에 포함되었다)은 각자 나름의 이론을 갖고 있었다. 나머지 사람들은 그 불쌍한 난민들이 미국에 있는 높은 빌딩과 무슨 관계가 있는지 이해하지 못했다. 그들이 어찌 그걸 알 수 있겠는가? 안줌은 그 대참사를 기획한 인물이 테러리스트 오사마 빈 라덴도, 미국 대통령 조지 W. 부시도 아닌 훨씬 더 강력하고 은밀한 힘—인도, 델리-110006, 갈리다코탄, 콰브가에 거주하는 사이다(원래 성은 굴 모하메드)—임을 알고 있었지만 말이다.

안줌은 왕쥐가 자라고 있는 두니야의 정치에 대한 이해를 높이고, 많이 배운 사이다의 흑마술 효력을 없애거나 최소한 방지라도 할 요량으로 열심히 신문을 읽고 TV 뉴스를 시청하기 시작했다(다른 식구들이 드라마에서 뉴스로 채널을 돌리는 걸 허락할 때마다).

미국에서 높은 빌딩을 들이받은 비행기들이 인도에서는 많은 이들에게 큰 이익을 가져다주었다. 인도의 '시인詩人 수상'*과 선임장관 몇 명은 인도가 근본적으로 힌두 국가이고, 파키스탄이 이슬람 공화국임을 선포한 것처럼 인도도 힌두 공화국임을 선포해야 한다고 믿는 오래된 조직에 속해 있었다. 그 조직의 지지자들과 이론가들 일부는 공개적으로 히틀러를 찬양하고 인도 이슬람교도를 독일 유대인에 비유했다. 이제 갑자기 이슬람교에 대한 적대감이 높아지자, 그 조직은 전 세계가 자신들의 편인 것처럼 생각하기 시작

* 인도의 10대 총리인 아탈 비하리 바지파이를 가리킨다.

했다. 시인 수상은 혀짤배기소리로 연설을 했는데 자기 주장의 맥락을 놓칠 때마다, 상당히 자주, 길고 짜증나는 침묵이 흘렀던 걸 제외하면 웅변적이라고 할 수 있었다. 그는 늙은이였지만 말할 때 1960년대 봄베이 영화 스타들처럼 고개를 홱 젖히는 청년 같은 버릇이 있었다. "이슬람교도, 그들은 다른 종교인을 좋아하지 않습니다." 그는 시적인 힌디어로 운을 떼고 그 자신의 기준에서도 너무 오래 침묵을 지켰다. "그들은 테러를 통해 신앙을 전파하려 합니다." 그 2행 연구를 즉석에서 지어낸 그는 몹시도 흡족해했다. 그는 무슬림이나 이슬람교도라는 말을 할 때마다 어린애처럼 귀엽게 혀짤배기소리를 냈다. 새 체제에서 그는 온건한 지도자로 여겨졌다. 그는 미국에서 벌어진 일이 인도에서도 쉽게 일어날 수 있다며, 정부가 예방 차원에서 새로운 반테러리즘법을 통과시킬 때라고 경고했다.

뉴스가 생소했던 안줌은 갑자기 말라리아처럼 증식한 폭탄 폭발과 테러 공격에 대한 TV 보도를 날마다 지켜봤다. 우르두어 신문들에는 경찰이 '교전'이라고 부르는 현장에서 목숨을 잃거나, 테러 공격을 계획하다 현장에서 체포된 젊은 이슬람교도 청년들의 기사가 실렸다. 용의자들을 재판 없이 수개월간 구금할 수 있도록 허용하는 새 법이 통과되었다. 금세 모든 감옥이 이슬람교도 남성들로 가득찼다. 안줌은 자이나브가 여자인 걸 신께 감사드렸다. 여자인 게 훨씬 안전하니까.

겨울로 접어들면서 왕쥐는 가슴 깊은 곳에서 올라오는 심한 기침을 하기 시작했다. 안줌은 아이에게 찻숟갈로 강황이 든 따뜻한 우유를 떠먹였고, 밤새 아이가 천식 환자처럼 쌕쌕거리는 소리를 들으며 극도의 무력감에 젖었다. 그녀는 하즈라트 니자무딘 아울리야의 영묘에 찾아가 그곳 카딤*들 중에 돈을 덜 밝히고 평소 잘 아는 사이이기도 한 이에게 자이나브의 병에 대해 말하고 사이다의 흑마술을 풀 방도를 물었다. 안줌은 일이 걷잡을 수 없이 커졌다고, 이제 한 아이의 운명을 넘어서는 중대한 일이 되었으니 그 실체를 아는 유일한 사람인 자신에게 책임이 있다고 설명했다. 그녀는 이 문제를 해결하기 위해서라면 무슨 짓이든 할 준비가 되어 있다고 했다. 그 어떤 대가도 치를 수 있고, 교수대에라도 오를 수 있다고. 그렇게 해서라도 사이다의 만행을 중단시켜야 한다고. 카딤의 축복이 필요한 일이었다. 안줌이 격앙되어 연극조로 말하자 사람들이 쳐다보기 시작했고, 카딤은 그녀를 진정시켜야 했다. 카딤은 안줌에게 자이나브를 데려온 후로 아지메르에 있는 하즈라트 가리브 나와즈의 영묘를 찾아간 적이 있는지 물었다. 안줌이 이런저런 사정으로 가지 못했다고 대답하자 카딤은 그것 때문이라고, 누가 흑마술을 걸어서 문제가 생긴 게 아니라고 말했다. 카딤은 안줌이 하즈라트 가리브 나와즈의 보호하에 있음에도 마술이니 주술이니 하는 걸 믿고 있다는 사실에 대해 조금은 엄격한 태도를 보였다. 안줌은 그의 말을 완전히 신뢰하진 않았지만 삼 년 동안이나 아지메르샤리프를 찾지 않은 건 자신의 심각한 과오였음을 인정했다.

자이나브는 2월 말경이 되어서야 안줌이 며칠 여행을 다녀와도 되겠다는 생각이 들 정도로 건강이 회복되었다. A-1 꽃집의 소유주이자 경영자인 자키르 미안이 안줌의 여행에 동행해주겠다고

* 이슬람교에서 신이나 성인을 모시는 종.

했다. 자키르 미안은 물라카트 알리의 친구로 안줌이 태어날 때부터 그녀를 알았다. 이제 칠십대 중반이 된 그는 너무 늙어서 히즈라와 여행하는 걸 남부끄럽게 여기지 않았다. 그의 가게 A-1 꽃집은 사실상 안줌의 옛집 발코니 밑, 치틀리카바르가 마티아마할 초크로 이어지는 모퉁이에 위치한 1제곱미터 크기의 엉덩이 높이쯤 되는 시멘트 단에 불과했다. 자키르 미안은 그 자리를 물라카트 알리에게서—이제는 사키브에게서—임대해 오십 년 넘게 꽃집을 운영해오고 있었다. 그는 온종일 삼베천을 깔고 앉아 붉은 장미 화환과, (그것과는 별도로) 신권 지폐를 작은 부채와 새 모양으로 접어 결혼식 날 신랑이 목에 걸 화환을 만들었다. 그의 주된 과제는 좁은 가게 안에서 장미는 늘 싱싱하고 촉촉하게, 지폐는 건조하고 빳빳하게 보관하는 것이었다. 자키르 미안은 아지메르에 갔다가 처가에 볼일이 있어서 구자라트의 아메다바드에 들러야 한다고 했다. 안줌은 아지메르에서 혼자 돌아올 경우 견뎌야 할 괴롭힘과 굴욕(사람들 눈에 띄는 것도, 안 띄는 것도 굴욕이었다)을 감수하느니 그와 함께 아메다바드까지 갈 작정이었다. 자키르 미안 역시 노쇠한 몸이라 짐을 들어줄 사람과의 동행을 반길 수밖에 없었다. 그는 아메다바드에 가면 '사랑의 시인'으로 알려진, 그리고 물라카트 알리가 생전에 무척이나 좋아했던 17세기 우르두 시인 왈리 다카니의 영묘를 찾아갈 수 있다며 그의 축복도 빌자고 했다. 그들은 웃으면서 그의 2행 연구 한 편을 낭송하며 여행 계획을 마무리했다—그 2행 연구는 물라카트 알리가 즐겨 낭송하던 것이기도 했다.

지세이 이스크 카 티르 카리 라게
우세이 진다기 큔 나 바리 라게

큐피드 화살 한 번 맞으니
삶이 짐스러워지나니, 그렇지 아니한가?

며칠 후 그들은 기차를 타고 출발했다. 그들은 아지메르샤리프에서 이틀을 보냈다. 안줌은 밀집한 열성 신도들을 헤치고 나아가 하즈라트 가리브 나와즈에게 자이나브의 이름으로 바칠 초록색과 금색으로 된 차도르를 1000루피에 샀다. 그녀는 이틀 동안 매일 공중전화로 콰브가에 전화를 걸었다. 사흘째 되는 날에도 자이나브가 걱정되어, 아지메르 기차역 플랫폼에서 아메다바드행 가리브 나와즈 급행열차에 타기 직전에 전화를 했다. 하지만 그후로는 그녀에게서도, 자키르 미안에게서도 연락이 오지 않았다. 자키르 미안의 아들이 아메다바드에 있는 외가에 전화를 걸어보았다. 연결이 되지 않았다.

안줌에게선 소식이 없었지만 구자라트에서 전해오는 뉴스는 끔찍했다. 처음엔 신문기사에서 '괴한들'로 지칭된 일당이 기차 객차에 불을 질렀다고 했다. 힌두교 순례자 예순 명이 불에 타 죽었다. 그들은 아요디야의 유서 깊은 이슬람 사원이 있던 자리에 웅장한 힌두 사원을 세우고 싶어서, 건물 토대에 쌓을 기념 벽돌을 가져다

두러 갔다가 집으로 돌아가는 길이었다. 그곳에 있던 이슬람 사원 바브리 마스지드는 십 년 전 요란한 폭도들 손에 파괴되었다. 수석 각료 하나(당시 야당 소속으로 폭도들이 사원을 파괴하는 광경을 지켜봤던)가 열차 화재는 파키스탄 테러리스트들 소행이 분명하다고 말했다. 경찰은 새 테러리즘법에 따라 기차역 인근 지역에 사는 수백 명의 이슬람교도들—그들의 시각으로는 모두 예비 파키스탄인인—을 체포해 감옥에 넣었다. 마침 힌두교 조직의 충실한 구성원(내무장관, 수상과 마찬가지로)인 구자라트주의 주총리가 재선에 나선 상태였다. 그는 사프란색 쿠르타를 입고 이마에는 주홍색 선을 긋고 TV에 나와, 차갑고 무감각한 눈빛으로 불에 탄 힌두교 순례자들의 시신을 구자라트주의 수도 아메다바드로 옮겨 대중이 경의를 표할 수 있도록 공개하라고 명령했다. 한 교활한 '비공식 대변인'이 모든 작용에는 그것과 동등한 반작용이 따르는 법이라고* 비공식적으로 선언했다. 물론 그는 뉴턴을 인정하진 않았는데, 그건 당시의 분위기상 고대 힌두교인들이 모든 과학을 창조해냈다는 것이 힌두교의 공식 입장이었기 때문이다.

'반작용'은 설령 정말로 어떤 작용에 따른 것이라 하더라도, 동등하지도 않았고 반대 방향으로만 작용하지도 않았다. 학살은 몇 주 동안 지속되었고 도시들에만 국한되지도 않았다. 폭도들은 검과 삼지창으로 무장하고 사프란색 머리띠를 둘렀다. 그들은 이슬람교도의 집과 사업체, 상점의 토지대장을 들고 다녔다. 그들은 가스통을 잔뜩 쟁여놓고 있었다(그래서 몇 주 전부터 가스가 동이 난

* 뉴턴의 운동 제3법칙인 작용·반작용의 법칙.

모양이었다). 부상자들이 병원으로 실려가면 폭도들이 병원을 습격했다. 경찰은 살인 사건을 접수하려 하지 않았다. 시체를 확인해야 한다는 상당히 합당한 이유를 댔다. 문제는 경찰이 폭도들에게 가담하는 경우가 많았고, 폭도들이 일을 마치면 시체는 신원을 파악하기 힘든 상태가 된다는 점이었다.

사이다(안줌을 사랑하고 안줌이 자신에게 의심을 품고 있음을 전혀 모르는)가 TV 뉴스에서 안줌과 자키르 미안에게 무슨 일이 일어났는지 알 수 있는 단서를 찾을 가능성이, 희박하나마, 있으니 이제 더이상 드라마를 보지 말고 계속 뉴스를 틀어놓자고 제안했을 때, 아무도 반기를 들지 않았다. 수만 명의 구자라트 이슬람교도들이 살고 있는 난민 캠프에서 상기된 얼굴의 활기찬 기자들이 카메라에 대고 소리 높여 소식을 전할 때면, 콰브가에서는 TV 소리를 죽여놓고 기자 뒤의 배경을 살피며, 음식이나 담요를 받기 위해 줄을 서 있거나 텐트 안에서 웅크리고 있는 난민들 중에서 안줌과 자키르 미안을 찾아내려고 애썼다. 그러던 중 그들은 시인 왈리 다카니의 영묘가 완전히 파괴되고 그 자리에 아스팔트 도로가 깔려 영묘의 흔적조차 남지 않았다는 소식을 들었다. (하지만 경찰이나 폭도, 주총리도 영묘가 있던 새 아스팔트 도로 한복판에 꽃을 두고 가는 사람들의 끝없는 행렬은 어떻게 할 수 없었다. 꽃들이 달려가는 자동차 바퀴에 깔려 곤죽이 되면 어김없이 새 꽃들이 나타났다. 곤죽이 된 꽃과 시의 밀접한 관계를 그 누가 막을 수 있겠는가?) 사이다는 자신이 아는 모든 기자들과 NGO 관계자들에게 연락해 도움을 청했다. 하지만 아무도 도움이 되지 않았다. 그렇게 감감무소식인 채로 몇 주가 흘렀다. 자이나브는 병이 다 나아 다시 학교에 다니기 시작했지만 학교 밖에 있는 시간에는 짜증이 심했고 밤낮으로 사이다에게 붙어 있었다.

✲

두 달 후 학살의 빈도가 줄면서 차츰 잦아들자, 자키르 미안의 장남 만수르가 아버지를 찾으러 세번째로 아메다바드에 갔다. 그는 안전을 위해 힌두교인으로 보이도록 턱수염을 밀고 손목에 붉은색 예배용 실을 찼다. 그는 아버지를 만나진 못했지만 아버지가 무슨 일을 당했는지 듣게 되었다. 그리고 수소문 끝에 아메다바드 외곽의 이슬람 사원 안에 있는 작은 난민 캠프에서, 남성 구역에 있는 안줌을 찾아내 콰브가로 데려왔다.

안줌은 머리를 자른 상태였다. 남은 머리칼이 그녀의 머리 위에 귀마개 달린 헬멧처럼 얹혀 있었다. 그리고 옷은 하급 관료처럼 암갈색 남성용 면바지와 체크무늬 반팔 사파리 셔츠를 입고 있었다. 몸무게가 많이 줄어 있었다.

자이나브는 순간적으로 안줌의 남자 같은 낯선 모습에 좀 겁을 먹은 듯했지만, 이내 두려움을 이겨내고 스스로를 다그쳐 환성을 내지르며 엄마 품에 안겼다. 안줌은 아이를 꼭 끌어안았지만, 다른 식구들과의 인사는 참고 견딜 수밖에 없는 시련인 양 그들의 눈물과 질문, 환영의 포옹에 무덤덤하게 반응했다. 콰브가 식구들은 안줌의 냉랭함에 마음의 상처를 입고 약간 두려움을 느끼기도 했지만, 그들답지 않게 공감과 우려 속에서 관용을 베풀었다.

안줌은 인사를 마치기가 무섭게 자신의 방으로 갔다. 그리고 몇 시간 후 평소에 입던 옷으로 갈아입고 화장을 하고 립스틱을 칠하고 예쁜 머리핀 몇 개를 꽂고 나왔다. 그녀가 자신이 겪은 일에 대해 이야기하고 싶어하지 않는다는 걸 곧 모두가 분명히 알게 되었다. 그녀는 자키르 미안에 대한 질문들에 대답하려 하지 않았다. 그저 "그건 신의 뜻이었어"라는 말만 했다.

안줌이 없는 동안 자이나브는 아래층에서 사이다와 함께 잤었다. 이제 아이는 다시 안줌 곁에서 자게 되었지만, 안줌은 아이가 사이다도 '엄마'라고 부르기 시작했다는 걸 알게 되었다.

"사이다가 엄마면 나는 누구지?" 며칠 후 안줌이 자이나브에게 물었다. "엄마가 둘인 사람은 없는데."

"바디 엄마요." 자이나브가 대답했다. 큰엄마.

우스타드 쿨숨 비는 안줌이 뭐든 하고 싶은 대로 하도록 언제까지든 내버려두라는 지시를 내렸다.

안줌은 혼자 있고 싶어했다.

그녀는 당황스러울 정도로 조용했고 대부분의 시간을 책과 함께 보냈다. 그녀는 일주일에 걸쳐 자이나브에게 콰브가에서는 아무도 알아들을 수 없는 말을 가르치고 읊조리게 했다. 안줌은 그것이 산스크리트어 찬가인 '가야트리 만트라'라고 했다. 구자라트에 있는 난민 캠프에서 배웠다는 것이었다. 그걸 외워두었다가 폭도를 만났을 때 힌두교도인 것처럼 읊조리면 화를 피할 수 있다고 캠프 사람들은 이야기했다. 안줌과 마찬가지로 자이나브도 그 찬가의 의미를 몰랐지만 금세 외워서 학교에 가려고 옷을 입을 때나 가방을 쌀 때나 염소에게 먹이를 줄 때, 하루에 최소한 스무 번씩 신나게 암송했다.

옴 부르 부바 스바하
타트 사비투르 바레니암
바르고 데바시아 디마히
디요 요 나 프라초다야트

어느 날 아침, 안줌은 자이나브를 데리고 집을 나섰다. 그리고 완전히 변신한 왕쥐와 함께 돌아왔다. 자이나브는 머리를 짧게 깎고 사내아이 옷차림—아동용 파탄족 슈트, 장식이 수놓인 재킷, 앞코가 곤돌라처럼 위로 말려올라간 주티—을 하고 있었다.

"이게 더 안전해." 그게 안줌이 한 설명이었다. "곧 델리도 구자라트처럼 될 거야. 이제 자이나브 말고 마디라고 불러."

길 아래 닭장에 갇힌 닭들과 하수구의 강아지들 곁에서 자이나브가 울부짖는 소리가 들려왔다.

비상 회의가 소집되었다. TV 연속극을 못 보는 것에 대해 불평하는 사람이 나오지 않도록 정기적으로 두 시간 동안 단전이 될 때를 이용했다. 자이나브는 하산 미안의 집으로 보내 그의 손주들과 저녁 시간을 보내도록 했다. 자이나브의 수탉은 TV 옆 선반 위 낮잠 자는 자리에 있었다. 우스타드 쿨숨 비는 침대에서 이불을 둘둘 말아 등을 받치고 앉아 회의를 주재했다. 나머지 사람들은 모두 바닥에 앉아 있었다. 안줌은 시무룩한 얼굴로 문간에 숨어 있었다. 쉭쉭거리는 페트로막스 랜턴의 푸른 불빛 속에서 쿨숨 비의 얼굴은 말라붙은 강바닥처럼 보였고, 숱이 줄어가는 백발은 한때 강물이 올라왔던 곳에서 후퇴하는 빙하 같았다. 그녀는 회의를 위해 불편한 새 틀니를 끼고 있었다. 그녀는 권위적이고 무척이나 극적인 어조로 말했다. 그녀의 말은 콰브가에 갓 들어온 새 식구들을 향하는 듯했지만 어조는 안줌을 겨냥하고 있었다.

"이 집, 이 가정은 이 무너진 도시만큼 오래되고 중단 없는 역사를 지니고 있다. 칠이 벗어져가는 이 벽들, 비가 새는 지붕, 양지바른 마당—이 모든 것이 한때는 아름다웠다. 바닥엔 이스파한에서 직송한 양탄자를 깔았고 천장은 거울로 장식했었지. 샤헨샤 샤자한이 붉은 요새와 자마 마스지드를 지을 때, 그리고 이 성곽도시를 지을 때, 우리의 이 작은 저택도 지었다. 우리를 위해. 언제나 기억해라—우리는 아무데나 사는 아무 히즈라가 아니다. 우리는 샤자하나바드의 히즈라다. 우리의 통치자들은 우리에게 자신들의 아내와 어머니를 보살피는 일을 맡길 만큼 우리를 신뢰했다. 한때 우리는 붉은 요새에 있는 그들의 사적인 처소를, 규방을 자유로이 드나들었다. 그 막강했던 황제들과 왕비들은 이제 모두 사라졌다. 하지만 우리는 아직 여기 있다. 그것에 대해 생각하고 왜 그렇게 되었을까 스스로에게 물어보아라."

붉은 요새는 우스타드 쿨숨 비가 콰브가의 역사에 대해 이야기할 때 늘 중요한 역할을 차지했다. 그녀가 거동이 자유롭던 시절에는 붉은 요새에 가서 '소리와 빛' 쇼를 구경하는 것이 새 식구들의 입문 의식에서 필수적인 행사였다. 그들은 모두 가장 좋은 옷을 빼입고, 머리에 꽃을 달고, 손에 손을 잡고, 목숨을 걸고 혼잡한 찬드니초크—지독하게 느린 속도로 가면서도 어떻게든 무모하게 운전하는 재주를 지닌 사람들이 모는 통가, 릭샤, 승용차, 버스가 뒤엉킨—로 뛰어들었다.

올드델리에 웅장하게 솟은 붉은 요새는 거대한 사암 고원으로, 스카이라인의 너무도 큰 부분을 차지하고 있어서 주민들은 그 존재를 의식하지 않게 된 지 오래였다. 우스타드 쿨숨 비가 고집하지 않았더라면 콰브가 식구들 그 누구도 붉은 요새 안에 들어갈 엄두를 내지 못했을 것이다. 붉은 요새의 그림자 안에서 나고 자란 안줌조차 말이다. 일단 해자—쓰레기와 모기들 천지인—를 건너 거대한 성문 안으로 들어서면 도시는 더이상 존재하지 않았다. 광포한 작은 눈을 가진 원숭이들이 현대인의 정신으로는 상상도 할 수 없는 규모와 우아함을 자랑하며 우뚝 솟은 사암 성벽을 보란듯이 오르내렸다. 요새 안에는 다른 세상이, 다른 시간과 다른 공기(마리화나 냄새가 물씬 풍기는), 다른 하늘—어지럽게 뒤엉킨 전선들 사이로 겨우 보이는 도로 너비의 좁은 하늘이 아니라 상승온난기류 속에서 솔개들이 높이 고요하게 날아다니는 무한한 하늘—이 있었다.

'소리와 빛' 쇼는 구舊정부(새 정부는 아직 거기까지 손이 미치지 않았다)에서 공인한 버전으로 상연되었는데, 붉은 요새와 이백년 넘게 그곳에서 제국을 통치한 황제들—요새를 지은 샤자한부터 1857년 항쟁이 실패하면서 영국에 의해 유배된 마지막 무굴 황제 바하두르 샤 자파르에 이르기까지—의 역사를 다루었다. 그건 우스타드 쿨숨 비가 아는 유일한 공식 역사였다. 비록 그녀의 역사해석이 저자들의 의도보다 더 비정통적이었을 수는 있겠지만 말이다. 붉은 요새에 가면 우스타드 쿨숨 비와 그녀의 작은 무리는 관광객과 학생이 대부분인 다른 관람객들과 함께, 줄지어 놓인 나무벤치에 자리를 잡고 앉았는데, 그 벤치들 아래로는 모기떼가 새카

맞게 몰려다녔다. 관람객들은 억지로 태연한 자세를 취하고는 있었지만 대관식, 전쟁, 대학살, 승리, 패배가 이어지는 동안 모기에게 물리지 않기 위해 계속 다리를 흔들었다.

우스타드 쿨숨 비가 특별한 관심을 갖고 있는 시기는 가장 유쾌한 무굴 황제이자 쾌락과 음악, 그림을 사랑한 것으로 유명한 모하메드 샤 랑길라의 재위기인 18세기 중반이었다. 그녀는 제자들에게 특히 1739년을 주목하라고 미리 알려주었다. 그해는 관람객들 뒤에서 들려오는 천둥 같은 말발굽소리로 시작되었는데 처음엔 희미하게 시작된 말발굽소리가 커지고 커지고 커지며 요새를 휩쓸고 지나갔다. 그건 나디르 샤의 기병대가 페르시아에서부터 가즈니, 카불, 칸다하르, 페샤와르, 라호르, 시르힌드를 차례로 약탈하며 델리를 향해 달려오는 소리였다. 모하메드 샤의 장군들은 다가오는 대재앙에 대해 황제에게 경고했다. 하지만 황제는 동요하지 않고 계속 음악을 연주하라고 명했다. 쇼의 이 대목에서 디완-이-카스, 즉 특별접견실에 화려한 조명이 켜졌다. 자줏빛, 붉은빛, 초록빛. 규방엔 (물론) 분홍 조명이 켜지고 여인들의 웃음소리, 비단옷 스치는 소리, 발찌 소리가 찰랑 찰랑 찰랑 메아리쳤다. 그러다 돌연 그 부드럽고 행복한 여인들의 소리 사이로 굵직하고 분명하며 귀에 거슬리는 내시의 요염한 낄낄거림이 또렷이 들려왔다.

"저거!" 우스타드 쿨숨 비는 방금 나비채로 희귀종 나방을 잡은 나비 연구가처럼 의기양양하게 말했다. "저 소리 들었어? 저게 우리야. 저게 우리의 조상이자, 역사이자, 이야기야. 우린 평민이 아니라 황궁의 시종이었어."

그 순간은 눈 깜짝할 사이에 지나갔다. 하지만 그건 중요하지 않았다. 중요한 건 그것이 존재했다는 사실이었다. 한낱 낄낄거림으로라도 역사에 존재하는 건 부재하는 것, 완전히 누락되는 것과 천지 차이였다. 그 낄낄거림은 결국 미래라는 깎아지른 듯한 절벽을 오르는 하나의 발판이 되었으니까.

우스타드 쿨숨 비는 자신이 그토록 애써서 알려줬는데도 그 낄낄거림을 듣지 못한 제자가 있으면 격노했다. 어찌나 불같이 화를 내는지 선배들이 새 식구에게, 공개적인 구경거리가 되지 않으려면 그 소리를 못 들었어도 들은 척하라는 조언을 해줄 정도였다.

언젠가 구디야가 힌두 신화에서도 히즈라들이 사랑과 존경을 받는 특별한 위치에 있었음을 우스타드 쿨숨 비에게 알리려 했다. 그녀는 람왕과 그의 아내 시타, 그리고 왕의 남동생 락슈만이 십사 년 동안 그들의 왕국에서 추방되었을 때, 왕을 사랑하는 백성들이 왕이 가는 곳이면 어디든 함께 가겠다며 그들을 따라간 이야기를 들려주었다. 아요디아 외곽의 숲 가장자리에 이르렀을 때, 람왕은 백성들을 돌아보며 말했다. "너희 모든 남자들과 여자들은 집으로 돌아가 내가 돌아올 때까지 기다려라." 왕의 명령을 거스를 수 없었던 남자들과 여자들은 집으로 돌아갔다. 오직 히즈라들만이 꼬박 십사 년을 숲가에서 충성스럽게 왕을 기다렸는데, 그건 왕이 그들에 대해 언급하는 걸 잊었기 때문이었다.

"그러니까 우린 잊힌 존재로 기억되고 있는 거네? 와! 와!" 우스타드 쿨숨 비가 말했다.

안줌은 붉은 요새에 처음 갔던 때를 생생히 기억할 수밖에 없는 개인적인 이유를 갖고 있었다. 닥터 무크타르에게 수술을 받고 회복된 후 첫 나들이였다. 그들은 표를 사려고 줄을 서 있는 동안, 따로 줄을 서서 더 비싼 표를 사려고 기다리는 외국인 여행객들을 넋 놓고 구경했다. 외국인 관광객들 역시 히즈라들을 넋 놓고 구경했다—특히 안줌에게 시선이 쏠렸다. 꿰뚫어보는 듯한 눈과 성근 예수 수염을 가진 히피 청년이 안줌에게 감탄어린 시선을 보냈다. 안줌도 그를 바라보았다. 그녀의 상상 속에서 히피 청년은 하즈라트 사르마드 샤히드가 되었다. 그녀는 턱수염을 기른 악의적인 재판관들 앞에서 사형선고를 받으면서도 위축되지 않고, 마르고 가냘픈 벌거벗은 몸으로 당당하게 서 있는 그의 모습을 머릿속에 그렸다. 그러다 그가 자신에게로 다가오자 약간 놀랐다.

"정말 아름다우시네요. 사진, 찍어도 될까요?" 청년이 말했다.

그녀를 사진에 담고 싶어한 사람은 그가 처음이었다. 안줌은 기분이 우쭐해서는, 붉은 리본을 맨 땋은 머리를 어깨 뒤로 수줍게 넘기고 우스타드 쿨숨 비에게 허락을 청하는 시선을 보냈다. 허락이 떨어졌다. 그리하여 그녀는 사암 성벽에 어색하게 기대 어깨를 뒤로 젖히고 턱은 뻔뻔스러우면서도 소심하게 쳐들며 포즈를 취했다.

"감사합니다," 청년이 말했다. "정말 감사합니다."

안줌은 그 사진을 보지 못했지만, 그것은, 그 사진은 무언가의 시작이었다.

지금 그 사진은 어디 있을까? 신만이 아시는 일이었다.

이리저리 떠돌던 안줌의 마음이 회의가 열리고 있는 우스타드 쿨숨 비의 방으로 돌아왔다.

우리 무굴제국의 멸망은 통치자들의 퇴폐와 무절제함 탓이었다고, 우스타드 쿨숨 비는 말하고 있었다. 백성들은 굶주리는데 왕자들은 여자 노예들과 놀아나고, 왕들은 벌거숭이로 돌아다니며 풍요로운 삶을 영위한다면, 그런 왕국이 어찌 살아남기를 바랄 수 있겠는가? 왜 살아남아야 하는가? (그녀가 영화 〈위대한 무굴 황제〉의 살림 왕자 역을 연기하는 걸 본 사람들에게 그녀의 이런 철저한 비판은 전혀 예기치 못했던 일이었다. 그녀가 콰브가의 오랜 역사, 황궁과의 근접성을 자랑스러워하면서도 무굴 통치자들의 방탕함과 백성들의 빈곤에 대해 사회주의자적 분노를 품고 있는 것 역시 마찬가지였다.) 이어서 그녀는 원칙에 입각한 삶과 엄격한 규율에 대해 이야기하며 그 두 가지가 콰브가의 특징이라고 주장했다—그것이 더 강하고 웅장한 것들이 사라져가는 동안 콰브가가 오랜 세월 살아남을 수 있었던 힘이며 이유라고.

두니야의 평범한 사람들—그들이 히즈라의 삶에 무엇이 요구되는지 어찌 알겠는가? 히즈라의 규칙과 규율, 희생에 대해 무얼 알겠는가? 우스타드 쿨숨 비 자신을 포함한 모든 히즈라들이 길거리 신호등 앞에서 구걸을 해야만 했던 시절이 있었음을 오늘날 그 누가 알겠는가? 거기서부터 굴욕을 견뎌내며 조금씩 올라와 지금의 자리에 설 수 있게 되었다는 걸 말이다. 우스타드 쿨숨 비는 콰브가가 콰브가로 불리는 건 특별한 사람들, 축복받은 사람들이 두니야에서는 이룰 수 없는 꿈을 갖고 찾아오는 곳이기 때문이라고 말했다. 콰브가에서는 잘못된 몸에 갇힌 신성한 영혼들이 해방된다. (신성한 영혼이 여성의 몸에 갇힌 남성인 경우 어떻게 되는지의 문제는 다루어지지 않았다.)

그러나, 우스타드 쿨숨 비가 말했다, 그러나—뒤이은 침묵은 시인 수상의 허짤배기 연설에 어울리는 것이었다—콰브가의 가장 중요한 원칙은 만주리, 동의다. 두니야 사람들은 히즈라들이 어린 사내아이들을 납치해 거세시킨다는 사악한 소문을 퍼뜨린다. 다른 데서는 그런 일들이 벌어지는지 몰라도 콰브가에서는 만주리 없이는 아무것도 행해지지 않는다는 걸 신께서도 알고 계신다.

우스타드 쿨숨 비는 당면한 구체적인 문제로 들어갔다. 신께서 우리의 안줌을 우리에게 돌려보내주셨다, 그녀가 말했다. 안줌은 구자라트에서 자신과 자키르 미안에게 무슨 일이 있었는지에 대해 함구하고 있으며, 우리는 그때 일을 말하도록 강요할 수 없다. 그저 짐작만 할 수 있을 뿐이다. 그리고 동정심을 품을 수 있을 뿐이다. 하지만 동정심 때문에 원칙을 저버릴 수는 없다. 어린 여자아이를 본인이 원하지도 않는데 남자로 살도록 강요하는 건, 아무리 아이의 안전을 위한 것이라 해도, 속박이지 해방이 아니다. 우리 콰브가에서 그런 일은 있을 수 없다. 절대로.

"그애는 내 자식이에요. 그러니 내가 결정할 거예요. 난 아이를 데리고 이곳을 떠날 수도 있어요." 안줌이 말했다.

그 선언에 다들 동요하기는커녕, 안줌의 연극적인 호들갑이 아직 건재함을 확인하고 안도감을 느꼈다. 그녀에겐 세상천지에 갈 곳이 없었기에 그녀가 떠날까봐 걱정할 이유는 없었다.

"너 하고 싶은 대로 해라. 하지만 아이는 여기에 남을 거다." 우스타드 쿨숨 비가 말했다.

"지금껏 만주리 이야기를 해놓고 스승님이 아이 대신 결정을 내리시겠다고요? 자이나브에게 물어보죠. 그 아이는 저와 같이 가겠다고 할 거예요." 안줌이 말했다.

우스타드 쿨숨 비에게 이런 식으로 말대꾸를 하는 건 용납할 수 없는 일이었다. 대학살의 생존자라도 마찬가지였다. 다들 우스타드 쿨숨 비의 반응을 기다렸다.

우스타드 쿨숨 비는 눈을 감으며 등에 받친 이불을 빼라고 했다. 갑자기 피곤에 지친 그녀는 벽을 향해 돌아눕더니 팔꿈치를 베고 몸을 웅크렸다. 그러고는 눈을 감은 채 아득히 먼 곳에서 들려오는 듯한 목소리로 안줌에게 닥터 바가트를 찾아가서 진찰을 받고, 그가 처방해주는 약을 먹으라고 지시했다.

회의는 그것으로 끝이었다. 식구들이 흩어졌다. 페트로막스 랜턴이 성난 고양이처럼 쉭쉭거리며 방에서 들려 나갔다.

안줌은 사실 마음에 없는 소리를 한 거였지만, 막상 떠난다는 말을 하고 보니 그 생각이 똬리를 틀고 비단뱀처럼 그녀를 휘감았다.

그녀가 닥터 바가트에게 가는 걸 거부하자 사이다를 필두로 한 작은 대표단이 그녀 대신 갔다. 닥터 바가트는 군대식 짧은 콧수염을 기른 작달막한 남자로, 폰즈 드림플라워 땀띠분 냄새가 진동했다. 그는 행동이 민첩하고 새 같은 데가 있었으며, 몇 분마다 초조하게 마른 코를 킁킁거리면서 펜을 가지고 책상을 스타카토로 세 번 두드려 자신뿐 아니라 환자들의 말까지 끊었다. 팔뚝엔 검은 털이 무성했으나 머리칼은 거의 없었다. 그는 왼쪽 팔목의 털을 넓은 띠 모양으로 민 다음, 그 위에 테니스 선수용 타월 손목 밴드를 하고, 그 위에 육중한 금시계를 차서 시간이 또렷이 잘 보이게 했다. 그날 아침 그는 매일 그렇듯, 티 하나 없는 흰 테리직 사파리 슈트에 반짝이는 흰 샌들 차림이었다. 그리고 깨끗한 흰 수건이 의자 등받이에 걸려 있었다. 그의 병원은 똥통 같은 동네에 있었지만 그는 매우 깨끗한 남자였다. 그리고 좋은 사람이기도 했다.

대표단이 우르르 들어와 진료실 의자를 모두 차지했고 일부는 다른 사람이 앉은 의자 팔걸이에 걸터앉았다. 닥터 바가트는 콰브가에서 온 환자들의 경우 둘이나 셋씩(그들은 혼자 오는 법이 없었다) 진료를 보는 것에 익숙했다. 하지만 그날 아침 그렇게 많이 몰려온 걸 보고는 약간 놀랐다.

"환자가 누군가요?"

"여기엔 없어요, 의사 선생님."

대변인 사이다가 안줌의 행동 변화—침울하고 무례해진 것과 독서, 그리고 가장 심각한 증상인 반항—에 대해 최대한 조심스럽게 설명했고 이따금 다른 사람들이 첨언하거나 부연하며 거들었다. 사이다는 의사에게 자이나브가 갖가지 병을 앓았던 것과 안줌의 불안감에 대해 이야기했다. (물론 그녀는 안줌의 흑마술 이론과 자신이 거기 관련되어 있다는 사실은 알지 못했다.) 대표단은 사전 협의를 통해 구자라트 이야기는 빼기로 의견을 모았는데 그 이유는,

(1) 그곳에서 안줌이 무슨 일을 겪었는지 모르고,

(2) 닥터 바가트의 책상에 은으로 된(은도금일 뿐인지도 모르지만) 제법 큰 가네시*상이 놓여 있고, 늘 새로 피운 향의 연기가 그의 코끼리 코를 휘감아 올라왔기 때문이었다.

물론 두번째 사실에서 어떤 구체적인 결론을 끌어낼 수는 없었

* 힌두교의 지혜와 행운의 신으로, 머리가 코끼리 형상을 하고 있다.

지만, 구자라트 사건에 대해 그가 어떤 견해를 갖고 있을지 확신할 수 없게 만들었던 것이다. 그래서 그들은 지나치다 싶을 정도로 신중한 결정을 내리게 되었다.

닥터 바가트(다른 수백만의 힌두교인들처럼 구자라트에서 벌어진 일련의 사태에 끔찍한 충격을 받은)는 코를 킁킁거리고 펜으로 책상을 톡톡 두드리면서, 금테를 두른 두툼한 렌즈에 확대된 두 눈을 반짝이며 열심히 경청했다. 그는 이맛살을 모으고 사이다가 한 이야기에 대해 잠시 생각한 다음, 안줌이 콰브가를 떠나고 싶어서 독서를 시작한 것인지 아니면 독서를 하면서 떠날 생각을 품게 된 것인지 물었다. 대표단은 그 문제에 대해 의견이 갈렸다. 대표단에서 어린 축에 속하는 메헤르가 안줌이 두니야로 돌아가서 가난한 사람들을 돕고 싶다는 말을 했노라고 했다. 그러자 모두 왁자하게 웃었다. 닥터 바가트는 웃음기 없는 얼굴로, 그 말이 왜 그렇게 우스운지 물었다.

"아레*, 의사 선생님, 어떤 가난한 사람이 우리 도움을 받고 싶어 하겠어요?" 메헤르가 그렇게 말했고, 대표단은 히즈라가 도움의 손길을 내밀면 가난한 사람들이 질겁할 것을 생각하며 킥킥거렸다.

닥터 바가트는 처방전에 작고 정갈한 글씨로 이렇게 썼다. 전에는 외향적이고 순종적이고 유쾌한 성격이던 환자가 반항적이고 혐오스러운 성격을 보이고 있음.

그는 대표단에게 걱정하지 말라고 했다. 그리고 처방전을 써주었다. 약(그가 늘 모두에게 처방해주는 약이었다)을 먹으면 마음이

* '이보세요'라는 뜻.

진정되고 밤에 잠도 잘 자게 될 거라고, 다음번엔 환자가 직접 와야 한다고 말했다.

안줌은 약 먹는 걸 단호히 거부했다.

시일이 흐르면서 그녀의 조용함은 다른 것으로, 불안과 초조로 바뀌었다. 그녀는 자신이 평생 거짓된 행복 속에서 살도록 선고받은 존재라고 느꼈고, 그런 삶에 대한 광적인 반발심이 서서히 번져가는 폭동처럼 그녀의 혈관을 타고 흘렀다.

그녀는 그동안 보물처럼 간직해온 물건들을 마당에 쌓아놓고, 그 위에 닥터 바가트의 처방전을 던진 후 성냥불을 그었다. 소각된 물건들 중에는,

(그녀에 관한) 다큐멘터리 영화 세 편

(그녀를 담은) 커피 테이블용 고광택 사진 화보집 두 권

(그녀에 관한) 해외 잡지들에 실린 사진 특집기사 일곱 편

〈뉴욕 타임스〉〈런던 타임스〉〈가디언〉〈보스턴 글로브〉〈글로브 앤드 메일〉〈르몽드〉〈코리에레 델라 세라〉〈스탐파〉〈자이트〉 등 열세 개 이상의 언어로 된 해외 신문들에서 오린 (그녀에 관한) 기사를 모아놓은 앨범 한 권이 있었다.

불에서 솟은 연기 때문에 모든 식구들이, 염소까지 기침을 했다. 재가 식자 안줌은 그걸 자신의 얼굴과 머리에 발랐다. 그날 밤 자이나브는 옷과 신발, 책가방, 로켓 모양 필통을 사이다의 장롱으로 옮겼다. 아이는 더이상 안줌과 한방에서 자지 않겠다고 했다.

"엄마는 전혀 행복하지 않아." 그것이 자이나브가 댄 정확하고 무자비한 이유였다.

상심한 안줌은 고드레지 옷장에 있던 화려한 옷과 장신구—새틴 가라라와 스팽글 장식이 달린 사리, 줌카*, 발찌, 유리 팔찌—를 양철 트렁크들에 옮겨 담았다. 그리고 파탄족 슈트를 비둘기색과 진흙색으로 한 벌씩 만들고, 중고 비닐 방수 재킷과 양말 없이 신을 남성용 신발 한 켤레를 샀다. 낡은 템포 삼륜차가 도착했고 옷장과 양철 트렁크들이 거기 실렸다. 안줌은 어디로 간다는 말도 없이 떠났다.

그때까지도 콰브가 식구들은 그녀가 떠나는 걸 심각하게 받아들이지 않았다. 그들은 그녀가 돌아올 거라고 확신했다.

콰브가에서 템포 삼륜차로 겨우 십 분을 달려서, 안줌은 다시 다른 세계로 들어갔다.

그 세계는 기분 나쁜 묘지로, 황폐하고 그리 크지 않았으며 가끔씩만 이용되었다. 묘지 북쪽 경계선은 국립병원과 시체안치소에 접해 있었는데, 델리시 부랑자들의 시체와 무연고 시신들이 경찰에서 처리 결정이 내려질 때까지 그 시체안치소에 보관되었다. 대부분의 시신들은 시市 화장장으로 보내졌다. 이슬람교도로 확인된 시신의 경우, 묘비 없는 무덤에 매장되었다가 세월과 함께 사라지면서 토양의 비옥함과 고목들의 이례적인 무성함에 기여했다.

정식으로 조성된 무덤은 이백 기基가 못 되었다. 오래된 무덤들

* 종 모양의 귀걸이.

은 조각된 대리석 묘비까지 갖춰 공들여 조성된 반면, 최근의 것일수록 기본만 갖추었다. 안줌의 집안도 몇 세대가 그곳에 묻혀 있었다—물라카트 알리, 그의 부친과 모친, 조부와 조모. 물라카트 알리의 누나 베굼 지나트 카우저(안줌의 고모)도 동생 곁에 잠들어 있었다. 그녀는 인도 분할 후 라호르*로 갔다. 그리고 그곳에서 십 년을 살다가 델리의 자마 마스지드와 가까운 곳이 아니면 살 수가 없다며 남편과 자식들을 떠나 델리로 돌아왔다. (무슨 까닭인지 라호르의 바드샤히 마스지드는 자마 마스지드를 대신하지 못했다.) 베굼 지나트 카우저는 경찰에게 파키스탄 스파이로 몰려 강제 추방당할 위기를 세 차례나 넘기고 샤자하나바드에 정착해 그녀가 사랑하는 사원이 보이는 부엌 딸린 좁은 방에서 살았다. 그녀는 나이가 비슷한 과부와 방을 같이 썼다. 생계는 외국인 단체 관광객들이 현지 음식을 맛보러 오는 구시가지 식당에 양고기 코르마**를 공급해서 유지했다. 그녀는 삼십 년 동안 날마다 똑같은 냄비에 든 요리를 저었기에 다른 여자들에게서 향유와 향수 냄새가 풍기듯 코르마 냄새가 났다. 그리고 생명이 그녀를 떠난 후에도 맛있는 올드델리 음식 냄새를 풍기며 무덤에 묻혔다. 베굼 지나트 카우저 옆에는 결핵으로 죽은 안줌의 큰언니 비비 아예샤의 유해가 있었다. 그리고 조금 떨어진 곳에 안줌을 받아준 산파 아흘람 바지의 무덤이 있었다. 아흘람 바지는 죽기 몇 해 전에 실성을 하고 몸도 비대해졌다. 그녀는 당나귀 젖으로 목욕을 하고 갓 나온 듯 헝클어진 머

* 파키스탄 북동부의 도시.

** 요구르트, 크림 등을 넣은 순한 커리.

리를 더러운 수건으로 감싸고, 마치 지저분한 여왕처럼 당당하게 구시가지 거리를 누비고 다녔다. 늘 낡은 키산유레아 비료 부대에 빈 광천수 병, 찢어진 연, 근처 람릴라광장에서 대규모 정치 집회를 하고 남겨진 포스터나 기드림 접은 걸 잔뜩 쑤셔 담아 들고 다녔다. 그녀는 광기가 심한 날에는 자신의 손으로 받은 아이들에게 다가가 말을 걸곤 했는데, 대부분 어른이 되어 자식까지 둔 그들에게 상스럽기 짝이 없는 욕을 해대며 그들이 태어난 날을 저주했다. 하지만 그들은 그녀가 주는 모욕을 기분 나쁘게 받아들이지 않고, 마술 쇼에서 실험 대상이 되기 위해 무대로 불려나간 사람처럼 과장되고 곤혹스러운 미소로 대응하곤 했다. 사람들은 언제나 아흘람 바지에게 음식과 잠자리를 권했다. 그녀는 음식은 대단한 은혜라도 베풀듯—악의에 찬 태도로—받았지만 잠자리는 거절했다. 여름의 폭염과 겨울의 혹한 속에서도 한뎃잠을 고집했다. 그러다 어느 날 아침 알리프 제드 문구&복사점 밖에서 키산유레아 비료 부대를 끌어안고 꼿꼿이 앉아 죽은 채로 발견되었다. 자하나라 베굼은 그녀를 가족 묘지에 묻어야 한다고 고집했다. 그녀는 시신을 목욕시키고 옷을 입혀 이맘의 마지막 기도를 받을 수 있게 해주었다. 어쨌거나 아흘람 바지는 그녀의 다섯 아이 모두를 받아준 산파였으니까.

아흘람 바지의 무덤 옆에는 묘비에 (영어로) '베굼 레나타 뭄타즈 마담'이라고 새겨진 여자의 무덤이 있었다. 베굼 레나타는 루마니아에서 온 벨리댄서로, 부쿠레슈티에서 인도와 인도의 전통춤을 꿈꾸며 자랐다. 그녀는 열아홉이라는 어린 나이에 히치하이크로 대륙을 건너 델리에 도착했지만 이류 카타크* 지도자를 만나 성적으로 이용만 당하고 춤은 거의 배우지 못했다. 그녀는 먹고살기 위해 델리의 일곱 고대 도시 중 다섯번째 도시인 페로즈샤코틀라 터에 있는 로즈가든—그곳 주민들에겐 노No 로즈가든이라고 알려진—에 위치한 로즈버드 레스토바** 카바레에서 공연을 하기 시작했다. 레나타의 '카바레 이름'은 뭄타즈였다. 그녀는 전문 사기꾼과 사랑에 빠져, 남자가 그녀의 돈을 모두 들고 사라진 후 젊은 나이에 세상을 떠났다. 레나타는 애인이 자신을 속인 걸 알고 난 후에도 그를 그리워했다. 그녀는 점점 미쳐갔고 주문을 걸어 망령들을 불러내려고 했다. 그녀는 장시간 신들린 상태에 빠지기 시작했고, 그럴 때면 몸에 발진이 생기고 목소리가 남자처럼 굵고 거칠어졌다. 그녀의 사망 경위는 불분명했지만 다들 자살로 추정했다. 로즈버드 레스토바에는 로샨 랄이라는 과묵한 급사장이 있었는데 통명스러운 도덕가인 그는 모든 무희들의 원한(그리고 농담)의 대상이었지만, 스스로 생각해도 놀라울 정도로 그녀의 장례식을 준비하고 그녀의 무덤에 꽃을 들고 한 번, 두 번 찾아가다가 자신도 모르는 사이에 화요일(그의 휴무일)마다 무덤을 찾게 되었다. 그녀의 이름이 새겨진 묘비를 세우고, 그의 표현에 따르면 '유지'를 해나간 것도 그였다. 묘비의 그녀 이름 앞과 뒤에 '베굼'***과 '마담'이라는 사후 존칭을 붙인 것도 그였다. 레나타 뭄타즈가 세상을 떠난 지도 십칠 년이 되었다. 로샨 랄은 가느다란 정강이에 두툼한 하지정맥류가 생기고 한쪽 귀가 들리지 않게 되었지만 여전히 싱싱한

* 몸동작으로 이야기를 전달하는 춤으로 북인도 4대 전통 무용 가운데 하나.

** Rest-O-Bar. 레스토랑과 주점이 혼합된 형태의 식당.

*** 이슬람 문화권에서 귀족 여성이나 결혼한 여성에게 붙이는 존칭.

꽃—가자니아, 할인해서 산 장미, 그리고 돈이 궁할 때는 신호등 앞에서 아이들이 파는 재스민 몇 송이—을 들고 낡은 검정 자전거를 타고 덜컹거리며 묘지로 들어왔다.

주요 무덤들 외에 주인이 확실치 않은 무덤도 몇 개 있었다. 그중 하나가 그냥 '바드샤'라고 불리는 무덤이었다. 어떤 이들은 바드샤가 1857년 반란 후 영국인들에게 처형된, 알려지지 않은 무굴 왕자라고 주장하는 한편, 어떤 이들은 아프가니스탄 출신 수피 시인이라고 믿었다. 그리고 '이슬라히'라는 이름만 가진 무덤도 있었다. 어떤 이들은 그가 샤 알람 2세 황제의 장군이라고 하고, 다른 이들은 그가 이 동네 포주였는데 1960년대에 그에게 사기당한 매춘부가 칼로 찔러 죽였다고 주장했다. 늘 그렇듯, 모두가 자기 믿고 싶은 대로 믿었다.

묘지에서의 첫날밤, 간단한 정찰을 마친 안줌은 물라카트 알리의 무덤 근처에 고드레지 옷장과 몇 가지 소지품을 놓고 아흘람 바지와 베굼 레나타 뭄타즈 마담의 무덤 사이에 양탄자와 침구를 깔았다. 당연하게도, 그녀는 잠을 이루지 못했다. 묘지에 사는 누가 와서 괴롭혀서가 아니었다—그녀와 알고 지내자고 찾아오는 신령도, 출몰의 조짐을 보이는 유령도 없었다. 묘지 북쪽 끝의 헤로인 중독자들—밤의 더 짙은 어둠에 불과한 그림자들—은 헌 붕대와 쓰고 버린 주사기 천지인 병원 쓰레깃더미 위에 웅크리고 있었고 아예 그녀의 존재를 알아채지도 못한 듯했다. 묘지 남쪽에서는 노숙자 무리가 모닥불을 둘러싸고 앉아 연기를 피우며 변변찮은 음식을 요리하고 있었다. 사람들보다 건강 상태가 나은 떠돌이 개들이 점잖게 거리를 두고 남은 음식을 공손히 기다렸다.

정상적인 상황이었다면 그런 환경은 안줌에게 위험했을 터였다. 하지만 비탄이 그녀를 보호해주었다. 마침내 사회적 의례에서 벗어나자 비탄이 그녀를 둘러싸고 위풍당당하게 솟아올랐다—그것은 성벽, 망루, 숨겨진 지하 감옥과 다가오는 폭도처럼 웅성거리는 벽들로 이루어진 하나의 요새였다. 그녀는 자기 자신으로부터 달아나는 도망자처럼 그 금빛 방들을 덜걱거리며 지났다. 그녀는 사프란색 삼지창에 찔린 아기를 데리고 쫓아오는 사프란색 미소를 머금은 사프란색 사내들의 행렬을 떨쳐버리려 했지만 그들은 떨쳐지지 않았다. 그녀는 길 한복판에 자신이 만들어 파는 빳빳한 지폐로 된 새처럼 솜씨 있게 접힌 채 누워 있는 자키르 미안에게서 벗어나려 애썼다. 하지만 그는 몸이 접힌 채로 공중을 나는 양탄자를 타고 닫힌 문들을 통과해 그녀를 쫓아왔다. 그녀는 그의 눈에서 빛이 꺼지기 직전에 자신을 바라보던 시선을 잊으려고 애썼다. 하지만 그는 그것을 허락하지 않았다.

안줌은 그들이 자키르 미안의 생명 없는 몸뚱이에서 그녀를 떼어낼 때 자신이 용감하게 저항했노라고 그에게 말해주려 애썼다.

하지만 그녀는 자신이 그렇게 하지 않았음을 너무도 잘 알았다.

안줌은 그들이 다른 수많은 사람들에게 어떻게 했는지에 대해 알지 않으려고 애썼다. 그들이 어떻게 남자들을 접고 여자들을 펼쳤는지, 그리고 결국은 어떻게 사지를 갈가리 찢고 불에 태웠는지에 대해.

하지만 그녀는 자신이 안다는 것을 너무도 잘 알았다.

그들.

그들, 누구?

동등한 반작용을 가하기 위해 동원된 뉴턴의 군대. 강철 발톱과 피투성이 부리를 가진 삼만의 사프란색 앵무새들이 한꺼번에 깍깍거렸다.

무살만 카 에크 히 스탄! 카브리스탄 야 파키스탄!

이슬람교도를 위한 땅은 오직 한 곳뿐! 묘지 아니면 파키스탄!

안줌은 죽은 척하고 자키르 미안의 시체 위에 큰대자로 뻗어 있었다. 가짜 여자의 가짜 시체. 하지만 앵무새들은 순수한 채식주의자—혹은 자칭 채식주의자—이면서도(그것이 징병의 최소 요건이었다), 블러드하운드처럼 깐깐하고 능숙하게 바람의 냄새를 맡았다. 그리고 당연히 그녀를 발견해냈다. 삼만의 목소리들이 우스타드 쿨숨 비의 앵무새 비르발처럼 단조로운 억양으로 말했다.

아이 하이! 살리 란디 히즈라! 자매끼리 씹하는 창녀 히즈라. 자매끼리 씹하는 무슬림 창녀 히즈라.

또다른 높고 걱정스러운 목소리가, 또다른 새가 외쳤다.

나히 야르, 마트 마로, 히즈론 카 마르나 아프샤군 호타 하이.

형제여, 그 여자는 죽이지 마라, 히즈라를 죽이면 악운이 따른다.

악운!

그 살인자들에게 악운보다 더 두려운 건 없었다. 검을 휘두르고 단검을 내지르는 손에 행운의 돌이 박힌 굵은 금반지를 잔뜩 낀 것도 결국 악운을 막기 위해서였으니까. 쇠막대를 들고 사람들을 때려죽이는 손목에, 사랑하는 어머니가 정성껏 묶어준 붉은 예배용 실을 장식한 것도 악운을 막기 위해서였다. 그 모든 예방책을 동원한 마당에 일부러 악운을 부를 이유가 어디 있겠는가?

그래서 그들은 안줌을 둘러싸고 그녀에게 그들의 구호를 외치게 했다.

바라트 마타 키 자이! 반데 마타람!

그녀는 시키는 대로 했다. 그 어떤 악몽에서보다 더 끔찍한 굴욕을 느끼며 부들부들 몸을 떨고 눈물을 흘리면서.

어머니 인도에게 승리를! 어머니에게 경의를!

그들은 안줌을 살려둔 채 떠났다. 죽이지 않고. 해치지 않고. 접지도 펼치지도 않고. 그녀 혼자 두고 떠났다. 그렇게 함으로써 자신들이 행운을 얻기 위해서.

학살자들의 행운.

그게 그녀였다. 그녀가 오래 살수록 그들에게 더 많은 행운을 가져다주는 것이었다.

그녀는 자신만의 요새를 돌아다니면서 그 사소한 사실에 대해 알지 않으려고 애썼다. 하지만 허사였다. 그녀는 자신이 아주 잘 알고 있음을 아주 잘 안다는 걸 아주 잘 알았다.

냉혹한 눈과 주홍색 이마를 가진 구자라트 주총리는 다음 선거들에서도 계속 승리할 터였다. 시인 수상의 정부가 중앙에서 무너진 후에도 그는 구자라트에서 연거푸 당선되었다. 일부 사람들은 그가 대학살에 대한 책임을 져야 한다고 믿었으나, 유권자들은 그를 '구자라트 카 랄라', 구자라트의 연인이라고 불렀다.

안줌은 몇 개월 동안 묘지에서 살았다. 그녀는 피폐한 떠돌이 망령이 되어 그곳에 사는 어떤 정령이나 혼령보다 더 자주 출몰하고,

시신을 매장하러 온 유족들에게 그들의 애도를 거뜬히 능가하는 거칠고 무절제한 슬픔으로 매복 공격을 가했다. 그녀는 몸단장도, 머리 염색도 중단했다. 그녀의 머리는 뿌리부터 새하얗다가 중간쯤에서 갑자기 새카매져서 마치, 뭐랄까…… 줄무늬처럼 보였다. 예전엔 그녀가 세상 무엇보다 두려워했던 수염이 희미하게 빛나는 성에처럼 턱과 뺨을 덮고 있었다(평생 싸구려 호르몬 주사를 맞은 덕에 본격적인 턱수염으로 자라진 않았다). 판을 씹어서 검붉게 물든 앞니 하나는 심하게 흔들렸다. 그래서 그녀가 어쩌다 한 번씩 말을 하거나 웃을 때면 그 이가 저절로 연주되는 하모니움 건반처럼 섬뜩하게 오르내렸다. 하지만 그 섬뜩함은 장점도 있어서 사람들에게 겁을 주고, 그녀에게 욕하고 돌을 던지는 못된 꼬마들이 가까이 접근하지 못하게 했다.

안줌의 오랜 고객이며, 그녀에게 세속적인 욕망을 초월한 애정을 품어온 지 오래인 D. D. 굽타 씨가 그녀를 찾아내 묘지로 왔다. 카롤바그 출신의 건축도급업자인 그는 강철, 시멘트, 돌, 벽돌 같은 건축자재들을 사서 공급했다. 그는 부자 고객의 건축 현장에서 벽돌과 석면판 몇 장을 빼돌려 안줌이 작은 임시 판잣집을 짓도록 도와주었다—정교한 건축물이 아니라 그녀가 필요할 때 물건을 넣고 문을 잠글 수 있는 창고에 불과했다. 굽타 씨는 안줌이 필요한 건 없는지, 자해를 하지는 않는지 확인하기 위해 이따금 그녀를 찾아왔다. 미국의 이라크 침공 후 (콘크리트 방폭벽에 대한 수요 폭등을 이용해 돈을 벌기 위하여) 바그다드로 떠나게 되었을 때에는, 아내에게 운전기사를 시켜 일주일에 최소 세 번은 안줌에게 따뜻한 음식을 가져다주도록 부탁해놓았다. 굽타 부인은 자신을 크리슈나 신의 여성 숭배자 고피라고 여겼으며, 손금쟁이 말에 따르면 윤회의 마지막 단계인 일곱번째 생을 살고 있었다. 그래서 그녀는 내생에서 현생의 죗값을 치러야 한다는 걱정 없이 자신이 원하는 대로 행동할 수 있었다. 그녀는 여러 사람과 외도를 즐겼는데, 다만 성적 절정에 도달했을 때 자신이 느끼는 황홀경은 신을 위한 것이지 인간 연인을 위한 게 아니라고 주장했다. 그녀는 남편을 지극히 사랑하면서도 그의 신체적 욕구를 만족시켜줄 책임을 덜게 되자 안도했으며, 그래서 남편의 그 작은 부탁을 기꺼이 들어주었다.

굽타 씨는 떠나기 전에 안줌에게 싸구려 휴대전화를 사주고 전화 받는 법(수신은 공짜니까)과 그와 통화할 일이 생기면 '부재중 전화'를 남기는 법에 대해 가르쳐줬다. 안줌은 일주일도 안 되어 휴대전화를 잃어버렸고, 굽타 씨가 바그다드에서 전화를 걸자 어떤 술주정뱅이가 전화를 받더니 울면서 자기 어머니를 바꿔달라고 했다.

인정 많은 굽타 씨 말고 다른 손님들도 있었다. 사이다가 자이나브를 몇 번 데려왔는데, 아이는 겉으로는 무정해 보여도 실은 정신적 충격을 받은 것이었다. (사이다는 그 만남이 안줌에게나 자이나브에게나 너무 큰 고통을 가져다준다는 걸 알게 되자 더이상 아이를 데려오지 않았다.) 안줌의 남동생 사키브도 일주일에 한 번씩 왔다. 우스타드 쿨숨 비도 친구 하지 미안과 함께, 그리고 가끔은 비스밀라를 동반해 릭샤를 타고 왔다. 그녀는 안줌이 콰브가에서 나오는 작은 액수의 연금을 받을 수 있도록 조처하고 매달 1일에 그 돈을 봉투에 담아 전달했다.

그중에서도 가장 자주 찾아오는 손님은 우스타드 하미드였다.

그는 수요일과 일요일만 빼고 매일 동틀녘이나 황혼녘에 찾아와 안줌의 하모니움을 들고 누군가의 무덤에 자리를 잡은 채 짙은 여운을 남기는 리아즈*—아침에는 라가 랄리트, 저녁에는 라가 슈드 칼리안—를 불렀다. 툼 빈 카운 카바르 모리 라이트…… 당신 말고 그 누가 내 소식을 물으리오? 암묵적으로 정해진 안줌의 영역의 보이지 않는 경계선 밖에 모여든 부랑자들과 떠돌이들이 최신 발리우드 히트곡이나 대중적인 카왈리**(십중팔구는 〈숨결마다 환희에 찬 성자〉였다)를 불러달라고 외쳤으나 그는 관객의 그런 모욕적인 요청을 의도적으로 무시했다. 이따금 묘지 가장자리의 그 비극적인 그림자들은 술이나 헤로인에 꿈꾸듯 몽롱하게 취한 상태에서 일어나 자신의 박자에 맞추어 느릿느릿 춤을 추었다. 빛이 죽어가는 (혹은 태어나는) 동안 우스타드 하미드의 부드러운 목소리가 황폐한 풍경과 그곳의 황폐한 거주자들 사이로 울려퍼졌고, 안줌은 베굼 레나타 뭄타즈 마담의 무덤 위에서 우스타드 하미드를 등진 채 책상다리를 하고 앉아 있었다. 그녀는 그와 말을 하지 않았고 눈길도 주지 않았다. 그래도 그는 개의치 않았다. 그는 안줌의 어깨에 움직임이 없는 걸 보고 그녀가 자신의 노래를 듣고 있음을 알 수 있었다. 그는 지금까지 그녀가 힘든 시기를 견딜 수 있도록 도와주었고, 이번에도 자신이 아니라면 음악이 그녀에게 분명 도움이 되어주리라 믿었다.

하지만 친절도, 잔인함도 안줌을 콰브가의 삶으로 돌려보내지는

---

* 힌두스탄 전통음악.

** 인도, 파키스탄 등지의 이슬람 음악.

못했다. 슬픔과 공포의 물결이 가라앉는 데 여러 해가 걸렸다. 이맘지아우딘이 매일 찾아와 둘이 사소한(가끔은 심오한) 언쟁을 벌이고, 그의 요청에 따라 안줌이 매일 아침 그에게 신문을 읽어준 덕에 안줌은 두니야에 다시 가까워질 수 있었다. 그녀의 '비탄의 요새'는 점차 감당 가능한 규모의 주거지로 줄어들었다. 그리하여 그것은 하나의 집, 예측 가능하고 안심이 되는—끔찍하지만 미더운—슬픔의 장소가 되었다. 사프란색 사내들은 검을 칼집에 넣고 삼지창을 내려놓고 순순히 생업으로 돌아가 벨소리에 응답하고, 명령에 따르고, 마누라를 패면서 다음번 피비린내나는 출정까지 때를 기다렸다. 사프란색 앵무새들은 발톱을 거두고 초록색으로 돌아가 흰등독수리들과 참새들이 사라진 반얀나무 가지에서 나뭇잎으로 위장했다. 접힌 남자들과 펼쳐진 여자들도 찾아오는 횟수가 줄었다. 오직 자키르 미안만이 솜씨 좋게 접힌 모습으로 그녀 곁을 좀처럼 떠나지 않았다. 하지만 이윽고 그녀를 졸졸 따라다니는 대신 그녀와 함께 살면서 한결같은, 그러나 요구가 많지 않은 동반자가 되었다.

안줌은 다시 몸단장을 하기 시작했다. 머리에 헤나 염색을 해서 불타는 오렌지색으로 만들었다. 수염을 제거하고, 흔들리는 이는 뽑은 후 임플란트를 했다. 그리하여 이제 완벽한 흰 이가 치아로 추정되는 검붉은 그루터기들 사이에서 엄니처럼 빛났다. 전반적으로는 이전 모습보다 아주 약간 덜 놀라운 수준이었다. 그녀는 여전히 파탄족 슈트를 입었으나 좀더 부드러운 색인 연푸른색과 연분홍색으로 새로 맞췄고, 스팽글 장식이 달린 낡은 날염 두파타를 둘렀다. 약간 체중이 불어서 몸이 새 옷을 편안하고 매력적으로 채우고 있었다.

하지만 안줌은 자신이 '학살자들의 행운'일 뿐임을 결코 잊지 않았다. 남은 생애 동안, 심지어 그렇게 보이지 않을 때조차, 그녀와 '남은 생애'의 관계는 늘 불안정하고 무모했다.

비탄의 요새가 작아지는 동안 안줌의 판잣집은 커져갔다. 처음엔 침대가 들어가는 오두막으로 커졌다가 그다음엔 조그만 부엌이 딸린 작은 집이 되었다. 안줌은 지나친 관심을 끌지 않도록 외벽은 거친 미완성의 상태로 두었다. 내벽은 회반죽을 바르고 특이하게 자홍색으로 칠했다. 철제 대들보에 사암 지붕을 얹어 테라스를 냈고, 겨울이면 거기에 플라스틱 의자를 놓고 앉아서 죽은 자들의 영토를 살펴보며 머리를 말리거나 갈라지고 흰 비늘이 덮인 정강이에 햇볕을 쬐었다. 문과 창문에는 옅은 황록색을 선택했다. 이제 어엿한 젊은 숙녀로 잘 자라고 있는 왕쥐가 다시 찾아오기 시작했다. 그녀는 늘 사이다와 함께 왔고 절대로 그곳에서 밤을 보내지 않았다. 안줌도 절대 자고 가라고 붙들지 않았고 자신의 감정을 드러내지도 않았다. 하지만 자이나브가 준 마음의 상처는 결코 아물지도 줄어들지도 않았다. 이 문제에 대해서만큼은 안줌의 마음이 호전되기를 허락하지 않았다.

몇 달에 한 번씩 시 당국에서 불법 거주자들의 묘지 거주를 엄격히 금하며 무허가 건물은 일주일 내로 철거 조치한다는 내용의 경고장을 안줌의 집 앞문에 붙였다. 안줌은 그들에게 자신은 묘지에서 살고 있는 게 아니라 죽어가고 있는 것이라고, 그것에 대해서는 신의 허락을 받았기에 시의 승인이 필요하지 않다고 말했다.

안줌을 찾아오는 시 공무원들 중에는 안줌의 전설적인 힘에 봉변을 당할 위험을 무릅쓰고 시의 뜻을 관철시킬 배짱이 있는 사나이가 없었다. 모든 사람이 그러하듯 그들도 히즈라의 저주를 두려워했다. 그래서 그들은 회유와 사소한 갈취의 길을 택했다. 그들은 안줌이 이드 축제뿐 아니라 디왈리* 축제 때도 비채식주의 식사와 함께 적지 않은 액수의 돈을 제공하는 것으로 합의를 보았다. 그리고 안줌의 집이 커지면 그것에 맞춰 돈의 액수도 늘리기로 했다.

안줌은 시간을 두고 친척들 무덤 주위에 벽을 둘러 방을 만들기 시작했다. 그리하여 방마다 무덤 하나(혹은 둘)와 침대 하나(혹은 둘)가 들어가게 되었다. 그리고 욕실 하나와 정화조를 갖춘 화장실 하나를 따로 지었다. 물은 공용 수동 펌프를 이용했다. 아들과 며느리에게 구박을 받고 있던 이맘 지아우딘이 곧 이곳의 장기 체류객이 되었다. 그는 이제 거의 집에 가지 않았다. 안줌은 빈털터리 여행객들에게 방 두어 개를 세놓았다(광고는 철저히 입소문으로만 이루어졌다). 방 주인은 말할 것도 없고 주변 환경과 풍경이 만인의 취향에 맞진 않았기에 손님이 그리 많지는 않았다. 하지만 모든 손님들이 다 방 주인 취향에 맞은 것도 아니라는 사실 역시 밝혀둘 필요가 있다. 안줌은 누구를 받고 누구를 돌려보낼지에 대해 변덕스럽고 비이성적이었다—모욕에 가까운 부당하고 불합리하기 짝이 없는 무례함을 보일 때가 많았고(누가 보내서 온 거야? 가서 후장질이나 해) 가끔은 섬뜩하고 사나운 고함을 질러대기도 했다.

묘지 게스트하우스의 장점은 시내의 최고 특권층 동네들도 피해갈 수 없는 정전 사태를 겪지 않아도 된다는 것이었다. 심지어

* 인도에서 10월~11월 사이에 열리는 축제로, 등불을 켜고 힌두교 신에게 감사를 올린다.

여름에도 그랬다. 그건 안줌이 하루 이십사 시간 시신들을 냉동시켜야만 하는 시체안치소에서 전기를 훔쳐오기 때문이었다. (그곳에 누워 냉방의 호사를 누리는 도시 극빈자들은 살아생전에는 그런 혜택을 받아본 적이 없었다.) 안줌은 자신의 게스트하우스를 잔나트라고 불렀다. 파라다이스. 그녀는 밤낮으로 TV를 켜놓고 살았다. 마음을 진정시키기 위해 소음이 필요하다고 했다. 그녀는 뉴스를 열심히 시청해서 예리한 정치분석가가 되었다. 힌디어 연속극과 영어 영화 채널들도 봤다. 특히 B급 할리우드 뱀파이어 영화를 좋아해서 같은 걸 몇 번이고 되풀이해서 봤다. 물론 대사는 알아듣지 못했지만 뱀파이어들에 대해서는 꽤나 잘 이해했다.

점차 '잔나트 게스트하우스'는 엄격하게 관리되는 히즈라 가라나의 조직망에서 이러저러한 이유로 떨어져나왔거나 쫓겨난 히즈라들의 거점이 되었다. 묘지에 새 게스트하우스가 생겼다는 소문이 퍼지면서 옛날 친구들이 다시 나타났는데, 그중에서 가장 놀라운 손님은 님모 고라크푸리였다. 처음 다시 만난 날 안줌과 님모는 오랜 헤어짐 끝에 재회한 비운의 연인들처럼 부둥켜안고 울었다. 그 후 님모는 고정 방문객이 되어 안줌과 이삼일을 내리 함께 보낼 때도 많았다. 그녀는 커다란 몸을 보석으로 치장하고 향수를 뿌리고 깔끔하게 단장해 눈부시게 빛나는 모습을 하고 있었다. 그녀는 델리에서 자동차로 두 시간 거리에 있는 메와트에 아파트 두 채와 작은 농장 하나를 소유하고 있었고, 자신의 흰 소형차 마루티800을 몰고 왔다. 그녀는 염소 업계의 큰손이 되어 델리와 봄베이의 부유한 이슬람교도들에게 바크르 이드에 쓸 제물로 이국적인 염소들을 거액에 팔았다. 그녀는 옛친구에게 하룻밤새에 염소를 살찌우는 그럴싸한 기술과 축제 전 염소 시장에서 염소 가격을 책정하는 방법에 대해 설명하며 킥킥거렸다. 내년부터는 온라인 사업을 하겠노라고 했다. 안줌과 님모는 옛 추억을 기리는 의미에서 다음 바크르 이드는 님모의 최고 염소를 가지고 묘지에서 둘이 함께 치르기로 했다. 그녀는 안줌에게 자신의 화려한 새 휴대전화에 담긴 염소 사진들을 보여주었다. 그녀는 한때 서양 여자들 패션에 심취했던 것처럼 염소에게 푹 빠져 있었다. 그녀는 안줌에게 바르바리산産 잠나파리 염소와 소자트산 에타와 염소를 구분하는 법을 알려주었다. 그다음엔 홰를 칠 때마다 "야 알라!"*라고 말하는 듯한 수탉 동영상이 첨부된 MMS 메시지를 보여주었다. 안줌은 몹시 충격을 받았다. 한낱 수탉도 알고 있었어! 그날 이후로 그녀의 신앙심은 더 깊어졌다.

님모 고라크푸리는 약속대로 안줌에게 성경에 나오는 구불구불한 뿔을 가진 어린 검정 숫양을 선물했다—하즈라트 이브라힘이 산 위에서 사랑하는 아들 이스마일을 대신해 제물로 바친 양과 같은 종이라고, 그 양은 흰색이었다는 것만 다르다고 그녀는 말했다. 안줌은 그 숫양에게 따로 방(무덤이 있는)을 마련해주고 애정을 다해 길렀다. 그녀는 이브라힘이 이스마일을 사랑했던 것만큼 그 숫양을 사랑하려고 애썼다. 결국 사랑은 동물을 제물로 바치는 것과 평범하고 일상적인 도살을 구분짓는 요소니까. 그녀는 숫양에게 금실로 짠 목걸이를 걸어주고 발목에 종을 달아주었다. 숫양도 그녀를 좋아해서 그녀가 가는 곳이면 어디든 따라다녔다. (안줌은 자

* '오, 알라!'라는 뜻.

이나브가 오면 숫양의 발목에서 종을 떼고 자이나브의 눈에 띄지 않도록 숨겼는데, 자이나브가 보면 무슨 일이 일어날지 알기 때문이었다.) 그해의 이드가 다가오자 구시가지엔 문신이 흐릿해진 은퇴한 낙타들과 물소들, 작은 말만큼 큰 염소들이 도살을 기다리며 우글거렸다. 안줌의 숫양은 완전히 성장해서 키가 120센티미터 가까이 되고 기름기 없는 살과 근육으로만 이루어져 있었으며, 눈꼬리가 치켜올라간 노란 눈을 갖고 있었다. 사람들이 녀석을 한 번 보겠다고 묘지로 찾아왔다.

안줌은 샤자하나바드의 젊은 신예 도살자들 가운데 떠오르는 별인 임란 쿠레이시에게 희생제 예약을 했다. 그는 이미 예약이 몇 건 들어와 있어서 늦은 오후까지는 게스트하우스로 올 수가 없다고 했다. 바크르 이드 날이 밝았을 때, 안줌은 몸소 구시가지로 가서 그를 데려오지 않으면 다른 사람들이 중간에서 가로챌 것임을 알고 있었다. 안줌은 깨끗이 빨아 다림질한 파탄족 슈트를 남자처럼 차려입고 오전 내내 이 집에서 저 집으로, 이 길모퉁이에서 저 길모퉁이로 작업하는 임란을 따라다녔다. 마지막 예약자는 지난 선거에서 당혹스러운 표차로 낙선한 전직 국회의원이었다. 그는 자기 패배의 의미를 축소하고 선거구민들에게 벌써 다음 선거를 준비하고 있음을 알리기 위해 자신의 신앙심을 화려하게 펼쳐 보이기로 결심했다. 가죽에 기름을 발라 윤기가 좔좔 흐르는 살찐 물소 한 마리가 제 몸 너비밖에 안 되는 좁은 거리들을 지나 작업에 필요한 공간이 있는 교차로까지 끌려왔다. 물소를 대각선으로 비스듬히 세우고 가로등 기둥에 앞다리를 묶자, 교차로로 간주되는 그 공간이 거의 꽉 들어찼다. 새 옷으로 차려입은 흥분한 군중이 임란의 희생제를 구경하기 위해 문간, 창가, 작은 발코니와 테라스에 모여 있었다. 현장에 도착한 임란은 호리호리하고 조용하고 겸손한 모습으로 인파를 헤치고 나아갔다. 군중의 웅얼거림이 커지자 물소는 가죽을 씰룩이고 눈알을 뒤룩거리기 시작했다. 그리고 클래식 음악 콘서트에서 황홀경에 빠진 관객처럼, 길쭉한 호를 이루며 뒤로 뻗은 뿔이 달린 거대한 머리통을 앞뒤로 흔들기 시작했다. 임란과 그의 조수가 날렵한 유도 동작으로 물소를 옆으로 쓰러뜨렸다. 임란은 순식간에 물소의 경정맥을 자른 뒤, 멎어가는 심장의 박동에 맞춰 공중으로 솟구치는 피의 분수로부터 몸을 피했다. 핏방울이 상점들의 내려진 셔터와 벽에 붙은 너덜너덜한 포스터 속에서 미소 짓고 있는 정치인들 얼굴로 튀었다. 핏줄기가 주차된 오토바이와 스쿠터, 릭샤, 자전거 들을 지나 흘러갔다. 보석 달린 슬리퍼를 신은 어린 소녀들이 비명을 지르며 핏줄기를 피했다. 어린 소년들은 아무렇지도 않은 척했고, 장난꾸러기들은 붉은 웅덩이에서 가만히 발을 구르며 자신의 핏빛 발자국을 감상했다. 물소가 출혈 과다로 죽기까지는 시간이 좀 걸렸다. 물소가 죽자 임란은 물소의 배를 갈라 내장—심장, 비장, 위, 간, 창자—을 길바닥에 꺼내놓았다. 길이 아래로 경사져 있어서 장기들이 피의 강에 뜬 기묘한 모양의 배들처럼 미끄러져내려갔다. 임란의 조수가 그것들을 구조해서 평평한 땅에 놓았다. 가죽 벗기기와 토막 내기는 조연들이 맡았다. 슈퍼스타는 천조각으로 칼을 닦은 뒤 구경꾼들을 쓱 훑어보다가 안줌과 눈이 마주치자 거의 알아차리지 못할 정도로 고개를 끄덕였다. 그러고는 군중을 헤치고 그곳을 빠져나갔다. 안줌은 다음 시장 거리에서 그를 따라잡았다. 거리는 복잡했다. 사람들이 염소 가죽, 염소 뿔, 염소 두개골, 염소 뇌, 염소 내장을 거두어다가 분리하고 쌓았다. 창자에서 똥을 압출하는 작업도 이루어지고 있었는데, 그다음엔 창자들을 세척해 삶아서 비누나 풀을 만들 터였다. 고양이들이 맛있는 노획물을 물고 황급히 달아났다. 버릴 게 아무것도 없었다.

임란과 안줌은 투르크만 게이트까지 걸어가서 거기서 삼륜 택시를 타고 묘지로 갔다.

임시적으로 가장의 역할을 맡은 안줌이 아름다운 숫양의 몸 위로 칼을 들고 기도를 올렸다. 임란이 숫양의 경정맥을 절단한 다음 진저리치며 피를 쏟아내는 숫양을 잡고 있었다. 그리고 이십 분 안에 임란은 숫양의 가죽을 벗기고 다루기 쉽게 토막을 친 후 묘지를 떠났다. 안줌은 성서에 쓰인 대로 제물의 삼분의 일은 가족, 삼분의 일은 가깝고 소중한 사람들, 삼분의 일은 가난한 이들에게 나눠주기 위해 조금씩 나누어 쌌다. 그녀는 그날 아침 명절 인사를 하러 온 로샨 랄에게 숫양의 혀와 허벅지 일부가 든 비닐봉지를 줬다. 그리고 가장 좋은 부위들은 이제 막 열두 살이 된 자이나브와 우스타드 하미드를 위해 챙겨두었다.

마약중독자들은 그날 밤 고기를 포식했다. 안줌, 님모 고라크푸리, 이맘 지아우딘은 테라스에 앉아 세 종류의 양고기 요리와 산더미처럼 쌓인 비리아니를 실컷 먹었다. 님모는 안줌에게 수탉 MMS가 저장된 휴대전화를 선물했다. 안줌은 님모를 껴안으며 이제 신과 직통으로 연결된 기분이라고 말했다. 그들은 수탉 MMS를 몇 번 더 보았다. 그들은 이맘 지아우딘에게 그 영상에 대해 자세히 설명했는데, 그는 눈으로 보는 대신 열심히 들었지만 그 영상이 가진 증거로서의 가치에 대해 그들만큼 열광하진 않았다. 안줌은 새 휴대전화를 가슴속에 안전하게 집어넣었다. 이 전화는 잃어버리지 않았다. 그로부터 몇 주 뒤 D.D.굽타는 여전히 안줌에게 고용주의 메시지를 전하고 있던 운전기사 덕에 안줌의 새 전화번호를 알게 되어 이라크에서 연락을 해왔는데, 그곳에 아예 눌러살 생각인 듯했다.

바크르 이드 다음날 아침, 잔나트 게스트하우스는 두번째 장기 체류객을 받았다—스스로를 사담 후세인이라 칭하는 청년이었다. 안줌은 그에 대해 잘 몰랐지만 그를 무척 좋아해서 최저가에 방을 내줬다—구시가지에서 방을 얻는 것보다 적은 액수였다.

안줌이 처음 사담을 만났을 때 사담은 시체안치소에서 일하고 있었다. 그는 그곳에서 시체를 다루는 열 명가량의 청년들 중 하나였다. 검시를 해야 하는 힌두교인 의사들은 스스로를 상위 카스트라 여겼고, 오염될까봐 두려워서 시체를 만지려 하지 않았다. 실제로 시체를 다루고 검시를 하는 건 시체닦이로 고용된 사람들이었으며, 그들은 차마르라고 불리는 청소부와 가죽쟁이 카스트에 속했다. 의사들은 대부분의 힌두교인들이 그러하듯 그들을 무시하고 불가촉천민으로 여겼다. 의사들은 멀찍이 서서 손수건으로 코를 가린 채, 어디를 절개하고 내장과 장기를 어떻게 처리해야 하는지 큰 소리로 지시를 내렸다. 사담은 시체안치소에서 일하는 청소부들 중 유일한 이슬람교도였다. 그는 다른 시체닦이들과 마찬가지로 아마추어 외과의사의 경지에 이르렀다.

사담은 날랜 미소와 헬스클럽에서 운동으로 다져진 듯한 속눈썹을 갖고 있었다. 그는 안줌에게 늘 다정하게 인사했고, 달걀과 담배를 사다주거나(안줌은 채소 사는 건 아무에게도 맡기지 않았다) 그녀가 허리가 아픈 날 펌프에서 양동이에 물을 길어다주는 것 같은 잔심부름도 자주 해줬다. 이따금 시체안치소 일이 덜 바쁠 때(대체로 노숙자들이 폭염이나 추위, 뎅기열로 파리처럼 죽어나가는 시기가 아닌 9월에서 11월 사이) 사담이 잠깐씩 들르면 안줌은 그에게 차를 만들어주고 담배를 나눠 피웠다. 그러던 어느 날 그가 말도 없이 사라져버렸다. 안줌이 그의 동료들에게 이유를 묻자 그들은 사담이 의사 하나와 싸우고 해고되었다고 말했다. 꼬박 일 년이 흐른 후, 이드 다음날 아침에 다시 나타난 그는 조금 수척하고 망가진 모습이었고, 그와 똑같이 수척하고 망가진 흰 암말을 데리고 왔는데 이름이 파얄이라고 했다. 그는 청바지와 Your Place or Mine?이라고 적힌 빨간색 티셔츠를 멋지게 차려입고 있었다. 그는 실내에서도 선글라스를 벗지 않았다. 안줌이 놀리자 그는 웃었지만 자신이 선글라스를 끼는 건 멋과는 아무 상관이 없다고 말했다. 그러고는 나무 때문에 눈이 타버렸다는 이상한 이야기를 들려주었다.

사담은 시체안치소에서 해고된 후 이 일 저 일을 전전했다—상점 조수 일도 하고, 버스 차장도 하고, 뉴델리 기차역에서 신문도 팔다가 마침내 자포자기 상태로 공사장 벽돌공이 되었다. 그러다 공사장 경비원 하나와 친해졌고, 그 경비원은 사담에게 일자리를 마련해주고 싶은 마음에 그를 자신의 고용주 산지타 마담에게 소개했다. 산지타 마담은 통통하고 쾌활한 과부였는데, 유쾌한 성격과 발리우드 노래에 대한 애정에도 불구하고 오백 명의 경비원을 관리하는 경비 회사 '세이프 앤드 사운드 경비 서비스(SSGS)'를 운영하는 냉혹한 인력파견업자였다. 그녀의 사무실은 델리 외곽에 갑자기 생겨난 신 산업벨트 내의 어느 병 공장 지하에 있었다. 그녀의 직원들은 주 육 일, 하루 열두 시간씩 일했다. 산지타 마담이 월급에서 수수료 60퍼센트를 떼어가면 그들에겐 숙식비를 겨우 충당할 정도밖에 남지 않았다. 그런데도 구직자들—은퇴한 군인들, 실직한 노동자들, 기차에 가득 실려 델리에 갓 입성한 필사적인 시골 사람들, 배운 사람들, 문맹자들, 잘 먹고 배부른 사람들, 굶주린 사람들—이 수천 명씩 그녀에게 몰려들었다. 사담은 안줌에게 이렇게 말했다. "거기 경비 회사들이 많았는데 전부 가까이 붙어 있었어요. 매월 1일 월급을 받으러 가면 아주 장관이었죠…… 우리 같은 사람들이 수천 명이었으니까…… 이 도시엔 세 종류의 사람만 사는 것 같았어요—경비원, 경비원이 필요한 사람, 도둑."

산지타 마담은 괜찮은 업주에 속했다. 그래서 사람을 골라 쓸 수 있었다. 그녀는 상대적으로 영양실조가 덜 심각해 보이는 사람들을 뽑아 반나절 동안 훈련을 시켰다—똑바로 서는 법, 경례하는 법, 예 또는 아니요로 대답하는 법, 아침 인사와 저녁 인사를 기본적으로 가르쳤다. 그리고 모자, 고무밴드가 달린 자동 넥타이, 견장에 SSGS가 수놓인 유니폼 두 벌을 제공했다(그것들을 반납하지 않고 달아날 경우에 대비해 유니폼값보다 많은 돈을 보증금으로 받았다). 그녀는 자신의 소규모 사병 조직을 시내 전체로 파견했다. 그들은 집, 학교, 농가, 은행, ATM, 상점, 쇼핑몰, 영화관, 외부인 출입 제한 주택단지, 호텔, 레스토랑, 가난한 나라들의 대사관과 고등판무관사무소를 지켰다. 사담은 산지타 마담에게 자신의 이름이 다야찬드라고 말했다(현 정세에서 이슬람교식 이름을 가진 경비원은 그 자체로 모순이라 여겨질 것임은 아무리 바보라도 아는 일이기 때문이었다). 그는 글자도 아는데다 건강 상태도, 인상도 좋았기에 쉽게 일자리를 얻을 수 있었다. 산지타 마담은 사담이 일을 시작한 첫날 마음에 든다는 눈빛으로 그를 위아래로 훑어보며 말했다. "자네를 지켜보겠어. 쓸 만한 사람이라는 게 증명되면 석 달 후에 관리자로 승진시켜주지." 사담은 열두 명으로 구성된 경비팀의 일원으로 국립현대미술관에 파견됐는데, 그곳에선 소도시 출신으로 국제적인 스타가 된 인도 최고의 현대미술가가 단독 전시회를 열고 있었다. 그 전시회 경비를 세이프 앤드 사운드가 맡게 된 것이었다.

전시 작품은 스테인리스강으로 만든 일상적인 인공물들—강철 수조, 강철 오토바이, 한쪽 팔에는 강철 과일이, 반대쪽 팔에는 강철 저울추가 놓인 강철 저울, 강철 옷이 가득한 강철 옷장, 강철 접시와 강철 음식이 놓인 강철 식탁, 강철 선반에 강철 짐이 놓인 강철 택시—이었는데 신기할 정도로 그럴듯했으며, 아름다운 조명을 받으며 미술관의 여러 방에 전시되어 있었고, 각 방마다 세이프 앤드 사운드 경비원이 둘씩 배치되었다. 가장 싼 전시물도 방 두 칸짜리 저소득층 아파트 한 채 가격이었다. 사담의 계산으로 그 전시 작품들 가격을 전부 합치면 주택단지 하나는 통째로 살 수 있었다. 굴지의 철강왕이 소유한 최첨단 현대예술 잡지 〈아트 퍼스트〉가 전시회의 주 후원사였다.

사담(다야찬드)은 그 전시회의 대표작 단독 경비를 맡게 되었는데, 그 작품은 실물의 절반 크기지만 실물과 아주 똑같이 만들어진 정교한 스테인리스강 반얀나무였고, 스테인리스강 기근氣根이 바닥까지 늘어져 작은 스테인리스강 수풀을 이루고 있었다. 그 나무는 뉴욕의 한 미술관에서 거대한 나무 궤짝에 담겨 운반되었다. 사담은 그 나무가 궤짝에서 나와 국립미술관 잔디밭에 나사로 고정되는 걸 지켜보았다. 나뭇가지에 스테인리스강 양동이, 스테인리스강 도시락, 스테인리스강 솥과 냄비 들이 달려 있었다. (마치 스테인리스강 일꾼들이 스테인리스강 밭을 갈고 스테인리스강 씨앗을 뿌리는 동안 스테인리스강 점심을 걸어둔 것 같았다.)

"그 부분은 이해를 못하겠더라고요." 사담이 안줌에게 말했다.

"다른 건 이해했고?" 안줌이 웃으며 물었다.

베를린에 거주중인 작가는 나무 주위에 어떤 형태의 보호용 울타리나 저지선도 치지 말라는 엄격한 지시를 보내왔다. 그는 관람객이 아무 장애물 없이 자신의 작품과 교감하기를 무척이나 바랐다. 그래서 관람객은 원하면 나무를 만지고 뿌리의 숲 사이로 걸어다닐 수 있었다. 대부분의 관람객이 그렇게 했다고 사담은 말했다. 해가 하늘 높이 떠서 강철이 손을 댈 수 없을 정도로 뜨겁게 달구어졌을 때만 제외하고. 사담의 역할은 강철 나무에 자기 이름을 새기거나 어떤 식으로든 손상을 입히는 관람객이 없도록 하는 것이었다. 나무를 깨끗이 관리하고 수백 개의 손이 남긴 지문을 닦아내는 것도 그의 임무였다. 그 일을 위해 그는 특별 설계된 사다리와 존슨즈 베이비오일, 낡고 부드러운 사리 천조각들을 지급받았다. 희한한 방법처럼 보였지만 실제로 효과가 있었다. 나무를 닦는 건 문제가 되지 않았다고 사담은 말했다. 문제는 햇빛이 반사될 때 나무에서 시선을 떼지 않는 것이었다. 그건 태양을 계속 쳐다보라는 요구를 받는 것이나 마찬가지였다. 이틀이 지난 후 사담은 산지타 마담에게 선글라스를 낄 수 있게 해달라고 말했다. 산지타 마담은 선글라스를 낀 모습이 부적절하게 비춰질 것이고 미술관 관리자들의 심기를 거스를 거라며 허락해주지 않았다. 그래서 사담은 이 분쯤 나무를 지켜보다가 시선을 돌리는 기술을 고안해냈다. 그랬는데도 칠 주가 지나, 나무가 도로 궤짝에 담겨 다음 전시회가 열리는 암스테르담으로 이송되었을 때쯤, 사담은 눈에 화상을 입은 상태였다. 눈이 따끔거리고 계속 눈물이 고였다. 그리고 낮에는 선글라스를 끼지 않으면 눈을 뜰 수가 없었다. 영화배우 보디가드라도 되는 것처럼 꾸민 평범한 경비원을 쓰겠다는 사람은 아무도 없었기에 그는 세이프 앤드 사운드 경비 서비스에서 해고되었다. 산지타 마담은 그가 자신의 기대를 완전히 저버렸다며 실망이 크다고 말했다. 그에 대한 답으로 사담은 그녀에게 심한 욕을 퍼부었다. 그는 그녀의 사무실에서 완력으로 내쫓겼다.

안줌은 사담이 산지타 마담에게 무슨 욕을 했는지 말해주자 킬킬거림으로 공감을 표했다. 그녀는 자신의 언니 비비 아예샤의 무덤가에 만든 방을 그에게 내주었다.

사담은 목욕탕 옆에 파얄을 위한 임시 마구간을 지었다. 묘지의 희끄무레한 밤의 암말* 파얄은 밤새 거기 서서 코를 킁킁거리고 헛기침소리를 냈다. 파얄은 낮에는 사담의 동업자 노릇을 했다. 사담과 파얄은 델리의 큰 병원들을 돌았다. 사담은 병원 정문 앞에 서서 파얄의 편자를 갈아주는 척하며 작은 망치로 걱정스럽게 발굽을 두드렸다. 파얄도 그 사기극에 동참했다. 중병에 걸린 환자의

* night mare. 여기서는 '밤의 암말'이라는 의미이지만 '악몽'을 연상시키기도 한다.

보호자가 불안에 떨며 다가오면 사담은 마지못해 그에게 행운을 양보하는 척하며 낡은 편자를 넘겨주었다. 물론 돈을 받고서. 그는 또한 몇 가지 약—일반적으로 처방되는 항생제, 크로신 진통제, 기침 시럽, 다양한 약초들—을 확보해놓고 델리 주변의 시골 마을에서 큰 국립병원으로 몰려드는 사람들에게 팔기도 했다. 그들 대부분은 도시의 숙박 시설을 이용할 돈이 없어서 병원 구내나 길거리에서 야영을 했다. 밤이면 사담은 왕자처럼 파얄을 타고 빈 거리를 지나 집으로 돌아왔다. 그의 방에는 말편자가 한 자루 가득 있었다. 그가 안줌에게 편자 하나를 주었고 안줌은 그걸 벽의 낡은 새총 옆에 걸어두었다. 사담은 다른 사업도 하고 있었다. 그는 자동차 운전자들이 신의 창조물에게 먹이를 주는 의식을 통해 속성으로 축복을 구하려고 차를 세우는 특정 장소들에서 비둘기 모이를 팔았다. 병원에 가지 않는 날에는 작은 곡식 봉지들과 거스름돈을 들고 그 장소에 나타났다. 그는 비둘기들에게 모이를 준 운전자가 차를 몰고 떠나면, 다음 고객에게 팔기 위해 바닥에 있는 모이를 도로 봉지에 쓸어 담아 비둘기들의 약을 바짝 올리곤 했다. 그 일들—비둘기들을 속이고 병자 보호자들을 착취하는—은 고단하고(특히 여름에는), 수입도 불확실했다. 하지만 윗사람 눈치볼 일은 없었고 사담에겐 그게 가장 중요했다.

사담이 묘지에 들어온 후 얼마 지나지 않아 안줌과 그는 이맘 지아우딘과 손잡고 또다른 사업을 시작했다. 그 일은 우연히 시작되었고 스스로 진화했다. 어느 날 오후, 근처의 GB로드*에서 매춘굴

* 델리의 사창가.

을 운영하는 안와르 바이가 자신이 데리고 있는 아가씨들 중 하나인 루비나가 갑자기 맹장이 터져 죽자 그녀의 시신을 묘지로 가져왔다. 부르카 차림의 젊은 여자들 여덟이 함께 왔고 그들 중 하나가 낳은 안와르 바이의 세 살배기 아들도 따라왔다. 그들 모두 고통에 빠져 불안해하고 있었는데, 단순히 루비나가 사망해서가 아니라 병원에서 그녀의 시신을 눈이 없는 상태로 돌려줬기 때문이었다. 병원측은 쥐들이 시체안치소에 들어가서 눈을 파먹었다고 말했다. 하지만 안와르 바이와 루비나의 동료들은 매춘부들과 뚜쟁이가 경찰에 신고하지 못할 걸 아는 누군가가 루비나의 눈을 훔쳐갔으리라 믿었다. 설상가상으로 사망진단서에 명기된 주소(GB로드) 때문에 안와르 바이는 루비나의 시신을 목욕시킬 목욕탕도, 그녀를 묻을 묘지도, 기도를 올려줄 이맘도 구할 수 없었다.

사담은 그들에게 잘 찾아왔다고 말했다. 그는 그들에게 앉으라고 한 뒤 시원한 음료를 가져다주고, 게스트하우스 뒤편에 대나무 기둥 네 개를 세운 다음 안줌의 낡은 두파타를 감아 사방이 막힌 공간을 만들었다. 그리고 그 공간에 벽돌 몇 개를 쌓고 그 위에 합판을 올려놓은 뒤, 거기 비닐을 깔고 여자들에게 루비나의 시신을 눕히라고 했다. 그는 안와르 바이와 함께 수동 펌프에서 양동이들과 헌 페인트통 두 개에 물을 길어서 급조된 목욕탕으로 날랐다. 시신이 이미 굳어서 옷을 잘라서 벗겨야 했다(사담은 면도날을 꺼냈다). 여자들은 시신 위에서 까마귀떼처럼 손을 퍼덕이며 애정을 담아 루비나를 목욕시켰다. 그녀의 목, 귀, 발가락에 비누칠을 했다. 그들 중 누군가가 슬그머니 루비나의 팔찌나 발가락 반지, 예쁜 펜던트를 빼서 주머니에 넣고 싶은 유혹에 빠지지는 않는지 날

카롭게 살피는 눈빛에도 애정이 가득했다(모든 보석은—진짜는 물론 모조품까지도—안와르 바이에게 넘기도록 되어 있었다). 메루니사는 물이 너무 차가울까봐 걱정했다. 술레카는 루비나가 눈을 감았다가 떴다고(그리고 그녀의 눈이 있던 자리에서 신성한 빛줄기가 비쳤다고) 우겼다. 지나트는 수의를 사러 갔다. 루비나가 마지막 여행을 떠날 준비를 하는 동안, 데님 오버올을 입고 기도모자를 쓴 안와르 바이의 어린 아들은 꽃무늬가 있는 연자주색 새(가짜) 크록스 신발을 자랑하려고 크렘린궁전 경비병처럼 다리를 곧고 높게 뻗으며 왔다갔다 행진했다. 안줌이 준 쿠르쿠레 과자를 시끄럽게 와그작와그작 씹어먹기도 했다. 그러다 이따금 엄마와 이모들(그의 짧은 생애 동안 부르카 입은 모습을 본 적이 없는)이 뭘 하는지 보려고 빼꼼 들여다보았다.

시신을 목욕시키고 물기를 닦고 향수를 뿌리고 수의로 감싸는 일이 끝났을 때쯤, 사담은 마약중독자 두 사람의 도움을 받아 꽤 깊은 구덩이를 파놓았다. 이맘 지아우딘이 기도를 올렸고 루비나의 시신은 매장되었다. 안와르 바이는 안도하고 고마워하며 안줌에게 억지로 500루피를 주려고 했다. 안줌은 그 돈을 거절했다. 사담도 거절했다. 하지만 그는 사업 기회를 놓칠 인물이 아니었다.

그로부터 일주일 안에 잔나트 게스트하우스는 장례식장 기능을 하게 되었다. 그곳엔 석면 지붕과 시신을 눕힐 시멘트 단이 갖춰진 제대로 된 목욕탕이 있었다. 묘비, 수의, 향기 나는 물타니 진흙(대부분의 사람들이 비누보다 선호하는), 그리고 양동이 물도 안정적으로 공급되었다. 밤낮으로 대기중인 입주 이맘도 있었다. 고인을 받는 기준은(산 사람을 게스트하우스에 들일 때와 마찬가지로) 난

해했다—아무도 모르는 어떤 기준에 따라 따뜻한 환영의 미소로 맞이할 수도, 비이성적으로 고함을 지르며 거절할 수도 있었다. 한 가지 분명한 기준은 잔나트 장례식장은 두니야의 묘지들과 이맘들에게 거부당한 시신만 받는다는 것이었다. 가끔은 장례식 없는 날들이 이어졌고, 가끔은 시신이 너무 많이 들어왔다. 하루 다섯 건의 장례식이 그들의 최고 기록이었다. 가끔은 경찰—안줌처럼 비이성적인 기준을 가진—이 직접 시신을 가져왔다.

우스타드 쿨숨 비가 자다가 죽자 그녀는 메라울리에 있는 히즈론 카 칸카*에 성대하게 매장되었다. 하지만 봄베이 실크는 안줌의 묘지에 묻혔다. 델리 전역에서 온 다른 많은 히즈라들도 마찬가지였다.

(이런 식으로, 이맘 지아우딘은 그가 먼 옛날에 던진 질문의 답을 얻게 되었다. "말해보게, 당신네 사람들은 죽으면 어디에 묻히지? 시체는 누가 목욕시키지? 기도는 누가 올리지?")

점차 잔나트 게스트하우스와 장례식장은 아무도 그 기원과 존재할 권리를 묻지 않는 풍경의 일부가 되었다. 그것은 존재했다. 그게 다였다. 자하나라 베굼이 여든일곱의 나이로 죽자 이맘 지아우딘이 기도를 올려주었다. 그녀는 물라카트 알리 곁에 묻혔다. 비스밀라도 죽어서 안줌의 묘지에 묻혔다. 기네스북에 오를 수도 있었을 전대미문의 (염소로서의) 위업을 이룬 자이나브의 염소, 샤자하나바드에서 열여섯 번의 바크르 이드를 무사히 넘기는 기록을 세운 그 염소도 자연사(복통)하여 묘지에 묻혔다. 물론 그 염소가 그

* 히즈라들을 위한 공동묘지.

런 기록을 세운 건 자신의 능력이라기보다 전적으로 사나운 주인 덕이었다. 그리고 물론 기네스북에는 그런 항목이 없었다.

안줌과 사담은 같은 집(그리고 묘지)에 살아도 함께 시간을 보내는 일은 드물었다. 안줌은 빈둥거리는 걸 즐겼지만 벌여놓은 사업이 많은 사담은 (수익이 가장 적은 비둘기 모이 사업은 다른 사람에게 넘겼음에도) 여유 시간이 없었고 TV를 싫어했다. 그러다 강제 여가를 갖게 된 어느 이례적인 아침에 안줌과 그는 소파로 사용하는 낡은 붉은색 택시 좌석에 앉아 차를 마시며 TV를 보고 있었다. 그날은 독립기념일인 8월 15일이었다. 혀짤배기소리를 하는 시인 수상의 뒤를 이은 소심하고 왜소한 수상(그가 소속된 당은 인도가 힌두 국가임을 공식적으로 지지하지는 않았다)이 붉은 요새에서 대국민 연설을 하고 있었다. 성곽도시의 고립성이 델리의 나머지 부분으로부터 침입을 받는 날들 중 하나였다. 여당에 의해 동원된 엄청난 인파가 람릴라광장을 가득 채우고 있었다. 국기 색깔 옷을 입은 오천 명의 학생이 꽃을 들고 매스게임을 펼쳤다. TV 화면에 비치고 싶어하는 잔챙이 이권 브로커들과 하급 공무원들이 자신들의 가시적 권력 근접성을 사업 거래로 전환시킬 목적으로 앞줄에 앉아 있었다. 몇 년 전, 혀짤배기소리를 하는 시인 수상과 그의 편협한 정당이 낙선했을 때, 안줌은 크게 기뻐하며 새로 당선된 푸른 터번의 소심한 시크교인 경제학자에게 숭배에 가까운 감정을 쏟아부었다. 그가 덫에 걸린 토끼처럼 정치적 카리스마가 약하다는 사실도 그녀로 하여금 그를 더 찬양하게 만들 뿐이었다. 하지만 최근 들어 그녀는 사람들의 말—그는 꼭두각시에 불과하고 누군가 다른 사람이 그를 조종하고 있다는 것—이 사실이라고 믿게 되었다. 그의 무능으로 인해 어둠의 세력들이 다시 힘을 얻어 수평선 위로 모여들었고 구부정한 자세로 거리를 어슬렁거리게 되었다. 구자라트 카 랄라는 여전히 구자라트 주총리였다. 그는 허세가 늘어, 수세기에 걸친 이슬람교 통치기에 대한 복수가 이루어져야 한다고 떠들어대기 시작했다. 그는 공개 연설을 할 때마다 자신의 가슴둘레(56인치)에 대한 이야기를 꺼낼 구실을 찾아냈다. 그리고 무슨 이유에선지 그게 대중에게 실제로 감동을 주는 듯했다. 그가 '델리로의 행진'을 준비하고 있다는 루머가 돌았다. 사담과 안줌은 구자라트 카 랄라에 대해서는 완벽하게 의견이 일치했다.

안줌은 '덫에 걸린 토끼'—가슴이 거의 없다시피 한—가 방탄막으로 둘러싸인 공간에서 거대한 붉은 요새를 등지고 서서, 그의 말을 전혀 알아듣지 못하는 산만한 군중에게 수입과 수출에 관한 복잡한 통계 수치를 읊어대는 걸 지켜보았다. 그는 꼭두각시처럼 말했다. 아래턱만 움직였다. 다른 건 아무것도 움직이지 않았다. 무성한 흰 눈썹은 얼굴이 아니라 안경에 붙어 있는 듯했다. 표정 변화도 없었다. 그는 연설을 마무리하며 손을 들어 맥없는 경례를 붙이고 고음의 목소리로 자이 힌드!(인도에 승리를!)라고 외쳤다. 이어 키가 2미터는 되고 빳빳한 콧수염이 앨버트로스 새끼 날개만큼 넓은 군인이 칼집에서 칼을 빼들고 수상에 대한 경례를 외치자 왜소한 수상은 화들짝 놀라 몸서리를 치는 듯했다. 그는 연단을 떠날 때도 다리만 움직였지 다른 건 아무것도 움직이지 않았다. 안줌은 역겨워하며 TV를 껐다.

"지붕에 올라갑시다." 사담은 반 킬로미터 내에 있는 모든 사람들에게 화를 불러올 안줌의 분노가 다가오는 걸 감지하고 황급히 말했다.

그는 앞서가서 낡은 양탄자와, 상한 머릿기름 냄새가 나는 꽃무늬 베갯잇을 씌운 딱딱한 베개 몇 개를 꺼냈다. 산들바람이 살며시 불어왔고 독립기념일을 맞아 연 날리는 사람들이 이미 나와 있었다. 묘지에도 연 날리는 사람들이 몇 명 있었는데 솜씨가 아주 형편없지는 않았다. 안줌이 갓 우려낸 따끈한 차가 든 냄비와 트랜지스터를 들고 도착했다. 사담과 그녀는 양탄자에 누워 눈부신 종이 연들이 점점이 박힌 지저분한 하늘을 올려다보았다(사담은 선글라스를 끼고서). 그들 옆에는, 몸에 덜렁거리는 투명한 관들을 꽂은 채 방향감각을 잃은 사나운 눈을 하고 복잡한 보도에서 헤매다가 사담에게 발견된 비루(가끔 루비라고도 불리는)가, 자기도 고단한 일주일을 보내고 하루 쉬기로 작정했다는 듯이 뒹굴고 있었다. 비루는 제약 회사 실험실에서 도망쳤거나 더이상 쓸모가 없어 버려진 비글이었다. 녀석은 누군가가 지우려고 한 그림처럼 닳고 너덜너덜해진 상태였다. 비글 특유의 선명한 검은색과 흰색, 황갈색 털이 희뿌연 잿빛 녹이 슨 것처럼 흐릿해져 있었는데, 물론 그건 녀석에게 실험된 약들과는 아무 관련이 없을 수도 있었다. 비루는 처음 잔나트 게스트하우스에 살러 왔을 때 잦은 간질 발작과 코골이, 심신을 쇠약하게 만드는 역逆 재채기에 시달리고 있었다. 녀석은 발작으로 탈진했다가 회복할 때마다 다른 성격을 보였는데—어떤 때는 다정하고, 어떤 때는 발정난 것처럼 굴고, 어떤 때는 잠에 취해 있고, 어떤 때는 으르렁거리거나 나른해졌다—비이성적이고 예측을 불허하기가 제 여주인 같았다. 시간이 지나면서 발작 빈도는 줄어갔고, 비루는 거의 영구적으로 게으른 개의 화신으로 자리잡았다. 역 재채기는 계속 남아 있었다.

안줌이 찻잔 받침에 차를 조금 따른 뒤 입김을 불어 식혀서 비루에게 주었다. 녀석은 시끄러운 소리를 내며 차를 핥아먹었다. 녀석은 안줌이 마시는 건 다 마시고 안줌이 먹는 건 다 먹었다—비리아니, 코르마, 사모사, 할와*, 팔루다**, 피르니***, 잠잠 샘물, 여름 망고, 겨울 오렌지. 그런 습관은 녀석의 몸에는 몹시 해로웠지만 영혼에는 무척이나 이로웠다.

잠시 후 바람이 강해지면서 연들이 하늘 높이 날아올랐으나, 이내 독립기념일이면 어김없이 찾아오는 비가 부슬부슬 내리기 시작했다. 안줌은 비가 불청객이라도 되는 양 호통을 쳤다—아이 하이! 씨부럴 비! 사담이 웃음을 터뜨렸다. 두 사람은 큰비인지 지나가는 비인지 보려고 그대로 있었다. 지나가는 비라 금세 그쳤다. 안줌은 멍하니 비루의 털을 문질러 서리처럼 섬세한 빗방울들을 닦아냈다. 비를 맞고 있으려니 자이나브가 생각나 그녀는 혼자 미소를 지었다. 안줌은 그녀답지 않게 사담에게 '고가도로 이야기'(수정된 버전)를 들려주며 왕쥐가 어렸을 때 그 이야기를 얼마나 좋아했는지 말했다. 그러고는 계속해서 자이나브의 장난들, 동물에 대한 사랑, 학교에서 영어를 얼마나 빨리 깨쳤는지에 대해 명랑하게 이야기했다. 그러다 그녀의 즐거운 회상이 정점에 이르렀을 때 갑자기 목소리(들)가 갈라지면서 눈에 눈물이 고였다.

---

* 밀가루나 당근에 생강과 아몬드를 넣어 만든 단 과자.

** 로즈 시럽, 베르미첼리, 바질 씨앗을 넣은 찬 음료.

*** 인도식 쌀 푸딩.

"난 엄마가 되기 위해 태어난 사람이야." 그녀가 흐느끼며 말했다. "두고 봐. 언젠가는 알라 미안*이 내 아기를 주실 거야. 그 정도는 나도 알아."

"그게 어떻게 가능해요?" 사담은 자신이 위험지대로 들어서고 있다는 걸 전혀 의식하지 못한 채 합리적인 의문을 제기했다. "하키카트 비 코이 치즈 호티 하이." 아무리 그래도 현실이라는 게 있는 건데.

"왜 안 돼? 도대체 왜 안 되느냐고." 안줌이 벌떡 일어나 앉아서 그를 똑바로 쳐다보았다.

"내 말은 그러니까…… 현실적으로……"

"네가 사담 후세인이 될 수 있으면 나도 엄마가 될 수 있는 거야." 안줌은 그 말을 심술궂게 하지 않고 미소를 지으며, 교태스럽게, 흰 엄니와 검붉은 이들을 빨면서 했다. 하지만 그 교태에는 무자비한 데가 있었다.

사담은 경계 태세를 갖추었지만 걱정이 되진 않았다. 그는 그녀가 무얼 알고 있는 걸까 궁금해하며 그녀를 마주보았다.

"비루를 포함한 우리 모두가 그런 것처럼, 일단 벼랑 끝에서 떨어지면 추락을 멈출 수 없어." 안줌이 말했다. "그리고 우리는 추락하면서 역시 추락하고 있는 다른 사람들에게 매달리게 되지. 그 사실은 빨리 깨달을수록 좋아. 우리가 사는 여기 이곳, 우리가 보금자리로 삼은 이곳은 추락하는 사람들의 집이야. 여기엔 하키카트**가

* '미안'은 남성에게 존중의 의미로 붙이는 경칭.

** '현실'이라는 뜻.

없어. 이봐, 심지어 우리 자신조차도 현실이 아냐. 우린 진짜로 존재하는 게 아냐."

사담은 아무 말도 하지 않았다. 그는 안줌을 세상 누구보다도 사랑하게 되었다. 그녀가 말하는 방식도, 선택하는 단어도, 입을 움직이는 모습도, 썩은 이빨 위로 판 물이 든 붉은 입술을 움직이는 모습도 사랑하게 되었다. 그녀의 우스꽝스러운 앞니도, 그가 거의—혹은 전혀—이해하지 못하는 우르두 시를 통째로 암송하는 것도 사랑하게 되었다. 사담은 아는 시가 없었고 우르두어도 거의 몰랐다. 하지만 그는 다른 것들을 알았다. 그는 가죽을 손상시키지 않고 소나 물소 가죽을 최단 시간에 벗기는 방법을 알았다. 생피生皮를 염장시키고 라임과 타닌에 절였다가 늘어나기 시작하면 가죽으로 굳히는 법도 알았다. 절임물의 맛을 보며 신 정도를 측정하고, 생피의 털과 기름기를 말끔히 제거하고, 비누칠을 해서 씻고, 표백하고, 윤기가 흐를 때까지 윤활유와 왁스를 바르고 광을 내는 법도 알았다. 그는 보통 사람의 몸에 4에서 5리터의 피가 들어 있다는 것도 알았다. 그는 사람 몸에서 흘러나온 피가 델리-구르가온 고속도로 근처에 있는 둘리나경찰서 밖의 도로를 가로질러 서서히 퍼져나가는 광경을 지켜본 적이 있었다. 기이하게도 그때의 모든 기억들 중에서 가장 선명하게 남아 있는 건 길게 늘어선 고급 차들과 그 차들의 전조등 불빛 속에서 날아다니던 곤충들이었다. 그리고 아무도 도와주러 나온 사람이 없었다는 사실도.

사담은 자신을 '추락하는 사람들의 집'으로 데려온 건 계획이나 우연이 아님을 알고 있었다. 그건 삶의 조류였다.

"누굴 속이려고 하는 거야?" 안줌이 그에게 물었다.

"신만요. 당신은 아니고." 사담이 미소 지으며 대답했다.

"칼리마를 암송해봐……" 안줌이 아우랑제브황제라도 된 양 고압적으로 명령했다.

"라 일라하……" 사담이 하즈라트 사르마드처럼 거기까지만 말하고 멈췄다. "나머진 몰라요. 아직 배우고 있는 중이에요."

"자넨 시체안치소에서 함께 일했던 다른 청년들처럼 차마르야. 자넨 산지타 마담 하람자디* 개년에게 거짓 이름을 말하지 않았어. 하지만 나한테는 거짓말을 했고 난 그 이유를 몰라. 난 자네가 무엇이든 신경 안 써…… 이슬람교도든, 힌두교도든, 남자든, 여자든, 이 카스트든, 저 카스트든, 낙타 똥구멍이든. 그렇지만 왜 사담 후세인이란 이름을 선택한 거지? 자네도 알다시피 그놈은 개자식이었어."

안줌은 스스로를 히즈라 이외의 호칭으로 부르기를 거부하는 것과 같은 마음으로, 힌두교에서 '불가촉천민'으로 여겨지는 사람들에 대한 보다 현대적이고 공인된 용어인 달리트 대신 차마르를 썼다. 그녀는 히즈라나 차마르가 문제 있는 말이라고 생각하지 않았다.

그들은 잠시 침묵 속에서 나란히 누워 있었다. 그러다 사담은 그 누구에게도 한 적이 없는 이야기를 안줌에게 털어놓기로 결심했다—사프란색 앵무새들과 죽은 소에 관한 이야기였다. 그것 역시 행운에 관한 이야기였고 학살자들의 행운은 아닐지라도 그와 유사한 종류였다.

그녀 말이 맞는다고 그는 안줌에게 말했다. 그녀에게 거짓말을

* 여성 사생아를 비하하는 표현으로, 주로 여성에게 경멸을 표할 때 쓰는 비속어.

했고 산지타 마담 하람자디 개년에게는 진실을 말했다. 사담 후세인은 그의 진짜 이름이 아니라 개명한 이름이었다. 그의 진짜 이름은 다야찬드였다. 그는 델리에서 버스로 겨우 두 시간 떨어진 하리아나주의 바드샤푸르라는 마을에서 차마르—가죽쟁이—가족의 아들로 태어났다.

어느 날 그와 아버지는 전화를 받고 다른 세 사람과 함께 템포 삼륜차를 빌려 누군가의 농장에서 죽은 소 사체를 수거하러 근처 마을로 갔다.

"그게 우리가 하는 일이었어요." 사담이 말했다. "소가 죽으면 우리보다 높은 카스트의 농부들이 우리를 불러 사체를 수거해 가게 했죠—그들은 그걸 만져서 스스로를 더럽힐 수 없었으니까요."

"그래, 그래, 알아." 안줌이 감탄에 가까운 어조로 말했다. "그들 중 일부는 아주 단정하고 깔끔하지. 안 먹는 음식이 양파, 마늘, 고기……"

사담은 그녀의 말을 무시하고 계속 이야기했다.

"그래서 우린 가서 사체를 수거해다가 가죽을 벗기고 무두질을 해서…… 난 지금 2002년 이야기를 하고 있는 거예요. 그때 난 아직 학교에 다니고 있었죠. 그때 무슨 일이 벌어지고 있었는지는 나보다 당신이 더 잘 알겠네요…… 어떤 시국이었는지…… 당신네 사건은 2월에 일어났고, 우린 11월이었죠. 두세라* 날이었어요. 우린 소를 수거하러 가는 길에 거대한 악마 인형들을 만들어놓은 람

* 라마신이 악마 라바나를 물리친 것을 기념하는 힌두교 축제로 매년 9월에서 10월 사이에 열흘 동안 열린다.

릴라광장을 지났어요…… 삼층 건물만큼 큰 라반, 메그나드, 쿰바카란—모두가 저녁때 폭파될 준비가 되어 있었죠."

올드델리의 이슬람교도라면 힌두 축제 두세라에 대해 따로 배울 필요가 없었다. 해마다 투르크만 게이트 바로 밖에 있는 람릴라광장에서 두세라 축제가 열렸다. 해마다 머리 열 개 달린 랑카의 '악마' 왕 라반, 그의 동생 쿰바카란, 아들 메그나드의 인형이 점점 더 커졌고 점점 더 많은 수의 폭약으로 채워졌다. 해마다 힌두교인들이 악에 대한 선의 승리라고 믿는, 아요디아의 람왕이 랑카 전투에서 라반을 물리친 이야기가 더 공격적으로, 더 후한 후원하에 상연되었다. 몇몇 뻔뻔한 학자들은 람릴라가 신화로 바뀐 진짜 역사이며, 사악한 악마들은 피부 검은 드라비다인—토착 지배자들—이고, 그들을 물리친(그리고 그들을 평생 새로운 지배자들에게 봉사하며 살도록 불가촉천민과 다른 억압받는 카스트로 만든) 힌두 신들은 아리아인 침략자들이라는 의견을 내놓기 시작했다. 그들은 라반을 포함해 힌두교에서 악마로 간주되는 신들을 숭배하는 마을의 종교의식들을 증거로 지목했다. 하지만 새 체제하에서는 학자가 아닌 보통 사람들 역시, 설령 공개적으로 말은 못하더라도, 앵무새 제국이 승승장구함에 따라 성서의 내용이 실제로 어떤 의미인지와는 관계없이, 사프란색 앵무새 말에 의거해, 이제 사악한 악마는 토착민들뿐만 아니라 힌두교인이 아닌 모든 인간들을 의미한다는 걸 알고 있었다. 물론 거기엔 샤자하나바드 주민들도 포함되었다.

거대한 악마 인형들이 폭발할 때면 그 폭음이 구시가지의 좁은 골목골목에 울려퍼지곤 했다. 그리고 그게 어떤 의미인지 의문을 갖는 사람은 거의 없었다.

해마다 선이 악을 물리친 후 아침이 밝아오면 배회하는 여왕으로 변신한 산파, 아흘람 바지는 머리를 산발하고 람릴라광장으로 가서 폭발의 잔해를 샅샅이 뒤져 활과 화살, 가끔은 온전한 팔자수염, 노려보는 눈알, 팔 한쪽, 그녀가 들고 다니는 비료 부대 밖으로 비죽 튀어나오는 검 같은 것을 모아서 돌아왔다.

그래서 사담이 두세라 이야기를 할 때 안줌은 그 광대하고 다양한 의미들을 모두 이해하고 있었다.

"우린 죽은 소를 쉽게 찾아냈어요." 사담이 말했다. "그건 늘 쉬운 일이죠. 악취 속으로 곧장 걸어들어가는 법만 배우면 되니까요. 우린 템포에 사체를 싣고 집으로 향했어요. 집에 가는 길에 둘리나 경찰서에 들렀는데 서장에게—이름이 세라와트였어요—그의 몫을 바치기 위해서였죠. 소 한 마리당 바치는 돈이 정해져 있었어요. 그런데 그날 그가 더 많은 돈을 요구했어요. 그것도 무려 세 배를. 그 돈을 바치면 소가죽을 벗겨봤자 오히려 손해였어요. 우린 그 사람, 세라와트를 잘 알았어요. 그날 그에게 무슨 일이 있었던 건지 모르겠어요—밤에 두세라를 기념하는 술을 살 돈이 필요했던 건지, 갚아야 할 빚이 있었던 건지. 어쩌면 그저 당시의 정치적 분위기를 이용하고 싶었던 건지도 모르죠. 아버지는 친구들과 함께 그에게 애원했지만 그는 들어주지 않았어요. 아버지와 친구들이 그렇게 큰돈은 없다고 말하자 그는 화를 냈어요. 그리고 그들을 '소 도살' 혐의로 체포해 경찰서 유치장에 가뒀어요. 난 내내 밖에 남아 있었고요. 아버지가 경찰서에 들어갈 때 아무 걱정도 하지 않아서 나 역시 걱정이 안 됐어요. 나는 아버지가 까다로운 흥정을 벌이고 있고 곧 합의를 볼 거라고 생각하면서 기다렸어요. 두 시간이 흘렀어요. 저녁 불꽃놀이에 가는 사람들이 지나갔어요. 어떤 사람들은 람, 락스만, 하누만 같은 신들처럼 차려입었고, 어린아이들은 활과 화살을 들고 있었는데, 원숭이 꼬리를 달고 얼굴을 붉게 칠한 아이들도 있었고, 검은 얼굴의 악마 분장을 한 아이들도 있었어요. 모두 람릴라 행사에 참가하러 가는 거였죠. 그들은 우리 트럭 옆을 지날 때 악취 때문에 코를 싸쥐었어요. 해질녘에 악마 인형들이 폭발하고 구경꾼들이 환호하는 소리가 들려왔어요. 나는 재미난 구경거리를 놓쳐서 화가 났어요. 얼마 후 사람들이 집으로 돌아가기 시작했어요. 그런데도 아버지와 친구들은 나타날 기미가 없었어요. 그러다가, 어떻게 그런 일이 일어난 건지 모르겠는데—경찰이 소문을 퍼뜨렸거나 전화를 몇 통 걸었는지도 모르죠—군중이 경찰서 앞에 몰려들어 '소 도살자'를 내놓으라고 외치기 시작했어요. 템포에 실린 채 온 동네에 악취를 풍기고 있는 죽은 소가 그들에겐 충분한 증거가 되었어요. 사람들이 늘어나면서 길이 막히기 시작했어요. 나는 어떻게 해야 할지, 어디 숨어야 할지 몰라 군중 틈에 섞였어요. 일부 사람들이 자이 슈리 람!*과 반데 마타람!**을 외치기 시작했어요. 점점 더 많은 사람들이 합류했고 광란의 분위기가 되었어요. 몇 사람이 경찰서로 들어가 아버지와 세 친구를 끌고 나왔어요. 사람들이 그들을 때리기 시작했어요. 처음엔 주먹질만 하다가 나중엔 발길질까지 했어요. 그러다 어떤 사람이

* '람왕 만세!'라는 뜻.

** '어머니께 경례!'라는 뜻으로, 여기서 '어머니'는 인도를 가리킨다.

쇠지레를, 또 한 사람이 자동차 잭을 들고 왔어요. 잘 보이진 않았지만 그것들을 내려치자 비명소리가……"

사담이 안줌을 향해 시선을 돌렸다.

"난 그런 소리는 들어본 적이 없었어요…… 이상한, 높은 소리였고 사람의 것이 아니었어요. 하지만 이내 그 비명은 군중의 포효에 묻혔어요. 말하지 않아도 당신은 이미 알고 있겠지만……" 사담의 목소리가 속삭임으로 잦아들었다. "다들 구경만 했어요. 아무도 말리는 사람이 없었어요."

사담은 폭도들이 일을 마치자 차들이 군 수송대처럼 일제히 전조등을 켰다고 했다. 차들은 사담 아버지의 피가 이룬 웅덩이들 위로, 마치 그게 빗물 웅덩이라도 되듯 물보라를 일으키며 지나갔고, 도로는 바크르 이드 날 구시가지의 거리처럼 보였다.

"난 아버지를 죽인 폭도의 일부였어요." 사담이 말했다.

웅성거리는 벽과 은밀한 지하 감옥이 있는 안줌의 비탄의 요새가 다시 그녀를 둘러싸고 솟아오르려 했다. 사담과 그녀는 거의 서로의 심장박동을 들을 수 있었다. 그녀는 아무 말도 할 수가 없었고 동정의 말조차 나오지 않았다. 하지만 사담은 그녀가 귀기울여 듣고 있음을 알았다. 한참 후 그가 다시 이야기를 이어갔다.

"그 일을 겪고 몇 달 만에, 그러잖아도 몸이 안 좋았던 어머니까지 돌아가셨어요. 난 삼촌과 할머니한테 맡겨졌고요. 그러다가 학교를 그만두고 삼촌 돈을 훔쳐서 델리로 왔어요. 몇 푼 안 되는 돈과 입은 옷밖에 없는 상태로 델리에 도착했죠. 나의 야망은 단 하나—세라와트 그 개자식을 죽이는 거였어요. 언젠가는 죽이고 말 거예요. 난 길바닥에서 자면서 트럭 세차원으로 일했고 몇 달 동안 하수구 청소도 했어요. 그러다 같은 마을 출신의 니라지라는 친구를 만났는데, 지금 시에서 일하고 당신도 만난 적이 있는……"

"그래," 안줌이 말했다. "그 키 크고 잘생긴 청년……"

"맞아요. 그 친구는 모델이 되려고 했지만 잘 안 됐어요…… 모델 일마저도 포주에게 돈을 바쳐야 하니까요. 지금 니라지는 시청 트럭을 몰고 있어요…… 어쨌든, 니라지 덕에 여기, 우리가 처음 만났던 시체안치소에서 일하게 됐어요…… 델리에 와서 며칠 지났을 때, TV 전시장 앞을 지나가는데 쇼윈도에 있는 한 TV에서 저녁 뉴스가 나오고 있었어요. 그때 처음 사담 후세인이 교수형 당하는 동영상을 봤어요. 난 그에 대해 아무것도 몰랐지만 죽음을 앞두고 그가 보인 용기와 위엄에 무척 감동을 받았어요. 그래서 처음 휴대전화를 사게 되었을 때 가게 주인한테 그 동영상을 찾아서 다운로드해달라고 부탁했어요. 난 그 영상을 보고 또 봤어요. 그처럼 되고 싶었어요. 난 이슬람교도가 되기로 결심하고 그의 이름을 사용하기로 했어요. 그러면 내가 해야 할 일을 하고 그 결과를 받아들일 용기가 생길 것 같았거든요, 그 사람처럼."

"사담 후세인은 개자식이었어. 너무 많은 사람을 죽였어." 안줌이 말했다.

"그럴지도 모르죠. 하지만 그는 용감했어요…… 보세요…… 이걸 보라고요."

사담은 크고 멋진 액정이 달린 새 스마트폰을 꺼내 동영상을 불러왔다. 그리고 화면에 빛이 반사되지 않도록 손을 오므려 액정 가장자리에 댔다. 예쁜 여자가 나와서 팔꿈치와 정강이에 크림을 바른 뒤 그 결과에 극도로 만족해하는 바세린 인텐시브 케어 모이스

처라이징 크림 광고로 시작하는 TV 클립이었다. 다음엔 잠무카슈미르 관광청 광고가 이어졌다—눈 덮인 풍경과 따뜻한 옷을 입고 눈썰매에 앉아 행복해하는 사람들 모습이 나왔다. 내레이터의 음성이 이렇게 말했다. "잠무카슈미르. 너무도 하얀. 너무도 아름다운. 너무도 신나는." 그다음엔 TV 아나운서가 영어로 뭐라고 말했고, 전 이라크 대통령 사담 후세인이 희끗희끗한 턱수염을 기르고 흰 셔츠에 검정 코트를 입은 우아한 모습으로 등장했다. 꼭대기가 뾰족한 사형집행인용 검정색 복면을 쓰고 눈구멍을 통해 그를 쳐다보며 웅얼거리는 사내들에게 둘러싸인 그는 그들 위로 우뚝 솟아 있었다. 그의 두 손은 등뒤로 묶여 있었다. 한 사내가 그의 목에 검정 스카프를 매주며 그 스카프가 교수형 올가미에 목의 피부가 쓸리는 걸 방지해줄 거라는 의미인 듯한 몸짓을 하는 동안, 사담 후세인은 가만히 서 있었다. 스카프를 맨 그는 더욱 우아해 보였다. 그는 무슨 소린지 모를 말을 지껄이는 복면 사내들에게 둘러싸여 교수대로 걸어갔다. 올가미가 그의 목에 걸려 죄어졌다. 그는 기도를 올렸다. 뚜껑 문 아래로 떨어지기 전 그의 마지막 표정은 사형집행인들에 대한 극도의 경멸이었다.

"난 이런 개자식이 되고 싶어요." 사담이 말했다. "내가 해야 할 일을 한 다음에, 그 대가를 치러야 한다면 이렇게 치르고 싶어요."

"이라크에 사는 친구가 하나 있어." 안줌이 처형 동영상보다는 사담의 전화기에 더 감명받은 얼굴로 말했다. "굽타라고. 그가 이라크에서 사진들을 보내오지." 그녀는 자신의 휴대전화를 꺼내 사담에게 D.D.굽타가 정기적으로 보내오는 사진들을 보여줬다—바그다드의 자기 아파트에 있는 굽타, 이라크인 애인과 소풍을 간

굽타, 굽타가 미군을 위해 이라크 전역에 세운 방폭벽들. 그 벽들 가운데 일부는 새것이고 일부는 벌써 총알자국이 나고 그라피티로 뒤덮여 있었다. 그중 하나에 어느 미군 장군의 유명한 말이 휘갈겨져 있었다. 프로가 되라, 정중하라, 그리고 만나는 적을 모조리 죽일 계획을 세워라.

안줌은 영어를 읽을 줄 몰랐지만 사담은 집중해서 보면 읽을 수 있었다. 하지만 이번엔 그러지 않았다.

안줌은 차를 다 마신 뒤 똑바로 누워 팔로 눈을 가렸다. 그녀는 잠든 것처럼 보였지만 그렇지 않았다. 그녀는 시름에 젖어 있었다.

"자네가 모를 수도 있어서 하는 말인데," 얼마 후 그녀가 마치 대화를 계속 이어가고 있었던 것처럼 말했다—실제로 그렇기도 했다, 머릿속으로 자신과 하는 대화이기는 했지만. "사실 우리 이슬람교도들도 개자식인 건 마찬가지야. 하지만 살인자 하나가 더 늘었다고 우리 바드남 코암*의 명성에 해가 되진 않을 거야. 우리의 평판은 이미 땅에 떨어졌으니까. 어쨌든, 천천히 해. 어떤 일이든 급히 서두르지 마."

"알았어요. 하지만 세라와트는 죽어야 해요."

사담은 선글라스를 벗고 햇빛에 눈이 부셔서 눈을 질끈 감았다. 그는 휴대전화로 옛날 힌두 영화 노래를 틀어놓고 음정은 안 맞지만 자신 있게 따라 부르기 시작했다. 비루는 찻잔 받침에 남은 식은 차를 핥아먹고 코에 찻잎을 붙인 채 총총히 사라졌다.

볕이 뜨거워지자 그들은 안으로 들어가서 한 쌍의 우주비행사들

* '악명 높은 민족'이라는 뜻.

처럼 중력에 저항하며, 계속해서 자유롭게 떠다녔다. 그들의 움직임을 제한하는 것은 오로지 엷은 황록색 문이 달린 자홍색 우주선의 외벽뿐이었다.

그들에게 계획이 없는 것은 아니었다.

안줌은 죽기를 기다렸다.

사담은 죽이기를 기다렸다.

그리고 그곳에서 수마일 떨어진 소란스러운 숲에서는 한 아기가 탄생을 기다리고 있었으니……

고통받는 도시들에서

비는 어떤 언어로 내리는가?

파블로 네루다

3
탄생

평화로운 시기였다. 아니, 그렇다고들 했다.

오전 내내 뜨거운 바람이 도시의 거리에 휘몰아치며 먼지와 소다수 병뚜껑들, 비디* 꽁초들을 몰아다가 자동차 앞유리와 자전거 탄 사람 눈에 내동댕이쳤다. 바람이 잔 후에는 이미 중천에 뜬 해가 안개 속에서 타오르면서, 다시 오른 열기가 거리 위에서 벨리댄서처럼 아른아른 빛났다. 사람들은 늘 먼지 폭풍을 따라오는 천둥을 동반한 소나기를 기다렸지만 비는 내리지 않았다. 불길이 강둑에 옹기종기 모여 있는 판잣집들 사이로 미쳐 날뛰며 순식간에 2천 채 이상을 파괴했다.

그래도 아말타스는 찬란하게, 도전적인 노랑으로 꽃을 피웠다. 타는 듯이 더운 여름마다 아말타스는 높이 뻗어올라 뜨거운 갈색

* 손으로 말아 실로 묶은 인도 담배.

하늘을 향해 속삭였다, 엿 먹어라.

그녀는 자정이 조금 지나서 아주 갑작스럽게 나타났다. 노래하는 천사들도, 선물을 가져오는 현자들도 없었다. 하지만 그녀의 도착을 알리기 위해 동쪽 하늘에 수백만 개의 별이 떴다. 그녀는 존재하지 않다가, 어느 순간 갑자기—콘크리트 보도 위, 담배 은박지와 비닐봉지 몇 개와 엉클 칩스 과자 빈 봉지들로 이루어진 쓰레기 구유 안에 존재했다. 그녀는 네온 불빛을 받은 기둥 모양의 모기떼 아래, 빛의 웅덩이 속에 벌거숭이로 누워 있었다. 그녀의 피부는 검푸른색이었고 아기 물개처럼 매끄러웠다. 그녀는 완전히 깨어 있었지만, 그토록 조그만 존재에겐 이례적으로, 완전한 고요를 지키고 있었다. 어쩌면 생애의 첫 몇 개월이라는 짧은 기간 동안 벌써 눈물이, 적어도 그녀의 눈물은, 부질없음을 배운 것인지도 몰랐다.

말뚝에 매인 야윈 흰 말 한 마리, 피부병 걸린 작은 개, 콘크리트색 가는도마뱀, 잠을 자고 있어야 할 두줄무늬 야자나무다람쥐, 그리고 높다란 은신처에 자리한, 불룩한 알주머니가 달린 암거미가 그녀를 지키고 있었다. 그것 말고는, 그녀는 완전히 혼자인 듯했다.

그녀 주위로 도시가 수마일을 제멋대로 뻗어나갔다. 천 살 먹은 무녀가 이 시간에도 자지 않고 졸고 있었다. 잿빛 고가高架들이 메두사 두개골에서 뱀처럼 뻗어나와 노란 나트륨 안개 속에서 뒤엉키고 풀렸다. 그 높고 좁은 보도 위에서 노숙자들의 잠든 몸이 머리에서 발끝까지, 머리에서 발끝까지, 머리에서 발끝까지 줄줄이 이어져 고리 모양을 그리며 멀리까지 뻗어 있었다. 오랜 비밀들이 그녀의 헐렁하고 양피지 같은 피부에 고랑들을 만들었다. 주름 하나하나가 거리였고, 거리 하나하나가 축제였다. 염증으로 부어오른 관절 하나하나가 수세기에 걸쳐 사랑과 광기, 어리석음, 기쁨, 형언할 수 없는 잔혹함의 이야기들이 상연되어온 무너져가는 원형극장이었다. 하지만 이제 그녀의 부활이 시작될 터였다. 그녀의 새 주인들은 그녀의 정맥류 걸린 부풀고 옹이진 다리를 외제 그물스타킹으로 감추고, 시든 젖가슴을 뽕이 들어간 도발적인 브래지어에 밀어넣고, 아픈 발을 앞코가 뾰족한 하이힐에 욱여넣고 싶어했다. 그녀가 뻿뻿한 늙은 엉덩이를 흔들고 찡그린 얼굴의 가장자리를 위로 밀어올려 얼어붙은, 공허한 미소를 짓기를 원했다. 할머니가 매춘부가 된 여름이었다.

그녀는 세계의 사랑을 받는 새로운 초강대국의 최고의 수도가 될 터였다. 인도! 인도! TV 쇼에서, 뮤직비디오에서, 해외 신문과 잡지에서, 사업 회의와 무기박람회에서, 경제 비밀회의와 환경 정상회담에서, 도서 페스티벌과 미인 대회에서 그 구호가 울려퍼졌다. 인도! 인도! 인도!

도시 전역에 영국 신문사와 최신 미백크림 브랜드(톤 단위로 팔리는)의 공동 협찬을 받은 거대한 광고판이 세워졌고 거기에는 이렇게 쓰여 있었다. 이제 우리의 시대. K마트가 들어오고 있었다. 월마트와 스타벅스도 들어오고 있었고, TV의 영국항공 광고에서는 세계 만민(백인, 갈색인, 흑인, 황색인)이 모두 가야트리 만트라를 불렀다.

옴 부르 부바 스바하
타트 사비투르 바레니암

바르고 데바시아 디마히
디요 요 나 프라초다야트

오 신이시여, 그대는 생명을 주는 분,
고통과 슬픔을 없애는 분,
행복을 베푸는 분,
오 우주의 창조자시여,
죄를 파괴하는 위대한 빛을 내려주소서,
저희의 지성을 올바른 방향으로 인도하소서.

(그리고 모두가 영국항공을 타게 하소서.)

찬가를 마친 세계 만민은 손을 합장하고 고개를 숙였다. 나마스테, 그들은 이국적인 억양으로 그렇게 인사한 뒤, 터번을 쓰고 마하라자* 콧수염을 기른 채 오성급 호텔에서 외국인 손님을 맞이하는 도어맨처럼 미소를 지었다. 그것으로, 적어도 광고 속에서는, 역사가 뒤집어졌다. (지금 고개 숙여 절하는 건 누구? 미소 짓는 건 누구? 탄원자는 누구? 탄원의 대상은 누구?) 총애받는 인도 국민들은 꿈속에서 마주 미소를 보냈다. 인도! 인도! 그들은 꿈속에서 크리켓 경기 관중처럼 외쳤다. 고적대장이 장단을 맞추었다…… 인도! 인도! 세계가 환호하며 기립했다. 숲이 있던 자리에 고층 빌딩과 철강 공장이 들어서고, 강물은 병에 담겨 슈퍼마켓에서 팔리

* '위대한 왕'이라는 뜻으로 과거 인도의 제왕을 부르는 호칭.

고, 물고기는 통조림이 되고, 산은 채굴되어 빛나는 미사일로 만들어졌다. 거대한 댐들이 도시를 크리스마스트리처럼 밝혔다. 모두가 행복했다.

빛과 광고에서 멀리 떨어진 시골 마을들이 텅 비어갔다. 도시들도. 수백만의 사람들이 이주하고 있었는데, 아무도 어디로 가야 할지를 몰랐다.

"도시에서 살 형편이 안 되는 사람들은 여기로 와선 안 됩니다." 한 대법원 판사가 그렇게 말하고 도시 빈민의 즉각적인 퇴거를 명했다. "파리도 1870년에 빈민가를 싹 쓸어내기 전까지는 지저분한 도시였습니다. 지금 파리가 어떤지 보세요." 델리 부지사가 견본 천조각만큼 남은 빈약한 머리칼을 오른쪽에서 왼쪽으로 쓸어넘겨 재배치하며 말했다. (저녁때 그가 첼름스퍼드클럽 수영장으로 수영을 하러 가면 그 머리칼이 염소 소독된 물속에서 그와 나란히 헤엄쳤다.)

그래서 잉여인간들은 거주가 금지되었다.

정규 경찰 외에도 이상한 하늘색 위장복(어쩌면 새들에게 혼란을 주기 위한) 차림의 신속기동대가 빈민촌에 배치되었다.

빈민가와 불법 거주지, 이주촌, '무허가' 거주지 사람들은 그들과 맞서 싸웠다. 그들은 집으로 이어지는 도로들을 파헤치거나, 돌과 파손된 물건을 쌓아 봉쇄했다. 젊은이들, 늙은이들, 아이들, 어머니들, 할머니들이 막대기와 돌로 무장하고 동네 입구를 순찰했다. 경찰과 불도저들이 마지막 공격을 위해 도열한 도로 위에는, 사르카르 키 마 키 추트, 정부 엄마 성기, 라는 구호가 분필로 휘갈겨져 있었다.

"우리더러 어디로 가란 말이냐?" 잉여인간들이 말했다. "죽일 테면 죽여라. 우린 꼼짝도 안 한다."

단번에 죽이기엔 사람이 너무 많았다.

대신 그들의 집, 문과 창문, 임시 지붕, 솥과 냄비, 접시, 숟가락, 졸업증명서, 배급 카드, 결혼증명서, 아이들 학교, 평생의 업, 눈에 담긴 표정이 오스트레일리아에서 수입해온 노란 불도저에 깔려 납작해졌다. (그 불도저의 상표명은 '디치 위치'*였다.) 그것은 최첨단 기계였다. 역사를 납작하게 만들어 건축자재처럼 쌓아올릴 수 있었다.

이런 식으로, 부활의 여름에, 할머니는 파괴되었다.

경쟁이 치열한 TV 채널들이 파괴되어가는breaking 도시 이야기를 '긴급 속보Breaking News'로 다뤘다. 아무도 그 아이러니에 대해 지적하지 않았다. 그들은 훈련받지 않은, 그러나 허우대는 근사한 젊은 기자들을 풀었고, 그 기자들은 발진처럼 온 도시로 퍼져 긴급하고 공허한 질문들을 던졌다. 가난한 사람들에게 가난이 어떤 것인지, 굶주린 사람들에게 굶주림이 어떤 것인지, 노숙자들에게 노숙이 어떤 것인지 물었다. "바이 사히브, 예 바타이예, 아프코 카이사 라그 라하 하이……?" 형제여, 말해주세요, 어떤 것인지……? TV 채널들이 절망을 생중계하는 데 필요한 협찬은 결코 동이 나지 않았다. 절망도 동이 나지 않았다.

전문가들이 출연료를 받고 전문적인 의견을 피력했다. 누군가는 진보의 대가를 치러야만 합니다, 그들은 전문적으로 말했다.

---

* Ditch Witch. '도랑 파는 마녀'라는 뜻.

구걸이 금지되었다. 수천 명의 거지들이 잡혀가서 수용소에 갇혔다가 도시 밖으로 이송되었다. 그들을 고용한 업자들은 그들을 도로 데려오기 위해 큰돈을 물어야 했다.

'약자를 위해 일하는 존 신부'가, 경찰 기록에 의하면 지난해 시내 거리에서 발견된 신원 미상의 시체가 삼천 명 가까이 된다는 내용의 편지를 보냈다. 아무도 응답하지 않았다.

하지만 식품점에는 음식이 넘쳐났다. 서점에는 책이 넘쳐났다. 신발 가게에는 신발이 넘쳐났다. 그리고 사람들(사람들로 여겨지는)은 서로에게 이렇게 말했다. "이젠 쇼핑하러 해외에 나갈 필요가 없어. 여기서도 수입 제품을 구할 수 있으니까. 봄베이는 우리의 뉴욕, 델리는 우리의 워싱턴, 카슈미르는 우리의 스위스 같다니까. 진짜 똑같아. 살라* 환상적이라니까 야르."

온종일 도로들은 차로 꽉 막혔다. 모든 걸 빼앗기고 도시의 균열과 틈새에서 살게 된 사람들이 냉난방 되는 매끈한 차들 사이에서 우글거리며 먼지 닦는 헝겊, 휴대전화 충전기, 모형 점보제트기, 경제 잡지, 해적판 경영서(『첫 백만 달러 모으는 법』 『젊은 인도가 진짜 원하는 것』), 맛집 안내서, 프로방스 시골집들의 컬러사진이 실린 인테리어 잡지, 즉효가 있는 심리서(『당신은 자신의 행복에 책임이 있다』…… 혹은 『자신의 가장 좋은 친구가 되는 법』……)를 팔았다. 독립기념일에는 장난감 기관총과 깃대에 메라 바라트 마한, 나의 인도는 위대하다, 라고 쓰인 조그만 국기를 팔았다. 차

* 원래는 처남을 의미하는 단어이나, 우리말에서 '존나' 정도에 해당하는 비속어로 사용된다.

에 탄 사람들의 눈에는 차창 밖으로 그들이 사려고 하는 새 아파트, 그들이 방금 설치한 자쿠지*, 방금 체결한 소중한 계약의 아직 마르지 않은 잉크만 보였다. 그들은 명상 수업을 마친 뒤라 평온하거나 요가를 하고 와서 몸에서 열이 났다.

변두리 공업지대, 쓰레기와 알록달록한 비닐봉지가 수마일에 걸쳐 빽빽이 깔린 빛나는 늪지, 도시에서 쫓겨난 사람들이 '재정착한' 장소, 그곳의 공기는 화학성이 강하고 물은 유독했다. 걸쭉한 녹색 연못들에서 모기떼가 구름처럼 올라왔다. 잉여엄마들이 한때 그들의 집이었던 건물의 잔해에 참새처럼 올라앉아 잉여아기들에게 자장가를 불러주었다.

수티 라후 바우아, 바콜 아바이야
나니 감 세 앙가, 시야이트 아바이야
마마 상게 마미, 나차이트 아바이야
카라 상게 차라, 라바이트 아바이야

자거라, 내 아기, 자거라, 악마들이 오기 전에
새로 지은 네 옷이 엄마 마을에서 온단다
네 삼촌과 이모가 춤추며 온단다
네 발찌와 팔찌를 가지고 온단다

잉여아기들은 잠들어 노란 불도저 꿈을 꾸었다.

---

* 물에서 기포를 발생시키는 욕조.

도시의 스모그와 기계음 위로 밤은 광대하고 아름다웠다. 하늘은 별들의 숲이었다. 제트기들이 윙윙대는 느린 혜성처럼 날아갔다. 일부 제트기들은 스모그 때문에 흐릿하게 보이는 인디라간디 국제공항 위에서 착륙 지시를 기다리며 열 대씩 줄을 지어 선회하기도 했다.

아래쪽, 보도 위, 잔타르만타르 끄트머리, 우리의 아기가 모습을 나타낸 오래된 천문대, 아침 그 시간에도 그곳은 꽤나 분주했다. 공산주의자, 폭동 선동가, 분리독립 지지자, 혁명가, 몽상가, 게으름뱅이, 코카인 중독자, 괴짜, 온갖 프리랜서, 그리고 갓난아기에게 선물을 가져올 여력이 없었던 현자들이 밀려들었다. 지난 열흘간 그들은 자신들의 영역—이 도시에서 그들이 모일 수 있도록 허락된 유일한 장소—이었던 곳에서 새로운 쇼에 의해 옆으로 밀려나고 몰려났다. 스무 명이 넘는 TV 촬영팀이 노란 크레인 위에 카메라를 올려놓고 빛나는 새 스타를 하루 이십사 시간 지키고 있었다. 부패 없는 인도라는 꿈을 실현하기 위해 죽을 때까지 단식하겠노라고 선언한 군인 출신 사회복지사인 늙고 땅딸막한 간디주의자. 그는 '어머니 인도'의 초상화—인도 지도(물론 파키스탄과 방글라데시를 포함한 분리되지 않은 영국령 인도) 형상의 몸과 여러 개의 팔을 가진 여신—를 배경으로 병든 성자처럼 바닥에 등을 붙이고 뚱뚱한 몸으로 누워 있었다. 그의 한숨 하나하나, 그가 주위 사람들에게 속삭이는 소리로 내리는 지시 하나하나가 밤새 생방송되었다.

그 노인에겐 뭔가 꿍꿍이가 있었다. 도시가 맞은 부활의 여름은 사기의 여름—석탄 사기, 철광석 사기, 주택 사기, 보험 사기, 수입인지증서 사기, 전화 면허 사기, 땅 사기, 댐 사기, 관개 사기, 무기와 탄약 사기, 급유 펌프 사기, 소아마비 백신 사기, 전기 요금 사기, 교과서 사기, 신인神人 사기, 가뭄 해소 사기, 자동차 번호판 사기, 투표자 명단 사기, 신분증 사기—이기도 했으며 정치가, 사업가, 사업가이자 정치가, 정치가이자 사업가들이 상상도 할 수 없는 액수의 공금을 들고 도망쳤다.

노인은 훌륭한 탐광 전문가처럼 대중의 분노가 묻힌 풍부한 광맥을 파보았고, 스스로 생각해도 대단히 놀랍게도 하룻밤 사이에 숭배의 대상이 되었다. 그가 꿈꾸는 부패 없는 사회는 가장 부패한 사람들까지 포함한 모두가 한동안 풀을 뜯을 수 있는 행복의 초원이었다. 보통 때 같았으면 서로 아무 관련이 없었을 사람들(좌익, 우익, 중도)이 모두 그에게 몰려들었다. 그의 난데없고 갑작스러운 등장은 여태껏 역사와 정치에 무지했던 조급한 신세대 젊은이들에게 영감과 목적의식을 주었다. 그들은 청바지와 티셔츠 차림으로, 부패에 반대하는 자작곡과 기타를 들고 왔다. 또한 더이상 못 참겠다라거나 이제 부패 끝! 같은 구호가 담긴 현수막과 팻말을 가져왔다. 한 무리의 젊은 전문가들—법조인, 회계사, 컴퓨터 프로그래머—이 행사를 관리할 위원회를 조직했다. 그들은 돈을 모금하고, 거대한 천막과 소품(어머니 인도 초상화, 국기, 간디 모자, 현수막), 디지털시대에 걸맞은 미디어 캠페인을 준비했다. 노인의 촌스러운 화술과 저속한 경구가 트위터의 유행이 되고 페이스북에 넘쳐났다. TV 카메라들이 그를 떠나지 않았다. 은퇴한 관료와 경찰, 군 장교들이 합류했다. 군중도 늘어갔다.

순식간에 스타덤에 오른 노인은 짜릿했다. 그는 과대망상에 빠졌고 약간 공격적으로 변했다. 그는 부패 문제에만 매달리면 스타일에 제약이 생기고 인기도 제한적일 거라는 생각을 하기 시작했다. 그는 최소한 자신의 본질, 진정한 자아, 타고난 목가적 지혜를 추종자들과 나누는 일을 해야만 한다는 결론을 내렸다. 그리하여 서커스가 시작되었다. 그는 자신이 인도의 '제2의 자유투쟁'을 이끌고 있다고 선언했다. 그는 노인-아기 목소리로 감동적인 연설을 했는데, 그 소리는 풍선 두 개를 마주 비비는 것처럼 들렸음에도 국가의 혼에 닿은 듯했다. 아이들 생일 파티에 온 마술사처럼 그는 마술을 부리고 허공에서 선물을 만들어냈다. 그는 모두가 좋아할 만한 것을 갖고 있었다. 논란 많은 옛 구호 반데 마타람! 어머니에게 경의를!로 힌두 쇼비니스트들(이미 어머니 인도 지도에 흥분한)을 열광시켰다. 일부 이슬람교도들이 분개하자 위원회는 봄베이에서 이슬람교도 영화 스타를 초대해 이슬람교 기도 모자(평소에는 절대 안 쓰는)를 쓰고 한 시간 넘게 단상의 노인 옆에 앉아 있게 하여 '다양성 속의 통합'이라는 메시지를 강조했다. 노인은 전통주의자들을 위해서는 간디를 인용했다. 그는 카스트제도는 인도의 구원이라고 말했다. "각 카스트는 태어날 때부터 정해진 일을 해야 합니다. 하지만 모든 일은 존중되어야 합니다." 달리트가 분노를 표출하자 시 청소부의 어린 딸에게 새 옷을 입힌 후 물병을 들고 그의 옆에 앉아 있게 하고 이따금 그 물을 마셨다. 전투적인 도덕주의자들을 위한 노인의 슬로건은 도둑은 손을 잘라야 한다!

테러리스트는 목매달아야 한다!였다. 모든 종류의 민족주의자들에게는 "두드 망고게이 투 키르 뎅게이! 카슈미르 망고게이 투 치르 뎅게이!"라고 외쳤다. 우유를 달라고 하면 우리는 크림을 줄 것이다! 카슈미르를 달라고 하면 너희를 갈가리 찢어발길 것이다!

그는 인터뷰에서 잇몸이 드러나는 파렉스* 아기 같은 미소를 지으며 마을의 사원에 딸린 방에서 소박한 독신생활을 하는 즐거움을 이야기하고, 간디식 라티 사다나—정액 보존—덕에 단식중에도 힘을 유지할 수 있다고 설명했다. 노인은 단식 삼 일째 되는 날 그걸 증명하기 위해 침대에서 내려와 흰 쿠르타와 도티** 차림으로 무대 주위를 가볍게 뛰어다니고 축 늘어진 알통을 보여주었다. 사람들은 울고 웃으며 자신의 아이들을 그에게 데려가 축복을 받았다.

TV 시청률이 치솟았다. 광고가 밀려들었다. 일찍이 아무도 보지 못했던 열광이었다. 전 세계 신전의 가네시 신상들이 일제히 우유를 마시기 시작했다고 알려진 '기적 동시 발생의 날' 이후 이십 년 동안은 말이다.

하지만 이제 단식 구 일째였고 아무리 정자가 잔뜩 비축되어 있어도 노인은 눈에 띄게 약해진 상태였다. 그날 오후 그의 크레아틴 수치*** 상승과 신장 기능 악화에 관한 소문이 도시 전체로 퍼졌다. 저명인사들이 그의 침대 옆에 도열해 그의 손을 잡고 (아무도 그렇게 될 거라고 진심으로 믿진 않았지만) 죽지 말라고 호소하는 모습

* 유아용 식품 상표명.

** 인도 남자들이 허리에 둘러 입는 천.

*** 크레아틴은 사구체에서 여과되어 소변으로 배출되는 물질로 신장 기능이 저하되면 이 수치가 올라간다.

이 사진에 담겼다. 이런저런 사기 행위로 적발되었던 기업가들이 그의 '운동'에 돈을 기부하며 비폭력에 대한 그의 흔들림 없는 헌신에 박수를 보냈다. (손을 자르고, 목을 매달고, 창자를 끄집어내야 한다는 그의 처방은 합리적 경고로 받아들여졌다.)

노인의 팬들 중 상대적으로 부유해서 삶의 물질적 욕구들은 충족되었으되 집단 시위에 수반되는 의분의 맛, 아드레날린의 분출은 경험해보지 못한 이들이 국기를 흔들고 애국의 노래들을 부르면서 자동차나 오토바이를 타고 도착했다. 한때 인도의 경제적 기적의 메시아였던 '덫에 걸린 토끼'의 정부는 마비되었다.

머나먼 구자라트에서 구자라트 카 랄라는 노인-아기의 등장을 신들이 보낸 신호로 받아들였다. 그는 포식자의 확실한 본능에 따라 '델리로의 행진'에 박차를 가했다. 노인의 단식 오 일째에 랄라는 (은유적으로 말해서) 성문 밖에 진을 치고 있었다. 그의 공격적인 호위군이 잔타르만타르로 밀려들었다. 그들은 떠들썩한 지지 선언으로 노인을 압도했다. 그들의 깃발은 더 컸고 그들의 노래는 그 누구의 노래보다 요란했다. 그들은 여기저기 급식소를 차려놓고 가난한 사람들에게 공짜로 음식을 나눠줬다. (랄라를 지지하는 백만장자 신인神人들 덕에 자금이 두둑했다.) 그들에겐 그들의 상징인 사프란색 머리띠를 두르지 말고 사프란색 깃발도 들지 말 것이며 지나가는 말로라도 '구자라트의 연인'을 언급해선 안 된다는 엄격한 지시가 내려졌다. 그 작전은 효과가 있었다. 그들은 며칠 만에 친위 쿠데타를 성공시켰다. 노인을 유명하게 만들기 위해 그토록 열심히 노력했던 젊은 전문가들은 무슨 일이 벌어지고 있는지 깨닫기도 전에—그건 노인 역시 마찬가지였다—밀려나고 말왔다. '행복의 초원'은 무너졌다. 하지만 아무도 그걸 깨닫지 못했다. '덫에 걸린 토끼'는 곤경에 빠졌다. 곧 '구자라트의 연인'이 델리로 입성할 터였다. 랄라의 얼굴이 그려진 종이 가면을 쓴 그의 부하들이 그를 어깨에 태우고 그의 이름을—랄라! 랄라! 랄라!—연호하며 그를 옥좌에 앉힐 터였다. 그는 어디를 보든 오직 자신만을 보게 될 터였다. '힌두스탄의 새 황제.' 그는 바다였다. 무한함이었다. 인류 그 자체였다. 하지만 그건 일 년 후의 일이었다.

현재 그의 지지자들은 잔타르만타르에서 목이 쉬도록 정부의 부패를 규탄했다. (무르다바드! 무르다바드! 타도! 타도! 타도! 타도!) 밤이면 그들은 TV에 나온 자신을 보러 집으로 달려갔다. 아침에 그들이 다시 돌아올 때까지 노인과 그의 '핵심' 지지자들은 수천 명의 군중을 수용할 수 있는 넘실대는 흰 천막 아래서 조금은 쓸쓸해 보였다.

반反부패 천막 바로 옆, 늙은 타마린드나무의 울창한 가지 아래 경계 표시가 분명하게 된 공간에 또다른 유명한 간디주의 운동가가 정부에 땅을 빼앗긴 수천 명의 농부들과 토착부족민들을 대표해 목숨을 건 단식투쟁을 벌이고 있었다. 한 석유화학 회사가 벵골에 자사 전속 탄광과 화력발전소를 지을 수 있도록 정부가 그들의 땅을 그 회사에 줘버린 것이었다. 그녀에겐 열아홉번째 무기한 단식투쟁이었다. 그녀는 긴 머리를 멋지게 땋아내린 미인이었지만, TV 카메라들에게는 노인보다 훨씬 인기가 없었다. 거기에 비밀스러운 이유 같은 건 없었다. 그 석유화학 회사가 대부분의 TV 채널을 소유하고 있었고 나머지 채널에도 어마어마하게 많은 광고를 주고 있었던 것이다. 그래서 TV 스튜디오에 게스트로 나온 성난 시사평론가들은 그녀를 비난하고 그녀가 '외세'의 자금 지원을 받고 있다는 식의 암시를 했다. 언론인들뿐 아니라 시사평론가들도 상당수가 그 석유화학 회사에서 돈을 받고 있었고 회사를 위해 최선을 다할 수밖에 없었다. 하지만 길에서 그녀를 둘러싸고 있는 사람들은 그녀를 사랑했다. 머리가 희끗희끗한 농부들이 손부채질로 그녀의 얼굴에서 모기를 쫓아주었다. 억센 시골 아낙들이 그녀의 발을 주물러주고 애정어린 눈길로 바라보았다. 견습 운동가들—일부는 유럽과 미국에서 온 젊은 학생들이었다—은 헐렁한 히피 복장을 하고 노트북 컴퓨터로 그녀에 관한 복잡한 보도자료를 작성했다. 몇몇 지식인들과 관심 있는 시민들이 보도 위에 쪼그리고 앉아서 수년간 자신들의 권리를 위해 싸워온 농부들에게 농부의 권리에 대해 설명하고 있었다. 사회운동(매우 인기가 많은 주제인)에 대해 연구하는 외국 대학 박사과정 학생들이 화장실도 없고 정수된 물을 구하기도 힘든 시골까지 걸어갈 필요 없이 도시에서 현장 연구를 하게 된 걸 감사히 여기며 농부들과 긴 인터뷰를 했다.

민간인 복장을 했지만 비민간인의 머리 모양(옆과 뒤가 짧은)에 비민간인 양말과 신발(카키색 양말, 갈색 장화)을 신은 건장한 남자 여남은 명이 군중 속에 섞여 뻔뻔스럽게 그들의 대화를 엿들었다. 그들 중 몇몇은 기자인 척하며 작은 핸디캠으로 촬영까지 했다. 그들은 특히 젊은 외국인들에게 주목했다(그 외국인들 가운데 다수가 곧 자신의 비자가 취소되었음을 알게 될 터였다).

TV 조명 때문에 그러잖아도 뜨거운 공기가 더 뜨거워졌다. 죽음을 무릅쓴 나방들이 선건*에 육탄 공격을 가했고, 밤공기에서는 새까맣게 탄 곤충 냄새가 났다. 무더운 날씨에 종일 구걸을 하느라 지친 침울한 얼굴의 중증 장애인 열다섯 명이 빛의 원 바로 바깥의 어둠 속에서 관급품인 릭샤에 굽은 등과 쇠약한 팔다리를 의지한 채 서성이고 있었다. 보금자리에서 쫓겨난 농부들과 그들의 유명한 지도자가 장애인들이 살던 보도의 가장 시원하고 그늘이 잘 드는 자리를 점령해버린 것이었다. 그래서 장애인들은 완전히 석유화학 산업 편이었다. 그들은 농부들의 시위가 하루빨리 끝나서 자신들의 자리를 되찾기를 원하고 있었다.

조금 떨어진 곳에서 웃통을 벗고 초강력 접착제로 온몸에 노란 라임을 붙인 사내가 작은 팩에 든 걸쭉한 망고 음료를 요란하게 빨고 있었다. 그는 어째서 라임을 온몸에 붙였는지, 라임을 홍보하고 있는 것 같은데 왜 망고주스를 마시는지 말하기를 거부했고, 누가 그걸 물으면 험한 말을 했다. 자신을 '퍼포먼스 아티스트'라고 부르는 또다른 프리랜서가 양복과 넥타이, 영국 중절모 차림으로 군중 사이를 뚜렷한 목적을 갖고 배회하고 있었다. 멀리서 보면 그의 양복에 시크케밥** 무늬가 가득 찍혀 있는 것 같았으나 가까이에서 보면 완벽한 모양의 똥 무늬였다. 양복 옷깃에 달린 시든 빨강 장미는 검게 변해 있었다. 삼각형 모양의 흰 손수건이 가슴 주머니에서 밖을 빼꼼히 내다보고 있었다. 그의 메시지가 무엇인지 물으면 그는 라임맨의 무례함과 상쾌한 대조를 이루는 태도로, 자신에

* sun gun. 촬영할 때 손에 들고 다니면서 쓰는 소형 조명기.

** 간 고기를 길쭉한 핫도그 모양으로 뭉쳐 꼬치에 끼운 요리.

겐 몸이 도구이고 이른바 문명 세계가 똥에 대한 혐오를 버리고 똥은 그저 소화된 음식이라는 것을, 소화된 음식이 바로 똥이라는 것을 받아들이기를 원한다고 끈기 있게 설명했다. 그는 예술을 박물관에서 끌어내 '사람들'에게 가져다주고 싶다고도 했다.

라임맨 근처에 (그가 완전히 무시하는) 안줌, 사담 후세인, 우스타드 하미드가 앉아 있었다. 그리고 인도르에서 잔나트 게스트하우스에 손님으로 와 있던 빼어난 미모의 젊은 히즈라 이슈라트도 함께 있었다. 물론, 안줌이 TV에서 방송되고 있는 '제2의 자유투쟁'이 무엇인지 잔타르만타르로 가서 직접 보자고 제안한 건 그녀가 품고 있던 생각—'가난한 사람들을 돕고 싶다'는 그녀의 오랜 염원—때문이었다. 사담은 부정적이었다. "그걸 알려고 거기까지 갈 필요는 없어요. 내가 당장 말해줄 수 있으니까. 그건 최고로 좆같은 사기예요." 하지만 안줌은 요지부동이었고, 당연히 사담은 그녀를 혼자 보낼 리 없었다. 그래서 안줌, 사담(여전히 선글라스를 낀), 그리고 님모 고라크푸리가 작은 원정대를 결성했다. 안줌을 보러 온 우스타드 하미드와 젊은 이슈라트도 억지로 끌어들였다. 그들은 사람이 비교적 적을 밤에 가기로 했다. 안줌은 편한 복장을 택해 칙칙한 색깔의 파탄족 슈트를 입었지만 머리핀과 두파타, 립스틱의 유혹은 떨치지 못했다. 이슈라트는 자신의 결혼식에라도 가듯, 스팽글 장식이 달린 야한 분홍색 쿠르타와 초록색 파티알라 살와르를 빼입었다. 그녀는 주위의 만류를 무시하고 밝은 분홍색 립스틱을 칠하고 밤을 밝히기에 충분한 장신구를 달았다. 님모가 안줌과 이슈라트, 우스타드 하미드를 자신의 차에 태우고 갔다. 사담은 목적지에서 만나기로 했다. 그는 파얄을 타고 잔타르만타르로 가서 조금 떨어진 곳에 있는 말뚝에 파얄을 묶어놓았다(그리고 영악한 구두닦이 소년에게 파얄을 잘 지키면 나중에 초코바 두 개와 10루피를 주겠다고 약속했다). 님모 고라크푸리가 지루해서 몸을 들썩거리는 걸 눈치챈 사담은 자신의 휴대전화에 있는 동물 동영상으로 그녀를 즐겁게 해주려고 했다. 그가 날마다 시내를 걸어다니면서 마주친 길 잃은 개와 고양이, 소를 직접 촬영한 영상이거나 왓츠앱으로 친구들에게서 받은 것들이었다. 보세요, 이 녀석은 차다 사히브예요. 절대 짖지 않죠. 매일 오후 네시 정각에 여자친구랑 놀려고 이 공원에 와요. 이 소는 토마토를 좋아해요. 내가 매일 토마토를 갖다줘요. 이 녀석은 가려움증이 심각해요. 두 발로 서서 여자에게 키스하는 이 사자 본 적 있어요……? 예, 여자예요. 조금 있다가 돌아설 때 보면 알 수 있어요…… 하지만 염소나 서양 여자들의 패션이 나오는 영상은 없어서 님모 고라크푸리의 지루함을 달래는 데 아무 도움이 되지 못했고, 그녀는 곧 자리를 떴다. 반면 안줌은 그곳의 북적거림과 현수막들, 토막토막 엿들은 대화에 매료되었다. 그녀는 그곳에 머물며 "무언가를 배워야 한다"고 주장했다. 그래서 보도 위의 다른 모든 사람들처럼 그들도 자신들의 작은 무리를 만들었다. 안줌은 그곳을 본부로 삼고 자신의 외교 사절—전권대사인 사담 후세인 각하—을 이 무리 저 무리로 보내 그들이 어디에서 왔고, 무엇에 대한 시위를 하고 있으며, 요구는 무엇인지 간단한 정보를 알아오게 했다. 사담은 그녀가 시키는 대로 정치적 벼룩시장의 쇼핑객처럼 여기저기 돌아다니다가 이따금 안줌에게 돌아와 자신이 알아낸 걸 보고했다. 안줌은 땅바닥에 책상다리를 하고 앉아 앞으로 몸을 기울이고 반쯤 미소를 머금은 채 고개를 끄덕이며 열심히 들었지만, 사담을 바라보진 않고 그가 설명하는 무리를 향해 고개를 돌리고서 반짝이는 눈을 그들에게 고정했다. 우스타드 하미드는 사담이 물어오는 정보에 아무런 관심도 없었다. 하지만 그 원정은 그에게 일상의 반가운 변화였기에 원정대에 참여한 것에 만족하며 멍하니 주위를 둘러보면서 혼자 콧노래를 불렀다. 장소에 어울리지 않는 차림새를 한 허세 덩어리 이슈라트는 배경을 바꿔가며 다양한 각도에서 셀카를 찍으면서 시간을 보냈다. 아무도 그녀에게 큰 관심을 보이지 않았지만(그녀와 노인-아기는 애당초 경쟁 상대가 되지 않았다) 그녀는 베이스캠프에서 너무 멀리 벗어나지 않으려 조심했다. 어느 순간 그녀는 우스타드 하미드와 함께 여학생들처럼 낄낄거렸다. 안줌이 뭐가 그리 재밌느냐고 묻자 우스타드 하미드는 자신의 손자들이 할머니에게 (그녀의 남편인) 자신을 영어로 '블러디 퍼킹 비치bloody fucking bitch'라고 부르도록 가르쳐주었으며 그녀는 그게 영어 애칭인 줄 안다고 말했다.

"마누라는 자기가 무슨 말을 하는지 전혀 몰라. 아주 다정한 얼굴로 이렇게 말하지. 블러디 퍼킹 비치! 그게 마누라가 나를 부르는 호칭이야……" 우스타드 하미드가 웃으며 말했다.

"그게 무슨 뜻인데요?" 안줌이 물었다. (그녀는 영어로 '비치'의 뜻이 무엇인지는 알아도 '블러디'와 '퍼킹'은 몰랐다.) 우스타드 하미드가 설명을 시작하기도 전에(사실 그도 확실한 뜻은 모르고 나쁜 말이라는 것만 알았지만), 추레하고 흐늘거리는 옷을 입고 장발에 턱수염을 기른 청년과 역시 추레한 옷차림에 탐스러운 머리를 풀어헤친 아가씨가 다가오는 바람에 대화가 중단되었다. 그들은 자신들이 시위와 항거에 관한 다큐멘터리 영화를 만들고 있으며,

그 영화에서 반복되는 테마 중 하나가 시위자가 자신의 언어로 "다른 세상도 가능하다"고 말하는 것이라고 설명했다. 예를 들어 모국어가 힌디어나 우르두어라면 이렇게 말할 수 있었다. "두스리 두니야 뭄킨 하이……" 그들은 그런 말을 하면서 카메라를 설치했고 안줌에게 카메라 렌즈를 똑바로 보면서 이야기해달라고 했다. 그들은 안줌의 사전에서 '두니야'가 어떤 의미를 지니는지 알지 못했다. 안줌 역시 그들의 의도를 전혀 이해하지 못한 상태에서 카메라를 들여다보며 말했다. "훔 두스리 두니야 세 아예 하인." 그녀는 친절하게 그 뜻을 설명했다. 우리는 거기…… 다른 세상에서 왔다.

긴 야간작업을 앞두고 있는 젊은 영화 제작자들은 서로 시선을 교환하고는, 아무래도 시간이 너무 오래 걸릴 것 같아서 안줌에게 자신들의 의도를 설명하는 대신 그냥 떠나기로 결정했다. 그들은 안줌에게 감사 인사를 한 후 몇 개의 무리가 각자 천막을 쳐놓은 맞은편 보도로 건너갔다.

첫번째 무리는 흰 도티를 입은 삭발한 남자 일곱 명으로, 힌디어가 인도의 나머지 스물두 개 공식 언어와 수백 개 비공식 언어들을 제치고 국어—공식적인 모국어—로 선정될 때까지 말을 하지 않겠노라는 묵언 서약을 한 상태였다. 민머리 남자 셋은 자고 있었고 나머지 넷은 흰 병원용 마스크(그들의 '묵언 서약' 소품)를 내리고 심야 차를 마시고 있었다. 그들은 말을 할 수 없었기에 영화 제작자들은 그들에게 다른 세상도 가능하다라고 쓰인 작은 포스터를 나눠주고 들도록 했다. 영화 제작자들은 힌디어를 국어로 선언할 것을 요구하는 현수막이 화면에 들어가지 않도록 찍었는데, 그 요구가 다소 시대에 역행한다고 생각했기 때문이었다. 하지만 마스크

쓴 민머리 남자들은 영화에 훌륭한 시각적 요소를 제공할 것 같아서 제외시킬 수가 없었다.

민머리 남자들 지척에 1984년 보팔에서 발생한 유니언카바이드 가스 누출 사고로 장애를 얻은 수천 명의 피해자들을 대표하는 쉰 명의 사람이 보도의 상당 부분을 차지하고 있었다. 그들은 이곳에 온 지 이 주째였다. 그들 중 일곱 명은 무기한 단식투쟁중이었으며, 상태가 꾸준히 나빠지고 있었다. 그들은 자신들과 가스 누출 사고 이후에 출생한 기형아 세대에 대한 의료 혜택과 깨끗한 물을 요구하기 위해, 타는 듯한 여름의 폭염을 뚫고 보팔에서 델리까지 수백 킬로미터를 걸어왔다. '덫에 걸린 토끼'는 이 보팔인들을 만나주지 않았다. TV에서도 그들에게 관심을 보이지 않았다. 그들의 투쟁은 뉴스거리가 되기엔 너무 오래된 것이었다. 기형아들, 포름알데히드 병에 든 기형적인 유산 태아들, 가스 누출 사고로 죽거나 장애를 입거나 눈이 먼 수천 명의 희생자들 사진이 철제 난간에 섬뜩한 장식용 깃발처럼 걸려 있었다. 소형 TV 모니터(근처 교회에서 가까스로 전기를 끌어올 수 있었다)에서 화질이 좋지 않은 해묵은 장면이 반복 재생되고 있었다. 사고 며칠 후 유니언카바이드사의 젊고 쾌활한 미국인 CEO 워런 앤더슨이 델리공항에 도착하는 장면이었다. 그가 마구 밀쳐대는 기자들에게 말했다. "난 방금 도착했어요. 나도 자세한 사항은 아직 몰라요. 어이! 내가 무슨 말을 해주기를 바라는 겁니까?" 그러더니 TV 카메라들을 똑바로 보며 손을 흔들었다. "하이 맘Hi Mom!"

그는 밤새 되풀이해서 말했다. "하이 맘! 하이 맘! 하이 맘! 하이 맘! 하이 맘……"

수십 년 묵은 색 바랜 현수막에 이렇게 쓰여 있었다. 워런 앤더슨은 전범이다. 그보다 새 현수막은 이런 내용이었다. 워런 앤더슨은 오사마 빈라덴보다 더 많은 사람을 죽였다.

보팔 주민들 옆에서는 델리 카바디 왈라스(쓰레기 재활용 업자) 협회와 하수 노동자 조합이 델리시의 쓰레기와 하수 처리 민영화에 반대하는 시위를 벌이고 있었다. 입찰에 참여해 계약을 따낸 업체는 자사 발전소를 짓겠다며 농민들의 땅을 차지한 바로 그 기업이었다. 그 기업은 이미 시의 전기와 수도도 관리하고 있었다. 그리고 이제 똥과 쓰레기 처리 시스템까지 소유하게 되었다.

쓰레기 재활용 업자들과 하수 노동자 바로 옆은 보도에서 가장 고급스러운 부분으로, 플로트 유리 거울과 반들거리는 화강암 바닥으로 이루어진 번쩍이는 공중화장실이 자리하고 있었다. 화장실 불은 밤낮으로 밝혀져 있었다. 요금은 소변 1루피, 대변 2루피, 샤워 3루피였다. 하지만 보도 위엔 그런 요금을 낼 형편이 되는 사람들이 많지 않았다. 많은 사람들이 화장실 밖에서 벽에 대고 오줌을 갈겼다. 그래서 화장실 내부는 티끌 하나 없이 깨끗했지만 외부에서는 코를 찌르는 매캐한 지린내가 진동했다. 그래도 운영자측에선 별로 신경쓰지 않았는데, 그건 화장실의 수입이 다른 데서 나왔기 때문이었다. 화장실 외벽은 매주 새로운 것을 광고하는 광고판 역할을 겸하고 있었다.

이번주 광고는 혼다의 최신 고급 자동차였다. 광고판에는 경비원이 따로 있었다. 굴라비야 베차니야는 광고판 바로 옆에 작은 청색 비닐 막을 치고 살았다. 이곳은 그의 첫 거처에서 한 단계 발전한 형태였다. 일 년 전 처음 델리에 도착했을 때 굴라비야는 궁핍함과 절망적인 공포 때문에 나무에서 살았다. 그런데 이제는 일자리와 함께 집 비슷한 것도 마련하게 된 것이었다. 그의 얼룩진 파란 셔츠 견장에 그가 일하는 경비 회사 이름이 수놓여 있었다. TSGS 경비 서비스(산지타 마담 하람자디 개년의 SSGS와 경쟁 업체였다). 그의 임무는 파괴 행위를 막는 것으로, 특히 자꾸만 광고판에 정통으로 오줌을 갈기려고 시도하는 몇몇 악당들을 저지해야 했다. 그는 주 칠 일, 하루 열두 시간 근무했다. 그날 밤 굴라비야가 술에 취해 깜빡 잠든 사이 누군가가 은색 혼다시티 자동차 사진에 스프레이로 인킬라브 진다바드! 혁명 만세!라고 써놓았다. 그리고 그 밑에 다른 사람이 시 한 편을 휘갈겨놓았다.

치힌 리 툼네 가리브 키 로지 로티
아우르 라가 디예 하인 피스 카르네 페 타티

너는 가난한 사람들의 일용할 양식을 빼앗고
그들의 똥에도 수수료를 매긴다

굴라비야는 아침이 되면 실직할 터였다. 그 자리를 얻기 위해 수천 명이 줄지어 기다리고 있었다. (그중에는 이 시를 쓴 거리의 시인도 있을지 몰랐다.) 하지만 지금 굴라비야는 곤히 잠들어 깊은 꿈을 꾸고 있었다. 꿈속에서 그는 자신의 생계를 유지하고 고향에 있는 가족들에게도 약간의 돈을 보낼 형편이 되었다. 꿈에서는 그의 마을이 아직 존재했다. 댐 저수지 밑바닥에 있지 않았다. 물고기들이 창문을 드나들지 않았다. 악어들이 판야나무의 높은 가지들을 헤치고 지나가지 않았다. 관광객들이 그의 발 위에서 뱃놀이를 즐기고 하늘에 무지갯빛 디젤 구름을 남기고 가지 않았다. 꿈에서는 그의 형 루아리야가 댐 부지의 관광가이드가 되어 댐이 가져온 기적을 소개하는 일을 하지 않았다. 그의 어머니도 과거에 자신이 소유했던 땅에 지어진 댐 엔지니어의 집에서 청소부로 일하지 않았다. 그녀는 자신의 나무에서 망고를 훔칠 필요도 없었다. 이주촌에서 양철 벽과 양파를 구워도 될 만큼 뜨거운 양철 지붕으로 이루어진 양철집에 살지도 않았다. 굴라비야의 꿈속에서는 그의 강이 여전히 살아서, 여전히 흐르고 있었다. 여전히 벌거숭이 아이들이 바위에 앉아 피리를 불고 해가 너무 뜨거워지면 강물에 뛰어들어 물소들과 헤엄을 쳤다. 마을 윗산을 뒤덮은 사라수숲에는 표범, 삼바사슴, 느림보곰이 살고, 축제 때면 마을 사람들이 북을 들고 모여 며칠씩 술을 마시며 춤을 췄다.

이제 그의 옛 삶은 사라지고 남은 것이라곤 기억과 피리, 귀걸이(일할 때는 착용이 허락되지 않는)뿐이었다.

은색 혼다시티를 보호하는 직무를 게을리한 무책임한 굴라비야 베차니아와는 달리, 화장실 '책임자' 자나크 랄 샤르마는 말똥말똥한 정신으로 열심히 일하고 있었다. 모서리가 잔뜩 접힌 그의 장부에 새로운 내용이 추가되었다. 그의 지갑 속 돈은 단위에 따라 세심하게 정리되어 있었다. 동전은 별도의 주머니에 보관했다. 그는 운동가들과 기자들, TV 카메라맨들에게 샤워 여섯 번과 대변 한 번에 상당하는 금액(즉, 20루피)을 받고 화장실 콘센트에서 휴대전화, 노트북, 카메라 배터리 충전을 해주어 부수입을 챙겼다. 가끔 소변 요금에 대변을 보게 해주고 장부에 적지 않았다. 처음에 그는 반부패운동가들에 대해서는 약간 조심스러운 태도를 취했다. (그들은 알아보기가 어렵지 않았다—다른 사람들보다 덜 가난하고 더 공격적이었으므로. 그들은 청바지와 티셔츠로 멋지게 차려입었지만 대부분이 파렉스-아기 미소를 지닌 노인-아기의 과노출 사진이 박힌 흰 간디 모자를 쓰고 있었다.) 자나크 랄 샤르마는 그들에게는 정상 요금을 부과하고 세정의 내용도 장부에 정확하고 세심하게 기록했다. 그런데 그들 중 일부가, 특히 처음 도착한 무리보다도 더 공격적인 두번째 무리가 자신들에겐 다른 사람들보다 요금을 더 받는 것에 대해 점점 분노하기 시작했다. 그리하여 곧 그들도 똑같이 대우하게 되었다. 그는 벌어들인 부수입을 가지고 화장실 청소는 하청을 줬는데, 청소는 그의 카스트(그는 브라만이었다) 구성원에겐 생각조차 할 수 없는 일이기 때문이었다. 청소를 맡은 수레시 발미키는 이름에서도 분명히 알 수 있듯, 대부분의 힌두교도가 공공연하게, 정부에선 은밀하게, 똥 치우는 카스트로 여기는 계급에 속했다. 나라가 점점 더 불안해지면서 그 보도로 밀려드는 시위대의 물결이 끊이지 않고 TV에도 계속 비치다보니 자나크 랄은 수레시 발미키에게 청소비를 주고도 서민 아파트 계약금을 낼 수 있을 정도의 수입을 올릴 수 있었다.

화장실 맞은편, 다시 도로를 건너 TV 스태프들이 있는 쪽으로 오면(양편 사이에는 심각한 이념적 거리가 있었다), 보도 위의 사람들이 '국경'이라고 부르는 곳이 있었다. 거기엔 인도군이 '의심'에 따라 살인하는 걸 합법화하는 군특별권한법Armed Forces Special Powers Act의 폐지를 요구하는 마니푸리 민족주의자들, 자유 티베트를 부르짖는 티베트 난민들, 그리고 가장 특이한(가장 위험하기도 한) 집단인, 카슈미르 자유투쟁에서 실종된 수천 명에 이르는 아들들의 어머니로 이루어진 '실종자 어머니 모임'이 있었다. (그들과 "하이 맘! 하이 맘! 하이 맘!" 사운드트랙이 으스스한 분위기를 연출했다. 하지만 정작 실종자 어머니들은 그 기괴함을 느끼지 못했는데 자신들을 '맘'이 아닌 모지—'어머니'를 뜻하는 카슈미르어—라고 생각했기 때문이다.)

실종자 어머니 모임은 이번이 대大수도의 첫 방문이었다. 그들은 어머니로만 이루어지진 않았고 실종자의 아내, 누이, 그리고 어린 자식들도 몇 있었다. 그들은 각자 실종된 아들, 형제, 남편 사진을 들고 있었다. 그들의 현수막은 이런 내용이었다.

> 카슈미르 이야기
> 사망 = 68,000
> 실종 = 10,000
> 이게 데모크라시*냐 디먼 크레이지**냐?

TV 카메라들은 실수로라도 그 현수막을 비추지 않았다. 인도 제2의 자유투쟁에 참여한 그들 대부분이 카슈미르의 자유라는 발상과 카슈미르 여인들의 뻔뻔함에 그저 분노만을 느꼈다.

어머니들 일부는 보팔 가스 누출 희생자들 일부처럼 약간은 지친 상태였다. 그들은 국제적인 슬픔의 거대 시장에서 끝도 없이 이

---

* Democracy. 민주주의.

** Demon Crazy. 미치광이 악마.

어지는 회의와 조사 위원회에 나가 다른 나라들에서 일어난 다른 전쟁의 희생자들과 함께 자신의 이야기를 해왔다. 그들은 공개적으로, 빈번히 울었지만 아무 소득이 없었다. 그들이 겪고 있는 공포는 딱딱하고 냉소적인 껍질로 굳어갔다.

실종자 어머니 모임에게 델리 여행은 결과적으로 불행한 경험이 되었다. 그녀들은 오후에 도로변에서 열린 기자회견에서 야유와 협박을 받았으며, 결국 경찰이 중재에 나서 그녀들 주위에 저지선을 쳐야 했다. "이슬람교 테러리스트들은 인권을 보장받을 자격이 없다! 우리는 당신들의 대학살을 목격했다!" 구자라트 카 랄라의 비밀 호위대가 외쳤다. "우리는 당신들의 인종 청소에 맞섰다. 우리 사람들은 지금까지 이십 년 동안 난민수용소에서 생활하고 있다!" 청년들 일부는 죽거나 실종된 카슈미르 남자들 사진에 침을 뱉었다. 그들이 말하는 '대학살'과 '인종 청소'는 1990년대에 자유투쟁이 폭력적으로 변질되면서 일부 이슬람교 전사들이 소수의 힌두교도를 공격했을 때, 카슈미르 판디트*들이 카슈미르밸리에서 집단 탈출한 사건을 말했다. 수백 명의 힌두교도가 끔찍한 방식으로 학살당했고, 정부에서 그들의 안전을 보장해줄 수 없다고 선언하자 카슈미르 힌두교인의 전체 인구에 육박하는 이십만 명 가까운 사람들이 카슈미르밸리를 탈출, 잠무 평원의 난민수용소로 들어갔고, 그들 중 다수가 아직 그곳에 살고 있었다. 그날 보도에 있던 랄라의 호위대 중 몇 명은 집과 가족, 그들이 알던 모든 걸 잃은 카슈미르 힌두교도였다.

* 힌두교 브라만 계급에 속하는 학자.

어쩌면 그 어머니들에게 침 뱉는 사람들보다 더 상처가 되었던 건, 아침에 연필처럼 날씬한 몸을 아름답게 치장하고 코노트플레이스*로 쇼핑하러 가는 길에 그들을 지나친 여자 대학생 세 명이었을지도 모른다. "어머, 와아! 카슈미르! 정말 즐거운 곳 같은데! 이제 완전히 정상화되어서 관광객들에게 안전할 거야. 우리 갈까? 얼마나 멋지겠어."

실종자 어머니 모임은 어떻게든 그 밤을 견디고 나면 다시는 델리에 오지 않겠노라고 결심했다. 길거리에서 한뎃잠을 자는 건 그들에겐 새로운 경험이었다. 그들 모두가 고향에 예쁜 집과 텃밭을 갖고 있었다. 그날 밤 그들은 변변찮은 식사를 하고(그것도 새로운 경험이었다) 현수막을 둘둘 말아놓은 후, 어서 날이 밝아 전쟁에 짓밟힌 그들의 아름다운 계곡으로 돌아가는 여정이 시작되기를 갈망하며 잠을 청했다.

우리의 조용한 아기가 등장한 곳이 거기, 실종자 어머니들 바로 옆이었다. 아기가 밤의 색깔이어서 어머니들 눈에 띄는 데 시간이 좀 걸렸다. 가로등 아래 그림자 속의 뚜렷한 윤곽을 지닌 부재不在. 이십 년 넘게 강력한 탄압, 봉쇄 수색 작전, 한밤의 노크(맹호 작전, 뱀 소탕 작전, 포살 작전)를 겪은 어머니들은 어둠을 읽는 법을 알았다. 하지만 그들에게 익숙한 아기의 모습은 사과 같은 뺨을 가진 아몬드 꽃의 형상이었다. '사라진' 이들의 어머니들은 그곳에 '나타난' 아기를 어떻게 해야 할지 몰랐다.

---

* 델리의 쇼핑과 유흥 명소.

특히 검은 아기는
크루훈 칼
특히 검은 여아는
크루훈 칼 히슈
특히 쓰레기에 싸인 아기는
시카스 라드

속삭임이 보도에서 보따리처럼 전해졌다. 물음이 자라나 하나의 선언이 되었다. "바이 바크차 키스카 하이?" 이 아기는 누구의 아이지?

침묵.

이윽고 누군가가 오후에 공원에서 토하고 있는 엄마를 보았다고 했다. 그러자 다른 사람이 말했다. "오, 아냐, 그 여자는 아냐."

누군가가 아기 엄마는 거지라고 말했다. 다른 사람이 아기 엄마는 강간피해자(그건 모든 언어에서 하나의 단어였다)라고 했다.

누군가가 아기 엄마는 아까 낮에 정치범 석방을 위한 서명운동을 벌였던 무리와 함께 왔다고 말했다. 소문에 따르면 그 무리는 인도 중부의 숲에서 게릴라전을 벌이고 있는 금지된 마오쩌둥주의 정당의 위장 조직이라고 했다. 다른 사람은 이렇게 말했다. "오, 아냐, 그 여자는 아냐. 그 여자는 혼자였어. 며칠 동안 여기 있었어."

누군가가 아기 엄마는 어느 정치인의 애인이었는데 임신한 뒤에 버림받은 거라고 했다.

모두 정치인들은 다 개새끼라고 입을 모았다. 하지만 그건 문제 해결에 도움이 되지 않았다.

이 아이를 어떻게 할 것인가?

자신이 주목받고 있음을 깨달은 건지 아니면 놀란 건지, 조용하던 아기가 마침내 울부짖기 시작했다. 한 여자가 아기를 안아 들었다. (나중에 사람들은 그녀에 대해 키가 컸다고도, 작았다고도, 피부가 검었다고도, 희었다고도, 아름다웠다고도, 그렇지 않았다고도, 늙었다고도, 젊었다고도, 낯선 얼굴이었다고도, 잔타르만타르에서 자주 보였다고도 했다.) 여러 번 접어서 작고 네모진 덩어리 모양이 된 쪽지가 아기 허리에 묶인 굵은 검은색 끈에 테이프로 고정되어 있었다. 그 여자(아름답기도 하고 그렇지 않기도 하며 키가 크기도 하고 작기도 한)가 쪽지를 떼어내 다른 사람에게 읽으라고 주었다. 쪽지는 영어로 적혀 있었고 모호하지 않았다. 저는 이 아이를 키울 수 없습니다. 그래서 여기 두고 갑니다.

웅얼웅얼 많은 논의가 이루어진 끝에 사람들은 주저하며, 슬프게, 다소 마지못해 아기를 경찰에 넘기기로 했다.

사담이 말릴 틈도 없이, 안줌이 벌떡 일어나서 즉흥적으로 조직된 '아기 복지 위원회'를 향해 빠르게 걸어가기 시작했다. 그녀는 대부분의 다른 사람들보다 머리 하나만큼은 더 커서, 그녀를 따라가는 건 어렵지 않았다. 그녀가 군중을 헤치고 걸어갈 때, 그녀의 헐렁한 살와르에 가려 보이지 않는 발찌의 종들이 짤랑 짤랑 짤랑 소리를 냈다. 질겁한 사담에겐 그 짤랑 짤랑 소리가 총성처럼 들렸다. 푸른 가로등 불빛이 땀으로 번들거리는 안줌의 검고 얽은 얼굴과, 그 위에 짧게 돋은 흰 수염의 희미한 그림자를 환히 비췄다. 맹금의 부리처럼 굽은 그녀의 멋진 코에서 코찌가 빛을 발했다. 그녀에게선 무언가 억눌렸던 것의 해방이, 정확한 측정을 거치진 않았으나 절대적으로 확신할 수 있는 것이—어쩌면 운명의 감각이—느껴졌다.

"경찰? 우리가 아기를 경찰에 넘길 거라고요?" 안줌이 분리되어 있으면서도 합쳐진 두 개의 목소리로, 귀에 거슬리는 목소리와 굵직하고 또렷한 목소리로 말했다. 그녀의 흰 엄니가 구장나무 열매에 붉게 물든 그루터기들 사이에서 반짝거렸다.

그녀가 '우리'라는 결속의 말을 쓴 건 포용의 메시지였다. 예상대로 즉각적인 모욕이 날아왔다.

군중 속의 한 익살꾼이 말했다. "왜? 당신은 아기를 어쩔 생각인데? 아기를 당신 같은 사람으로 만들 순 없어, 안 그래? 현대 기술이 엄청난 발전을 이루긴 했지만 아직 거기까지는……" 히즈라들이 사내아이를 납치해다가 거세시킨다는 널리 확산된 믿음을 두고 한 말이었다. 그의 익살에 사람들 사이에서 줏대 없는 웃음의 소용돌이가 일었다.

안줌은 그 상스러운 말에 물러서지 않았다. 그녀는 허기만큼이나 분명하고 급박한 격정을 담아 말했다.

"이 아기는 신의 선물이에요. 나에게 줘요. 나는 아기에게 필요한 사랑을 줄 수 있으니까. 경찰은 아기를 정부에서 운영하는 고아원에 던져넣을 겁니다. 아기는 거기서 죽을 거고."

가끔은 한 사람의 분명함이 혼란에 빠진 군중을 꺾을 수 있다. 지금 안줌이 그랬다. 그녀의 말을 알아들을 수 있는 사람들은 그녀의 세련된 우르두어에 약간 주눅이 들었다. 그들이 짐작한 그녀의 출신 계급과 어울리지 않는 말씨였던 것이다.

"아기 엄마는 나와 같은 생각으로, 이곳은 정의를 위한 싸움, 악에 대항하는 선의 싸움이 벌어지고 있는 오늘날의 카르발라*라는 믿음으로 아기를 여기 두고 갔을 겁니다. 그녀는 이렇게 생각했을 거예요. '이 사람들은 투사이고, 세상에서 가장 훌륭한 이들이니 누군가 한 명은 내가 돌보지 못하는 아기를 거두어줄 것이다.' 그런데 당신들은 경찰을 부르겠다고요?" 그녀는 분노한 상태였고 180센티미터가 넘는 장신에 어깨는 넓고 강했지만, 그녀의 태도에는 1930년대 러크나우 매춘부의 과장된 교태와 현란한 손동작이 배어 있었다.

사담 후세인은 싸울 준비가 되어 있었다. 이슈라트와 우스타드 하미드도 힘을 보태려고 달려왔다.

"누가 이 히즈라들한테 여기 앉아 있는 걸 허락한 거야? 도대체 이자들은 어떤 투쟁에 참가한 거야?"

짧은 콧수염을 기르고 사파리 셔츠와 테리천 바지 차림에, 나는 부패에 반대한다 당신은?이라는 글자가 찍힌 간디 모자를 쓴 호리호리한 중년 남자 아가르왈 씨는 관료의 무뚝뚝하고 권위적인 태도를 지니고 있었고, 실제로 최근까지 관료였던 사람이었다. 그는 국

---

* 이라크 중부의 도시로, 서기 680년에 이맘 후세인이 순교한 이슬람교 시아파의 성지다.

세청에서 직장생활의 대부분을 보내다가 어느 날, 충동적으로, 체제의 부패를 가까이에서 보는 것에 신물이 나서 '국가에 봉사하기 위해' 공무원직을 버렸다. 그는 몇 년간 자선과 사회복지 사업 주변에서 시간을 허비하다가, 지금은 땅딸막한 간디주의자의 수석보좌관으로 명성을 떨치며 날마다 신문에 사진이 실리는 몸이 되었다. 많은 사람들이 실권은 그가 장악하고 있고, 노인은 그저 그 역할에 맞는 하수인이자 카리스마 있는 마스코트인데 이제 자신의 역할을 넘어서기 시작했다고 믿고 있었다(그리고 그건 사실이었다). 모든 정치운동 주변부에 웅크리고 모여 있는 음모론자들은 아가르왈 씨가 의도적으로 노인을 부추겨 자기선전을 하고 스스로를 궁지에 몰아넣게 함으로써, 노인 스스로 자만심 때문에 후퇴하지 못하도록 만들려는 수작이라고 쑥덕거렸다. 만일 노인이 TV로 생중계되고 있는 가운데 공개적으로 굶어죽으면 그 '운동'은 순교자를 갖게 될 것이고 그것으로 아가르왈 씨는 멋지게 정치생활의 시동을 걸 수 있으리란 것이었다. 그 소문은 비정하고 진실이 아니었다. 아가르왈 씨가 그 운동의 배후인 건 맞지만 그 자신도 늙은 간디주의자가 일으킨 열광에 몹시 놀랐고, 그 물결을 타고 있는 건 사실이었지만 연출된 자살을 꾸미고 있진 않았다. 몇 개월 안에 그는 마스코트를 버리고 주류 정치인—그가 한때 맹렬히 비난했던 자질들의 진정한 보고寶庫—이 되어 구자라트 카 랄라의 강적으로 부상하게 될 것이었다.

아가르왈 씨가 떠오르는 정치인으로서 지니고 있는 두드러진 장점은 그의 두드러지지 않는 외모였다. 그는 많은 사람들과 비슷했다. 옷차림, 말하는 방식, 생각하는 방식을 포함해 그의 모든 것이 깔끔하고 단정하고 정갈했다. 목소리는 고음이었고 마이크 앞에 설 때를 제외하면 절제되고 사무적인 태도를 보였다. 그러다 걷잡을 수 없이 미쳐 날뛰는 무시무시한 정의의 토네이도로 돌변했다. 그가 아기 문제에 끼어든 건 자신이 '진짜 문제'라고 생각하는 것들에 집중되어야 할 언론의 관심을 빼앗을 수 있는 공개적인 입씨름(카슈미르 어머니들과 침 뱉는 호위대 사이의 다툼 같은)을 막기 위해서였다. "우린 지금 제2의 자유투쟁을 벌이고 있습니다. 우리나라는 혁명 직전이에요." 그가 빠르게 늘어가는 청중들에게 거창한 투로 말했다. "부패한 정치인들이 우리의 삶을 견딜 수 없게 만들었기에 수천 명이 여기 모였습니다. 부패 문제만 해결하면 우리나라는 새로운 차원에, 세계 최정상에 오를 수 있습니다. 이곳은 진지한 정치의 공간이지 서커스장이 아닙니다." 그는 안줌을 쳐다보지도 않고 그녀에게 말했다. "당신, 경찰 허락을 받고 여기 온 거요? 여기 오려면 누구든 허가를 받아야 하는데." 안줌은 아가르왈씨보다 훨씬 키가 컸다. 그가 안줌과 눈을 마주치기를 거부한다는 건, 그녀의 가슴에 대고 말하고 있다는 의미였다.

아가르왈 씨는 분위기를 잘못 파악하고 상황을 완전히 오판했다. 그곳에 모인 사람들은 그에게 전적으로 동조하지 않았다. 많은 이들이 그의 '자유투쟁'이 언론의 관심을 독점해 다른 시위들의 힘을 빼놓은 것에 분개하고 있었다. 한편 안줌은 군중을 의식하지 않았다. 그녀는 군중이 누구 편이건 개의치 않았다. 그녀 안에서 무언가가 환히 밝혀지며 결연한 용기가 가득 차올랐다.

"경찰 허락?" 그 두 단어에 그보다 강한 경멸이 담길 수는 없었다. "이건 아이 문제예요. 누가 당신 아버지 땅에 불법 침입을 했다거나 그런 게 아니라. 선생께선 경찰에 알아보시지요. 우리는 지름길을 택해서 곧장 신께 알아볼 테니까." 사담은 싸움의 편이 갈리기 전에, 안줌이 신을 특정한 '알라 미안'이 아닌 포괄적인 '쿠다'로 칭한 것에 간단한 감사 기도를 웅얼거릴 짬을 낼 수 있었다.

두 사람이 전투태세를 갖췄다.

안줌과 회계사.

참으로 볼만한 대결이었다.

아이러니하게도 두 사람 다 자신의 과거를, 여태껏 자신의 삶을 규정해온 모든 것을 탈피하기 위해 그날 밤 그 보도에 있었다. 그러나 싸움에 앞서 스스로를 무장시키기 위해 그들은 탈피를 모색했던 과거의 자신, 진짜 자신으로 후퇴했다.

그는, 회계사의 정신에 갇힌 혁명가였다. 그녀는, 남자의 몸에 갇힌 여자였다. 그는, 대차대조표가 맞지 않는 세상에 분노하고 있었다. 그녀는, 자신의 분비선, 신체 기관, 피부, 머릿결, 어깨너비, 음색에 분노하고 있었다. 그는, 썩어가는 체제에 재정 건전성을 강제할 방법을 찾기 위해 싸우고 있었다. 그녀는, 하늘의 별들을 따다가 곱게 갈아서 자신에게 멋진 가슴과 엉덩이, 걸을 때 양옆으로 흔들리는 길게 땋은 탐스러운 머리, 아, 그리고 그녀가 가장 간절히 갈망하는 것, 델리의 방대한 욕 창고에 가장 풍족하게 비축되어 있는 것, 욕 중의 욕인 마 키 추트, 엄마 성기를 만들어줄 약을 짓고 싶었다. 그는, 탈세와 뇌물, 담합을 추적하며 살아왔다. 그녀는, 오래된 묘지에서 수년간 나무처럼 살았고, 한가한 아침과 늦은 밤에는 그녀가 사랑하는 옛 시인들인 갈리브, 미르, 자우크의 유령들이 그곳으로 찾아와 자신들의 시를 낭송하고 술을 마시고 논쟁을 벌이고 도박을 했다. 그는, 서류를 작성하고 네모 칸에 체크 표시를 했다. 그녀는, 어떤 칸에 체크 표시를 하고 어떤 줄에 서고 어떤 공중화장실에(왕 아니면 여왕? 신사 아니면 숙녀? 남자 아니면 여자?) 들어가야 하는지 절대 몰랐다. 그는, 자신이 늘 옳다고 믿었다. 그녀는, 자신이 완전히, 늘 잘못되었다고 믿었다. 그는, 자신의 확실성으로 인해 축소되었다. 그녀는, 자신의 모호성으로 인해 확대되었다. 그는, 법을 원했다. 그녀는, 아기를 원했다.

군중이 각기 분노하며, 호기심에 차서, 두 대결자를 평가하며, 편을 가르며 그들을 둥그렇게 에워쌌다. 편은 중요하지 않았다. 어떤 벽창호 간디주의 회계사가 늙은 올드델리 히즈라와의 일대일 공개 대결에서 승산이 있겠는가?

안줌은 몸을 숙여 아가르왈 씨와 키스를 나눌 수 있을 정도로 가까이 얼굴을 들이댔다.

"아이 하이! 왜 그렇게 화가 난 거예요? 나 안 봐요?"

사담 후세인은 양 주먹을 부르쥐었다. 이슈라트가 그를 말렸다. 그녀는 심호흡을 한 뒤 전장으로 걸어들어가, 히즈라들이 서로를 보호할 때 쓰는 그들만의 단련된 방식—전쟁과 평화를 동시에 선언하는—으로 중재에 나섰다. 몇 시간 전까지만 해도 터무니없게만 보였던 그녀의 옷차림이 지금 그녀가 해야 하는 일에는 더없이 잘 어울렸다. 그녀는 손가락을 벌려 히즈라 박수를 치며 춤을 추기 시작했다. 음란하게 엉덩이를 움직이고 춘니*를 빙빙 돌리는 발

* 인도 여자들이 두르는 긴 스카프.

칙하고 공격적인 성적 표현은 평생 진짜 길거리 싸움을 해본 적이 없는 아가르왈 씨에게 굴욕감을 주기 위한 것이었다. 그의 흰 셔츠 양쪽 겨드랑이가 축축하게 젖었다.

이슈라트는 군중이 알 만한 노래를 부르기 시작했다—아름다운 여자 배우 레카 덕에 영원한 명성을 떨치게 된 영화 〈움라오 잔〉에 나오는 노래였다.

딜 치즈 키야 하이, 아프 메리 잔 리지예
왜 내 마음만 가져갔나요, 내 삶도 다 가져가요

누군가가 그녀를 보도에서 밀어내려 했다. 비어 있는 넓은 도로 한복판으로 옮겨간 그녀는 가로등 아래 횡단보도에서 즐겁게 피루엣*을 했다. 도로 건너편에서 누군가가 작은 탬버린으로 박자를 맞추기 시작했다. 사람들이 함께 노래했다. 그녀의 생각이 옳았다. 모두가 그 노래를 알고 있었다.

바스 에크 바르 메라 카하 만 리지예
내 사랑, 이번 한 번만 내 소원을 들어줘요

그 창녀의 노래**는, 적어도 그 구절은 그날 잔타르만타르에 있던 거의 모든 사람들에게 성가가 될 수 있었다. 거기 모인 사람들

* 한쪽 발로 서서 빠르게 도는 춤 동작.
** 영화 〈움라오 잔〉에서 이 노래를 부르는 주인공은 부유한 남성을 상대하는 매춘부다.

모두 누군가는 관심을 가져줄 거라는, 누군가는 듣고 있을 거라는 믿음 때문에 그곳에 있었다. 누군가는 그들의 말을 들어줄 거라는 믿음 때문에.

싸움이 벌어졌다. 누군가가 음란한 말을 했을 수도 있다. 사담 후세인이 그 누군가를 때렸을 수도 있다. 정확히 무슨 일이 있었는지는 확실치 않다.

보도에서 근무중이던 경찰관들이 자다가 벌떡 일어나 손이 닿는 곳에 있는 사람이면 누구에게든 가리지 않고 곤봉을 휘둘렀다. 경찰차(당신과 함께, 당신을 위해, 언제나)들이 경광등을 번쩍이며 델리 경찰 특산품—마데르 초드 베헨 초드 마 키 추트 베헨 카 라우다*—과 함께 도착했다.

TV 카메라들이 몰려들었다. 열아홉번째로 단식중인 운동가가 기회를 포착했다. 그녀는 군중 속으로 들어가 카메라들을 향해 돌아서서, 자신의 트레이드마크인 주먹 구호와 언제나 정확한 정치적 감각으로 경찰의 곤봉 공격을 자신이 속한 무리의 목적에 이용했다.

라티 골리 카옝게!
우리는 곤봉도 총알도 견뎌낼 것이다!

그녀의 무리가 응답했다.

---

* 에미랑 씹할 놈 누이랑 씹할 놈 니 에미 성기 니 누이 성기. (원주)

안돌란 찰라옝게!

우리는 끝까지 투쟁할 것이다!

경찰이 다시 질서를 잡는 데는 긴 시간이 걸리지 않았다. 체포되어 경찰차에 실려가는 사람들 중에는 아가르왈 씨와 안줌, 떨고 있는 우스타드 하미드, 똥 무늬 옷을 입은 살아 있는 설치미술이 있었다. (라임맨은 슬그머니 빠져나갔다.) 그들은 다음날 아침 무혐의로 풀려났다.

누군가가 그 모든 소동이 어떻게 시작되었는지 떠올렸을 때쯤, 아기는 사라지고 없었다.

4
아자드 바르티야 박사

아기를 마지막으로 본 사람은 본인 계산에 의하면 단식투쟁 십일 년 삼 개월 십칠 일째에 접어든 아자드 바르티야 박사였다. 바르티야 박사는 너무 말라서 거의 이차원의 존재로 보였다. 관자놀이는 푹 꺼졌고, 볕에 그은 검은 피부가 얼굴뼈와 갈대 같은 긴 목의 툭 튀어나온 연골과 쇄골 위로 슬금슬금 움직였다. 탐색적인 열띤 눈이 깊은 그림자 그릇 속에서 세상을 내다보고 있었다. 어깨부터 손목까지 꾀죄죄한 흰색 깁스를 감은 한쪽 팔은 목에 거는 팔걸이 붕대로 받치고 있었다. 때묻은 줄무늬 셔츠 빈 소매가 옆에서 펄럭거리는 모습이 패전국의 쓸쓸한 국기 같았다. 그는 긁힌 자국이 있는 흐릿한 비닐로 감싼 낡은 판지를 앞에 놓고 앉아 있었다. 판지에 이렇게 쓰여 있었다.

나의 이름:

아자드 바르티야 박사. (번역: 자유로운 인도인)

나의 집주소:

비하르

코카르

러키사라이 바스티

러키사라이 기차역 근처

아자드 바르티야 박사

나의 현주소:

뉴델리

잔타르만타르

아자드 바르티야 박사

나의 자격증: 힌디어 석사, 우르두어 석사(수석), 역사학 학사, 펀자브어 기본 초등과정 교육학 학사, 펀자브어 석사 탈락, 델리대학(비교종교학과 불교 연구) 박사(학위 취득 임박), 가지아바드 인터칼리지 강사, 뉴델리 자와할랄네루대학 연구원, 비슈와 사마지와디 스타파나(세계인민포럼)와 인도 사회민주당(물가 상승에 반대하는) 창립 멤버.

나는 다음과 같은 문제들에 맞서 단식한다: 나는 자본주의 제국과 미국 자본주의, 인도와 미국의 국가 테러리즘 / 모든 종류의 핵무기와 범죄, 나쁜 교육제도 / 부패 / 폭력 / 환경오염, 그리고 다른 모든 악에 반대한다. 또한 실업에도 반대한다. 나는 또한 부르주아 계층 전체의 완전한 말살을 위해 단식한다. 나는 날마다 세계의 빈민들을, 노동자 / 농민 / 부족민 / 달리트 / 버려진 신사들과 숙녀들 / 어린이들과 장애인들을 생각한다.

그의 옆에 마치 작은 노란색 사람처럼 똑바로 서 있는 노란색 '자이시스 사리 팰리스' 비닐 쇼핑백에는 손으로 쓰거나 타이핑한 영어와 힌디어 문서들이 담겨 있었다. 아자드 바르티야 박사는 문서—뉴스레터 혹은 모종의 기록물—의 사본 몇 개를 보도 위에 펼쳐서 돌로 눌러놓았다. 그는 일반인들에겐 그걸 정가에 팔고 학생들에겐 할인도 해준다고 말했다.

'나의 뉴스 & 견해' (최신본)

부모님이 지어주신 나의 본명은 인데르 Y. 쿠마르입니다. 아자드 바르티야 박사는 내가 스스로 지은 이름입니다. 이 이름은 1997년 10월 13일에 '자유로운 / 해방된 인도인'이라는 영어 번역과 함께 법원에 정식으로 등록되었습니다. 나의 진술서를 첨부합니다. 원본은 아니고 파티알라하우스 법원 치안판사가 인증한 사본입니다.

여러분이 이것을 나의 이름으로 받아들인다면 이곳이, 일반인들이 걸어다니는 이 길바닥 위의 공공 감옥이—보십시오, 창살까지 있지 않습니까—아자드 바르티야가 있을 곳이 아니라고 생각할 자격을 갖게 됩니다. 여러분은 진짜 아자드 바르티야라면 승용차와 컴퓨터가 있는 현대적인 집에, 아니면 저기 저 높은 빌딩, 오성급 호텔에 사는 현대적인 사람이어야 마땅하다고 생각할지도 모릅니다. 저 호텔은 메리디안호텔입니다. 십삼층을 올려다보면 미국 대통령이 인도에 왔을 때 그의 개 다섯 마리가 묵었던, 조식이 제공되고 화장실과 에어컨이 있는 방을 볼 수 있을 것입니다. 사실 우리는 그들을 개라고 부르면 안 되는 것이 그들은 미육군의 하사 계급 장교들이기 때문입니다. 일설에 따르면 그 개들은 숨겨진 폭탄 냄새를 맡을 수 있고, 식탁에 앉아 포크와 나이프를 들고 식사하는 법을 안다고 합니다. 그들이 엘리베이터에서 내리면 호텔 지배인이 경례를 붙여야 한다는 말도 들었습니다. 나는 이 정보가 진실인지 거짓인지 알지 못합니다. 그걸 입증할 기회를 갖지 못했습니다. 여러분은 그 개들이 라지가트에 있는 간디 추모공원을 방문했다는 이야기를 들으셨습니까? 이건 확실합니다. 신문에 났으니까요. 하지만 나는 관심 없습니다. 나는 간디를 찬양하지 않습니다. 그는 반동분자였습니다. 그는 개들의 방문을 기뻐해야 마땅합니다. 그의 기념비에 정기적으로 꽃을 갖다 바치는 '세계적 살인마들' 보다는 개들이 나으니까요.

하지만 미국 개들은 오성급 호텔에 묵는데, 이 아자드 바르티야 박사는 왜 여기 있는가? 여러분에겐 그것이 가장 궁금할 것입니다.

내가 여기 있는 건 혁명가이기 때문입니다. 나는 십일 년이 넘게 단식투쟁을 해왔습니다. 이제 십이 년째에 접어들었습니다. 사람이 어떻게 십이 년간 단식투쟁을 하며 살아남을 수 있는가? 답을 하자면, 나는 과학적인 단식 기술을 개발했습니다. 나는 사십팔 시간 혹은 오십팔 시간마다 한 끼씩(가벼운 채식으로) 먹습니다. 여러분은 직업도 없고 수입도 없는 아자드 바르티야가 어떻게 사십팔 시간 혹은 오십팔 시간마다 식사를 할 수 있는지 의아할 것입니다. 이 길바닥에서는 아무것도 가진 게 없는 이가 나에게 음식을 나눠주지 않는 날이 단 하루도 없습니다. 나는 마음만 먹으면 여기 앉아서 마이소르의 왕처럼 뚱뚱해질 수 있습니다. 맹세코. 그건 쉬울 것입니다. 하지만 내 몸무게는 42킬로그램입니다. 나는 오직 살기 위해 먹고 오직 투쟁하기 위해 삽니다.

나는 진실을 말하기 위해 최선을 다하고 있으므로, 내 이름에 붙은 박사는 사실 나의 박사학위처럼 미래형임을 밝혀둡니다. 내가 그 명칭을 조금 앞당겨 사용하는 건 오로지 사람들이 내 말을 경청하고 믿도록 만들기 위해서입니다. 우리의 정치 상황이 위급하지 않았다면 나는 그렇게 하지 않았을 것입니다. 엄밀히 말하자면, 그건 부정직한 짓이니까요. 하지만 정치에서는 가끔 독으로 독을 막아야 합니다.

나는 여기 잔타르만타르에 십일 년 동안 앉아 있었습니다. 가끔 헌법클럽이나 간디평화재단에서 열리는 나의 관심 분야에 대한 세미나나 회의에 참석할 때만 이곳을 떠납니다. 그 외에는 늘 여기에 있습니다. 이곳의 모든 사람들은 인도 전역에서 꿈과 요구를 가지고 모여들었습니다. 하지만 아무도 들어주지 않습니다. 아무도 듣지 않습니다. 경찰은 이들을 때리고, 정부는 이들을 무시합니다. 이 불쌍한 사람들은 대부분 시골이나 빈민가에서 왔고 밥벌이를 해야 하기에 여기 오래 머물 수가 없습니다. 그들은 자신의 땅으로, 지주에게로, 사채업자에게로, 인간보다 몸값이 비싼 소와 물소에게로, 판잣집으로 돌아가야 합니다. 하지만 나는 그들을 대표해 여기 남아 있습니다. 나는 그들의 전진을 위해, 그들의 모든 요구가 받아들여지고 그들의 꿈이 실현되고 언젠가는 자신들의 정부를 가질 수 있도록 해주기 위해 단식합니다.

내가 어떤 카스트냐고요? 그게 여러분의 질문인가요? 나처럼 원대한 정치적 포부를 갖고 있는 사람은 어떤 카스트여야 하는지 여러분이 말해보세요. 예수와 부처는 어떤 카스트였습니까? 마르크스는 어떤 카스트였습니까? 선지자 마호메트는 어떤 카스트였습니까? 오직 힌두교만 이런 카스트를 갖고 있고 성서에 이런 불평등이 들어 있습니다. 나는 힌두교인을 제외한 모든 것입니다. 나 아자드 바르티야는, 오직 그런 이유 때문에 이 나라 국민 다수가 가진 신앙을 버렸음을 공개적으로 말할 수 있습니다. 그래서 나의 가족은 나와 말을 섞지 않습니다. 하지만 내가 세계 최상급 브라만인 미국 대통령이었다 해도, 나는 가난한 이들을 위해 여기서 단식투쟁을 벌였을 것입니다. 나는 달러를 원하지 않습니다. 자본주의는 독이 든 꿀과도 같습니다. 사람들은 거기에 벌떼처럼 몰려듭니다. 나는 그쪽으로 가지 않습니다. 그런 이유로 나는 이십사 시간 감시를 받고 있습니다. 미국 정부에 의해 이십사 시간 원격 조종 전자 감시를 받고 있습니다. 뒤를 보십시오. 저 깜빡이는 붉은 빛이 보이십니까? 그들의 카메라 배터리 불빛입니다. 그들은 저 신호등에도 카메라를 설치했습니다. 그들은 메리디안호텔에, 개들 방에 카메라 통제실을 차려놓았습니다. 개들이 아직 거기 있습니다. 그들은 미국으로 돌아가지 않았습니다. 그들의 비자는 무기한 연장되었습니다. 이제 미국 대통령이 인도에 너무 자주 오기 때문에 개들을 여기 상주시킵니다. 밤에 불이 밝혀지면 개들은 창턱에 앉습니다. 나는 그들의 그림자를, 윤곽을 봅니다. 나는 원거리 시력이 아주 좋고 점점 더 좋아지고 있습니다. 그래서 날마다 멀리, 더 멀리 볼 수 있습니다. 부시, 히틀러, 스탈린, 마오쩌둥, 차우셰스쿠는 세계의 좋은 정부들을 모두 무너뜨릴 모의를 하는 100인의 지도자 클럽 멤버들입니다. 미국 대통령들은 다 그 클럽의 멤버이고 이번 새 대통령도 마찬가지입니다.

지난주에 나는 미국인들이 자금을 대는 인도 TV 채널 소유의 흰 승용차, 마루티젠 DL 2CP 4362에 치였습니다. 그 차가 철제 난간을 부수고 나에게 달려들었습니다. 여러분에게도 아직 부서져 있는 철제 난간이 보일 것입니다. 나는 자고 있었지만, 기민했습니다. 나는 특공대원처럼 한쪽으로 몸을 굴려 목숨을 구했고, 한쪽 팔만 으스러졌습니다. 팔은 지금 고치고 있는 중입니다. 나머지 몸은 무사합니다. 그 차 운전자는 도망치려 했습니다. 사람들이 그를 붙잡아 나를 람마노하르로히아병원으로 데려가게 했습니다. 두 사람이 차에 함께 타서 병원에 도착할 때까지 운전자를 때렸습니다. 국립병원 의사들은 치료를 아주 잘해주었습니다. 아침에 돌아오니 그날 밤 여기 있었던 모든 혁명가들이 내게 사모사와 달콤한 라씨* 한 잔을 사주었습니다. 그들 모두가 내 깁스에 서명을 하거나 손도장을 찍었습니다. 보세요, 이스트파레지 탄광 때문에 밀려난 하자리바그의 산탈족 사람들, 보팔에서 여기까지 걸어온 유니언카바이드 가스 누출 희생자들이 남긴 것들입니다. 보팔에서 여기까지 삼 주가 걸렸습니다. 가스 누출 사고를 낸 회사는 다우케미컬이라는 새 이름을 갖게 되었습니다. 하지만 그 회사가 파멸시킨 불쌍한 사람들, 그들은 새 폐를, 새 눈을 살 수 있을까요? 그들은 여러 해 전에 병들어버린 장기를 그대로 갖고 살아가야 합니다. 하지만 아무도 신경쓰지 않습니다. 저 개들은 메리디안호텔 창턱에 앉아 우리가 죽어가는 걸 지켜보고만 있습니다. 이건 데비 싱 수르

* 요구르트로 만든 인도의 전통 음료.

야반시의 서명인데, 그도 나처럼 비동맹주의자입니다. 그는 내게 전화번호도 줬습니다. 그는 부패에 맞서, 정치인들에 의한 국가의 사기에 맞서 싸웁니다. 그의 다른 요구가 무엇인지는 나도 모르니 여러분이 그에게 직접 전화해서 물어보면 됩니다. 그는 나시크에 사는 딸에게 갔는데 다음주에 돌아올 것입니다. 그는 여든일곱 살 먹은 노인이지만 여전히 그에겐 국가가 우선입니다. 이건 릭샤 노조 라슈트라바디 자나타 티파히야 찰라크 상의 서명입니다. 이 손도장은 마디아프라데시주 베툴에서 온 풀바티의 것입니다. 그녀는 참으로 좋은 사람입니다. 그녀는 들에서 일용 노동자로 일하다가 BSNL—바라트 산차르 니감 주식회사—전신주가 무너져 거기 깔렸습니다. 그 사고로 왼쪽 다리를 절단해야 했습니다. 니감사는 그녀에게 보상금 5만 루피를 줬지만, 이제 다리가 하나뿐인 그녀가 어떻게 일을 한단 말입니까? 그녀는 과부인데 무얼 먹고 살고, 누가 그녀를 먹여 살린단 말입니까? 그녀의 아들은 어머니를 부양하고 싶지 않아서 그녀를 이곳에 보내 앉아서 할 수 있는 일을 요구하는 사티아그라하*를 벌이게 했습니다. 그녀는 여기 온 지 석 달이 되었습니다. 아무도 그녀를 보러 오지 않습니다. 앞으로도 오지 않을 것입니다. 그녀는 여기서 죽을 것입니다.

이 영어 서명이 보이십니까? 이건 S. 틸로타마입니다. 그녀는 여기 드나드는 사람입니다. 나는 그녀를 여러 해 보아왔습니다. 그녀는 가끔은 낮에 옵니다. 가끔은 늦은 밤이나 이른아침에 오기도 합니다. 그녀는 늘 혼자입니다. 그녀에겐 스케줄이 없습니다. 그녀는 이렇게 글씨를 참 잘 씁니다. 그녀 역시 참 좋은 사람입니다.

---

* 간디가 주창한 비폭력무저항운동.

이건 부패한 지방행정관과 징세관들에게 현금 보상금을 모두 뜯긴 라투르 지진 피해자들이 썼습니다. 3천만 루피 중에서 30만 루피만이 그들에게 돌아갔습니다. 나머지는 중간에서 바퀴벌레 같은 인간들이 착복했습니다. 이 피해자들은 1999년부터 여기 앉아 있습니다. 여러분은 힌디어를 읽을 줄 아십니까? 그들은 이렇게 써놓았습니다. 바라트 메인 가드헤이, 기드 아우르 수아르 라지 카르테인 하인. 인도는 당나귀, 독수리, 돼지 들이 다스린다는 뜻입니다.

이번이 나를 노린 두번째 암살 시도입니다. 작년 4월 8일, 혼다시티 DL 8C X 4850이 내게 달려들었습니다. 저기 화장실에 붙어 있는 광고에 나오는 그 차이고, 색깔만 은색이 아닌 적갈색이었습니다. 미국인 요원이 운전하고 있었습니다. 7월 17일 〈힌두스탄 타임스〉 시티 섹션에 보도가 됐습니다. 나는 오른쪽 다리가 세 군데나 골절되었습니다. 그래서 지금까지도 걷기가 힘듭니다. 다리를 절름거리게 됩니다. 사람들은 내가 풀바티와 결혼하면 우리는 성한 왼쪽 다리 하나와 성한 오른쪽 다리 하나를 갖게 될 거라고 농담을 합니다. 나는 그 농담이 재미가 없지만 사람들과 함께 웃습니다. 가끔은 웃고 살아야 합니다. 나는 결혼이라는 제도에 반대합니다. 결혼은 여성을 예속시키기 위해 고안되었습니다. 나는 한 번 결혼했었습니다. 아내는 내 동생과 눈이 맞아 도망쳤습니다. 그들은 이제 내 아들을 자기들 아들이라고 부릅니다. 내 아들은 나를 삼촌이라고 부릅니다. 나는 그들을 안 보고 삽니다. 그들이 도망친 후 나는 여기 왔습니다.

가끔 나는 길 건너편에서 보팔인들과 함께 단식합니다. 하지만 그쪽이 훨씬 더 덥습니다.

여러분은 이 장소, 이 잔타르만타르가 무엇인지 아십니까? 옛날에 이곳은 해시계였습니다. 1724년에 어떤 왕이 지었는데, 그 왕의 이름은 기억이 나지 않습니다. 외국인들은 아직도 관광가이드와 함께 해시계를 보러 옵니다. 그들은 길가에 앉아 이 '민주주의의 동물원'에서 더 나은 세상을 위해 싸우는 우리를 지나치면서도 보지 않습니다. 외국인들은 자신이 보고 싶은 것만 봅니다. 예전엔 그것이 뱀 부리는 사람과 사두*였고 지금은 초강대국의 물건들, 바자르 라지입니다. 우리는 우리에 갇힌 동물처럼 이곳에 앉아 있고, 정부는 이 철제 난간 사이로 우리에게 쓸모없는 희망의 부스러기를 먹여줍니다. 살아가기엔 충분치 않지만 우리가 죽는 걸 겨우 막을 수 있을 정도의 양입니다. 그들은 우리에게 언론인을 보냅니다. 우리는 우리의 이야기를 합니다. 그러면 잠시나마 짐이 가벼워집니다. 이것이 정부가 우리를 통제하는 방식입니다. 델리에서는 오직 이곳만 형사소송법 144조**의 적용을 받지 않습니다.

그들이 지어놓은 새 화장실이 보이십니까? 우리를 위해서라고, 그들은 말합니다. 신사용과 숙녀용이 따로 있습니다. 안에 들어가려면 돈을 내야 합니다. 우리는 거기 있는 큰 거울에 비친 자신의 모습을 보면 두려움을 느낍니다.

선언

나는 상기 내용이 내가 아는 한에서는 사실과 다름이 없으며 아무

* 인도에서 깨달음을 얻기 위해 고행하는 힌두교 성자.

** 불법 집회 금지에 관한 조항.

런 숨김이 없음을 선언합니다.

⁂

아자드 바르티야는 보도 위의 유리한 위치에서, 사라진 아기가 그날 밤 보도 위에 혼자가 아니라 세 어머니와 함께 있었고, 그 어머니들이 빛의 실로 연결되어 있는 걸 보았다.

그가 잔타르만타르에서 일어나는 모든 일을 알고 있다는 걸 아는 경찰이 그에게 몰려와 캐묻기 시작했다. 그들은 그를 다소 폭행하기도 했다—관행에 따른 것이지 심하게 때린 건 아니었다. 하지만 그가 한 말은 이게 전부였다.

> 마르 가이 불불 카파스 메인
> 케 가이 사이야드 세
> 아프니 수네리 간드 메인
> 투 툰스 레 파슬-에-바하르
>
> 그 어린 새는 새장 안에서 죽었다,
> 이런 말을 포획자에게 남기고—
> 제발 봄의 수확을 가져가
> 당신의 금칠한 엉덩이에 처넣어요

경찰은 그에게 (관례적으로) 발길질을 하고 그의 '뉴스& 견해' 사본들과 자이시스 사리 팰리스 쇼핑백에 든 모든 문서를 압수했다.

경찰이 떠나자 아자드 바르티야 박사는 한순간도 허비하지 않았다. 즉시 일에 착수해, 수고로운 문서 작업을 처음부터 다시 시작했다.

경찰은 용의자를 찾지 못했지만(아자드 바르티야의 '뉴스 & 견해' 발행인 S. 틸로타마의 이름과 주소가 나중 단계에서 그들 눈에 들어오긴 했다), 형법 361조(합법적 후견인으로부터의 납치), 362조(어떤 장소에서 사람을 유괴, 강제, 강요, 혹은 기만적으로 유도하는 행위), 365조(불법적인 감금), 366A조(18세 미만 미성년 여아를 상대로 한 범죄), 367조(극심한 상해를 입히거나 노예로 삼거나 비정상적인 욕정의 대상으로 삼기 위한 목적의 납치), 369조(도둑질을 위해 10세 미만 아동을 납치하는 행위)에 의거, 사건을 접수했다.

그 범행의 심리, 보석, 재판은 일급 치안판사의 관할이었다. 처벌은 칠 년 이하의 징역이었다.

그해에 이미 델리시에는 1146건의 유사한 사건이 접수되어 있었다. 이제 겨우 5월밖에 되지 않았는데도.

5
느린 거위 쫓기

빈 거리에 말발굽소리가 울렸다.

야윈 낮의 암말day-mare 파얄이 들어가서는 안 되는 구역을 따가닥거리며 달리고 있었다.

파얄의 등에는 가장자리에 금색 술 장식이 달린 빨간 천 안장 위에 두 사람, 사담 후세인과 미녀 이슈라트가 타고 있었다. 그곳은 그들이 들어가서는 안 되는 구역이었다. 그런 표지판이 붙어 있는 건 아니었지만 그곳의 모든 것이 어떤 바보라도 읽을 수 있는 표지판 역할을 했다. 정적, 도로의 너비, 나무들의 키, 인적 없는 보도, 손질된 산울타리, 통치자들이 사는 나지막하고 흰 저택들. 높은 가로등에서 쏟아지는 노란 불빛조차 현금화가 가능해 보였다—액상의 금 기둥.

사담 후세인은 선글라스를 꼈다. 이슈라트가 밤에 고글을 쓰는 건 멍청해 보인다고 했다.

"이걸 밤이라고 할 수 있나요?" 사담이 물었다. 그는 멋있어 보이려고 선글라스를 끼는 게 아니라고 설명했다. 불빛 때문에 눈이 아파서 그러는 거라고, 나중에 자신의 눈에 관한 사연을 들려주겠다고 했다.

파얄은 귀를 뒤로 젖히고 주위에 파리도 없는데 몸 가죽을 씰룩였다. 자신이 들어와서는 안 되는 곳에 있음을 감지한 것이었다. 하지만 파얄은 이곳이 좋았다. 숨을 쉴 만한 공기가 있었다. 주인이 허락만 한다면 전속력으로 달릴 수 있었다. 하지만 주인은 허락하지 않았다.

그들, 그러니까 파얄과 그녀의 등에 탄 사람들은 느린 거위 쫓기*를 하고 있었다. 그들의 임무는 삼륜 택시와 거기 탄 승객들을 쫓아가는 것이었다.

그들은 거리를 두고, 미아처럼 씩씩거리며 거대한 로터리들을 도는 삼륜 택시를 뒤따라갔다. 로터리는 조각상, 분수, 화단으로 장식되어 있었고 거기서 뻗어나간 길 위에는 각각 다른 종류의 가로수—타마린드, 자문, 님, 파카드, 아르준—가 줄지어 서 있었다.

"봐요, 차들을 위한 정원까지 있어요." 이슈라트가 로터리 하나를 돌며 말했다.

사담은 밤을 향해 즐겁게 웃었다.

"이들에겐 개를 위한 차도 있고 차를 위한 정원도 있네요." 그가 말했다.

* slow-goose chase. 부질없거나 헛된 시도를 뜻하는 영어 관용어 'wild-goose chase'를 활용한 말장난.

어둡게 코팅된 방탄유리가 달린 검정 메르세데스 대열이 난데없이 나타나더니 뱀처럼 전속력으로 그들을 지나쳐 갔다.

가든시티를 지나, 추적당하는 자들과 추적하는 자들은 울퉁불퉁한 고가도로에 접근했다(울퉁불퉁하다는 건 자동차들에게 그렇다는 것이지 말들에겐 해당되지 않는다). 도로 가운데 줄지어 선 가로등 빛의 행렬이 긴 장대에 내려앉은, 기계로 움직이는 천사들의 날개처럼 보였다. 삼륜 택시가 헐떡거리며 언덕길을 올라가더니 아래로 내려가며 시야에서 사라졌다. 파얄은 삼륜 택시를 따라잡기 위해 가볍게, 행복하게 속도를 냈다. 천사 군단을 순시하는 날씬한 유니콘.

고가도로 너머의 도시가 자신감을 잃어갔다.

그들은 느린 추적 과정에서 병원 두 곳을 통과했는데, 병원마다 병이 흘러넘쳐서 환자와 가족들은 밖으로 쏟아져나와 길에서 야영을 하고 있었다. 어떤 환자들은 임시변통으로 만든 침대에 누워 있거나 휠체어에 앉아 있었다. 어떤 환자들은 환자복을 입고 붕대를 감고 링거를 맞고 있었다. 화학 치료로 민머리가 된 아이들이 환자용 마스크를 하고 공허한 눈빛의 부모에게 매달려 있었다. 사람들이 밤새 영업하는 약국 카운터에 모여들어 '인도식 룰렛 게임'을 하고 있었다. (그들이 사는 약이 가짜가 아닌 진짜일 확률은 60 대 40이었다.) 환자 가족들은 길에서 양파를 자르고 흙이 들어가서 지금거리는 감자를 작은 석유스토브에 삶아 요리를 하고 있었다. 빨래는 나무 보호대와 난간에 널어 말렸다. (사담 후세인은 직업적인 이유로 그 모든 걸 눈여겨보았다.) 나뭇가지처럼 허벅지가 앙상한 도티 차림의 쇠약한 시골 사람들 한 무리가 쭈그린 자세로 둥그렇게 둘러앉아 있었다. 그들 한가운데에, 쭈글쭈글한 노파가 날염 사리를 입고 탈지면으로 가장자리를 감싼 커다란 선글라스를 쓴 채 다친 새처럼 앉아 있었다. 노파의 입에서 체온계가 담배처럼 비스듬히 튀어나와 있었다. 그들은 흰 말과 그 위에 탄 사람들이 느린 구보로 지나가도 아무 관심이 없었다.

또다른 고가도로.

거위 추적자들은 이번에는 고가도로 아래를 지나갔다. 자고 있는 사람들이 빽빽했다. 머리에 자주색 탤컴파우더가 엉겨붙어 있고 텁수룩한 잿빛 턱수염을 길게 기른 벌거숭이 민머리 사내가 상상 속 드럼으로 박자를 맞추며 우스타드 자키르 후사인*처럼 고개를 휘젓고 있었다.

"다 다 딤 티-라-키-타 딤!" 이슈라트가 지나가면서 그를 향해 외쳤다. 그는 미소를 지으며 복잡하고 과장된 연주 동작으로 응답했다.

셔터가 내려진 시장, 심야 달걀 파라타** 가판대. 시크교 사원. 또다른 시장. 일렬로 늘어선 자동차 정비소들. 자동차 기름 범벅이 된 채 한뎃잠을 자는 남자들과 개들.

삼륜 택시가 주택단지로 접어들었다. 그다음엔 좌회전우회전좌회전우회전좌회전. 골목. 길가를 따라 건축자재가 쌓여 있었다. 집들은 모두 삼사 층 높이였다.

삼륜 택시가 흐릿한 라벤더색 쇠창살 대문 앞에 멈춰 섰다. 파얄

---

* 드럼 두 개로 구성된 인도 전통 타악기 타블라 연주의 명장.

** 밀가루 반죽에 버터를 발라 발효시키지 않고 납작하게 구운 인도 빵.

은 여러 대문 떨어진 어둠 속에 멈췄다. 발을 질질 끄는 유령. 창백한 암말 유령. 파얄의 안장 위 금실이 어둠 속에서 빛났다.

한 여자가 삼륜 택시에서 내려 택시비를 치르고 집으로 들어갔다. 삼륜 택시가 떠난 후 사담 후세인과 미녀 이슈라트는 라벤더색 문으로 다가갔다. 등에 흔들리는 혹이 달린 검정 황소 두 마리가 문밖에 맥없이 서 있었다.

삼층 창문에 불이 켜졌다.

이슈라트가 말했다. "집 번지수를 적어둬요." 사담은 한 번 가본 데는 절대 잊지 않기 때문에 그럴 필요 없다고 말했다. 자면서도 찾아올 수 있다는 것이었다.

이슈라트가 그에게 몸을 부비며 말했다. "와! 진짜 사나이네!"

사담이 그녀의 가슴을 주물렀다. 그녀는 그의 손을 쳐냈다. "하지 마요. 돈이 얼마나 많이 들었는데. 아직도 할부금을 갚고 있다고."

삼층의 직사각형 불빛 속에서 여자의 실루엣이 아래를 내려다보다가 흰 말을 탄 두 사람을 발견했다. 두 사람도 그녀를 올려다보았다.

그들 사이에 오간 눈짓을 인정하듯 여자(아름답기도 하고 그렇지 않기도 하며 키가 크기도 하고 작기도 한)가 고개를 숙여 자신의 품에 안은 훔친 것에 키스했다. 그녀가 두 사람에게 손을 흔들었고 두 사람도 마주 손을 흔들었다. 물론 여자는 그들이 잔타르만타르 싸움에서 같은 편이었음을 알아보았다. 사담은 말에서 내려 작은 흰색 직사각형을 높이 들었다—잔나트 게스트하우스 겸 장례식장 주소가 적인 그의 명함이었다. 그는 S. 틸로타마. 삼층이라고 적힌 양철 우편함에 명함을 넣었다.

아기는 집에 오는 내내 칭얼거리더니 마침내 잠이 들었다. 조그만 심장박동, 뼈만 앙상한 어깨에 기댄 검은 벨벳 같은 뺨. 여자는 아기를 안고서 천천히 몸을 흔들며 말과 그 위에 탄 사람들이 골목길을 빠져나가는 걸 지켜보았다.

그녀는 자신이 마지막으로 이렇게 행복했던 때가 언제였는지 기억나지 않았다. 그건 아기가 자신의 것이기 때문이 아니라, 자신의 것이 아니기 때문이었다.

6
훗날에 대한 몇 가지 의문들

'아기 물개'가 자라서 (이를테면) 어느 무더운 오후 아이스크림 수레에 몰려들어 오렌지 아이스바를 달라고 큰 소리로 외쳐대는 여학생들 중 하나가 된다면, 그녀가 태어난 날 그 숲에 가득했던 익은 마후아 열매의 아찔한 향기가 갑자기 코끝에 스치는 걸 느낄까? 그녀의 몸은 숲 바닥의 마른 나뭇잎이나, 어머니가 안전장치를 풀고 그녀의 이마에 댔던 총의 뜨거운 금속 감촉을 기억할까?

아니면 그녀의 과거는 영원히 지워졌을까?

죽음이 날아온다, 야윈 관료, 평원으로부터—

아가 샤히드 알리

7
집주인

춥다. 흐릿하고 지저분한 겨울날 중 하루다. 이틀 전 버스 정류장과 카페와 작은 쇼핑플라자 지하 주차장에서 동시에 폭탄이 터져 다섯 명의 사망자와 그보다 훨씬 많은 중상자가 발생했고, 도시는 아직도 망연자실해 있다. 우리의 TV 뉴스 앵커들은 그 충격에서 벗어나는 데 일반인들보다 시간이 조금 더 걸릴 것이다. 나의 경우, 폭파 사건을 접하고 마음속에서 여러 감정들이 고개를 들었지만, 슬프게도 이제 그 감정들 중에 충격은 없다.

나는 이곳 바르사티에, 이 작은 삼층 옥탑방에 올라와 있다. 님나무들은 잎이 다 떨어졌고, 목도리앵무새들은 더 따뜻한(안전한?) 곳으로 옮겨간 듯하다. 안개가 유리창 너머에서 웅크리고 있다. 푸른색 바위비둘기 한 무리가 말라붙은 똥 천지인 차자*에 옹

* '발코니'라는 뜻.

송그리고 있다. 점심때가 가까운 한낮인데도 방에 불을 켜야 했다. 나는 실험적으로 시도해본 붉은 시멘트 바닥이 실패작이 되었음을 확인한다. 내가 원했던 건 남부의 우아한 옛날 집들에 있던 그런 깊고 부드러운 광택을 지닌 바닥이었다. 하지만 이곳에선 세월이 흐르면서 여름의 열기에 시멘트 색이 빠지고 겨울의 추위에 표면이 수축되어 머리카락처럼 가느다란 균열들이 생겼다. 옥탑방은 먼지투성이에 황폐하다. 급히 버려진 이 공간의 정적에는 영화의 정지 화면을 떠올리게 하는 그 무엇이 있다. 움직임의 기하학이, 그동안 일어난 모든 일과 앞으로 벌어질 모든 일의 형상이 있다. 이곳에 살았던 사람의 부재가 너무도 사실적이고 손에 만져질 듯 분명해서 거의 하나의 존재처럼 느껴진다.

거리의 소음이 약하게 들려온다. 정지한 천장 선풍기의 날개 가장자리에 낀 때는 악명 높은 델리의 더러운 공기에 대한 찬가다. 내 폐에는 다행인 것이, 나는 이곳을 잠시 방문했을 뿐이다. 적어도 내 희망사항은 그렇다. 나는 휴가차 고향으로 보내졌다. 몸이 아프다는 느낌은 없지만 거울에 비친 나를 보면 피부가 칙칙하고 머리숱도 눈에 띄게 줄어가는 게 보인다. 두피가 머리카락 사이로 빛난다(그렇다, 빛난다). 눈썹은 거의 남아 있지 않다. 그건 불안의 징후라고 들었다. 솔직히 말해 음주 문제도 우려되는 지경이다. 나는 용납될 수 없는 방식으로 아내와 상사의 인내심을 시험해왔고, 이제 명예를 되찾고자 한다. 육 주 동안 전화도, 인터넷도, 세상과의 어떠한 접촉도 불가능한 재활센터에 예약이 되어 있다. 원래 오늘 입소해야 하지만 월요일에 할 생각이다.

나는 필시 진부하고 비영웅적인 방식으로—어쩌면 대사에게 서류철을 건네다가—죽게 될 도시 카불로 돌아가기를 간절히 원한다. 꽝. 그러면 나는 더이상 존재하지 않게 된다. 두 번 거의 목숨을 잃을 뻔했는데, 두 번 다 행운이 따랐다. 두번째 공격 후 우리는 파슈토어로 된 익명의 편지를 받았다(나는 파슈토어로 말도 하고 읽을 수도 있다). 눈 자몽 바드 키스마티 와. 코 야드 라라 체 몽 시르프 야우 와르 파 키스마트 가타 카오. 타 바 다 하메샤 다파라 쿠시 키스마타 베. 번역하면 (대략) 이렇다. 오늘 우리는 운이 없었다. 하지만 우리에겐 한 번의 행운이면 된다는 사실을 명심하라. 너희는 항상 운이 좋아야 한다.

어디선가 들어본 적이 있는 말이었다. 그래서 구글링을 해봤다. ('구글'은 이제 동사가 되었다, 안 그런가?) 1984년 마거릿 대처를 노린 브라이턴 그랜드호텔 폭탄 테러가 실패로 끝났을 때 IRA가 한 말을 거의 그대로 번역한 것이었다. 이런 전인류적 테러 용어도 일종의 세계화가 아닐까 한다.

카불의 일상은 두뇌 싸움이고 나는 거기 중독되었다.

나는 재활센터 입소에 적합하다는 인증을 기다리는 동안 세입자들을 찾아가 내 집—십오 년 전에 사서 거의 새로 짓다시피 한—이 잘 버티고 있는지 확인하기로 결심했다. 적어도 그게 나 자신에게 말한 이유다. 이곳에 도착했을 때, 나는 무의식적으로 앞문을 피해 골목 끝까지 걸어간 다음 뒤쪽으로 돌아, 줄지어 선 연립주택 뒤편의 측면도로로 통하는 문을 향해 나아갔다.

한때는 조용하고 예쁜 길이었는데, 이제 공사장 같다. 차들이 주차되어 있지 않은 얼마 안 되는 공간을 건축자재—철근, 석판, 모랫더미—가 차지하고 있다. 뚜껑이 덮이지 않은 맨홀 두 개에서 이곳의 치솟는 부동산 가격에 그다지 보탬이 되지 못할 악취가 풍긴다. 오래된 집들은 대부분 헐리고 그 자리에 부동산 개발업자들의 고급스러운 새 아파트가 들어서고 있다. 그 아파트 중 일부는 기둥 위에 세워졌고 일층은 주차 공간으로 쓰인다. 자동차로 골머리를 앓고 있는 이 도시에선 좋은 아이디어이지만 나는 어쩐지 서글픔을 느낀다. 그 이유는 확실치 않다. 아마도 조용했던 옛 시절에 대한 향수이리라.

먼지를 뒤집어쓴 아이들 한 무리가 초인종을 누르고 신바람이 나서 딸꾹질을 하며 도망치는데, 허리께에 아기를 업은 아이도 더러 있다. 지하실 건설을 위해 파놓은 깊은 구덩이에서 시멘트와 벽돌을 나르는 깡마른 부모들은 고대이집트에서 파라오의 피라미드를 짓기 위해 돌을 들어올리고 있다고 해도 위화감이 없을 것이다. 눈빛이 다정한 작은 조랑말이 안장주머니에 벽돌을 싣고 나를 지나쳐 걸어간다. 시장에 있는 경찰 초소에서 확성기에 대고 힌디어와 영어로 지난 폭발 사건과 관련해 안내 방송을 하는 소리가 희미하게 들려온다. "정체불명의 짐이나 수상한 사람이 보이면 가까운 경찰서에 신고해주시고……"

지난 방문 이후로 몇 개월밖에 지나지 않았는데도 뒷골목에 주차된 차들이 늘었다—그리고 대부분 더 크고 고급스러운 차들이다. 나의 이웃 메라 부인의 새 운전기사가 눈만 빼고 머리 전체에 갈색 머플러를 두른 채 크림색 새 도요타코롤라에 호스로 물을 뿌려 세차하고 있다. 차가 물소라도 되는 것처럼. 차 보닛에 옴*이라는 작은 사프란색 글자가 있다. 일 년 전만 해도 메라 부인은 이층 베란다에서 길거리로 쓰레기를 던졌다. 나는 이제 그녀가 도요타를 소유하게 되었으니 지역 위생에 대한 인식도 높아졌을지 궁금하다.

삼층과 사층에 있는 대부분의 아파트들이 새 단장을 하고 유리를 끼운 게 눈에 들어온다.

내 집 뒷문 맞은편의 콘크리트 가로등 근처에는 메라 부인을 비롯한 소 숭배자 집단이 떠받들어 보살피는 검정 황소들이 수년 동안 살았는데 지금은 보이지 않는다. 조깅이라도 하러 간 모양이다.

세련된 겨울 코트와 또각거리는 하이힐 차림의 젊은 여자 둘이 지나가는데, 둘 다 담배를 피우고 있다. 농장 파티 때 전화로 부르는 러시아나 우크라이나 출신 창녀들처럼 보인다. 지난주 메라울리에서 나의 옛친구 보비 싱이 연 남자들만의 파티에도 몇 명 왔었다. 그중 가슴에 후무스** 범벅을 하고서—거의 상반신을 드러낸 채—타코 접시를 들고 돌아다니던 여자는 정말 진상이었다. 나는 그녀가 좀 과하다고 생각했지만 다른 손님들은 재미있어하는 것 같았다. 그 여자도 저런 인상을 줬었다. 어쩌면 그건 직업적 정체성의 일부일지도 모르겠다. 뭐라고 말하기가 어렵다.

주인이 입다 버린 비싼 옷을 걸친 하인들이 그들보다도 잘 차려입은 개—래브라도, 독일셰퍼드, 도베르만, 비글, 닥스훈트, 코커스패니얼—들에 이끌려 걷고 있다. 개들은 슈퍼맨 혹은 멍멍! 같은 글자들이 있는 모직 코트를 입었다. 길거리 잡종개들 중에도 코트

* 힌두교에서 소원을 비는 신성한 주문.

** 으깬 병아리콩과 오일, 마늘 등을 섞은 중동 음식.

를 입고 순종 혈통의 흔적을 보여주는 녀석들이 있다. 낙수 효과. 하! 하!

두 남자—하나는 백인, 하나는 인도인—가 손을 잡고 지나간다. 그들의 뚱뚱한 검정 래브라도는 맨체스터 유나이티드 7번이라고 적힌, 빨간색과 파란색이 섞인 유니폼을 입고 있다. 녀석은 어기적거리며 걷다가 축복을 나눠주는 온화한 성자처럼 자동차 바퀴에 찍 하고 소량의 오줌을 하사한다.

사슴 공원에 인접한 시립 초등학교 철판 문은 새것이다. 문 위에는 행복한 엄마의 품에 안긴 행복한 아기가, 흰 원피스와 흰 스타킹 차림의 행복한 간호사에게 소아마비 예방주사를 맞는 끔찍한 그림이 그려져 있다. 주사기가 대략 크리켓 배트만하다. 교실에서 목청껏 〈Baa Baa Black Sheep〉 노래를 부르는 아이들 목소리가 들려온다. 울Wool!과 풀Full!에서 노랫소리는 한껏 높아져 날카로운 비명이 된다.

카불, 혹은 아프가니스탄이나 파키스탄의 다른 지역, 아니 우리와 이웃한 어느 국가(스리랑카, 방글라데시, 미얀마, 이란, 이라크, 시리아—세상에!)와 비교해도, 이 안개 낀 작은 뒷골목, 일상적인 단조로움과, 저속함과, 애석하지만 견딜 만은 한 불공평함과, 당나귀들과, 사소한 잔인함이 있는 이곳은 파라다이스의 한 귀퉁이처럼 보인다. 시장의 가게들은 수류탄과 기관총이 아닌 음식, 꽃, 옷, 휴대전화를 판다. 초인종 누르고 도망가기 놀이를 하는 아이들은 자살폭탄이 아니다. 물론 우리에게도 나름의 문제들이, 끔찍한 순간들이 있지만 그것들은 그저 일탈에 불과하다.

나는 이 위대한 나라를 끊임없이 비방하는 불평 많은 지식인들과 직업적 반대자들에게 화가 치민다. 솔직히 그들이 그럴 수 있는 건 그게 허용되기 때문이다. 그리고 그들에게 그게 허용되는 건 우리 나라가 완벽하진 못해도 진짜 민주국가이기 때문이다. 이런 말을 공개적으로 너무 자주 하는 우를 범하진 않겠지만, 사실 나는 인도 정부의 공무원인 것에 커다란 자부심을 느낀다.

예상대로 뒷문은 열려 있었다. (일층 세입자가 뒷문을 라벤더색으로 칠해놓았다.) 나는 곧장 계단을 올라 삼층으로 갔다. 문이 잠겨 있었다. 커다란 실망감이 나를 동요시켰다. 층계참에서 사람이 살지 않는 집이라는 게 느껴졌다. 문 앞에 우편물과 날짜 지난 신문들이 쌓여 있었다. 먼지 위에 찍힌 개 발자국이 보였다.

계단을 내려가는데 무슨 영상 제작 회사를 운영한다는 일층 세입자의 통통하고 예쁜 아내가 부엌에서 나와 내게 다가왔다. 그녀가 차를 대접하겠다며 나를 (아내와 내가 둘 다 델리에서 근무할 때 우리가 쓰던 집으로) 초대했다.

"저는 안키타예요." 그녀가 집안으로 안내하며 어깨 너머로 말했다. 약품으로 곧게 펴고 금빛 하이라이트를 넣은 그녀의 긴 머리는 축축하게 젖어 있었고 샴푸 냄새가 코를 찔렀다. 그녀는 외알 보석이 박힌 귀걸이를 하고 솜털이 보송보송한 흰색 털스웨터를 입고 있었다. 푸짐한 엉덩이를 타이트하게 감싼 청바지—내 딸들 말로는 '제깅스'라고 했다—뒷주머니에 혀끝이 갈라진 알록달록한 중국 용이 수놓여 있었다. 내 어머니라면 그 옷은 몰라도 통통한 건 분명 좋게 생각했을 것이다. 데크테 베시 롤리폴리*, 라고 말

* '꼭 오뚝이처럼 보인다'라는 뜻.

했을 것이다. 결혼 후엔 평생을 델리에서만 살아서, 늘 캘커타에서의 어린 시절을 꿈꾸던 불쌍한 어머니.

그 말이 내 머릿속에서 성가시게 윙윙거렸다. 롤리폴리롤리폴리롤리폴리.

벽의 네 면 중 세 면이 수박 속살 같은 핑크색으로 칠해져 있었다. 가구들은 식탁을 포함해 전부 얼룩이 있는—아니, 디스트레스트*가 맞는 표현일 것이다—수박 껍질의 초록색이었다. 문과 창틀은 검은색(수박씨라고 할 수 있겠지)이었다. 나는 그들에게 마음대로 인테리어를 바꿀 자유를 준 게 후회되기 시작했다. 안키타와 나는 소파(내가 전에 쓰던 것으로 지금은 천갈이를 해놓은) 길이만큼 떨어져서 마주앉았다. 어느 시점에 하녀가 작은 오리처럼 쪼그려 앉아서 시트로넬라같이 강한 향이 나는 걸레로 바닥을 닦으며 지나가는 바람에 우리는 발을 들어올려 무릎을 안고 있어야 했다. 그쪽 바닥은 조금 있다가 닦도록 하는 것이 롤리폴리에겐 그토록 어려운 일이었을까? 우리 국민은 언제쯤 기본적인 예의라는 걸 배우게 될까?

하녀는 분명 자르크한드나 차티스가르에서 온 곤드족이나 산탈족일 테고 어쩌면 오리사 원주민 부족들 가운데 하나일 수도 있었다. 열넷이나 열다섯 살 정도 된 아이 같았다. 내가 앉은 곳에서 그녀의 쿠르타 안쪽의 작은 가슴 사이에 자리한 조그만 은십자가가 보였다. 기독교 선교사들과 그 신도들에게 반사적 적대감을 가졌던 나의 아버지라면 그녀를 '할렐루야'라고 불렀을 것이다. 아버지

* 가구 등에 일부러 흠집을 내 오래된 것처럼 꾸민 스타일.

는 교양인이면서도 확실히 아주 무례한 데가 있었다.

롤리폴리가 왕좌와도 같은 거대한 수박 속에 앉아서 염색한 머리의 후광 아래 빛나는 얼굴로 나를 바라보며 위층에서 일어난 일에 대해 두서없이 속삭였다. "그 여자 정상이 아닌 것 같아요." 이 말을 몇 번이나 했다. 공정하게 말하자면, 그녀는 두서 있게 말했는데 내가 그녀 말을 끝까지 들어주는 것에 반감을 갖고 있었는지도 모른다. 그녀는 아기와 경찰에 대해("경찰이 문을 두드려서 얼마나 깜짝 놀랐다고요") 그리고 이 집과 동네 전체의 평판이 떨어진 것에 대해 이야기했다. 전부 조금은 악의적이고 얼토당토않게 들렸다. 나는 그녀에게 고맙다고 인사하고 그녀가 손에 쥐여준 선물—그녀 남편이 가장 최근에 관광청을 위해 제작한 카슈미르의 달Dal 호수에 관한 다큐멘터리 DVD—을 들고나왔다.

한두 시간 후, 나는 여기 있다. 시장에서 열쇠를 만들어줄 열쇠공을 데려와야 했다. 다시 말해, 나는 삼층 옥탑방에 침입해야 했다. 옥탑방 세입자는 이미 떠난 듯하다. 롤리폴리의 말이 사실이라면 '떠났다'는 건 완곡어법일 수도 있다. 하지만 그렇다면 '세입자'도 완곡어법이다. 아니, 우리가 연인이었던 것은 아니다. 그녀는 내게 그런 관계의 여지가 있을 수 있다는 암시조차 한 적이 없다. 설령 그녀가 그런 암시를 했다고 해도, 나는 그것이 어떤 결과로 이어졌을지 말할 수 있을 정도로 나 자신에 대해 잘 알지 못한다. 왜냐하면 나는 오래전 대학에서 그녀를 처음 만난 이후로 평생 그녀를 중심으로 나 자신을 구축해왔기 때문이다. 어쩌면 그녀를 중심으로가 아니라 그녀에 대한 내 사랑의 기억을 중심으로. 그녀는 그걸 알지 못한다. 그건 아무도 모르고, 나가와 무사와 나 이렇게 셋만, 그녀를 사랑한 남자들만 알 것이다.

나는 사랑이라는 말을 막연하게 사용하고 있는데, 그건 단지 내 어휘력으로는 우리 셋을 그녀에게, 그리고 종내는 서로에게 이어준 그 감정의 숲, 그 미로의 정확한 본질을 묘사하는 임무를 수행하기에 역부족이기 때문이다.

내가 그녀를 처음 본 건 거의 정확히 삼십 년 전인 1984년(델리에서 그 누가 1984년을 잊을 수 있겠는가?), 〈노먼, 당신이야?〉라는 대학 연극 연습에서였고, 나는 그 연극에 배우로 참여하고 있었다. 슬프게도, 두 달이나 연습을 하고도 우리는 그 연극을 무대에 올리지 못했다. 공연 예정일 일주일 전에 G 여사—인디라 간디—가 그녀의 시크교 보디가드들에게 암살당한 것이다.

암살 후 며칠 동안 인디라 간디의 지지자들과 수행원들이 이끄는 폭도가 델리에서 수천 명의 시크교도를 살해했다. 집, 상점, 시크교 운전기사들이 있는 택시 정류소, 시크교인이 사는 모든 곳이 잿더미로 변했다. 도시 전체를 뒤덮은 불길에서 시커먼 연기 기둥이 하늘로 올라갔다. 어느 화창하고 아름다운 날, 나는 버스 창가 좌석에 앉아 폭도들이 한 나이든 시크교인 신사에게 린치를 가하는 광경을 목격했다. 폭도들이 그의 터번을 벗기고, 턱수염을 잡아 뜯고, 불타는 타이어로 남아프리카식 목걸이를 걸어주는 동안 사람들은 주위에서 환호성을 올리며 부추겼다. 나는 황급히 집으로 돌아와 버스에서 목격한 것에 대한 충격이 엄습하기를 기다렸다. 이상하게도, 충격은 오지 않았다. 단지 나 자신의 평정이 충격일 뿐이었다. 나는 그 어리석음에, 그 모든 것의 무가치함에 혐오감을 느꼈지만, 어쩐 일인지 충격은 없었다. 내가 자라난 도시의 피비린내나는 역사에 대한 친숙함 때문일 수도 있었다. 마치 우리 인도인 모두가 그 존재를 끊임없이 강하게 의식하고 있는 '망령'이 저 깊은 곳에서 갑자기 으르렁거리며 올라와 우리가 예상했던 그대로 행동한 것 같았다. 그 망령은 일단 욕구가 충족되자 지하 은신처로 물러났고 정상성이 그 입구를 덮었다. 미쳐 날뛰던 살인자들은 송곳니를 감추고 일상의 업무—사무원, 재단사, 배관공, 목수, 장사꾼으로서의—로 복귀했고 삶은 이전과 같이 이어졌다. 우리의 세계에서 정상성은 삶은 달걀과 약간 비슷하다. 그 단조로운 껍질 속 중심부에 지독한 폭력성을 지닌 노른자가 들어 있다는 점에서 말이다. 우리처럼 복잡하고 다양한 사람들이 계속 공존하기 위한—계속 함께 살면서 서로를 참아내고, 그러다 이따금 서로를 살해하기 위한—규칙들을 정하는 건, 우리가 그 폭력성에 대해 늘 느끼는 불안감, 그것이 과거에 행한 일들에 대한 기억, 그것이 미래에 발현할 것에 대한 두려움 때문이다. 중심부가 흔들리지 않는 한, 노른자가 흘러나오지 않는 한 우리는 괜찮을 것이다. 위기의 순간에는 장기적인 관점을 취하는 것이 좋다.

우리는 한 달쯤 지나면 사태가 진정되리라는 희망을 품고 연극 개막일을 한 달 연기하기로 했다. 하지만 12월 초에 다시 비극이 찾아왔고, 이번엔 더 심각했다. 보팔에 있는 유니언카바이드 농약 공장에서 치명적인 가스 누출 사고가 터져 수천 명이 목숨을 잃었다. 신문마다 눈과 폐에 불이 붙은 채 뒤쫓아오는 유독 가스 구름으로부터 도망치는 사람들에 대한 이야기가 가득했다. 그 참상의 성질과 규모는 가히 성서에 등장할 만했다. 시사 잡지들에는 죽은 사람, 아픈 사람, 죽어가는 사람, 신체가 심각하게 훼손된 사람, 영원히 눈이 먼 사람들의 사진이 실렸다. 그들의 볼 수 없는 눈이 섬뜩하게 카메라를 향하고 있었다. 결국 우리는 신들이 우리 편이 아니고 〈노먼〉 공연은 시기에 맞지 않는다는 결론을 내렸고, 모든 게 보류되었다. 이런 따분한 소견을 말해도 용서가 된다면, 결국 영원히 실현되지 못할 공연을 위해 연습을 하는 것, 어쩌면 그게 인생이 아닐까? 혹은 인생 대부분의 결말이 그런 식이 아닐까? 어쨌거나 〈노먼〉의 경우, 그것이 우리의 인생행로를 바꾸어놓는 데 꼭 공연까지 필요하진 않았다. 연습만으로도 충분하고도 남았다.

그 연극의 감독 데이비드 쿼터메인은 리즈에서 델리로 건너온 젊은 영국인이었다. 그는 몸이 군살 없이 탄탄했고, 이런 말을 해도 된다면, 치명적인 미남이었다. 금발이 어깨까지 내려왔고 눈동자는 피터 오툴*처럼 비현실적으로 푸른 사파이어색이었다. 그는 거의 항상 약에 취해 있었고, 대화중에 그런 말을 꺼낸 적은 없었지만 동성애자임을 숨기지 않았다. 피부가 거뭇한 청년들의 행렬이—회전율이 높았다—디펜스콜로니에 위치한, 책으로 도배된 그의 방을 지나갔다. 그들은 그의 침대에 한가로이 누워 있거나, 흔들의자에 몸을 말고 앉아 있거나, 읽지 못하는 게 분명한(데이비드는 프롤레타리아계급에 대한 확실한 선호를 보였다) 잡지를 뒤적거렸다. 우리에겐 난생처음 보는 신기한 구경거리였다. 우리가 첫 대본 리딩을 위해 그의 방 두 칸짜리 아파트에 모인 날, 그의 조용하고 효율적인 하녀가 욕실에서 자신의 셋째 아이를 효율적으로 출산했다. 우리는 데이비드 쿼터메인에게, 그의 자유분방한 성

* 아일랜드 출신의 배우.

생활과 방대한 장서, 침울함, 웅얼거림, 갑작스럽게 보이는 수수께끼 같은 침묵에 경외감을 느꼈고, 그런 게 진정한 예술가의 필수적 특성이라고 믿었다. 우리 중 일부는 자신이 연극 인생을 살기 위한 준비를 하고 있다고 상상하며 자유 시간에 그런 행동을 모방하려 했다. 나의 동급생 나가, 나가라지 하리하란은 노먼 역이었다. 나는 그의 연인 가슨 호바트 역을 맡게 되었다. (연습 초기에 우리는 상당히 과장된 연기를 했다. 아마도 그건 우리가 진짜 동성애자가 아님을 보여주기 위한 유치하고 어리석은 노력이었을 것이다.) 우리는 둘 다 델리대학에서 역사학 석사과정을 마무리하는 중이었다. 그와 내 부모님이 친구 사이라(그의 아버지는 외무부에 있었고, 우리 아버지는 권위 있는 심장외과의였다) 나가와 나는 학교를 같이 다녔고 대학도 마찬가지였다. 그런 아이들이 대부분 그렇듯 우린 결코 절친한 사이가 아니었다. 서로 싫어하진 않았지만 우리의 관계는 늘 상당히 적대적이었다.

틸로는 건축학부 3학년 학생이었고, 세트와 조명 디자인을 맡았다. 그녀는 우리에게 자신을 틸로타마라고 소개했다. 그녀를 처음 본 순간, 나의 일부가 내 몸에서 걸어나가 그녀를 감쌌다. 그리고 여전히 그런 상태로 남아 있다.

나는 그녀의 무엇이 나를 완전히 무장해제시켜 다른 사람이 된 것처럼—세심하고 조금은 극성스럽게—행동하도록 만들었는지 알고 싶다. 틸로는 내가 대학에서 알고 지낸 창백하고 잘 꾸민 여학생들과 닮은 데가 없었다. 그녀의 피부색은 프랑스인이 카페오레(우유가 아주 조금 들어간)라고 부를 법한, 대부분의 인도인이 즉시 미인에서 제외시키는 그런 색이었다. 너무도 오랜 세월 나와 내 영혼에 무슨 우표나 도장처럼 각인된 사람에 대해 묘사하는 건 어려운 일이다. 나는 내 손이나 발을 보듯 그녀를 본다. 하지만 아주 투박한 붓놀림으로나마 그녀를 그려보겠다. 그녀는 얼굴이 작고 갸름했으며, 앙증맞은 콧구멍이 활짝 벌어지고 콧대가 곧게 뻗어 있었다. 길고 숱이 많은 머리는 직모도 아니고 곱슬도 아니었지만, 신경을 쓰지 않아 아무렇게나 뒤엉켜 있었다. 작은 새들이 그 속에 둥지를 트는 게 상상이 될 정도였다. 비포 앤드 애프터 샴푸 광고에 비포 모델로 쓰면 제격이었다. 그녀는 머리를 한 가닥으로 땋고 다녔고, 가끔 아무렇게나 틀어올려 노란 연필로 긴 목덜미께에 고정시켜놓기도 했다. 틸로는 화장을 안 했고 외모를 가꾸려는 노력—여자들이 머리나 눈, 입에 하는 매력적인 치장—을 일절 하지 않았다. 키가 크진 않았지만 팔다리가 길었고, 발 앞꿈치에 체중을 싣고 섰으며, 어깨가 거의 남성스럽게 느껴질 정도로 네모졌지만 남성스럽진 않았다. 처음 만난 날 그녀는 파자마 같은 흰 면바지와 흉물스러운—그 흉물스러움은 아무래도 의도적인 듯했다—특대 사이즈 남자용 날염 셔츠 차림이었는데, 그 셔츠는 그녀 것이 아닌 듯했다. (하지만 내 추측은 빗나갔다. 몇 주 후 서로에 대해 더 잘 알게 되었을 때, 틸로는 우리에게 그 셔츠가 자기 거라고 말해주었다. 자마 마스지드 밖에 있는 헌옷 시장에서 1루피를 주고 산 것이었다. 나가가—그답게—거기서 파는 옷들은 기차 사고로 죽은 사람들 시체에서 벗겨온 거라는 이야기를 믿을 만한 소식통을 통해 들었다고 말했다. 그녀는 핏자국만 없으면 상관없다고 대꾸했다.) 그녀가 착용한 장신구라고는 잉크 얼룩이 묻은 긴 중지에 낀 굵은 은반지와 역시 은으로 된 발가락 반지뿐이었다. 그녀는 진홍색 던힐 담뱃갑에 가네시 비디를 넣어 갖고 다니며 피웠다. 사람들은 그것이 수입 필터담배인 줄 알고 뺏어 피우려다가 결국 비디라는 걸 알게 되었지만 그렇다고 안 피우기엔 너무 무안했고—특히 그녀가 불까지 붙여주는 경우에는—그럴 때마다 틸로는 그들의 얼굴에 나타난 실망을 못 본 척했다. 나는 그런 일이 일어나는 걸 여러 번 보았는데 그때마다 그녀의 표정엔 변화가 없었다. 미소를 짓지도, 친구와 재미있어하는 눈짓을 교환하지도 않아서 장난을 치는 건지 아니면 원래 매사 그런 식인지 알 수가 없었다. 남을 기쁘게 해주거나 편안하게 만들어주고자 하는 욕구가 전혀 없다는 건, 그녀만큼 상처받기 쉬운 사람이 아닌 경우에는, 오만으로 해석될 수 있었다. 하지만 틸로의 경우엔 일종의 무모한 고립으로 보였다. 유행에 맞지 않는 소박한 안경 너머에 자리한, 눈꼬리가 살짝 올라간 고양이 눈은 상습 방화범의 태평한 비밀스러움을 담고 있었다. 그녀는 왠지 목줄에서 풀려난 것 같은 인상을 주었다. 우리가 애완동물처럼 산책을 당하는 데 반해, 그녀는 자기 스스로 산책을 하고 있는 듯했다. 우리가 주인에게 감사하는 마음으로, 기꺼이 속박을 영속시키며 종종걸음치는 동안 그녀는 멀리서 이해심 있게, 얼마간은 멍하니 지켜보고 있는 것 같았다.

나는 틸로에 대해 더 많은 걸 알아내려고 했지만, 그녀는 자신에 대해 거의 드러내지 않았다. 내가 그녀에게 성이 뭐냐고 묻자 그녀는 자기 이름이 S. 틸로타마라고 했다. 내가 S가 무얼 나타내는지 묻자 "S는 S를 나타내지"라고 답했다. 집은 어디이고 아버지는 무슨 일을 하시는지 에둘러 묻자 답을 피했다. 당시 그녀는 힌디어를 많이 쓰지 않았다. 그래서 나는 그녀가 남인도 출신이리라 짐작했다. 그녀의 영어는 신기하게도 인도식 억양이 없었고, 가끔 Z가 S로 연화되어 'Zip'을 'Sip'으로 발음하는 정도였다. 케랄라 출신인 것 같았다.

그것에 대해서는 내 짐작이 맞았다. 나머지에 대해서는 그녀가 대답을 피한 게 아니라, 너 어디 출신이니? 아버진 무슨 일을 하셔? 등등의 평범한 대학생들이 하는 질문들에 대한 답을 정말로 갖고 있지 않다는 것을 깨달았다. 나는 대화중에 우연히 나온 말들을 통해 그녀의 어머니가 홑몸임을 알게 되었는데 아버지가 어머니를 떠난 건지, 아니면 어머니가 아버지를 떠난 건지, 아니면 아버지가 죽은 건지는 수수께끼였다. 누구도 그녀의 신원을 정확하게 알지 못하는 듯했다. 입양아라는 소문도 있었다. 입양아가 아니라는 소문도 있었다. 나중에 나는 그 두 가지 소문이 다 맞는다는 걸—틸로와 같은 고향 출신의 대학 후배인 맘멘 P. 맘멘이라는 떠버리를 통해—알게 되었다. 그녀의 어머니는 친어머니가 맞는데 그녀를 버렸다가 입양했다. 작은 마을에 스캔들이, 연애 사건이 일어났다. '불가촉천민' 계급(맘멘 P. 맘멘은 "파라야"라고 속삭였다. 그걸 크게 말하는 것만으로도 자신이 오염될 거라는 듯이)에 속하는 남자는 인도 상류계급 가문—이 경우엔 케랄라의 시리아계 기독교인이었다—이 전통적으로 이런 불편한 일을 처리해왔던 방식대로 처리되었다. 틸로의 어머니는 아기를 낳아 기독교 고아원에 맡길 때까지 집에서 멀리 보내졌다. 몇 달 후 그녀는 다시 고아원으로 찾아가 자신의 아이를 입양했다. 그녀의 가족은 그녀와 의절했다. 틸로의 어머니는 미혼으로 남았다. 그녀는 먹고살기 위해 작은 유치원을 열었고, 그 유치원은 몇 년이 지나 잘나가는 고등학교로 발전했다. 그녀는 자신이 틸로의 친엄마라는 걸 공개적으로 인정한 적이 없었지만 그건 이해할 만한 일이었다. 그게 내가 아는 전부였다.

틸로타마는 방학이 되어도 집에 가지 않았다. 이유는 말한 적이 없었다. 그리고 아무도 그녀를 찾아오지 않았다. 그녀는 방과후와 주말과 방학 때 건축사무소에서 제도사로 일해서 학비를 벌었다. 그녀는 호스텔에서 살지 않았다—그럴 형편이 안 된다고 했다. 대신 옛 폐허의 외벽들을 따라 늘어선 근처 빈민가의 판잣집에서 살았다. 우리는 아무도 그녀의 집에 초대받은 적이 없었다.

〈노먼〉 연습 기간에 그녀는 나가는 나가라고 불렀지만, 나는 무슨 이유에선지 가슨 호바트라고만 불렀다. 그렇게 해서 당시 역사학도였던 나가와 나는 과거도, 가족도, 동네도, 친지도, 심지어 고향조차 없는 듯한 여자에게 구애를 하게 되었다. 사실 나가의 경우 그녀에게 진짜로 구애한 것은 아니었다. 당시 그는 그 누구보다 스스로에게 매료되어 있었다. 그는 틸로를 발견했고, 단지 그녀가 자신에게 관심이 없다는 이유로 자동차 전조등을 켜듯 자신의 (상당한) 매력을 발동하게 된 거였다. 그는 그런 무관심에 익숙하지 않았다.

무사—무사 예스위—와 틸로의 관계가 진짜로 어떤 것이었는지에 대해선 확신이 없다. 그들은 사람들 앞에서 서로 별로 이야기하지 않았고 절대 애정을 드러내지 않았다. 가끔은 연인보다는 남매처럼 보였다. 그들은 건축학부에서 함께 공부하고 있었다. 둘 다 특출한 재능을 가진 예술가였다. 나는 그들 작품의 일부를, 틸로가 목탄이나 크레용으로 그린 초상화와, 무사가 델리 구시가지 폐허들과 투글라카바드, 페로즈샤코틀라, 푸라나킬라를 그린 수채화, 그리고 연필로 그린 말 그림—가끔은 머리, 눈, 거친 갈기, 달리는 발굽 같은 말의 일부만 그렸다—을 본 적이 있었다. 한번은 무사에게 그 말 그림들이 사진을 보고 그린 건지 아니면 책에 나오는 그림을 베낀 건지 아니면 고향 카슈미르에서 말을 키웠는지 물어보았다. 그는 꿈에서 본 거라고 했다. 그 말을 듣자 마음이 동요되었다. 사실 나는 그림에 대해 잘 모르지만 비전문가인 내 눈에도 그 그림들, 무사와 틸로의 그림들은 독특하고 눈부신 빛이 났다. 두 사람은 필체도 비슷했던 기억이 난다—모든 게 컴퓨터화되기 이전에 건축학부에서 가르쳤던 그 편안하고 각진 서체였다.

내가 무사를 잘 알았다고는 할 수 없다. 그는 조용하고, 옷을 보수적으로 입었으며, 다부진 체격에 키는 틸로 정도밖에 안 되었다. 그의 과묵함은 영어가 유창하지 못하고 카슈미르 억양이 강하다는 사실과 관련이 있었을지도 모른다. 그는 사람들 사이에서 전혀 주목을 끌지 않도록 행동했는데, 그것도 기술이라면 기술이었던 것이, 많은 카슈미르 청년들이 그러하듯 그 역시 용모가 두드러졌기 때문이다. 키가 크진 않았지만 어깨가 넓었고, 다부진 몸에 강인함이 숨겨져 있었다. 그는 새까만 머리를 아주 짧게 치고 다녔다. 눈동자는 어두운 갈색이 섞인 녹색이었다. 깨끗이 면도한 매끄럽고 창백한 피부는 틸로의 얼굴색과 선명한 대조를 이루었다. 무사에 관해 분명하게 기억하는 두 가지 특징이 있는데, 깨진 앞니(좀처럼 웃지 않는 그가 미소를 지을 때 우스꽝스러울 정도로 어려 보이게 만드는)와 놀라운 손이었다. 그 손은 전혀 예술가의 손이 아니었다. 땅딸막한 손가락이 달린 크고 억센 농부의 손이었다.

무사에겐 온화함이, 고요함이 있었고 나는 그게 마음에 들었다. 바로 그런 성격들이 합쳐져 나중에 무시무시한 무언가가 된 것 같긴 하지만 말이다. 그는 내가 틸로에게 어떤 감정을 품고 있는지 분명 알고 있었을 텐데도, 위협감이나 의기양양함을 보이지 않았다. 내 눈에는 그것이 그에게 엄청난 위엄을 부여하는 듯했다. 그와 나가의 관계는 덜 평온했는데, 그건 십중팔구 무사보다는 나가 탓이었을 것이다. 나가는 무사와 함께 있을 때면 유별나게 불안하고 무례한 태도를 보였다.

두 사람은 놀라울 만큼 대조적이었다. 무사가 단단하고 듬직한 바위라면(적어도 그런 인상을 준다면), 나가는 가볍고 변덕스러웠다. 나가와 함께 있으면 느긋해질 수가 없었다. 그는 어딜 가든 모든 이의 관심을 독차지하지 않고는 못 배겼다. 그는 대단한 쇼맨으로 시끄럽고, 재치 넘치고, 약간은 거만하고, 공개적으로 괴롭히기로 결정한 상대에게는 지독하게, 그러면서도 유쾌하게 무자비했다. 그는 잘생기고, 날씬하고, 소년 같고, 크리켓을 잘했으며(오프스핀 볼러였다), 앞머리가 길고 안경을 낀 모습이 딱 멋지고 지적인 스포츠맨이었다. 하지만 여자들은 그의 외모보다 악동 같은 매력에 더 끌리는 듯했다. 그들은 잔뜩 들뜬 채 나가의 주위에 몰려들어 그의 말을 한마디도 놓치지 않으려 했고, 그가 재미없는 농담을 해도 킥킥거렸다. 일일이 기억하기도 힘들 정도로 여자친구가 많았다. 그는 훌륭한 배우들처럼 카멜레온 같은 특성이 있어서, 삶의 특정 시기에 자신이 어떤 인물이 되기로 결정했는지에 따라 외모를, 피상적으로가 아니라 근본적으로 바꿀 수 있었다. 어렸을 때 그는 무척이나 재미있고 유쾌했다. 다들 나가가 이제 어떤 아바타를 가질 것인지 기대했다. 하지만 나이가 들면서 그는 좀 공허하고 성가신 존재가 되었다.

무사와 틸로는 건축학부를 졸업한 후 사이가 멀어진 듯했다. 무사는 카슈미르로 돌아갔다. 틸로는 건축 회사에 하급 건축가로 들어갔다. 직장에서 그녀의 주된 업무는 다른 사람들의 실수에 대한 책임을 떠맡는 것이라고 했다. 그녀는 얼마 안 되는 봉급으로(시급으로 받았다) 빈민가에서 벗어나 하즈라트 니자무딘 아울리야의 영묘 근처에 있는 다 쓰러져가는 방을 얻었다. 나는 거기 몇 번 가보았다.

내가 마지막으로 방문했을 때 우리는 비디와 담배꽁초가 웅덩이를 이루고, 인도의 성지마다 모여들어 장관을 이루는 불구자들과 한센병 환자들, 부랑자들, 기인들이 우글우글한 미르자 갈리브의 무덤가에 앉아 진하고 끔찍한 차를 마셨다.

"이게 우리가 최고의 시인을 기리는 방식이로군." 내가 얼마간은 가식적으로 그렇게 말한 기억이 난다—당시에 나는 갈리브의 시를 전혀 몰랐다. (지금은 안다. 알아야 하니까. 직업적인 이유로 말이다. 인도아대륙 이슬람교도의 마음을 훈훈하게 해주는 데는 잘 고른 우르두어 시 몇 구절만한 게 없으니까.)

"어쩌면 시인도 이걸 더 좋아할지 모르지." 그녀가 말했다.

나중에 우리는 목요일 밤의 카왈리를 듣기 위해 거지들이 즐비한 골목들을 지나 영묘로 갔다. 내가 들어본 최고의 카왈리는 아니었지만 외국인 관광객들은 황홀감에 눈을 감고 몸을 흔들었다.

마지막 노래가 끝나고 음악가들이 낡은 악기를 챙겨 떠난 후, 우리는 하수구 냄새가 나는 빗물 배수구 둑을 따라, 집단 거주지 뒤편의 어두운 도로를 걷다가 좁고 가파른 계단을 올라 그녀의 방으로 갔다. 먼지투성이 테라스에 누군가—아마도 집주인—가 버린 가구와 햇빛에 바랜 목재가 쌓여 있었다. 연한 적갈색 수고양이가 망가진 의자 좌판에서 떨어져나온 성긴 고리버들 둥지 속에서 방어벽을 치고 있는 암컷을 향해 성적 절박감이 담긴 울음소리를 냈다. 내가 그 수고양이를 이토록 선명하게 기억하는 건 녀석이 내 처지를 연상시켰기 때문이리라.

그녀의 방은 좁았고 방이라기보다는 창고에 가까웠다. 끈으로 엮은 간이침대와 테라코타 물항아리, 옷가지와 책 몇 권이 담긴 판지 상자를 제외하곤 아무것도 없었다. 낡은 지프차 앞유리를 벽돌로 받쳐놓고 그 위에 전기 열판을 얹은 것이 부엌 역할을 했다. 보는 각도에 따라 색이 변하는 자줏빛과 푸른빛 섞인 수탉을 실물보다 크고 솜씨 좋게 그린 크레용화가 한쪽 벽면을 다 차지하고서, 엄격한 노란 눈으로 우리를 응시하고 있었다. 마치 틸로가 진짜 부모의 부재를 만회하기 위해 자신을 지켜볼 그라피티 부모라도 만들어낸 듯했다.

우리는 테라스로 나갔고, 나는 수탉의 성마른 시선에서 벗어난 것에 안도감을 느꼈다. 우리는 마리화나를 좀 피우고 모기들에게 뜯기며 아무것도 아닌 일로 헤프게 웃었다. 틸로는 난간 벽 위에 책상다리를 하고 올라앉아 어둠을 내다보고 있었다. 얼룩덜룩한 달이 떠올랐고, 그 비현실적인 아름다움이 도로 건너편의 덮개 없는 배수구에서 올라오는 매우 현실적이고 자극적인 냄새와 부조화를 이루었다. 갑자기 테라스 아래 길에서 돌멩이 하나가 날아와 틸로를 아슬아슬하게 스치고 지나갔다. 그녀는 난간 벽에서 펄쩍 뛰어내렸으나, 심하게 동요한 것처럼 보이진 않았다.

"영화관에서 나온 사람들이야. 마지막 상영이 끝났을 거야."

나는 아래를 내려다보았다. 낄낄거리는 소리가 들렸지만 어둠 속이라 아무도 보이지 않았다. 솔직히 좀 불안했다. 나는 틸로에게 안전을 위해 어떤 예방책을 쓰고 있는지 물었다. 바보 같은 질문이었다. 그녀는 자신이 유명한 마약상을 위해 일한다는 소문이 동네에 퍼져 있는데, 그걸 굳이 부인하지 않는다고 말했다. 그래야 사람들이 그녀가 보호받고 있다고 생각할 테니까.

나는 뻔뻔스럽게 무사에 관해 물어보기로 결심했다. 그는 어디 있고, 둘이 아직 만나는지, 둘이 결혼할 계획인지. 그녀가 대답했다. "난 아무하고도 결혼 안 해." 내가 왜 그런 생각을 하느냐고 묻자 그녀는 예고도, 이유도 없이 되는대로 죽을 수 있는 자유를 갖고 싶다고 했다.

그날 밤 집에서 나는 틸로와 내 삶을 갈라놓는 깊은 골에 대해 생각하며 잠이 들었다. 나는 내가 태어난 집에서 아직 살고 있었다. 부모님이 옆방에서 주무시고 계셨다. 시끄러운 냉장고의 익숙한 웅웅거림이 들렸다. 모든 물건들—양탄자들, 장롱들, 응접실 안락의자들, 자미니 로이*의 그림들, 영어와 벵골어로 된 타고르 시집 초판들, 아버지가 수집한 등산 책들(아버지가 등반가였던 것은 아니고 취미였다), 가족사진 앨범들, 겨울옷이 보관된 트렁크

* 인도의 유명한 근대 화가.

들, 내가 어릴 때부터 쓰던 침대—이 오랜 세월 나를 지켜봐온 보초들 같았다. 어른으로서의 삶이 내 앞에 놓여 있는 건 사실이었지만, 그 삶이 구축될 토대는 절대불변에 난공불락인 것처럼 보였다. 반면 틸로는 거친 바다 위의 종이배 같았다. 그녀는 철저히 혼자였다. 우리 나라의 빈민들조차, 비록 짐승처럼 살아가고 있을지언정, 가족은 있었다. 그녀는 어떻게 살아남을까? 그녀의 배는 가라앉기 전에 얼마나 버틸 수 있을까?

나는 정보국에 들어와 연수를 받으러 떠난 후로 그녀와 연락이 끊어졌다.

그다음에 틸로를 본 건 그녀의 결혼식에서였다.

나는 그녀와 무사가 그 오랜 세월 후에 어떻게 다시 만나게 되었는지, 그녀가 어떻게 그와 함께 스리나가르*의 수상가옥에 있게 되었는지 알지 못한다.

내가 알던 무사가 어떻게 다른 모든 젊은 카슈미르 남자들처럼 그 우둔하고 잘못된 허영—카슈미르가 '자유'를 얻을 수 있다는 어처구니없는 생각—의 폭풍에 휘말린 것인지 도무지 이해할 수가 없다. 그가 아무도 겪어서는 안 될 그런 비극을 겪은 건 사실이다. 그렇지만 당시 카슈미르는 교전 지역이었다. 나라면 어떤 자극이 있었더라도 그가 저지른 그런 짓은 시도할 생각조차 하지 않았으리라는 것을 가슴에 손을 얹고 맹세할 수 있다.

하지만 그는 내가 아니었고 나도 그가 아니었다. 무사는 그가 한

* 인도 카슈미르주의 주도(州都).

짓을 했다. 그리고 그 대가를 치렀다. 뿌린 대로 거두리라.

무사가 죽고 몇 주 안 되어, 틸로는 나가와 결혼했다.

우리 중 가장 평범한 나의 경우, 나는 그녀를 자부심 없이 사랑했다. 희망 없이 사랑했다. 희망이 없었던 건, 만에 하나 그녀가 내 감정에 화답했다 해도 내 부모님이, 브라만 계급인 내 부모님이 절대로 그녀—과거도 카스트도 없는—를 가족으로 받아들이지 않으리라는 것을 알고 있었기 때문이다. 그리고 부모님 뜻을 끝까지 거역한다면, 그건 내가 감당할 자신이 없는 대격변을 의미할 터였다. 가장 평온무사한 삶에서조차 우리는 어떤 싸움에 참여할지 선택해야 하며, 그건 내가 선택하고 싶은 싸움이 아니었다.

이제 세월이 흘러, 내 부모님은 두 분 다 돌아가셨다. 그리고 나는 소위 '가정적인 남자'다. 아내와 나는 서로를 참아주고 우리 아이들을 무척이나 사랑한다. 내 아내(그렇다, 브라만 계급 아내다) 치트라—치타루파—는 외무부에 몸담고 있으며 프라하에 배치되었다. 우리 딸 라비아와 아니아는 열일곱 살, 열다섯 살이다. 그애들은 엄마와 함께 살면서 프랑스 학교에 다닌다. 라비아는 영문학을 공부하고 싶어하고, 막내 아니아는 인권법 분야에서 일하겠다는 결심이 확고하다. 그건 비정통적인 선택이고, 다른 진로는 고려조차 거부하는 그 결의는 특히 그렇게 어린 아이에겐 좀 이상한 일이다. 처음엔 그것 때문에 걱정을 많이 했다. 아버지에 대한 십대의 반항이 교묘하게 그런 식으로 나타난 건 아닐까 생각했다. 하지만 그건 전혀 아닌 듯하다. 지난 십여 년 동안 인권 분야는 꽤 훌륭한, 그리고 심지어 수입까지 좋은 직종이 되었다. 나는 딸에게 아낌없는 격려를 보내고 있다. 어쨌거나 최종 결정까지는 아직 몇 년이 남았다. 우리는 상황을 지켜볼 것이다. 두 딸 모두 모범생이다. 치트라와 나는 곧 같은 지역으로 발령을 받을 수 있게 되었는데, 딸들이 다닐 대학이 있는 나라였으면 좋겠다.

나는 가족에게 어떤 식으로든 혼란을 주거나 해를 끼치는 일을 벌이는 건 상상조차 해본 적이 없다. 하지만 틸로가 다시 내 삶으로 걸어들어오자 그 법적 유대 관계, 그 고귀하고 도덕적인 원칙들은 위축되었고 심지어 조금 우스꽝스러워 보이기까지 했다. 하지만 나의 불안감은 결국 무의미한 감정이었다—틸로는 내 딜레마나 불편을 눈치조차 못 챈 듯했다.

그녀에게 거처가 필요할 때 이 옥탑방을 빌려주면서 나는 이로써 내가 지은 죄들을 교묘하고 은근하게 갚고 있는 거라고 스스로에게 말했다. '죄들'이라고 표현한 건 내가 모호하지만 근본적으로 그녀를 실망시켜왔다는 생각을 늘 갖고 있었기 때문이다. 그녀는 결코 그런 식으로 생각하는 것 같지 않았다—하지만 그건 그녀가 그런 사람이 아니기 때문이었다.

틸로가 나가와 결혼한 후 나는 그녀를 어쩌다 한 번씩만 만났다. 델리에서 열린 그들의 결혼식은 내 기억에 깊이 새겨졌는데 그건 자칫 뻔해 보이는 이유들—비통함이나 좌절된 사랑—때문이 아니었다. 사실 그런 것들은 실제 이유와는 가장 거리가 멀었다. 나는 당시 꽤 행복했다. 결혼한 지 채 이 년도 안 되었을 때라 아내와 나 사이엔, 사랑은 아니더라도, 진짜 애정 비슷한 게 남아 있었다. 치트라와 내 관계를 특징짓는 소모적 불안정성이 아직 시작되기 전이었다.

나가는 틸로와 결혼할 때쯤엔, 불경하고 우상파괴적인 학생에서 취업을 할 수 없는 급진 좌파 지식인으로, 그다음엔 팔레스타인 대의의 열렬한 지지자로(당시 그의 영웅은 조지 하바시*였다), 그다음엔 주류 언론인으로 이미 수차례 변신한 후였다. 시끄러운 극단주의자들이 대개 그러하듯 그도 극단의 정치적 견해들을 두루 거쳤다. 그에게 일관되게 남아 있는 건 데시벨 수준뿐이었다. 지금 나가는 정보국의 지시를 받고 있다—본인은 그런 식으로 생각하지 않을 수도 있겠지만. 그는 신문사 고위직에 앉아 있기에 우리에게 귀중한 자산이다.

나가가 어두운 세계로 발을 들이게 된 것—나는 그렇게 말하지 않겠지만 독자들이 그렇게 말하고 싶다면—은 흔히 그렇듯 일종의 대가를 치르기 위해서였다. 그의 담당 취재 영역은 펀자브였다. 그때쯤 폭동은 거의 진압된 상태였다. 하지만 나가는 묵은 이야기들을 파헤쳐 '인민재판'이라는 제목으로 익살스러운 패러디의 재료를 제공했고, 나아가 경찰과 준準군사 조직을 겨냥한 더 익살스러운 패러디 '인민 사건기록부'를 내놓았다. 무자비한 폭동과 싸우는 행정부는 보통 때의 평화로운 여건에서 기능하는 정부와 같은 기준들을 고수할 수 없다. 하지만 늘 귓전을 울리는 박수갈채를 들으며 기사를 쓰는 캠페인성 보도 기자에게 그걸 누가 설명한단 말인가? 이런 실천적 급진주의 활동을 벌이다가 휴가차 고아**에 간

* 팔레스타인 해방인민전선의 최고 지도자.

** 인도 중서부의 주.

나가는 전형적인 나가 스타일대로 젊은 오스트레일리아인 히피와 미친 듯 사랑에 빠져 충동적으로 결혼까지 했다. 아마 그녀 이름은 린디였을 것이다. (샬럿이었나? 잘 모르겠다. 그건 중요하지 않다. 그냥 린디라고 하겠다.) 린디는 그와 결혼한 지 일 년도 되지 않아 고아에서 헤로인 밀매 혐의로 체포되었다. 그녀는 감옥에서 몇 년을 보내게 될 처지였다. 나가는 제정신이 아니었다. 세력가였던 그의 아버지라면 쉽게 도와줄 수 있었겠지만 나가—아버지 인생에 늦게 도착한—는 늘 사이가 좋지 않았던 아버지에게 알리고 싶지 않았다. 그래서 내게 전화를 걸었고, 내가 몇 군데의 연줄을 동원했다. 펀자브 경찰청장이 고아 경찰청장에게 청을 넣었다. 우리는 린디를 유치장에서 빼냈고 기소도 취하되었다. 린디는 풀려나자마자 고향 퍼스로 가는 첫 비행기를 탔다. 그리고 몇 개월 만에 나가와 그녀는 정식으로 이혼했다. 나가는 펀자브에서 다시 일을 시작했는데, 물론 상당히 온순해진 상태였다.

우리는 인권운동가들이 나서서 시끄럽게 구는 사소한 문제—그들이 내세우는 사실들은 늘 바로잡을 것이 많았다—가 발생해 언론의 도움이 필요해졌을 때 나가에게 연락했다. 그는 우리를 도와주었다. 그렇게 된 것이다. 그렇게 협업 체계가 구축되었다.

나가는 우리에게 받는 브리핑 덕에 동료들보다 유리한 출발점에 서는 걸 점차 즐기기 시작했다. 그건 굉장한 아이러니, 새로운 종류의 마약 거래였다. 이번엔 우리가 마약상이었다. 그는 우리의 중독자 고객이었다. 그는 몇 년 만에 언론계에서 스타 기자로, 인기 많은 안보분석가로 부상했다. 그와 정보국의 관계가 일시적 제휴 이상의 것—하룻밤 함께 보내는 관계가 아닌 결혼—으로 발전할 전망이 보이자, 나는 신중을 기하기 위해 발을 빼야겠다고 생각했다. 나의 동료 R.C. 샤르마—람 찬드라 샤르마—가 그 일을 넘겨받았고 R.C.와 나가는 아주 잘 지냈다. 그들에겐 잔인한 유머 감각과 로큰롤과 블루스를 좋아한다는 공통점이 있었다. 내가 나가를 위해 한 가지 말할 수 있는 건, 돈은 한푼도 오가지 않았다는 점이다. 그는 그 점에 대해서는 지나칠 정도로 정직했고 여전히 그렇다. 직업적 청렴성에 대한 그의 관념에 따르면 그는 스스로의 원칙에 따라 살아야만 했고, 그래서 청렴한 사람으로 남기 위해 자신의 원칙을 바꾸었다. 이제 그는 우리 정보국이 스스로를 신뢰하는 것보다 더 우리를 신뢰한다. 우리 대부분이 아직 〈아치〉* 만화를 읽던 어린 시절에 나를 '제국주의의 충견'이라 부르며 조롱하던 남학생이 그렇게 되다니 얼마나 아이러니한 일인가.

나가가 그런 과격한 좌파 언어를 어디에서 누구에게 배웠는지 모르겠다. 어쩌면 공산주의자였던 친척에게 배웠을 수도 있다. 그게 누군지는 몰라도 훌륭한 선생이었던 건 분명하며, 나가는 배운 걸 멋지게 활용했다. 그걸로 정복에 정복을 거듭했다. 나는 학교 토론 대회에서 그와 대항한 적이 있다. 아마 열세 살이나 열네 살 때였을 것이다. 주제는 '신은 존재하는가?'였다. 나는 그렇다, 나가는 아니다, 라는 입장에서 토론을 해야 했다. 내가 먼저 말했다. 그다음에 나가가 깡마른 몸이 채찍 끈처럼 팽팽해진 채, 분노에 차서 떨리는 목소리로 열변을 토했다. 그에게 완전히 매료된 급우들이 그의 노골적인 신성모독을 부지런히 메모했다. "침묵하는 우리

* 미국의 유명한 만화 잡지.

3억 3천만 우상들의 허위는, 우리가 람과 크리슈나라고 부르는 이 기적인 신들은 굶주림, 질병, 가난으로부터 우리를 구해주지 않을 것입니다. 원숭이들과 코끼리 머리를 가진 망령들에 대한 우리의 어리석은 믿음은 굶주리는 대중의 배를 채워주지 못하고……" 내겐 승산이 없었다. 나가의 연설은 내 연설을 독실한 늙은 아주머니의 것처럼 보이도록 만들었다. 이상하게도 내가 지독히 무능한 기분을 느낀 기억은 분명하고 생생하게 남아 있는데, 무슨 말을 했는지는 기억이 없다. 그후 몇 개월 동안 나는 은밀히 거울 속의 나 자신을 향해 나가의 신성모독적 열변을 토하곤 했다. "원숭이들과 코끼리 머리를 가진 망령들에 대한 우리의 어리석은 믿음은 굶주리는 대중의 배를 채워주지 못하고……" 내게서 분무된 침이 거울에 비친 내 모습 위에 비처럼 내려앉았다.

나가의 또다른 획기적 공연은 몇 년 후 대학 연례 문화 행사에서 이루어졌다. 여름에 친구 둘과 함께 바스타르로 여행을 가서 숲에서 야영하며 원주민 부족들이 사는 마을을 돌아다니다 온 그는 장발에 맨발, 샅바만 걸친 벌거숭이 상태로 어깨에 활과 화살을 둘러메고 느긋하게 무대로 걸어나왔다. 그는 흰개미를 얹은 토스트라고 주장하는 것을 과시하듯 씹어먹어서 객석의 여학생들로부터 수줍은 혐오감을 드러내는 숨죽인 신음을 끌어냈는데, 그 여학생들 대부분이 나가와 결혼하고 싶어했다. 그는 마지막 토스트 조각을 삼킨 후 마이크로 다가가 롤링스톤스의 〈Sympathy for the Devil〉을 불렀고, 가상의 기타로 코드를 잡는 시늉을 하며 입으로 반주까지 했다. 그의 노래 솜씨는 훌륭했지만, 어쩌면 뛰어나다고도 할 수 있었지만, 나는 그 모든 게 역겨웠고 믹 재거뿐 아니라 토착민들에 대한 심각한 모독이라는 생각이 들었다. 당시 나는 믹 재거가 신이라고 믿고 있었다. (학교에서 신이 존재한다는 주장을 펼칠 때 믹 재거 이야기를 꺼냈더라면 좋았을 것이다.) 나는 나가에게 그런 부정적 의견을 말했다. 나가는 웃으면서 자신의 공연은 둘 다에 대한 찬사라고 우겼다.

한때 다른 나라에서 만자卍字 열풍이 불었던 것처럼 우리 나라에 힌두 민족주의의 사프란색 물결이 일고 있는 요즘, 어느 학생이 나가처럼 '어리석은 믿음'에 대한 연설을 했다면 설령 학교측에서 나서지 않는다 해도 학부모들이 캠페인 같은 걸 벌여 퇴학시켰을 것이다. 사실 요즘 같은 분위기에서는 퇴학을 당하는 것으로 그친다면 운이 좋은 것이다. 사람들은 그보다 훨씬 사소한 이유로도 린치를 당한다. 심지어 정보국의 내 동료들도 종교적 신앙과 애국심의 차이를 구분하지 못하는 듯하다. 그들은 '힌두 파키스탄' 같은 걸 원하는 것 같다. 그들 대부분이 보수적이고 은밀한 브라만으로, 사파리 슈트 속에 신성한 실을 감고 있으며, 채식주의자 머리통 뒤쪽에는 신성한 꽁지머리*가 달랑거린다. 그들이 나를 참아주는 건 내가 자신들처럼 재생족**이기 때문이다(사실 내가 속한 카스트는 바이디아지만 우리는 스스로 브라만으로 여긴다). 그럼에도, 나는 의견을 속에만 담아둔다. 반면 나가는 구렁이 담 넘듯 새 체제 안으로 순식간에 미끄러져들어왔다. 예전의 불경함은 흔적도 없이 사라졌다. 현 아바타 속의 그는 트위드 블레이저를 입고 시가를 피운

* 정통 힌두교에서 뒤통수에 머리를 몇 가닥만 남기고 삭발을 하는 관행을 일컫는다.

** 카스트 중 상위 3계급인 브라만, 크샤트리아, 바이샤를 이르며 특히 브라만을 말한다.

다. 나는 그를 몇 년간 못 만났지만 그가 저 흥분어린 TV 쇼에 출연해 국가 안보 전문가 노릇을 하는 걸 본다—그는 자신이 복화술사의 쾌활한 꼭두각시에 지나지 않는다는 것조차 깨닫지 못하는 듯하다. 그토록 사회에 잘 길들여진 그를 보고 있노라면 가끔 슬픈 감정이 든다. 나가는 수염을 가지고 끊임없이 실험을 한다. 가끔은 프랑스식 염소수염을, 가끔은 동그랗게 말아올려 왁스를 바른 달리 스타일 콧수염을 과시하고, 가끔은 일부러 텁수룩하게 기르기도 하고, 가끔은 깨끗이 면도하기도 한다. 하나의 '스타일'을 결정할 수가 없는 듯하다. 그건 독선적인 자만이 넘치는 그의 차림새에서 아킬레스건과도 같다. 그의 내면을 드러낸다. 적어도 내가 보기엔 그렇다.

유감스럽게도 최근 그는 자신의 역량을 과신하기 시작했고, 그의 무절제함은 골칫거리가 되고 있다. 정보국은 이 년 동안 두 번이나 그의 신문사 사주들의 결정에 개입해(물론 조심스럽게) 그가 편집장과 싸우고 충동적으로 사표를 내던진 사건을 해결해야 했다. 지난번에는 대성공이었다. 그가 연봉을 올려 받으며 복직하도록 만들었던 것이다.

유치원과 학교와 대학을 함께 다니고 연극에서 동성애자 연인 역할을 한 것으로 충분하지 않았는지, 내가 스리나가르에서 정보국 부副지부장으로 일하게 되었을 때, 나가는 신문사의 카슈미르 특파원이었다. 그는 카슈미르에 상주하진 않았지만 거의 대부분의 날들을 그곳에서 보냈다. 그는 대다수의 기자들이 묵는 아두스 호텔에 장기 투숙하고 있었다. 그때쯤 그와 정보국의 관계는 시멘트처럼 굳어졌으나 지금처럼 분명하진 않았다. 우리에겐 그게 훨씬 편리했다. 그의 독자들에게—어쩌면 심지어 그 자신에게조차—그는 아직 인도 정부가 저지른 이른바 '범죄'를 폭로해줄 용감한 언론인이었다.

스리나가르에서 20킬로미터쯤 떨어진 다치감국립공원의 포리스트 게스트하우스에 있는 주지사 직통 전화로 전화가 걸려온 건 자정이 한참 지나서였을 것이다. 나는 주지사 수행단의 일원으로 그곳에 있었다. (그때쯤 인도는 내분이 격화된 상태였다. 문민정부는 해산되었고, 1996년은 카슈미르주의 주지사가 그곳을 내리 육년째 통치하고 있던 해였다.)

인도 육군참모총장을 지낸 주지사는 기회가 날 때마다 도시의 유혈 현장에서 벗어나고 싶어했다. 그는 다치감국립공원에서 주말을 보내며 가족, 친구들과 더불어 산속의 세차게 흐르는 개울을 따라 거닐었고, 중무장한 채 신경을 곤두세운 경호원 하나씩을 그림자처럼 매단 아이들은 가상의 이슬람 게릴라(죽어가면서 알라-후-아크바르!*라고 외치는)를 무찌르거나 꼬리 긴 마멋을 구멍 속으로 쫓아 보내며 놀았다. 그들은 대개 피크닉 도시락을 챙겨갔지만 저녁은 늘 게스트하우스에서 먹었다—메뉴는 쌀밥과 근처 양식장에서 키운 송어를 넣어 만든 카레였다. 부화장 연못에는 고기가 득실득실해서 손을 집어넣기만 하면—얼어붙을 듯한 수온을 견딜 수 있다는 전제하에—퍼덕거리는 무지개송어를 직접 고를 수 있었다.

* '알라가 가장 위대하시다'라는 뜻.

가을이었다. 숲은 히말라야의 숲에서만 가능한 방식으로 심장이 멎을 만큼 아름다웠다. 플라타너스에는 물이 들기 시작했다. 초원은 구릿빛이 도는 금색이었다. 운이 좋으면 흑곰이나 표범, 다치감의 유명한 사슴 '한굴'을 볼 수도 있었다. (나가는 카슈미르의 유명한 난봉꾼이었던 전前 주총리를 '웰헝 굴'*이라고 불렀는데, 물론 대부분의 사람들이 그게 무슨 뜻인지 몰랐지만 나로서는 재치 있는 말장난임을 인정하지 않을 수 없다.) 나는 당시 조류 연구가의 경지에 도달해—그 열정은 계속 남아 있다—고산대머리수리와 수염수리를 구분하고 줄무늬웃음지빠귀, 오렌지멋쟁이새, 타이틀러솔새, 그리고 그때 이미 멸종 위기에 있었으니 이제는 분명 존재하지 않을 카슈미르딱새를 알아볼 수 있었다. 다치감에서 지내다보면 결의가 흔들리는 것이 문제였다. 모든 것의 헛됨을 강조하는 곳이니까. 그곳에선 카슈미르의 진짜 주인은 그 생물체들인 것만 같은 기분이 들었다. 카슈미르를 두고 쟁탈전을 벌이는 우리—카슈미르인, 인도인, 파키스탄인, 중국인(그들도 카슈미르 한 조각을 갖고 있는데, 옛 잠무카슈미르왕국의 일부였던 아커싸이친 지역이다), 그렇게 따지면 파하디족, 구자르족, 도그라족, 파슈툰족, 신족, 라다키족, 발티족, 길기티족, 푸리키족, 와키족, 야슈쿤족, 티베트족, 몽골족, 타타르족, 몬족, 코와르족까지—중 그 누구도, 성자도 군인도 진정 천국 같은 그곳의 아름다움을 자신의 것이라고 주장할 권리가 없었다. 언젠가 나는 우리 정보국을 위해 모범적인 첩보 활동을 수행해온 젊은 카슈미르인 경찰관 임란에게 무심

* well-hung ghoul. '성기가 큰 악마'라는 뜻.

코 그런 말을 한 적이 있었다. 그는 이렇게 대답했다. "대단히 훌륭한 생각이십니다. 저도 똑같이 동물들에 대한 애정을 갖고 있습니다. 저는 심지어 인도를 여행할 때도 똑같은 생각을 합니다. 인도는 펀자브인, 비하르인, 구자라트인, 마드라스인, 이슬람교인, 시크교인, 힌두교인, 기독교인의 것이 아니라 저 아름다운 생물체들의 것이다—공작새, 코끼리, 호랑이, 곰……"

그는 아부하는 것처럼 보일 정도로 공손했지만, 나는 그의 말뜻을 알았다. 그때나 지금이나 자기편이라고 생각하는 사람들조차 믿을 수가 없다니 참으로 놀라운 일이다. 염병할 경찰조차도.

높은 산에는 벌써 눈이 내렸지만 아직 국경을 넘을 수는 있어서, 서른 개가량(거의 백 개 정도에서 줄어든)의 잔여 테러리스트 단체 소속 전사들—잘 속는 젊은 카슈미르인들과 살기등등한 파키스탄인들, 아프가니스탄인들, 심지어 일부 수단인들까지—로 이루어진 작은 파견대가 '통제선'*을 넘는 위험천만한 여정을 감행하고 있었다. 도중에 떼죽음을 당하면서도 말이다. 죽는다. 그건 불충분한 표현일 수도 있었다. 〈죽음의 묵시록〉의 그 멋진 대사가 뭐였지? "극단적인 편견을 동원해 끝장을 내라."** 우리 군인들이 통제선에서 받는 지시는 대략 그 비슷한 것이었다.

그게 아니면 다른 어떤 지시를 내려야 했겠는가? "그들의 어머니를 불러라?"

가까스로 통제선을 넘은 전사들도 카슈미르밸리에서 이 년, 기

---

* 인도령 카슈미르와 파키스탄령 카슈미르의 경계선.

** Terminate with Extreme Prejudice. 죽이라는 뜻의 완곡어법.

껏해야 삼 년 이상을 살아남기 힘들었다. 그들은 보안대에 잡히거나 살해되지 않으면 서로 학살했다. 우리는 그들을 그 길로 인도했다. 하지만 그때나 지금이나 그들에겐 큰 도움이 필요하지 않았다. 신자들은 총과 염주, 그리고 자살 매뉴얼을 들고 왔다.

어제 내 파키스탄인 친구가 이걸 보내줬는데, 휴대전화를 통해 돌고 있는 내용이라 독자들도 이미 보았을지 모르겠다.

> 나는 다리에서 뛰어내리려고 하는 남자를 보았다.
>
> "그러지 마세요!" 내가 말했다.
>
> "아무도 나를 사랑하지 않아요." 그가 말했다.
>
> "신께서 당신을 사랑하십니다. 신을 믿으십니까?" 내가 말했다.
>
> "예." 그가 말했다.
>
> "당신은 이슬람교인입니까, 비이슬람교인입니까?" 내가 물었다.
>
> "이슬람교인입니다." 그가 대답했다.
>
> "시아파인가요 수니파인가요?" 내가 물었다.
>
> "수니파입니다." 그가 대답했다.
>
> "나도요! 데오반드인가요, 바렐비인가요?" 내가 물었다.
>
> "바렐비요." 그가 대답했다.
>
> "나도요! 탄지흐인가요, 타프키르인가요?" 내가 물었다.
>
> "탄지흐예요." 그가 대답했다.
>
> "나도요! 탄지흐 아즈마트인가요, 탄지흐 파라트인가요?" 내가 물었다.
>
> "탄지흐 파라트요." 그가 대답했다.

"나도요! 탄지흐 파라트 자미아 울 울룸 아지메르인가요, 탄지흐 파라트 자미아 울 누르 메와트인가요?" 내가 물었다.

"탄지흐 파라트 자미아 울 누르 메와트예요." 그가 대답했다.

"죽어라, 카피르*!" 나는 그렇게 말하고 그를 다리에서 밀었다.

다행히도 그들 중엔 아직 유머 감각을 갖고 있는 이들이 있다.

그 천부적인 어리석음, 지하드**라는 관념은 파키스탄과 아프가니스탄에서 카슈미르로 침투했다. 우리에게 유리한 상황이 된 지 이십오 년이 지난 현재 시점에 카슈미르에는 '진정한' 이슬람 성전聖戰이 여덟에서 아홉 개 정도의 형태로 존재한다. 그 각각의 투쟁에 일군의 이슬람 율법학자들과 신학자들이 소속되어 있다. 그들 가운데 가장 과격한 이들—애국주의를 배격하고 거대한 이슬람 공동체를 지지하는 연설을 하는—일부가 사실 우리 직원들이다. 그중 한 명은 최근에 자신의 모스크 밖에서 자전거 폭탄이 터져 죽었다. 그를 대체할 사람을 구하기는 어렵지 않을 것이다. 카슈미르가 파키스탄이나 아프가니스탄과 같은 자기 파괴로 향하는 것을 막아주는 유일한 요인은 친숙하고 유익한 프티부르주아 자본주의다. 카슈미르인들은 독실한 신앙을 지녔으면서도 훌륭한 사업가들이다. 그리고 모든 사업가들은 결국 어떤 식으로든 현상황—혹은 우리가 '평화 과정'이라 부르는 것—과 이해관계를 갖고 있다. 덧

* '이교도'라는 뜻.

** 이슬람교를 지키기 위한 성스러운 전쟁.

붙여 말하자면, '평화 과정'은 평화 그 자체와는 전혀 다른 사업 기회를 의미한다.

국경을 넘어오는 사람들은 십대나 이십대 초반의 어린애들이었다. 한 세대 전체가 자살을 시도한 것이나 다름없었다. 1996년쯤 되자 국경을 넘어오는 사람들은 극소수로 줄었다. 하지만 우리는 그 흐름을 완전히 차단하지는 못했다. 우리는 그쪽 산악지대를 손바닥 들여다보듯 훤히 아는 구자르족 양치기들이 파견대를 이끌고 국경을 통과하는 동안 의도적으로 못 본 척해주는 '안전 통행권'이 일부 국경 경비 초소에서 판매되고 있다는 심란한 첩보를 받고 조사중이었다. 안전 통행권은 시장에 나와 있는 물건들 중 하나에 불과했다. 경유, 알코올, 총알, 수류탄, 군 배급품, 가시철조망, 목재도 판매되었다. 숲이 몽땅 사라져가고 있었다. 군부대 안에 제재소가 세워졌다. 카슈미르인 노동자들과 목수들이 강제 노동에 동원되었다. 날마다 잠무에서 카슈미르로 군수품을 실어오는 호송대 트럭들이 조각 장식이 있는 호두나무 가구를 가득 싣고 돌아갔다. 우리는 세계 최고의 장비를 갖춘 군대는 아닐지라도 최고 가구를 갖춘—신조어를 만들어본다면—군대를 갖고 있음은 분명했다. 하지만 그 누가 승전군에게 간섭하겠는가?

다치감 주변 산지는 상대적으로 조용했다. 그럼에도 그곳에는 준군사 조직 경계부대가 상주하고 있었을뿐더러, 주지사가 방문할 때마다 그의 무장 호송대가 지나게 될 경로가 내려다보이는 언덕을 확보하기 위해 지역 통제 순찰대가 하루 전에 움직였고, 지뢰 방호 장갑차들이 지뢰를 찾기 위해 도로를 점검했다. 공원은 지역 주민들의 출입이 영구적으로 금지되었다. 게스트하우스의 안전을 위해 백 명 이상의 경비 인력이 지붕과 감시탑에, 그리고 게스트하우스를 동심원 형태로 겹겹이 둘러싸며 숲속 1킬로미터 지점까지 배치되었다. 우리가 카슈미르에서 상관에게 조금 신선한 생선을 바치기 위해 얼마나 애를 쓰는지 이야기해주면 그걸 믿는 인도 사람들이 많지 않을 것이다.

그날 밤 나는 주지사의 아침 브리핑을 위한 일간 보고서를 마무리하느라 늦게까지 깨어 있었다. 볼륨을 낮춰놓은 내 낡은 소니 플레이어에서 라술란 바이가 차이티 〈야힌 타이얀 모티야 히라이 가엘리 라마〉를 부르고 있었다. 케사르 바이가 우리의 가장 뛰어난 힌두스탄 여성 가수인 건 의심할 바 없는 사실이었지만, 가장 에로틱한 가수는 단연코 라술란이었다. 그녀는 발리우드 사운드트랙을 통해 우리의 집단 상상력을 지배하게 된, 영원히 사춘기에 머무는 소녀 같은 고음과는 완전히 다른 굵직하고 걸걸한 남성적 목소리를 갖고 있었다. (힌두스탄 고전음악에 조예가 깊은 내 아버지는 라술란을 불경하게 여겼다. 그 문제는 우리 사이에 극복되지 못한 여러 차이점 중 하나로 남았다.) 나는 라술란이 다급히 사랑을 나누다가 진주 목걸이가 끊어지는 상황을 노래하며, 침실 바닥 위를 빠르게 굴러가는 진주알들을 나른한 음성으로 따라가는 대목에서 그 장면이 생생히 그려졌다. (아, 그렇다, 무슬림 매춘부가 뇌리를 떠나지 않는 목소리로 힌두 신을 부를 수 있었던 때가 있었다.*)

그날 아침 도시에는 심각한 문제가 있었다. 정부에서 몇 개월 내

* 가사에 진주알을 찾게 도와달라고 람신에게 비는 구절이 있다.

로 선거를 실시하겠다고 발표한 것이다. 거의 구 년 만의 선거였다. 이슬람 무장 조직들은 보이콧을 선언했다. 당시에는 (투표소 앞에 길게 늘어선 줄을 관리하기가 어려울 정도인 요즘과는 달리) 우리 측의 진지한 설득 없이는 사람들이 투표를 하러 나오지 않을 게 분명했다. 명예로운 어리석음에 찬 '자유' 언론이 등장할 터라 우리는 신중해야 했다. 우리의 에이스는 집단 투항한 기회주의적 과격 단체이자 우리가 반란 진압 병력으로 이용하는 이크완-울-무슬리문, 무슬림형제단이 될 터였다. 이 집단은 떼 지어 투항(카슈미르인들은 '실린더'*라고 불렀다)하기 시작한 다른 해체된 단체의 구성원들이 합류하면서 인원이 늘었다. 우리는 그들을 재정비하고 재무장시킨 후 다시 싸움에 내보냈다. 무슬림형제단은 거친 사내들로, 대부분이 이득을 노리고 투쟁에 참여한 약탈자와 잡범들이었으며 상황이 악화되자 제일 먼저 '실린더'했다. 그들은 우리로선 꿈도 꾸지 못할 지역 기밀에 접근할 수 있었고, 일단 전향하자 우리 정규군의 권한 밖에 있는 작전들을 수행할 수 있는 모호한 신분이라는 강점을 지녔다. 그들은 처음엔 귀중한 자산으로 판명되었으나, 시간이 지나면서 점점 통제하기가 힘들어졌다. 그들 중 가장 두려움을 불러일으키는 존재는 지역에서 파파라는 이름으로 알려진 '마왕'으로 과거엔 한낱 공장 경비원에 지나지 않았던 인물이었다. 그는 무슬림형제단에서 걸출한 이력을 쌓으면서 수십 명의 사람들을 죽였다. (이제 그 수는 백세 명에 이르는 듯하다.) 그가 유발한 공포는 처음엔 우리에게 유리하게 작용했으나, 1996년쯤 되

* 'surrender(투항)'를 'cylinder'라고 발음한 것.

자 그는 쓸모가 없어졌고 우리는 그를 저지할 궁리를 하기 시작했다. (그는 지금 감옥에 있다.) 그해 3월, 파파는 우리 지시도 받지 않고 한 우르두어 일간지—무책임한 신문이었음을 밝혀둬야겠다—의 유명 편집장을 살해했다. (사망자 수를 과장하고 사실을 왜곡하는 무책임한 극렬 반反인도 일간지들도 나름의 쓸모가 있었다—그들은 전반적인 지역 언론의 기반을 약화시켜 우리가 그들 모두에게 같은 오명을 씌우기 쉽게 만들어줬다. 솔직히 말하면 우리는 그들 일부에게 자금까지 대줬다.) 5월에 파파는 풀와마에 있는 공동묘지에 울타리를 치고 그곳이 자신의 조상 소유라고 주장했다. 그리고 어느 국경 마을에서 많은 사랑을 받고 있던 학교 교사를 죽인 후 IED*가 묻힌 위험지대에 시체를 던졌다. 그래서 시신을 수습할 수도, 장례 기도를 올릴 수도 없었고, 고인의 학생들은 스승의 시신이 솔개와 독수리에게 뜯기는 걸 지켜봐야 했다.

파파가 얻은 이득에 감탄한 다른 무슬림형제단원들이 그를 모범으로 삼기 시작했다.

그날 아침 무슬림형제단 한 무리가 스리나가르 도심에 있는 보안 장벽에서 카슈미르인 노부부의 앞길을 막았다. 노인이 지갑을 넘기려 하지 않자, 그들은 노인을 납치해 차를 몰고 떠났다. 사람들이 모여서 무슬림형제단이 국경수비대와 함께 쓰는 막사까지 쫓아갔다. 노인은 막사 바로 앞에서 집시** 밖으로 내던져졌다. 일단 막사 안으로 들어가자 형제단은—뭐라고 말해야 할까—완전히

---

* Improvised Explosive Device. 급조폭발물.

** 인도 자동차 제조업체 마루티스즈키에서 나온 SUV 상표명.

실성을 했다. 그들은 담장 밖으로 수류탄을 던진 뒤 사람들을 향해 기관총을 갈겼다. 소년 한 명이 죽고 여남은 명이 다쳤으며 그중 절반이 중상을 입었다. 그런 다음 형제단은 경찰서로 가서 경찰을 위협해 신고가 접수되지 못하도록 막았다. 오후에는 죽은 소년의 장례 행렬을 기습해 관을 들고 달아났다. 시신이 없어졌기에 살인죄 기소가 불가능했다. 저녁때쯤 되자 대중의 시위가 격렬해졌다. 경찰서 세 곳이 불탔다. 보안대원들이 시위대를 향해 발포해 열네 명 이상이 더 죽었다. 큰 도시들—소포레, 바라물라, 그리고 물론 스리나가르—에는 전부 통행금지령이 선포되었다.

나는 전화벨이 울리고 주지사 보좌관이 전화 받는 소리를 들었을 때, 사태가 감당할 수 없을 정도로 심각해져서 새로운 명령을 요청하기 위해 연락을 한 모양이라고 생각했다. 그런데 그게 아니었다.

발신인은 시라즈 영화관 건물에서 운영중인 합동심문센터에서 전화를 걸었다고 했다.

그건 알려진 것과 다르다. 우리는 영업중인 영화관을 폐쇄하고 심문센터로 개조한 게 아니었다. 시라즈는 몇 년 전 알라 타이거스라고 불리는 단체에 의해 폐쇄되었다. 그 단체는 영화관과 술집이 비이슬람적이고 '인도의 문화적 침략의 수단'이라며 전부 폐쇄하라고 명했다. 그 성명서에 서명한 사람이 공군 중장 누르 칸이었다. 알라 타이거스는 온 도시에 위협적인 벽보를 붙이고 술집들에 폭탄을 설치했다. 마침내 공군 중장이 체포되었는데, 알고 보니 그는 외진 산골 마을 출신으로 까막눈을 겨우 면한 농부였으며, 비행기는 평생 구경조차 못해봤을 사람이었다. 나는 감옥에 갇힌 그와 다른 고위급 이슬람 전사 몇 명을 전향시킬 목적으로 파견된 심문팀에 하급자로 참여한 경험이 있었다(스리나가르에 배치되기 전의 일이었다). 그는 우리의 질문에 구호로 답했는데 집회에서 대중을 향해 말하듯 큰 소리로 외쳤다. 지스 카슈미르 코 쿤 세 신차, 워 카슈미르 하마라 하이! 우리가 우리의 피로 생명을 불어넣은 카슈미르, 그 카슈미르는 우리의 것이다! 그는 알라 타이거스의 구호를 외치기도 했다. 라 샤라케야 와 라 가라베야, 이슬라미아, 이슬라미아! 대략 이런 뜻이었다. 동東도 서西도 아니다, 이슬람이 최고다!

공군 중장은 용감한 사람이었고, 나는 그의 확고하고 순진한 열정이 거의 부럽기까지 했다. 그는 카르고*를 거친 후에도 과거를 뉘우치지 않았다. 그는 장기간 복역 후 지금은 출소했다. 우리는 아직도 그를, 그리고 그와 같은 인물들을 감시하고 있다. 그는 말썽 없이 지내는 듯하다. 그는 스리나가르의 지방법원 앞에서 인지를 팔아 근근이 산다. 정신이 온전치 못하다는 말을 들었는데 사실 확인은 할 수 없다. 카르고는 매우 거친 곳일 수 있다.

전화를 받은 보좌관이 내게 전하기를, 발신인은 자신이 암리크 싱 소령이라고 밝히고 나를 바꿔달라고 했는데 이례적으로 내 직함만이 아니라 이름까지—인디아 브라보(카슈미르에서 정보국의 무선 암호), 부지부장, 비플랍 다스굽타—댔다고 했다.

나는 소령을 개인적으로 알지는 못했으나—그를 본 적도 없었

* 스리나가르의 악명 높은 수용소.

다—명성은 들어 알고 있었다. 그는 풀숲에서 뱀을 찾아내듯 민간인들 사이에 숨은 이슬람 전사를 찾아내는 데 도사여서 '색출꾼' 암리크 싱으로 알려져 있었다. (이제 그는 유명해졌다. 사후에. 최근에 자살했다—아내와 어린 세 아들을 죽인 후 자기 머리에 총알을 박았다. 유감스럽다는 말은 못하겠다. 그의 아내와 아이들은 안됐지만 말이다.) 암리크 싱 소령은 상한 사과* 같은 존재였다. 아니, 더 정확하게 말하자면 부패한 사과 같은 존재였다. 그리고 한밤중에 내게 전화를 걸어왔을 때, 그는 부패한 폭풍의 중심에 있었다. 내가 스리나가르에 도착한 1995년 1월로부터 두어 달 지난 시점에 암리크 싱은, 필시 명령에 따라, 검문소에서 유명 변호사이자 인권운동가인 잘리브 카드리를 체포했다. 카드리는 뉘앙스라는 게 무엇인지를 모르는 성가시고 무모하고 불쾌한 인물이었다. 체포되던 날 밤 그는 델리를 거쳐 오슬로로 가서 국제인권회의에서 증언을 할 예정이었다. 그를 체포한 건 그런 어리석은 서커스를 미연에 방지하기 위한 목적밖에 없었다. 암리크 싱은 카드리의 아내가 함께 있는 자리에서 공개적으로 그를 체포했으나, 그 체포는 공식적으로 기록되지 않았고 그건 드문 일이 아니었다. 그런데 카드리의 '납치'에 대한 항의가 일었고, 우리의 예상보다 훨씬 심각해서 며칠 후 우리는 그를 풀어주는 게 신중한 처사라고 생각하게 되었다. 하지만 어디에서도 그를 찾을 수가 없었다. 대중의 원성이 거세졌다. 우리는 조사 위원회를 발족시켜 대중을 진정시키려 했다. 며칠 후 잘리브 카드리의 시신이 자루에 담겨 젤룸강을 따라 떠내려왔

* bad apple. 주변 사람들에게 악영향을 미치는 사람을 일컫는 관용적 표현.

다. 시신은 두개골이 함몰되고 눈알이 도려내지는 등 참혹한 상태였다. 카슈미르의 기준으로도 그건 좀 지나쳤다. 대중의 분노가—당연히도—하늘을 찔러 지역 경찰에 사건 접수가 허용되었다. 사건의 전말을 조사할 고위급 위원회가 만들어졌다. 납치 목격자들, 부대에서 카드리가 암리크 싱의 관리하에 구금되어 있는 걸 본 사람들, 둘이 언쟁을 벌이다 암리크 싱이 격노하는 걸 목격한 사람들이 진술서를 제출하겠다고 나섰고 그건 희귀한 일이었다. 대부분이 무슬림형제단 소속인 암리크 싱의 공범들까지도 기꺼이 공범 증인이 되어 법정에서 그에게 불리한 증언을 하겠다고 했다. 하지만 그들이 한 사람씩 시체로 발견되기 시작했다. 들판에서, 숲에서, 도로변에서…… 암리크 싱은 그들 모두를 죽였다. 군과 행정부는 최소한 무언가 하는 시늉을 해야 했지만 진짜로 그에게 해가 되는 조치를 취할 수는 없었다. 그는 너무 많은 걸 알고 있었고, 만일 자신이 침몰한다면 최대한 많은 사람들을 함께 끌고 내려가겠다는 의사를 분명히 했기 때문이었다. 그는 구석에 몰려 있었고 위험했다. 그를 나라 밖으로 내보내 어딘가에서 망명생활을 하게 해주는 것이 최선이라는 결론이 내려졌다. 그리고 결국 그렇게 되었다. 하지만 그 일은 즉시 이루어질 수가 없었다. 그가 스포트라이트를 받고 있는 동안에는 불가능했다. 냉각기가 필요했다. 첫 단계로 그를 작전 현장에서 물리고 내근을 보게 했다. 시라즈 합동심문센터에서. 그곳에서라면 문제가 생기지 않을 테니까. 우리 생각엔 그랬다.

바로 그 사람이 내게 전화를 걸어온 것이었다. 내가 그와의 통화를 간절히 원했다고는 말 못하겠다. 그런 전염병 같은 존재는 격리

하는 게 최선이다.

전화를 받았을 때 그의 목소리는 격앙되어 있었다. 말이 하도 빨라서 나는 한참이 지나서야 그가 펀자브어가 아닌 영어를 쓰고 있음을 깨달았다. 그는 한 선상가옥에 대한 대대적인 봉쇄 수색 작전을 벌인 결과 A급 테러리스트인 공포의 이슬람 무장 단체 히즈브-울-무자히딘의 지도자 굴레즈 대장을 포로로 잡았다고 했다.

그곳은 카슈미르였다. 분리주의자들은 구호로, 우리 쪽 사람들은 언론 보도문으로 말했기에 우리의 봉쇄 수색 작전은 늘 '대대적'이었고, 우리가 체포한 인물은 모두 '공포의' 대상이었으며, 'A급'에 미치지 못하는 경우가 드물었고, 생포한 자들로부터 무기를 회수하는 건 어김없이 '전쟁' 같았다. 그건 놀랄 일이 아닌 것이 이 각각의 형용사에는 그에 상응하는 보상이 따랐다—포상금, 인사 서류상의 명예로운 기록, 무공훈장, 승진 같은 것들. 그래서 그 정보는 내 심장을 고동치게 만들지 못했다.

그는 그 테러리스트가 도망치려다 사살되었다고 말했다. 그것 역시 내 마음에 크게 와닿지 않았다. 좋은 날에는—관점에 따라 나쁜 날이라고도 할 수 있겠지만—그런 일이 하루에 몇 건씩 발생하니까. 그렇다면 그건 너무도 일상적인 일인데 한밤중에 내게 전화를 건 이유가 무엇일까? 그의 열의가 내 부서 혹은 나와 무슨 상관이 있단 말인가?

한 '레이디스'*가 굴레즈와 함께 잡혔다고 그가 말했다. 그녀는 카슈미르인이 아니라는 것이었다.

* '숙녀' '여성'을 뜻하는 lady를 복수형인 ladies로 잘못 사용한 것.

그건 이례적이었다. 사실, 전례가 없는 일이었다.

그 '레이디스'는 심문을 위해 ACP* 핑키에게 넘겨졌다고 했다.

우리 모두 안색이 복숭앗빛이고 검은 머리를 길게 땋아 목덜미에 둘둘 말아올리고 그 위에 모자를 쓰고 다니는 핑키 소드히 경정을 알았다. 그녀는 소포레에서 아침 조깅을 하다가 이슬람 전사들이 쏜 총에 맞아 사망한 고위급 경찰관 발비르 싱 소드히와 쌍둥이 남매였다. (고위급 경찰이 혼자 조깅을 하는 건 어리석은 짓이며 주민들에게 '사랑받고' 있다고 자부하는 경찰이라도 마찬가지였다. 결국 그것도 그의 착각으로 밝혀졌지만 말이다.) ACP 핑키는 쌍둥이의 죽음에 대한 보상 차원에서 특별 배려로 CRPF—중앙예비경찰Central Reserve Police Force—에서 일할 수 있게 되었다. 그녀가 제복을 입지 않은 모습을 본 사람은 아무도 없었다. 그녀는 빼어난 미모에도 불구하고 종종 자신의 권한을 넘어서는 잔혹한 심문관이 되었는데, 그건 그녀가 자신에게 악귀처럼 붙어 있는 나쁜 기억을 몰아내고 있었기 때문이었다. 그녀는 암리크 싱과 같은 부류는 아니었다. 그래도 그녀 손에 들어간 카슈미르인들에게 신의 가호가 있기를. 그녀의 손에 들어가지 않은 사람들로 말할 것 같으면, 많은 이들이 그녀에게 보낼 연애시를 쓰고 심지어 청혼까지 하느라 바빴다. ACP 핑키의 매력은 그 정도로 치명적이었다.

그들에게 체포된 '레이디스'는 이름을 밝히기를 거부했다고 했다. 나는 그 생포된 '레이디스'가 카슈미르인이 아니라서, ACP 핑키가 얼마간의 자제력을 발휘해 자신을 다 보여주지는 않은 모양

---

* Assistant Commandant of Police. 경정 정도에 해당하는 경찰 계급.

이라고 생각했다. 핑키가 본모습을 보였더라면 레이디스건 젠츠*건 모든 걸 털어놓지 않고는 못 배겼을 테니까. 어쨌거나, 나는 조바심이 나기 시작했다. 그 일이 나와 무슨 관계가 있는 건지 여전히 알 수가 없었으니까.

마침내 암리크 싱이 본론으로 들어갔다. 그는 심문 과정에서 내 이름이 나왔다고 했다. 그 여자가 내게 메시지를 전해달라고 했다는 것이었다. 암리크 싱은 자신으로선 그 메시지의 의미를 알 수 없지만, 그 여자가 나는 알 거라고 했다고 전했다. 그가 수화기에 대고 그 메시지를 한 글자씩 또박또박 읽었다.

G-A-R-S-O-N H-O-B-A-R-T**

아직도 흩어진 진주알들을 찾고 있는 라술란의 노랫소리가 내 머릿속에 가득 울려퍼졌다. 카한 바에카 둔둔 레? 둔다트 둔다트 바우라 가엘리 라마……

가슨 호바트는 분명 무장 조직의 공격이나 무기 배송의 수령 확인을 위한 비밀 암호처럼 들렸을 것이다. 수화기 건너편의 짐승 같은 미치광이가 내 설명을 기다리고 있었다. 나는 어떻게 설명을 시작해야 할지조차 생각이 나지 않았다.

굴레즈 대장이 무사와 관계가 있는 걸까? 혹시 그가 무사였을까? 나는 스리나가르로 옮긴 후 몇 번 무사에게 연락을 취하려 했다. 그의 가족에게 일어난 일에 대해 애도를 표하고 싶었다. 하지

---

* Gents. '신사들'이라는 뜻.

** 가슨 호바트.

만 끝내 그와 연락이 닿지 않았고, 당시에 그건 한 가지를 의미했다. 그가 지하조직에 몸담고 있다는 것.

무사가 아니면 틸로가 누구와 함께 있었겠는가? 그들이 틸로 앞에서 무사를 죽였을까? 오 세상에.

나는 암리크 싱에게 최대한 퉁명스럽게 다시 전화하겠다고 말했다.

나의 첫번째 본능적 반응은 사랑했던 여자와 나 사이에 최대한 거리를 두는 것이었다. 그건 겁쟁이 짓이었을까? 그렇다 해도, 나는 적어도 솔직한 겁쟁이다.

설사 내가 그녀에게 가고 싶었다 해도 그건 불가능한 일이었다. 나는 한밤중에 정글 한가운데에 있었다. 정글에서 나간다는 건 사이렌과 경보, 적어도 지프 넉 대와 장갑차 한 대를 의미했다. 아무리 적게 잡아도 열여섯 명은 데리고 나가야 했다. 그게 최소한의 의전이었다. 그런 식의 서커스는 틸로에게 도움이 되지 않을 터였다. 나에게도. 그리고 상상도 할 수 없는 결과를 초래할 수 있는 방식으로 주지사의 안전을 위태롭게 할 터였다. 그건 나를 유인하기 위한 미끼일 수도 있었다. 어쨌거나 무사도 가슨 호바트에 대해 알고 있었으니까. 그건 피해망상적 사고였으나 당시엔 신중함과 피해망상 사이에 큰 차이가 없었다.

선택의 여지가 없었다. 나는 아두스호텔에 전화를 걸어 나가를 바꿔달라고 했다. 다행히 그는 그곳에 있었다. 그는 즉시 시라즈로 가겠다고 했다. 그가 걱정스러워하며 발 벗고 나서서 도우려고 할 수록 점점 더 짜증이 났다. 그가 내가 제안하는 역할에 동화되어가는 것이, 자신이 가장 좋아하는 일—주목받는 것—을 할 기회를 두 손으로 움켜잡는 것이 문자 그대로 귀에 들리는 듯했다. 그의 열성은 나를 안심시켜주는 동시에 분노하게 만들었다.

나는 암리크 싱에게 전화를 걸어 나가라지 하리하란이라는 기자가 찾아갈 거라고 말했다. 우리 쪽 사람이라고. 그 여자에게 특별한 혐의점이 없으면 즉시 풀어주고 그 기자에게 넘기라고 했다.

몇 시간 후 나가가 전화를 걸어 틸로가 아두스호텔의 자기 옆방에 있다고 말했다. 나는 아침 비행기로 그녀를 델리에 보내는 게 좋겠다고 했다.

"틸로는 화물이 아니야, 다스-구스. 굴레즈 대장의 장례식에 가겠대. 그게 누군지는 몰라도." 그가 말했다.

다스-구스. 그는 대학 때 이후로 나를 그렇게 부른 적이 없었다. 그가 극단적 과격파였던 대학 시절에 그는 내 이름 비플랍 다스굽타를 '비플랍 다스-구스-다'(무슨 이유에서인지 늘 독일어 억양으로)라고 조롱하듯 부르곤 했다. 혁명적 형제 구스*.

나는 할아버지 이름을 따서 내 이름을 비플랍이라고 지은 부모님을 도저히 용서할 수가 없다. 시대가 변했다. 내가 태어났을 땐 이미 영국이 떠난 후라 인도는 자유국가였다. 그런데 어떻게 아기 이름을 '혁명'이라고 지을 수 있단 말인가? 그런 이름을 가지고 어떻게 한평생을 살아간단 말인가? 나는 한때 싯다르타나 가우타마

* Goose. 거위.

같은 조금은 더 평화적인 이름으로 개명할 궁리까지 했었다. 하지만 나가 같은 친구를 둔 이상 그 이름에 대한 이야기가 고양이 꼬리에 달린 깡통처럼 내 뒤를 요란하게 따라다닐 게 뻔해서 개명을 포기했다. 그래서 나는 자칭 '인도 정부'라는 기관의 은밀한 심장부 가장 안쪽 방에 비플랍으로 존재하고 있었다—그건 지금도 마찬가지다.

"그게 무사였나?" 내가 나가에게 물었다.

"틸로가 말을 안 해줘. 하지만 무사가 아니면 누구였겠어?"

월요일 아침이 되자 주말 사망자 수는 열아홉 명으로 증가했다. 시위대를 향한 발포로 사망한 열네 명, 무슬림형제단이 쏜 소년, 무사인지 굴레즈 대장인지 뭔지 하는 인물, 그리고 간데르발 총격전에서 사망한 이슬람 전사 세 명을 합한 숫자였다. 조문객 수십만 명이 모여들어 관 열아홉 개(시신을 도둑맞은 소년의 빈 관을 포함해)를 어깨에 메고 순교자들의 묘지로 향했다.

주지사 관저에서 전화를 걸어와 다음날까지는 도시로 돌아오지 않는 게 좋겠다고 권고했다. 오후에 내 비서에게 전화가 왔다.

"부지부장님, 순 리지예, 들어보세요……"

나는 다치감 포리스트 게스트하우스 베란다에 앉아 새들과 귀뚜라미 노랫소리 너머로, 자유를 부르짖는 수십만 이상의 목소리가 만들어내는 함성의 메아리를 들을 수 있었다. 아자디*! 아자디! 아자디! 함성은 계속 이어졌다. 수화기를 통해 듣고 있어도 겁이 났

* '자유' 혹은 '독립'이라는 뜻.

다. 중장이 감방 안에서 외치는 구호를 듣는 것과는 완전히 달랐다. 도시가 단 한 쌍의 폐로 호흡하며, 그 절박하고 비통한 외침으로 목구멍처럼 부풀어오르는 듯했다. 나는 이미 다른 지방들에서 무수한 시위를 목격했고 구호를 외치는 함성도 지긋지긋하게 많이 들었다. 하지만 그건 달랐다. 그건 카슈미르의 함성이었다. 정치적 요구 이상의 것이었다. 찬가이자 성가였고, 기도였다. 아이러니한 건 카슈미르인 네 명을 한방에 넣어놓고 아자디가 정확히 무슨 뜻인지 명시하라고, 그 이념적, 지리적 윤곽을 정확히 그려보라고 하면 결국 그들이 서로의 목을 따는 상황이—그때든 지금이든—연출되리란 점이다. 그러나 그걸 불명료함이라고 결론 내린다면 잘못이 될 터였다. 그들의 문제는 불명료함이 아니었다. 정말로. 그건 현대 지정학의 언어 바깥에 존재하는 끔찍한 명료함에 가까웠다. 분쟁의 각 진영에 속한 모든 주역들은, 특히 우리는, 이 단층선을 무자비하게 이용했다. 이 단층선은 완벽한 전쟁—결코 승리하거나 패할 수 없는 전쟁, 끝이 없는 전쟁—에 제격이었다.

그날 아침 내가 수화기를 통해 들은 함성은 농축되고 증류된 열정이었다—그리고 열정이 대개 그러하듯 맹목적이고 무익했다. 열정은 최고조에 달해 있는 동안(다행히 오래 지속되지는 못했지만) 역사와 지리, 이성과 정치의 조직을 뚫고 나아갈 힘을 가지고 있었다. 우리 중 가장 냉담한 사람조차 도대체 우리가 카슈미르에서 무얼 하고 있는지, 우리를 이토록 본능적으로 증오하는 사람들을 통치하는 게 무슨 의미가 있는지 잠시나마 의문에 젖게 만들었다.

이른바 '순교자들의 장례식'은 늘 신경전의 양상을 보였다. 경찰과 보안대는 경계 태세를 유지하되 대중의 눈에 띄지 말라는 지시를 받았다. 그건 우리가 쓰라린 경험을 통해 배운 바대로, 그런 상황에서는 감정이 격해져 충돌이 발생하면 반드시 또다른 대학살로 이어지기 마련이기 때문만은 아니었다. 대중에게 이따금 감정을 분출하고 구호를 외치도록 허용하면, 그들의 분노가 쌓여 통제 불가능한 격분의 절벽을 이루는 걸 방지할 수 있으리라는 생각에서였다. 사반세기 넘게 이어져온 카슈미르 분쟁에서 아직까지는 그게 효과가 있었다. 카슈미르인들은 애도하고 울고 구호를 외쳤지만 결국은 늘 집으로 돌아갔다. 그리고 세월과 함께 그게 하나의 습관으로, 예측 가능하고 용인되는 하나의 사이클로 굳어가면서 그들은 서서히 자신들에 대한, 자신들의 갑작스러운 열정과 쉬운 굴복에 대한 불신과 경멸을 품게 되었다. 그건 우리에게 주어진, 계획에 없던 이득이었다.

그럼에도 불구하고 백만의 절반에 가까운, 가끔은 백만에 이르기도 하는 군중이 거리로 쏟아져나와 시위를 벌이도록 허용하는 건, 내란중에는 말할 것도 없고, 그 어떤 상황에서든 위험한 도박이었다.

이튿날 아침, 거리가 안전해지자 우리는 도시로 돌아갔다. 나는 곧장 아두스호텔로 차를 몰고 갔지만 틸로와 나가는 체크아웃을 한 뒤였다. 나가는 한동안 스리나가르로 돌아오지 않았다. 휴가를 냈다는 것이었다.

몇 주 후, 나는 그들의 결혼식 청첩장을 받았다. 물론 나는 갔다. 어떻게 안 갈 수 있겠는가? 나는 그 기만적인 희극에 책임감을 느꼈다. 틸로에게 결코 정직하지 않았을 남자의 품으로 그녀를 보냈으니까. 나는 그녀가 자신의 예비 신랑과 정보국의 관계에 대한 비밀을 알았으리라고 생각하지 않았다. 그녀는 운동권 언론인, 정의 추구자, 그녀가 사랑한 남자를 죽인 지배층의 골칫거리와 결혼한다고 생각했을 터였다. 나는 그 기만에 화가 났지만 물론 내가 나서서 그녀의 그런 착각을 바로잡아줄 순 없는 노릇이었다.

피로연은 나가의 부모님이 사는 외교관 거주지의 흰 아르데코 양식 저택에 딸린, 달빛 비치는 잔디밭에서 열렸다. 요즘 유행하는 지나치게 호화로운 피로연과는 사뭇 다른 작고 우아한 행사였다. 나가의 어머니와 누나가 백합, 장미, 폭포수 모양의 재스민 꽃줄로 구성된 흰 꽃들을 가장 예술적인 방식으로 곳곳에 장식해놓았는데, 그 두 사람은 행복해 보이지 않았고 행복한 척 애쓰지도 않았다. 진입로와 꽃밭에는 점토 램프가 늘어서 있었다. 나무에는 일본식 등이 걸려 있고 나뭇가지에 꼬마전구가 감겨 있었다. 놋쇠 단추와 빨간색과 금색으로 된 허리띠가 달린 제복을 입고 빳빳이 풀을 먹인 흰색 터번을 쓴 구식 하인들이 음식과 음료가 담긴 쟁반을 들고 이리저리 뛰어다녔다. 향수와 담배 냄새를 풍기는, 털이 텁수룩한 개들의 무리가 마치 요란하게 짖어대는 모터 달린 막대 걸레 군단처럼 손님들 사이에서 날뛰었다.

흰 천을 깐 무대 위에서, 바르메르에서 온 밴드가 흰 도티와 쿠르타, 밝은 날염 터번 차림으로 우리를 라자스탄 사막에 데려가주었다. 이런 결혼식에 이슬람 민속음악가들을 부르는 건 특이한 일이었다. 하지만 내 친구 나가는 절충주의자였고, 사막 여행을 갔다가 그들을 알게 됐다. 그들은 뛰어난 공연자들이었다. 그들의 투박하면서도 잊을 수 없는 음악은 도시의 하늘을 활짝 열고 별들의 먼지를 떨어냈다. 그들 중 최고인 분가르 칸이 우기의 도래에 대해 노래했다. 그의 격렬하고 높은, 거의 여자 목소리에 가까운 음성이 비를 갈망하는 메마른 사막에 관한 노래를 연인이 돌아오기를 염원하는 여자의 노래로 바꾸어놓았다. 틸로의 결혼식에 대한 나의 기억은 늘 그 노래로 물들어 있다.

나는 틸로의 방 테라스에서 그녀와 마리화나를 나눠 핀 이후로 십여 년 만에 처음 그녀를 만난 것이었다. 그녀는 내가 기억하는 모습보다 더 야위어 보였다. 목 아래에서 쇄골이 날개처럼 튀어나와 있었다. 거미줄처럼 가볍고 고운 사리는 석양 색깔이었다. 머리는 가려져 있었지만 속이 다 비칠 정도로 얇은 천 아래로 매끄러운 두개골 모양이 보였다. 그녀는 대머리거나 그에 가까웠다. 그녀의 머리칼은 벨벳처럼 부드러운 그루터기였다. 내게 처음 떠오른 생각은 그녀가 몸이 아팠고, 머리칼이 다 빠지도록 만든 항암 치료나 다른 무시무시한 고통에서 회복중이리라는 것이었다. 하지만 그녀의 무성하리만큼 숱 많은 눈썹과 속눈썹이 그런 억측을 잠재웠다. 그녀는 확실히 병을 앓고 있거나 몸이 안 좋아 보이진 않았다. 화장을 전혀 안 한 맨얼굴이었고 카잘*도, 빈디**도, 손과 발에 헤나 문신도 없었다. 그녀는 진짜 신부가 옷을 입는 동안 잠시 그 자리에 서 있는 신부 대역처럼 보였다. 쓸쓸하다, 그녀를 묘사하라면 그 말을 써야 할 것이다. 그녀는 자신의 결혼식에서조차 아무도 도달

---

* 인도 여자들이 눈가에 바르는 일종의 아이라이너.

** 이마에 찍는 작은 점.

할 수 없는 곳에 홀로 있는 듯한, 지극히 고독한 인상을 주었다. 과거의 태평함은 찾아볼 수 없었다.

내가 다가가자 그녀는 나를 똑바로 쳐다봤지만, 그녀 아닌 다른 사람이 그녀의 눈을 통해 나를 보고 있는 것만 같았다. 분노를 예상했으나 내가 맞닥뜨린 건 공허함이었다. 내 상상에 불과할지는 몰라도, 그녀가 내 시선을 받을 때 그녀의 몸에 전율이 스친 듯했다. 나는 구천번째로 그녀의 아름다운 입술에 감탄했다. 그 입술이 움직이는 모습에 시선이 고정되었다. 그녀의 입술이 말과 그 말에 수반되는 목소리를 만들어내기 위해 애를 쓰는 것이 거의 눈에 보일 지경이었다.

"그냥 머리를 자른 거야."

그렇게 머리를 자른 건—밀어버린 건—ACP 핑키 소드히의 아이디어가 분명했다. 여성 경찰로서 핑키 소드히가 반역죄—그녀의 쌍둥이 남매를 죽인 적과 동침한 것—에 대해 내린 처방. 그녀는 단순한 걸 좋아했다.

나는 그렇게 불안해하고 걱정스러워하는 나가를 본 적이 없었다. 그는 저녁 내내 틸로의 손을 놓지 않았다. 무사의 유령이 그들 사이에 쐐기처럼 박혀 있었다. 나는 무사의 모습이 거의 보이는 듯했다—작고 단단한 몸과 깨진 앞니가 드러나는 미소와 조용한 분위기가. 마치 세 사람이 결혼하는 것 같았다.

그리고 종내는 그렇게 되었을 것이다.

나가의 어머니는 잔디밭 건너편의 나에게까지 향수 냄새를 풍기는 우아한 귀부인 무리의 중심에 있었다. 미라 아주머니는 마디아프라데시에 있는 작은 공국 중 하나의 왕족 출신이었다. 그녀는 왕족이었던 남편이 급성 폐암으로 결혼 삼 개월 만에 세상을 떠나면서 십대에 미망인이 되었다. 그녀의 부모님은 딸을 어떻게 해야 할지 몰라 영국에 있는 신부학교에 보냈고, 그녀는 그 학교에 다니던 중 런던의 한 파티에서 나가의 아버지를 만났다. 왕국 없는 여왕에게 점잖은 외교관의 아내보다 좋은 자리는 없었다. 그녀는 완벽한 안주인이 되었다—어릴 적에 가정교사를 통해 습득하고 신부학교에서 완성한 영국 상류층의 영어 악센트를 지닌 현대 인도 여왕. 그녀는 시폰 사리와 진주를 걸치고 늘 라지푸트 왕족의 방식으로 머리에 팔루*를 썼다. 그녀는 새로 맞이한 며느리의 끔찍한 얼굴색이 가져다준 충격을 감추려 애쓰고 있었다. 그녀 자신의 피부는 설화석고색이었다. 그녀 남편 역시 타밀족이긴 해도 브라만이어서 그녀의 피부색보다 조금 어두울 뿐이었다. 나는 지나가다가 그녀의 어린 손녀, 그러니까 그녀 딸의 딸이 이렇게 말하는 것을 들었다.

"할머니, 외숙모는 검둥이예요?"

"당연히 아니란다, 아가. 어리석은 소리 하지 마라. 그리고 아가, 우리는 이제 검둥이 같은 말 안 쓴다. 나쁜 말이니까. 흑인이라고 하지."

"흑인."

"착하구나."

미라 아주머니는 굴욕감을 느끼며 친구들을 향해 용감한 미소를 지으면서 자신의 새 식구에 대해 말했다. "그래도 목은 아름다워

* 어깨에 두르는 사리의 끝부분으로 머리에 쓰기도 한다.

요, 안 그래요?" 친구들이 모두 열성적으로 동의했다.

"하지만, 할머니, 하녀처럼 보이는데요."

어린 소녀는 꾸중을 들은 뒤 심부름을 핑계로 그 자리에서 쫓겨났다.

다른 하객인 나가의 대학 친구들—친구라기보다는 추종자들—이 잔디밭에 모여 있었는데, 모두 틸로를 처음 보는 그들은 이제 나가 특유의 잔인한 유머에 단련되어 벌써부터 쑥덕거리고 있었다. 그들 중 하나가 잔을 들어 건배를 제의했다.

"가리발디*를 위하여." (하수관을 공급하고 판매하는 아버지 회사에서 일하는 아비셰크였다.)

그들은 소년으로 돌아가고 싶은 남자들처럼 요란하게 웃었다.

"신부한테 말 걸어봤어? 신부가 말을 안 해."

"웃겨봤어? 신부가 웃질 않아."

"도대체 어디서 저런 여자를 만난 거야?"

내가 마지막 잔을 비우고 대문을 향해 가고 있는데 나가의 아버지 시바샨카르 하리하란이 큰 소리로 나를 불렀다. "바바!"

그는 다른 세대 사람이었다. 그는 '바바'를 영국인이 발음하듯 '바버'라고 발음했다. (그 자신의 이름도 '시버'로 발음했다.) 그는 자신이 옥스퍼드 베일리얼 칼리지 출신임을 과시할 기회를 놓치는 법이 없었다.

* 19세기에 이탈리아 통일을 이룬 혁명가이자 영웅.

"예, 시바 아저씨."

권력자에게 은퇴는 가혹하다. 나는 그가 갑자기 늙어버렸다는 걸 알아차렸다. 수척하고 옷이 좀 커 보였다. 그는 완벽한 진줏빛 틀니에 시가를 물고 있었다. 관자놀이의 창백한 피부 아래 굵은 정맥들이 돌출해 있었다. 목은 칼라에 비해 너무 가늘었다. 희끄무레한 고리 형태의 백내장이 검은 홍채를 포위 공격하고 있었다. 그는 과거의 그 어느 때보다 커다란 애정을 보이며 나와 악수했다. 그의 목소리는 가느다란 고음이었다.

"도망치는 거니, 그런 거야? 이 행복한 날 우리가 멋대로 하게 내버려두고?"

그것이 아들이 가장 최근에 저지른 무모한 장난에 대한 그의 유일한 언급이었다.

"네 아름다운 아내는 어디 있니? 너는 요새 어디서 근무하니?"

내가 대답하자 그의 얼굴이 갑자기 굳어졌다. 그의 그런 갑작스러운 변화는 섬뜩할 지경이었다.

"그들의 급소를 틀어쥐어라, 바버. 그럼 마음과 정신도 따라올 거다."

카슈미르가 우리를 이렇게 만들었다.

그후로 나는 그들의 삶에서 빠졌다. 그때부터 지금까지 나는 틸로를 딱 한 번, 그것도 우연히 만났다. 나는 R.C.—R.C. 샤르마—와 다른 동료들과 함께 있었다. 우리는 짜증나는 사내 정치에 대한 이야기를 나누며 로디가든을 걷고 있었다. 나는 멀리서 틸로를 보았다. 운동복을 입은 그녀는 옆에 개를 데리고 전속력으로 달리고 있었다. 그녀의 개인지 아니면 로디가든의 떠돌이 개가 그녀를 따라 달리는 건지 알 수 없었다. 그녀도 우리를 보았는지 달리기를 멈추고 걸어왔다. 마주서서 보니 그녀는 땀으로 흠뻑 젖었고 아직 숨을 헐떡이고 있었다. 그때 내가 왜 그랬는지 모르겠다. R.C.와 함께 있는 모습을 그녀에게 보인 게 당황스러워서였을 수도 있다. 아니면 그녀를 만날 때면 늘 찾아오는 혼란 때문일 수도 있고. 어쨌거나 나는 멍청한—어딘가에서 우연히 마주친 동료 아내에게 할 법한—소리를, 친근한 칵테일파티식 농담을 했다.

"안녕! 남편은 어디 있어?"

나는 그 말을 뱉자마자 스스로를 죽이고 싶었다.

그녀는 손에 쥔 목줄을 들어올리며(그녀의 개였다) 말했다. "남편? 오, 남편이 가끔은 나 혼자 산책을 나오게 해줘."

끔찍한 말처럼 들리겠지만 그렇지 않았다. 그녀는 웃으며 말했다. 그녀의 웃음.

사 년 전, 별안간 틸로가 전화를 걸어와, 신문에 삼층 세입자를 구한다는 광고를 낸 비플랍 다스굽타가 나인지 물었다(이 세상엔 우리가, 이 우스꽝스러운 이름을 가진 사람들이 많다). 나는 그렇다고 대답했다. 그녀는 자신이 프리랜서 일러스트레이터이자 그래픽디자이너로 일하고 있는데 사무실이 필요하다고, 집세는 시세대로 낼 수 있다고 말했다. 나는 대환영이라고 말했다. 이틀 후 우리집 초인종이 울렸고 틸로가 와 있었다. 물론 나이가 많이 들었지만 본질적으로는 변함이 없는—언제나 그랬듯이 특이한—모습이었다. 그녀는 자주색 사리와 검은색과 흰색이 섞인 체크무늬 블라우스, 아니 칼라가 달린 셔츠 차림이었고, 긴 소매를 반쯤 걷어올리고 있었다. 머리는 새하얬고 삐죽삐죽하게 보일 정도로 짧게 친 상태였다. 그녀는 나이보다 훨씬 젊거나 훨씬 늙어 보였다. 어느 쪽인지 결론을 내릴 수가 없었다.

당시 나는 국방부에 파견을 나가 있었고, 아래층(지금은 수박처럼 변해버린)에 살고 있었다. 토요일이었고, 치트라와 딸들은 외출중이었다. 나 혼자 집에 있었다.

본능이 내게 다정하기보다는 사무적인 태도를 보이라고, 과거의 추억에 잠기지 말라고 지시했다. 그래서 집을 구경시켜주겠다며 곧장 틸로를 삼층으로 안내했다. 나는 그녀에게 방 두 개—작은 침실과 그보다 큰 작업실—를 보여주었다. 니자무딘에 있던 창고 방보다는 확실히 나았지만, 그녀가 여러 해 살았던 외교관 거주지의 집과는 비교도 안 될 터였다. 그녀는 제대로 둘러보지도 않고 가능한 한 빨리 이사오고 싶다고 말했다.

틸로는 빈방들을 가로질러 걸어가더니 퇴창에 앉아 길 아래를 내려다보았다. 그녀는 보고 있는 것에 매혹된 듯했지만 내가 똑같은 풍경을 내다보게 되었을 때, 나는 우리가 같은 걸 보고 있다는 생각이 들지 않았다.

틸로는 대화를 시도하지 않았고 침묵이 편안한 듯했다. 오른손 중지에 여전히 똑같은, 장식 없는 은반지를 끼고 있었다. 나는 그녀가 자기 자신과 모종의 대화를 나누고 있음을 알 수 있었다. 그러다 틸로는 별안간 현실적인 태도로 돌변했다.

"수표를 줘도 될까? 보증금으로?"

나는 급할 것 없다고, 며칠 내로 계약서를 작성하겠다고 대답했다.

틸로는 담배를 피워도 되느냐고 물었다. 나는 물론이라고, 이제 여긴 네 공간이니 무엇이든 마음대로 해도 된다고 말했다. 그녀는 담배를 꺼내 남자처럼 두 손을 오므려 불을 감싸고 담배에 불을 붙였다.

"이제 비디는 안 피워?" 내가 물었다.

그녀의 미소가 방안을 환하게 밝혔다.

나는 그녀가 담배를 피우도록 두고 전등과 환풍기, 부엌과 욕실 수도를 점검했다. 그녀는 떠나려고 일어서며 마치 우리가 계속 대화를 나누고 있었던 것처럼 말했다. "자료는 너무 많은데 아무도 진심으로 무언가를 알고 싶어하지는 않지, 안 그래?"

나는 그게 무슨 뜻인지 알 수가 없었다. 그녀는 떠났다. 그리고 그녀의 부재가 방을 가득 채웠다, 지금 그렇듯이.

틸로는 하루인가 이틀 후에 이사를 들어왔다. 가구는 거의 없었다. 그녀는 당시 내게 나가와 헤어졌고 삼층에서 작업만 하는 게 아니라 아예 살기까지 할 거라는 말은 하지 않았다. 월세는 매월 1일에 어김없이 내 계좌로 입금되었다.

그녀가 내 삶에 들어왔다는 것이, 그녀가 삼층에 존재한다는 것이 내 안의 무언가를 열었다.

나는 내가 과거시제를 쓴다는 것이 걱정스럽다.

방을 쓱 둘러보기만 해도—게시판에 핀으로 고정된 사진들(숫자가 매겨져 있고 설명이 달려 있는), 바닥에 깔끔하게 쌓여 있거나 라벨이 붙은 상자와 파일 박스에 든 서류 더미들, 책장과 옷장과 문에 붙은 노란 포스트잇들—여기에 뭔가 위험한 것이, 손대지 말고 나가에게, 어쩌면 경찰에 넘기는 게 상책인 것이 있음을 알 수 있다. 하지만 내가 그렇게 할 수 있을까? 내가 이 내밀함을 향한 초대를, 이 비밀들을 나눌 기회를 거부해야만, 반드시 그래야만 할까? 그럴 수 있을까?

방 저쪽 끝에 두 개의 금속 받침대 위에 올려놓고 테이블로 쓰는 길고 두툼한 널빤지가 있다. 거기에는 서류와 낡은 비디오테이프들이 쌓여 있고 DVD도 한 무더기 있다. 게시판에는 사진들과 함께 쪽지와 스케치들이 꽂혀 있다. 낡은 데스크톱 컴퓨터 옆에는 라벨과 명함, 브로슈어, 주소와 이름이 찍힌 편지지가 가득한 쟁반이 있는데—아마도 그녀가 생계를 위해 작업하던(아니, 작업하는!이지 맙소사) 그래픽디자인 작품들이리라—그것들이 이 방에서 유일하고도 다행스럽게 정상적으로 보이는 것들이다. 샴푸 라벨 시안으로 추정되는 다양한 활자체의 출력물이 있다.

호두기름과 복숭아 잎 성분이 함유된
내추럴 울트라 듀오 너리싱 컨디셔너

내추럴 울트라 듀오는 영양과 편안함을 주는
호두기름 성분과 진정 효과를 지닌
복숭아 잎 성분이 혼합된 풍부한 엉킴 방지 크림으로
당신의 머리칼에 즉시 스며듭니다.

효능: 빗질이 매우 쉬워집니다. 머리칼이 무겁지 않고
거부할 수 없는 부드러움을 되찾게 됩니다.

영양분이 깊숙이 침투하여 완벽하게 찰랑거리는

매끄러운 머리칼이 됩니다.

기분조은 경험.

모든 활자체에서 '기분좋은'이 '기분조은'으로 되어 있다. 그녀가 인생의 현단계에서 오자가 있는 샴푸 라벨을 디자인하고 있다는 건, 참으로 그녀다운 일이다.

급속히 진행되는 탈모를 위한 샴푸는 없나?

컴퓨터 바로 위쪽 벽에는 액자에 담긴 작은 사진 두 장이 걸려 있다. 하나는 여자아이 사진으로 네 살이나 다섯 살쯤 되어 보인다. 아이는 눈이 감긴 채 수의에 싸여 있다. 관자놀이의 상처에서 흘러나온 피가 흰 천에 스며들어 장미 모양의 얼룩을 만들었다. 아이는 눈 위에 뉘어 있다. 한 쌍의 손이 베개처럼 아이의 머리를 받쳐 살짝 들어올리고 있다. 사진 위쪽 가장자리를 따라 발들이 일렬로 늘어서 있는데, 갖가지 겨울 신발을 신었다. 나는 그 아이가 무사의 딸일 수도 있겠다는 생각을 한다. 그런 사진을 액자에 담아 벽에 걸다니.

다른 사진은 덜 고통스럽다. 선상가옥 포치에서 찍은 사진이다. 작고 초라한 선상가옥이다. 배경에 시카라* 몇 척이 점처럼 박힌 호수와 그 너머의 산이 보인다. 허름한 갈색 카슈미르 피란**을 입은, 키가 유난히 작고 턱수염이 난 청년의 사진이다. 청년의 커다란 머리는 몸의 나머지 부분과 불균형을 이루고 있다. 청년은 양쪽 귀 뒤

---

* 작은 나무 보트.

** 긴 가운 형태의 카슈미르 전통 복장.

에 작은 들꽃을 한 다발씩 꽂았다. 웃음 짓는 초록색 눈이 반짝이고 치아는 들쑥날쑥하다. 그 무방비함이, 아무 거리낌 없는 미소가 어린아이 같은 인상을 준다. 그릇 모양으로 둥그렇게 오므린 커다란 손에 조그만 새끼 고양이 두 마리가 웅크리고 앉아 있는데, 한 마리는 검정 줄무늬가 있는 스모키그레이색이고 나머지 한 마리는 한쪽 눈에 안대 모양의 검은 점이 있는 얼룩무늬다. 청년은 사진 찍는 사람에게 고양이들을 만지거나 쓰다듬으라고 권하듯 손을 앞으로 내밀고 있다. 청년의 굵은 손가락으로 이루어진 바리케이드 너머로 내다보는 고양이들의 젖은 눈은 경계심과 불안감에 차 있다.

청년은 누구일까? 나로서는 알 수 없다.

나는 테이블 위에 놓인 서류철더미에서 두툼한 녹색 서류철을 집어 아무데나 펼쳐본다. 종이 위에 사진 두 장이 풀로 붙어 있다. 첫번째 사진에는 6에서 7피트 정도 높이의 분홍색 경계벽에 딸린 빗장 지른 철문 앞으로 한 남자가 자전거를 타고 지나가는 모습이 흐릿하고 초점이 맞지 않게 찍혔다. 아마도 남자 공중화장실 입구인 것 같다. 혼잡한 동네에 위치한 곳이고 발코니가 딸린 단층이나 이층 벽돌건물들에 둘러싸여 있다. 커다란 초록색 글씨로 '록시 복사기' 광고가 벽에 직접 그려져 있다. 두번째 사진은 화장실 안에서 찍은 것이다. 세월에 찌든 분홍색 벽에는 이끼와 결로가 줄무늬를 이루고 있고, 벽을 따라 녹슨 파이프들이 세로로뿐만 아니라 가로로도 이어져 있다. 벽에 지저분한 흰 세면대가 붙어 있고 콘크리트 바닥에는 덮개 없는 맨홀 세 개가 줄지어 있다. 손잡이가 달린 금속 덮개들은 거대한 냄비의 뚜껑처럼 그 옆에 놓여 있다. 부서진 낡은 창틀과 널빤지 하나가 벽에 기대어 세워져 있다. 내가 이제껏

봤던 사진들 중에서 가장 평범한 것들이다. 누가 이 사진들을 찍은 걸까? 대체 무엇 때문에 이런 사진들을 찍었을까? 그리고 대체 왜 이토록 조심스럽게 서류철에 보관해놓았을까?

다음 페이지가 그것을 설명해준다.

가푸르의 이야기

이곳은 나와브 바자르라는 시장이다. 저 공중화장실이 보이는가? 록시 복사기 광고가 있는 곳 말이다. 저기서 그 일이 일어났다. 2004년의 일이다. 분명 4월이었을 것이다. 날씨가 쌀쌀했고 비가 많이 내렸다. 우리는 라피크 양복점 바로 옆에 있는 내 친구의 가게 신新전파사에 앉아 차를 마시고 있었다. 타리크와 나 둘이서. 밤 여덟시경이었다. 갑자기 끼익 브레이크 밟는 소리가 들렸다. 길 건너로 차 네다섯 대가 달려오더니 화장실 앞을 막았다. STF 차들이었다. STF, 특수임무부대Special Task Force 말이다. 군인 여덟 명이 가게로 들어와 우리에게 총을 겨누고 길 건너로 데려갔다. 화장실 앞에서 그들은 우리에게 안으로 들어가 수색하라고 명령했다. 아프간 테러리스트 한 명이 탈출해 화장실 안으로 도망쳤다는 것이었다. 그들은 우리에게 화장실로 들어가서 그에게 항복하라고 전하라 했다. 우리는 그 테러리스트가 총을 지니고 있을 거라고 생각했기에 화장실로 들어가고 싶지 않았다. STF 요원들이 우리 머리에 권총을 들이댔다. 우리는 안으로 들어갔다. 안은 완전히 캄캄했다. 아무것도 보이지 않았다. 거기엔 사람이 없었다. 우리는 밖으로 나가서 안에 아무도 없다고 말했다. 그들은 다시 들어가보라고 했다. 그들은 우리에게 손전등 하나를 줬다. 우리는 그렇게 큰 손전등을 본 적이 없었다. 요원 하나가 스위치를 켰다 껐다, 켰다 껐다, 켰다 껐다 하면서 작동법을 알려줬다. 다른 요원이 우리를 주시하면서 총 안전장치를 풀었다 걸었다, 풀었다 걸었다, 풀었다 걸었다 했다. 그들은 우리에게 손전등을 들려 다시 화장실로 들여보냈다. 우리는 손전등 불빛으로 화장실 안을 비춰봤지만 아무도 보이지 않았다. 큰 소리로 불러봤지만 아무 대답이 없었다. 우리는 땀으로 흠뻑 젖었다.

STF 요원들은 옆 건물에 자리를 잡고 있었다. 그중 두 명이 이층 발코니에 있었다. 그들이 배수구에 누가 있는 게 보인다고 말했다. 어떻게 그게 가능할까? 그렇게 캄캄한데 어떻게 그 먼 곳에서 무언가를 볼 수 있을까? 나는 손전등으로 세 개의 맨홀들을 비춰보았다. 사람 머리가 보였다. 너무 무서웠다. 나는 그 사람이 총을 갖고 있을 거라 생각하고 한쪽으로 물러났다. 요원들이 그 사람에게 나오라고 말하라고 내게 지시했다. 내 뒤에 서 있던 타리크가 속삭였다. "저들은 영화를 찍는 거야. 시키는 대로 해." 그가 말한 '영화'는 진짜 '영화'가 아니었다. 장면을 연출하고 이야기를 꾸미고 있다는 뜻이었다.

나는 맨홀 속 남자에게 밖으로 나오라고 말했다. 그는 대답이 없었다. 나는 그가 카슈미르인임을 알 수 있었다. 아프간 사람이 아니었다. 그는 나를 쳐다보고만 있었다. 그는 말을 할 수가 없었다. 우리는 STF 손전등을 든 채 그를 둘러싸고 서 있었다. 비가 계속 내렸다. 맨홀에서 풍기는 악취를 견디기가 힘들었다. 그렇게 한 시간 반쯤 흘렀을 것이다. 우리는 감히 서로 말을 할 수도 없었다. 우리는 손전등을 켰다 껐다. 그 남자의 머리가 옆으로 툭 쓰러졌다. 죽은 것이었다. 똥 속에 파묻혀서.

STF 요원들이 우리에게 쇠지렛대와 삽을 줬다. 우리는 맨홀 가장자리의 콘크리트를 부수고 그 남자를 끌어내야 했다. 우리 모두 흠뻑 젖은 채 와들와들 떨고 있었고 고약한 냄새를 풍겼다. 시신을 끌어내놓고 보니 두 다리가 묶이고 무거운 돌에 짓눌려 있었다.

우리는 나중에야 그 STF 영화 앞부분에서 무슨 일이 벌어졌는지 알게 되었다.

먼저 요원들 몇 명이 차 한 대로 조용히 왔다. 그들은 그 남자의 다리를 묶고 맨홀에 욱여넣었다. 그는 심한 고문을 받고 죽어가고 있었다. 화장실에 들어왔을 때 요원들은 칸막이 안에서 청년 하나를 발견했다. 그들은 그 청년을 체포해 데려갔다—아마도 우리가 한 일을 안 하겠다고 거부한 듯했다. 그다음에 요원들은 차 여러 대로 다시 와서, 우리도 함께 출연하는 영화의 나머지 부분을 연출했다.

장교가 우리에게 서류에 서명하라고 했다. 우리가 서명을 안 했다면 그들은 우리를 죽였을 것이다. 우리는 STF가 험악한 아프간 테러리스트를 추격하다가 나와브 바자르에 있는 공중화장실에 갇힌 그를 죽이는 광경을 목격했다고 서명했다. 뉴스에는 그렇게 보도되었다.

그들이 죽인 남자는 반디포라 출신 노동자였다. 하필 그 기이하고 부적절한 시간에 소변을 보다가 체포된 청년은 사라져버렸다.

그리고 타리크와 나는 거짓말과 배신을 한 것에 대해 양심의 가책을 느낀다.

한 시간 반 동안 우리를 바라봤던 그 눈—그 눈빛은 용서의 눈빛, 이해의 눈빛이었다. 우리 카슈미르인들은 서로를 이해하기 위해 더이상 서로에게 말을 할 필요가 없다.

우리는 서로에게 끔찍한 짓을 저지른다. 서로에게 상처를 입히고 서로를 배신하고 죽인다. 하지만 우리는 서로를 이해한다.

나쁜 이야기. 아니, 끔찍한 이야기다. 사실이라면 그렇다. 이런 걸 어떻게 입증할 수 있을까? 사람은 신뢰할 만한 존재가 아니다. 그들은 늘 과장한다. 특히 카슈미르인들은. 그런 다음 그들은 자신들이 과장해놓은 걸 마치 신의 진리처럼 믿기 시작한다. 나는 마담 틸로타마가 이런 무의미한 자료들을 모으며 무얼 하고 있는 것인지 도무지 알 수가 없다. 그냥 샴푸 라벨 만드는 일이나 할 것이지. 어쨌거나 이건 일방적인 문제가 아니다. 반대편에서도 소름 끼치는 이야기의 레퍼토리를 갖고 있다. 일부 이슬람 전사들은 미치광이들이다. 굳이 선택을 해야 한다면 난 언제든 이슬람 극단주의자보다는 힌두 근본주의자를 고를 것이다. 우리가 카슈미르에서 끔찍한 일들을 저지른—저지르고 있는—건 사실이지만, 그렇지만…… 파키스탄군이 동파키스탄에서 한 짓—그것이야말로 대량

학살의 명백한 사례다. 명명백백한. 인도군이 방글라데시를 해방시켰을 때, 선량하신 카슈미르인들은 그걸 '다카*의 함락'이라고 불렀다—여전히 그렇게 부르고 있다. 그들은 타인의 고통은 잘 헤아리지 못한다. 하긴 누군들 안 그렇겠는가? 파키스탄 때문에 고통받는 발루치족은 카슈미르인들에게 마음을 쓰지 않는다. 우리가 해방시켜준 방글라데시인들은 힌두교도를 박해한다. 선량하신 공산주의자들은 스탈린의 강제노동수용소를 '혁명의 불가피한 부분'이라고 부른다. 미국인들은 현재 베트남 사람들에게 인권에 대해 설교하고 있다. 우리가 안고 있는 문제는 인간이라는 종 전체의 문제다. 우리 중 누구도 예외가 아니다. 그리고 요즘 아주 크게 부상한 다른 문제도 있다. 사람들—공동체, 계급, 민족, 그리고 심지어 국가까지도—은 자신들의 비극적인 역사와 불행을 트로피처럼, 혹은 시장에서 사고팔 수 있는 상품처럼 지니고 다닌다. 유감스럽게도 나로 말할 것 같으면, 비극이 없는 인간이라 거래할 상품이 없다. 나는 상류계급, 어느 모로 보나 상류계급의 압제자다.

그 사실을 위해 축배를 들자.

여기 또 뭐가 있지?

열린 상자가 하나 있다. 낡은 휼렛패커드 프린터 카트리지 상자가 열린 채로 테이블에 놓여 있다. 나는 그 안의 내용물이 다소 밝은 것들이어서 안도한다. 노란 사진 봉투 두 개가 있는데 각각 '수달 사진'과 '수달 살육'이라는 딱지가 붙어 있다. 좋다. 그녀가 수달에 관심이 있는 줄은 몰랐다. 갑자기 그녀가 덜—뭐라고 말해야

* 방글라데시의 수도.

할까—덜 위험하게 느껴진다. 그녀가 수달을 찾아…… 바람에 머리칼을 휘날리며…… 느긋하게, 무방비 상태로…… 해변이나 강둑을 걸어가는 걸 상상하니 기쁘다. 나도 수달을 사랑한다. 내가 가장 좋아하는 생물체라고도 할 수 있다. 언젠가 가족들과 함께 캐나다 서해안을 따라 태평양 크루즈 여행을 하면서 일주일 내내 수달들만 지켜본 적도 있다. 폭풍이 치고 바다에 위험한 풍랑이 일 때도 그 건방지고 조그만 녀석들은 마치 조간신문이라도 읽듯 똑바로 누워 무심하게 떠다녔다.

나는 봉투 하나에서 사진들을 꺼낸다.

수달 사진은 하나도 없다.

진작 알았어야 했다. 나는 장난에 속은 것 같은 기분이 든다.

맨 위 사진은 스리나가르의 달 게이트 주변 산책로에서 찍은 것이다. 방탄조끼를 입고 소총을 든 까무잡잡한 시크 병사가 쭈그리고 앉아 있다. 한 무릎은 세우고 한 무릎은 내린 채 어느 청년의 시체 위로 의기양양하게 포즈를 취하고 있다. 청년은 누워 있는 모양새로 보아 죽은 게 분명하다. 호수를 둘러싼 1피트 높이의 콘크리트 가두리에 턱을 박고 있는데 턱에 체중이 실렸고 나머지 몸은 활 모양으로 구부러져 있다. 두 다리는 벌어져 있고 한쪽 무릎이 직각으로 꺾였다. 바지와 베이지색 폴로셔츠 차림이다. 목에 관통상을 입었다. 피는 많이 흘리지 않았다. 배경에 선상가옥들의 흐릿한 실루엣이 보인다. 병사는 머리에 자주색 띠를 둘렀다. 죽은 사람의 옷과 병사가 든 무기로 판단컨대 꽤 오래된 사진이다. 시장, 검문소, 혹은 고속도로에서 손짓으로 차들을 세우고 있는 병사들 무리를 담은 덜 극적인 다른 사진들에서도 자주색 띠를 두른 병사 하나가 눈길을 끈다. 자주색 띠를 두른 병사들 사이엔 뚜렷한 연관성이 없다. 일부는 깨끗이 면도를 했고, 일부는 시크교도이며, 일부는 명백한 이슬람교도다. 한 장만 빼고 모두 카슈미르를 배경으로 한 사진들이다. 카슈미르가 아닌 그 한 장의 사진은 사막 한가운데처럼 보이는데, 모래주머니를 쌓아 만든 벙커 안에 병사 하나가 무료한 표정으로 푸른색 플라스틱 의자에 앉아 있다. 철모를 무릎에 올려놓고 오렌지색 파리채를 들고서 먼 곳을 응시하고 있다. 그의 눈빛에 무언가가 있다. 사람의 주의를 끄는 공허하고 무표정한 눈빛. 그의 머리에도 자주색 띠가 둘러져 있다.

이들은 누구인가?

사진들을 테이블에 펼쳐놓고 보니 의문이 풀린다—그들은 모두 같은 병사다. 그는 사진마다 다르게 보인다. 눈빛만 빼면. 그는 자유자재로 모습을 바꾸는 사람이다. 어쩌면 우리의 방첩 요원들 중 하나인지도 모른다. 그런데 왜 머리에 자주색 띠를 두른 걸까?

상자 안에 '수달'이라고 적힌 서류철이 있다. 그 서류철 속 첫 문서는 누군가의 이력서처럼 보인다. 종이 윗부분에 '임상사회복지사 랠프 M. 바워'라고 인쇄되어 있고, 그 아래로 학력이 길게 나열되어 있다. 단어 하나가 눈에 띈다. 클로비스. 랠프 바워의 주소가 캘리포니아 클로비스 이스트 불러드 애비뉴로 되어 있다.

클로비스라면 암리크 싱이 자신과 가족을 쏜 곳이다. 교외의 작은 주택단지에 있는 자택에서. 그제야 이해가 된다. 스포터.* 오터.** 당

* spotter. '색출꾼'이라는 뜻으로 암리크 싱의 별명.

** otter. '수달'이라는 뜻으로 spotter에서 s와 p를 빼면 같은 단어가 된다.

연하지. 사진들 속 남자는 '색출꾼' 암리크 싱이다. 나는 카슈미르에서 그와 대면한 적이 없었다. 나는 그의 젊은 시절 모습을 알지 못했다(당시는 구글 이전의 시대였으니까). 이 사진들 속의 그는 자살 후 신문에 실린, 땅딸막하고 깨끗이 면도를 했으며 완전히 혼란에 빠진 듯 보이는 나이든 남자와 거의 닮은 데가 없다.

나는 혈관에 피가 아닌 모종의 화학물질이 가득찬 듯한 기분을 느낀다. 틸로는 이 문서들을 어떻게 손에 넣은 걸까? 그리고 왜? 왜? 그녀에게 이 문서들이 무슨 쓸모가 있었을까? 이게 뭘까? 부두교식 복수 판타지라도 되는 걸까?

문서 첫 부분의 몇 페이지는 일종의 설문으로 이루어져 있다. 어려운 심리학 용어를 동원한 진부한 질문들—그 사건에 대한 고통스러운 꿈을 꾼 적이 있습니까? 슬픔이나 사랑의 감정을 느낄 수 없었던 적이 있습니까? 긴 수명을 누리는 것과 목표 달성에 대해 상상하는 것이 어렵게 느껴졌던 적이 있습니까? 그런 것들이다. 설문지에는 암리크 싱과 그 아내의 서명(아내의 것은 길고, 그의 것은 매우 간략한)이 들어간 두 사람의 증언서와 역시 그들 서명이 들어간, 깔끔하게 작성된 제법 두툼한 미국 망명 신청서가 첨부되어 있다.

좀 앉아야겠다. 마실 것이 필요하다. 카불에서 들어오는 길에 면세점에서 사지 말았어야 했던, 그리고 여기까지 가져오지 말았어야 했던 카두 위스키 한 병이 있다. 술은 입에도 대지 않기로 아내 치트라와 약속했는데. 단 한 잔도. 단 한 방울도. 더구나 일자리가 위태로워진 마당이 아닌가. 상관이—진부한 말로—"제대로 하든지 아니면 그만두라"며 마지막 한 번의 기회를 주지 않았던가.

얼음이 필요한데, 없다. 냉동고 전체가 하나의 얼음덩어리가 되어서 해동을 해야 한다. 냉장고는 비어 있는데 부엌에 과일 상자들이 쌓여 있다. 어쩌면 그녀는 요즘 유행하는 과일만 먹는 디톡스 다이어트를 하고 있었는지도—있는지도—모른다. 어쩌면 그녀는 그런 곳에 간 것인지도 모른다. 요가 수련회 같은 데에.

물론 아니다.

카두를 아무것도 타지 않고 마셔야 할 듯하다. 날씨가 진짜 춥고 저 빌어먹을 비둘기들은 이제 정말 창턱에서 간통을 벌이는 짓을 멈춰야 한다. 어째서 도무지 멈출 생각을 않는 걸까?

날짜: 2012년 4월 16일

러블린 싱(결혼 전 성은 카우르)과 암리크 싱 관련

암리크 싱과 그의 아내 러블린 싱(결혼 전 성은 카우르)이 조국인 인도에서 자행된 학대와 경찰의 부패, 착취로 인한 박해 피해자인지 결정하기 위한 정신-사회적 검사를 요청함. 그들은 그들의 정부로부터 고문이나 살해를 당할 가능성에 대한 진정으로 '근거가 확실한 두려움'을 지니고 있는가? 그들은 암리크 싱이 인도로 돌아가면 고문이나 살해를 당할 것이라 주장하며 망명을 요청하고 있음. 면담 과정에서 외상 증상 검사-2(TSI-2), 정신상태 점검, 외상후스트레스장애(PTSD) 선별 검사, 데이비드슨 외상 척도 검사를 실시했음. 그들이 인도 카슈미르에서 실제로 경험한 사건의 전말을 파악하기 위해 두 사람과 각각 두 시간 동안 대면 면담을 진행하는 과정에서 긴 역사를 듣게 됨.

배경

암리크 싱 부부는 캘리포니아 클로비스에 거주. 러블린 싱(결혼 전 성은 카우르)은 1972년 11월 19일 인도 카슈미르에서 태어남. 암리크 싱은 1964년 6월 9일 인도 찬디가르에서 태어남. 이 부부는 세 자녀를 두었고 막내는 미국에서 태어남. 부부는 첫째와 둘째 자녀를 데리고 인도에서 캐나다로 도피함. 그리고 2005년 10월 1일 도보로 미국에 입국함. 처음엔 워싱턴 블레인으로 들어갔다가 현재는 캘리포니아 클로비스에 거주중이며, 암리크 싱 씨는 이곳에서 트럭 운전사로 일하고 있음. 러블린 카우르는 주부임. 그들은 늘 가족의 안전을 염려하고 있음.

러블린의 진술

(다음은 러블린과의 면담 내용을 알기 쉽게 풀어 쓴 것임.)

내 남편 암리크 싱은 카슈미르 스리나가르에 배치된 소령이었습니다. 남편이 소령으로 근무하는 동안 나는 기지에서 함께 살지 않고, 민간인 거처인 스리나가르 자와하르나가르에 있는 삼층 아파트에서 아들과 함께 지냈습니다. 그 동네에는 시크교 가정이 많고 이슬람교도는 얼마 안 됩니다. 1995년에 잘리브 카드리라는 인권변호사가 납치 살해되자 경찰은 그것을 내 남편의 탓으로 돌렸고, 우리는 이슬람교도들이 남편에게 죄를 뒤집어씌우려 한다고 느꼈습니다. 내 남편은 뇌물을 받지 않았고 이슬람 테러리스트들을 좋아하지 않았습니다. 그는 고결한 사람이었습니다. 남편의 말을 그대로 옮기겠습니다. "나는 조국을 속이지 않을 것이며 당신들은 나를 매수할 수 없다."

당시 내 친구 만프리트가 스리나가르에서 기자로 일하고 있었습니다. 그녀는 누가 내 남편에게 죄를 뒤집어씌우려 하는지, 누가 잘리브 카드리를 죽였는지 알아냈습니다. 그녀는 내 어머니와 함께 경찰서에 가서 그 사실을 제보했습니다. 경찰은 만프리트가 여자이고 피의자와 친분이 있다는 이유로 그녀의 말을 들으려 하지 않았습니다. 게다가 잠무카슈미르 경찰은 대부분 이슬람교 카슈미르인이었습니다. 수사반장이 말했습니다. "내가 마음만 먹으면 당신들을 여기서 산 채로 불태워 죽일 수도 있어. 난 그만한 권력이 있어."

일 년 후 경찰 부대가 봉쇄 수색 작전을 벌인다면서, 내가 남편 없이 살고 있던 자와하르나가르 주택단지를 에워쌌습니다. 그들은 우리집 문을 쾅쾅 두드리고는 안으로 들어왔습니다. 그들은 내 머리채를 잡고 아래층으로 끌고 갔습니다. 경찰관 한 사람이 내 아들을 데려갔습니다. 그들은 내 보석을 모두 훔쳤습니다. 그러는 동안 계속해서 나를 차고 때리며 말했습니다. "우리의 지도자를 죽인 암리크 싱의 가족이다." 경찰 본부에서 그들은 나를 널빤지에 묶어놓고 발길질을 하고 구타했습니다. 고무판으로 머리를 때렸습니다. 그리고 이렇게 말했습니다. "앞으로 평생 정신 나간 식물인간으로 살게 만들어주지." 쇠 신발을 신은 남자가 내 가슴과 배를 차고 짓밟았습니다. 그들은 내 다리 위로 나무 기둥을 굴리기도 했습니다. 그다음엔 내 몸과 엄지손가락에 끈적거리는 걸 바르고 반복해서 전기 충격을 가했습니다. 그들은 남편에 대한 거짓 진술을 하라고 했습니다. 나는 그곳에 이틀 동안 갇혀 있었습니다. 그들은 내 아들을 다른 방에 가둬놓고 내가 거짓 진술을 해야 아들을 돌려주겠다고 했습니다. 마침내 그들은 나를 풀어주었습니다. 그제야 아들을 만날 수 있었습니다. 우리는 둘 다 울었습니다. 나는 발이 아파서 아들에게로 걸어갈 수가 없었습니다. 릭샤꾼이 나를 릭샤에 태워 내 어머니 집까지 데려다주었습니다.

이슬람 테러리스트들에게 살해당할까봐 두려워서 나를 치료해주겠다는 의사가 없었습니다. 나와 남편은 늘 감시를 당했습니다. 우리는 극심한 스트레스를 받으며 살았습니다.

우리는 삼 년 후에 카슈미르를 떠나 잠무로 거처를 옮겼습니다. 그리고 2003년에 조국을 떠나 캐나다로 갔습니다. 우리는 망명을 신청했지만 거부당했습니다. 비정한 처사였습니다. 우린 도움이 필요했습니다. 우리가 가진 증거를 모두 보여줬는데도 그들은 거부했습니다. 2005년 10월에 우리는 시애틀로 왔습니다. 내 남편은 트럭 운전사로 일하게 되었고, 2006년에 우리는 캘리포니아 클로비스로 이사했습니다. 우리는 어떠한 보호도 받지 못합니다. 우리는 아무데도 가지 않으며 외출을 하지도, 행복한 삶을 누리지도 못합니다. 밖에 나가면 살아서 집에 돌아올 수 있을지 알지 못합니다. 우리는 늘 테러리스트들의 감시를 받고 있다고 느낍니다. 소음이 들릴 때마다 죽을 것 같습니다. 나는 시끄러운 소음에 쉽게 겁을 먹습니다. 작년, 2011년에 남편이 그냥 말로만 아이들을 혼내고 있는데, 나는 그들이 우리를 죽이러 온 줄 알고 기겁했습니다. 나는 911에 신고하려고 전화기로 달려갔습니다. 달려가다가 머리와 가슴, 다리를 심하게 다쳤습니다. 남편이 말로만 아이들을 혼낸 것뿐이었는데도 나는 죽는 줄 알았습니다. 심장이 어찌나 빨리 뛰는지 미친 여자가 된 것 같습니다. 나는 고함이나 시끄러운 소음에 과장된 반응을 보일 때가 많습니다. 남편이 아이들을 말로만 혼낸 것뿐이었는데도 경찰에 신고했고, 그때 내가 경찰에 뭐라고 말했는지는 모르겠습니다. 경찰은 남편을 체포했고 보석으로 풀어주었습니다. 그때 무슨 일이 있었던 건지 아직도 잘 모르겠습니다. 신문에 내 남편이 아무개였고 카슈미르에서 군에 복무했었다는 기사가 실렸습니다. 신문들은 내 남편과 우리집 사진을 싣고 우리가 여기 살고 있다는 걸 온 세상에 알렸습니다. 그 기사들은 인터넷에도 실리고 카슈미르에도 알려졌습니다. 또다시 이슬람 테러리스트들이 내 남편의 송환을 요구하기 시작했습니다. 며칠 후 한 기자가 전화를 걸어와 인도에서 온 잡지 기고가가 우리를 찾고 있다고 말했습니다. 하지만 우리는 그 사람의 정체가 본인이 주장하는 것과는 다르리라는 걸 알았습니다. 나는 그가 차를 몰고 우리집 앞을 지나가는 걸 보았습니다. 여러 번 보았습니다. 나는 남편에게 이곳을 떠나야 한다고 말했습니다. 남편이 대답했습니다. "우린 계속 옮겨다닐 돈이 없어. 난 도망치고 싶지 않아. 난 살고 싶어." 그 사람은 늘 우리 주위를 맴돕니다. 또다른 사람들도. 모두 이슬람 테러리스트들입니다. 나는 항상 두렵습니다. 나는 커튼을 전부 닫고 커튼 뒤에서 지켜봅니다. 그들이 길에 서서 우리집을 쳐다봅니다. 이제는 늘 문을 전부 잠가둡니다. 전에는 집에서 작은 미용실을 운영하면서 실로 눈썹을 다듬거나 다리털 제모를 했었습니다. 하지만 이제 집에 낯선 사람들을 들이는 게 안전하지 않다고 느낍니다.

십칠 년이 지났는데도 카슈미르 이슬람 테러리스트들은 아직도 그 변호사의 죽음을 기립니다. 그들은 신문과 인터넷을 통해 아직도 내 남편을 비난합니다. 내 아이들은 겁에 질려 있습니다. 아이들은 늘 이렇게 묻습니다. "엄마 우린 언제쯤 우리 삶을 즐길 수 있을까요?" 내 대답은 이렇습니다. "나도 그러고 싶지만 우리 손에 달린 일이 아니란다."

그녀는 전화기로 달려가다가 다리와 머리, 가슴을 다쳤다. 대단한 재주다. 그녀의 남편은 아내가 고소를 취하하도록 만들기 위해 무슨 짓을 했을까? 만일 그녀가 고소를 취하하지 않았더라면 그녀와 아이들은 아직 살아 있을지도 모른다. 나는 경찰이 하고많은 동네 중에서 자와하르나가르*를 골라 봉쇄 수색 작전을 펼치고, 현역

* 자와하르나가르는 스리나가르에서 가장 부유한 동네 중 하나다.

육군 소령 부인을 체포해서 고문하는 부분이 특히 마음에 든다. 독보적이다. 카슈미르에서 이 이야기는 슬랩스틱 코미디로 받아들여질 것이다. '겁먹은 의사들' 부분도 훌륭하다. 신빙성이 가장 중요한 법이다. 고문에 대한 상세하고 박식한 설명에 대해 한마디하자면, 나는 그녀 남편이 자신의 고문 기술들을 그녀에게 가르쳐주기만 했을 뿐 적용하지는 않았기를 바란다. '남편은 아이들을 말로만 혼냈다'고 같은 말을 세 번이나 반복한 것이 내겐 섬뜩하게 다가온다.

암리크 싱의 증언은 군인다웠다. 간단명료했다.

나는 인도 육군에서 장교로 복무했습니다. 인도 국내와 해외의 다양한 반란 진압과 평화 유지 임무를 맡았습니다. 1995년에는 1990년부터 내란이 진행중인 카슈미르에 배치되었습니다. 1995년에 한 인권운동가가 납치 살해되었는데, 나중에 그는 금지된 테러리스트 집단 소속으로 밝혀졌습니다. 카슈미르 경찰과 인도 정부는 이 사건에 대해 나에게 죄를 뒤집어씌우고 있습니다. 나는 희생양이 되었습니다. 나는 가족과 함께 인도에서 도망칠 수밖에 없었습니다. 내가 돌아간다면 인도 정부는 법정에서 내 입장을 밝히는 걸 허용하지 않을 것입니다. 나는 구타, 전기 충격, 물고문, 음식과 수면 박탈 같은 고문을 당하거나 살해되어 영원히 다시는 사람들 눈에 띄거나 귀에 들리지 않게 될 것입니다.

망명 신청서는 손으로 작성되었다. 암리크 싱은 단정하고 거의 여자 같은 필체와 그에 어울리는 단정하고 거의 여자 같은 서명을 가졌다. 그의 필체를 보고 있으려니 오싹한 기분이 든다. 묘하게 친숙하다.

이들 두 사람은 일을 처리하는 방법을 확실하게 꿰뚫고 있었다. 그들의 이야기가 그토록 진실하게 들린 이유는, 피해자와 가해자의 역할만 바뀌었을 뿐, 그것이 정말로 진실이었기 때문임을 저 가련한 임상사회복지사 랠프 바워가 어찌 알 수 있었겠는가? 그가 다음과 같이 우스운 결론에 이른 건 그리 놀라운 일이 아니다.

결론

상기 제시된 자료에 근거, 러블린 싱 부인과 암리크 싱 씨 둘 다 극심한 외상후스트레스장애를 겪고 있는 것이 확실함. 이런 정도의 스트레스는 고문, 불특정 기간 동안의 감금과 가족으로부터의 격리 같은 파괴적이고 정신적 외상을 초래하는 사건들을 겪은 개인들에게서 분명하게 나타나는 증상임. 싱 부부는 인도로 돌아가면 이런 사건들이 되풀이될 것이라는 깊은 두려움을 느끼고 있음. 인터넷의 여러 블로그에 아직도 복수의 기회를 노리고 피의 보복을 감행하려는 사람들이 있다는 건 의심할 바 없는 사실임.

위와 같은 사실들을 고려하여, 암리크 싱 부부와 그 가족이 그들이 처한 상황에서 최대한 정상적인 삶을 누릴 수 있도록 이곳

비합중국에서 망명과 보호가 허용되기를 강력히 권고함.

그러니까 그들은, 싱 부부는 그 일을 거의 성사시킨 셈이었다. 그들은 미국의 합법적 시민이 되기 직전이었다. 그런데 두 달 후 암리크 싱은 자신과 가족 모두를 총으로 쏘는 선택지를 택했다.

그게 말이 되는가?

혹시 자살이 아니었을 수도 있을까?

싱 부인이 진술서에서 언급한, 차를 몰고 그들의 집 앞을 지나간 잡지 기고가는 누구였을까? 그리고 또다른 사람들이란 누구였을까?

이제 와서 그게 중요한가?

내겐 아니다.

인도 정부에게도 아니다.

여러 가지 다른 사건들에 신경쓰고 있을 캘리포니아 경찰에게도 당연히 아니다.

하지만 그 부인과 아이들은 안됐다.

그런데 왜 내 세입자 마담 S. 틸로타마가 이 파일을 갖고 있을까?

그리고 도대체 그녀는 어디 있는 걸까?

내 전화기가 진동음을 낸다. 이상하다. 이 번호를 아는 사람은 아무도 없는데. 나는 지금 재활센터에 있는 것으로 되어 있다. 다르게 표현하자면 연수 휴가중이거나. 누가 문자를 보낸 거지? 아. 사이로케어. 그게 뭔지 모르겠지만.

고객님 저희 헬스 캠프에 참여해주십시오.
비타민 D+B12, 당, 지방질, 간기능검사, 신장기능검사,
갑상선, 철분, 일반혈액검사, 소변검사 1800루피

사이로케어, 난 그냥 죽어버리는 게 낫겠습니다.

나는 이미 술병을 사분의 일쯤 비웠다. 오후의 금지된 수면 시간이다. 일하는 남자들은 낮잠을 자선 안 된다. 나는 카두를 들고 침실로 들어가선 안 된다. 하지만 그래야만 한다. 카두가 그걸 고집한다.

침대가 없다. 바닥에 매트리스만 하나 깔려 있다. 책과 공책, 사전 들이 깔끔하게 쌓여 있다.

나는 키 큰 스탠드를 켠다. 스탠드의 넓은 갓에 스카치테이프로 붙인 색종이 조각이 보인다. 잊지 않기 위해 써둔 메모일까? 스스로에게 보내는 메모일까? 내용은 이렇다.

그들의 죽음에 대해, 내가 그걸 당신에게 말할 필요가 있을까? 그들 모두의 죽음은, 배심원단에게 사형선고를 듣고 라인강 유역의 억양으로 "난 이미 그것을 훨씬 넘어섰다"고 웅얼거린 그의 죽음과 같을 것이다.

장 주네*

---

* 20세기에 활동했던 프랑스 시인, 소설가, 극작가로 전위적인 작품들을 남겼다.

추신. 이 전등갓은 동물의 가죽으로 만들어졌다. 자세히 들여다보면 털이 자라 있는 걸 발견할 것이다.

고맙다.

이 옥탑방은 일종의 무너짐을 목격한 듯하다. 한 인간의 무너짐을 목격하는 건 끔찍한 일이리라. 하지만 이 인간은? 범죄 현장의 공기에서 희미하게 감도는 매캐한 화약냄새처럼 날카로운 위험이 느껴진다.

나는 장 주네의 작품을 읽은 게 없는데, 읽었어야 했을까? 여러분은 읽어본 적이 있는가?

카두는 좋은 위스키다. 그리고 염병하게 비싸다. 그래서 공손하게 마셔야 한다. 난 이미 조금 머리가 띵하다—나의 옛친구 골라크라면 "머리가 딩하다"고 말했을 것이다. 오리사에서는 그렇게들 발음하니까.

*

칠흑 같은 어둠.

나는 높이 쌓인 냄비 뚜껑들, 이상한 물건—대부분 서류철 그리고 무사의 말 그림들—이 가득찬 열린 맨홀들 꿈을 꿨다. 그리고 뼈처럼 보이는 아주 건조한 긴 눈발들도.

누가 위스키를 다 마셨지?

누가 내 차에서 보드카와 맥주 상자를 가져왔지?

누가 낮을 밤으로 바꾼 거지?

얼마나 많은 낮들이 얼마나 많은 밤들로 바뀐 거지?

그리고 문밖에 누가 있는 거지? 열쇠 돌아가는 소리가 들린다.

그녀일까?

아니다.

세 개의 목소리를 가진 두 사람이다. 이상하다. 그들은 주인이라도 되는 양 들어와서 전등을 켠다. 그리고 지금 나와 마주보고 있다. 검은 선글라스를 낀 젊은 남자와 나이든 남자. 나이든 여자. 남자. 여자-남자. 무엇이든. 파탄족 슈트에 싸구려 비닐 파카를 입은 괴인이다. 키가 무척 크다. 입술은 빨갛고 이 한 개가 하얗게 빛난다. 아니, 어쩌면 내가 아직 꿈을 꾸고 있는 건지도 모른다. 나의 감각들은 기이하게 고조된 동시에 무뎌졌다. 사방에 병들이 나뒹군다. 우리 발치에서 쨍그랑거리고 가구 밑으로, 열린 맨홀들 속으로 굴러간다.

우리는 서로 할말도 별로 없는 듯하고 나는 똑바로 서 있기가 힘들어서—내가 옥수수밭의 옥수숫대처럼 휘청거리는 게 느껴진다—다시 침실로 돌아가 눕는다. 내가 달리 할일이 뭐가 있겠는가?

그들이 따라 들어온다. 설령 이것이 꿈속 장면이라고 해도, 그들의 그런 행동은 특이하게 느껴진다. 정말 꿈을 꾸고 있는 것인지는 모르겠지만. 여자-남자가 두 개의 목소리처럼 들리는 목소리로 내게 말한다. 그녀는 가장 아름다운 우르두어를 구사한다. 그녀는 자기 이름이 안줌이고, 틸로타마의 친구이며, 틸로타마는 현재 자신과 함께 살고 있고, 자신과 친구 사담 후세인은 틸로가 옷장에 있는 물건들을 가져다달라고 해서 여기 온 것이라 한다. 나는 나도 틸로의 친구라고, 어서 필요한 물건들을 챙기라고 말했다. 젊은이가 열쇠를 꺼내 옷장을 연다.

풍선 한 무더기가 둥실둥실 흘러나온다.

젊은 남자가 자루를 꺼내 채우기 시작한다. 자루 안으로—적어도 내가 알아볼 수 있는 것들만 대면—고무 오리, 공기를 넣어 부풀리는 아기 욕조, 커다란 얼룩말 봉제 인형, 담요 몇 장, 책들, 따뜻한 옷들이 들어간다. 그들은 볼일을 마친 후 내게 양해해줘서 고맙다고 인사한다. 그리고 틸로에게 전하고 싶은 메시지가 있는지 묻는다. 나는 그렇다고 대답한다.

나는 틸로의 공책 한 장을 뜯어내 거기 가슨 호바트라고 쓴다. 글씨가 생각보다 훨씬 크게 쓰였다. 무슨 선언이라도 되는 것처럼. 나는 그들에게 쪽지를 건넨다.

그리고 그들은 떠난다.

나는 창가로 가서 그들이 건물을 나서는 걸 지켜본다. 그들 중 하나—나이든 이—가 삼륜 택시에 타고 나머지 한 사람은, 내 아이들을 걸고 맹세하는데, 말에 오른다. 봉제 인형이 가득 담긴 자루를 든 괴인 한 쌍이 염병하게 흰 말을 타고 안개 속으로 총총히 사라진다.

내 정신 상태는 엉망진창이다. 한심하기 짝이 없는 환각에 시달린다. 하지만 모든 게 너무도 생생했다. 냄새도 맡을 수 있었다. 내가 마지막으로 먹은 게 뭔지 기억이 나지 않는다. 내 전화기는 어디 있을까? 시간은 어떻게 됐지? 오늘은 무슨 요일이고 낮일까 밤일까?

나는 방을 돌아본다. 풍선들이 화면보호기처럼 떠다닌다. 옷장 문이 활짝 열려 있다. 옷장 한쪽 문 안쪽에 무슨 표시가 있다. 내가 서 있는 곳에서 보기엔 뭐랄까…… 부모가 성장기 아이들의 키를 기록해놓은 것 같다—우리도 아니아와 라비아가 자랄 때 그렇게 했었다. 틸로가 어떤 아이의 키를 쟀을지 궁금하다. 가까이 가서 보니 전혀 그런 게 아니다. 어떻게 이걸 두고 그토록 가정적이고 애정어린 상상을, 아무리 잠깐이라도, 할 수 있었을까?

그건 일종의 사전으로 아직 미완성 상태다—고르지 않은 필체와 상이한 색깔들로 쓰여 있다.

카슈미르어-영어 알파벳

A: Azadi 자유/army 군/Allah 알라/America 미국/Attack 공격/AK-47 자동소총/Ammunition 탄약/Ambush 매복/Aatankwadi 테러리스트/Armed Forces Special Powers Act 군특별권한법/Area Domination 지역 통제/Al Badr 알 바드르/Al Mansoorian 알 만수리안/Al Jehad 알 지하드/Afghan 아프간/Amarnath Yatra 아마르나스 야트라

B: BSF 국경수비대/body 시체/blast 폭발/bullet 총알/battalion 대대/barbed wire 가시철조망/brust(burst) 집중사격/border cross 국경 넘기/booby trap 부비트랩/bunker 벙커/byte 바이트/begaar(forced labor) 강제 노동

C: Cross-border 국경을 넘는/Crossfire 십자포화/camp 막사/civilian 민간인/curfew 통행금지령/Crackdown 엄

중 단속/Cordon-and-Search 봉쇄 수색/CRPF 중앙예비경찰군/Checkpost 검문소/Counterinsurgency 반란 진압/Ceasefire 휴전/Counter-Intelligence 방첩/Catch and Kill 포살/Custodial Killing 구금 살해/Compensation 보상/Cylinder(surrender) 항복/Concertina wire 콘서티나 가시철조망/Collaborator 협력자

D: Disappeared 실종자/Defense Spokesman 국방부 대변인/Double Cross 배신/Double Agent 이중간첩/Disturbed Areas Act 혼란지역법/Dead body 시체

E: Encounter 교전/EJK(extrajudicial killing) 사법절차를 따르지 않은 살인/Ex Gratia 도의적인/Embedded journalists 종군기자/Elections 선거/enforced disappearance 강제 실종

F: Funerals 장례식/Fidayeen 피다인*/Foreign Militant 외국 이슬람 전사/FIR(First Information Report) 최초 정보 보고/Fake Encounter 가짜 교전

G: Grenade Blast 수류탄 폭발/Gunbattle 총격전/G Branch (General branch-BSF intelligence) G 부서(총무부, 국경수비대 정보부의 별칭)/Graveyard 묘지/Gun culture 총기 문화

H: HM(Hizb-ul-Mujahideen) 히즈브-울-무자히딘/HRV (human rights violations) 인권침해/HRA(human rights activist) 인권운동가/Hartal 동맹휴업/Harkat-ul-Mujahideen 하르카트-울-무자히딘/Honeymoon 밀월/Half-widows

* 아랍계 무장 게릴라 조직.

반半과부/Half-orphans 반半고아/Human shields 인간 방패/Healing Touch 치유의 손길/Hideout 은신처

I: Interrogation 심문/India 인도/Intelligence 정보/Insurgent 반군/Informer 정보원/I-card 신분증/ISI 파키스탄정보국/intercepts 차단/Ikhwan 형제단/Information Warfare 정보전/IB 인도국내정보국/Indefinite Curfew 무기한 통행금지

J: Jail 감옥/Jamaat 단체/JKP 잠무카슈미르 경찰/JIC(Joint Interrogation Center) 합동심문센터/JKLF(Jammu & Kashmir Liberation Front) 잠무카슈미르해방전선/jihad 성전/jannat 천국/jahannum 지옥/Jamiat ul Mujahideen 자미아트 울 무자히딘/Jaish-e-Mohammed 자이시-에-모하메드

K: Kills 살해/Kashmir 카슈미르/Kashmiriyat 카슈미르 정신/Kalashnikov 칼라시니코프(AK 참조)/Kilo Force 킬로부대/Kafir 카피르

L: Lashkar-e-Taiba 라슈카르-에-타이바/LMG 경기관총/Launcher 발사대/Love letter 연애편지/Lahore 라호르/Landmine 지뢰

M: Mujahideen 게릴라 전사/Military 군/Mintree 군/Media 매체/Mines 지뢰/MPV(mine proof vehicle) 지뢰방호장갑차/Militant(또는 Milton, Mike) 전사/Muslim Mujahideen 이슬람 게릴라 전사/Mistaken Identity 신원 오인/Martyrs 순교자/Mukhbir(Informer) 정보원/Misfire(Accidental death) 사고사/Muskaan(army orphanage) 군대 고아

원/Massacre 대학살/Mout 도시 지역 군사 작전/Moj 법무부

N: NGO 비정부기구/New Delhi 뉴델리/Nizam-e-Mustapha 니잠-에-무스타파/Nabad(Ikhwan 참조)/Night Patrolling 야간 순찰/NTR(Nothing To Report) 보고사항 없음/nail parade 손톱 열병식/normalcy 정상

O: Occupation 점령/Ops 군사행동/OGW(overground worker) 지상활동가/overground 지상/official version 공식판/Operation Tiger 호랑이 작전/Operation Sadbhavana 친선 작전

P: Pakistan 파키스탄/PSA(Public Security Act) 공안법/POTA(Prevention of Terrorism Act) 테러방지법/Picked Up 체포/Prima Facie 일단 진실로 여겨지는/Peace 평화/Police 경찰/Papa I, Papa II(interrogation centers) 파파 1, 파파 2 심문센터/Psyops(psychological warfare) 심리전/Pandits 힌두교 스승/Press Conference 기자회견/Peace Process 평화 협상 절차/Paramilitary 준군사 조직/PTSD(Post-Traumatic Stress Disorder) 외상후스트레스 장애/Paar 국경 넘기/press release 언론 보도문

Q: Quran 쿠란/Questioning 심문

R: RR(Rashtriya Rifles) 라슈트리야 소총대/Regular Army 정규군/rape 강간/rigging 조작/Road Opening Patrol 도로 개방 순찰대/RDX 고성능 폭약/RAW 인도대외정보국/Renegades 변절자/RPG(rocket propelled grenade) 로켓 추진식 수류탄/razor wire 칼날 철조망/referendum 국민투표

S: Separatists 분리주의자/Surveillance 감시/Spy 간첩/SOG 특수공작단/STF 특수임무부대/Suspected 혐의자/Shaheed 순교자/Shohadda(martyrs) 순교자들/Sources 정보원/Security 보안/Sadbhavana(Goodwill) 친선/Surrender(일명 cylinder) 투항/SRO 43(Special Relief Order-1 lakh) 특별구제명령 43

T: Third Degree 3급 심문*/Torture 고문/Terrorist 테러리스트/tip-off 제보/tourism 관광/TADA(Terrorist and Disruptive Activities Act) 테러리스트와 교란행위자 처벌법/threats 위협/target 표적/task force 기동부대

U: Unidentified gunmen 신원 미상의 총기 소지자/unidentified body 신원 불명 시체/Ultras 과격파/underground 지하

V: violence 폭력/Victor Force 빅터부대/Village Defence Committee 마을 방어 위원회/Version(local/official/police/army) 해석(지역/공식/경찰/군)/victory 승리

W: Warnings 경고/wireless 무선/waza 요리사/wazwaan 와즈완**

X: X gratia 도의적인

Y: Yatra(Amarnath) 아마르나스 야트라***

Z: Zulm(oppression) 탄압/Z plus Security 최고 등급 보안

---

* 고문이나 폭행을 동반한 심문을 가리키는 은어.

** 카슈미르 코스 요리.

*** 잠무카슈미르에 있는 동굴로 힌두교의 성지다.

무사도 없는데 누가 이런 쓰레기들을 틸로의 머리에 채워넣은 걸까?

그녀는 어째서 아직도 이런 옛날이야기에 빠져 있는 걸까?

모두가 앞으로 나아갔다.

나는 그녀 역시 그랬으리라 생각했다.

나는 그녀의 침대에 누워 있다.

머리가 아파 죽겠다.

그리고 방안에 풍선이 가득하다.

왜 나는 그녀와 늘 이런 식으로 끝나는 걸까?

아까 한 장을 뜯었던 공책을 다시 편다. 첫 페이지에 이렇게 쓰여 있다.

박사님께,

이 글을 쓰는 동안 천사들이 내 주위를 맴돌아요. 그들의 날개에서 닭장 바닥 냄새가 난다는 걸 그들에게 어떻게 말할 수 있죠?

솔직히 카불에서의 삶이 훨씬 더 단순했다.

그리고, 그녀는 이미 네 번이나 다섯 번쯤 죽었기에
그 아파트는 그녀 자신의 죽음보다 심각한 드라마를
위해 계속 사용될 수 있었다.

장 주네

8
세입자

가로등 위의 새끼 얼룩올빼미가 일본인 사업가 같은 섬세하고 나무랄 데 없는 동작으로 꾸벅 고개 숙여 절했다. 그에겐 창문 너머의 작고 휑한 방과 침대 위 벌거벗은 기이한 여자가 훤히 보였다. 그녀에게도 그가 훤히 보였다. 어느 밤에는 그녀도 마주 절하며 모시모시*, 라고 말했다. 그녀가 아는 일본어는 그게 다였다.

실내에서조차 벽들이 위협적이고 단호한 열기를 뿜어냈다. 느릿한 천장 선풍기가 열기에 그은 공기를 휘저어, 공중에 고운 잿가루의 층을 만들었다.

방에 축하 행사의 흔적들이 보였다. 창살에 묶인 풍선들이 열기에 말랑말랑해지고 쪼그라든 채 종작없이 서로 부딪쳤다. 방 한가운데에는 페인트칠 된 낮은 간이의자 위에 밝은 딸기색 설탕 옷을

* '여보세요'라는 뜻의 일본어.

입히고 설탕 꽃으로 장식한 케이크와 까맣게 탄 심지가 달린 초 하나, 성냥갑 하나, 사용한 성냥개비 몇 개가 놓여 있었다. 케이크 위에는 생일 축하해 미스 제빈이라고 쓰여 있었다. 케이크는 조금 잘라서 먹은 상태였다. 설탕 옷이 녹아서 판지에 은박지를 씌운 케이크 밑판으로 똑똑 떨어졌다. 개미들이 제 몸보다 큰 부스러기를 들고 급히 달아났다. 검은 개미들, 분홍색 부스러기들.

생일과 세례식을 동시에 성공적으로 치른 아기는 곤히 잠들어 있었다.

S. 틸로타마라는 이름으로 통하는 유괴범은 잠에서 깨 정신을 집중했다. 그녀는 자신의 머리칼이 자라는 소리를 들을 수 있었다. 무언가 바스러지는 소리 같았다. 불에 탄 것이 바스러지는 소리. 석탄이나 토스트 같은. 전구에 붙어 부스러지는 나방들 같은. 그녀는 사람이 죽은 후에도 머리칼과 손발톱이 계속 자라난다는 이야기를 어디선가 읽은 기억이 났다. 별들이 죽은 후에도 오랜 시간 우주를 가로질러 날아오는 별빛처럼. 도시들처럼. 도시들은 자신이 약탈한 행성이 주변에서 죽어가는 동안 삶이라는 환상을 가장하며 활기차게 비등한다.

그녀는 밤의 도시를, 밤의 도시들을 생각했다. 하늘에서 떨어져 지상에서 무늬와 길과 탑으로 재배열된 버려진 옛 성단들. 직립보행을 배운 바구미들에게 침입당한.

날카로운 콧수염을 기른 엄숙한 바구미 철학자가 큰 소리로 책을 읽으며 학생들을 가르치고 있었다. 존경심에 찬 어린 바구미들이 그의 현명한 바구미 입에서 흘러나오는 말들을 한마디도 놓치지 않으려고 애썼다. "니체는 만일 연민이 도덕의 핵심이 된다면 불행은 전염성을 지니고 행복은 의심의 대상이 될 거라고 믿었다." 학생들이 작은 메모지에 사각사각 적었다. "반면 쇼펜하우어는 연민이 바구미의 최고 미덕이고 그래야만 한다고 믿었다. 하지만 그들보다 훨씬 앞서 소크라테스는 다음과 같은 핵심적인 질문을 던졌다. 우리는 왜 도덕적이어야만 하는가?"

이 교수는 제4차 바구미 세계대전에서 한쪽 다리를 잃어 지팡이를 짚고 다녔다. 그의 남은 다섯(다리들)은 아주 튼튼했다. 그의 강의실 뒷벽에 에어브러시 그라피티로 이렇게 쓰여 있었다.

악한 바구미들이 언제나 성공한다.

이미 혼잡한 강의실로 다른 생물체들이 몰려들었다.

인간 가죽 핸드백을 든 악어
선의를 지닌 메뚜기
금식중인 물고기
깃발을 든 여우
성명서를 지닌 구더기
신보수주의자 도롱뇽
우상화된 이구아나
공산주의자 암소
대안을 가진 올빼미
TV에 나오는 도마뱀. 여러분 안녕하세요, 반갑습니다, 여러분은 아홉시 도마뱀뉴스를 시청하고 계십니다. 도마뱀 섬에 눈보라가 쳤습니다.

아기는 무언가의 시작이었다. 유괴범도 그 정도는 알았다. 그날 밤(앞에서 말한 밤, 당일 밤, 전술한 밤, 이제부터 '그 밤'이라고 부르게 될 밤) 보도에서 그녀가 행동에 나섰을 때, 그녀의 뼈들이 그녀에게 그렇게 속삭였다. 그리고 그녀의 뼈들은 매우 신뢰할 만한 정보원이었다. 아기는 돌아온 미스 제빈이었다. 그녀에게 돌아온 게 아니라(미스 제빈 1세는 그녀 아이가 아니었으니까) 세상으로 돌아온. 미스 제빈 2세, 그녀는 어른이 되면 셈을 치르고 빚을 갚을 터였다. 형세를 뒤집을 터였다.

악한 바구미 세상에 아직은 희망이 있었다.

그렇다, '행복의 초원'은 멸망했다. 하지만 미스 제빈이 왔다.

❧

나가는 틸로에게 자신을 떠나는 타당한 이유를 말해달라고 했다. 내가 당신을 사랑하지 않아서? 그동안 내가 당신에게 마음을 써주지 못해서? 사려 깊지 못해서? 관대하지 못해서? 이해심이 부족해서? 왜 이제 와서? 그 많은 세월이 지난 후에? 그는 십사 년은 누구든 그 어떤 것도 충분히 극복할 수 있는 시간이라고 했다. 본인이 극복할 의지만 있다면. 사람들은 그보다 훨씬 끔찍한 일도 이겨낸다고.

"아 그거. 그건 오래전에 다 극복했어. 난 지금 행복하고, 잘 적응했어. 카슈미르 사람들처럼. 나는 내 조국을 사랑하는 법을 배웠어. 심지어 다음 선거에는 투표를 할지도 몰라." 틸로는 말했다.

나가는 그냥 넘어갔다. 그는 그녀에게 정신과의사를 찾아가는 게 어떨지 생각해보라고 했다.

생각은 그녀의 목을 아프게 했다. 그게 정신과의사를 찾아가는 것에 대해 생각하지 않을 타당한 이유가 되었다.

나가는 트위드 코트를 입고 시가를 피우기 시작했다. 그의 아버지가 그랬던 것처럼. 그리고 그의 어머니가 그랬던 것처럼 하인들을 고압적으로 대했다. 흰개미 토스트, 무명 샅바, 롤링스톤스는 잊힌 과거의 달뜬 꿈이었다.

커다란 저택 일층에서 혼자 지내는 나가의 어머니는(아버지 시바샨카르 하리하란 대사는 세상을 떠났다) 아들에게 틸로를 보내주라고 권고했다. "갠 혼자 힘으로 못 살아. 너한테 다시 받아달라고 애원할 거다." 나가는 그렇지 않으리란 걸 알았다. 틸로는 혼자 살 수 있을 것이다. 설령 그렇지 않다고 해도 애원 같은 건 하지 않으리라. 나가는 틸로가 그도, 그녀도 어찌해볼 수 없는 조류를 따라 부유하고 있음을 감지했다. 그는 틸로의 동요가, 그녀가 강박적으로, 그리고 점점 더 위험하게 도시를 배회하는 것이 정신에 이상이 생긴 신호인지 아니면 극히 예민하고 위험천만한 제정신의 발동인지 알 수가 없었다. 아니면 그 둘은 같은 것일까?

나가가 보기에 틸로에게 이런 새로운 동요를 일으켰을 만한 사건은 그녀 어머니의 기이한 죽음뿐이었는데, 그건 그들 모녀 사이에 관계란 것이 거의 존재하지 않았음을 감안하면 이상한 일이었다. 틸로가 마지막 이 주 동안 병원에서 어머니 병상을 지킨 건 사실이었다. 하지만 그걸 제외하면, 틸로는 지난 몇 년 동안 어머니를 몇 번밖에 만나지 않았다.

나가의 생각은 어떤 의미에서는 옳고 다른 의미에서는 옳지 않았다. 어머니의 죽음은(그녀는 2009년 겨울에 죽었다) 틸로 자신을 포함해 그 누구도 인식하지 못하고 있던 구속으로부터 그녀를 해방시켜주었다. 그 구속은 그동안 정반대의 것—특이하고 고립적인 독립성—으로 여겨졌기에 누구도 인식하지 못했다. 틸로는 어른이 되면서 자신과 어머니—친어머니이자 양어머니—사이에 선을 긋고 거리를 유지하는 것으로 스스로를 규정하고 형성해왔다. 그런데 더이상 그럴 필요가 없어지자 무언가 얼었던 것이 녹으면서 어떤 낯선 것이 그 자리를 채우기 시작했다.

틸로를 향한 나가의 구애는 계획대로 되지 않았다. 나가는 그녀가 또하나의 쉬운 정복 대상, 그의 불경한 탁월함과 신랄한 매력에 굴복해 실연의 아픔을 겪는 또 한 명의 여자가 되리라 생각했다. 하지만 틸로는 그에게 살그머니 다가와 그를 일종의 강박, 거의 중독 상태로 만들었다. 중독은 고유의 기억 체계를 지니고 있다—사랑하는 이의 살결, 냄새, 손가락 길이 같은 것에 의해 촉발되는. 틸로의 경우 비스듬한 눈매, 입 모양, 입술의 대칭을 살짝 변형시켜 스스로 의도하지 않을 때조차 단호한 인상을 주는 거의 눈에 띄지 않는 흉터, 기분이 상했음을 눈보다 먼저 보여주는 콧구멍의 벌름거림이었다. 어깨의 자세도. 알몸으로 항아리에 앉아 담배를 피우는 모습도. 결혼 후 많은 세월이 흘러, 그녀가 더이상 젊지 않다는—그렇지 않은 척하지도 않는다는—사실도 그의 감정을 바꿔놓진 못했다. 왜냐하면 그 모든 것을 넘어서는 문제였으니까. 그건 틸로가 지닌 도도함(나가의 어머니가 며느리의 '혈통'에 주저 없이 붙인 의문부호에도 불구하고)과 관련된 문제였다. 그리고 자신만이 홀로 거주하는 나라에서 그녀가 살아가는 방식의 문제였다. 비자도 안 나오고 영사관 같은 것도 없는 나라 말이다.

그렇다, 그 나라는 상황이 가장 좋았을 때조차 특별히 우호적인 적이 없었다. 하지만 국경을 봉쇄하고 완전한 고립주의 정책을 고수하게 된 건 시라즈 영화관에서 일어난 비극적인 사고 이후부터였다. 나가는 도저히 틸로에게 닿을 수 없어서 그녀와 결혼했다. 그리고 그녀에게 닿을 수 없어서 그녀를 보내줄 수가 없었다. (물론 그건 또다른 의문을 제기했다. 틸로는 왜 나가와 결혼했을까? 관대한 사람이라면 그녀에게 대피처가 필요해서였으리라 말할 것이다. 그보다 덜 관대한 견해는 신분을 위장하기 위해서였으리란 것이다.)

나가는 그 이야기에서 작은 부분만을 차지하고 있었지만, 그의 마음속에서 시라즈 '이전'과 '이후'는 이따금 기원전과 기원후의 의미를 지녔다.

☙

나가는 한밤중에 다치감에서 걸려온 비플랍 다스-구스-다의 전화를 받은 후, 아두스호텔에서 시라즈 영화관으로 가는 데 필요한 조처를 취하기 위해 몇 시간 동안 조심스러운 통화를 몇 통 해야 했다. 통행금지령이 내려져 있었다. 스리나가르는 봉쇄되었다. 다음날 아침에 거리로 쏟아져나올, 주말 동안 죽은 사람들의 장례 행렬에 대비해 보안부대가 배치되고 있었다. 즉각 사살 명령이 떨어졌다. 그 밤에 도시에서 이동하는 건 불가능에 가까운 일이었다. 나가가 어렵사리 차량과 통행증, 검문면제증, 시라즈 출입허가증을 받아냈을 때쯤엔 새벽이 가까워져 있었다.

영화관 로비 밖, 원래 매표소였던 자리에 들어선 경비 초소 근처에서 당번병이 기다리고 있었다. 당번병이 소령님(암리크 싱)은 출타중이시지만 그의 부관이 사무실에서 만나줄 거라고 했다. 당번병은 나가를 건물 뒤편으로 안내한 다음, 비상계단을 올라가 이층에 있는 어두한 임시 사무실로 들어갔다. 그는 나가에게 부관님이 곧 오실 거라며 의자에 앉으라고 했다. 나가는 그 방으로 들어갈 때, 방안에 문을 등지고 의자에 앉아 있는 피란과 발라클라바* 차림의 형상이 틸로임을 알 방도가 없었다. 그는 오랫동안 그녀를 만나지 못했다. 그녀가 고개를 돌렸을 때, 그녀의 눈빛보다 더 놀라웠던 건 그녀가 애써 미소 지으며 인사를 건넸다는 사실이었다. 나가에게 그건 파괴의 표시였다. 그건 틸로가 아니었다. 그녀는 미소 지으며 인사를 건네는 여자가 아니었다. 틸로의 가까운 친구들은 시간이 지나면서, 그녀에겐 인사를 하지 않는 것이 무뚝뚝한 친밀감의 선언임을 알게 되었다. 발라클라바 덕에 그들이 나중에 '헤어스타일'이라고 부르게 될 것은 즉각 드러나지 않았다. 나가는 발라클라바를 추위에 대한 남인도인의 과장된 반응으로 간주했다. (그는 남인도인과 발라클라바에 대한 농담을 많이 알고 있었고, 그 자신도 절반은 남인도인이었기에, 상대의 기분을 상하게 할 걱정 없이 남인도 억양을 써가며 태연하게 그런 농담을 구사하곤 했다.) 틸로는 나가를 보자마자 일어나서 재빨리 문 쪽으로 다가왔다.

"너구나! 난 가슨……"

---

* 머리와 얼굴, 목을 덮는 방한모.

"그 친구가 나한테 전화했어. 그 친구는 지금 주지사와 다치감에 있어. 나는 마침 시내에 있었고. 괜찮아? 그런데 무사는……? 혹시……?"

그는 한 팔로 그녀의 어깨를 감싸안았다. 그녀는 피부 속에 모터라도 달려 있는 듯 떤다기보다는 진동하고 있었다. 그녀의 한쪽 입가에서 맥박이 벌떡거렸다.

"이제 가도 돼? 우리 갈까……?"

나가가 대답할 틈도 없이 시라즈 영화관 합동심문센터 부사령관 아슈파크 미르가 강한 향수 냄새를 앞세우고 걸어들어왔다. 나가는 상상 속 비행非行에 죄의식을 느끼며 틸로의 어깨에서 팔을 거뒀다. (당시 카슈미르에서는 유죄와 무죄의 차이가 불가사의의 영역에 속했다.)

아슈파크 미르는 깜짝 놀랄 만큼 키가 작고, 깜짝 놀랄 만큼 강해 보였으며, 카슈미르인치고도 깜짝 놀랄 만큼 피부가 희었다. 그의 귀와 콧구멍은 셸핑크*색이었다. 그는 거의 금속성에 가까운 광채를 발했다. 카키색 바지엔 주름이 잡혀 있었고, 갈색 장화는 광이 났으며, 허리띠는 반짝거렸고, 머리는 젤을 발라 뒤로 빗어 넘겨 매끄럽고 반들거리는 이마가 드러난 말쑥한 모습이었다. 그는 알바니아인이거나 발칸반도에서 온 젊은 장교일 수도 있었다. 하지만 말을 시작하자, 대대로 이어져온 전설적인 카슈미르인의 친절이 몸에 밴 고풍스러운 선상가옥 주인이 오랜 고객을 맞이하는 듯한 태도를 보였다.

* 조개에서 보이는 황색이 섞인 엷은 분홍색.

"환영합니다, 선생님! 환영해요! 환영합니다! 내가 선생님의 열렬한 팬이라는 점을 말씀드려야겠군요! 우리에겐 저 같은 사람들을 올바른 방향으로 이끌어줄 선생님 같은 분들이 필요하지요!" 그의 생기발랄하고 소년 같은 얼굴에 번지는 미소는 하나의 우승기였다. 그의 놀라움에 찬 연푸른색 눈동자는 진짜 기쁨처럼 보이는 것으로 빛나고 있었다. 그는 나가의 손을 두 손으로 감싸듯 잡고 한참이나 열렬히 흔든 후, 책상 뒤쪽 의자에 앉으며 나가에게 맞은편 의자를 가리켰다. "죄송합니다. 조금 늦었어요. 밤새 밖에 나가 있었습니다. 시에 문제가 생겨서요—선생님도 들으셨을 겁니다—시위, 발포, 살해, 장례…… 늘 있는 스리나가르 특수 상황이죠. 방금 돌아왔습니다. 사령관님께서 내게 직접 부인을 인도하라고 하셔서요."

그는 '부인'이라고 부르면서도 틸로가 그 자리에 있지 않은 것처럼 행동했다. (그래서 틸로는 거기 없는 것처럼 행동할 수 있었다.) 그는 그녀에 대해 언급하면서도 그녀를 쳐다보지 않았다. 그게 경의의 표시인지 무례함인지, 아니면 그저 지역 전통인지는 명확하지 않았다.

그날 그 방에서 벌어진 일의 많은 부분이 명확하지 않았다. 아슈파크 미르의 공연은 태도와 등장 타이밍까지 포함해 모든 게 주도면밀하게 대본대로 이루어졌을 수도, 일종의 숙련된 즉흥극이었을 수도 있었다. 단 한 가지 모호하지 않았던 건 수선스러움과 미소 아래 깔린 위협이었다. 자신이 직접 '부인'을 인도할 것이지만, 선생님과 부인은 아슈파크 미르의 허락이 떨어져야만 떠날 수 있다는. 그럼에도 그는 자신에게 주어진 임무를 최대한 품위 있게 수행하고 있는 미천한 아랫사람에 불과한 것처럼 행동했다. 그는 이곳에서 무슨 일이 있었는지, 틸로가 합동심문센터에서 무얼 하고 있는 건지, 그녀가 왜 '인도되어야' 하는지 전혀 모르는 듯한 인상을 주었다.

적어도 방안 공기의 상태(떨리고 있었다)로 보아 흉악한 일이 벌어진 것만은 분명했다. 하지만 그게 어떤 일이고 누가 누구를 대상으로 저지른 것인지는 분명치 않았다.

아슈파크 미르는 손님의 의사를 묻지도 않고 벨을 눌러 차와 비스킷을 들여오라고 지시했다. 차와 비스킷을 기다리는 동안 그는 나가의 시선이 벽에 걸린 포스터에 머무는 걸 보았다.

우리는 우리의 규칙을 따른다
우리는 사납고
어떤 형태로든 치명적인
조류潮流의 조련사들
우리는 폭풍과 싸운다
그대의 짐작대로다
우리는
제복의 사나이들

"우리 조직 내부의 시詩죠……" 아슈파크 미르가 고개를 뒤로 젖히고 껄껄 웃었다.

그가 차 때문인지—대본에 따른 것인지—수다스러워졌다. 관객의 불안(그리고 정적)을 감지하지 못하고 자신의 대학 시절과 정치, 직업에 대해 스스럼없이 떠들어댔다. 그는 자신이 학생회장을 지냈고, 그 세대 청년들 대부분이 그랬듯 골수 분리주의자였노라고 말했다. 하지만 1990년대 초의 유혈 사태에서 사촌 한 명과 친한 친구 다섯 명을 잃으면서 깨달음을 얻게 되었다고 했다. 지금 그는 아자디를 위한 카슈미르의 투쟁이 길을 잃었고 '법의 지배' 없이는 아무것도 이룰 수 없다고 믿는다고 했다. 그래서 잠무카슈미르 경찰에 들어와 특수공작단에 배치되었다는 것이었다. 그는 우아하게 엄지와 검지로 비스킷을 들고서 자신의 마음이 바뀌었던 바로 그 순간에 그에게로 왔다는 하비브 잘리브의 시를 암송했다.

모하바트 골리욘 세 보 라헤 호
와탄 카 체라 쿤 세 도 라헤 호
구만 툼 코 케 라스타 카트 라하 하이
야킨 무지코 케 만질 코 라헤 호

너희가 사랑 대신 심은 총알
너희가 피로 씻어내린 우리 조국
너희는 길잡이 노릇을 하고 있다고 생각하지만
나는 너희가 탈선했다고 믿는다

아슈파크 미르는 반응을 기다리지도 않고 웅변조에서 공모자의 어투로 바꾸어 말했다.

"그리고 아자디를 추구한다고요? 이런 생각을 해본 사람이 있기는 할까요? 다수가 소수에게 무슨 짓을 할지 말입니다. 카슈미르인

펀디트들은 이미 떠났습니다. 오직 우리 이슬람교도만 남았죠. 우리는 서로에게 무슨 짓을 할까요? 살라피파는 바렐비파*에게 무슨 짓을 할까요? 수니파는 시아파에게 무슨 짓을 할까요? 수니파는 힌두교인을 죽이는 것보다 시아파를 죽이는 게 천국에 가는 더 확실한 방법이라고 말합니다. 라다크 불교도의 운명은 어떻게 될까요? 잠무 힌두교인들은? 잠무카슈미르는 그저 카슈미르가 아닙니다. 잠무, 카슈미르, 그리고 라다크죠. 분리주의자 중에 그 생각을 해본 사람이 있을까요? 그에 대한 대답은, 장담하건대, 절대 '아니다'죠."

나가는 아슈파크 미르가 한 말에 동의했고, 극도의 혼란 직전에 간신히 통제력을 되찾은 행정부에서 얼마나 주도면밀하게 이 자기 회의의 씨앗을 뿌렸는지 알고 있었다. 아슈파크 미르의 말을 듣는 건 계절이 바뀌고 곡식이 익어가는 과정을 지켜보는 것과 같았다. 나가는 순간적으로 솟구치는 쾌감을, 컬트적 의미의 전지자적 기분을 느꼈다. 하지만 그 자리가 더 길어지게 만드는 어떤 행동도 하고 싶지 않았다. 그래서 아무 말도 하지 않았다. 그는 보란듯이 목을 길게 빼고 책상 뒤편 화이트보드에 초록색 매직펜으로 써놓은 '지명수배자' 명단—스물다섯 명쯤 되는—을 읽었다. 반 이상의 이름들 옆에 (사망) (사망) (사망)이라고 적혀 있었다.

"전부 파키스탄인과 아프가니스탄인들입니다." 아슈파크 미르가 화이트보드 쪽을 돌아보지도 않고 계속 나가를 응시하며 말했다. "앞으로 살날이 육 개월 이상은 안 남은 자들이죠. 연말까지 전

* 살라피와 바렐비는 수니 이슬람교의 분파다.

부 제거될 겁니다. 하지만 우린 절대 카슈미르인 소년들은 안 죽입니다. 절대. 골수분자가 아닌 이상."

그 뻔뻔한 거짓말은 반박당하지 않고 허공에 떠 있었다. 그게 그 거짓말의 목적이었다—분위기를 시험해보는 것.

아슈파크 미르는 그 놀라움에 찬 깜빡이지 않는 눈으로 계속해서 나가를 보면서 차를 홀짝거렸다. 갑자기—어쩌면 그리 갑자기는 아니었는지도 모르지만—한 가지 아이디어가 떠오른 모양이었다. "이슬람 전사를 한번 보시겠습니까? 부상당한 자 한 명을 이곳에 감금하고 있습니다. 카슈미르인이죠. 데리고 오라고 할까요?"

그가 다시 벨을 울렸다. 벨소리를 듣고 몇 초 안에 들어온 부하가 차와 곁들여 먹을 추가 간식이라도 주문받듯 그 '지시'를 받았다.

아슈파크 미르가 짓궂은 미소를 보냈다. "제 상관께는 제발 말씀드리지 마십시오. 질책당할 일이니까요. 허용되지 않는 일이죠. 하지만 선생님께—부인께도—아주 흥미로운 경험이 될 겁니다."

그는 추가 간식을 기다리는 동안 책상 위 서류들에 눈을 돌려 활기차고 의기양양한 태도로 서류 몇 개에 빠르게 서명했고, 펜이 종이를 긁는 소리가 정적 때문에 더 크게 들렸다. 방 뒤쪽 의자에 앉아 있던 틸로가 일어나서 군용 트럭이 가득한 황량한 주차장이 내다보이는 창가로 걸어갔다. 그녀는 아슈파크 미르가 벌이는 쇼의 관객이 되고 싶지 않았던 것이다. 그건—죄수를 죄수로 만들고 간수를 간수로 만든 이유에 관계없이—간수에 맞서 죄수 편에 서는 본능적 결속의 제스처였다.

지금까지 방안에서 자신의 존재를 부재로 바꾸려 애쓰던 그녀였는데, 이제 그녀의 부재하는 형상이 열기를 띠면서 방안의 두 남자 모두, 매우 다른 방식이긴 해도, 그녀가 뿜어내는 기류를 강하게 의식하게 되었다.

몇 분 후 건장한 경찰관이 야윈 소년을 안고 들어왔다. 걷어올린 한쪽 바짓가랑이 아래로 드러난 성냥개비처럼 가느다란 종아리는 발목부터 무릎까지 부목으로 고정되어 있었다. 팔에는 깁스를 했고 목에는 붕대가 감겨 있었다. 소년은 고통으로 얼굴이 일그러져 있었지만, 경찰관이 바닥에 내려놓을 때 인상을 쓰지 않았다.

고통을 내보이지 않는 것이 소년이 자신과 한 약속이었던 것이다. 그건 소년이 절대적이고 절망적인 운명에 맞서 생각해낸 처절한 저항 행위였다. 그래서 위엄이 있었다. 비록 알아보는 사람은 아무도 없었지만. 소년은 날개 부러진 새처럼 한쪽 팔꿈치로 몸을 받치고, 반은 앉고 반은 누운 자세로 얕은 숨을 쉬며 시선은 내면을 향하고 얼굴에는 아무 감정도 드러내지 않은 채 미동도 않고 있었다. 주위 환경에, 방안의 다른 사람들에게 아무런 호기심도 보이지 않았다.

틸로도 방을 등진 채 소년에게 호기심을 보이기를 거부함으로써, 소년과 똑같은 처절한 저항 행위를 하고 있었다.

아슈파크 미르가 아까 시를 낭송할 때와 같은 웅변조로 그 극적인 정경을 깼다. 이번에 그가 한 이야기 역시 일종의 공연이었다.

"이슬람 전사들의 평균 나이는 열일곱에서 스무 살 사이죠. 이 소년은 세뇌당하고, 사상을 주입받고, 총을 받은 겁니다. 전사들 대부분이 가난하고 낮은 카스트에 속하는 소년들이에요. 그렇습니다, 친절하게 알려드리자면, 우리 이슬람교도들도 기꺼이 카스트 제도를 따릅니다. 이들은 자신이 무엇을 원하는지 모릅니다. 인도가 피 흘리기를 원하는 파키스탄에 이용당하는 거예요. 그걸 그들의 '찔러서 피 내기' 정책이라고 부를 수 있겠죠. 이 소년의 이름은 아이자즈입니다. 풀와마 근처 사과 과수원에서 벌어진 작전에서 잡혔죠. 이 소년에게 말을 걸어보셔도 됩니다. 어떤 질문이든 괜찮습니다. 이 소년은 최근 이곳에서 작전을 시작한 새 조직 소속이었죠. 라슈카르-에-타이바. 그 조직의 대장 아부 함자는 파키스탄인이었어요. 그는 죽었습니다."

나가는 아슈파크 미르가 무슨 게임을 벌이고 있는지 분명하게 알 것 같았다. 아슈파크 미르는 카슈미르에서 특수하게 통용되는 화폐로 거래를 제안해오고 있었다. 밤에 일어난 사건들—틸로에게 무슨 일이 일어났고 그녀가 어떤 공포를 목격했건—을 묵인하는 대가로, 비교적 새롭고—그가 입수한 첩보에 의하면—치명적인 조직 소속의 생포된 이슬람 전사와 인터뷰를 하는 것이다.

아슈파크 미르가 자신의 사냥감에게 걸어가서 귀가 잘 안 들리는 사람에게 이야기하듯 카슈미르어로 말했다.

"이 추이 나가라지 하리하란 사히브.* 인도에서 온 유명한 기자 시지." (선동은 카슈미르에서 하나의 전염병이었다—그래서 가끔 정권 지지자의 사전에도 부지불식간에 끼어들었다.) "이분은 공공연히 우리를 비난하는 기사를 쓰지만 그래도 우리는 이분을 존경하고 찬양한다. 그런 게 민주주의지. 그게 얼마나 아름다운 것인지 너도 언젠가 깨닫게 될 거다." 그는 나가에게 고개를 돌려 영어(소년이 알아듣긴 해도 말은 못하는)로 바꾸어서 말했다. "이 소년

* '이분은 나가라지 하리하란 선생님이다'라는 뜻.

은 우리와 함께 지내며 우리에 대해 잘 알게 되면서 자신의 과오를 깨닫게 되었습니다. 이젠 우리를 가족처럼 생각하죠. 이 소년은 자신의 과거를 버리고, 동지들과 자신에게 강제로 사상을 주입한 자들을 고발했습니다. 그리고 그들로부터 안전할 수 있도록 우리에게 이 년간의 감금을 요청했습니다. 부모의 면회는 허용되고 있어요. 며칠 내로 감옥으로 이송되어 사법적으로 구속될 겁니다. 이곳에 우리와 함께 있는 소년들 중에 이런 아이들이 많습니다. 우리와 함께 일할 준비가 된 아이들이요. 이 소년과 이야기를 나눠보세요. 어떤 것이든 물어보세요. 문제없습니다. 대답할 겁니다."

나가는 아무 말도 하지 않았다. 틸로는 여전히 창가에 있었다. 바깥은 시원했지만 공기에서 우르릉거리는 소리가 들리고 경유 냄새가 났다. 그녀는 군인들이 아기 안은 젊은 여자를 호위한 채, 트럭과 군인들로 이루어진 미로 사이로 걸어가는 걸 지켜보았다. 여자는 가고 싶어하지 않는 듯했다. 자꾸 돌아서서 뒤쪽에 있는 무언가를 보았다. 군인들이 간선도로와 고문센터 사이에서 방어벽 역할을 하는 가시철조망 너머, 시라즈 영화관의 높다란 철문 밖에 그녀를 데려다놓았다. 여자는 그 자리에 계속 서 있었다. 어디로도 이어지지 않는 교차로 위의 교통섬처럼 작고 절망적이고 겁에 질린 형상으로.

잠시 방안의 침묵에 어색함이 감돌았다.

"아 알겠습니다…… 일대일로 이야기를 나누고 싶으시군요. 내가 나갈까요? 괜찮습니다. 얼마든지 나갈 수 있어요." 아슈파크 미르가 벨을 눌렀다. "나 나간다." 그가 벨소리를 듣고 온 어리둥절한 표정의 부하에게 말했다. "우리는 나간다. 대기실에 가서 앉아 있도록 하자."

그는 자신에게 자신의 방에서 나가라는 명령을 내린 뒤 나가서 문을 닫았다. 틸로가 몸을 돌려 그가 나가는 걸 힐끗 보았다. 문 아래 틈새로 그의 갈색 신발이 빛을 가로막고 있는 게 보였다. 잠시 후 그가 파란 플라스틱 의자를 든 부하와 함께 다시 들어왔다. 의자는 바닥에 누운 소년 앞에 놓였다.

"선생님, 앉으세요. 이 소년은 말을 할 겁니다. 걱정하실 필요 없습니다. 선생님께 해코지 안 할 겁니다. 이제 나갑니다, 괜찮으시겠죠? 듣는 사람 없이 이야기를 나누실 수 있도록 해드리죠."

그는 나가서 문을 닫았다. 그러더니 거의 곧바로 돌아왔다.

"이 소년의 이름이 아이자즈라는 걸 알려드렸어야 했는데 깜빡 잊었네요. 무엇이든 물어보세요." 그는 아이자즈를 보면서 약간 위압적인 어조로 말했다. "무슨 질문에든 대답해드려. 우르두어도 괜찮아. 너 우르두어 할 수 있지."

"예." 소년이 시선을 들지 않고 대답했다.

"이 소년도 카슈미르인이고 나도 카슈미르인입니다. 우린 형제죠—우리를 보세요! 좋아요. 나가겠습니다."

아슈파크 미르가 다시 방에서 나갔다. 그리고 다시 그의 신발이 방문 바로 밖에서 서성였다.

"뭐든 하고 싶은 말이 있니?" 나가가 의자를 무시하고 아이자즈 앞에 쪼그리고 앉아서 물었다. "안 해도 돼. 하기 싫으면. 공식적으로든 아니든."

아이자즈는 잠시 나가의 시선을 받았다. 변절자로 소개된 치욕에 비하면 육체적 고통은 아무것도 아니었다. 그는 나가가 누군지 알았다. 그의 얼굴은 몰랐지만 나가라는 이름은 이슬람 전사들 사이에서 용감한 기자로—결코 동조자는 아니지만 쓸모가 있는 사람으로—'인간적인 우파'의 한 사람으로 잘 알려져 있었다. '인간적인 우파'란, 이슬람 전사들뿐 아니라 보안부대라도 도를 넘는 행위를 하면 그것에 대해 똑같이 고발하는 공평하고 양심적인 기사를 쓰는 인도 기자들에게 일부 이슬람 전사들이 농담삼아 붙인 명칭이었다. (나가의 정치적 변화는 심지어 그 자신에게조차도 아직 식별 가능한 형태로 드러나지 않고 있었다.) 아이자즈는 즉시 결정을 내려야 한다는 걸 알았다. 페널티킥을 막는 골키퍼처럼 이쪽이든 저쪽이든 선택해야만 했다. 그는 어렸기에 더 위험한 쪽을 선택했다. 그는 카슈미르인의 억양이 섞인 우르두어로 조용하고 분명하게 말하기 시작했다. 그의 겉모습과 말 사이의 부조화는 말의 내용 자체만큼이나 충격적이었다.

"저는 선생님을 압니다. 투쟁하는 사람들, 자유와 존엄을 위해 싸우는 사람들은 나가라지 하리하란을 정직하고 꼿꼿한 언론인으로 알고 있습니다. 저에 대한 기사를 쓰시려면 진실을 쓰셔야 합니다. 그가—아슈파크 사히브가—한 말은 진실이 아닙니다. 그들은 저를 고문했습니다. 전기 충격을 가하고 백지에 서명하게 만들었습니다. 그들은 이곳에서 모든 사람들에게 그렇게 합니다. 그들이 나중에 백지에 뭐라고 썼는지 모르겠습니다. 그 종이에서 내가 무슨 말을 하도록 만들었는지 말입니다. 진실은 제가 아무도 고발하지 않았다는 겁니다. 저는 지하드에서 저를 훈련시킨 사람들을 부모님 이상으로 존경합니다. 저는 강제로 지하드 조직에 들어간 게 아닙니다. 제가 그들을 찾아 나섰습니다."

틸로가 돌아봤다.

"저는 탕마르그에서 국립학교 12학년 학생이었습니다. 지하드에 들어가는 데 꼬박 일 년이 걸렸습니다. 그들—라슈카르—은 제게 죽거나 고문당하거나 실종된 가족이 없어서 저를 무척 의심했습니다. 전 아자디와 이슬람을 위해 지원한 것입니다. 그들이 저를 신뢰하게 되기까지, 제가 군의 첩자는 아닌지, 제가 전사가 되면 제 가족 중에 밥벌이를 할 사람이 없어지는 건 아닌지 확인하기까지, 일 년이 걸렸습니다. 그들은 아주 신중하게……"

경찰관 네 명이 오믈렛과 빵, 케밥, 양파 튀김, 잘게 썬 당근, 차가 담긴 쟁반을 들고 들이닥쳤다. 아슈파크 미르는 말들을 모는 마부처럼 그들 뒤에서 등장했다. 그는 몸소 접시에 음식을 덜어줬는데 물샐틈없는 군사 대형처럼 당근은 바깥 테두리에, 양파는 안쪽에 꼼꼼하게 배치했다. 방안에 정적이 감돌았다. 접시는 두 개뿐이었다. 아이자즈는 다시 시선을 바닥으로 떨어뜨렸다. 틸로도 다시 창밖을 보았다. 트럭들이 들고 났다. 아기를 안은 여자는 아직도 도로 한가운데에 서 있었다. 하늘은 불타오르는 장미 같았다. 먼 산들은 천상의 아름다움을 지니고 있었지만 그해에도 관광업은 망조였다.

"계속하세요. 식사도 하시고요. 케밥 좋아하시나요? 지금요, 아니면 나중에? 이야기 계속하세요. 괜찮습니다. 좋아요, 나는 나갑니다." 아슈파크 미르는 십 분 동안 네번째로 자신의 방에서 나가 문밖에 섰다.

나가는 아이자즈가 자신에 대해 한 말이 기분좋았고 털로 앞에서 그 말을 했다는 게 기뻤다. 그는 작은 공연을 펼치고 싶은 충동을 억누를 수 없었다.

"통제선을 넘어왔니? 파키스탄에서 훈련받았어?" 나가는 아슈파크 미르에게 안 들린다는 걸 확인한 후 아이자즈에게 물었다.

"아뇨. 여기서 훈련받았습니다. 카슈미르에서요. 이제 여기에 다 있습니다. 훈련, 무기…… 탄약은 군대에서 삽니다. 총알 하나에 20루피, 그리고 900루피를 주면……"

"군대에서 산다고?"

"예. 그들은 교전이 끝나는 걸 원치 않습니다. 카슈미르를 떠나고 싶어하지 않아요. 그들은 현상황에 매우 만족하고 있습니다. 모든 진영의 모든 사람들이 젊은 카슈미르인들의 시체 위에서 돈을 벌고 있지요. 그들은 너무 많은 수류탄을 던지고 학살을 하고 있어요."

"넌 카슈미르인이야. 왜 히즈브나 JKLF* 대신 라슈카르를 선택했지?"

"히즈브조차도 카슈미르의 특정 정치 지도자들을 존경했으니까요. 라슈카르에서는 그런 지도자들을 존경하지 않습니다. 저는 어떤 지도자도 존경하지 않습니다. 그들은 우리를 속이고 배신했으니까요. 그들은 카슈미르인들의 시체를 밟고 정치 경력을 쌓아왔어요. 그들에겐 계획도 없어요. 저는 죽고 싶어서 라슈카르에 들어왔습니다. 저는 죽게 되어 있습니다. 생포될 줄은 생각도 못했어요."

"하지만 먼저—죽기 전에—죽이고 싶었던 거지……?"

* Jammu Kashmir Liberation Front. 잠무카슈미르해방전선.

아이자즈가 나가를 똑바로 응시했다.

"예. 우리 민족의 살해자들을 죽이고 싶었습니다. 그게 잘못인가요? 그걸 기사로 쓰셔도 됩니다."

아슈파크 미르가 불쑥 들어왔는데, 얼굴에 환한 미소를 짓고 있었지만 웃음기 없는 시선은 이 사람 저 사람에게 빠르게 돌진하며 무슨 대화가 오갔는지 살폈다.

"충분합니까? 만족하시나요? 이 소년이 협조하던가요? 그에게 얻은 정보를 기사로 쓰시려거든 사전에 내게 재확인을 해주시기 바랍니다. 이 소년은 결국 테러리스트니까요. 나의 테러리스트 형제."

그는 다시 행복한 웃음을 터뜨리더니 벨을 눌렀다. 건장한 경찰관이 돌아와 아이자즈를 안고 밖으로 나갔다.

음식이 튼튼한 쟁반에 담겨 나간 뒤 나가와 틸로는 가도 된다는 쾌활한(하지만 무언의) 허락을 받았다. 접시 위의 음식은 손도 대지 않은 상태였고, 군사 대형은 훼손되지 않았다.

밀실공포증을 유발하는 집시 장갑차 뒷좌석에 앉아 아두스호텔로 돌아가는 길에, 나가는 틸로의 손을 잡았다. 틸로도 그의 손을 마주잡았다. 나가는 그 머뭇거리는 애정의 교환이 일어나는 순간의 주변 상황을 강하게 의식하고 있었다. 그는 약한 진동을, 그녀의 피부 아래 모터를 느낄 수 있었다. 그럼에도, 세상의 모든 여자들 중에서 이 여자의 손을 잡고 있다는 것이 형언할 수 없는 행복감을 주었다.

지프 내부엔 냄새가 진동했다—시큼한 금속냄새, 화약냄새, 머릿기름냄새, 공포와 배반의 냄새가 뒤섞인 악취였다. 그 차에 주로 타는 사람들은 '고양이들'이라고 알려진 가면 쓴 정보원들이었다. 봉쇄 수색 작전이 이루어지는 동안 봉쇄 지역의 성인 남자들은 모두 끌려나와 카슈미르밸리에서 흔히 볼 수 있는 공포의 상징인 집시 장갑차 앞을 줄지어 지나갔다. 철제 우리 깊숙한 곳에 숨은 '고양이'가 고개를 끄덕이거나 눈을 찡긋하면 그 남자는 줄에서 끌려나와 고문을 당하거나 '실종되거나' 죽었다. 물론 나가는 그 모든 걸 알았으나 그렇다고 해서 만족감이 줄어들진 않았다.

음침한 도시는 완전히 깨어났지만 잠든 척하고 있었다. 텅 빈 거리들, 닫힌 시장들, 셔터 내린 상점들과 잠긴 집들이 지프의 좁은 창—카슈미르 사람들은 이 창을 '죽음의 창'이라고 불렀는데, 거기서 내다보는 건 군인의 총이나 정보원의 눈이기 때문이었다—을 스치고 지나갔다. 떠돌이 개떼가 다가오는 겨울에 대비해 지저분한 털이 무성해진 채 작은 곰처럼 웅크리고 있었다. 잔뜩 경계하고 있는 긴장한 군인들 외엔 사람이라곤 보이지 않았다. 오전 중반쯤 되면 통행금지가 풀리고 보안대는 시민들이 몇 시간 동안 자신들의 도시를 되찾을 수 있도록 물러날 터였다. 수십만 민중이 집에서 쏟아져나와 자신들의 슬픔과 분노의 분출조차도 전략적, 군사적 운영 계획의 일부가 되었음을 깨닫지 못한 채 묘지로 행진할 것이었다.

나가는 틸로가 무슨 말이라도 하기를 기다렸다. 하지만 그녀는 말이 없었다. 그가 먼저 대화를 시작하려고 하자 그녀가 말했다. "제발. 우리…… 있잖아…… 아무 얘기도…… 안 하면 안 될까?"

"가슨이 굴레즈 대장이란 사람이 죽었다고 하던데…… 그들 생각으로는, 그게 누구 생각인지 모르겠지만…… 가슨 생각으로는…… 아니 어쩌면 가슨도 그렇게 보고를 받은 건지 몰라, 그게 무사였다고. 맞아? 그것만 말해줘. 그게 사실이야?"

틸로는 잠시 아무 말도 하지 않았다. 그러더니 고개를 돌려 그를 똑바로 응시했다. 그녀의 눈은 깨진 유리 같았다.

"알아볼 수가 없었어."

나가는 펀자브 분쟁을 취재할 때 심문센터에서 나오는 처참한 시체들을 상당히 많이 보았다. 그래서 틸로의 말을 듣고 자신의 짐작이 맞았다고 생각했다. 그는 틸로가 그 일로 인한 충격에서 회복되려면 시간이 걸릴 거라는 걸 알았다. 그는 기다릴 준비가 되어 있었다. 그는 무슨 일이 있었는지에 대해 자신이 충분히 안다고—적어도 꼭 알아야 할 건 다 안다고—생각했다. 틸로의 고통이 자신에겐 강렬한 만족감의 원천이라는 사실에 대해, 그는 스스로를 용서했다.

나가의 물음에 대한 틸로의 대답은 완전히 거짓말은 아니었다. 하지만 진실도 아니었다. 진실은 그녀가 본 시체의 상태를 고려할 때, 만일 그녀가 그 시체가 누구인지 몰랐더라면, 알아볼 수가 없었으리란 것이었다. 하지만 그녀는 그 시체가 누구인지 알았다. 그게 무사가 아니란 걸 그녀는 아주 잘 알았다.

그 거짓, 혹은 반쪽짜리 진실, 혹은 십분의 일짜리 진실(혹은 그 진실의 비율이 어떻게 되든)로 장벽이 세워지고 영사관 없는 나라의 국경은 봉쇄되었다. 시라즈에서의 에피소드는 종결된 문제로 처리되었다.

그들이 델리로 돌아왔을 때 틸로가 니자무딘 슬럼가에 있는, 나가가 '창고 방'이라고 부르는 곳에서 혼자 지낼 수 있는 상태가 아니었기 때문에, 나가는 그녀에게 당분간 자신의 부모님 집 옥상에 있는 자신의 작은 공간에서 지내라고 권유했다. 이윽고 그녀의 '헤어스타일'을 본 나가는 정말 잘 어울린다고, 누가 잘랐는지 모르겠지만 미용사를 해야겠다고 말했다. 그 말에 틸로는 미소를 지었다.

몇 주 후 나가는 틸로에게 자신과 결혼해줄 수 있는지 물었다. 틸로는 그러겠다고 대답해서 그를 기쁘게 했다. 그리고 그의 부모님에겐 몹시 당황스럽게도, 결혼식이 바로 거행되었다. 그들은 1996년 크리스마스 날 결혼했다.

틸로에게 필요한 게 위장이었다면, 외교관 거주지에서 시바샨카르 하리하란 대사의 며느리로 사는 것보다 나은 선택은 없었다.

틸로는 그 생활을 십사 년간 유지하다가 갑자기, 더이상 견딜 수 없게 되었다. 거기엔 많은 이유들이 있었지만 주된 문제는 극도의 피로였다. 그녀는 자신이 있어서는 안 되는 주소에서 진짜 자신의 것이 아닌 삶을 살아가는 일에 피로감을 느끼기 시작했다. 아이러니하게도, 그런 변화가 시작되었을 즈음 그녀는 그 어느 때보다 나가를 좋아하고 있었다. 그녀를 지치게 한 건 그녀 자신이었다. 그녀는 자신의 분리된 세계들을 분리해서 유지할 능력—많은 사람들이 온전한 정신의 초석이라고 여기는 기술—을 상실했다. 그녀의 머릿속 교통이 신호등을 믿고 따르는 걸 중단한 듯했다. 그 결과 소음이 끊이지 않았고 몇 차례 심각한 충돌이 일어났으며 결국 정체 상태에 빠졌다.

이제 과거를 돌아보며, 나가는 자신이 오랜 세월 잠재의식 속에 틸로가 사막을 지나는 낙타처럼 그저 자신의 삶을 지나가고 있을지도 모른다는, 언젠가는 그녀가 분명 자신을 떠날 거라는 두려움을 품고 살았음을 깨달았다.

그럼에도 막상 그런 일이 닥치자 한동안은 믿기가 힘들었다.

정보국에서 일하면서 심문 기록들을 읽다보면 인간 본성에 대해 그 어떤 설교가나 시인, 정신과의사도 도달할 수 없는 독보적인 경지의 이해를 얻게 된다고 늘 주장하는 그의 오랜 친구 R.C.가 단호하게 충고했다.

"미안한 말이지만, 화끈하게 아내의 따귀를 두 대 때리면 해결될 일이네. 자네들의 현대적 방식이 항상 먹히는 건 아니지. 결국에는 우리 모두 동물이니까. 그래서 제 비읍 우 니은 시옷 우*를 알게 해줄 필요가 있지. 약간의 분명함이 당사자 모두에게 도움이 될 걸세. 자네 아내에게 호의를 베푸는 것이나 다름없다고. 언젠가는 그녀도 고마워할 거야. 내 말을 믿게. 경험에서 나온 말이니까." R.C.는 철자법을 모르는 가상의 도청자를 속이기라도 하려는 듯, 이야기 도중 종종 목소리를 낮추고 단어의 철자를 말했다. 그리고 늘 사람들을 '당사자'라고 칭했다. 누군가를 깎아내릴 때 늘 '미안한 말이지만'이란 말로 시작하는 것과 마찬가지로, '결국에는'이란 말을 권고나 식견의 발사대로 즐겨 썼다.

R.C.는 틸로가 자식을 갖는 걸 거부하도록 허용한 것에 대해 나가를 나무랐다. 그녀를 묶어두는 데 자식만한 건 없었으리란 것이

---

* '분수'를 철자로 말한 것.

었다. 그는 희끗희끗한 콧수염을 기른 작고 온화하고 여성스러운 남자였다. 그에겐 작고 온화한 아내와 분자생물학을 공부하는 작고 온화한 십대 딸이 있었다. 그들은 작고 온화한 장난감으로 이루어진 모형 가족처럼 보였다. 그래서 수년간 그와 알고 지낸 나가조차도 그에게서 그런 남성적인 충고가 나왔다는 것이 무척이나 놀라웠다. 나가는 R.C. 부인이 자신의 분수를 지키도록 만든 화끈한 따귀의 성질과 빈도가 궁금해졌다. 그녀는 표면적으로는 차분하고 자신의 운명에—집에 가득한 기념품과 다소 천박한 장신구와 비싼 카슈미르산 숄에— 완전히 만족하는 것처럼 보였다. 그녀가 감춰진 분노를 품은 화산이고 가끔 벌을 주고 따귀를 때릴 필요가 있다는 것이 상상이 되지 않았다.

블루스를 좋아하는 R.C.가 나가를 위해 노래 한 곡을 들려주었다. 빌리 홀리데이의 〈No Good Man〉이었다.

> 배신당한 사람은 나,
> 그를 미워해야 하는데
> 그런데도
> 그를 너무도 사랑해
> 내가 원하는 건
> 불로 만들어진 사랑이라

R.C.는 '그를 미워해야 하는데I oughta hate him'를 '그 모든 구타 All the hittin''라고 알아들었다.

그가 말했다. "여자들이란. 여자들은 다 그래. 예외는 없어. 알겠나?"

나가는 틸로를 보면 늘 빌리 홀리데이가 떠올랐다. 사람보다는 목소리가. 한 인간이 하나의 목소리, 하나의 소리를 연상시키는 게 가능하다면, 나가에게 틸로는 빌리 홀리데이의 목소리를 연상시켰다. 그녀에게도 그런 유연하면서도 심장을 멎게 하는, 몹시도 혼란스러운 의외성이 있었다. R.C.는 자신의 주장을 뒷받침하기 위해 빌리 홀리데이를 예로 들면서 자신이 무엇을 촉발시켰는지 꿈에도 몰랐다.

어느 날 아침, 다른 결점은 있을지 몰라도 폭력은 전혀 쓸 줄 모르는 남자였던 나가가 아내를 때렸다. 그리 납득이 가는 행동은 아니었음을 둘 다 깨달았다. 하지만 어쨌든 그는 틸로를 때렸다. 그런 다음 그녀를 안고 울었다. "가지 마. 제발 가지 마."

그날 틸로는 대문 앞에 서서 기사가 운전하는 업무용 차를 타고 출근하는 나가를 지켜보았다. 그녀는 그가 직장까지 가는 내내 뒷좌석에서 우는 모습은 볼 수 없었다. 나가는 우는 남자가 아니었다. (그날 밤 국가 안보에 대해 토론하는 황금 시간대 TV 프로그램에 게스트로 출연한 그는 개인적 고통의 흔적을 전혀 보이지 않았다. 그는 '새로운 인도'가 파시즘을 향해 미끄러져가고 있다고 주장하는 여성 인권운동가를 뛰어난 말재주로 쉽게 제압했다. 나가의 간결한 답변은 말쑥한 차림의 학생들과 야심 있는 젊은 전문가들로 이루어진 엄선된 방청객들을 킥킥거리게 만들었다. 또다른 게스트는 국가 안보에 관한 모든 토론에 악의와 어리석음을 공급하기 위해 무거운 몸을 이끌고 정기적으로 불려나오는, 온통 콧수염과 훈장으로 뒤덮인 늙은 퇴역 장군이었는데, 그도 웃으며 박수를 쳤다.)

틸로는 버스를 타고 도시 변두리로 갔다. 수마일에 걸쳐 이어진 도시 쓰레기장을 가로질러 걸었다. 압축된 비닐봉지들이 가득한 밝은 색깔의 쓰레기 매립지에서 누더기를 걸친 아이들이 쓰레기를 뒤지고 있었다. 하늘에는 약탈품을 두고 아이들, 돼지들, 개떼와 경쟁을 벌이는 까마귀와 솔개들이 검은 소용돌이를 이루었다. 멀리서 쓰레기차들이 천천히 쓰레기 산을 굽이굽이 돌아 오르고 있었다. 부분적으로 무너진 쓰레기 절벽들이 쓰레기 산이 얼마나 높이 쌓였는지를 드러냈다.

그녀는 다른 버스를 타고 강변으로 갔다. 다리 위에 서서, 빈 생수병과 납작한 플라스틱통으로 만든 둥근 뗏목을 타고 노를 저으며, 느리게 흐르는 걸쭉하고 더러운 강을 지나는 남자를 쳐다보았다. 보도에서 상인들이 순수한 공장폐수로 기른 싱싱한 멜론과 윤기 나는 오이를 팔고 있었다.

그녀는 세번째 버스로 한 시간을 가서 동물원에서 내렸다. 그녀는 광대하고 텅 빈 우리에 사는, 보르네오에서 온 작은 긴팔원숭이를 한참이나 구경했는데, 털북숭이 점 같은 그 조그만 녀석은 큰 나무에 제 목숨이라도 달린 듯 찰싹 붙어 있었다. 나무 밑에는 관람객들이 그 긴팔원숭이의 관심을 끌기 위해 던진 물건들이 어지럽게 흩어져 있었다. 긴팔원숭이 우리 밖에는 긴팔원숭이 모양의 시멘트 쓰레기통이, 하마 우리 밖에는 하마 모양의 시멘트 쓰레기통이 있었다. 시멘트 하마의 벌린 입에는 쓰레기가 가득했다. 진짜 하마는 더껑이가 낀 연못에서 뒹굴고 있었는데, 매끈하고 넓적하고 풍선 같은 엉덩이는 젖은 타이어 색이었고, 부어오른 분홍빛 눈꺼풀 속에 박힌 작은 눈은 물위에서 경계를 게을리하지 않고 있었다. 하마 주위로 플라스틱병과 빈 담뱃갑들이 떠다녔다. 밝은색 드레스를 입고 눈가에는 검은 화장이 번진 어린 딸을 향해 한 남자가 몸을 구부렸다. 그가 하마를 가리키며 "악어"라고 말했다. "아거." 어린 딸이 한껏 귀엽게 말했다. 시끄러운 청년들 무리가 울타리 너머, 하마 연못의 시멘트 둑으로 면도칼을 던졌다. 그들은 면도칼이 동이 나자 틸로에게 사진을 찍어줄 수 있는지 물었다. 그중 손가락마다 반지를 끼고 양 손목에 빛바랜 붉은 실을 맨 청년이 틸로에게 사진 구도를 잡아주고 자신의 휴대전화를 건넨 후 친구들에게로 뛰어갔다. 그는 친구들 어깨에 팔을 두르고 손가락으로 브이 자를 만들었다. 틸로는 사진을 찍고 그들에게 휴대전화를 돌려주면서 우리 안의 하마에게 면도칼을 먹일 대단한 용기를 가진 걸 칭찬했다. 그들은 한참 만에야 그것이 모욕임을 깨달았다. 그리고 그후로 동물원을 도는 그녀를 따라다니며 희롱 섞인 델리 요들을 불러댔다. "오이! 합시 부인!" 어이! 검둥이 부인! 그들이 그렇게 놀린 건 그녀의 피부색이 인도에서 흔치 않은 것이었기 때문이 아니라 그녀의 태도와 거동에서 신분 상승한 '합시'—힌디어로 에티오피아인—를 보았기 때문이었다. 분명히 하녀나 노동자는 아닌 '합시'.

뱀 전시관에는 우리마다 인도비단뱀이 있었다. 뱀 사기. 수컷 물사슴 우리에는 암소들이 있었다. 사슴 사기. 시베리아호랑이 우리에서는 여자 인부들이 시멘트 자루를 날랐다. 시베리아호랑이 사기. 새장에 있는 대부분의 새들은 여느 나무 위에서도 흔히 볼 수 있는 것들이었다. 새 사기. 큰유황앵무 우리에서, 틸로를 따라오던 청년들 중 하나가 틸로 옆으로 슬그머니 다가오더니 유명한 발리우드 곡조에 자신이 만든 가사를 붙여 앵무새에게 노래했다.

두니야 카탐 호 자에기
추다이 카탐 나히 호기

세상은 끝날 테지만
섹스는 끝나지 않으리.

틸로는 그보다 나이가 최소한 두 배는 많았기에 이중적인 모욕을 담은 가사였다.

분홍사다새 우리 밖에서 그녀의 휴대전화로 문자가 왔다.

NH24 가지아바드에 위치한 자연 친화적인 집
방 1개 150만
방 2개 180만
방 3개 310만
예약은 3만 5천 루피부터 시작
할인 전화 91-103-957-9-8

먼지투성이의 늙은 니카라과재규어가 우리 안의 먼지투성이 선반에 턱을 올려놓고 있었다. 녀석은 그런 자세로 극도로 무관심하게 몇 시간이나 있었다. 어쩌면 몇 년일지도.

털로는 자신도 그 재규어 같다는 생각이 들었다. 먼지투성이에, 늙고, 극도로 무관심한.

어쩌면 그녀는 그 재규어가 맞는지도 몰랐다.

어쩌면 그녀도 언젠가는 자신의 이름을 딴 비싼 도심형 자동차를 갖게 될지도 몰랐다.

⁂

털로는 집에서 나갈 때 많은 걸 가져가지 않았다. 처음에 나가는, 그 문제에서라면 털로 자신조차, 그녀가 진짜 집을 나간 건지 확신할 수 없었다. 그녀는 나가에게 사무실을 임대했다고 했지만 어딘지는 말하지 않았다. (가슨 호바트도 그에게 말하지 않았다.) 털로는 몇 달 동안 집과 사무실을 오가며 지냈다. 시간이 지나면서 집에 들어오는 횟수가 뜸해지더니 점차 들어오지 않게 되었다.

나가는 일과 일련의 우울한 연애에 뛰어들면서 새로운 독신남의 생활을 시작했다. TV에 자주 나가다보니 그는 신문과 잡지에서 '유명 인사'라고 부르는 그런 존재가 되어 있었고, 사람들은 그것 자체를 하나의 직업으로 여기는 듯했다. 식당이나 공항에서 처음 보는 사람들이 다가와 사인을 요청할 때가 많았다. 그들 중 다수는 그가 누구인지, 정확히 무슨 일을 하는지, 왜 친숙해 보이는지 잘 몰랐다. 나가는 그들의 요청을 거절하는 것조차 귀찮았다. 그 나이 또래 남자들 대부분과 달리 그는 아직 몸에 군살이 없고 머리숱도 많았다. '성공한 사람'으로 보이다보니 다양한 여자들을 고를 수 있었으며, 그중에는 독신에 그보다 훨씬 어린 여자도, 그와 또래이거나 연상에 유부녀이지만 다양성을 추구하는 여자도, 이혼해서 두번째 기회를 찾는 여자도 있었다. 그들 중 가장 유력한 후보는 뽀얀 우윳빛 피부와 윤기 흐르는 머리칼을 가진 삼십대 중반의 날씬하고 세련된 미망인이었는데—작은 공국의 방계 왕족이기도 했다—나가의 어머니는 그녀에게서 자신의 젊은 시절 모습을 보고 아들보다 더 그녀를 탐냈다. 나가의 어머니는 그녀와 그녀의 치와와인 '찰스 왕자'를 손님으로 들여 아래층에서 자신과 함께 지내게 했고, 그곳에서 그들은 함께 정상을 점령할 계획을 세울 수 있었다.

둘이 사귄 지 몇 개월이 지나자 공주는 나가를 연인의 애칭인 '잔Jaan'이라고 부르기 시작했다. 그녀는 하인들에게 라지푸트 왕족의 전통에 따라 자신을 '바이 사'*라고 부르게 했다. 그녀는 왕족의 비밀 요리법으로 만든 요리들을 나가에게 해주었다. 새 커튼과 수놓은 쿠션, 바닥에 깔 예쁜 두리**를 주문했다. 지독하게 방치된 나가의 거처를 달콤하고 밝고 여성스러운 느낌으로 꾸몄다. 그녀의 관심은 나가의 상처 입은 자존심을 달래주었다. 그는 그녀가 주는 감정들에 똑같이 격렬하게 화답하진 않았지만 지치고 예의바른 태도로 그녀의 마음을 받아주었다. 이제 상대를 맹목적으로 사랑하는 게 어떤 건지 거의 잊은 상태였다. 그는 작은 개들에 대한 일반적인 편견을 갖고 있었음에도 찰스 왕자를 지나치게 좋아하

* 라지푸트 귀부인에 대한 존칭.

** 인도에서 바닥에 까는 묵직한 면직 깔개.

게 되었다. 주기적으로 찰스 왕자를 동네 공원에 데려가, 인터넷을 뒤져서 산 찻잔 받침 크기의 작은 원반을 던져주었다. 그러면 찰스 왕자는 원반을 찾아 물고서 거의 제 키만큼 큰 잡초들을 헤치고 나가를 향해 천천히 달려왔다. 공주는 나가가 주최한 몇 번의 만찬에서 안주인 노릇을 했다. 그녀에게 반한 R.C.는 공주가 아직 아기를 가질 수 있는 나이일 때 시간 낭비하지 말고 빨리 결혼하라고 나가를 다그쳤다.

여전히 고통으로 제정신이 아닌데다 여전히 R.C.의 형편없는 충고에 잘 넘어가던 나가는 공주에게 시험삼아 동거를 하는 건 어떤지 물었다. 그녀는 손을 뻗어 엄지와 검지 사이의 골에 그의 제멋대로 자란 눈썹을 끼워 다정하게 매만져주었다. 그녀는 자신에겐 그보다 행복한 일이 없을 거라며, 단 그의 거처로 들어가기 전에 아직도 그곳에 떠도는 틸로의 기를 해방시켜야겠다고 말했다. 그녀는 나가의 허락하에 붉은 고추를 통째로 볶은 다음 그 연기 나는 구리 냄비를 들고 우아하게 기침을 하면서, 매캐한 연기를 피해 윤기 흐르는 머리를 멀찍이 젖히고 눈을 꽉 감은 채로 이 방 저 방 돌아다녔다. 고추에서 더이상 연기가 나지 않자 그녀는 기도를 올린 후 그걸 냄비째 정원에 묻었다. 그다음엔 나가의 손목에 붉은 실을 묶어주고, 비싼 향초들을 켜서 방마다 하나씩 두고 심지까지 다 태웠다. 그녀는 커다란 판지 상자를 여남은 개 사서 나가에게 틸로의 물건들을 담아 지하실에 내려다 놓으라고 했다. 그리고 나가는 틸로의 옷장(너무도 노골적으로 그녀의 냄새를 풍기는)을 정리하던 중에 코친*에 있는 레이크뷰병원에서 작성된 그녀 어머니의 두툼한 진료 파일을 발견하게 되었다.

나가는 틸로와 결혼해서 사는 동안 그녀의 어머니를 만난 적이 없었다. 틸로는 자신의 어머니 이야기를 일절 하지 않았다. 물론 나가도 틸로의 어머니에 대해 대략은 알고 있었다. 그녀 이름은 마리암 이페였다. 그녀는 유서 깊고 지체 높은, 그러나 영락한 시리아계 기독교 가문의 딸이었다. 그 가문은 2대—그녀의 아버지와 오빠—가 옥스퍼드 출신이었으며, 그녀 자신도 닐기리스에 있는 산간 피서지 우타카문드의 수녀원 학교를 졸업하고 마드라스의 기독교 대학에서 공부하다가 아버지의 병환으로 케랄라에 있는 고향으로 불려왔다. 나가가 알기로 그녀는 그 지방의 한 학교에서 영어 교사를 하다가 자신의 학교를 열었고, 그 학교는 혁신적인 교수법으로 유명한 대단히 성공적인 학교로 성장했다—틸로도 델리의 대학에 진학하기 전에 그 학교에 다녔다. 나가는 틸로의 어머니에 대한 신문기사를 몇 편 읽었는데, 틸로는 늘 델리에 사는 양녀라고만 언급되어 있을 뿐 이름은 한 번도 등장하지 않았다. R.C.(모두에 관해 모든 걸 알아내고 자신이 모두에 관해 모든 걸 알고 있음을 모두에게 알리는 게 일인)가 한번은 그에게 신문기사를 스크랩해서 주며 이렇게 말했다. "자네 수양 장모는 멋진 여자야, 야르." 수년의 기간에 걸친 기사들이었는데, 일부는 그녀의 학교에 관한 내용으로 교수법과 아름다운 캠퍼스를 소개하고 있었고, 일부는 그녀가 벌인 사회, 환경 캠페인들과 그녀가 받은 상들에 대해 다루고 있었다. 그 기사들은 인생 초년의 커다란 역경을 극복하고 현재

* 인도 남부 케랄라주의 도시.

의 위치—대도시로 나가지 않고 자신이 나고 자란 보수적인 작은 도시에서 계속 살면서 고투를 이어가는 고난의 길을 택한 우상적 페미니스트—에 오른 한 여성의 이야기를 들려주었다. 그녀가 약자를 괴롭히는 남자들 일당에게 어떻게 대항했는지, 그녀를 괴롭히던 사람들로부터 결국 어떻게 존경과 감탄을 얻어냈는지, 자신의 꿈과 열망을 추구하려는 젊은 세대의 모든 여성들에게 어떤 영감을 주었는지 이야기했다.

틸로를 아는 사람이라면 누구든 틸로가 그 기사에 실린 사진 속 주인공의 양딸이 아님을 알 수 있었다. 두 사람의 얼굴색은 극적으로 달랐지만 이목구비는 기가 막히게 비슷했다.

나가는 그들의 사연에 대해 아는 건 별로 없었지만 신문기사들에는 중요한 퍼즐 조각 하나가—일종의 서사시적 마콘도*식 광기가, 저널리즘이 아닌 문학이—빠져 있음을 직감할 수 있었다. 그런 말을 입 밖에 낸 적은 없었지만, 나가는 어머니에 대한 틸로의 태도가 가혹하고 비이성적이라고 느꼈다. 그의 의견으로는, 설령 틸로가 친딸이고 마리암 이페가 그런 사실을 공개적으로 인정하려 하지 않았다 해도, 전통적 공동체에 속한 젊은 여성이 독립적인 삶을 택한다는 것은, 자신의 혼외자를 키우려고 결혼을 포기한다는 것은—그걸 자선으로 위장하고 아기의 양어머니라는 가면을 썼다고 할지라도—엄청난 용기와 애정이 필요한 행동이었다.

나가는 모든 기사들에서 틸로에 관한 구절은 늘 정해져 있음을 발견했다. "스콜라스티카 수녀님께 전화가 왔는데 막일하는 여자

---

* 가브리엘 가르시아 마르케스의 소설 『백 년의 고독』에 등장하는 가상의 도시.

가 마운트카르멜 고아원 밖에 바구니에 담긴 갓난아기를 두고 갔다고 하시더군요. 수녀님은 내게 그 아기를 데려가고 싶은지 물으셨어요. 가족들은 결사적으로 반대했지만 전 그 아기를 입양하면 새 인생을 줄 수 있을 거라고 생각했어요. 작은 석탄조각처럼 새까만 아기였죠. 어찌나 작은지 제 손바닥 안에 들어갈 정도여서 아기를 틸로타마라고 불렀어요. 산스크리트어로 '참깨'라는 뜻이죠."

틸로에겐 상처가 되었을 수도 있는 이야기였지만, 나가는 틸로도 어머니의 관점에서 그 일을 볼 수 있어야 한다고 생각했다—어머니는 아기를 자신의 소유로 만들고 사랑하기 위해서라도 그렇게 아기와 거리를 두어야만 했던 거라고.

나가가 보기에 틸로의 개성, 그 별남과 특이함은—선천적으로 그렇게 태어났든, 후천적 양육의 결과든—어머니의 공이었다. 하지만 그는 어떤 말—직접적이든 간접적이든—로도 모녀를 화해시킬 수 없었다.

그래서 나가는 그 오랜 세월 어머니를 멀리했던 틸로가 선뜻 코친으로 가서 입원중인 어머니를 돌보겠다고 나섰을 때 어리둥절할 수밖에 없었다. 그는 틸로가 어머니의 임종 자리에서 자신과 진짜 아버지에 대한 비밀을 듣게 될 수도 있으리란 희망으로 그곳에 간 것일지도 모른다고 생각했다(틸로가 그 문제에 대한 호기심을 드러내는 걸 본 적은 없었지만 말이다). 그의 짐작은 옳았다. 하지만 그런 희망을 이루기엔 조금 늦어버리고 말았다.

틸로가 코친에 도착했을 때, 어머니는 폐기능 저하로 혈류에 이산화탄소가 축적되어 뇌에 염증이 생겼고, 그로 인해 극심한 정신적 혼란에 빠진 상태였다. 게다가 약물 치료와 장기간의 중환자실 입원으로 정신병이 생겼는데, 의사들 말로는 강한 권력과 아집을 가진 사람들이 갑자기 무력해져서 과거에 아랫것들 취급했던 사람들의 지배를 받는 자신을 발견했을 때 특히 잘 걸리는 병이라고 했다. 어머니의 분노와 당혹감은 의료진 외에도 교대로 그녀를 면회하는 충직하고 오래된 하인들과 학교 교사들에게까지 향했다. 그들은 병원 복도에서 대기하다가 두 시간마다 중환자실로 들어가 몇 분 동안 그들의 사랑하는 아마치*를 면회했다.

틸로가 도착한 날, 어머니의 얼굴이 환하게 빛났다.

"쉴새없이 몸을 긁고 있어." 어머니가 인사 대신 말했다. "의사는 긁는 게 좋다지만 더이상 견딜 수가 없어서 가려움증 약을 먹었다. 어떻게 지내니?"

어머니는 짙은 자주색 양팔—한 팔에는 링거가 연결된—을 들어 의사들이 아직 막히지 않은 정맥을 찾느라 끝도 없이 두드리고 바늘로 찔러대서 피부가 어떻게 되었는지 틸로에게 보여주었다. 대부분의 정맥들이 짜부라지고 막혀서 이미 자주색이 된 피부 속에서 더 짙은 자주색 거미줄을 이루고 있었다.

"그러면 그는 소매를 걷어올리고 흉터를 보이며 말하리라. '이

* '어머니'라는 뜻.

것들은 크리스핀 축일에 입은 부상이다.'* 기억나니? 내가 가르쳐 줬는데."

"네."

"다음 구절이 뭐지?"

"노인들은 잊는다. 그러나 모든 게 잊히더라도 그날 그가 세운 무공은 잘 기억할 것이다."

틸로는 자신이 그걸 기억하고 있었다는 걸 잊고 있었다. 셰익스피어는 그녀에게 기억의 개가라기보다는 음악으로, 옛 곡조가 떠오르듯 되살아났다. 그녀는 어머니의 상태를 보고 깜짝 놀랐으나 의사들은 만족해하며 어머니가 그녀를 알아봤다는 건 놀랄 만한 호전을 의미한다고 말했다. 그날 의사들은 바닷물 석호와 그 안으로 굽은 야자수들, 석호를 가로질러 부는 몬순 폭풍이 창밖으로 보이는 일인실로 어머니를 옮겼다.

어머니의 호전된 상태는 오래가지 않았다. 그날 이후로 그녀는 정신이 오락가락해서 틸로를 항상 알아보진 못했다. 하루하루 예측 불가능한 새로운 병세의 장이 펼쳐졌다. 어머니는 새로운 기벽과 비이성적 강박을 보였다. 하지만 병원 의사들과 간호사들, 그리고 간병인들까지도 그녀에게 친절했으며 그녀의 말을 기분 나쁘게 받아들이지 않는 듯했다. 그들도 그녀를 아마치라고 부르며, 짜증이나 악의라곤 없이 젖은 수건으로 몸을 닦아주고 기저귀를 갈아줬다. 오히려 그녀의 난동이 심해질수록 그들은 그녀를 더 사랑하는 듯했다.

---

* 셰익스피어의 『헨리 5세』에 나오는 구절.

틸로가 도착하고 며칠이 지난 후부터 어머니가 괴상한 집착을 보이기 시작했다. 그녀는 일종의 카스트 조사관이 되었다. 자신의 시중을 들어주는 모든 사람들의 카스트와 하위 카스트, 하위 하위 카스트에 대해 꼬치꼬치 캐묻기 시작했다. 그냥 '시리아계 기독교인'이라고 대답하면 그것으로 만족하지 않고 마르토마인지, 야코바인지, 남인도교회파인지, 북인도교회파인지 꼭 확인했다. '힌두교인'이면 에자바라는 대답으론 충분하지 않고 티야인지 체카바인지까지 말해야 했다. '지정 카스트'*라고 대답하면 파라야인지 풀라야인지 파라반인지 울라단인지 캐물었다. 원래 코코넛 따는 카스트였나? 조상들이 시체 운반인이었나, 똥 치우는 사람이었나, 세탁부였나, 쥐잡이였나? 그녀는 자세한 것까지 알아낸 후에야 그들이 시중을 드는 걸 허락했다. 만일 시리아계 기독교인이면 성까지 물었다. 누구의 조카가 누구 시누이의 조카딸과 결혼했는지도 물었다. 누구의 할아버지가 누구의 증조할아버지 누이의 딸과 결혼했는지도 물었다.

"COPD예요." 간호사들이 틸로의 표정을 보고 미소 지으며 말했다. "걱정 마세요. 원래 그런 거니까요." 틸로는 COPD가 뭔지 찾아보았다. 만성폐쇄성폐질환. 간호사들이 말해주기를, 악의 없는 할머니를 포주처럼 행동하게 만들고 주교를 술주정뱅이처럼 욕하게 만드는 병이라고 했다. 그러니까 개인적인 모욕으로 받아들이지 않는 게 최선이라고. 그들, 그 간호사들은 정확하고 전문적인 아주 멋진 여자들이었다. 그들은 걸프 국가나 영국이나 미국에 자

* 불가촉천민이라 불리는 최하위 카스트.

리가 나기를 기다리고 있었다. 그곳에 가면 말라얄람어*를 하는 간호사들의 엘리트 공동체에 들어가게 될 터였다. 그때까지 그들은 레이크뷰병원에서 나비 치유사들처럼 환자들 주위에서 팔랑거렸다. 그들은 틸로와 친구가 되어 전화번호와 이메일 주소를 교환했다. 그후 수년간 틸로는 왓츠앱을 통해 그들이 보내는 크리스마스 인사와 말라얄람어를 사용하는 간호사들 관련 유머를 받아보게 되었다.

어머니는 병이 깊어지면서 가만히 있지를 못했고 통제가 거의 불가능해졌다. 잠이 없어지고 밤마다 겁에 질려 동공이 확대된 채 자신에게, 그리고 누구든 들어주는 사람에게 계속 떠들어댔다. 마치 줄곧 깨어 있는 상태를 유지하면 죽음을 속일 수 있다고 생각하는 것 같았다. 그녀는 가끔은 적대적으로, 가끔은 유쾌하고 즐겁게 끊임없이 이야기했다. 옛 노래나 성가, 크리스마스 캐럴, 오남** 보트 경주 노래를 한 토막씩 부르기도 했다. 수녀원 학교에서 배운 완벽한 영어로 셰익스피어의 구절들을 암송하기도 했다. 그러다 화가 나면 그 계급에서 그런 가정교육을 받고 자란 여자가 도대체 어떻게(그리고 어디서) 배운 건지 알 수 없는 부랑자들이 쓰는 적나라한 말라얄람어 사투리로 주변 모든 사람들을 모욕했다. 그녀는 날이 지날수록 더 공격적이 되어갔다. 그리고 식욕이 극적으로 증가해 가석방된 죄수처럼 반숙 달걀과 파인애플 업사이드다운 페이스트리를 허겁지겁 먹어치웠다. 그녀는 그 나이의 여자에겐 초

* 인도 케랄라주의 공용어.

** 인도 케랄라 지방에서 8월이나 9월에 열리는 추수감사제.

인적이라고 할 만한 비축된 체력을 이용했다. 간호사들과 의사들을 몰아내고 정맥에 연결된 포트와 주사기를 뽑았다. 진정제는 폐 기능을 억제하기 때문에 진정제 투여도 불가능했다. 결국 그녀는 도로 중환자실로 옮겨졌다.

그러자 그녀는 분노했고 정신병 증세가 더 심해졌다. 그녀는 교활하고 쫓기는 듯한 눈빛이 되어 줄곧 탈출 계획을 짰다. 간호사들과 간병인들에게 돈을 주겠다고 제안했다. 젊은 의사에게 탈출을 도와주면 자신의 학교와 부지를 넘기겠다고 약속했다. 두 번이나 환자복 차림으로 복도 끝까지 가는 데 성공했다. 그후로 간호사 둘이 계속 감시해야 했고 가끔 침대에서 벗어나지 못하게 잡고 있기까지 해야 했다. 그녀가 주위의 모든 사람들을 녹초로 만들자 병원 측에서는 그녀를 이십사 시간 간호할 여력이 없다며 신체적 구속, 즉 침대에 묶어두는 게 불가피하다고 말했다. 의사들은 그녀의 가장 가까운 피붙이인 틸로에게 그걸 허락하는 서류에 서명해줄 것을 요구했다. 틸로는 마지막으로 한 번만 더 어머니를 진정시킬 기회를 달라고 부탁했다. 의사들은 조금은 마지못해 동의했다.

틸로는 병원에서 나가에게 마지막으로 전화했을 때, 자신이 마침내 어머니를 진정시킬 방법을 찾아내 중환자실에서 어머니 곁에 머무를 수 있도록 특별 허가를 받았노라고 전했다. 나가는 그녀의 목소리에서 웃음기를, 심지어 애정까지도 느꼈다고 생각했다. 틸로는 간단하면서도 실행 가능한 해결책을 발견했다고 말했다. 그녀가 공책을 들고 어머니 침대 옆 의자에 앉으면 어머니가 끝도 없이 받아 적을 걸 불러준다는 것이었다. 가끔은 편지의 형태이기도 했다. 부모님께 쉼표 다음 줄…… 제가 알게 된 일이 있어서…… 부모님께 다음에 쉼표 넣었니? 대부분은 그냥 횡설수설이었다. 틸로 말로는, 무언가를 받아쓰도록 시키는 것이 어머니에게 자신이 아직 배의 선장이며 책임자의 위치에 있다고 느끼도록 만들어 상당한 진정 효과를 거둘 수 있다는 것이었다.

나가는 틸로가 무슨 말을 하고 있는 건지 도통 이해할 수가 없어서 그녀에게 당신도 조금 제정신이 아닌 것 같다고 말했다. 틸로는 웃으며 자신이 받아쓴 걸 보면 이해가 될 거라고 대답했다. 나가는 그 당시 대체 어떤 종류의 사람이라야, 어머니가 중환자실에서 임종을 앞두고 환각 상태에 빠졌을 때에야 속기사라는 가면을 쓰고 어머니와 그 어느 때보다 좋은 관계를 맺을 수 있는 것인지 의아해했던 기억이 났다.

하지만 결국 레이크뷰병원에서는 일이 잘 풀리지 않았다. 틸로는 어머니 장례식을 치른 뒤 수척하고 그 어느 때보다 과묵한 상태가 되어 돌아왔다. 어머니의 죽음에 대해서도 간략하게, 거의 냉담하게 설명했다. 그녀는 델리로 돌아오고 나서 몇 주 만에 끊임없는 방황을 시작했다.

나가는 그녀가 받아쓴 글을 본 적이 없었다.

그날 아침 나가는 무심코 틸로의 옷장에 있던 진료 파일을 넘겨보다가 그녀가 받아쓴 것들 일부를 발견했다. 그것들은 공책에서 뜯어낸 괘지에 틸로의 필체로 적혀 있었으며 병원비 청구서, 약 처방전, 산소포화도 차트, 혈액가스 검사 결과지 사이에 접힌 채 끼워져 있었다. 나가는 그것들을 읽으며 자신이 결혼한 여자에 대해 얼마나 아는 게 없는지 깨달았다. 그리고 앞으로도 얼마나 아는 게 없을지도.

2009/7/9

화분 식물들을 돌봐라 쓰러질지도 모른다.

그리고 그 주름—담요 구겨진 데—내가 다 눌러버려야겠구나.

너에 대해 대사 부인 건축가 파라야라고 하는데 무슨 소리냐?

저 푸른 옷을 입은 사람들, 그들은 똥을 다룬다. 네 친척들이냐?

내가 알기로 파울로세는 난초와 잘 맞지 않는다, 난초들을 죽이고 있어. 파라야라는 게 문제일 수도 있다.

비주나 레주에게 난초를 맡으라고 해라.

밤에 개들 짖는 소리 들었니? 당뇨 환자들 다리 잘라서 버리는 거 그거 가지러 개들이 온다. 난 개들 울부짖는 소리를 듣는다. 개들은 사람 팔다리를 물고 도망친다. 아무도 그러지 못하게 막지 않는다.

네 개들이니? 수컷이니 암컷이니? 개들이 단걸 좋아하는 것 같구나.

좋은 대추를 갖다주겠니?

푸른 사람들이 우리 주위에서 얼쩡거리지 못하게 해야 한다.

우리, 너와 나는 아주 조심해야 한다. 너도 알지, 그렇지?

내 눈물을 검사했는데 염분과 수분이 정상이란다. 난 안구건조증이 있어서 계속 세척해주고 눈물을 만들어주는 정어리를 먹어야 하지. 정어리들은 눈물이 가득하거든.

체크무늬 옷을 입은 이 여자는 복권을 가지고 깜짝 놀랄 만한 행동을 할 거다.

가자.

레주에게 차 갖고 오라고 해라. 안 되겠다. 그러고 싶지 않아.

안녕하세요! 만나서 정말 반가워요! 이쪽은 내 손녀예요. 통제가 안 되죠. 여기 좀 깨끗이 치워주세요.

레주가 오는 즉시 차를 갖고 필사적으로 도망치자. 변기 챙기고. 똥은 두고 가자.

네가 여기 왔구나. 내게 속삭여줘. 난 궁지에 빠졌어. 너도 궁지에 빠진 거니?

우린 변기에 앉아 도망치는 거다.

난 조니 워커를 마실 거다. 그가 저기 우리 위에 있니?

난 시트 두 장만 가져갈 거다. 그럼 우리 다리는 어쩌지?

거기 말馬이 있을까?

나와 나비들 사이에 큰 전쟁이 시작됐다.

프린시, 나이시, 그리고 친구들 데리고 되도록 빨리 나올래? 황동 화병, 바이올린, 바느질감 챙겨. 똥, 선글라스는 놓고 오고 부서진 의자들은 잊어. 그것들은 늘 얼쩡거리지, 왔다갔다하고.

체크무늬 옷 입은 이 여자가 네 똥 치우는 걸 도와줄 거야. 이 여자 아버지가 쓰레기 치우러 곧 여기 올 거야. 나는 그가 너와 함께 있다가 잡히는 걸 원치 않아. 우리 빨리 떠나야겠다.

그 커튼 뒤에서 내다보면 사람들이 모여 있는 게 느껴지니? 난 느껴져. 분명 냄새가 나. 사람들 냄새. 바다처럼 조금 썩은 냄새.

네 시들과 계획들은 모두 앨리스쿠티에게 맡기는 게 좋겠다. 그 여자는 흉측할 정도로 못생겼지. 보고 비웃을 수 있게 그 여자 사진을 한 장 갖고 싶구나. 내가 이렇게 야비하다.

주교가 관에 누운 나를 보고 싶어할 거다. 내 장례식을 위한 거니까 정말 다행이다. 내가 거기 갈 거라는 생각은 한 번도 안 해봤다. 비가 오고 있니, 날씨가 화창하니, 어둡니 낮이니 밤이니? 누가 좀 말해줄 수 없어?

이제 도망쳐.

이 말들은 내보내고.

이 여자를 데려다가 이 여자의 모든 걸 비워내는 건 야비한 짓이라고 생각해.

일어나!!!

나 나간다. 넌 네가 원하는 대로 해도 돼. 넌 심하게 맞을 거야.

너는 틸로타마 이페가 아니면서 우두커니 서서 틸로타마 이페라고 말하다니 한심하기 짝이 없구나. 나는 너에게 나에 대해,

그리고 너에 대해 아무것도 말하지 않을 거다.

나는 그저 여기 서서 "이걸 하고 저걸 해라"라고 말할 것이다. 그리고 넌 틀림없이 시키는 대로 할 것이다. 내일부터 네 월급은 없다. 그걸 적었니? 내가 너에게 매번 벌금을 물릴 거야.

가서 모든 사람들에게 말해라. "이 사람은 내 어머니 마리암 이페 부인이고 나이가 백오십 살이다"라고.

저 모든 말들을 위한 약을 갖고 있니?

사람들이 하품할 때 얼마나 말을 닮았는지 알고 있니?

치아 관리 철저히 하고 절대로 뽑지 마라.

가끔 할인을 해주겠다고 하는데 그건 어리석은 짓이다.

모든 걸 점검하고 가자.

그리고 해나가 있구나. 나는 그녀에게 돈을 빚졌고 나는 카테터들을 꽂고 모든 아이들을 뛰어넘어야 한다.

카테터들이 너무 많고 모두들 이페 부인이 양파*를 갖게 된 걸 기뻐했지. 하지만 이 아이는 참 착했어. 넌 내 카테터들을 빼지 않았어. 이 아이가 했지. 이 아이는 진정한 파라야야. 넌 진정한 파라야가 되는 법을 잊었어.

누군가가 다가왔고 그다음 누군가가 그리고 누군가가.

충격적인 건 네가 모두에게 네 규칙들을 부과하고 있다는 거다. 나는 사람들이 내 말을 따르기를 기대한다.

하지만 내가 책임자다. 너도 틀림없이 알게 되겠지만 책임에서 벗어나는 건 대단히 어려운 일이다. 안남마는 우리 지역에서 제일 조용한 사람이다.

셜록 홈스와 셜록 홈스를 연기하는 안남마가 누구지? 그녀는 둘 다 품위 있게 연기하지. 그녀는 너무도 아름답게 죽은 우리 교장이었어. 그녀는 집에 가서 내게 기침을 갖다줬어.

안녕하세요 의사 선생님 이쪽은 홈스쿨링을 하는 내 딸이에요. 아주 못됐죠. 오늘 경주에서 끔찍했어요. 하지만 나도 아주 끔찍했죠. 우리는 모든 사람들을 발로 찼어요.

나는 어처구니없는 짓들을 하며 살았다. 나는 아이를 낳았다. 그녀를.

---

* 카테터 호스 끝에 달린 둥근 형태의 풍선을 의미하는 것으로 보인다.

그리고 더러운 옷을 입고 더러운 카테터를 꽂은 그 소년 그리고 나는 더러운 강에 몇 시간 동안 앉아 있었다.

나 지금 고자들에게 둘러싸여 있는 것 같다. 그러니?

음악…… 뭐가 잘못된 거지? 더이상 기억할 수가 없어.

잘 들어봐…… 산소야. 죽어라고 부글거리지. 난 산소가 떨어져가고 있어. 하지만 떨어지든 늘든 상관없어.

자고 싶구나. 난 죽는 게 좋아. 내 발을 따뜻한 물로 감싸줘.

나 자고 싶다. 허락을 구하는 게 아냐.

프스 프스 프스 소리 같구나…… 쿡! 쿡! 쿡!

이게 내 엔진이다.

사람이 죽을 때 구름에 매달리면 우리는 그 사람의 모든 정보를 알 수 있다. 그럼 그들이 그 사람에게 청구서를 준다.

내 돈 어디 있니?

동맥 포트는 예수그리스도의 나사다. 아프지 않다.

난 아주 작은 마네킹일 뿐이다.

나는 내 엉덩이가 좋아. 닥터 버기스가 그걸 왜 제거하고 싶어하는지 모르겠구나.

언 꽃은 절대 떠나지 않는다. 늘 어딘가에서 기다리고 있지. 우리 화병들에 대해 얘기 좀 해야겠다.

너 흰 꽃의 소리를 들었니?

나가가 발견한 건 견본에 지나지 않았다. 메모들을 병원 쓰레기로 내보내지 않고 전부 모아놨더라면 책으로 몇 권은 되었을 것이다.

어느 아침, 한 주 동안 쉬지 않고 속기를 한 틸로는 완전히 지쳐서 어머니 침대 곁에 선 채 자신이 늘 앉던 의자 등받이에 두 팔을 걸쳐놓고 있었다. 중환자실은 하루 중 가장 바쁜 시간이었다. 의사들은 회진중이었고, 간호사들과 간병인들도 바빴으며, 병실 청소까지 하고 있었다. 마리암 이페는 유난히 고약한 아침을 보내고 있었다. 얼굴은 시뻘겠고 눈은 열에 들떠 번들거렸다. 그녀는 환자복을 훌렁 걷어올려 기저귀만 걸친 아랫도리를 드러내고 쇠꼬챙이처럼 빳빳한 두 다리를 벌린 채 누워 있었다. 소리를 지를 때는 남자 목소리처럼 굵직했다.

"파라야들한테 내 똥 치울 때가 됐다고 말해!"

틸로의 피가 고속도로를 벗어나 광기에 찬 숲길을 질주했다. 그녀가 팔을 걸치고 있던 의자가 예고도 없이 번쩍 들렸다가 내동댕이쳐졌다. 나무 부서지는 소리가 병실에 메아리쳤다. 바늘들이 정맥에서 튕겨져 나왔다. 약병들이 트레이에서 흔들렸다. 약한 심장들이 순간적으로 정지했다. 틸로는 그 소리가 어머니의 몸을 타고 지나가는 것을, 시신에 흰 천을 씌우듯 발부터 위로 올라가는 것을 지켜보았다.

그녀는 자신이 거기 얼마나 오래 서 있었는지, 누가 자신을 닥터 버기스의 방으로 데려갔는지 전혀 알지 못했다.

중환자실 책임자 닥터 제이컵 버기스는 사 년 전까지 미군 군의관으로 근무했다. 쿠웨이트전에서 그의 부대 중환자 담당 부지휘관을 지냈고, 임기가 끝나자 케랄라로 돌아왔다. 그는 거의 평생을 외국에서 살았는데도 말할 때 미국인의 악센트가 전혀 없었다. 케랄라에서는 사람들이 미국 비자 신청만 해도 미국인 악센트를 흉내낸다는 농담이 있었기에 그건 놀랄 만한 일이었다. 닥터 버기스에게선 그가 평생 케랄라에서 살아온 완전한 토박이 시리아계 기독교인이 아닐 수도 있음을 암시하는 면을 전혀 찾아볼 수 없었다. 그가 틸로에게 다정한 미소를 보내며 커피를 주문했다. 그는 마리암 이페와 같은 고향 출신이었기에 그녀에 관한 옛 소문들과 숙덕거림을 잘 알고 있을 터였다. 그의 방엔 에어컨이 가동중이어서 그 덜거덕거리는 소리가 어색함을 없애주었다. 틸로는 자신의 삶이 거기 달려 있기라도 하듯 에어컨의 작동 방식을 주의깊게 지켜보았다. 헐렁한 초록색 상의와 바지를 입고 수술용 마스크를 쓴 남녀들이 수술장 슬리퍼를 신고 소리 없이 복도를 돌아다녔다. 수술용 장갑에 피가 묻은 이들도 있었다. 닥터 버기스는 진단이라도 내리려는 듯 독서용 안경 너머로 틸로를 찬찬히 살펴보았다. 어쩌면 진짜로 진단을 하고 있는지도 몰랐다. 한참 후 그가 테이블 너머로 손을 뻗어 그녀의 손을 잡았다. 그는 자신이 번개 맞은 건물을 위로하려는 시도를 하고 있음을 알지 못했을 것이다. 위로할 부분이 별로 남아 있지 않았다. 그의 커피잔은 비워지고 그녀의 커피잔은 그대로인 상태에서, 그가 자신과 함께 중환자실로 가서 어머니에게 사과하는 것이 어떻겠냐고 제안했다.

"어머님은 아주 훌륭한 분이십니다. 그런 흉측한 말을 하는 사람은 어머님이 아니라는 걸 알아야 해요."

"아. 그럼 누군데요?"

"다른 존재죠. 어머님의 병. 피. 고통. 우리의 환경, 편견들, 역사……"

"그럼 제가 누구에게 사과를 해야 할까요? 편견? 역사?"

하지만 틸로는 이미 그의 뒤를 따라 중환자실로 가고 있었다.

그들이 도착했을 때 어머니는 혼수상태에 빠져 있었다. 그녀는 들을 수 없는 곳에, 역사, 편견, 사과가 미치지 못하는 곳에 있었다. 틸로는 침대에 웅크리고 앉아 어머니의 발에 얼굴을 댔고 어머니의 발이 차가워질 때까지 그대로 있었다. 부서진 의자가 우울한 천사처럼 그들을 지켜보고 있었다. 틸로는 의자가 무엇을 할지 어머니가 어떻게 알았을까 궁금했다. 그걸 어떻게 알 수 있었을까?

부서진 의자들은 잊어. 그것들은 늘 얼쩡거리지.

마리암 이페는 이튿날 아침 일찍 사망했다.

시리아계 기독교인 교회는 그녀의 죄를 용서하지 않았고, 그녀의 매장을 단호히 거부했다. 그래서 주로 학교 교사들과 학부모 몇 명이 참석한 장례식은 국립 화장터에서 치러졌다. 틸로는 어머니 유골을 델리로 가져왔다. 그녀는 나가에게 그 유골을 어떻게 할 것인지에 대해 매우 신중하게 생각할 필요가 있다고 말했다. 그녀는 나가에게 다른 말은 별로 하지 않았다. 유골 단지는 나가가 기억하는 한 계속 그녀의 작업대에 놓여 있었다. 그러다 최근에 그는 유골 단지가 없어졌음을 깨달았다. 그는 틸로가 유골을 수장할(혹은 뿌리거나 묻을) 적당한 장소를 발견한 건지 아니면 그저 새집으로 함께 가져간 건지 알 수 없었다.

공주는 나가가 바닥에 앉아 두꺼운 진료 서류철을 들여다보고 있는 걸 발견했다. 그녀는 그의 뒤에 서서 그의 어깨 너머로 그 메모들을 소리 내어 읽었다.

"'동맥 포트는 예수그리스도의 나사'…… '흰 꽃의 소리를 들었니?' 잔, 당신이 읽고 있는 이 쓰레기 같은 글은 뭐예요? 도대체 언제부터 꽃이 소리를 내기 시작했죠?"

나가는 그대로 앉아 오랫동안 아무 말도 하지 않았다. 그는 깊은 생각에 잠긴 듯했다. 그러더니 일어나서 두 손으로 그녀의 아름다운 얼굴을 감쌌다.

"정말 미안해요……"

"뭐가요, 잔?"

"아무래도 안 되겠어요……"

"뭐가요?"

"우리."

"하지만 그녀는 떠났어요! 당신을 떠났다고요!"

"그래요. 그녀는, 그래요…… 하지만 돌아올 거예요. 그래야만 해요. 그럴 거예요."

공주는 연민의 눈길로 나가를 바라보더니 떠났다. 그녀는 곧 어느 TV 뉴스 채널의 보도국장과 결혼했다. 그들은 아름답고 행복한 부부가 되었고 건강하고 행복한 아이들을 많이 낳았다.

틸로가 빌린 방은 연립주택 삼층에 있었고, 상대적으로 가난한 아이들이 가득한 시립 초등학교와 꽤 잘사는 잉꼬들이 가득한 님나무가 내려다보였다. 매일 아침 조회 시간에 아이들이 〈우리 승리하리라〉* 노래를 힌디어로 개사한 〈훔 홍기 캄야브〉 전곡을 목청껏 불렀다. 틸로도 아이들과 함께 불렀다. 주말과 공휴일에는 아이들과 조회가 그리웠고, 그래서 아침 일곱시 정각에 혼자 그 노래를

* 〈We Shall Overcome〉. 흑인 교회의 찬송가로 미국에서 흑인 인권운동의 상징으로 여겨진다.

불렀다. 그 노래를 부르지 않은 날에는 아침이 되어도 새날이 밝아 온 게 아니라 어제가 이어지고 있는 느낌이었다. 대부분의 아침에 그녀의 방문에 귀를 대는 사람은 그녀의 노래를 들을 수 있었을 터였다.

그녀의 방문에 귀를 댄 사람은 없었지만.

미스 제빈의 생일 겸 세례일은 틸로가 삼층에서 사 년째이자 마지막 밤을 보내게 된 날이기도 했다. 그녀는 남은 생일 케이크를 어떻게 처리해야 할지 고민했다. 아마도 개미들이 동네 일가친척을 다 불러모아 잔치를 벌일 것이고, 그 자리에서 전부 먹어치우거나 부스러기 하나 남기지 않고 저장소로 옮길 터였다.

열기가 자리에서 일어나 방안을 돌아다녔다. 멀리서 자동차들이 으르렁거리며 달렸다. 도시의 천둥.

비는 내리지 않았다.

새끼 얼룩올빼미가 날아올라 다른 창문을 통해 다른 여자에게 꾸벅 절을 하고 예의를 차리기 위해 갔다.

올빼미가 떠난 걸 알게 된 틸로는 형언할 수 없이 슬퍼졌다. 그녀 자신도 곧 떠날 것이기에, 어쩌면 다시는 그 올빼미를 만날 수 없으리란 걸 알았다. 올빼미는 누군가였다. 누구인지는 그녀도 확실히 몰랐다. 무사일 수도 있었다. 무사는 늘 그런 식이었다. 그가 '아무데도 아닌 동네에 사는 아무도 아닌 사람'처럼 변장하고 잠시 비밀스럽게 찾아왔다가 떠날 때마다, 그녀는 이제 다시는 그를 만나지 못할 수도 있음을 알았다. 대개는 그가 사라지고 그녀가 기다렸다. 이번엔 그녀가 사라질 차례였다. 그녀는 자신이 어디 있는지 그에게 알려줄 방법이 없었다. 그는 휴대전화를 사용하지 않고 그녀의 집전화로만 연락했는데, 그 전화는 이제 응답이 없을 터였다. 그녀는 그날 밤 새끼 얼룩올빼미에게 그들의 작별에 내재한 불확실성에 대해 알리고 싶은 욕구에 굴복했다. 그녀는 종이에 글씨 한 줄을 휘갈겨 올빼미가 읽을 수 있도록 밖을 향해 창문에 붙였다.

안녕이라는 말로 우리 앞에 어떤 작별이 기다리고 있는지 그 누가 알 수 있으랴.*

틸로는 스스로에게, 그리고 자신이 빌린 명확한 전달력에 만족하며 매트리스로 돌아갔다. 하지만 이내 부끄러움을 느꼈다. 오시프 만델시탐은 더 심각한 문제들을 마음에 품고 그 구절을 썼다. 그는 스탈린의 강제노동수용소를 다루고 있었다. 그는 올빼미들에게 말하고 있지 않았다. 틸로는 창문에서 종이를 떼어 침대로 다시 돌아왔다.

그녀가 뜬눈으로 누워 있는 방으로부터 몇 마일 떨어진 곳에서 전날 밤 남자 셋이 도로를 벗어난 트럭에 깔려 죽었다. 어쩌면 트럭 운전사는 졸고 있었는지도 모른다. TV에서는 올여름 노숙자들이 차가 많이 다니는 도로변에서 잠을 잔다고 보도했다. 노숙자들은 지나가는 트럭과 버스가 뿜어내는 배기가스가 효과적인 모기퇴치제 노릇을 해서 이미 도시 내에서 수백 명의 목숨을 앗아간 뎅기열에 걸리지 않도록 보호해준다는 사실을 발견한 것이다.

틸로는 그 사내들에 대해 상상했다. 도시에 새로 들어온 이주민

* 러시아 시인 오시프 만델시탐의 시 「트리스티아」에서 인용한 구절.

들, 석공들. 그들의 집은 사전 예약을 하고 선금을 지불한 도로변의 자리이며, 임대료는 배기가스 최고 농도를 측정해 그 수치를 모기의 허용 가능 밀도로 나눈 값으로 산정된다. 교과서에서는 쉽게 찾아볼 수 없는 정확한 수학이다.

그들은 건축 현장에서 종일 일해서 녹초가 되었고, 속눈썹과 폐는 도시 여기저기에 우후죽순처럼 생겨나는 주택단지와 고층 쇼핑센터에서 돌을 자르고 바닥을 깔면서 들이마신 돌가루 때문에 뿌옇게 변색되었다. 그들은 비탈진 제방의 비좁은 풀밭에 부드럽고 해어진 가므차*를 깔았다. 제방에는 개똥과 스테인리스강 조각품—철강 산업 홍보에 첨단 예술가들이 도움이 되리란 희망으로 스테인리스강을 표현 수단으로 사용하는 첨단 예술가들을 육성하는 팜나니 그룹의 후원을 받는 공공 미술품—이 여기저기 흩어져 있었다. 조각품들은 강철 정자들의 무리처럼 보이기도 했고 풍선 같기도 했다. 확실치가 않았다. 하지만 어느 쪽이건 활기찬 느낌을 주었다. 사내들은 마지막 빈디를 피워 물었다. 도넛 모양의 연기가 밤공기 속으로 나선을 그리며 퍼졌다. 네온 가로등 불빛에 풀은 금속성의 푸른색으로, 사내들은 회색으로 보였다. 그중 두 사람은 도넛 모양의 연기를 만들 수 있는데 나머지 한 사람은 만들지 못해서 놀림과 웃음이 이어졌다. 그는 무슨 일이든 서툴러서 늘 제일 늦게 배웠다.

잠이 그들에게 마치 백만장자의 돈처럼 쉽고 빠르게 찾아왔다.

* 얇은 면으로 된 인도의 전통 수건.

그들은 트럭에 깔려 죽지 않았더라면 이렇게 죽었을 것이다.

(1) 뎅기열
(2) 폭염
(3) 빈디 연기
혹은
(4) 돌가루

아닐 수도 있고. 어쩌면 그들은 출세해서 이렇게 되었을 수도 있다.

(1) 백만장자
(2) 슈퍼모델
혹은
(3) 국장

그들이 자고 있다가 풀밭 속으로 뭉개져 들어갔다는 게 문제가 되었을까? 그게 누구에게 문제가 되었을까? 그게 문제가 되는 사람들은 문제가 되었을까?

박사님께,
우리는 으스러졌습니다. 고칠 방법이 있을까요?
비루, 자이람, 람 키쇼레 올림

틸로는 미소를 지으며 눈을 감았다.

조심성 없는 후레자식들. 누가 트럭의 앞길을 방해하라고 했어?

그녀는 어떤 일들, 자신이 알고 있지만 알고 싶지 않은 일들을 어떻게 알지 못하게 될 수 있을까 생각했다. 이를테면, 사람이 돌가루 때문에 죽으면 폐가 화장火葬을 거부한다는 걸 어떻게 알지 못하게 될 수 있을까. 몸의 나머지 부분들이 모두 재로 변해버린 후에도 폐 모양의 석판 두 개가 타지 않고 남는다는 것을. 잔타르 만타르 보도에 사는 그녀의 친구 아자드 바르티야 박사가 화강암 채석장에서 일하다가 서른다섯 살의 나이로 죽은 자신의 형 지텐 Y. 쿠마르 이야기를 들려주었다. 그는 형의 영혼을 자유롭게 풀어주기 위해 화장용 장작더미에 올라가 쇠지레로 형의 폐를 부수어야만 했다. 그는 공산주의자라 영혼을 믿지 않지만 그래도 그렇게 했다고 말했다.

어머니를 기쁘게 해드리기 위해서였다.

그는 형의 폐에 이산화규소가 점점이 박혀 있어서 반짝반짝 빛이 났다고 했다.

박사님께,

아무 일 아니에요, 정말로. 그냥 안부 인사나 전하려고요. 아니 사실은—할말이 있어요. 당신의 어머니를 기쁘게 해드리기 위해 형의 폐를 박살내야만 하다니. 그걸 정상적인 인간의 행동이라고 부를 수 있을까요?

그녀는 해방되지 않은 영혼이, 화장용 장작더미 위에 놓인 영혼 모양의 돌이 어떻게 생겼을지 궁금했다. 어쩌면 불가사리를 닮았을지도. 아니면 노래기. 아니면 살아 있는 몸뚱이와 돌로 된 날개를 가진 얼룩무늬 나방—불쌍한 나방—날아가는 데 도움이 되라고 만들어진 부위 때문에 꼼짝을 못하는 배신당한 나방.

미스 제빈 2세가 자면서 뒤척였다.

집중해, 유괴범은 땀으로 축축한 아기 이마를 어루만지며 스스로에게 말했다. 안 그러면 일이 완전히 손쓸 수 없게 꼬여버릴 수도 있어. 그녀는 하고많은 사람들 중에 왜 하필이면 자신이, 아이를 원해본 적도 없는 자신이 아기를 안고 도망쳤는지 도무지 알 수가 없었다. 하지만 이미 벌어진 일이었다. 그 이야기에서 그녀가 담당한 부분은 이미 쓰였다. 하지만 그녀가 쓴 게 아니었다. 그럼 누가? 누군가가.

> 박사님께,
>
> 당신은 원한다면 나의 모든 걸 바꿀 수 있어요. 나는 그저 하나의 이야기니까요.

미스 제빈은 순한 아기였고, 틸로가 만들어주는 소금을 넣지 않은 수프와 다진 야채를 좋아하는 듯했다. 틸로는 아이들과의 경험이 거의 없는 여자치고는 놀라울 정도로 아기를 편하고 자신 있게 잘 다뤘다. 어쩌다 한 번씩 미스 제빈이 울 때도 금세 달랠 수 있었다. 그녀가 발견한 가장 좋은 방법은(먹이는 걸 제외하면) 오 주 전 그녀의 방문 밖 층계참에서 붉은 털을 가진 잡종견 '라알리 동무'가 출산한 총銃 색깔의 강아지 다섯 마리와 함께 바닥에 뉘어놓는 것이었다. 쌍방(강아지들과 미스 제빈) 모두 서로에게 할말이 많은 듯했다. 그들의 두 어머니도 좋은 친구였다. 그래서 그들의 만남은 대개 성공적이었다. 모두 피곤한 기색을 보이면 틸로는 강아지들을 층계참의 마댓자루로 다시 옮겨놓고 라알리 동무에게는 우유와 빵을 줬다.

그날 틸로가 케이크에 촛불을 켜고 새 이름을 얻은 미스 제빈을 안은 채 생일 축하 노래를 흥얼거리며 왈츠를 추고 있는데, 일층 세입자 안키타에게서 전화가 왔다. 아침에 순경이 찾아와서 그녀(틸로)에 대해 묻고 그녀(안키타)에게 혹시 이 건물에 새로 들어온 아기에 대해 아는 게 있는지 물었다는 것이었다. 순경은 급히 떠나면서 경찰의 관례적인 공고문이 실린 신문을 두고 갔다고 했다. 안키타는 아디바시 원주민인 어린 하녀를 시켜 그 신문을 올려보냈다. 공고문 내용은 이러했다.

유괴 공고 DP/1146

뉴델리 110001

신원 미상의 부父 불명, 거주지 불명의 옷을 입지 않은 아기가 뉴델리 잔타르만타르에 유기되었음을 공고합니다. 경찰이 제보를 받고 현장에 도착하기 전에 그 아기는 신원 미상의 사람(사람들)에 의해 유괴되었습니다. 최초 정보 보고는 형법 361조, 362조, 365조, 366A조, 367조, 369조에 의거 접수되었습니다. 제보할 내용이 있으면 뉴델리 팔러먼트 스트리트 경찰서 서장에게 연락 바랍니다. 아기의 인상착의는 아래와 같습니다.

성명: 불명, 부父 성명: 불명, 주소: 불명, 나이: 불명, 옷차림: 옷을

입지 않음.

수화기를 통해 들려온 안키타의 음성은 거만하고 불만스러웠다. 하지만 그건 평소에도 마찬가지였다. 그녀는 남편 있는 여자가 남편 없는 여자에게 이야기할 때 나오기 마련인 다소 잘난 체하는 의기양양한 태도로 틸로를 대하는 경향이 있었다. 아기와는 아무 상관이 없었다. 그녀는 미스 제빈에 대해 몰랐다. (다행히 가슨 호바트가 집을 튼튼하게 짓고 벽도 방음 처리를 확실하게 해놓은 것이다.) 동네 사람들도 아무도 몰랐다. 아기를 밖으로 데리고 나간 적이 없었으니까. 틸로 자신도 아기가 잘 때 가끔 꼭 필요한 시장 나들이를 하는 것 말고는 외출을 많이 하지 않았다. 상점 주인들은 그녀가 평소와 다르게 아기 음식을 사는 것에 대해 수상하게 여겼을지도 몰랐다. 하지만 틸로는 경찰이 거기까지 조사를 할 거라곤 생각하지 않았다.

틸로는 신문에 난 경찰 공고문을 처음 읽었을 때는 심각하게 받아들이지 않았다. 정례적이고 관료적인 절차를 아무 생각 없이 수행한 것으로 보였던 것이다. 하지만 다시 읽어보니 심각한 문제가 생길 수도 있겠다는 생각이 들었다. 그녀는 스스로에게 생각할 시간을 주기 위해, 그 공고문을 공책에 고풍스러운 필체로 한 자 한 자 정성 들여 베낀 다음 그게 십계명이라도 되는 것처럼 덩굴과 열매 그림으로 가장자리를 장식했다. 그녀는 경찰이 어떻게 자신을 추적해 문을 두드리게 되었는지 알 수가 없었다. 계획이 필요했다. 하지만 그녀에겐 계획이 없었다. 그래서 그 문제에 대해 이해하고 건전한 조언을 해줄 것이라고 믿는 이 세상에서 단 하나뿐인 사람에게 전화를 걸었다.

그들, 그녀와 아자드 바르티아 박사는 사 년 넘게 친구로 지내왔다. 그들은 코노트플레이스 길거리에서 샌들 수선을 맡겨놓고 기다리다가 처음 만나게 되었는데, 그 구두 수선공은 솜씨가 좋고 체구가 작은 것으로 유명했다. 어떤 신발이든 그의 손에 들려 있으면 거인의 것처럼 커 보였다. 두 사람은 신발을 한 짝만 신고 한 짝은 벗은 채 서 있었는데, 갑자기 바르티아 박사가 틸로에게 (영어로) 담배 좀 있느냐고 물어서 그녀를 놀라게 했다. 틸로는 (힌디어로) 담배는 없고 빈디는 빌려줄 수 있다고 대답해서 그를 놀라게 했다. 작은 수선공은 두 사람에게 흡연이 초래할 수 있는 결과에 대해 길게 설교했다. 그는 줄담배를 피웠던 자신의 아버지가 암으로 죽은 이야기를 들려줬다. 그는 아버지의 폐종양을 흙바닥에 손가락으로 그려 보였다. "이 정도로 컸어요." 바르티아 박사가 자신은 신발 수선을 할 때만 담배를 피운다고 확언했다. 화제가 정치로 바뀌었다. 수선공이 현재의 정치 기류에 대해 욕하고 모든 종교와 교파의 신들을 비방한 후 고개 숙여 자신의 쇠 구둣골*에 입맞추는 것으로 비판을 마무리했다. 그는 자신이 믿는 유일한 신은 그 구둣골이라고 했다. 샌들 수선이 끝났을 때쯤 수선공과 손님들은 친구가 되어 있었다. 바르티아 박사는 새 친구들을 잔타르만타르에 있는 자신의 보도 위 거처에 초대했다. 틸로는 그곳에 갔다. 그뒤로 그들의 우정은 한 번도 뒤를 돌아보지 않았다.

그녀는 일주일에 두 번 이상 그를 찾아갔고, 대개 저녁에 도착해

* 구두를 만들 때 사용하는 발 모양의 틀.

서 새벽에 떠났다. 그녀는 가끔 그에게 구충제를 한 알씩 가져다줬는데, 무슨 이유에선지 그녀는 구충제가 만인의 복지에 필수적이라고 여겼고, 그는 단식투쟁중에도 구충제를 먹는 것이 도덕적이라고 생각했다. 틸로는 그가 자신이 아는 가장 현명하고 분별 있는 사람들 중에서도 가장 세상 물정에 밝은 사람이라 여겼다. 결국 그녀는 그가 매달 수정하고 갱신하는 한 페이지짜리 신문 〈나의 뉴스 & 견해〉의 번역자 겸 등사자뿐 아니라 인쇄인 겸 발행인까지 맡게 되었다. 그들은 매달 여덟 부에서 아홉 부 정도를 팔았다. 대체로 그건 번창하는 언론 동업이라고 볼 수 있었다—정치적으로 예리하고, 타협할 줄 모르며, 완전히 적자인.

그 언론 동업자들은 미스 제빈 2세의 도래 이후 팔 일 넘게 만나지 않고 있었다. 틸로가 바르티야 박사에게 전화를 걸어 경찰 공고문에 대해 말하자 그는 목소리를 낮추어 속삭였다. 그는 국제기관들에서 늘 감시를 하고 있으니 휴대전화로는 최대한 적게 이야기해야 한다고 말했다. 하지만 처음엔 잠깐 경계하는 것 같더니 이내 밝게 떠들어댔다. 그는 경찰이 자신을 때리고 신문을 모두 압수해 갔다고 했다. 그러면서 아마도 거기에서 추적이 시작되었을 거라고 했다(신문 하단에 발행인의 이름과 주소가 적혀 있었으니까). 그게 아니면 자신의 깁스에 있는 그녀의 대담한 서명에서 시작되었을 거라며, 경찰이 강제로 여러 각도에서 그 사진을 찍어 갔다고 했다. "초록색 글씨로 서명하고 주소를 적은 사람은 당신 말고는 없었으니까요. 그래서 당신이 제일 먼저 명단에 올랐을 거예요. 그냥 관례적인 점검일 거예요." 그가 말했다. 그래도 즉시 미스 제빈과 함께 잠깐만이라도 구시가지에 있는 잔나트 게스트하우스 겸 장례식장으로 거처를 옮기는 게 좋겠다고 했다. 그곳으로 연락해서 사담 후세인이나 그곳의 주인인 안줌 박사를 찾으면 된다고, 안줌 박사는 아주 좋은 사람이고 그 사건(앞에서 말한 밤의) 이후 몇 번 만났는데 아기에 대해 물었다고 했다. 스스로에게 임의로 박사라는 경칭을 부여한(아직 박사학위를 받기 전임에도) 바르티야는 자신이 좋아하는 사람들을, 그저 애정하고 존경한다는 이유로, 종종 '박사'라 부르곤 했다.

틸로는 (앞에서 말한 밤에) 잔타르만타르에서부터 자신을 따라왔던 흰 말을 탄 남자가 그녀의 우편함에 넣고 간 명함을 보았기 때문에, 사담 후세인이라는 이름과 게스트하우스 이름을 알고 있었다. 그녀가 전화를 걸자 사담은 바르티야 박사에게 연락을 받고 그녀의 전화를 기다리고 있었다고 말했다. 그는 자신도 바르티야 박사와 같은 의견이라며 구체적인 행동 계획을 짜서 연락하겠노라고 했다. 그러면서 자신이 연락할 때까지 무슨 일이 있어도 아기를 데리고 집을 떠나면 안 된다고 당부했다. 경찰은 수색영장 없이는 그녀 집에 들어갈 수 없지만 만일 집을 감시하고 있을 경우, 아마도 그럴 가능성이 높은데, 집밖에서 아기를 데리고 있는 그녀를 체포하면 그들이 원하는 대로 할 수 있게 된다고 했다. 틸로는 수화기를 통해 전해지는 그의 목소리와 친절하고 효율적인 태도에 마음이 놓였다. 그리고 사담 역시 그녀의 목소리와 태도에 안심이 되었다.

몇 시간 후 사담이 전화를 걸어와 준비가 끝났다고 전했다. 새벽에 그녀의 집으로 데리러 갈 것이며, 그 지역에 '트럭 진입'이 금지되기 전인 새벽 네시에서 다섯시 사이가 될 거라고 했다. 거리가 비어 있는 그 시간이라면 경찰이 그 집을 정말로 감시하고 있는지 확인하기가 쉽다는 것이었다. 그는 델리 시청 픽업트럭을 모는 친구와 함께 가겠다고 했다. 하우즈카스에 있는 쓰레기장에서 비닐봉지를 너무 많이 먹고 배가 터져 죽은 암소 사체를 수거해야 하는데, 그녀의 집에 들러도 많이 돌아가는 건 아니라고 했다. 실패할 염려가 없는 계획이라고, 그는 말했다. "델리 시청 쓰레기 트럭을 세우는 경찰은 없죠." 그가 웃으며 덧붙였다. "창문을 열어놓으면 우리가 보이기도 전에 먼저 냄새를 맡을 수 있을 겁니다."

그래서 그녀는 다시 이사를 했다.

틸로는 무엇을 가져가야 할지 궁리하며 도둑처럼 집을 둘러보았다. 무엇을 기준으로 삼아야 할까? 필요한 물건들? 아니면 버려두고 가서는 안 될 물건들? 아니면 둘 다? 아니면 둘 다 가져가지 말까? 만일 경찰이 강제로 진입한다면 유괴는 자신의 가장 작은 죄가 될 것이란 생각이 희미하게 떠올랐다.

그녀의 집에서 가장 큰 유죄를 입증하는 물건은 카슈미르 과일 장수가 며칠에 걸쳐 하나씩 배달한 밝은 색깔의 과일 상자들이었다. 그 상자들에는 무사가 일 년 전 스리나가르를 덮친 홍수에서 구해낸 '복구품'이라고 불리는 것들이 들어 있었다.

젤룸강이 불어 둑을 무너뜨리자 도시는 사라졌다. 모든 주택단지가 물에 잠겼다. 군부대, 고문소, 병원, 법원, 경찰서 들이 모두 잠겼다. 한때 시장이었던 곳 위로 선상가옥들이 떠다녔다. 수천 명의 사람들이 가파른 지붕 위와 고지대에 세운 임시 대피소에 위태롭게 웅크리고 앉아 끝내 오지 않는 구조대를 기다렸다. 물에 잠긴 도시는 하나의 구경거리였다. 물에 잠긴 내전은 하나의 현상이었다. 군이 TV 촬영팀을 위해 대단히 멋진 헬리콥터 구조 작전을 펼쳤다. 온종일 생방송으로 진행되는 뉴스 특보에서 앵커들은 사실상 구조될 가치가 없는 배은망덕하고 무례한 카슈미르인들을 위해 용감하게 활약하는 인도 군인들을 향해 감탄을 표했다. 물이 빠지자 진흙에 덮인, 사람이 살 수 없는 도시가 모습을 드러냈다. 상점도, 집도, 은행도, 냉장고도, 옷장도, 책장도 온통 진흙으로 가득했다. 그리고 구조되지 않고도 살아남은 배은망덕하고 무례한 주민들이 있었다.

홍수가 나고 몇 주 동안 틸로는 무사의 소식을 듣지 못했다. 그녀는 그가 카슈미르에 있는지 아닌지조차 알지 못했다. 그가 살아남았는지, 물에 빠져 시신이 어느 먼 기슭으로 떠밀려갔는지 알지 못했다. 그의 소식을 기다리는 동안, 밤에는 수면제를 잔뜩 먹고 잠이 들었지만 낮에는 완전히 깨어 있는 상태로 홍수 꿈을 꾸었다. 비가 내리고, 잡초로 위장한 가시철조망 뭉치가 가득한 급류가 흐르는 꿈. 물고기들은 인어 꼬리처럼 급류를 헤치고 나아가는 지느러미와 총신을 가진 기관총이었기에 그것들이 진짜로 누구를 겨냥하고 있는지, 발사되면 누가 죽을 것인지 알 수 없었다. 군인들과 이슬람 전사들이 마치 옛날 제임스 본드 영화에서처럼 물속에서 슬로모션으로 맞붙어 싸웠고, 그들의 숨이 밝은 은빛 총알처럼 탁한 물위로 방울방울 올라왔다. 압력솥(휘파람소리를 내는 압력추가 떨어진), 가스히터, 소파, 책장, 테이블, 주방기구 들이 물속에서 빙글빙글 돌며 무법의 혼잡한 고속도로 같은 느낌을 줬다. 소, 개, 야크, 닭 들이 제자리에서 뱅뱅 돌며 헤엄쳤다. 선서 진술서, 심문 기록, 군의 언론 공식 발표문이 스스로 종이배 모양으로 접혀 안전한 곳으로 노를 저어 갔다. 남자와 여자, 본토 출신과 카슈미르밸리 출신이 섞인 정치인과 TV 앵커들이 해마로 이루어진 코러스 대열처럼 스팽글 장식이 달린 수영복을 입고 기세등등하게 행진하더니, 햇살에 빛나는 가시철조망처럼 반짝이는 치아를 드러내고 행복하게 활짝 웃으면서, 부유물이 가득한 물속에서 다이빙하고, 수면으로 올라오고, 돌고, 발끝을 뻗으며 아름답게 짜인 수중발레 동작들을 선보였다. 그중에서 특히 나치 독일 히틀러 친위대의 그것과 다르지 않은 견해를 가진 한 정치인은 방수 처리가 된 듯한 인상을 주는 빳빳이 풀 먹인 흰 도티를 입고 의기양양하게 물속에서 재주넘기를 했다.

그 낮의 악몽은 날마다 되풀이되었고 매번 새롭게 윤색되었다.

이윽고 무사에게서 전화가 걸려온 건 한 달이 지나서였다. 틸로는 그의 쾌활한 목소리에 분노가 치밀었다. 그는 스리나가르에는 자신이 홍수에서 구해낸 '복구품'을 보관할 만한 안전한 장소가 없다며 스리나가르가 재기할 때까지 그것들을 그녀의 집에 둘 수 있는지 물었다.

그럴 수 있었다. 물론 그럴 수 있었다.

주문 제작한 상자에 담긴 카슈미르 사과들은 특상품이었고 빨간 것, 덜 빨간 것, 푸른 것, 그리고 거의 검정에 가까운 것—딜리셔스종, 골든 딜리셔스종, 암브리종, 카알라 마스타나종—들이 파쇄지 속에 하나하나 개별 포장되어 있었다. 상자마다 무사의 명함—말 머리 스케치가 들어간—이 귀퉁이에 끼워져 있었다. 그리고 상자마다 가짜 바닥이 있었다. 그리고 그 가짜 바닥에 무사의 '복구품'이 있었다.

틸로는 그 상자들에 무엇이 들어 있는지 상기하고 그것들을 어떻게 처리할지—가져갈지 두고 갈지—생각하기 위해 상자를 다시 열었다. 하나 더 있는 옥탑방 열쇠는 무사가 갖고 있었다. 가슨 호바트는 아프가니스탄에 있어서 안전했다. 어쨌거나 그에겐 열쇠도 없었다. 그러니 상자들을 두고 떠나는 것도 크게 위험한 일은 아니었다. 하지만 혹시, 혹시, 혹시—만에 하나 경찰이 침입한다면?

'복구품'은 많지 않았고 급하게 보낸 것이 분명했다. 맨 처음 도착했을 때 일부는 진흙—걸쭉하고 시커먼 강 토사—이 덕지덕지 붙어 있었다. 일부는 홍수를 피했는지 상태가 양호했다. 망가진 앨범에 대부분 물로 얼룩져 간신히 알아볼 수 있는 상태인 가족—무사의 딸 미스 제빈 1세와 아이의 엄마 아리파—사진들이 들어 있었다. 비닐 지퍼백에는 여권이 한 무더기 있었는데, 모두 일곱 개로 두 개는 인도 국적, 나머지는 다른 나라 국적이었다—이야드 카리프(레바논인 비둘기 무사), 하디 하산 모세니(이란인 현자이자 안내인 무사), 파리스 알리 할라비(시리아인 기수 무사), 모하메드 나빌 알-살렘(카타르인 귀족 무사), 아메드 야시르 알-카시미(바레인 출신의 부자 무사). 깨끗이 면도한 무사, 희끗희끗한 턱수염을 기른 무사, 머리가 길고 턱수염은 없는 무사, 머리를 짧게 치고 턱수염을 짧게 깎은 무사. 첫번째 이름 이야드 카리프는 무사가 늘 애호하던 것이었다. 틸로는 대학 시절 그 이름의 뜻이 '가을에 태어난 비둘기'라서 둘이 웃었던 기억이 났다. 틸로는 대학 때 자신을 화나게 만드는 사람들에게 그 이름에 약간의 변주를 가미해 간두 카리프라고 불렀다. 가을에 태어난 멍청이라는 뜻이었다.

(그녀는 젊은 여자치고는 이례적으로 입이 걸었고, 처음 힌디어를 배우기 시작했을 때는 새로 배운 욕을 어휘력을 쌓는 토대로 이용하기를 즐겼다.)

또다른 비닐봉지에는 여권과 일치하는 이름으로 된 신용카드, 탑승권, 비행기표—비행기표가 존재하던 시절의 유물인—몇 장이 말라붙은 진흙으로 뒤덮인 채 들어 있었다. 이름과 주소, 전화번호가 빼곡히 적힌 낡은 전화번호부들도 있었다. 무사가 그중 하나의 뒷면에 대각선으로 노랫말을 휘갈겨 써놓은 게 보였다.

어둠에서 빛으로 빛에서 어둠으로
검은 마차 셋, 흰 수레 셋,
우리를 한데 모으는 것은 우리를 갈라놓는 것,
떠나간 우리 형제, 떠나간 우리 사랑.

그는 누구를 애도하고 있었을까? 틸로는 알지 못했다. 어쩌면 한 세대 전체일지도.

청색 국내우편 편지지에 반쯤 쓴 편지가 있었다. 누구에게 쓴 것인지는 적혀 있지 않았다. 어쩌면 무사 자신에게 썼거나…… 우르두어 시와 번역으로 시작하는 것으로 보아 그녀에게 쓴 것일 수도 있었다. 그녀를 위해 자주 그렇게 했으니까.

두니야 키 메필론 세 우크타 가야 훈 야 라브
키야 루트프 안주만 카, 자브 딜 히 부즈 가야 호
쇼리시 세 바그타 훈, 딜 둔드타 하이 메라

아이사 수쿠트 지스 페 타크리르 비 피다 호

세속적인 모임들에는 싫증이 나네, 오 신이시여
내 마음의 빛이 꺼졌는데 모임에 무슨 기쁨이 있으리오?
나 대중의 소요에서 도피하여, 내 마음
말 그 자체를 매혹시킬 침묵을 찾고 있네

그 아래 무사는 이렇게 써놓았다.

어디에서 멈춰야 할지, 어떻게 계속 나아가야 할지 모르겠다. 나는 멈추지 말아야 할 때 멈춘다. 멈춰야 할 때 나아간다. 나는 지쳤다. 하지만 저항심 또한 있다. 그 두 가지가 함께 요즘의 나를 규정한다. 그 두 가지가 함께 나의 잠을 훔치고, 그 두 가지가 함께 내 영혼을 회복시킨다. 눈에 보이는 해결책이 없는 문제들이 많다. 친구들이 적으로 변한다. 목소리 큰 이들은 안 그럴지라도, 조용하고 과묵한 이들은. 하지만 적이 친구로 변하는 건 아직 보지 못했다. 희망이 없는 듯하다. 그러나 희망에 차 있는 것처럼 가장하는 것이 우리가 가진 유일한 품위……

틸로는 그가 어떤 친구들을 의미한 것인지 알 수 없었다.

그녀는 무사가 아직 살아 있는 건 기적이나 다름없다는 것을 알았다. 1996년 이후 십팔 년 동안 그는 매일 밤이 긴 칼들의 밤*이

* 히틀러가 나치 내의 반대파와 반나치 세력을 대대적으로 숙청한 피의 밤을 말한다.

될 수도 있는 삶을 살아왔다. 하지만 틸로가 걱정하는 기미를 보이면 그는 이렇게 말하곤 했다. "그들이 어떻게 나를 또 죽일 수 있겠어? 넌 이미 내 장례식에 다녀왔어. 이미 내 무덤에 꽃을 갖다놨고. 그들이 나에게 더이상 무슨 짓을 할 수 있겠어? 난 한낮의 그림자야. 난 존재하지 않아." 마지막으로 만났을 때 그가 가볍게, 농담처럼, 하지만 비통한 눈빛으로 한 이야기가 있었다. 그 말에 그녀는 피가 얼어붙었다.

"요즘 카슈미르에서는 생존하기 위해 죽임을 당할 수도 있지."

전쟁터에서 사기를 꺾을 수 있는 건 적이 아니라고, 오직 친구만이 그럴 수 있다고 무사는 틸로에게 말했다.

또다른 상자에는 사냥칼 한 자루와 휴대전화 아홉 개—휴대전화를 사용하지 않는 남자치고는 너무 많은—가 있었는데 작은 벽돌 크기의 구식 모델들과 작은 노키아 모델들, 삼성 스마트폰 하나, 그리고 아이폰이 두 개였다. 그 휴대전화들은 처음 도착했을 때는 진흙으로 뒤덮여 있어 화석화된 초콜릿처럼 보였다. 이제 진흙을 제거하고 나니 그저 낡고 사용할 수 없는 휴대전화로 보였다. 빳빳하고 누렇게 변색된 신문기사 스크랩도 한 뭉치 있었는데, 첫 기사에는 당시 카슈미르 주총리의 발언이 실려 있었다.

> 우리가 무덤이란 무덤을 죄다 파헤칠 수는 없습니다. 실종자의 친척들은 우리에게 구체적이고 명확한 정보는 아닐지라도, 최소한 대략적인 방향은 제시해주어야 합니다. 그들의 실종된 친족이 묻혀 있을 가능성이 더 큰 곳은 어디일지.

세번째 상자에는 권총 한 자루와 총알 몇 개, 알약 병 하나(그녀는 무슨 약인지 몰랐으나 지식에 근거한 추측은 할 수 있는 입장이었다—C*로 시작되는 이름일 거라고), 그리고 홍수 피해를 당하지 않은 듯한 공책 한 권이 있었다. 틸로는 그 공책과 그 안의 글이 자신의 것임을 알아보았지만 다른 사람이 쓴 것이기라도 한 양 호기심에 차서 끝까지 읽어보았다. 요즘 그녀의 뇌는 진흙으로 뒤덮인 '복구품' 같았다. 뇌뿐만 아니라 그녀 자신, 그녀의 모든 것이 하나의 복구품, 마구잡이로 모아놓은 진흙투성이 복구품들의 집합체처럼 느껴졌다.

틸로는 어머니와 아자드 바르티야 박사의 속기사가 되기 오래전에 풀타임 군사점령지의 기이한 파트타임 속기사 노릇을 했다. 시라즈 사건 후 델리로 돌아와 나가와 결혼한 다음, 그녀는 남기고 온 무언가를 찾아 나서기라도 하듯 매달, 매년 강박적으로 카슈미르에 돌아가 여행을 했다. 그런 여행중에 무사를 만난 적은 거의 없었다(그들은 만나면 주로 델리에서 만났다). 하지만 그녀가 카슈미르에 머무는 동안 무사는 은밀한 횃대에서 그녀를 지켜보았다. 그녀는 갑자기 불쑥 나타나 그녀 주위에서 얼쩡거리거나, 여행의 동반자가 되어주거나, 자신의 집으로 초대해주는 친절한 이들이 무사의 사람들임을 알았다. 그들은 틸로를 환영해주고 그들이 스스로에게조차 좀처럼 말하지 않는 이야기들을 그녀에게 들려주었는데, 그건 그들이 무사—적어도 그들이 생각하는 무사, 그들이

* cyanide. 청산가리.

그림자 중의 그림자로 알고 있는 그 사람—를 사랑하기 때문이었다. 무사는 그녀가 무엇을 찾고 있는지 알지 못했고 그녀 역시 마찬가지였다. 그럼에도 그녀는 디자인과 타이포그래피 일을 해서 번 돈의 대부분을 그런 여행에 썼다. 가끔 그녀는 기이한 사진들을 찍었다. 이상한 글을 적었다. 아무런 목적도 없어 보이는 이야기들과 불가해한 사건 기록들을 수집했다. 그녀의 관심에는 어떤 패턴도, 주제도 없는 듯했다. 그녀에겐 정해진 과제도, 계획도 없었다. 신문이나 잡지에 낼 글을 쓰고 있는 것도 아니었고 책을 쓰거나 영화를 제작하려는 것도 아니었다. 그녀는 대부분의 사람들이 중요하다고 여길 것들에 관심을 기울이지 않았다. 세월과 함께 그녀의 특이하고 너덜너덜한 기록물은 기이하게 위험해져갔다. 그건 홍수가 아닌 다른 종류의 재난으로부터 건져낸 복구품들의 기록이었다. 그녀는 본능적으로 그걸 나가에게 숨겼고, 그녀가 직감적으로 알고 있으나 이해하지는 못하는 자신만의 정교한 논리에 따라 정리했다. 진짜 세계에서 진짜 격렬한 논쟁의 대상이 될 만한 내용은 없었다. 하지만 그건 문제가 되지 않았다.

사실 그녀가 카슈미르로 돌아와 여행을 한 건 괴로운 마음을 달래고 자신이 저지르지 않은 죄에 대해 속죄하기 위해서였다.

그리고 굴레즈 대장의 무덤에 싱싱한 꽃을 갖다놓기 위해서였다.

무사가 자신의 '복구품'과 함께 돌려보낸 공책은 그녀의 것이었다. 언젠가 카슈미르에 갔다가 놓고 온 모양이었다. 처음 몇 페이지는 그녀의 글로 채워져 있었고 나머지는 비어 있었다. 그녀는 첫 페이지를 보고 피식 웃었다.

리더스 다이제스트
매우 어린 아이들을 위한
영어 문법과 독해
S. 틸로타마 지음

그녀는 재떨이를 갖다놓고 바닥에 책상다리를 하고 앉아서 공책을 다 읽을 때까지 줄담배를 피웠다. 이야기와 신문기사 스크랩, 일기가 들어 있었다.

노인과 그의 아들

만주르 아메드 가나이가 이슬람 전사가 되자 군인들이 그의 집으로 찾아가 미남에 언제나 멋쟁이인 그의 아버지 아지즈 가나이를 체포했다. 그는 하이데르바이그 심문센터에 구금되었다. 만주르 아메드 가나이는 일 년 반 동안 전사로 활동했다. 그의 아버지는 일 년 반 동안 구금되어 있었다.

만주르 아메드 가나이가 살해된 날, 군인들이 미소를 지으며 그의 아버지의 감방 문을 열었다. "제나브*, 아자디를 원하셨지요? 무바라크 호 아프코. 축하합니다! 오늘 소원을 이루셨어요. 어르신은 자유입니다."

마을 사람들은 살해된 청년보다도 일 년 반 동안 자란 턱수염

* 상대를 높여 부르는 말로 '어르신' 정도에 해당하는 표현이다.

과 장발을 하고 실성한 눈빛으로 비틀거리며 과수원을 달려오는 누더기 차림의 폐인을 보고 더 울었다.

그 비틀거리는 폐인은 아들이 땅에 묻히기 직전에 도착해 수의를 걷고 아들의 얼굴에 입을 맞출 수 있었다.

문제 1 : 마을 사람들은 왜 그 비틀거리는 폐인을 보고 더 울었는가?

문제 2 : 그 폐인은 왜 비틀거렸는가?

뉴스

카슈미르 가이드라인 뉴스 서비스

라조리에서 소 수십 마리 통제선 넘어

물소 스물아홉 마리를 포함해 최소 서른세 마리의 소들이 잠무카슈미르 라조리 지역 노우셰라 지구에서 파키스탄 쪽으로 넘어갔다.

KGNS(카슈미르 가이드라인 뉴스 서비스)에 따르면 소들은 칼시안 구역에서 통제선을 넘었다. "람 사루프, 아쇼크 쿠마르, 차란 다스, 베드 프라카시 등의 소유인 그 소들은 통제선 근방에서 풀을 뜯다가 반대쪽으로 넘어갔다"고 주민들이 KGNS에 제보했다.

정답에 체크하시오.

문제 1: 소들은 왜 통제선을 넘었는가?

(a) 훈련을 위해

(b) 잠입 작전을 위해

(c) 둘 다 아님

완벽한 살인(J의 이야기)

몇 해 전, 내가 퇴직하기 이전에 일어난 일이다. 아마 2000년이나 2001년이었을 것이다. 당시 나는 마탄경찰서 경정이었다.

어느 날 밤 열한시 삼십분경이었다. 이웃 마을에서 전화가 걸려왔다. 발신자는 마을 주민이었는데 이름을 밝히려 하지 않았다. 그가 살인 사건이 일어났다고 말했다. 그래서 우리는 출동했다. 상관인 서장이 나와 동행했다. 1월이었다. 몹시 추웠다. 사방이 눈에 덮여 있었다.

우리는 그 마을에 도착했다. 주민들은 모두 자기 집에 들어가 있었다. 문은 모두 잠겨 있었다. 불도 모두 꺼져 있었다. 눈은 그친 상태였다. 밤 날씨가 맑았다. 보름달이었다. 달빛이 눈에 반사되었다. 모든 것이 매우 선명하게 보였다.

우리는 시신 한 구를 발견했는데, 덩치가 크고 건장한 남자였다. 그는 눈 위에 누워 있었다. 죽은 지 얼마 안 된 상태였다. 피가 눈 위에 흥건했다. 피가 아직 따뜻했다. 피의 온기에 눈이 녹아 있었다. 눈에서 아직 김이 났다. 그는 요리라도 된 듯 거기 누워 있었고……

우리는 그가 목을 베인 후 이웃집 문을 두드리기 위해 30미터 정도를 기어갔다는 걸 알 수 있었다. 하지만 겁에 질린 이웃 사람들은 아무도 문을 열어주지 않았고, 그는 출혈 과다로 죽었다. 그는 파탄족 슈트—살와르 카미즈—에 얼룩무늬 방탄조끼 차림이었고 탄약이 가득한 탄띠를 두르고 있었다. 그의 옆에 AK-47이 놓여 있었다. 이슬람 전사임은 의심의 여지가 없었지만, 누가 그를 살해한 것일까? 만일 군인들이었다면 당연히 시체를 치우고 즉시 자기들이 죽였다고 나섰을 터였다. 만일 라이벌 이슬람 무장 조직 소행이라면 그의 무기를 가져갔을 터였다. 그 사건은 우리에게 커다란 수수께끼였다.

우리는 마을 사람들을 불러모아 사건에 대해 물었다. 무언가를 보았거나 들었거나 알고 있다고 나서는 사람이 아무도 없었다. 우리는 시신을 마탄경찰서로 옮겼다. 서장이 근처의 라슈트리야 소총부대 부대장에게 전화를 걸어 그 사건에 대해 아는 게 있는지 물었다. 없다고 했다.

시신의 신원 확인은 어렵지 않았다. 그는 잘 알려진, 아주 고참 대장이었다. 히즈브 소속이었다. 히즈브-울-무자히딘. 하지만 아무도 자신이 죽였다고 나서지 않았다. 그래서 결국 부대장과 경찰서장이 나서기로 했다. 그들은 소총부대와 잠무카슈미르 경찰이 공동 수행한 봉쇄 수색 작전에 따른 교전에서 그가 목숨을 잃었다고 발표했다.

전국적인 신문에는 이렇게 실렸다. XX 소령과 YY 경찰서장이 이끈 라슈트리야 소총부대와 잠무카슈미르 경찰 합동 작전에서 몇 시간 동안 이어진 격렬한 총격전 끝에 공포의 존재였던 이슬람 전사 한 명이 사망했다.

라슈트리야 소총부대와 잠무카슈미르경찰서는 공동으로 표창을 받고 상금을 나눠 가졌다. 우리는 이슬람 전사의 시신을 가족에게 넘겨주고 혹시 누가 그를 죽였는지 아냐고 조심스럽게 물어보았다. 하지만 아무 성과도 없었다.

칠 일 후 다른 마을에서 다른 히즈브 전사가 목이 잘린 채 발견되었다. 그는 먼저 시신으로 발견된 남자의 밑에 있던 부대장이었다. 히즈브에서 자신들이 한 짓이라고 인정했다. 그들은 그가 대장을 살해하고 간부들이 나눠 갖기로 한 현금 250만 루피를 훔쳐서 처형되었다는 사실을 은밀히 흘렸다.

그 사건은 전국적인 신문에 이렇게 실렸다.

무고한 시민, 이슬람 전사들에 의해 끔찍하게 참수당해.

문제 1: 이 이야기의 주인공은 누구인가?

밀고자-1

트랄 지역. 나브달이라고 불리는 마을. 1993년. 이 마을에는 이슬람 전사들이 가득하다. 이곳은 '해방된' 마을이다. 마을 외곽에 군부대가 있지만 군인들은 감히 마을에 들어오지 못한다. 완전한 힘의 균형 상태다. 마을 사람들은 아무도 군부대 가까이에 가지 않는다. 군인들과 마을 사람들 사이에는 그 어떤 교류도 없다.

그럼에도 부대 지휘관은 이슬람 전사들의 모든 움직임을 알고 있다. 마을의 어떤 주민들이 분리독립운동을 지지하는지, 어떤 주민들이 지지하지 않는지, 누가 이슬람 전사들에게 기꺼이 음식과 거처를 제공하고 누가 그렇게 하지 않는지 다 안다.

며칠 동안 엄중한 감시가 이루어진다. 군부대로 가는 사람은 아무도 없다. 마을로 들어오는 군인도 없다. 그런데도 군부대로 정보가 들어간다.

마침내 이슬람 전사들은 윤기 흐르는 털을 가진 마을의 검은 황소 한 마리가 주기적으로 군부대를 방문한다는 걸 알게 된다. 그들은 그 황소를 가로챈다. 뿔에 각종 타비즈(병을 막아주고, 악마의 눈을 막아주고, 발기부전을 막아주는 부적들)와 함께 정보가 담긴 작은 쪽지들이 묶여 있다.

다음날 이슬람 전사들은 그 황소의 뿔에 급조폭발물을 설치한다. 그리고 황소가 군부대에 접근할 때 폭파시킨다. 아무도 죽지 않는다. 황소는 심하게 다친다. 마을 도살업자가 주민들이 고기를 배불리 먹을 수 있도록 '할랄'*을 제안한다.

이슬람 전사들은 파트와**를 통과시킨다. 그건 '밀고자 황소'다. 아무도 그 고기를 먹어선 안 된다.

아멘.

문제 1 : 이 이야기의 주인공은 누구인가?

---

* 이슬람 계율에 따른 도축.

** 이슬람 법에 따른 결정.

밀고자-2

그는 사람들을 팔아먹는 걸 좋아했는데 그런 짓이 그의 인간성을 파괴하기 때문이었다. 스스로의 인간성을 파괴하는 것은 나 자신의 가장 근본적인 성향이기도 하다.

장 주네

나는 아직 행복이 치유되지 않았다.

안나 아흐마토바*

문제 1: 이 이야기의 주인공은 누구인가?

동정童貞

피다인이 계획했던 군부대 공격이 마지막 순간에 피다인 자신들에 의해 좌절되었다. 그들이 그런 결정을 내린 건 그들이 타고 있던 마루티스즈키 자동차 운전자이며 아비드 스즈키라는 별명을 가진 아비드 아메드가 운전을 아주 이상하게 했기 때문이었다. 그 작은 차는 무언가를 피하기라도 하듯 왼쪽으로 방향을

* 러시아 시인.

홱 틀었다가 다시 오른쪽으로 홱 틀었다. 하지만 도로는 비어 있었고 피해야 할 것이 없었다. 아비드 스즈키의 동지들이(그들은 아무도 운전을 못했다) 왜 그러는지 묻자 그는 그들 모두를 천국으로 데려가려고 찾아온 천국의 미녀들 때문이라고 대답했다. 천국의 미녀들이 알몸으로 자동차 보닛 위에서 춤을 추며 그의 주의를 흐트러뜨리고 있었던 것이다.

그 알몸의 천국 미녀들이 처녀인지 아닌지는 확실치 않았다.

하지만 아비드 스즈키는 확실히 숫총각이었다.

문제 1: 아비드 스즈키는 왜 운전을 이상하게 했는가?

문제 2: 남자의 동정은 어떤 식으로 입증되는가?

용사

메무드는 부드감에서 재단사로 일했다. 그의 가장 큰 꿈은 총을 들고 사진을 찍는 것이었다. 어느 날 이슬람 무장 조직에 들어간 학교 친구가 그를 조직 아지트로 데려가 마침내 꿈을 이루게 해주었다. 메무드는 사진 원판을 가지고 스리나가르로 돌아와, 인화를 하기 위해 타지 사진관으로 갔다. 그는 사진 한 장에 25파이사씩 할인을 받는 것으로 흥정을 마쳤다. 그런데 그가 사진을 찾으러 갔을 때 국경수비대가 타지 사진관 주변에 비상경계선을 쳤고, 그 사진을 갖고 있던 그는 현행범으로 붙잡혔다. 그는 부대로 끌려가 여러 날 고문을 당했다. 그는 아무런 정보도

발설하지 않았다. 그래서 십 년 형을 선고받았다.

몇 개월 후, 그 사진 촬영을 가능하게 해준 이슬람 무장 조직 대장이 체포되었다. 그에게서 AK-47 두 자루와 탄약 몇 발이 회수되었다. 그는 두 달 후 풀려났다.

문제 1: 그럴 만한 가치가 있는 일이었을까?

출세주의자

그 소년은 늘 출세하고 싶었다. 그는 이슬람 전사 네 명을 식사에 초대해 그들의 음식에 몰래 수면제를 넣었다. 그들이 잠들자 그는 군인들을 불렀다. 군인들이 이슬람 전사들을 죽이고 집을 불태웠다. 군에서는 소년에게 땅 2카날*과 15만 루피를 약속한 상태였다. 하지만 5만 루피만 주고 군부대 바로 밖에 있는 막사에 살게 했다. 그러면서 일당을 받는 노동자가 아닌 영구직을 얻고 싶으면 외국인 이슬람 전사 두 명을 잡아오라고 했다. 소년은 '살아 있는' 파키스탄인을 한 명 잡아가긴 했지만 한 사람을 더 찾기는 힘들었다. 소년이 PI에게 말했다. "불행히도 요즘은 사업이 어려워요. 이제 아무나 죽이고 그 사람이 외국인 이슬람 전사인 것처럼 꾸밀 수가 없는 상황이 됐어요. 그러니 제 일은 영구직이 될 수가 없어요."

* 인도의 땅 면적을 나타내는 단위로 1카날은 약 126평에 해당한다.

PI가 소년에게 만일 국민투표를 하게 되면 인도 쪽에 표를 줄 건지 파키스탄 쪽에 줄 건지 물었다.

"당연히 파키스탄이죠."

"왜지?"

"그야 우리 물크(나라)니까요. 하지만 파키스탄 이슬람 전사들은 이런 식으로는 우리에게 도움이 안 돼요. 제가 그들을 죽여서 좋은 직장을 얻으면 그건 제게 도움이 되고요."

소년은 PI에게 만일 카슈미르가 파키스탄에 통합되면 그(PI)는 살아남을 수 없을 거라고 말했다. 하지만 그(소년)는 살아남을 거라고. 하지만 그건 그저 이론일 뿐이라고 말했다. 자신은 곧 살해당할 거니까.

문제 1 : 소년은 누구에게 살해당할 거라고 예상했는가?

(a) 군

(b) 이슬람 전사

(c) 파키스탄인

(d) 불에 탄 집의 주인

노벨상 수상자

마노하르 마투는 카슈미르인 힌두교 판디트로 다른 힌두교인들이 모두 떠난 뒤에도 카슈미르밸리에 남아 있었다. 그는 카슈미르에 남은 힌두교인들은 사실 모두 이래저래 인도 점령군의 첩자라는 이슬람교 친구들의 가시 돋친 말에 진절머리가 나고 깊은 마음의 상처를 받았다. 마노하르는 모든 반反인도 시위에 참가해 그 누구보다 크게 아자디!를 외쳐왔다. 하지만 아무 소용이 없는 듯했다. 그는 한때 무기를 들고 히즈브에 들어갈 생각까지 했지만 결국 그렇게 하지 않기로 했다. 어느 날 그의 학교 친구이자 정보장교인 아지즈 모하메드가 집으로 찾아와 그가 걱정된다고 말했다. 그(마투)의 감시 서류철을 보았다는 것이었다. 그건 그가 '반국가적 성향'을 보여 감시 대상이 되었음을 의미했다.

그 소식을 들은 마투는 환한 미소를 지었고 자랑스러움에 가슴이 벅차오르는 걸 느꼈다.

"자네가 내게 노벨상을 줬네!" 그가 친구에게 말했다.

그는 아지즈 모하메드를 카페 아라비카로 데려가 500루피어치 커피와 페이스트리를 사줬다.

일 년 후 그(마투)는 카피르라는 이유로 신원 미상 총잡이의 총에 맞아 죽었다.

문제 1: 마투는 왜 총을 맞았는가?

(a) 힌두교인이었기 때문에
(b) 아자디를 원했기 때문에
(c) 노벨상을 받았기 때문에
(d) 위의 어느 것도 해당되지 않음
(e) 위의 모든 이유들 때문에

문제 2: 그 신원 미상의 총잡이는 누구였을까?

(a) 모든 카피르들은 죽어 마땅하다고 생각하는 이슬람 전사

(b) 모든 이슬람 전사들이 모든 카피르들은 죽어 마땅하다고 생각한다는 걸 국민들에게 알리고 싶어 하는 점령군 요원

(c) 둘 다 아님

(d) 다들 그걸 밝혀내려고 혈안이 되기를 바라는 누군가

카디자가 말하기를……

카슈미르에서 아침에 일어나 "굿 모닝Morning"이라고 인사할 때 그 말의 진짜 뜻은 "굿 모닝Mourning"*이다.

시대는 변한다

유명한 기회주의자인 베굼 딜 아프로즈는 글자 그대로 시대에 따라 변해야 한다는 믿음을 갖고 있었다. 분리독립운동이 승승장구할 때면 그녀는 손목시계의 시간을 파키스탄 표준시에 맞

* '좋은 애도'라는 뜻.

게 반시간 앞당겨 맞췄다. 그러다 점령군이 지배력을 되찾으면 인도 표준시에 맞게 고쳤다. 카슈미르밸리에서는 이런 말이 돌았다. "베굼 딜 아프로즈의 손목시계는 진짜 시계가 아니라 신문이다."

문제 1: 이 이야기의 도덕적 교훈은 무엇인가?

2008년 만우절: 정확히 말하면 만우절 밤이었다. 밤새 휴대전화에서 휴대전화로 산발적으로 소식이 전해졌다. 반디포라의 한 마을에서 '교전'. 국경수비대와 특수임무부대가 치티반디 마을의 한 집에 이슬람 전사들—라슈카르-에-타이바의 작전사령관과 다른 전사들—이 있다는 특수 정보를 입수했다고 한다. 일제 단속이 이루어졌다. 교전은 밤새 이어졌다. 자정이 지나서 군은 작전이 성공했다고 선언했다. 그들은 이슬람 전사 두 명을 사살했다고 밝혔다. 하지만 경찰은 시체를 발견하지 못했다고 했다.

나는 P와 함께 반디포라로 갔다. 우리는 새벽에 떠났다.

스리나가르에서 반디포라까지의 도로는 겨자밭 사이로 구불구불 이어져 있다. 울라르 호수는 거울처럼 잔잔하고 신비롭다. 날씬한 배들이 그 위에서 패션모델처럼 멋을 부린다. P가 내게 말하기를, 최근 '친선 작전'의 일환으로 군에서 스물한 명의 아이를 해군 배에 태워 소풍을 데려갔다고 했다. 그 배는 전복되었다. 스물한 명의 아이가 모두 익사했다. 익사한 아이들의 부모들이 시위를 벌이자 군은 그들에게 총을 쏘았다. 운좋은 사람들은 죽었다.

반디포라는 "해방되었다"고들 말한다. 소포레가 한때 그랬던 것처럼. 쇼피안이 아직 그런 것처럼. 반디포라는 높은 산을 등지고 있다. 우리가 그곳에 도착했을 때 일제 단속은 아직 끝나지 않은 상태였다.

마을 주민들은 단속이 전날 오후 세시 삼십분부터 시작되었다고 말했다. 군인들이 주민들에게 총부리를 겨누고 집에서 강제로 나오게 했다. 주민들은 문이 열린 집을, 아직 마시지 않은 따뜻한 차, 펼쳐진 책, 끝내지 못한 숙제, 불 위에 올려놓은 음식, 볶던 양파, 요리에 넣으려고 잘게 썰어놓은 토마토를 두고 떠나야 했다.

군인들이 천 명이 넘었다고 주민들은 말했다. 사천 명이라고 말하는 사람들도 있었다. 밤에 공포가 고조되어 플라타너스 잎들이 군인들처럼 보였으리라. 일제 단속이 이어지고 새벽이 밝아오면서 주민들의 가슴을 찢어놓은 건 간헐적인 총성만이 아니었다. 그보다 더 조용한 소리들, 그들의 옷장이 열리고 현금과 보석을 강탈당하고 직조기가 부서지는 소리 역시 그랬다. 그들의 소가 우리에서 산 채로 바비큐가 되어가는 소리도.

한 시인의 형제가 소유한 큰 집이 완전히 파괴되었다. 그곳엔 잔해의 무더기만 남았다. 시체는 한 구도 발견되지 않았다. 이슬람 전사들이 도망친 것이다. 아니면 처음부터 거기에 있지 않았거나.

그런데 군인들은 왜 아직 거기 있었을까? 기관총과 삽, 박격포를 든 군인들이 군중을 통제했다.

또다른 소식:

근처 주유소에서 청년 둘이 체포되었다.

군중이 빳빳이 긴장한다.

군은 이미 이곳 치티반디에서 이슬람 전사 둘을 사살했다고 발표했다. 그러니 시체를 만들어야 한다. 사람들은 현실이 어떻게 돌아가는지 안다. 가끔은 각본이 미리 쓰인다.

"그 청년들 시신이 방금 전에 불탄 것이면 우리는 군의 이야기를 받아들이지 않을 것이다."

인도는 가라! 물러가라!

사람들은 군인 한 명이 마을 모스크에 서서 그들을 내려다보고 있는 걸 발견한다. 그는 신성한 장소에서 군화를 벗지 않았다. 외침이 시작된다. 총신이 서서히 올라가 목표를 겨냥한다. 공기가 오그라들며 단단해진다.

시인의 형제의 집이었던 곳에서 총성이 한 발 울린다. 그건 하나의 선언이다. 군대는 철수할 것이다. 마을 도로는 그들과 우리를 다 수용할 수 있을 만큼 넓지 않아서 우리는 건물 담벼락에 바싹 붙어 그들에게 길을 내준다. 군인들이 열을 지어 지나간다. 야유가 마을 도로를 따라 윙윙대는 바람처럼 그들을 따라간다. 군인들의 분노와 수치심이 느껴진다. 무력감도 느껴진다. 그건 순식간에 바뀔 수 있다.

그들은 그저 돌아서서 총을 쏘기만 하면 된다.

사람들은 그저 쓰러져 죽으면 된다.

마지막 군인까지 모두 떠나자 사람들은 불에 탄 집의 잔해로 올라간다. 한때 지붕을 이루고 있던 함석에서 아직 연기가 난다.

불에 탄 트렁크 하나가 열려 있고 그 안에서 아직 불꽃이 혀를 날름거린다. 그 안에서 이토록 아름답게 불타고 있는 건 무엇일까?

사람들이 연기가 피어오르는 잔해 더미 위에 서서 외친다.

훔 키야 차흐티?*

아자디!

그리고 라슈카르를 부른다.

아이와** 아이와!

라슈카르-에-타이바!

또다른 소식이 전해진다.

무다세르 나지르가 특수임무부대에게 체포됐다.

그의 아버지가 도착한다. 얕은 숨을 쉰다. 얼굴이 잿빛이다. 봄의 가을 낙엽.

그의 아들은 군부대로 끌려갔다.

"내 아들은 이슬람 전사가 아니오. 작년에 시위에서 다쳤소."

"그들은 아들을 돌려받고 싶으면 우리에게 당신 딸을 보내라고 했소. 당신 딸은 지상활동가라고. 히즈브 조직원의 물건 수송을 돕고 있다고."

그건 사실일 수도 있고 사실이 아닐 수도 있다. 어느 쪽이든, 그녀는 가망이 없다.

---

* '우리가 원하는 게 뭐냐고?'라는 뜻.

** '그렇다'는 뜻.

나는 히즈브 조직원이 물건을 수송하는 걸 도울 것이다.
그러면 그는 그런 나를 죽일 것이다.
적발된 나쁜 여자.
인도인
인도인?
어쨌거나
그런 거다.

없다

나는 별다른 사건이 일어나지 않으면서도 쓸거리가 많은 세련된 이야기를 쓰고 싶다. 카슈미르에서는 그게 불가능하다. 여기서 일어나는 일은 세련되지 못하다. 훌륭한 문학이 되기엔 너무 유혈이 낭자하다.

문제 1: 그것은 왜 세련되지 못한가?
문제 2: 훌륭한 문학에 허용되는 피의 양은 얼마인가?

그 공책의 마지막 글은 풀로 붙인 군의 공식 언론 발표문이었다.

스리나가르 국방부

인도 정부 홍보실

언론정보국(국방 담당)

반디포라 여학생들 소풍 가다

9월 27일 반디포라: 오늘은 반디포라 지역 에린 마을과 다르드포라 마을에 사는 소녀들 열일곱 명의 삶에서 중요한 날이었다. 81 산악여단의 아닐 메라 여단장과 소냐 메라 부인은 오늘 에린 마을 어장에서 아그라, 델리, 찬디가르를 순회하는 그들의 십삼 일간의 친선 여행의 출발을 선언했다. 이 소녀들은 노부인 둘, 지역 원로 둘, 14 라슈트리야 소총부대 간부들을 동반한다. 그들은 아그라, 델리, 찬디가르의 역사적, 교육적 명소들을 방문할 예정이다. 그들은 펀자브주와 그들 지역의 주지사와 교류하는 특전을 누리게 될 것이다.

81 산악여단 아닐 메라 여단장은 여행 참가자들이 모인 자리에서 그들에게 주어진 멋진 기회를 십분 활용할 것을 당부했다. 또한 다른 주의 발전을 주의깊게 관찰하고 스스로를 평화의 대사로 생각하라고 말했다. 소녀들을 따뜻하게 환송해주기 위해 마련된 그 자리에는 14 라슈트리야 소총부대 지휘관 프라카시 싱 네기 대령, 두 마을의 촌장들, 모든 참가자의 부모들, 그리고 지역 주민들이 참석했다.

'리더스 다이제스트, 매우 어린 아이들을 위한 영어 문법과 독해'는 빈디 두 대와 담배 넉 대 분량이었다. 물론 읽기/흡연 속도 조절에 따라 두 가지가 다 변수가 된다.

틸로는 이 언론 발표문에 소개된 것과 비슷한 또다른 친선 여행이 떠올라 혼자 미소를 지었다. 스리나가르의 군대 고아원인 무스칸의 소년들을 위해 군이 너무도 친절하게 마련해준 것이었다. 당시 무사가 그녀에게 붉은 요새에서 만나자는 전갈을 보내왔었다. 아마 십 년쯤 전이었을 것이다. 당시 그녀는 아직 나가와 살고 있었다.

무사가 가장 대담하게 행동하던 그때, 그는 친선 여행단의 민간인 호위대에 속해 있었다. 그들은 타지마할을 보러 아그라로 가는 길에 델리에 들른 것이었다. 고아들은 델리에 머무는 동안 쿠트브 미나르, 붉은 요새, 인디아 게이트, 대통령궁, 국회의사당, 비를라 하우스(간디가 총에 맞은 곳), 틴 무르티(네루가 살았던 곳), 사프다르정 로드 1번지(인디라 간디가 시크교도 경호원이 쏜 총에 맞은 곳)를 구경했다. 무사는 몰라볼 정도였다. 스스로를 자후르 아메드라고 불렀으며, 필요 이상으로 자주 웃었고, 새로이 터득한 부정직하고 약간 멍청하고 아부 섞인 태도를 보였다.

그와 틸로는 붉은 요새에서 '소리와 빛' 쇼가 펼쳐질 때, 어둠 속 벤치 관람석에서 우연히 옆에 앉은 초면의 사람들처럼 행동했다. 다른 관객들은 대부분 외국인 관광객이었다. 무사가 그녀에게 속삭였다. "이건 우리와 보안대의 공동 사업이지. 가끔 이런 종류의 공동 작업에서는 파트너들이 자신이 파트너라는 걸 몰라. 군은 아이들에게 모국에 대한 사랑을 가르치고 있다고 생각하거든. 우리는 아이들이 싸움에 나서야 할 세대로 자랐을 때 하산 론처럼 행동하는 일이 없도록, 그들에게 자신의 적을 아는 법을 가르치고 있다고 생각하고."

고아들 중 귀가 아주 큰 조그만 소년이 무사의 무릎으로 기어올라와 그에게 천 번쯤 키스를 퍼부은 후 꼼짝 않고 앉아서, 틸로와 3인치쯤 떨어진 거리에서 강렬하고 무표정한 눈빛으로 그녀를 응시했다. 무사는 소년에게 별 반응 없이 무뚝뚝한 태도를 보였다. 하지만 틸로는 그의 얼굴 근육이 씰룩이고 잠시 눈이 반짝이는 걸 놓치지 않았다. 그녀는 그 순간을 못 본 척 흘려보냈다.

"하산 론이 누군데?"

"내 이웃이었지. 멋진 친구였어. 형제였지."

'형제'는 무사에게 최고의 찬사였다.

"그는 이슬람 전사가 되고 싶어했지만 처음 인도 봄베이에 와서 빅토리아역의 인파를 보고 포기했지. 그는 돌아와서 이렇게 말했어. '형제들이여, 그들이 얼마나 많은지 아는가? 우린 승산이 없어! 난 포기하겠네.' 그는 진짜로 포기했어! 지금은 작게 섬유 사업을 하고 있고."

무사는 어둠 속에서 활짝 웃었다. 그는 친구 하산 론을 추억하며 자신의 무릎에 앉은 소년의 머리에 쪽 소리 나게 입을 맞췄다. 소년은 등불처럼 빛나며 앞을 똑바로 응시했다.

쇼의 사운드트랙은 1739년을 이야기하고 있었다. 모하메드 샤 랑길라 황제가 삼십 년 가까이 델리에서 공작 왕좌*에 앉아 있었다. 그는 흥미로운 황제였다. 그는 여자 옷을 입고 보석으로 장식된 슬리퍼를 신은 채 코끼리 싸움을 구경했다. 그의 후원하에 노골적인 성性과 전원 풍경을 그리는 새로운 세밀화 유파가 탄생했다. 하지만 성과 도락이 전부는 아니었다. 그의 궁에서는 뛰어난 카타크 무

* 인도 무굴 황제들이 사용하던 화려한 어좌.

용수들과 카왈리 가수들이 공연을 했다. 학자이자 신비주의자였던 샤 왈리울라는 쿠란을 페르시아어로 번역했다. 콰자 미르 다르드와 미르 타키 미르는 찬드니초크의 찻집들에서 자신들의 시를 읊었다.

레 산스 브히 아히스타 키 나주크 하이 바후트 캄
아파크 키 이스 카르가-에-시샤가리 카

여기선 조용히 숨쉬라, 온통 부서지기 쉬운 것들투성이니,
여기, 유리 제품들이 빚어지는, 이 세상의 작업장

하지만 이어서 말발굽소리가 들렸다. 작은 소년이 무사의 무릎에서 일어나 그 소리가 어디서 들려오는지 보려고 돌아보았다. 페르시아에서 출발한 나디르 샤의 기병대가 도중에 있는 모든 도시들을 약탈하며 델리로 달려오는 소리였다. 공작 왕좌의 황제는 동요하지 않았다. 그는 시, 음악, 문학이 범속한 전쟁으로 인해 중단되어선 안 된다고 믿었다. 디완-이-카스*의 조명 색깔이 바뀌었다. 자주색, 빨간색, 초록색. 사운드트랙에서 규방 여인들의 웃음소리가 들렸다. 그리고 무희들이 발목에 찬 종이 딸랑이는 소리. 내시의 굵직하고 교태스러운 킬킬거림.

쇼가 끝난 뒤 고아들과 호위대는 외교관 거주지 안에 있는 비슈와 유바크 켄드라** 기숙사에서 묵게 되었다. 마침 그곳은 틸로(그

---

* 붉은 요새에 있는 황제의 특별 접견실.

** 인도 뉴델리에 있는 청소년 지원 단체.

리고 나가)의 집에서 바로 길 아래에 있었다.

털로가 집에 돌아와보니 나가는 TV를 켜놓은 채 잠들어 있었다. 그녀는 TV를 끄고 그의 곁에 누웠다. 그날 밤 그녀는 구불구불할 이유가 없는 구불구불한 사막 길이 나오는 꿈을 꾸었다. 그녀와 무사가 그 길을 따라 걷고 있었다. 한쪽 길가에는 버스들이, 건너편에는 선적 컨테이너들이 늘어서 있었고, 각각의 컨테이너에는 출입문이 있고 거즈처럼 얇고 너덜너덜한 커튼이 달려 있었다. 문간에 창녀들이 있기도 했고 군인들이 있기도 했다. 길쭉한 소말리아 군인들. 심한 고문을 당한 사람들이 끌려 나오고 사슬에 묶인 사람들이 끌려 들어갔다. 무사가 걸음을 멈추고 흰옷 입은 남자와 이야기했다. 무사의 옛친구인 듯했다. 무사가 그를 따라 컨테이너 안으로 들어갔고 틸로는 밖에서 기다렸다. 무사가 나오지 않아서 그녀는 그를 찾으러 들어갔다. 불빛이 붉은색이었다. 남녀 한 쌍이 컨테이너 구석에 놓인 침대에서 섹스를 하고 있었다. 거울 달린 커다란 화장대가 보였다. 무사는 컨테이너 안에 없었지만 그의 모습이 거울에 비쳤다. 그는 지붕에 두 팔로 매달려 빙빙 돌고 있었다. 실내에 탤컴파우더가 많았고 무사의 겨드랑이에도 있었다.

틸로는 자신이 어떻게 배에 탄 건지 의아해하며 잠이 깼다. 그녀는 오랫동안 나가를 바라보았고 잠시 사랑처럼 느껴지는 감정에 사로잡혔다. 그녀는 그 감정을 이해하지 못했고 그것에 대해 아무것도 하지 않았다.

계산해보니 그들 모두—나가, 가슨 호바트, 무사, 그리고 그녀—가 〈노먼, 당신이야?〉를 준비하기 위해 처음 만난 때로부터 삼십 년이 흘러 있었다. 그리고 그들은 여전히 이런 기이한 방식으로 서로의 주위를 선회하고 있었다.

마지막 상자는 과일 상자도, 홍수 '복구품'도 아니었다. 무사가 미국에 갔다 와서 그녀에게 맡긴, 암리크 싱 관련 서류가 든 작은 휼렛패커드 프린터 카트리지 상자였다. 그녀는 자신의 기억이 맞는지 확인하려고 그 상자를 열었다. 맞았다. 오래된 사진들이 든 봉투와 암리크 싱의 자살에 대한 신문기사를 모아놓은 서류철이 있었다. 신문기사 중 하나에 클로비스에 있는 싱의 집 사진이 실려 있었는데, 집밖에 경찰차들이 서 있고 TV 연속극이나 범죄영화에서처럼 노란 테이프로 막아놓은 출입 금지 구역 안에서 경찰들이 서성이고 있었다. 집안에 매복 공격을 하려고 숨어 있는 사람이 있을까봐 캘리포니아 경찰이 자신들보다 먼저 들여보낸 로봇 크세르크세스에 장착된 카메라로 찍은 사진도 첨부되어 있었다. 신문기사 스크랩 외에 암리크 싱과 그의 아내가 미국에서 제출한 망명 신청서 사본이 든 서류철도 있었다. 무사는 그 서류철을 손에 넣게 된 경위를 길고 코믹하게 설명해주었다. 그는 미국 서부에서 수백 건의 망명을 다룬 변호사—한 '형제'의 친구—와 함께 암리크 싱을 담당했던 클로비스의 미국인 사회복지사를 찾아갔다. 그 사회복지사는 노쇠했지만 자신의 일에 헌신적인 멋진 사람이었다. 그는 사회주의적 성향이 있었고, 미국 정부의 이민정책에 분개하고 있었다. 그의 작은 사무실에는 서류철이 빼곡히 꽂혀 있었는데, 그가 미국 망명을 도운 수백 명의 법적 기록이었고, 그들 대부분이 1984년 이후 인도에서 도망친 시크교도였다. 그는 펀자브 경찰의 잔혹 행위, 인디라 간디 암살에 따른 1984년 시크교인 대학살과 군의 황금 사원* 침입에 대해 잘 알고 있었다. 그는 왜곡된 시간 속에서 살았고 최근의 시사에 어두웠다. 그래서 펀자브와 카슈미르를 하나로 간주했고, 암리크 싱 부부도 그 프리즘을 통해—또하나의 박해받은 시크교인 가족으로—보았다. 그가 책상 너머로 몸을 기울이고 속삭이기를, 그런 비극이 일어난 건 암리크 싱도, 그의 아내도 그녀가 경찰에 구금되어 있을 때 당한 강간을 극복하지 못했기 때문일 거라고 했다. 그는 암리크 싱 부인에게 그 사건에 대해 언급하면 망명 신청이 받아들여질 가능성이 훨씬 커질 거라고 설득하려 했다. 하지만 그녀는 그 사건을 인정하려 하지 않았고, 그가 그 사건에 대해 이야기하는 건 부끄러운 일이 아니라는 의견을 비치면 크게 동요했다는 것이었다.

"그 두 사람은 단순하고 착한 사람들이었고, 그들과 어린 자녀들에게 필요했던 건 얼마간의 상담이 전부였어요." 사회복지사가 무사에게 그들의 서류 사본을 넘기며 말했다. "얼마간의 상담과 좋은 친구들. 조금만 도와줬으면 그들은 아직 살아 있었을 거예요. 하지만 이 위대한 나라에서 그건 기대하기 어려운 일이죠, 안 그래요?"

* 인도 펀자브주에 있는 시크교 성지.

프린터 카트리지 상자 바닥에는 틸로가 본 기억이 없는 두툼한 구식 법률 서류철이 놓여 있었다. 낱장으로 된 종이 오십에서 육십 장 정도를 판지 위에 쌓아, 붉은 띠와 흰 끈으로 묶어놓은 것이었다. 이십 년 가까이 된 잘리브 카드리 사건의 증인 진술서였다.

굴람 나비 라술의 진술각서. 부父-무슈타크 나비 라술, 거주지-바르바르샤, 직업-관광청 근무, 나이-37세. 형사소송법 161조에 의거한 진술 기록.

증인은 다음과 같이 진술함:

나는 스리나가르 바르바르샤에 거주합니다. 1995년 3월 8일, 나는 파라이포라에 배치된 파견부대를 보았습니다. 그들은 거기서 차량 검문을 하고 있었습니다. 군용 트럭과 장갑차 한 대가 그곳에 세워져 있었습니다. 키가 큰 시크교인 장교가 군복 입은 많은 군인들에게 둘러싸여 검문을 지휘하고 있었습니다. 거기 개인택시도 한 대 서 있었습니다. 택시에는 민간인 몇 명이 빨간 모포를 덮고 있었습니다. 나는 무서워서 그 현장에서 얼마간 거리를 두고 있었습니다. 그러다 흰색 마루티 차가 오는 걸 보았습니다. 잘리브 카드리가 운전을 하고 있었고 그의 아내가 조수석에 타고 있었습니다. 잘리브 카드리를 본 키 큰 장교가 그의 차를 세우고 차에서 내리게 했습니다. 그들은 그를 장갑차에 밀어 넣었고 개인택시를 비롯한 그곳의 모든 차들이 무리 지어 바이패스 로드를 거쳐 떠났습니다.

레마트 바자드의 진술각서. 부-압둘 칼람 바자드, 거주지-스리나가르 쿠르수 라지바그, 직업-농무부, 나이-32세. 형사소송법 161조에 의거한 진술 기록.

증인은 다음과 같이 진술함:

나는 쿠르수 라지바그 주민이며 농무부에서 현장보조원으로 일하고 있습니다. 오늘, 1995년 3월 27일, 나는 집에 있다가 밖에서 시끄러운 소리가 나는 걸 들었습니다. 밖으로 나가보니 사람들이 자루 모양의 가방에 든 시체를 둘러싸고 모여 있었습니다. 그 시체는 동네 청년이 젤룸 방수로에서 건진 것이었습니다. 그 청년이 자루 모양 가방에서 시체를 꺼냈습니다. 잘리브 카드리의 시체였습니다. 나는 지난 십이 년 동안 그와 이웃으로 살았기 때문에 그를 알아볼 수 있었습니다. 시체를 살펴보니 다음과 같은 복장을 하고 있었습니다.

1. 양모 스웨터 카키색
2. 흰 셔츠
3. 회색 바지
4. 흰 러닝셔츠

그 외에도 두 눈이 사라지고 없었습니다. 이마에는 핏자국이 있었습니다. 시신은 쭈그러들고 부패한 상태였습니다. 경찰이 와서 시체를 맡고 보관서를 준비했으며 내가 거기 서명했습니다.

마루프 아메드 다르의 진술각서. 부-압둘 아하드 다르, 거주지-스리나가르 쿠르수 라지바그, 직업-사업, 나이-40세. 형사소송법 161조에 의거한 진술 기록.

증인은 다음과 같이 진술함:

나는 쿠르수 라지바그에 거주하며 사업을 합니다. 1995년 3월 27일, 나는 젤룸 방수로 둑에서 시끄러운 소리가 나는 걸 들었습니다. 그곳으로 가보니 자루 모양의 가방에 든 잘리브 카드리의 시체가 둑에 놓여 있었습니다. 나는 십이 년 동안 고인과 이웃으로 살아왔고 같은 모스크에서 기도를 올렸기에 그를 알아볼 수 있었습니다. 시체가 입은 옷은 다음과 같았습니다.

1. 양모 스웨터 카키색
2. 흰 셔츠
3. 회색 바지
4. 흰 러닝셔츠

그 외에도 두 눈이 사라지고 없었습니다. 이마에는 핏자국이 있었습니다. 시신은 쭈그러들고 부패한 상태였습니다. 경찰이 와서 시체를 맡고 보관서를 준비했으며 내가 거기 서명했습니다.

모하메드 샤피크 바트의 진술각서. 부-압둘 아지즈 바트, 거주지-간데르발, 직업-석공, 나이-30세. 형사소송법 161조에 의거한 진술 기록.

증인은 다음과 같이 진술함:

나는 간데르발 출신입니다. 직업은 석공이고 현재 쿠르수 라지바그에 있는 모하메드 아유브 다르의 집에서 일하고 있습니다. 오늘, 1995년 3월 27일, 오전 여섯시 삼십분경 나는 세수를 하러 젤룸 방수로로 갔습니다. 자루 모양의 가방에 든 시체가 강 위에 떠 있는 것이 보였습니다. 다리와 팔이 하나씩 가방 밖으로 나와 있었습니다. 나는 무서워서 아무에게도 그 사실을 알리지 않았습니다. 나중에 나는 석공 일을 하러 모하메드 샤비르 와르의 집으로 갔습니다. 거기서 마을 사람들이 젤룸 방수로에서 건져낸, 자루 모양의 가방에 담긴 그 시체를 보았습니다. 시체는 부패되고 젖어 있었습니다. 시체의 옷은 다음과 같았습니다.

1. 양모 스웨터 카키색
2. 흰 셔츠
3. 회색 바지
4. 흰 러닝셔츠

그 외에도 두 눈이 사라지고 없었습니다. 이마에는 핏자국이 있었습니다. 시신은 쭈그러들고 부패한 상태였습니다. 경찰이 와서 시체를 맡고 보관서를 준비했으며 내가 거기 서명했습니다.

고인의 형제 파르바이즈 아메드 카드리의 진술각서. 부-알타프 카드리, 거주지-아완티포라, 직업-예술, 문화, 언어 연구원 근무, 나이-35세. 형사소송법 161조에 의거한 진술 기록.

증인은 다음과 같이 진술함:

나는 아완티포라 주민이며 고인이 된 잘리브 카드리의 형제입니다. 오늘 시신 확인과 부검이 끝난 후 나는 경찰로부터 형제 잘리브 카드리의 시신을 인수받았습니다. 경찰은 시신의 손상 기록과 인수증을 별개의 문서로 제출했습니다. 경찰은 그 서류의 내용을 내게 읽어줬고 나는 그 내용이 사실과 다름없음을 인정합니다.

우스만 또는 바이토트로도 알려진 무슈타크 아메드 칸의 진술각서. 거주지-잠무시, 나이-30세. 형사소송법 164조에 의거하여 1995년 6월 12일 작성된 진술 기록.

증인은 다음과 같이 진술함:

나는 제빵사입니다. 라왈포라에 가게가 있었고, 1990년부터 1991년까지 군에 빵을 납품했습니다. 그러다 카슈미르의 상황이 악화되면서 군에 빵을 납품한다는 이유로 이슬람 전사들이 나를 위협했습니다. 나에겐 군에 납품하는 게 사업의 생명줄이라 빵집을 닫고 고향 마을인 우리Uri로 갔습니다. 그곳에서 석 달쯤 지낸 뒤부터 이슬람 전사들이 내 아내를 부당하게 괴롭히기 시작했습니다. 그뿐 아니라 열다섯 살 먹은 내 여동생을 강제로 납치해 그들의 동지와 억지로 결혼시키기까지 했습니다. 그런 이유로 나는 고향 마을을 떠나 스리나가르로 돌아와 마가르말바그의 셋집에서 살게 되었습니다. 얼마 후 잠무카슈미르해방전선(JKLF) 소속 이슬람 전사들이 그곳에까지 손을 뻗어 나를 억지로 그들의 핵심 그룹에 집어넣었습니다. 나중에 전사 조직들 간에 분열이 생겼을 때 알-우마르에 발탁되어 이 년 동안 그 조직에 몸담았습니다. 그뒤로 보안대에서 나를 괴롭히기 시작했고 내 아이들을 잡아갔습니다. 그래서 인디아 브라보 정보국에 항복하고 그들에게 AK-47 소총을 넘겼습니다. 나는 바라물라에 팔 개월 동안 구금되었다가 풀려나긴 했지만 보름마다 정보국에 보고를 해야 했습니다. 삼 개월 동안 그렇게 하다가 정보국 사람과 함께 있는 걸 누가 보면 목숨이 위험해질까봐 무서워서 도망쳤습니다. 스리나가르에서 코브라라는 별명으로 불리는 아메드 알리 바트라는 사람이 나를 코티바그경찰서 경정에게 소개했고, 그 경정은 나를 데려가서 라왈포라부대의 특수공작단(SOG)으로 보냈습니다. 코브라와 파르와즈 바트는 무슬림형제단으로 암리크 싱 소령과 함께 부대에서 일하고 있었습니다. 그들은 암리크 싱이 나를 싫어하도록 자극한 다음, 내가 이슬람 전사들을 모두 알고 있으며 그들을 체포하는 데 도움이 될 거라고 말했습니다. 어느 날 암리크 싱은 나를 데리고 와지르바그에 있는 이슬람 전사들의 은신처를 급습해 이슬람 전사 두 명을 체포한 뒤 4만 루피를 받고 풀어줬습니다. 나는 수개월 동안 암리크 싱 소령과 일했고 그가 다음과 같은 사람들을 제거하는 걸 목격했습니다.

1. 굴람 라술 와니
2. 센추리호텔에서 일하던 바시트 아메드 칸다이
3. 압둘 하피즈 피르
4. 이슈파크 와자
5. 쿨디프 싱이라는 이름을 가진 시크교인 재단사

이 사람들은 모두 실종자로 기록되었습니다.

그후 1995년 3월에 나처럼 항복한 이슬람 전사이며 부대에 자주 찾아오던 암리크 싱 소령의 친구 살림 고지리가 소령과 함께 코트와 흰 셔츠, 넥타이, 회색 바지 차림의 남자를 체포해 왔습니다. 당시 수칸 싱, 발비르 싱, 그리고 닥터도 그 자리에 있었습니다. 코트와 바지 차림의 남자는 매우 학식이 높은 사람이었습니다. 그는 부대에서 그들에게 이렇게 따졌습니다. “당신들 왜 나를 체포해서 여기로 데려온 거요?” 그 말을 들은 암리크 싱 소령은 몹시 화를 내며 그를 무자비하게 때리고 다른 방으로 데려갔습니다. 소령은 그를 가둬놓고 나오면서 말했습니다. “저 사람이 유명한 변호사 잘리브 카드리라는 걸 아나? 누구든 군을 비방하고 이슬람 전사들을 돕는 사람은 어떤 지위에 있더라도 봐주지 않는다는 방침에 따라 그를 체포한 것이다.” 그날 저녁

나는 잘리브 카드리가 감금된 방에서 들려오는 외침과 고함소리를 들었습니다. 그리고 총소리도 들었습니다. 그후 나는 자루 모양의 가방이 차에 실리는 걸 보았습니다.

며칠 후 잘리브 카드리의 시체가 발견되고 그에 관한 뉴스가 신문에 실리자, 암리크 싱 소령은 후회하며 자신이 잘못을 저질렀다고, 잘리브 카드리를 죽이지 말았어야 했다고, 하지만 다른 장교들이 그 일을 자신과 살림 고지리에게 일임해서 자신도 어쩔 수가 없었다고 내게 말했습니다. 그가 나에게 그런 말을 할 때 나는 생명의 위협을 느꼈습니다.

그후로 살림 고지리와 그의 동료인 방글라데시 출신 불법이민자 모하메드 람잔, 무니르 나세르 하잠, 모하메드 아크바르 라와이는 부대에 더이상 오지 않았습니다. 암리크 싱 소령은 나와 수칸 싱, 발비르 싱에게 차를 타고 나가서 그들을 찾아 부대로 데려오라고 했습니다. 우리는 부드감의 어느 상점에 앉아 있는 살림 고지리를 발견하고 그에게 왜 일주일 동안 부대에 오지 않았느냐고 물었습니다. 그는 기습 작전 때문에 바쁘다며 내일 가겠다고 했습니다. 이튿날 그는 동료 세 명과 함께 왔습니다. 그들은 앰배서더* 택시를 타고 왔습니다. 그들은 문에서 무기를 압수당했습니다. 암리크 싱 소령은 부대장이 올 예정이라 그런 거라고 그들에게 말했습니다. 그다음에 암리크 싱 소령, 살림 고지

* 인도의 승용차 상표로 과거에 택시용 차량으로 많이 쓰였다.

리와 그의 동료들은 부대 안에서 의자에 앉아 술을 마시기 시작했습니다. 두 시간 뒤 암리크 싱 소령은 살림 고지리와 그의 동료들을 식당으로 데려갔습니다. 나는 베란다에 있었습니다. 수칸 싱, 발비르 싱, 아쇼크 소령, 닥터가 살림 고지리와 그의 동료들을 밧줄로 묶고 문을 닫았습니다. 다음날 그들과 택시 기사 뭄타즈 아프잘 말리크의 시체가 팜포레에 있는 들판에서 발견되었습니다. 그 일이 있은 후 나는 아내와 아이들을 바이패스 로드에 사는 친구의 집으로 보냈습니다. 그다음 나는 잠무로 도망쳤습니다. 그후의 일은 모릅니다.

⁂

틸로는 서류철들과 사진이 담긴 봉투를 도로 상자에 넣은 후 테이블 위에 올려놓았다. 그것들은 적법한 서류였고 불법적인 내용은 없었다.

그녀는 무사의 '복구품'들—총, 칼, 전화기, 여권, 탑승권과 다른 모든 것—을 음식 담는 플라스틱 밀폐용기들에 넣어 냉동고에 쌓아놓았다. 그리고 무사가 그녀를 찾아올 수 있도록 밀폐용기 하나에 사담 후세인의 명함을 넣었다. 그녀의 냉장고는 구식이라 주기적으로 성에를 제거하지 않으면 얼음으로 뒤덮였다. 그녀는 떠나기 전에 온도를 내려놓으면 유죄를 입증하는 증거들이 얼음덩어리로 변하리란 걸 알았다. 엄청나게 파괴적인 홍수를 견뎌낸 복구품이라면 분명 특별한 힘을 지니고 있으리란 것이 그녀의 논리였다. 그러니 작은 눈보라쯤은 견딜 터였다.

그녀는 작은 가방을 쌌다. 옷, 책, 아기 물건들, 컴퓨터, 칫솔. 어머니 유골 단지.

이제 결정해야 할 일은 케이크와 풍선들을 어떻게 처리하느냐 뿐이었다.

그녀는 옷을 다 입고 떠날 준비가 된 상태로 침대에 누웠다.

새벽 세시였다.

아직 사담 후세인의 기척(또는 냄새)은 없었다.

수달 서류를 읽은 건 실수였다. 심각한 실수. 그녀는 수달 암리크 싱과 그가 죽인 모든 사람들과 함께 타르 통에 갇힌 기분이었다. 그녀는 그의 냄새를 맡을 수 있었다. 배에서 그녀 맞은편에 앉아 그녀를 바라보던 그의 차갑고 생기 없는 눈빛도 보였다. 그녀의 두피에 닿던 그의 손길도 느낄 수 있었다.

그녀가 누워 있는 침대는 진짜 침대가 아니라 붉은 시멘트 바닥에 놓은 매트리스에 불과했다. 개미들이 케이크 부스러기를 들고 부지런히 움직이고 있었다. 열기가 매트리스에 스며들었고 피부에 닿는 시트의 감촉이 거칠었다. 새끼 도마뱀붙이 한 마리가 불안정하게 방바닥을 가로질러가고 있었다. 녀석은 그녀와 몇 피트 떨어진 지점에 서더니 커다란 머리를 들고 지나치게 큰, 빛나는 눈으로 그녀를 응시했다. 그녀도 마주보았다.

"숨어!" 그녀가 속삭였다. "채식주의자들이 오고 있어."

그녀는 검은 종이에 모아놓은 모기 사체 더미에서 모기 사체 한 마리를 새끼 도마뱀붙이에게 줬다. 자신과 새끼 도마뱀붙이 사이의 중간쯤 되는 곳에 모기 사체를 놓았다. 새끼 도마뱀붙이는 처음엔 못 본 척하더니 그녀가 다른 곳을 보고 있는 사이 순식간에 먹어치웠다.

내가 되었어야 할 것은 도마뱀붙이 먹이 주는 사람인데, 그녀는 생각했다.

강렬한 네온 불빛이 창문으로 흘러드는 달빛 행세를 하고 있었다. 몇 주 전, 그녀는 밤에 불이 지나치게 환히 밝혀진 가파른 고가를 건너다가 자전거를 타고 지나가는 두 남자의 대화를 들었다. "이스 셰헤르 메인 아브 라트 카 사하라 비 나힌 밀타." 이 도시에서 우리는 밤의 은신처까지 잃었어.

그녀는 시체안치소의 시체처럼 미동도 없이 누워 있었다.

그녀의 털이 자라고 있었다.

그녀의 발톱도.

그녀의 머리털은 새하얬다.

가랑이 사이 삼각형을 이룬 털은 새까맸다.

그건 무슨 의미일까?

그녀는 늙은 걸까 아직 젊은 걸까?

그녀는 죽은 걸까 아직 살아 있는 걸까?

그러다 그녀는 고개를 돌리지도 않고 그들이 왔다는 걸 알았다. 황소들. 완벽한 뿔을 가진 거대한 머리들이 불빛을 받아 낫 모양의 실루엣을 드리웠다. 두 마리. 밤의 색. 한때 밤이었던 것의 색을 훔쳐온. 거칠고 곱슬곱슬한 털이 다마스크천으로 된 머릿수건처럼 축축한 이마에 볼록하게 박혀 있었다. 물기에 젖은 벨벳 같은 코가 반짝거렸고 자주색 입이 실룩거렸다. 황소들은 소리를 내지 않았다. 그녀에게 어떤 해코지도 하지 않고 그저 바라보기만 했다. 방안을 둘러보는 황소들의 눈 흰자위가 초승달 같았다. 황소들은 호기심에 차 있지도 않았고 특별히 심각해 보이지도 않았다. 진단 의견을 모으기 위해 환자를 살펴보는 의사 같았다.

또 청진기 가져오는 걸 잊은 건가?

황소들의 존재로 시간의 질이 달라졌다. 그녀는 황소들이 자신을 얼마나 오래 지켜보았는지 알 수 없었다. 그녀는 절대 황소들을 마주보지 않았다. 황소들이 가리고 있던 빛이 다시 방안을 비춘 뒤에야 그들이 떠난 걸 알았다.

그녀는 황소들이 떠났다는 확신이 들자 창가로 가서 황소들이 길의 크기에 맞게 줄어들어 걸어가는 걸 보았다. 도시물이 든 자들. 한 쌍의 불량배들. 황소 한 마리가 개처럼 다리를 들고 승용차 창문에 오줌을 갈겼다. 아주 키가 큰 개. 그녀는 전등을 켜고 insouciant라는 단어를 찾아보았다. 사전에 이렇게 나와 있었다. 쾌활하게 무심한, 무언가에 대해 걱정하지 않는. 그녀는 침대 근처에 사전들을 탑처럼 쌓아놓고 있었다.

그녀는 수많은 종이 중 한 장을 꺼내고 커피 머그잔에 가득 꽂힌 깎아놓은 푸른색 연필 중 하나를 골라 편지를 쓰기 시작했다.

박사님께,

저는 신기한 과학 현상을 목격하고 있어요. 저희 집 바깥의 측면도로에 사는 황소 두 마리. 그 황소들은 낮에는 지극히 정상적으로 보이는데 밤이면 커져서—'높아져서'라고 해야 하는지도 모르겠네요—제 삼층 창문으로 저를 쳐다봐요. 오줌을 쌀 때는 개처럼 다리를 들어요. 어젯밤에는(여덟시경) 시장에서 돌아오는데 한 마리가 제게 으르렁거렸어요. 확실해요. 제 질문은, 혹시 그 황소들이 개나 늑대 유전자를 심은 유전자 조작 황소들이고, 실험실에서 도망친 것일 가능성도 있을까요? 그렇다면 그들은 황소일까요, 개일까요? 아니면 늑대일까요?

전 소들에게 그런 실험을 하고 있다는 이야긴 못 들었는데, 박사님은요? 인간의 성장 유전자를 송어에 주입해서 거대하게 만든다는 건 알고 있어요. 그런 거대 송어를 키우는 사람들은 가난한 나라 사람들을 먹여 살리기 위해 그런 일을 한다고 말하죠. 제가 묻고 싶은 건 누가 그 거대한 송어를 먹여 살릴 거냐는 거예요. 인간의 성장 유전자가 돼지에 주입되는 경우도 있죠. 저는 그 실험의 결과를 봤어요. 몸이 너무 무거워서 일어서지도 못하고 제 몸무게를 견디지도 못하는 사팔뜨기 돌연변이. 그래서 판자 위에 받쳐놓아야만 하죠. 정말 혐오스러워요.

요즘은 황소가 개인지 아닌지, 옥수수가 사실은 돼지 다리인지 비프스테이크인지 도무지 알 수가 없어요. 하지만 어쩌면 그게 진정한 현대성으로 가는 길인지도 모르죠. 하기야 유리가 고슴도치가 되고, 산울타리가 에티켓 안내서가 되어선 안 될 이유가 어디 있겠어요?

그럼 이만,

틸로타마

추신. 양계업 관련 과학자들이 알을 품고 싶어하는 암탉들의 욕구를 완화시키거나 완전히 없애기 위해 모성 본능을 제거하려는 노력을 기울이고 있다네요. 그들의 목적은 암탉들이 불필요한 일에 시간을 낭비하는 걸 막아 달걀 생산의 효율성을 높이는 것이겠죠. 저는 개인적으로, 그리고 원칙적으로 효율성에 전적으로 반대하는 입장이지만 이런 방식의 개입(모성 본능을 제거하는 것)이 카슈미르의 실종자 어머니들에게 도움이 될 수 있을지 궁금해요. 현재 그들은 가망 없는 희망을 먹고 살아가며, 아들이 돌아올 경우 텃밭에 무엇을 길러 무슨 요리를 해먹일지 궁리하느라 시간을 허비하는 비효율적이고 비생산적인 개체들이죠. 당신도 이것이 좋지 않은 사업 모델이라는 데 동의하실 거예요. 당신은 더 나은 걸 제안할 수 있나요? 효율적인 '희망의 양'에 도달할 수 있는 실행 가능하고 현실적인(저는 현실주의에도 반대하지만) 공식 말이에요. 그들의 경우 세 가지 변수는 죽음, 실종, 가족에 대한 사랑이죠. 다른 형태의 사랑은, 설령 그런 것들이 실제로 존재한다고 해도, 자격 조건에 맞지 않으니 무시해야죠. 물론 신의 사랑은 제외하고요. (그거야 말할 것도 없죠.)

추추신. 저는 이곳을 떠납니다. 어디로 가는지는 몰라요. 그것이 저를 희망에 차게 하네요.

그녀는 편지를 다 쓴 후 조심스럽게 접어서 가방에 넣었다. 그리고 케이크를 잘라 파일 박스에 담은 뒤 냉장고에 넣었다. 풍선들은 하나하나 풀어 옷장에 넣고 문을 닫았다. 볼륨을 죽인 상태로 TV를 켰다. 한 남자가 자신의 눈썹을 팔고 있었다. 500달러를 주겠다는 첫 제안은 거절한 상태였다. 결국 그는 1400달러에 자신의 눈썹을 전기면도기로 미는 데 동의했다. 그는 멋쩍어하는 우스꽝스러운 미소를 지었다. 〈괴짜 토끼〉*의 엘머 퍼드처럼 보였다.

동트기 전.

여전히 사담 후세인은 오지 않았다.

유괴범은 조금은 초조하게 창문으로 아래를 내려다보았다.

그녀의 휴대전화로 문자가 왔다.

> 국제 요가의 날에 하누만트 바르드와지 선생님이 지도하는 풀장 촛불 요가와 명상 모임에서 뭉칩시다.

그녀는 답장을 보냈다.

> 제발 그러지 맙시다.

그림으로 된 간호사가 그림으로 된 아기에게 그림으로 된 소아마비 예방주사를 놓고 있는 학교 정문 바로 옆, 근처 도로 공사장에서 일하는 졸음 가득한 이주민 노동자 여성들이 뚜껑 열린 맨홀 가장자리에 쉼표처럼 쪼그리고 앉아 있는 조그만 사내아이를 둘러

---

* 벅스 버니가 나오는 미국 애니메이션 영화. 엘머 퍼드는 버니를 잡으려는 어리숙한 사냥꾼이다.

싸고 서 있었다. 여자들은 손에 든 삽이나 곡괭이에 기대어 그들의 스타가 연기를 펼치기를 기다렸다. 쉼표는 그중 한 여자에게 시선을 박고 있었다. 그의 어머니. 그의 마음이 움직였다. 그는 웅덩이 하나를 만들었다. 그리고 노란 나뭇잎 하나. 그의 어머니가 자신의 곡괭이를 내려놓고 비슬러리* 병에 든 흙탕물로 그의 엉덩이를 닦아주었다. 그녀는 남은 물로 자신의 손을 닦고, 노란 나뭇잎을 맨홀로 흘려보냈다. 이 도시에는 그 여자들의 것이 하나도 없었다. 땅 한 뙈기도, 빈민가의 가축우리 같은 집 한 채도, 비를 피할 함석 지붕도 없었다. 하수 시스템조차 없었다. 하지만 이제 그들은 직접적이고 비정통적인 예치 방식을, 하수 시스템으로 곧장 들어가는 신속 배달 방식을 실행했다. 어쩌면 이것이 도시에서의 첫 발판인지도 몰랐다. 쉼표의 어머니가 아들을 품에 안고 곡괭이를 어깨에 둘러멨고, 그 작은 분견대는 그곳을 떠났다.

거리가 텅 비었다.

그리고, 마치 그 여자들이 떠나면 입장하려고 기다리고 있었던 것처럼 사담 후세인이 나타났다. 다음과 같은 순서로.

소리

모습

냄새(악취).

노란색 시청 트럭이 좁은 측면도로로 들어서더니 몇 집 떨어진 곳에 멈춰 섰다. 사담 후세인이 조수석에서(그의 말에서 내릴 때처럼 현란한 동작으로) 획 뛰어내리며 눈으로는 벌써 틸로의 집 삼층

* 인도의 생수 브랜드.

창문을 살폈다. 틸로는 창문으로 고개를 내밀고 그에게 대문이 열려 있으니 올라오라는 신호를 보냈다.

그녀는 문간에서 꾸려놓은 여행가방과 아기, 딸기 케이크가 가득한 파일 박스를 들고 그를 맞이했다. 라알리 동무가 잃어버린 연인과 해후라도 하듯 층계참에서 사담을 반겼다. 라알리 동무는 두 귀를 납작하게 접고 눈은 요염하게 치켜뜨고는 머리를 제외한 온 몸을 양옆으로 흔들었다.

"당신 개예요?" 서로 자기소개를 한 후 사담이 틸로에게 물었다. "데려가도 돼요. 우리가 가는 데는 공간이 많으니까."

"새끼들이 있어요."

"이봐요, 그게 뭐가 문제죠……?"

그는 누워 있는 강아지들 아래에 깔린 마댓자루를 조심스럽게 빼낸 다음 낑낑거리고 꼼지락거리는 가지 열매 같은 강아지들을 자루에 넣었다. 틸로가 문을 잠갔고 그 작은 행렬은 계단을 내려가 거리로 나섰다.

사담은 여행가방과 강아지들이 가득한 자루를 들고 있었다.

틸로는 아기와 파일 박스를 안고 있었다.

그리고 라알리 동무는 부끄러운 줄도 모르고 새로 찾은 연인을 졸졸 따라다녔다.

트럭 앞칸은 작은 호텔방만큼 컸다. 운전사 니라지 쿠마르와 사담 후세인은 오랜 친구 사이였다. 사담(미리 생각하고 세세한 부분까지 챙기는 데 도사인)이 트럭 문 옆에 과일 궤짝을 놓았다. 임시 계단이었다. 라알리 동무가 폴짝 뛰어올라 트럭에 탔고 틸로와 미스 제빈 2세가 그 뒤를 따랐다. 그들은 트럭 운전사들이 장거리 운행중 피곤하면 교대 운전사에게 운전대를 맡기고 수면을 취하는 트럭 뒤칸의 붉은색 렉신* 벙크 침대에 앉았다. (시청 쓰레기 트럭은 장기 운행을 할 일이 없었지만 그래도 벙크 침대를 갖춰놓고 있었다.) 사담은 앞칸 조수석에 앉았다. 그는 강아지 자루를 양발 사이에 내려놓고 공기가 통하도록 입구를 열어준 후 선글라스를 끼고 버스 차장처럼 조수석 문을 두 번 쳤고, 트럭은 출발했다.

노란 트럭은 배가 터져 죽은 소의 악취를 궤적으로 남기면서 새로운 길을 개척하며 도시를 달렸다. 사담은 유사한 화물을 동반했던 과거의 여정과는 달리, 이번에는 이 나라 수도에서 시청 트럭을 타고 있었다. 구자라트 카 랄라가 집권하려면 아직 일 년이 남은 시점이라 사프란색 앵무새들은 기회를 엿보며 때가 오기를 기다리고 있었다. 그래서 일시적으로나마 안전했다.

트럭은 줄지어 늘어선 자동차 정비소들과 기름 범벅을 하고 한뎃잠을 자고 있는 남자들과 개들을 지나 덜컹거리며 달려갔다.

시장을 지나고, 시크교 사원을 지나고, 또다른 시장을 지났다. 환자들과 그 가족들이 길에서 야영을 하고 있는 병원을 지났다. 연중무휴 약국에서 서로 밀쳐대는 사람들을 지났다. 아직 가로등이 밝혀진 고가도로를 지났다.

초목이 우거지고 조경이 잘된 로터리가 있는 가든시티를 지났다.

계속 달리다보니 정원이 사라지고 도로는 점점 울퉁불퉁하고 파인 곳들이 많아졌으며, 보도에 자고 있는 사람들이 많아졌다. 개

* 영국 모조 가죽 상표명.

들, 염소들, 소들, 인간들. 릭샤가 뱀의 척추뼈처럼 뒷부분이 포개진 채 줄지어 세워져 있었다.

트럭은 길에 악취를 풍기며, 무너져가는 돌 아치들 아래를 통과하고 붉은 요새의 성곽을 지났다. 그리고 구시가지 가장자리를 빙 돌아 잔나트 게스트하우스 장례식장에 도착했다.

안줌이 그들을 기다리고 있었다—묘비들 사이에서 기쁨에 가득 찬 미소가 환히 빛났다.

그녀는 전성기의 스팽글 달린 새틴 옷으로 화려하게 차려입고 있었다. 화장을 하고 립스틱을 발랐으며, 머리는 검게 염색해서 붉은 띠와 함께 한 가닥으로 길고 두툼하게 땋아 그 위에 핀을 꽂았다. 그녀는 틸로와 미스 제빈을 힘차게 꽉 안아주고 둘 다에게 몇 번이고 키스를 했다.

그녀는 그들이 집에 온 걸 환영하는 파티를 마련했다. 잔나트 게스트하우스는 풍선과 색 테이프로 장식되었다.

손님들이 한껏 멋을 부리고 찾아왔다. 이제 열여덟 살의 통통한 아가씨가 되어 지방 기능대학에서 패션디자인을 공부하고 있는 자이나브, 사이다(콰브가의 우스타드가 되었을 뿐만 아니라 트랜스젠더의 권익을 위해 일하는 NGO 대표이기도 한 그녀는 수수한 사리 차림이었다), 님모 고라크푸리(파티를 위해 신선한 양고기 3킬로그램을 가지고 메와트에서 차를 몰고 왔다), 미녀 이슈라트(체류기간을 연장했다), 로샨 랄(포커페이스를 유지하고 있었다), 이맘 지아우딘(턱수염으로 미스 제빈을 간지럽힌 후 축복을 해주고 기도를 올려주었다). 우스타드 하미드는 하모니움을 연주하며 환영의 의미로 라가 틸라크 카모드를 불렀다.

아에 리 사크히 모라 피야 가르 아예
바그 라가 이스 안간 코

오 나의 동무들이여, 내 사랑이 집에 왔네
이 빈 뜰이 정원으로 피어났네

사담과 안줌은 틸로를 일층에 미리 마련해둔 방으로 안내했다. 틸로는 라알리 동무 가족과 미스 제빈, 아흘람 바지의 무덤과 그 방을 같이 쓰게 될 터였다. 암말 파얄은 창문 밖에 묶어두었다. 방은 색 테이프와 풍선으로 장식되어 있었다. 그들은 두니야—그냥 두니야가 아니라 남南델리 두니야—에서 온 여자, 진짜 여자를 위해 무엇을 준비해야 할지 몰라 미용실 스타일의 실내 장식—중고 가구 시장에서 산 커다란 거울이 달린 화장대—을 택했다. 그리고 금속 카트에 다양한 색상의 라크메 브랜드 매니큐어 병들과 립스틱, 빗, 헤어브러시, 헤어롤, 드라이어, 샴푸 병을 담아두었다. 님모 고라크푸리가 평생 수집한 패션 잡지들을 메와트의 집에서 가져와 커다란 커피 테이블에 높이 쌓아놓았다. 침대 옆에는 베개 위에 커다란 곰인형이 기대어져 있는 아기 침대가 있었다. (미스 제빈을 어디에 재우고 누가 엄마—'바디 엄마'나 '초티 엄마'가 아닌 엄마—로 불릴지에 대한 논란은 나중에 제기될 터였다. 그리고 틸로가 아주 기꺼이 안줌의 요구에 따르면서 그 문제는 쉽게 해결될 터였다.) 안줌은 마치 아흘람 바지가 아직 살아 있기라도 하듯 틸로를 그녀에게 소개했다. 아흘람 바지의 업적에 대해 이야기하고 그녀가 출생을 도운 샤자하나바드의 전문가들 명단을 댔다—성곽도시 안에서 최고의 시르말*을 만드는 제빵사 아크바르 미안, 재단사 자바르 바이, 딸이 최근에 집 이층에 베나라시 사리 전문점을 낸 사비하 알비. 안줌은 그것이 틸로에게 친숙한 세상, 모두에게 친숙해야 하는 세상, 사실 친숙해질 가치가 있는 유일한 세상인 것처럼 이야기했다.

틸로는 난생처음 자신의 몸이 내부의 모든 기관들을 수용할 만한 공간을 지녔다고 느꼈다.

그녀가 자란 작은 도시에 처음 생긴 호텔 이름이 안잘리호텔이었다. 이 흥분되는 신축 시설을 홍보하는 거리 광고판에 이런 문구가 있었다. 안잘리로 오셔서 삶의 휴식을 누리세요.** 그 동음이의어의 사용은 고의적인 말장난은 아니었지만, 어린 그녀는 늘 안잘리호텔에는 그곳에서 아무 의심 없이 자다가 살해되어 남은 생애 동안 (죽은 채로) 그곳에 남게 된 손님들 시체가 가득할 거라고 상상했다. 그녀는 잔나트 게스트하우스의 경우 그런 중의적 의미가 단순히 적절하기만 한 것이 아니라 위안을 주기도 한다고 생각했다. 마침내 자신의 남은 생애 동안 휴식할 수 있는 보금자리를 찾은 것 같다고 본능적으로 느꼈으니까.

잔치가 시작되었을 때는 동이 터올 무렵이었다. 안줌은 온종일

---

* 인도와 파키스탄 등지에서 먹는 납작한 빵.

** Come to Anjali for the Rest of Your Life. 여기서 'rest'는 '휴식'이 아닌 '나머지'라는 의미로도 쓰일 수 있으며 그 경우 '안잘리로 오셔서 남은 생애를 보내세요'라는 뜻이 된다.

장을 보고(고기와 장난감, 가구를 사기 위해) 밤새 요리를 했다.

메뉴는 다음과 같았다.

양고기 코르마

양고기 비르야니

브레인 커리*

카슈미르 로간 조시**

간 튀김

샤미 케밥***

난

탄두리 로티

시르말

피르니

검은 소금을 친 수박.

묘지 주변의 중독자들과 노숙자들이 함께 먹고 즐기기 위해 마당으로 모여들었다. 파얄은 코를 킁킁거리며 상당량의 피르니를 먹어치웠다. 아자드 바르티야 박사는 조금 늦게 도착했으나 틸로가 위험에서 탈출해 집에 오도록 도와준 것 때문에 뜨거운 박수갈채와 애정을 받았다. 그의 무기한 단식은 십일 년하고도 삼 개월 이십오 일째로 들어섰다. 그는 음식은 먹지 않고 구충제 한 알과 물 한 잔으로 만족했다.

나중에 찾아올 것이 분명한 시청 직원들 몫으로 케밥과 비르야

* 양의 골로 만든 커리.

** 양고기나 염소 고기에 토마토소스를 넣고 끓인 요리.

*** 고기를 갈아 콩, 야채를 섞어 둥글납작하게 빚어서 튀긴 케밥.

니를 남겨두었다.

"그 사람들은 꼭 우리 히즈라들 같지. 잔치 냄새는 귀신같이 맡고 자기들 몫을 요구하러 나타난다니까." 안줌이 애정어린 웃음소리를 내며 말했다.

비루와 라알리 동무는 뼈다귀와 남은 음식으로 잔치를 벌였다. 자이나브는 지나치게 신중을 기하며 강아지들을 비루가 접근하지 못하는 곳에 격리시킨 후 강아지들과 놀고 사담 후세인과 노골적으로 시시덕거리며 시간을 보냈다.

이 사람 저 사람 돌아가며 미스 제빈 2세를 안고, 입맞추고, 너무 많이 먹였다. 그런 식으로 그녀는 십팔 년 전 그녀의 어린 조상 미스 제빈 1세가 생을 마감한 장소와 유사하면서도 전혀 딴 세상인 곳에서 완전히 새로운 인생을 시작하게 되었다.

묘지에서.

조금 더 북쪽의 다른 묘지에서.

그리고 그들은 내 말이 진실임을 알기에

내 말을 믿으려 하지 않을 것이다.

제임스 볼드윈

9
미스 제빈 1세의 때 이른 죽음

그녀는 자기주장을 할 수 있을 만큼 자란 이후로 줄곧 자신을 '미스 제빈'이라 불러달라고 요구했다. 그렇게 불러야만 대답했다. 그래서 그녀의 부모, 조부모, 이웃들 모두가 그렇게 불러야 했다. 그녀는 카슈미르 분쟁 초기에 카슈미르밸리를 지배한 '미스' 숭배의 조숙하고 열성적인 추종자였다. 갑자기, 특히 도시 지역에서, 유행에 민감한 젊은 여성들이 '미스'라는 호칭을 고집하기 시작했다. 미스 모민, 미스 가잘라, 미스 파르하나. 그건 당시의 많은 숭배 중 하나였다. 그 피로 얼룩진 시절에, 아무도 확실하게 이해하지 못하는 이유로, 사람들은 이른바 숭배의 열풍에 휩싸였다. '미스' 숭배 외에도 간호사 숭배, PT(체력 단련) 트레이너 숭배, 롤러스케이트 숭배가 있었다. 그리하여 카슈미르밸리는 검문소, 벙커, 무기, 수류탄, 지뢰, 지뢰방호장갑차, 가시철조망, 군인, 반군, 반란진압군, 스파이, 특수공작원, 이중 첩자, 삼중 첩자, 국경 양쪽 정보기관들에서 나오는 현금 가방뿐 아니라 간호사, PT 트레이너, 롤러스케이트 타는 사람들로 넘쳐났다. 물론 '미스'들로도.

그들 중 미스 제빈은 간호사가 될 수 있을 정도로, 심지어 롤러스케이트를 탈 수 있을 정도로도 오래 살지 못했다.

그녀가 처음 묻힌 마자르-에-쇼하다, 즉 순교자 묘지 정문 위 아치 모양 주철 현판에는 두 개의 언어로 이렇게 쓰여 있었다. 우리는 당신들의 내일을 위해 우리의 오늘을 바쳤다. 그 현판은 이제 세월에 부식되어 초록색 페인트가 바래고, 섬세한 글자들 위에는 미세한 빛 구멍들이 점점이 뚫려 있었다. 그럼에도 그것은 오랜 세월을 견뎌내고, 사파이어빛 하늘과 눈 덮인 톱니 모양의 산들을 배경으로 빳빳한 레이스 견본 같은 실루엣을 이루며 아직 거기 있다.

아직 거기 있다.

미스 제빈은 그 현판에 무슨 글을 써야 할지 결정한 위원회의 일원이 아니었다. 하지만 그녀는 그 위원회의 결정에 이의를 제기할 위치에 있지 않았다. 미스 제빈은 내일과 바꿀 오늘을 아주 많이 보유하지는 못했지만 무한 정의正義의 수학은 그리 무례하지 않았다. 그리하여 그녀는 그 문제에 대한 협의를 거치지 않고도 자유운동의 가장 어린 순교자 중 하나가 되었다. 그녀는 어머니 베굼 아리파 예스위 바로 옆자리에 묻혔다. 어머니와 딸이 한 총알에 죽었다. 총알이 미스 제빈의 왼쪽 관자놀이를 뚫고 들어가 어머니의 심장에 박혔다. 미스 제빈의 마지막 사진 속에서, 총상은 그녀의 왼쪽 귀 바로 위에 장식된 경쾌한 여름 장미 같았다. 꽃잎 몇 장이 그녀의 카판*에, 안장 전에 시신을 감싼 흰 수의에 떨어졌다.

미스 제빈과 어머니는 학살의 희생자 수를 열일곱 명으로 만들며 다른 열다섯 명과 함께 묻혔다.

그들의 장례식 때까지만 해도 마자르-에-쇼하다는 비교적 새 묘지였지만 벌써 거의 가득찬 상태였다. 하지만 인티자미야 위원회, 즉 조직 위원회는 분쟁 시초부터 상황을 예의주시하고 있었기에 장차 벌어질 사태를 현실적으로 예측할 수 있었다. 위원회는 가용 공간을 질서정연하고 효율적으로 사용할 수 있도록 신중하게 무덤의 배치 계획을 짰다. 순교자들의 시신을 카슈미르밸리 전역에 우후죽순처럼 생겨난 군부대와 고문센터 주변 산속이나 숲에 새들 먹이처럼 (수천 구씩) 흩어져 있도록 방치하지 않고 공동 매장지에 묻는 것이 얼마나 중요한 일인지 모두가 알고 있었다. 싸움이 시작되고 점령군이 지배력을 강화하자 평범한 사람들에게 그들의 죽음을 통합하는 일은 그 자체로 저항 행위가 되었다.

그 묘지에서 처음 영면에 든 사람은 굼남 샤히드, 신원 불명의 순교자로 그의 관은 한밤중에 옮겨졌다. 그는 '아직은 묘지가 아닌 묘지'에서 침통한 조문객들이 지켜보는 가운데 정식으로 예를 갖추어 매장되었다. 다음날 아침, 아직 촛불들이 켜져 있고 싱싱한 장미 꽃잎들이 뿌려져 있는 새 무덤가에서, 모스크의 금요 기도가 끝난 후 공지에 따라 모여든 수천 명의 사람들이 참석한 가운데 새로운 기도 의식이 거행되는 사이, 위원회는 작은 목초지 크기의 넓은 땅에 울타리를 치는 작업을 시작했다. 그리고 며칠 후 '마자르-에-쇼하다'라고 적힌 표지판이 걸렸다.

그날 밤에 매장된 신원 불명의 순교자—묘지 창시자의 시체—

* '수의'라는 뜻.

가 사실은 시체가 아니라 빈 더플백이었다는 루머가 돌았다. 몇 년 후 이 루머를 듣고 괴로워하던 신세대 자유 투사, 상바즈, 즉 돌 던지는 자가 이 음모(라고 주장되는)의 배후 인물(이라고 주장되는)에게 물었다. "제나브, 제나브, 그건 우리의 운동이, 우리의 테리크가 거짓말에 기반을 두고 있다는 의미가 아닙니까?" 반백의 배후 인물(이라고 주장되는)이 대답했다. "그게 자네들 젊은 세대의 문제야. 자네들은 싸움을 어떻게 하는 건지 전혀 몰라."

물론 많은 사람들이 그 빈 더플백에 대한 루머는 바다미바그에 있는 스리나가르 군사령부 루머 담당 부서에서 끊임없이 지어내고 퍼뜨리는 루머들 가운데 하나일 뿐이라고, 테리크의 기반을 약화시키고 주민들이 불안정하도록, 의심을 품도록, 자기 회의에 시달리도록 만들기 위한 점령군의 또다른 술책이라고 주장했다.

루머에 따르면 진짜로 루머 담당 부서가 존재하고 소령급 장교가 책임자로 있다고 했다. 나갈랜드(동부의 또다른 인도 점령지인)에서 온 어떤 무시무시한 부대는 돼지와 개를 잡아먹는 것으로 유명하며 가끔 인육, 그중에서도 특히 '늙은이' 고기를 간식으로 즐긴다는 루머도 있었는데, 내부 사정을 잘 아는 사람이 그렇게 말했다는 것이었다. 건강하고 무게가 3킬로그램 이상 나가는 올빼미(이 지역 올빼미들은 아무리 몸집이 커도 무게가 그 절반밖에 안 되었다)를 잡아다 (주소 불명의 누군가에게) 바치면 보상금으로 백만 루피를 받는다는 소문도 있었다. 그래서 사람들은 덫을 놓아 참매, 송골매, 작은 올빼미, 온갖 종류의 맹금을 잡아다가 쥐, 쌀, 건포도를 먹이고 스테로이드를 주사하며 매시간 무게를 쟀다. 그 새들을 누구에게 갖다 바쳐야 하는지도 모르면서. 냉소가들은 그것 역시 잘 속는 사람들을 바쁘게 만들어 말썽을 일으키지 못하게 할 계략을 짜느라 혈안이 된 군이 퍼뜨린 루머라고 말했다. 그렇게 루머들과 그에 반대되는 루머들이 돌았다. 진실일 수도 있는 루머도 있었고 루머에 불과해야만 하는 진실도 있었다. 이를테면, 스탈린 중위—어느 늙은 공산주의자의 아들인 케랄라 출신의 친절한 남자—가 수년간 군의 인권 조직 수장을 지낸 건 정말로 진실이었다. (루머에 의하면 과부들과 반 과부들, 고아들과 반 고아들의 갱생을 위한 일련의 군 '친선' 센터인 무스칸—우르두어로 '미소'를 뜻한다—을 세운 것이 그의 아이디어였다. 격분한 사람들이 그 고아들과 과부들을 만들어내는 게 바로 군이라며 주기적으로 그 '친선' 고아원과 바느질센터에 불을 질렀다. 그러면 어김없이 더 크고, 더 좋고, 더 호화롭고, 더 친절한 새 센터가 지어졌다.)

하지만 순교자 묘지의 첫 무덤에 더플백이 들었는지 시신이 들었는지의 문제는 중요하지 않은 것으로 판명났다. 중요한 진실은 상대적으로 새것인 그 묘지가, 깜짝 놀랄 만한 속도로, 진짜 시신들로 채워지고 있다는 것이었다.

순교는 통제선을 넘고 군인들이 배치된 달빛 비치는 산길들을 지나 카슈미르밸리로 숨어들었다. 그것은 밤마다 푸른 얼음 절벽을 실처럼 휘감은 돌투성이 좁은 길을 따라 걷거나, 거대한 빙하들과 눈이 허리 높이까지 쌓인 고지대 초원들을 건넜다. 총을 맞고 눈더미 속에 쓰러져, 별들이 손을 뻗으면 닿을 듯 낮게 걸린 차가운 밤하늘과 창백한 달빛의 냉혹한 시선 아래 기괴한 정경을 연출하고 있는 젊은이들의 얼어붙은 시신을 지나 터벅터벅 걸었다.

카슈미르밸리에 도착하자 그것은 땅에 바싹 붙어서 마치 서서히 움직이는 안개처럼 호두나무숲과 사프란밭, 사과와 아몬드와 체리 과수원 사이로 퍼져나갔다. 그러면서 의사들과 엔지니어들, 학생들과 노동자들, 재단사들과 목수들, 방직공들과 농부들, 양치기들, 요리사들과 시인들의 귀에 전쟁의 말을 속삭였다. 그들은 그 말을 귀기울여 듣고 책과 도구, 바늘, 끌, 지팡이, 쟁기, 고기 칼, 스팽글 장식이 달린 광대 옷을 내려놓았다. 그들은 세상에서 가장 아름다운 카펫과 가장 곱고 부드러운 숄을 짜던 직조기를 멈추고, 그들을 찾아온 낯선 이들이 만지게 해준 매끄러운 칼라시니코프 자동소총을 옹이진 손으로 신기한 듯 쓸어보았다. 그들은 그 새로운 '피리 부는 사나이들'을 따라 훈련 캠프가 마련된 고지대 초원과 깊은 산속 빈터로 올라갔다. 그들은 자신의 총을 받아 손가락으로 방아쇠를 감고서 그것이 아주 미세하게나마 당겨지는 걸 느낀 다음에야, 가능성을 가늠해보고 그것이 실행 가능한 선택이라고 결정한 다음에야 비로소 그들이 수십, 수백 년 동안 견뎌온 예속의 수치와 분노가 몸속을 흐르도록, 혈관의 피가 연기가 되도록 허락했다.

안개가 소용돌이치며 무차별적인 모집운동을 펼쳤다. 안개는 암거래상, 광신자, 폭력배, 사기꾼의 귀에도 속삭였다. 그들 역시 주의깊게 경청하고 계획을 바꿨다. 그들은 이드 축제에서 상등품 양고기를 분배하듯 누군가가 아낌없이 나누어준 수류탄의 차갑고 울퉁불퉁한 금속성 표면을 교활한 손으로 만져보았다. 그들은 자신의 살인과 신종 사기에 신과 자유, 알라와 아자디의 언어를 접목했다. 그들은 돈, 자산, 여자를 훔쳐 도망쳤다.

물론 여자를.

여자를 물론.

그런 식으로 분쟁은 시작되었다. 모든 곳에 죽음이 있었다. 죽음은 모든 것이었다. 경력. 욕망. 꿈. 시. 사랑. 젊음 그 자체. 죽음은 또다른 방식의 삶이 되었다. 묘지들이 공원과 초원에, 개울가와 강가에, 들판과 숲속 빈터에 생겨났다. 무덤들이 아이 이빨처럼 땅에서 솟아났다. 모든 마을, 모든 지역에 묘지가 만들어졌다. 묘지가 없는 곳들은 점령군에 협조한다는 오해를 살까봐 불안에 떨었다. 통제선 근처의 외진 국경지대에서는 시체가 나타나는 속도와 규칙성, 일부 시체들의 상태가 감당하기 힘들 정도였다. 자루에 담겨 옮겨지는 시체들도 있었고, 신체의 일부, 머리칼과 치아가 작은 비닐봉지에 담겨서 오는 경우도 있었다. 시체 보급원들이 그 봉지들에 이런 메모를 붙였다. 1kg, 2.7kg, 500g. (그렇다, 이 또한 루머에 불과했어야 마땅한 진실 가운데 하나였다.)

관광객들이 떠났다. 기자들이 들어왔다. 신혼여행객들이 떠났다. 군인들이 들어왔다. 여자들이 눈물에 젖어 흐늘흐늘해지고 손때가 묻고 귀퉁이가 접힌 여권용 사진을 높이 들고 경찰서와 군부대로 몰려들었다. 제발요, 선생님, 혹시 제 아들을 보신 적이 없나요? 제 남편을 보셨나요? 혹시 제 오빠가 이곳을 거쳐가진 않았나요? 경찰과 군인 선생님들은 가슴을 불룩 내밀고 콧수염을 빳빳이 세우고 자신의 훈장을 만지작거리며 눈을 가늘게 뜬 채, 누구의 절망이 영혼을 갉아먹는 희망으로 전환될 가치가 있으며(내가 해줄 수 있는 게 있나 알아보지), 그 희망이 누구에게 어떤 가치를 지니게 될지(수수료? 잔치? 섹스? 호두 한 트럭?) 가늠했다.

감옥들은 가득 채워지고 일자리들은 사라져갔다. 관광가이드, 호객꾼, 조랑말 주인(그리고 그들의 조랑말), 벨보이, 웨이터, 접수원, 눈썰매 끄는 사람, 장신구 상인, 꽃집 주인, 호수의 뱃사공이 점점 더 가난해지고 허기져갔다.

무덤 파는 사람들만 쉴 틈이 없었다. 늘 일 일 일이었다. 초과근무나 야간 근무 수당도 없이.

마자르-에-쇼하다에 미스 제빈과 어머니가 나란히 묻혔다. 무사 예스위는 아내의 묘비에 이렇게 썼다.

아리파 예스위

1968년 9월 12일~1995년 12월 22일

무사 예스위의 아내

그리고 그 밑에 이렇게 썼다.

아브 와한 카크 우드하티 하이 크히잔
풀 히 풀 자한 타이 페흘

한때는 꽃들, 오직 꽃들이었던 곳에
이제는 가을바람에 실린 먼지

그 옆의 미스 제빈 묘비에는 이렇게 썼다.

미스 제빈
1992년 1월 2일~1995년 12월 22일
아리파와 무사 예스위의 사랑하는 딸

그다음 묘비 맨 아래에 순교자의 묘비명으로는 적절하지 않다고 여겨질 문구를 아주 작은 글씨로 새겨달라고, 무사는 묘비명 새기는 이에게 부탁했다. 그는 겨울엔 눈에 덮이고 나머지 계절엔 키 큰 풀과 야생수선화에 가려질 위치를 선택했다. 거의 가려질 위치. 그곳에 새겨진 문구는 다음과 같다.

아크 달릴라 완
예트 만즈 네 칸 발라이 아시
노아 아에스 소 쿤니 중글라스 만즈 로아잔

그건 미스 제빈이 밤에 찻주전자 덮개처럼 작은(녹주석색에 목과 소매에는 연어색 페이즐리 무늬가 수놓인) 피란(빨고, 꿰매고, 또 빤)을 입고 해어진 벨벳 쿠션(빨고, 꿰매고, 또 빤)에 등을 대고 카펫 위 아버지 옆에 아버지와 똑같은 자세—왼다리를 구부리고 오른 발목을 왼 무릎 위에 올리고서 앙증맞은 주먹을 아버지의 큰 주먹 안에 맡긴 채—로 누워 아버지에게 하던 말이었다. 아크 달릴라 완. 이야기 해줘요. 그러고는 제가 먼저 이야기를 시작하곤 했는데, 아이는 커다란 목소리로 통행금지령이 내려진 어두운 밤을 향해 재잘댔고, 그 요란한 즐거움이 창밖으로 춤추며 퍼져나가 이웃을 깨웠다. 예트 만즈 네 칸 발라이 아시! 노아 아에스 소 쿤니 중글라스 만즈 로아잔! 마녀가 있지 않았는데 그 마녀는 정글에 살지 않았어요. 이야기 해줘요. 대신 시시한 마녀와 정글 이야기는 그만할 수 없어요? 진짜 이야기를 들려줄 수 없어요?

따뜻한 지역에서 온 차가운 군인들이 동네를 둘러싼 얼음장 같은 도로를 순찰하며 귀를 쫑긋 세우고 총 안전장치를 풀었다. 거기 누구냐? 무슨 소리냐? 멈춰라, 아니면 쏜다! 그들은 먼 곳에서 왔기에 멈춰라, 쏜다, 누구냐를 뜻하는 카슈미르어를 몰랐다. 그들에겐 총이 있어서 굳이 그런 걸 알 필요가 없었다.

그들 가운데 가장 어린 S. 무루게산은 이제 겨우 성인이 된 청년으로 이런 추운 날씨를 겪어본 적도, 눈을 구경해본 적도 없었으며, 아직도 얼어붙은 공기 속에서 자신의 숨결이 응결되어 이룬 형상을 보고 신기해했다. "봐!" 첫 야간 순찰을 돌던 날, 그는 담배를 피우는 것처럼 두 손가락을 입술에 대고 푸른 연기 기둥을 뿜어내며 말했다. "공짜 담배야!" 그의 검은 얼굴에서 나온 하얀 미소가 어둠 속을 부유하다가 동료들의 권태로운 업신여김에 사그라졌다. 동료들이 그에게 말했다. "그래라, 라지니칸트*. 한 갑 다 피워. 그들이 네 머리를 날려버린 후에는 담배 맛이 그리 좋지 않을 테니."

그들.

결국 그는 진짜로 그들에게 당하고 말았다. 그가 타고 있던 방탄 지프가 쿠프와라 외곽 고속도로에서 폭발했다. 그와 다른 두 병사는 도로변에서 피를 흘리며 죽었다.

그의 시신은 라주 소령이 감독하고 국방부에서 제작한 다큐멘터

---

* 인도의 유명 남성 영화배우.

리 영화 〈밝혀지지 않은 무용담〉 DVD와 함께 타밀나두 탄자부르 지구에 있는 그의 마을로 보내졌다. S. 무루게산은 그 영화에 나오지 않았지만 그의 가족들은 나온다고 생각했다. 그들에겐 DVD 플레이어가 없어서 그 영화를 볼 수 없었기 때문이다.

그의 마을에 사는 반니야르('불가촉천민'이 아닌)들은 S. 무루게산(불가촉천민인)의 시신이 자신들의 집 앞을 지나 화장터로 가는 걸 허용하지 않았다. 그래서 장례 행렬은 마을 가장자리를 둘러싼 우회로를 이용해 마을 쓰레기장 바로 옆에 있는 불가촉천민용 화장터로 갔다.

S. 무루게산이 카슈미르에 체류하면서 남몰래 즐겼던 일들 중 하나는, 피부가 흰 카슈미르인들이 인도 군인들을 피부가 검다고 조롱하며 '차마르 나슬(차마르 종족)'이라고 부르는 것이었다. 동료 군인들은 평소 자신들을 상위 카스트라 여기고 아무 생각 없이 그를 차마르(북인도인들은 달리트를 대할 때, 그들이 여러 불가촉천민 카스트 중 어디에 속하는지에 관계없이 모두 싸잡아 차마르라고 불렀다)라고 불렀기에, 그는 동료들이 조롱을 듣고 분개하는 모습에 즐거움을 느꼈다. 카슈미르는 피부가 흰 사람들이 피부가 검은 사람들의 지배를 받는, 세계에서 몇 안 되는 지역 중 하나였다. 그런 뒤바뀜이 끔찍한 비방에 일종의 정당성을 불어넣었다.

군은 S. 무루게산의 용맹을 기리기 위해 그의 마을 입구에 군복을 입고 어깨에 총을 멘 S. 무루게산 병사의 시멘트 기념상을 세웠다. 가끔 그의 어린 아내가 세상에 태어난 지 여섯 달 만에 아버지를 잃은 딸에게 그 기념상을 보여주었다. 아내는 기념상을 향해 손을 흔들며 "아빠"라고 말했다. 그러면 아기도 미소 지으며 손목에 팔찌를 낀 것처럼 살이 접힌 통통한 팔을 들어 어머니와 똑같이 흔들었다. 그리고 미소를 띤 채 "아빠빠빠빠빠빠빠"라고 말했다.

마을 입구에 불가촉천민의 기념상을 세운 것에 대해 마을 주민 모두가 기뻐하진 않았다. 더구나 무기를 든 불가촉천민의 기념상이라니. 그들은 그 기념상이 사람들에게 불온한 메시지를 전할 거라고, 헛된 망상을 심어줄 거라고 생각했다. 기념상을 세운 지 삼 주 만에 어깨에 멘 총이 사라졌다. S. 무루게산의 가족들은 신고하려 했지만 경찰에서는 불량 시멘트를 써서—그건 꽤나 흔한 부정행위였다—총이 저절로 떨어졌을 것이 분명하며, 따라서 누구의 잘못도 아니라고 신고 접수를 거부했다. 한 달 후 기념상의 두 손이 잘렸다. 경찰은 또다시 신고를 받아주지 않았는데, 이번엔 모든 걸 안다는 듯 킬킬거리며 신고 접수가 불가한 이유조차 대지 않았다. 두 손이 절단되고 이 주 후에 S. 무루게산 병사의 기념상은 참수까지 당했다. 며칠 동안 긴장이 흘렀다. 이웃 마을들에 사는 S. 무루게산과 같은 카스트의 사람들이 시위대를 조직했다. 그들은 기념상 밑에서 릴레이 단식투쟁을 벌였다. 지방법원에서 그 문제에 대해 조사할 권위 있는 위원회를 만들겠다고 했다. 그러면서 그때까지 현상 유지를 명했다. 단식투쟁은 중단되었다. 권위 있는 위원회는 영원히 만들어지지 않았다.

어떤 나라들에서 어떤 군인들은 두 번 죽는다.

머리 없는 기념상은 마을 입구에 그대로 남아 있었다. 비록 이제 그 기념상은 애초에 기리고자 했던 사람의 모습과 닮은 데가 없었지만, 결과적으로 그 시대를 더 진실하게 보여주는 상징물이 되었다.

S. 무루게산의 아기는 계속 그에게 손을 흔들었다.

"아빠빠빠빠……"

카슈미르밸리에서 전쟁이 심화되면서, 묘지는 평원지대의 급성장하는 도시들에 솟아나는 다층 주차장처럼 흔한 것이 되었다. 공간이 부족해지자 한때 스리나가르에서 관광객들을 위해 랄초크와 불러바드 사이를 운행하던 버스처럼 이층으로 된 무덤들이 등장했다.

다행히 미스 제빈의 무덤은 그런 운명이 되지 않았다. 세월이 흘러 정부에서 폭동이 진압되었음을 선언한 후에도(만전을 기하기 위해 오십만 명의 군인이 남긴 했지만), 주요 이슬람 무장 조직들이 서로를 공격하게 된(혹은 공격할 수밖에 없게 된) 후에도, 본토의 순례자들과 관광객들과 신혼여행객들이 다시 카슈미르밸리를 찾아 눈 속에서 즐거운 시간을 보내게 된 후에도(전직 이슬람 전사들이 모는 썰매를 타고 가파른 눈비탈을 비명을 내지르며 달리면서), 스파이와 정보원들이 그들을 고용한 기관의 담당자들 손에(깔끔하고 신중하게 화근을 없애는 차원에서) 살해당한 후에도, 변절자들이 평화 부문에서 활동하는 수천 개의 NGO들 덕에 정규직으로 흡수된 후에도, 군에 석탄과 호두나무를 공급해 부를 축적한 사업가들이 빠르게 성장하는 접객 부문(사람들에게 '평화 협상 과정의 지분'을 주는 것으로 알려진)에 돈을 투자하기 시작한 후에도, 은행 지점장들이 죽은 이슬람 전사들의 계좌에 남아 있는 주인 없는 돈을 착복한 후에도, 고문센터들이 정치인들의 호화 저택으로 개조된 후에도, 순교자 묘지들이 조금씩 방치되어가고 순교자 수가 현저히 줄어든(동시에 자살자 수는 드라마틱하게 증가한) 후에도, 선거가 치러지고 민주주의가 선언된 후에도, 젤룸강이 불었다가 빠진 후에도, 다시 폭동이 일어났다가 진압되고 다시 일어났다가 진압되고 다시 일어난 후에도—그 모든 일들이 일어난 후에도, 미스 제빈의 무덤은 일층으로 남았다.

미스 제빈은 운이 좋았다. 주변에 야생화가 자라고 어머니가 옆에 있는 예쁜 무덤을 가졌으니까.

미스 제빈의 목숨을 앗아간 대학살은 그 도시에서 두 달 사이에 두번째로 일어난 것이었다.

그날 죽은 열일곱 명 중에서 일곱 명은 미스 제빈과 어머니처럼 구경꾼들by-standers이었다(엄밀히 말하면 모녀는 앉아서by-sitters 구경을 했지만). 그들은 수천 명의 조문객들로 이루어진 유명 대학 강사 우스만 압둘라의 시신 운구 행렬이 도시의 거리들을 지나는 걸 발코니에서 지켜보았고, 약간 열이 있었던 미스 제빈은 어머니 무릎에 앉아 있었다. 우스만 압둘라는 경찰 당국이 'UG'—신원 불명의 총잡이unidentified gunman—라고 발표한 남자의 총에 맞아 사망했는데, 그 총잡이의 신원은 공공연한 비밀이었다. 우스만 압둘라는 아자디를 위한 투쟁에서 주목받는 이론적 지도자였음에도, 새롭게 부상하고 있던 강경파 이슬람 전사 조직—새로운 무기와 우스만 압둘라가 공개적으로 반대해온 강경한 새 사상으로 무장하고 통제선 건너편에서 돌아온—에게 몇 차례 협박을 받은 적이 있었다. 우스만 압둘라의 암살은 그로 대표되는 카슈미르의 혼합주의를 용인하지 않겠다는 선언이었다. 신흥 이슬람 전사들은 그런 민속적이고 구시대적인 사상은 더이상 발붙일 수 없다고 선언했다. 지역 성지에서 그 지역 성인들과 선지자들을 숭배하는 우둔함은 더이상 허용될 수 없다. 부차적인 성인들, 지역의 신인神人들은 더이상 안 된다. 오직 알라만이 유일신이다. 그리고 쿠란. 그리고 선지자 마호메트(그에게 평화가 깃들기를). 세상에는 오직 한 가지 방식의 기도, 신법에 대한 한 가지 해석, 아자디에 대한 한 가지 정의定義만 존재하며 그것은 다음과 같다.

아자디 카 마틀라브 키야?
라 일라하 일랄라

자유의 뜻이 무엇인가?
알라 외엔 신이 없다는 뜻이다

이에 대해서는 논쟁의 여지가 없었다. 앞으로 모든 논쟁은 총알로 해결될 터였다. 시아파는 이슬람교도가 아니었다. 그리고 여자들은 옷을 제대로 입는 법을 배워야만 했다.

여자들은 물론.

물론 여자들은.

이러한 세태는 평범한 사람들을 불편하게 만들기도 했다. 그들은 자신들의 성지—특히 성유물 모이-에-무카다스, 선지자 마호메트의 머리카락을 모신 하즈라트발—를 사랑했다. 1963년 겨울에 그 성유물이 사라졌을 때 수십만 명이 거리로 나와서 울었다. 그리고 한 달 후 그걸 되찾았을 때(그리고 관련 당국에서 진품임을 증명했을 때) 수십만 명이 기뻐했다. 하지만 통제선 너머로의 여행에서 돌아온 강경파는 지역 성인들을 숭배하고 머리카락을 모시는 건 이단이라고 선언했다.

강경 노선은 카슈미르밸리를 딜레마에 빠뜨렸다. 사람들은 그들이 갈구하는 자유는 전쟁 없이는 오지 않을 것이며 강경파가 단연코 더 뛰어난 전사들이라는 걸 알았다. 그들은 최고의 훈련을 받았고 더 좋은 무기를 갖고 있었으며, 종교적 규율에서는 더 짧은 바지와 더 긴 턱수염이 허용되었다. 그들은 통제선 너머로부터 더 많은 축복과 돈을 받고 있었다. 그들의 흔들림 없는 강철 같은 신념은 그들을 단련시키고, 단순화시키고, 세계에서 두번째로 큰 군대에 맞설 준비를 갖추게 했다. 스스로를 '세속적'이라고 부르는 전사들은 그들보다 덜 강경하고 더 태평했다. 더 멋을 부리고, 더 화려했다. 그들은 시를 쓰고, 간호사나 롤러스케이터와 시시덕거리고, 소총을 아무렇게나 어깨에 둘러메고 거리를 순찰했다. 그들은 전쟁에서 승리하기 위해 필요한 걸 갖추지 못한 듯 보였다.

사람들은 비非강경파를 좋아하면서도 강경파를 두려워하고 존경했다. 양 세력의 소모전에서 수백 명이 목숨을 잃었다. 결국 비강경파는 휴전을 선언하고 지상으로 나와서 간디주의자로서 투쟁을 계속하겠노라고 맹세했다. 강경파는 싸움을 이어갔고, 시간이 흐르면서 한 사람씩 잡혀갔다. 전사 한 명이 죽으면 다른 한 명이 그 자리를 채웠다.

우스만 압둘라가 살해되고 몇 달이 지난 후, 그의 암살범(잘 알려진 UG)이 군에 체포되어 처형당했다. 총알 구멍과 담뱃불로 지진 상처가 마맛자국처럼 남은 시신이 가족에게 넘겨졌다. 묘지 위원회는 긴 논의 끝에 그 역시 순교자이며 순교자 묘지에 묻힐 자격이 있다는 결론에 이르렀다. 그들은 우스만 압둘라와 암살범의 무덤을 최대한 멀리 떨어뜨려놓으면 그들이 저승에서 만나 싸우는 일이 없으리란 희망을 품고 그를 묘지 반대쪽 끄트머리에 묻었다.

전쟁이 계속되면서 카슈미르밸리에서는 온건 노선이 점차 강경해지고 강경 노선은 더 강경해졌다. 각 노선이 더 많은 노선들과 하위 노선들을 낳았다. 강경파는 더 극단적인 강경파를 낳았다. 평범한 사람들은 그들 모두를 받아주고, 그들 모두를 지지하고, 그들 모두를 와해시키면서 낡고 우둔한 것으로 여겨지는 자신들의 방식을 이어가는 놀라운 기적을 이루어냈다. 모이-에-무카다스의 지배력은 약해지지 않았다. 그들은 나날이 거세어져가는 강경화의 물결에 휩쓸려 떠돌고 있었지만, 성지들로 떼 지어 몰려가 눈물을 쏟으며 마음의 고통을 달래는 사람들은 계속 늘기만 했다.

미스 제빈과 어머니는 안전한 발코니에서 장례 행렬이 다가오는 걸 지켜보고 있었다. 거리를 따라 길게 늘어선 낡은 집들의 목조 발코니에 모인 다른 여자들과 아이들처럼, 미스 제빈과 아리파도 우스만 압둘라의 시신이 집 앞을 지날 때 뿌리려고 싱싱한 장미 꽃잎이 든 그릇을 준비해놓고 있었다. 미스 제빈은 추위에 대비해 스웨터 두 장을 껴입고 벙어리장갑을 끼고 있었다. 머리엔 모직으로 된 작고 흰 히잡을 두르고 있었다. 수천 명의 사람들이 아자디! 아자디! 를 외치며 좁은 골목으로 쏟아져들어왔다. 미스 제빈과 어머니도 함께 외쳤다. 장난꾸러기 미스 제빈은 가끔 아자디! 대신 마타지!(어머니)—두 단어가 발음도 비슷한데다 그렇게 외치면 어머니가 자신을 내려다보고 미소 지으며 키스해줄 걸 알았기에—를 외쳤다.

장례 행렬은 아리파와 미스 제빈이 앉아 있는 곳에서 100피트도 떨어지지 않은 거리에 위치한 국경수비대 26대대의 대형 벙커를 지나야 했다. 함석과 나무판자로 지어진 먼지투성이 부스의 철망창으로 기관총들이 주둥이를 내밀고 있었다. 벙커에는 모래주머니와 가시철조망으로 방어벽이 쳐져 있었다. 가시철조망에 짝지어 달아놓은 군 배급용 올드 몽크*와 트리플 엑스 럼의 빈병들이 서로 부딪쳐 종처럼 쨍그랑거렸다—원시적이지만 효과적인 경보장치였다. 가시철조망을 만지면 그 경보장치가 작동될 터였다. 국가에 봉사하는 술병. 그 술병들은 독실한 이슬람교도들을 태연히 모욕하는 부가적 이득까지 챙겼다. 벙커의 군인들은 동네 사람들이 꺼리는(독실한 이슬람교도라면 마땅히 그래야 했다) 떠돌이 개들에게 먹을 걸 주었고 그 개들은 추가적인 보안선 노릇을 했다. 개들은 벙커 주변에 둘러앉아 경계 태세를 갖추고, 그러나 겁을 먹진 않은 채로 행렬을 지켜보고 있었다. 행렬이 벙커로 접근하자 그 안의 군인들은 그림자 속으로 녹아들었고, 그들의 겨울용 군복과 방탄조끼 속에서 식은땀이 등을 타고 흘렀다.

갑자기 폭음이 들려왔다. 아주 큰 소리는 아니었지만 맹목적인 공황을 불러일으키기에 충분할 정도로 컸고 거리도 가까웠다. 군인들이 벙커에서 나와 위치를 잡은 뒤 좁은 골목으로 밀고 들어오는 비무장 군중을 향해 경기관총을 발사했다. 즉시 사살이었다. 사람들이 돌아서서 도망치기 시작한 후에도 총알이 그들을 쫓아가

* 인도산 럼주.

후퇴하는 등과 머리, 다리에 박혔다. 겁에 질린 일부 군인들이 창가와 발코니의 구경꾼들에게 무기를 겨누고는 사람, 난간, 벽, 유리창에 대고 탄창을 비웠다. 미스 제빈과 그녀의 어머니, 아리파에게도.

우스만 압둘라의 관과 관 옮기는 사람들도 총에 맞았다. 관이 열리면서 우스만 압둘라의 재再살해된 시신이 눈처럼 흰 수의를 입은 채 어색하게 접힌 자세로 길바닥에 쏟아졌다. 죽거나 다친 사람들 틈의 두 번 죽은 시신.

일부 카슈미르인들도 두 번 죽는다.

총성은 거리가 텅 비고 나서야 멎었다. 그리고 남은 것은 죽거나 다친 몸뚱이들, 그리고 신발들뿐이었다. 수천 개의 신발들.

그리고 아무도 외치는 이 없는 구호가 귀청이 터질 듯 울려퍼졌다.

> 지스 카슈미르 코 쿤 세 신차! 워 카슈미르 하마라 하이!
>
> 우리가 우리의 피로 물을 댄 카슈미르! 그 카슈미르는 우리 것이다!

학살 후의 처리는 빠르고 효율적이었다—연습을 통해 완벽의 경지에 도달해 있었다. 한 시간 안에 시체들은 경찰 통제실 내의 시체안치소로, 부상자들은 병원으로 옮겨졌다. 길에 호스로 물을 뿌려 덮개 없는 하수구로 피가 흘러들어가게 했다. 상점들이 다시 문을 열었다. 정상상태가 선포되었다. (정상상태는 늘 선포의 대상이었다.)

문제의 폭발음은 옆 도로에서 빈 망고 프루티* 용기가 승용차에 깔리면서 난 소리임이 후에 밝혀졌다. 누구 탓을 하겠는가? 망고 프루티(신선하고 진한) 용기를 길에 버린 사람? 인도? 카슈미르? 파키스탄? 승용차 운전자? 대학살의 원인을 밝히기 위한 조사 위원회가 설립되었다. 하지만 사실들은 입증되지 못했다. 아무도 책임질 사람이 없었다. 그게 카슈미르였다. 그건 카슈미르 탓이었다.

삶은 계속되었다. 죽음도 계속되었다. 전쟁도 계속되었다.

❧

무사 예스위가 아내와 딸을 묻는 걸 지켜본 사람들은 그날 그가 얼마나 조용했는지 알았다. 그는 슬픔을 내보이지 않았다. 그는 진짜로 그곳에 있지 않은 사람처럼, 정신이 다른 곳에 침잠해 있는 것처럼 보였다. 그게 결국 그의 체포로 이어진 것일지도 몰랐다. 아니면 그의 심장박동이 원인이었을 수도 있었다. 무고한 시민이라기엔 심장박동이 너무 빠르거나 아니면 너무 느려서. 가끔 악명 높은 검문소에서는 군인들이 청년들의 가슴에 귀를 대고 심장박동을 듣기도 했다. 어떤 군인들은 청진기를 들고 다닌다는 소문도 있었다. "이 사람 심장은 자유를 위해 뛰는군." 그들은 그렇게 말했고 그것이 지나치게 빠르거나 느린 심장을 가진 몸을 카슈미르밸리에서 가장 무시무시한 심문센터인 카르고나 파파 2, 시라즈 영화관으로 보낼 충분한 이유가 되었다.

---

* 인도의 망고 음료 상표.

무사는 검문소에서 체포되지 않았다. 장례가 끝난 후 집에서 체포되었다. 당시엔 아내와 딸의 장례식에서 지나치게 조용한 것도 그냥 보아 넘기는 법이 없었다.

물론 처음엔 모두가 조용하고 두려움에 차 있었다. 장례 행렬은 죽음과도 같은 정적 속에서 눈이 녹아 진창이 된 그 생기 없는 작은 도시를 구불구불 나아갔다. 들리는 소리라곤 양말을 신지 않은 수천 개의 신발들이 은빛으로 젖은 길을 따라 마자르-에-쇼하다를 향해 걸어가면서 내는 처벅 처벅 처벅 소리뿐이었다. 청년들이 관 열일곱 개를 어깨에 메고 있었다. 재살해된 우스만 압둘라의 관까지 열일곱 더하기 한 개였지만, 그는 장부에 두 번 기입될 수는 없었다. 그리하여 열일곱 더하기 한 개의 양철 관들이 겨울 해의 윙크에 윙크로 답하며 거리를 누볐다. 도시를 빙 둘러싼 높은 산에서 내려다보는 사람에겐 장례 행렬이 여왕개미를 먹여 살리기 위해 열일곱 더하기 한 개의 설탕 알갱이를 들고 개미집으로 가고 있는 갈색 개미들의 행렬처럼 보일 터였다. 어쩌면 역사와 인간 갈등을 공부하는 학생에겐, 상대적 관점에서 볼 때, 그 작은 행렬은 정말로 높은 테이블에서 떨어진 음식 부스러기를 들고 급히 달아나는 개미들의 행렬에 불과할지도 모른다. 그건 전쟁으로 치면 작은 것이었다. 아무도 크게 주목하지 않았다. 그래서 계속 이어졌다. 그래서 불안정한 포옹으로 사람들을 그러안으며 수십 년 동안 접혔다 펼쳐졌다 했다. 그러한 잔혹성들은 변화하는 계절처럼 자연스러운 것이 되었다—각각 고유의 독특한 향기와 꽃들, 고유의 죽음과 부활의 주기, 혼란과 정상상태, 폭동과 선거를 지니고 찾아오는.

그 겨울 아침에 개미들이 옮긴 설탕 알갱이들 중에 가장 작은 알갱이는 물론 미스 제빈이라는 이름으로 통했다.

행렬에 참가할 용기가 없는 개미들은 길가에 도열한 채, 오래되어 갈색으로 물든 미끄러운 눈더미 위에서, 두 팔을 따뜻한 피란 속에 넣고 팔짱을 낀 채 빈 소매는 바람에 펄럭이며 서 있었다. 무장armed 폭동 한가운데에 있는 팔 없는armless 사람들. 밖에 나가는 것조차 겁이 나는 사람들은 창가와 발코니에서 지켜보았다(그것 역시 위험하다는 걸 뼈저리게 의식하게 되었지만). 도시 곳곳—지붕과 다리, 배, 모스크, 급수탑—에 위치한 군인들이 사격조준기로 자신을 추적하고 있음을 모두가 알았다. 군인들은 호텔, 학교, 상점은 물론 일부 가정집까지 점령하고 있었다.

그날 아침은 추웠다. 수년 만에 처음으로 호수가 얼어붙었고, 눈이 더 내릴 거라는 예보가 있었다. 나무들이 슬픔의 자세로 정지한 조문객처럼 하늘을 향해 헐벗고 얼룩덜룩한 가지들을 뻗고 있었다.

묘지엔 열일곱 더하기 한 개의 무덤이 준비되어 있었다. 새로 판 깔끔하고 깊은 구덩이들. 구덩이마다 옆쪽에 흙이 진한 초콜릿색 피라미드를 이루며 쌓여 있었다. 검시를 마친 시신들을 가족들에게 돌려보낼 때 사용되었던 피 묻은 금속 들것들도 보였는데, 선발대가 가져다놓은 것이었다. 나무에 빙 둘러 기대놓은 들것들은 산속의 거대한 육식성 꽃의 피투성이 강철 꽃잎 같았다.

장례 행렬이 묘지 문으로 들어서자, 출발선에 선 육상 선수들처럼 스크럼 대형을 이룬 채 떨면서 기다리던 기자들이 대열을 깨고 돌진해 왔다. 관들은 바닥에 내려졌고, 뚜껑이 열렸고, 얼어붙은 땅 위에 일렬로 정렬되었다. 조문객들이 기자들에게 정중히 자리를 내주었다. 기자들과 사진들이 없으면 대학살은 지워지고 죽은 이들은 진정으로 죽을 것임을 알았던 것이다. 그리하여 그들은 희망과 분노를 품고 기자들에게 시신들을 넘겼다. 죽음의 연회. 뒤로 물러섰던 유족들은 사진에 나오도록 관 가까이로 와달라는 요청을 받았다. 그들의 슬픔도 기록되어야 하니까. 몇 년 후 전쟁이 삶의 한 방식이 되었을 때, 카슈미르의 슬픔과 상실을 주제로 한 책과 영화, 사진전 들이 생겨날 터였다.

무사는 그 사진들에 등장하지 않을 것이었다.

이때는 미스 제빈이 가장 큰 관심을 끌었다. 카메라들이 그녀에게 접근해 걱정하는 곰처럼 윙윙거리고 찰칵거렸다. 그렇게 수확된 사진들 중 하나가 지역의 명작으로 부상했다. 그 사진은 수년간 신문과 잡지, 아무도 읽지 않는 인권보고서의 표지에 눈 속의 피, 눈물의 계곡, 그리고 슬픔은 영원히 끝나지 않을 것인가? 같은 제목과 함께 거듭 실렸다.

본토에서는 미스 제빈의 사진이 덜 인기를 끌었는데, 거기엔 분명한 이유가 있었다. 유니언카바이드 가스 누출 사고 희생자인 보팔의 소년이 슬픔의 슈퍼마켓 차트에서 미스 제빈보다 훨씬 높은 순위를 고수했다. 대표적인 사진작가 몇 명이 잔해의 무덤에 목까지 파묻힌 채 독가스에 멀어버린 불투명한 눈으로 앞을 응시하고 있는 죽은 소년의 유명한 사진에 대한 저작권을 주장했다. 소년의 눈은 그 끔찍한 밤에 벌어진 일을 그 어떤 것보다 잘 이야기해주었다. 그 눈이 전 세계의 광택나는 잡지에서 페이지 밖을 응시하고 있었다. 물론 결국에는 그것도 중요하지 않게 되었다. 그 이야기는 불꽃처럼 확 타올랐다가 사그라들었다. 그 사진의 저작권을 둘러싼 싸움은 가스 누출 사고 희생자 수천 명의 보상금을 둘러싼 싸움만큼이나 맹렬하게 수년간 이어졌다.

걱정스러운 곰들이 흩어지고 온전하고 훼손되지 않은, 깊이 잠든 미스 제빈의 모습이 드러났다. 그녀의 여름 장미는 여전히 제자리에 있었다.

시신들이 무덤 속으로 내려지자 조문객들이 기도를 웅얼거렸다.

라비시 라흘리 사드리; 와 야시르 리 암리
와흘룰 우크다탄 민 리사니; 야프카후 카울리

신이시여! 제 마음에 평안을 주소서. 제 의무도 덜어주소서
제 혀의 매듭도 풀어주소서. 그들이 제 말을 이해할 수 있도록

키가 어른들 엉덩이까지밖에 안 오는 작은 아이들은 여자들만 따로 모여 있는 무리에 섞여, 어머니의 거친 모직 옷에 감싸인 채 숨이 막히고 앞도 잘 안 보이는 상태에서 그들만의 엉덩이 높이 거래를 진행하고 있었다. 네 불발 수류탄 주면 내가 탄피 여섯 개 줄게.

한 여자의 목소리가 하늘로 기괴하리만큼 높이 올라갔고 날것의 고통이 창처럼 그 목소리를 관통했다.

로 라히 하이 예 자민! 로 라하 하이 아스만……

또하나의 목소리가, 그리고 또다른 목소리가 합쳐졌다.

이 땅이 우네! 하늘도……

새들이 잠시 지저귐을 멈추고 두 눈을 반짝이며 인간의 노래에 귀를 기울였다. 거리의 개들이 검문을 받지 않고 검문소를 어슬렁어슬렁 지났고, 그들의 심장박동은 차분했다. 솔개들과 흰목대머리수리들이 상승온난기류를 타고 맴돌며 아래쪽에 작은 덩어리를 이루며 모여 있는 인간들을 조롱하려고 나른하게 통제선을 넘나들었다.

하늘이 슬픈 울부짖음으로 가득할 때 무언가가 점화되었다. 청년들이 연기 나는 잉걸불에서 옮겨붙은 불꽃처럼 공중으로 뛰어오르기 시작했다. 그들은 발아래 땅이 스프링 달린 트램펄린이라도 되는 양 점점 더 높이 점프했다. 그들은 고통을 갑옷처럼 입고 분노를 탄띠처럼 몸에 두르고 있었다. 그 순간 어쩌면 그들은 그렇게 무장을 하고 있었기에, 아니면 죽음으로서의 삶을 받아들이기로 결심했기에, 아니면 자신들이 이미 죽었음을 알고 있었기에, 천하무적의 존재가 되었다.

마자르-에-쇼하다를 둘러싼 군인들은 무슨 일이 있어도 사격을 해선 안 된다는 분명한 지시를 받았다. 조문객들 틈에 섞여 그 누구보다 열정적으로 (심지어 진심으로) 구호를 외치는 정보원들(형제들, 사촌들, 아버지들, 삼촌들, 조카들)은 분노의 물결을 타고 공중으로 뛰어올라 스스로 불꽃이 된 청년들의 사진을, 그리고 가능하다면 동영상을 제출하라는 분명한 지시를 받았다.

곧 그 청년들은 자신의 집 문을 두드리는 소리를 듣거나 검문소에서 한옆으로 끌려가게 될 터였다.

당신이 아무개야? 아무개 아들이야? 어디어디에서 근무하는?

위협은 그것으로 끝나는 경우가 많았다—그런 온화하고 형식적인 질문으로. 카슈미르에서는 때로 어떤 사람에게 그의 신상 정보를 툭 던지는 것이 그 사람의 삶을 바꿔놓을 만한 일이 되기도 했다.

때로는 그렇지 않았다.

그들은 관례적인 방문 시간—새벽 네시—에 무사를 찾아왔다. 무사는 잠을 자지 않고 책상에 앉아 편지를 쓰고 있었다. 그의 어머니가 옆방에 있었다. 어머니의 울음소리와 이모들을 비롯한 친척들이 위로의 말을 웅얼거리는 소리가 들렸다. 미스 제빈이 애지중지하던 초록색 하마 봉제(하지만 봉제선이 터진) 인형—V자 미소와 핑크색 패치워크 심장을 가진—은 늘 있던 자리에서 쿠션에 기대어진 채 어린 엄마를, 밤마다 듣던 이야기를 기다리고 있었다. (아크 달릴라 완……) 무사는 차가 다가오는 소리를 들었다. 이층에 있는 그의 방 창문을 통해 차가 골목으로 들어와 그의 집 밖에 서는 게 보였다. 그는 방탄 처리가 된 집시 자동차에서 군인들이 내리는 걸 지켜보며 아무 감정도, 분노도 공포도 느끼지 않았다. 그의 아버지 쇼우카트 예스위(무사와 그의 친구들에겐 고질라로 통하는)도 깨어 있었는데, 거실 카펫 위에 책상다리를 하고 앉아 있었다. 그는 건축도급업자로 공병대와 긴밀히 협력하며 건축자재를 대고 턴키 공사*를 맡아서 했다. 그가 아들을 델리로 보내 건축공부를 시킨 건 자신의 사업 확장에 도움이 될까 해서였다. 하지만

1990년에 테리크가 시작되고 나서도 고질라가 계속해서 군과 함께 일하자 무사는 아버지에게 완전히 등을 돌렸다. 자식의 도리와 적에게 협조해서 얻은 부를 누리는 것에 대한 죄책감 사이에서 갈등하던 무사에겐 아버지와 한 지붕 아래 사는 것이 점점 더 힘겹게 느껴졌다.

쇼우카트 예스위는 군인들의 방문을 예상하고 있었던 듯했다. 그는 놀란 것 같지 않았다. "암리크 싱이 전화했다. 너와 하고 싶은 이야기가 있다는구나. 아무 일 아니니 걱정하지 마라. 날이 밝기 전에 풀어줄 거다."

무사는 아무 대꾸도 하지 않았다. 고질라에게 눈길도 주지 않았고, 어깨의 자세와 꼿꼿한 등에서 혐오가 분명하게 드러났다. 그는 무장한 군인 두 명의 호송을 받으며 대문을 나가 차에 탔다. 수갑을 차지도, 머리에 자루를 쓰지도 않았다. 집시가 얼어붙은 미끄러운 도로를 달렸다. 다시 눈이 내리고 있었다.

시라즈 영화관은 편집증적인 정교한 덫들—동심원을 이룬 두 개의 가시철조망 사이에 모래 바닥으로 된 얕은 해자가 있었고, 삐죽삐죽한 깨진 유릿조각을 위에 박은 높은 경계벽이 네번째이자 가장 안쪽 원을 이루었다—로 외부와 차단된 군 막사들과 장교 숙소들 한가운데에 있었다. 주름진 강판으로 된 문 양쪽으로 기관총을 든 군인들이 배치된 감시탑이 있었다. 무사를 실은 집시는 검문소들을 빠르게 통과했다. 그 차가 들어올 걸 미리 알고 있었던 게

* 건설업체에서 설계부터 시공까지 도맡아 하는 공사.

분명했다. 집시는 구내를 똑바로 가로질러 중앙 출입구로 갔다.

영화관 로비엔 불이 환히 밝혀져 있었다. 세로 홈이 파인 흰색 석고 가假천장은 뒤집어놓은 거대한 웨딩케이크 모양이었고, 미세한 거울 조각들이 모자이크로 장식되어 있었는데, 그 거울 조각들이 화려한 싸구려 샹들리에 불빛을 분산, 확장시켰다. 붉은 카펫은 닳고 해어져 군데군데 시멘트 바닥이 드러나 있었다. 재순환된 퀴퀴한 공기에서 총기, 경유, 헌옷 냄새가 났다. 과거에 영화관 스낵바였던 곳이 이제 고문자들과 피고문자들을 위한 접수 겸 등록 카운터 역할을 하고 있었다. 이제는 그곳에서 팔지 않는 상품들—캐드버리 프루트 앤드 너트 초콜릿, 몇 가지 맛의 크왈리티 아이스크림, 초코바, 오렌지바, 망고바—이 계속해서 광고되고 있었다. 알라 타이거스에 의해 영화가 금지되고 영화관이 폐쇄되기 이전의 옛 영화들(〈달빛〉 〈나는 사랑에 빠졌다〉 〈새〉 〈사막의 라이언〉)의 빛바랜 포스터가 아직 벽에 붙어 있었고, 일부 포스터에는 구장나무 잎의 즙을 뱉은 자국이 있었다. 수갑을 차고 묶인 청년들이 닭처럼 바닥에 줄줄이 쪼그리고 앉아 있었는데, 그중 일부는 너무 심하게 맞아서 겨우 목숨만 붙은 채, 손목이 발목에 묶여 쪼그린 자세 그대로 쓰러져 있었다. 군인들이 돌아다니며 죄수들을 데리고 들어오거나 심문을 위해 끌고 나갔다. 상영관으로 통하는 웅장한 나무문 틈새에서 흘러나오는 희미한 소리들은 폭력적인 영화의 억눌린 사운드트랙 같기도 했다. 즐겁지 않은 미소와 저를 이용해주세요라고 적힌 쓰레기통 주머니가 달린 시멘트 캥거루들이 캥거루 재판*

* 법에 의거하지 않는 엉터리 재판을 의미한다.

을 감독하고 있었다.

무사와 그의 호송병은 접수나 등록 같은 형식적인 절차로 인해 지체되지 않았다. 그들은 묶이고 구타당한 사람들의 시선을 받으며 왕족처럼 당당하게 발코니석—여왕의 특등석—으로 이어지는 웅장한 곡선 계단을 곧장 올라간 다음, 다시 더 좁은 계단을 통해 사무실로 확장 개조된 영사실로 갔다. 무사는 이러한 연극적 연출마저도 순수하지 않고 의도적이라는 걸 알고 있었다.

암리크 싱 소령이 이국적인 문진 수집품들—작은 반점들이 있는 뾰족뾰족한 조개껍데기, 황동 조각상, 돛단배, 유리 구체에 갇힌 발레리나 들—이 흩어져 있는 책상에서 일어나 무사를 맞이했다. 그는 삼십대 중반의 가무잡잡하고 유난히 키가 큰—190센티미터 가까이 되는 것 같았다—남자였다. 그날 밤 그가 선택한 아바타는 시크교인이었다. 턱수염 위쪽 두 뺨에는 수플레 표면처럼 구멍이 숭숭 뚫려 있었다. 귀와 이마에 단단히 감은 진초록색 터번이 눈과 눈썹 끝을 위로 잡아당겨 졸린 인상을 주었다. 그와 가볍게라도 알고 지내는 사람이라면 그 졸린 인상에 속는 건 위험한 착각임을 알았다. 그는 책상을 돌아 다가오며 근심과 애정이 담긴 세심한 태도로 무사를 맞이했다. 무사를 데려온 군인들은 나가 있으라는 명령을 받았다.

“아스 살람 알레이쿰 후주르*…… 앉게. 뭐 마시겠나? 차? 커피?”

질문과 명령 사이 어딘가에 위치한 어투였다.

---

* ‘당신에게 평화가 깃들기를’이라는 뜻의 이슬람교 인사.

"안 마시겠습니다. 슈크리야*."

무사는 앉았다. 암리크 싱은 빨간 인터폰 수화기를 들고 차와 '장교용 비스킷'을 주문했다. 그의 키와 몸집에 비해 책상은 작고 균형이 맞지 않아 보였다.

둘의 만남은 처음이 아니었다. 무사는 암리크 싱을 다른 데도 아니고 바로 그(무사)의 집에서 몇 번 만난 적이 있었다. 암리크 싱이 고질라에게 우정이라는 선물을 하사하기로 결정한 뒤로, 고질라를 만나러 잠깐씩 들르곤 했기 때문이었다—고질라는 그의 우정을 거절할 입장이 못 되었다. 암리크 싱이 처음 몇 번 다녀간 후 무사는 집안 분위기가 극단적으로 변화한 것을 느꼈다. 집안이 더 조용해졌다. 그와 아버지 사이의 격렬한 정치 논쟁은 퇴조했다. 하지만 무사는 고질라가 갑작스럽게 의혹에 찬 눈길로, 마치 아들을 가늠하고 평가하고 재보는 듯 자신을 끊임없이 주시하는 걸 느꼈다. 어느 날 오후, 무사는 자신의 방에서 내려오다가 계단에서 미끄러졌는데 넘어지기 전에 중심을 잡고 다시 일어설 수 있었다. 그 모습을 지켜보고 있던 고질라가 무사에게 다가왔다. 고질라는 목소리를 높이지 않았지만 격노한 상태였고, 무사는 그의 관자놀이 근처에서 맥이 뛰는 걸 볼 수 있었다.

"그렇게 넘어지는 법은 어떻게 배웠니? 누가 그렇게 넘어지라고 가르쳐줬어?"

고질라는 걱정 많은 카슈미르 부모의 정교하게 연마된 본능으로 아들을 살폈다—방아쇠 당기는 손가락의 굳은살, 딱딱하고 거

* '감사합니다'라는 뜻.

친 무릎과 팔꿈치 같은, 전사 캠프에서 받는 '훈련'의 흔적이 될 만한 특이점들이 있는지. 하지만 아무것도 찾지 못했다. 그는 암리크 싱이 준 걱정스러운 정보—'금속' 상자들이 간데르발에 있는 그의 가족이 소유한 과수원을 거쳐 운반된 것, 무사가 산에 들어가서 특정 '친구들'과 만남을 갖는 것—에 대해 무사에게 직접 따져 묻기로 했다.

"그런 모든 정보들에 대해 할말이 있니?"

"아버지 친구 소령님께 물어보세요. 그는 대책을 취할 수 없는 정보는 쓰레기나 다름없다고 대답할 테니까요." 무사가 대답했다.

"트세 츠후이 마르누이 아시 사르네이 티 마르나바크." 고질라가 말했다.

넌 죽을 거고 우리까지 다 데려갈 거다.

다음번에 암리크 싱이 집에 들렀을 때, 고질라는 무사도 그 자리에 합석하라고 강요했다. 그들은 꽃무늬가 그려진 플라스틱 다스타르칸*을 둘러싸고 바닥에 책상다리를 한 채 앉아 있었고, 무사의 어머니가 차를 내왔다. (무사는 아리파에게 손님이 갈 때까지 그녀와 미스 제빈은 절대 아래층에 내려오지 말라고 당부해놓았다.) 암리크 싱에게선 따스함과 동지애가 물씬 풍겼다. 그는 제 집처럼 편안하게 쿠션에 기대앉아 있었다. 그는 산타 싱과 반타 싱**이 등장하는 '어리석은 시크교인'에 관한 외설적인 유머 몇 개를 늘어놓고 그 누구보다 크게 웃었다. 그러고는 배불리 실컷 먹는 데 방해가

* 중앙아시아와 인도 등지에서 사용하는 식탁보, 혹은 다리가 없는 낮은 식탁.

** 인도에서 시크교인을 조롱하는 유머에 자주 등장하는 고정 캐릭터들.

된다는 핑계로 권총집에 꽂힌 권총이 달린 벨트를 풀어놓았다. 만약 그가 손님으로서 주인 부자를 신뢰하고 편하게 여긴다는 걸 보여주려는 의도에서 그랬다면, 그것은 정반대의 효과를 낳았다. 아직 잘리브 카드리가 살해되기 전의 일이었지만 그가 얼마나 많은 사람들을 죽이고 납치했는지 모두가 알았다. 권총은 케이크와 간식, 소금이 들어간 '눈 차이'* 보온병들 틈에 불길하게 놓여 있었다. 마침내 암리크 싱은 트림으로 고마움을 표하며 자리에서 일어섰는데, 권총 챙기는 걸 잊었다, 혹은 그런 척을 했다. 고질라가 벨트를 집어서 그에게 건네주었다.

암리크 싱은 벨트를 차면서 무사를 똑바로 쳐다보고 웃었다.

"자네 아버님께서 잊지 않고 챙겨주셔서 다행이네. 봉쇄 수색 도중에 여기 있는 게 발견되었다고 상상해보게. 그렇게 되면 나도 어쩔 수 없지. 신이라도 도움이 될 수 없을 걸세. 상상해보게."

모두가 공손하게 웃었다. 무사는 암리크 싱의 눈에 웃음기가 없는 걸 보았다. 그 눈은 빛을 흡수할 뿐 반사는 하지 않는 것 같았다. 번득임이나 반짝임이라곤 찾아볼 수 없는 불투명하고 깊이 없는 두 개의 검은 원반이었다.

그 불투명한 눈이 지금 시라즈 영사실에서 문진들이 가득한 책상 너머로 무사를 응시하고 있었다. 그것은 기이한 광경이었다—암리크 싱이 책상에 앉아 있는 모습은. 그는 책상을 기념품 전시용 커피 테이블로 쓰는 것 외에 어떻게 사용해야 할지 전혀 모르는 게

* 카슈미르의 전통차.

분명했다. 책상은 그가 의자에 앉아 뒤로 기대기만 하면 벽에 뚫린 작은 직사각형 구멍—과거엔 영사기사가 스크린을 내다보는 구멍이었다가 이제 훔쳐보는 구멍이 된—을 통해 중앙홀에서 일어나는 모든 일을 감시할 수 있도록 배치되어 있었다. 중앙홀에서 심문실로 이어지는 출입구 위에는 출구(가끔 진짜 출구로 이용되는)라고 적힌 붉은 네온등 표지판이 붙어 있었다. 스크린에는 여전히 술 장식이 달린 붉은 벨벳 커튼이 걸려 있었는데, 옛날에 〈Popcorn〉이나 〈Baby Elephant Walk〉 같은 녹음 음악에 맞춰 올라가곤 하던 것이었다. 앞쪽 싸구려 좌석들은 뜯어서 한쪽 구석에 쌓아놓고 그렇게 만들어진 공간을 스트레스로 지친 군인들이 기분을 푸는 실내 배드민턴 코트로 쓰고 있었다. 그 시간에도 셔틀콕이 라켓을 때리는 탁탁 소리가 암리크 싱의 사무실까지 희미하게 들려왔다.

"자네가 당한 일에 대해 사과하고 개인적으로 내 마음 깊은 곳에서 우러난 애도를 전하려고 불렀네."

카슈미르가 얼마나 깊이 썩어 들어갔는지, 암리크 싱은 겨우 위로의 말을 전하려고 아내와 딸이 총에 맞아 죽은 남자를 새벽 네시에 무장 호위병을 보내 심문센터로 억지로 데려오는 것의 아이러니를 정말로 인식하지 못하고 있었다.

무사는 암리크 싱이 카멜레온이고 터번 속의 그가 '모나'*임을 알고 있었다—그는 시크교인처럼 머리가 길지 않았다. 여러 해 전에 머리를 자름으로써 시크교 계율에 대한 최대의 신성모독을 범했다. 무사는 그가 반란 진압 작전에 나설 때, 그 작전의 요구에 따

* 머리와 수염을 자르는 걸 금하는 시크교의 계율에 따르지 않는 남성 시크교인.

라 힌두교도로도, 시크교도로도, 펀자브어를 하는 파키스탄인 이슬람교도로도 위장할 수 있었다고 고질라에게 자랑하는 걸 들은 적이 있었다. 그는 '동조자들'을 찾아 제거하기 위해 자신과 부하들이 살와르 카미즈—'칸의 복장'—차림으로, 피신할 곳을 찾는 파키스탄 출신 이슬람 전사인 척하며 한밤중에 마을 주민들의 집 문을 두드린 이야기를 하며 호탕하게 웃었다. 그들을 환영해준 주민들은 다음날 OGW(지상활동가)로 체포되었다.

"무기도 없는 마을 주민들이 한밤중에 총을 들고 찾아와 문을 두드리는 남자들 무리를 어떻게 쫓아 보낼 수 있겠습니까? 그들이 이슬람 전사들이건 군인들이건 말입니다." 무사는 그렇게 묻지 않을 수 없었다.

"오, 환영의 따뜻함을 평가하는 우리 나름의 방법이 있지. 우린 우리만의 온도계를 갖고 있다네." 암리크 싱이 말했다.

그럴 수도 있지. 하지만 당신은 카슈미르인들의 이중성을 몰라. 무사는 그렇게 생각했지만 말은 하지 않았다. 우리 같은 사람들이, 우리 같은 역사와 지리 속에서 살아남은 사람들이 자존심을 감추는 법을 어떻게 배워왔는지 짐작도 못한다고. 이중성은 우리가 가진 유일한 무기지. 우리가 속으론 가슴이 찢어지면서도 겉으론 얼마나 환하게 웃을 수 있는지 당신은 몰라. 우린 우리가 경멸하는 사람들을 자비롭게 안아주면서 사랑하는 사람들은 사납게 공격할 수 있지. 우리가 진정으로 원하는 건 당신이 가버리는 것일 때도 당신을 얼마나 따뜻하게 환영할 수 있는지 당신은 몰라. 여기서 당신의 온도계는 무용지물이야.

그건 한 가지 관점일 뿐이었다. 어쩌면 그 시점에서 세상 물정 모르는 순진한 사람은 무사였을지도 모른다. 암리크 싱은 자신이 활동하고 있는 디스토피아—그 안의 대중들에겐 국경도, 충성심도, 추락하는 깊이의 한계도 없는—를 완벽하게 장악하고 있는 것이 분명했다. 그는 카슈미르인의 정신에 관해서는, 진짜로 그런 게 존재한다 하더라도, 이해하거나 간파할 생각이 없었다. 그는 하나의 게임을, 사냥감과 머리싸움을 벌이는 사냥을 하고 있을 뿐이었다. 그는 자신을 군인이라기보다는 사냥꾼으로 보았다. 그것이 그의 명랑한 정신에 기여했다. 암리크 싱 소령은 도박사이자 저돌적인 장교, 무시무시한 심문관, 쾌활하고 냉혈한 살인자였다. 그는 자신의 일을 무척이나 즐겼고 끊임없이 그 즐거움을 증대시킬 방안을 모색했다. 그에겐 이따금 무선으로 연락을 주고받는 이슬람 전사들이 있었는데, 그들은 어린 학생들처럼 서로를 놀리곤 했다. "아레 야르, 나야 미친한 여행사 직원이 아니고 뭐겠나?" 암리크 싱은 그들에게 그렇게 말하기를 좋아했다. "자네들 같은 지하드 전사들에게 카슈미르는 그저 환승 지점일 뿐이잖나, 안 그런가? 자네들의 진짜 목적지는 천국의 미녀들이 기다리고 있는 잔나트지. 나는 자네들의 여정을 단축해주기 위해 여기 존재하는 거야." 그는 스스로를 잔나트 특급이라고 칭했다. 그리고 영어로 이야기할 때는(그건 대개 그가 술에 취했다는 뜻이었다) '파라다이스 익스프레스'라고 번역해서 말했다.

그의 전설적인 대사 중 하나는 이것이었다. 데크호 미안, 메인 바라트 사르카르 카 룬드 훈, 아우르 메라 캄 하이 초드나.

이보게, 형제, 나는 인도 정부의 자지이고 국민들과 씹하는 게 내 일이지.

그가 얼마나 맹렬히 즐거움을 추구했냐면, 천신만고 끝에 추적해서 체포한 이슬람 전사를 단지 그 전사를 체포하는 희열을 다시 느끼고 싶어서 일부러 풀어주기까지 했다는 것이었다. 그가 사과를 한답시고 무사를 시라즈로 데려온 것도 그런 기질에, 그의 개인적 사냥 매뉴얼의 비뚤어진 지시에 따른 것이었다. 지난 몇 개월 동안 암리크 싱은 무사를 자신과 정반대면서도 판을 키울 배짱과 지능을 지닌, 어쩌면 누가 사냥꾼이고 누가 사냥감인지 구분하기 어려울 정도로 사냥의 본질을 변화시킬 수도 있는 훌륭한 잠재적 적대자로 규정했으며, 아마도 그건 옳은 판단이었을 터였다. 그런 이유로 암리크 싱은 무사의 아내와 딸의 사망 소식을 듣고 무척 당황했다. 그는 자신이 그 일과 무관하다는 것을 무사에게 알리고 싶었다. 그건 절대 그가 계획하지 않은, 예기치 못한 사건이었으며 자신은 그걸 비열한 짓으로 여긴다는 뜻을 전하고 싶었다. 사냥이 지속되도록 하기 위해선 사냥감에게 그걸 분명히 해둘 필요가 있었다.

암리크 싱의 열정은 사냥에만 국한되지 않았다. 그는 군인 봉급으로는 감당할 수 없는 고급 취향과 생활 방식을 갖고 있었다. 그래서 군인이라는 직업이 제공하는 유리한 위치를 이용해 다른 사업적 잠재성을 지닌 길들을 개척했다. 그는 납치와 갈취 관련 일 외에도 카슈미르밸리에 (아내 명의의) 제재소 하나를 두고서 가구 사업을 했다. 그는 폭력적인 만큼 충동적으로 베풀기도 잘해서, 자신이 좋아하거나 필요로 하는 사람들에게 조각 장식이 있는 커피 테이블이나 호두나무 의자 같은 사치스러운 선물들을 나눠주었다. (고질라도 그가 억지로 준 침대 옆 테이블 한 쌍이 있었다.) 암리크 싱의 아내 러블린 카우르는 미모로 유명한 다섯 자매—타블린,

하르프리트, 구르프리트, 러블린, 딤플—와 두 남동생으로 이루어진 일곱 남매 중 넷째였다. 그들은 수세기 전에 카슈미르밸리에 정착한 작은 시크 공동체에 속해 있었다. 그들의 아버지는 대가족을 먹여 살릴 대책이 거의, 혹은 전혀 없는 소농이었다. 그 집은 어찌나 가난한지 딸들 중 하나가 등굣길에 넘어져 점심 도시락이 든 가방을 떨어뜨리면 굶주린 자매들이 길에 쏟아진 음식을 주워먹는다고 했다. 딸들이 자라자 온갖 남자들이 말벌떼처럼 모여들어 온갖 구애를 했지만 아무도 청혼은 하지 않았다. 그래서 그 집 부모는 딸 하나를 본토에서 온 시크교인에게—그것도 군 장교에게—지참금도 없이 넘겨줄 수 있게 되자 무척이나 기뻐했다. 결혼 후 러블린은 암리크 싱이 근무하는 스리나가르 시내와 주변의 여러 군부대 내 장교 숙소로 들어가지 않았다. 그건 (루머에 따르면) 그가 일터에서는 다른 여자, 중앙예비경찰 동료로 군부대 안에서 벌어지는 심문뿐 아니라 현장 작전에서도 으레 그의 파트너 노릇을 하는 ACP 핑키라는 다른 '아내'를 두고 있었기 때문이다. 암리크 싱은 주말이면 아내와 어린 아들이 사는 스리나가르의 작은 시크교인 거주지 자와하르나가르의 이층 아파트로 갔는데, 이웃 주민들은 가정 폭력과 도움을 청하는 러블린의 억눌린 비명에 대해 수군거렸다. 하지만 아무도 감히 개입할 엄두를 못 냈다.

암리크 싱은 이슬람 전사들을 무자비하게 추적해 제거하면서도 한편으로는 그들에게—최소한 최고의 전사들에게는—인색하게나마 경의를 표했다. 그는 일부 이슬람 전사들의 무덤을 찾아가 추모한 것으로 알려져 있었으며, 그중에는 자신이 죽인 사람들도 있었다. (한 번은 비공식적인 예포까지 쏘았다.) 그가 무례하게 대할 뿐만 아니라 진심으로 경멸하기까지 하는 사람들은 주로 변호사와 기자, 신문사 편집자로 이루어진 인권운동가들이었다. 그에게 인권운동가들은 끊임없는 불평과 징징거림으로 위대한 게임의 규칙들을 망치고 왜곡시키는 해충이었다. 암리크 싱은 그들을 체포하거나 '제거'하라는 허락이 떨어질 때마다(그런 '허락'은 죽이라는 명령이 아니라 대개 죽이지 말라는 명령이 부재하는 형태로 내려왔다) 아주 열성적으로 임무를 수행했다. 하지만 잘리브 카드리의 경우는 달랐다. 그가 받은 명령은 그냥 겁만 주고 붙들어두라는 것이었다. 그런데 일이 꼬이고 말았다. 잘리브 카드리가 두려워하지 않는 실수를 범한 것이다. 게다가 말대꾸까지 했다. 암리크 싱은 자제력을 잃은 걸 유감스러워했고, 그 결과 자신의 친구이자 길동무였던 무슬림형제단 출신 살림 고지리까지 제거해야 했던 것을 더욱더 안타까워했다. 그와 살림 고지리는 좋은 시간들과 여러 멋진 모험들을 함께했다. 그는 살림 고지리도 자신의 입장이었다면 똑같이 했으리란 걸 알고 있었다. 그리고 자신, 암리크 싱은 그걸 충분히 이해했으리란 것도. 적어도 그는 스스로에게 그렇게 말했다. 그가 어떤 일을 하면서 주저했던 건 살림 고지리를 죽일 때가 유일했다. 살림 고지리는 러블린까지 포함한 세상 모든 사람들 중에서 암리크 싱이 희미하게나마 사랑 비슷한 감정을 느꼈던 단 하나의 인물이었다. 그것에 대한 답례로, 그는 때가 왔을 때 친구를 향해 몸소 방아쇠를 당겼다.

하지만 암리크 싱은 오래 생각에 잠기는 사람이 아니었기에 모든 걸 빠르게 극복했다. 테이블을 사이에 두고 무사와 마주앉은 소령은 자만심과 확신에 찬 평소의 그였다. 현장에서 물러나 내근을 하는 처지가 된 건 사실이었지만 아직 무너지기 시작한 건 아니었다. 그는 여전히 가끔 현장에 나가서 그가 신상을 잘 아는 이슬람 전사나 지상활동가와 관련된 작전들에 참여하고 있었다. 그는 자신이 손상을 최소화하고 위험에서 벗어났다는 합리적인 확신을 품고 있었다.

'장교용 비스킷'과 차가 들어왔다. 무사는 비스킷을 든 사람이 뒤에서 나타나기 전부터 금속 쟁반에 놓인 찻잔들이 희미하게 달각거리는 소리를 들을 수 있었다. 무사와 비스킷을 가져온 사람은 즉시 서로를 알아보았으나, 그들의 표정은 수동적이고 불투명한 상태로 남아 있었다. 암리크 싱은 그들을 면밀히 관찰했다. 방안의 공기가 동이 났다. 호흡이 불가능해졌다. 호흡을 하는 것처럼 가장해야만 했다.

주나이드 아메드 샤는 히즈브-울-무자히딘의 지역 지휘관으로 몇 달 전, 한밤중에 소포레에 있는 집으로 아내와 어린 아들을 보러 가는 가장 흔하고도 치명적인 실수를 저지르는 바람에 잠복하며 기다리고 있던 군인들에게 체포되었다. 그는 키가 크고 몸이 유연했으며, 잘생긴 용모와 출처가 불분명한 이야기들뿐 아니라 진짜 무용담으로 인기와 사랑을 받고 있었다. 과거의 그는 머리가 어깨까지 내려왔고 무성하고 검은 턱수염이 있었다. 그런데 이제는 깨끗이 면도하고 머리도 인도 군인 스타일로 짧게 깎은 모습이었다. 그의 흐릿하고 퀭한 눈이 깊은 회색 구멍 속에서 내다보고 있었다. 그는 정강이 중간까지 내려오는 낡은 운동복 바지와 모직 양말, 군용 케즈 캔버스화, 그리고 황동 단추가 달린 좀먹은 진홍색 웨이터 재킷 차림이었는데, 재킷이 너무 작아서 코믹한 인상을 주었다. 그의 손 떨림이 쟁반 위 도자기들을 춤추게 했다.

"좋아, 이제 꺼져. 왜 얼쩡거리고 있어?" 암리크 싱이 주나이드에게 말했다.

"지 제나브! 자이 힌드!"

예 소령님! 인도에 승리를!

주나이드는 경례를 붙이고 방에서 나갔다. 암리크 싱이 무사에게 고개를 돌리고 연민이 가득한 눈빛을 보냈다.

"자네에게 일어난 일은 그 어떤 인간에게도 일어나선 안 되는 것이지. 충격이 크겠군. 자, 크랙잭* 하나 들어보게. 자네에게 아주 좋은 것이네. 50 대 50이지. 설탕 50퍼센트, 소금 50퍼센트."

무사는 대꾸하지 않았다.

암리크 싱이 찻잔을 비웠다. 무사는 손도 대지 않았다.

"자네 공학 학위를 갖고 있지. 안 그런가?"

"아뇨. 건축학입니다."

"자네를 도와주고 싶네. 자네도 알다시피 군에서는 늘 엔지니어를 찾고 있지. 일감이 많거든. 보수도 아주 좋고. 국경 담장 치기, 고아원 짓기, 레크리에이션센터도 몇 군데 지을 계획이고, 청년들을 위한 체육관, 게다가 이곳도 재단장을 해야 하고…… 좋은 계약을 몇 건 따줄 수 있는데. 우리가 자네에게 최소한 그 정도는 해줘야지."

무사는 고개도 들지 않고 집게손가락 끝으로 조개껍데기 문진의 뾰족한 부분을 찔러보았다.

---

* 짠맛과 단맛이 섞인 비스킷.

"나는 체포된 건가요, 아니면 여기서 나가도 되는 건가요?"

무사는 고개를 들지 않았기에 암리크 싱의 눈에 분노가 반투명 막의 형태로, 마치 고양이가 낮은 담장에서 뛰어내리듯 조용하고 빠르게 드리우는 걸 보지 못했다.

"가도 좋네."

암리크 싱은 무사가 일어나서 나가는 동안 그대로 앉아 있었다. 그는 벨을 눌러 부하에게 무사를 밖으로 호송하라고 명령했다.

아래층의 영화관 로비에서는 고문 휴식 시간이 펼쳐지고 있었다. 군인들이 김이 모락모락 나는 커다란 주전자에 든 차를 따라 마셨다. 양철 양동이에 식은 사모사가 들어 있었는데 일인당 두 개씩 돌아갔다. 무사는 로비를 가로질러 걸으며 이번엔 묶이고 얻어맞고 피 흘리는 소년들 중 그가 잘 아는 소년의 시선을 받았다. 그는 그 소년의 어머니가 아들을 찾아 군부대에서 군부대로, 경찰서에서 경찰서로 헤매고 다니는 걸 알고 있었다. 그 어머니는 평생 그렇게 찾아다닐 수도 있었다. 그래도 오늘밤 끔찍하게 잘된 일도 하나 있구나, 무사는 그렇게 생각했다.

그가 거의 문지방을 넘었을 때 암리크 싱이 계단 꼭대기에 나타났는데, 무사가 영사실을 나서던 때와는 완전히 다른 사람처럼 환히 웃으며 친밀감을 풍기고 있었다. 그의 목소리가 로비에 울려퍼졌다.

"아레 후주르! 에크 치즈 마인 빌쿨 불 가야 타!"

내가 깜빡 잊은 게 있네!

모두—고문자와 피고문자들 모두—그에게 시선을 돌렸다. 암리크 싱은 자신에게 시선이 집중된 걸 온전히 의식하면서, 너무나도 반가운 손님에게 작별인사를 하는 기쁨에 찬 주인처럼 민첩하게 계단을 달려내려왔다. 그러고는 다정하게 무사를 포옹한 후 자신이 가져온 꾸러미를 들이밀었다.

"부친께 갖다드리게. 내가 특별히 주문해서 구한 거라고 전하고."

레드 스태그 위스키 병이었다.

로비에 정적이 깔렸다. 그곳에서 펼쳐지고 있는 연극의 주인공들뿐 아니라 관객들까지 모두가 각본을 이해하고 있었다. 만일 무사가 선물을 거절한다면 그건 암리크 싱에 대한 공개적인 선전포고가 될 것이었다—그렇게 되면 무사는 죽은목숨이었다. 만일 선물을 받는다면 암리크 싱은 이슬람 전사들에게 사형선고를 위탁하는 것이나 다름없었다. 그 소문이 퍼지면 모든 전사 조직들이, 다른 문제에 대해서는 의견이 다르더라도, 점령군의 협력자나 친구에게는 죽음의 벌을 내려야 한다는 데 동의할 것이기 때문이었다. 그리고 위스키를 마시는 건—점령군의 협력자가 아니더라도—공공연한 반이슬람 행위였다.

무사는 스낵바로 걸어가서 위스키 병을 거기에 놓았다.

"제 아버지는 술을 안 마십니다."

"아레, 감출 게 뭐 있나? 부끄러운 일도 아닌데. 자네 부친은 술을 마시지! 자네도 그걸 아주 잘 알고 있고. 자네 부친을 위해 특별히 산 것이네. 그만두게. 내가 직접 주지."

암리크 싱은 여전히 미소 띤 얼굴로 부하들에게 무사를 집까지 안전하게 호위하라고 지시했다. 그는 일의 결과가 만족스러웠다.

동이 터왔다. 비둘기색 하늘에 장밋빛이 감돌기 시작했다. 무사는 죽은 거리들을 지나 집으로 걸어갔다. 집시 차 한 대가 안전거리를 유지하며 그를 따라오고 있었고, 운전사가 검문소마다 워키토키로 무사를 통과시키라고 지시했다.

무사는 어깨에 눈이 쌓인 채 집으로 들어갔다. 그의 마음속에 모여드는 한기에 비하면 바깥의 추위는 아무것도 아니었다. 그의 얼굴을 본 부모와 누이들은 그에게 다가가 무슨 일이 있었는지 물을 만큼 생각이 없진 않았다. 그는 곧장 자신의 책상으로 가서 군인들이 찾아오기 전에 쓰고 있던 편지를 마저 썼다. 그는 편지를 우르두어로 썼다. 그것이 그의 마지막 임무이기라도 하듯, 마치 지금 추위와 경주를 벌이고 있고 몸에서 온기가 모조리, 어쩌면 영원히, 빠져나가기 전에 편지를 마무리해야 되는 것처럼, 빠르게 써내려갔다.

미스 제빈에게 보내는 편지였다.

바바자나*

내가 널 그리워할 거라고 생각하니? 틀렸다.

난 절대 널 그리워하지 않을 거야. 넌 항상 나와 함께 있을 테니까.

넌 진짜 이야기를 들려달라고 했지만, 난 이제 무엇이 진짜인지 모르겠구나. 진짜였던 것이 이젠 유치한 동화처럼 들려—내가 너에게 들려주곤 했고 네가 참을 수 없어하던 그런 이야기들

* '내 사랑'이라는 뜻.

처럼. 내가 확실히 아는 건 이것뿐이야. 우리 카슈미르에서는 죽은 사람들이 영원히 살게 된다는 것, 그리고 살아 있는 사람들은 살아 있는 척하는 죽은 사람들일 뿐이라는 것.

다음주에 너에게 신분증을 만들어주려고 했었지. 바바자나, 너도 알겠지만 이제 신분증은 우리 자신보다 중요하단다. 그건 누구에게나 무엇보다도 소중한 물건이야. 가장 아름답게 짠 카펫보다, 가장 부드럽고 가장 따뜻한 숄보다, 가장 큰 정원보다, 우리 카슈미르밸리의 모든 과수원에서 나는 모든 체리와 호두보다도 소중해. 그게 상상이 되니? 내 신분증 번호는 M 108672J지. 거기 미스의 M과 제빈의 J가 들어 있으니 행운의 번호라고 네가 그랬잖아. 만일 그렇다면, 그 신분증이 나를 너와 네 암미잔* 곁으로 빨리 갈 수 있게 해주겠지. 그러니 천국에서 숙제할 준비 하고 있으렴. 네 장례식에 십만 명의 사람들이 왔다는 말을 해주면 넌 어떤 기분을 느낄까? 넌 59까지밖에 못 세는데. 내가 센다고 말했나? 외친다고 해야겠지, 넌 59까지밖에 못 외친다고. 네가 어디에 있든 외치지 말았으면 좋겠구나. 넌 최소한 가끔이라도 숙녀답게 조용히 말하는 법을 배워야 해. 너에게 십만을 어떻게 설명해줘야 할까? 그렇게 큰 수를. 우리 계절에 따라 생각해볼까? 봄에는 나무에 얼마나 많은 잎이 달려 있는지, 개울에 얼음이 녹으면 얼마나 많은 조약돌이 보이는지 생각해보렴. 초원에는 얼마나 많은 개양귀비가 피어나는지. 그럼 봄이 말해주는 십만이라는 숫자의 의미를 대략적으로나마 알 수 있을

* '사랑하는 엄마'라는 뜻.

거야. 가을에 내가 너를 데리고 대학 캠퍼스로 산책을 나간 날, 우리 발아래서 부서지던 플라타너스 잎만큼 많은 수란다. (그날 넌 고양이에게 빵 조각을 줬는데 그 고양이가 너를 믿지 못하고 빵을 거부해서 화가 났지. 바바자나, 우리 모두가 조금은 그 고양이처럼 되어가는 것 같다. 우린 아무도 믿을 수가 없어. 사람들이 우리에게 건네는 빵은 우리를 노예나 아첨하는 종으로 만드는 것이기에 위험하지. 그렇다면 넌 우리 모두에게 화를 내겠구나.) 그건 그렇고, 우리 숫자 이야기를 하고 있었지. 십만. 겨울엔 하늘에서 떨어지는 눈송이를 생각해야겠구나. 우리가 눈송이를 세던 거 기억하니? 네가 눈송이를 잡으려고 했던 거 기억해? 그렇게 많은 사람들이 십만 명이란다. 네 장례식 때 사람들이 눈처럼 땅을 덮었지. 이제 그림이 그려지니? 좋아. 그건 사람들만 센 거야. 산에서 내려온 느림보곰, 숲에서 지켜보던 한굴, 눈에 발자국을 남긴 눈표범, 하늘에서 모든 걸 감독하며 빙글빙글 돌던 솔개 이야기는 하지 않을게. 전체적으로 대단한 장관이었지. 너도 행복했을 거야. 넌 사람이 많은 걸 좋아하니까. 넌 도시 아가씨가 될 아이였지. 그것만큼은 처음부터 확실했어. 이제 네 차례다. 말해보렴……

그는 그 문장을 쓰다가 추위와의 경주에서 패했다. 그는 편지 쓰기를 중단하고 종이를 접어서 주머니에 넣었다. 그는 영원히 그 편지를 완성하지 못했지만 늘 몸에 지니고 다녔다.

무사는 자신에게 시간이 별로 없다는 걸 알았다. 암리크 싱이 다음 행동을 취하기 전에 빨리 선수를 쳐야 했다. 그가 알던 삶은 끝났다. 그는 카슈미르가 자신을 삼켰고 이제 자신은 그 내장의 일부가 되었음을 알았다.

그는 이런저런 신변 정리를 하며 하루를 보냈다—밀린 담뱃값을 치르고, 서류들을 파기하고, 몇 가지 아끼는 물건과 꼭 필요한 것들을 챙겼다. 다음날 아침 예스위 가족이 잠에서 깼을 때, 슬프게도 무사는 이미 떠난 뒤였다. 그는 누이에게 시라즈에서 본 구타당한 소년에 대한 이야기와 그 소년의 어머니 이름과 주소가 적힌 메모를 남겼다.

그렇게 그의 지하생활은 시작되었다. 그 생활은 정확히 아홉 달 동안 지속되었다—임신처럼. 다만 그 결과가, 말하자면 임신과 반대되는 것이었다는 차이가 있을 뿐이었다. 그것은 일종의 생명 대신 일종의 죽음으로 마무리되었다.

무사는 도망자생활을 하는 동안 이곳저곳으로 옮겨다녔고 한곳에서 이틀 밤을 보낸 적이 없었다. 테리크가 사랑과 연대로 환영받는 곳이라면 어디서든—숲속 은신처든, 사업가의 화려한 집이든, 상점이든, 지하 감옥이든, 창고든—그의 주위엔 늘 사람들이 있었다. 그는 무기에 관한 모든 것을, 어디에서 사고, 어떻게 옮기고, 어디에 숨기고, 어떻게 사용해야 하는지를 배웠다. 그의 아버지가 가상의 굳은살을 보았던 곳들—무릎과 팔꿈치, 방아쇠 당기는 손가락—에 진짜 굳은살이 생겼다. 그는 총을 지니고 다녔으나 사용한 적은 없었다. 그는 자신보다 훨씬 어린 여행 동지들과 서로를 위해 기꺼이 목숨을 바칠 수 있는 피 끓는 사나이들이 나누는 그런 사랑을 나눴다. 그들의 삶은 짧았다. 그들 가운데 다수가 죽거나 감옥에 가거나 실성할 때까지 고문을 당했다. 그리고 다른 사람들이 그 자리를 채웠다. 무사는 잇단 숙청에서 살아남았다. 과거 삶과의 연계는 점차(그리고 의도적으로) 지워졌다. 그가 진짜로 누구인지 아무도 몰랐다. 아무도 묻지 않았다. 그의 가족은 그걸 몰랐다. 그는 어떤 한 조직에 속해 있지 않았다. 그는 추악한 전쟁의 심장부에서 상상하기 어려운 야수성에 직면해 있으면서도 동지들이 인간성 비슷한 걸 잃지 않도록, 그들이 혐오하고 맞서 싸우는 대상과 같은 존재로 변질되지 않도록 최선을 다해 독려했다. 늘 성공하진 못했다. 늘 실패하지도 않았다. 그는 주변 환경과 동화되어 눈에 띄지 않는 기술을, 군중 속으로 사라지고, 웅얼거리며 감정을 숨기고, 마음속 비밀들을 스스로 알고 있다는 사실조차 잊을 정도로 깊숙이 묻어두는 기술을 연마했다. 그는 권태의 기술을, 지루함을 안겨주는 것뿐만 아니라 그걸 견디는 법을 배웠다. 그는 거의 말을 하지 않았다. 밤이 되면 침묵의 지배에 넌덜머리가 난 그의 신체 기관들이 밤 귀뚜라미의 언어로 서로에게 소곤거렸다. 그의 비장이 신장에게 연락을 취했다. 췌장이 고요한 공간 너머로 폐에게 속삭였다.

안녕
내 말 들려?
아직 거기 있어?

그는 점점 더 차가워지고 조용해졌다. 그에게 걸린 현상금은 매우 빠르게 올라 10만 루피에서 30만 루피가 되었다. 그렇게 아홉 달이 지났을 때 틸로가 카슈미르에 왔다.

❧

틸로가 거의 매일 저녁 일을 마치고 집으로 돌아가는 길에 들르는, 하즈라트 니자무딘 아울리야의 영묘 근처 좁은 골목에 위치한 차 가판대에 있을 때, 청년 하나가 다가와 그녀의 이름이 S. 틸로타마인지 확인하더니 쪽지를 건넸다. 쪽지엔, 달 호수, 33번 가트*, HB 샤힌, 20일에 와줘, 라고 적혀 있었다. 서명은 없고 한 귀퉁이에 작은 말 머리 스케치가 있었다. 그녀가 시선을 들었을 때 쪽지를 전한 청년은 사라지고 없었다.

그녀는 델리의 네루플레이스에 위치한 직장인 건축 회사에 이주 휴가를 내고 기차로 잠무까지 간 다음, 잠무에서 아침 일찍 스리나가르행 버스를 탔다. 무사와는 한동안 연락이 끊긴 상태였다. 그녀가 그곳으로 간 건 그들의 관계는 원래 그런 식이기 때문이었다.

그녀는 카슈미르에 가본 적이 없었다.

틸로가 탄 버스가 인도와 카슈미르를 잇는 유일한 연결로인 산을 통과하는 긴 터널에서 나온 건 늦은 오후였다.

카슈미르밸리의 가을은 과도한 풍요의 계절이었다. 사프란꽃의 라벤더색 연무 위로 햇살이 비스듬히 비쳤다. 과수원들엔 과일이 가득하고, 플라타너스들은 불이 붙은 듯했다. 틸로와 같은 버스에 탄 승객들은 대부분이 카슈미르인들이었고, 차창으로 들어오는 바

* 물가에 있는 계단.

람을 분석해 사과 향, 배 향, 곡식이 익은 논의 냄새를 구분했을 뿐 아니라 버스가 누구네 사과밭, 누구네 배밭, 누구네 논을 지나가고 있는지도 알았다. 그리고 그들 모두가 잘 아는 또다른 냄새가 있었다. 공포의 냄새. 그 냄새는 공기를 나빠지게 하고 그들의 몸을 돌로 만들었다.

요란하게 덜커덩거리는 버스가 가만하고 조용한 승객들을 싣고 카슈미르밸리로 깊이 들어가자 긴장감이 고조되었다. 도로 양쪽에 중무장한 군인이 위험할 정도로 잔뜩 경계 태세를 갖추고 50미터 간격으로 서 있었다. 군인들이 들판, 과수원 깊숙한 곳, 다리와 지하 배수로 위, 상점과 시장, 지붕 위에서 서로 엄호해주며 산속까지 그물망처럼 배치되어 있었다. 전설적인 카슈미르밸리의 모든 곳에서 사람들은 무엇을 하든—걷거나, 기도하거나, 목욕하거나, 농담하거나, 호두를 까거나, 섹스를 하거나, 버스를 타고 집에 가거나—군인의 총 조준기 안에 있었다. 그리고 그들은 군인의 총 조준기 안에 있었기에 무엇을 하고 있든—걷거나, 기도하거나, 목욕하거나, 농담하거나, 호두를 까거나, 섹스를 하거나, 버스를 타고 집에 가거나—합법적인 표적이었다.

검문소마다 타이어를 갈가리 찢을 수 있는 뾰족한 쇠꼬챙이가 달린 이동식 수평 차단기가 도로를 막고 있었다. 버스는 검문소마다 정차했고, 승객 모두가 버스에서 내려 짐을 들고 줄을 서서 수색을 받아야 했다. 군인들이 버스 지붕 위의 짐들을 조사했다. 승객들은 계속 눈을 내리깔고 있었다. 여섯번째인가 일곱번째 검문소에서 좁고 긴 창문이 있는 집시 장갑차가 도로변에 서 있었다. 집시 안에 모습을 감추고 있는 사람과 의논을 마친 번쩍거리는 젊은 장교가 거드름을 피우며 걸어와 승객들 줄에서 청년 셋을 끌어냈다—너, 너, 그리고 너. 그들은 군용 트럭에 밀어넣어졌다. 그들은 저항 없이 떠났다. 승객들은 계속 눈을 내리깔고 있었다.

버스가 스리나가르에 도착했을 때쯤엔 날이 저물고 있었다.

당시 스리나가르라는 작은 도시는 날이 저물면 죽음을 맞이했다. 상점들이 닫히고, 거리들이 비었다.

버스가 서자 한 남자가 틸로에게 슬그머니 다가와 이름을 물었다. 그뒤로 그녀는 이 사람 저 사람 손에 넘겨졌다. 삼륜 택시가 버스 정류소에서 그녀를 싣고 불러바드까지 갔다. 그녀는 앉을 수는 없고 누워서 타야 하는 시카라로 호수를 건넜다. 그녀는 밝은 색깔의 꽃무늬 쿠션에 기대어 누워 있었다. 남편 없는 신혼여행객. 그녀는 수초들을 헤치고 나아가는 사공의 밝은색 노가 하트 모양인 것으로 만회가 된다고 생각했다. 호수는 죽은듯 고요했다. 물속에 잠긴 노의 리드미컬한 소리는 카슈미르밸리의 불안한 심장박동인지도 몰랐다.

철썩

철썩

철썩

맞은편 기슭에 다닥다닥 붙어 닻을 내린 선상가옥들—HB 샤힌, HB 잔나트, HB 퀸 빅토리아, HB 더비셔, HB 스노 뷰, HB 데저트 브리즈, HB 잠-잠, HB 굴샨, HB 뉴 굴샨, HB 굴샨 팰리스, HB 만달라이, HB 클리프턴, HB 뉴 클리프턴—은 캄캄하고 비어 있었다.

HB가 무슨 뜻이냐고 틸로가 묻자 사공이 선상가옥House Boat이라고 대답했다.

HB 샤힌은 그중에서 제일 작고 초라했다. 시카라가 다가가자 거의 발목까지 내려오는 낡은 갈색 피란에 파묻히다시피 한 작은 남자가 틸로를 맞이하러 나왔다. 나중에 틸로는 그의 이름이 굴레즈라는 걸 알게 되었다. 그는 틸로를 아주 잘 아는 것처럼, 그녀가 평생 그곳에서 살았으며 그저 장을 보러 갔다가 돌아온 것처럼 그녀를 맞이했다. 그의 넓고 튼실한 어깨에 기이하게 가는 목과 커다란 머리가 자리하고 있었다. 틸로는 그를 따라 작은 식사실을 지나고 카펫 깔린 좁은 복도를 따라 침실로 가면서 새끼 고양이들이 야옹거리는 소리를 들었다. 그는 자식들을 자랑스러워하는 아버지처럼 에메랄드빛 마법사의 눈을 빛내며 어깨 너머로 반짝이는 미소를 던졌다.

침실은 자수 장식이 있는 침대보가 덮인 더블 침대가 겨우 들어갈 정도로 좁았다. 침대 옆 테이블에는 꽃무늬 플라스틱 쟁반에 세공 장식이 된 종청동 물주전자와 색 유리잔 두 개, 작은 시디플레이어가 놓여 있었다. 바닥의 낡은 카펫에는 무늬가 들어가 있었고, 옷장 문에도 조잡한 조각 장식이 되어 있었으며, 나무 천장은 벌집 모양이었고, 쓰레기통은 복잡한 무늬가 있는 종이공예품이었다. 틸로는 눈이 휴식을 취할 수 있도록 무늬나 자수, 조각 장식, 세공 장식이 없는 공간을 찾아보았다. 그런 공간을 찾을 수가 없자 그녀 안에 불안의 물결이 차올랐다. 그녀는 나무로 된 창문을 열었으나 지척에 있는 다른 선상가옥의 닫힌 나무 창문이 바로 보였다. 그 사이의 좁은 물에 빈 담뱃갑과 담배꽁초들이 떠다녔다. 그녀는 가

방을 내려놓고 현관으로 나가 담뱃불을 붙이고 하늘에 첫 별들이 나타나면서 은빛으로 변해가는 거울 같은 수면을 바라보았다. 어둠이 내린 뒤에도 산 위의 눈이 한동안 인광처럼 빛났다.

털로는 이튿날 온종일 배에서 굴레즈가 먼지 없는 가구의 먼지를 떨고 배 뒤편 둑에 있는 텃밭에서 자주색 가지, 잎이 큰 콜라드와 대화하는 걸 지켜보며 무사를 기다렸다. 굴레즈는 소박한 점심 식탁을 치운 뒤, 보다! 사다! 날다!라고 적힌 커다란 노란색 공항 면세점 쇼핑백에 담긴 자신의 수집품을 그녀에게 보여줬다. 그는 그것들을 하나씩 식탁에 꺼내놓았다. 그 수집품들은 그에게 일종의 '방명록' 같은 것으로, 폴로 애프터셰이브 로션 빈병, 다양한 비행기 탑승권들, 작은 쌍안경, 렌즈 하나가 빠진 선글라스, 손때 묻은 '론리 플래닛' 가이드북, 콴타스 항공 파우치, 작은 손전등, 허브향 모기 퇴치제, 선탠로션 병, 카드 모양의 은박지로 포장된 유통기한이 지난 설사약, 옛날 담배 깡통에 든 푸른색 막스 앤드 스펜서 여성용 속바지 등이 있었다. 그는 속바지를 부드러운 시가처럼 돌돌 말아 도로 깡통에 넣으며 음흉한 눈빛으로 킬킬거렸다. 털로는 자신의 슬링백을 가져와 작은 딸기 모양의 지우개와 샤프심 통을 수집품에 추가했다. 굴레즈는 신이 나서 그 작은 통 뚜껑을 돌려 열었다 닫았다 했다. 그는 한참을 생각한 끝에 지우개는 쇼핑백에, 샤프심 통은 주머니에 넣었다. 그러고는 방에서 나갔다가 가장 최근의 방문자가 준, 양쪽 손바닥으로 새끼 고양이들을 감싸안은 자신의 모습이 찍힌 엽서 크기의 사진 한 장을 가져왔다. 그는 무슨 상장이라도 수여하는 것처럼 격식을 갖추어 그 사진을 두 손으로 털로에게 건넸다. 털로는 고개를 숙여 절을 하며 그걸 받았다. 그들의 물물교환은 그렇게 마무리되었다.

틸로는 머뭇거리는 힌디어로, 굴레즈는 멈칫거리는 우르두어로 대화를 나누었고, 틸로는 굴레즈가 계속해서 언급하는 '무즈-카크'가 무사임을 짐작할 수 있었다. 굴레즈가 미스 제빈 모녀와 같은 날 총에 맞아 사망한 사람들 전원의 사진이 실린 우르두어 신문기사 스크랩을 꺼냈다. 그는 신문기사에 몇 번이고 입을 맞추며 어린 소녀와 젊은 여인을 가리켰다. 틸로는 서서히 이야기를 꿰맞출 수 있었다. 그 여자는 무사의 아내, 아이는 딸이었다. 사진의 화질이 너무 안 좋아서 그들의 이목구비를 식별하고 그들이 어떻게 생겼는지 알아내는 건 불가능했다. 굴레즈는 틸로의 이해를 돕기 위해 두 손을 포개어 만든 베개에 자신의 머리를 눕히고 아이처럼 눈을 감고 하늘을 가리켰다.

그들은 천국에 갔어요.

틸로는 무사가 결혼했다는 걸 모르고 있었다.

그가 말해주지 않았으니까.

그가 말했어야 했을까?

왜 말했어야 했을까?

그리고 그녀는 왜 신경써야 하는가?

그를 떠난 건 그녀였다.

하지만 그녀는 신경이 쓰였다.

그가 결혼했다는 사실이 아니라 자신에게 그걸 말하지 않았다는 것이.

그후로 무의미한 가사로 이루어진 말라얄람어 노래가 하루종일 그녀 머릿속에 맴돌았다. 반바지 차림의 조그만 아이들 무리—그녀도 끼어 있는—가 폭우 속에서 진흙 웅덩이에 발을 구르며, 담쟁이와 풀이 우거진 강둑을 내달리면서 목이 터져라 불러대던 장마 찬가였다.

둠! 둠! 파탈람
사린데 비틸 칼리아남
아나 핀담 초루
아타 바르타두 우페리
코지 티탐 차만디

탕! 탕! 군악대가 나가신다
땅의 주인 집에서 결혼식
코끼리 똥 밥!
노래기 튀김, 좋아!
다진 암탉 똥은 양념!

그녀는 이해가 되지 않았다. 방금 알게 된 사실에 대해 이보다 더 부적절한 반응이 있을 수 있을까? 그녀는 다섯 살 때 이후로 이 노래에 대해 생각해본 적이 없었다. 그런데 왜 지금?

어쩌면 그녀의 머릿속에서 비가 내리고 있기 때문인지도 몰랐다. 어쩌면 무사의 악몽들과 그녀의 악몽들을 연결하는 복잡한 뇌문雷文을 이해하려는 어리석은 시도를 한다면 아예 멈춰버릴지도 모르는 정신의 생존 전략인지도.

그녀에겐 카슈미르에서 악몽이란 난잡한 것이라고 말해줄 관광가이드가 없었다. 카슈미르의 악몽은 제 주인에게 불충하고, 제멋대로 옆으로 재주넘기를 하여 다른 사람들 꿈속으로 들어가며, 각자의 구역을 인정하지 않는, 세상에서 가장 위대한 매복 예술가였다. 그 어떤 요새나 울타리도 그걸 막을 순 없었다. 카슈미르에서 악몽에 대처하는 유일한 방법은 옛친구처럼 껴안고 옛 적처럼 다루는 것이었다. 물론 틸로도 그걸 배우게 될 터였다. 곧.

그녀는 선상가옥 현관에 놓인, 천을 씌운 붙박이 벤치에 앉아 그곳에서 맞는 두번째 석양을 바라보고 있었다. 음울한 나이트피시(나이트메어*의 친척은 아닌) 한 마리가 호수 밑바닥에서 솟구쳐 올라와 물에 비친 산의 그림자를 삼켰다. 통째로. 굴레즈가 저녁식사를 차리고 있는데(두 사람 몫인 것으로 보아 그는 분명 무언가 알고 있었다) 무사가 별안간, 조용히, 도착하여 선상가옥 뒤쪽에서 들어왔다.

"살람."

"살람."

"왔구나."

"당연하지."

"잘 지냈어? 여행은 어땠어?"

"괜찮았어. 넌?"

"괜찮아."

틸로의 머릿속에서 그 노래가 교향곡처럼 울려퍼졌다.

"미안해 너무 늦어서."

* nightmare. 악몽.

무사는 더이상의 설명은 하지 않았다. 그는 조금 수척해 보이는 걸 제외하면 크게 달라지지 않았는데도 거의 알아보기가 힘들었다. 면도를 하지 않아서 수염이 길게 자라 있었다. 그의 눈은 밝아지기도 하고 어두워지기도 한 것이, 마치 씻어서 한 가지 색은 희미해지고 다른 색은 그렇게 되지 않은 듯했다. 그의 녹갈색 홍채가 틸로는 기억하지 못하는 검은 테에 둘러싸여 있었다. 틸로는 그의 윤곽—그가 세상에서 이룬 형상—이 어딘가 흐릿해지고 얼룩진 것을 느꼈다. 그는 예전보다도 더 눈에 띄지 않는 존재가 되어 있었다. 그건 그가 펄럭이는 흔하디흔한 갈색 카슈미르 피란을 입은 것과는 무관했다. 그가 털모자를 벗자 성성한 백발이 드러났다. 그가 틸로의 시선을 의식하고 겸연쩍은 듯 손으로 머리카락을 쓸어 넘겼다. 방아쇠 당기는 손가락에 굳은살이 박인, 말 그림을 그리는 튼튼한 손. 그는 틸로와 동갑이었다. 서른하나.

둘 사이의 침묵이 오직 그들만 들을 수 있는 선율을 연주하는 아코디언 소리처럼 커졌다가 잦아들었다. 그는 그녀가 안다는 걸 그가 안다는 걸 그녀가 안다는 걸 알았다. 그들의 관계는 그런 식이었다.

굴레즈가 차를 내왔다. 무사는 그와도 요란한 인사는 나누지 않았지만 둘 사이에 친밀감이, 심지어 사랑이 존재하는 건 분명했다. 무사는 그를 굴-카크라고 불렀고 가끔 '모우트'*라고도 불렀으며 그에게 귀약을 주었다. 그 귀약이 오직 귀약만이 할 수 있는 방식

* '미친 사람'이라는 뜻.

으로 어색한 분위기를 깼다.

"굴레즈는 귓병이 있어서 겁을 먹고 있어. 공포에 질려 있지." 무사가 설명했다.

"아픈 거야? 종일 괜찮아 보였는데."

"아픔을 두려워하는 건 아냐. 통증은 없어. 총에 맞을까봐 그래. 귀가 잘 안 들려서 검문소에서 군인들이 "정지!"라고 외칠 때 그 소리를 못 들을까봐 걱정이 된대. 검문소에서 처음엔 통과시켰다가 뒤에서 부르는 경우가 종종 있거든. 그랬는데 못 들으면……"

방안 공기에서 긴장감(그리고 사랑)을 감지하고 자신이 그걸 완화하는 역할을 할 수 있다는 사실에 주목한 굴레즈가 극적인 동작으로 바닥에 무릎을 꿇더니, 무사의 무릎에 뺨을 대고 커다란 꽃양배추 같은 귀를 위쪽으로 돌려서 약을 받을 준비를 했다. 무사는 양쪽 꽃양배추에 약을 넣고 탈지면으로 막은 후 그에게 약병을 건넸다.

"잘 챙겨둬. 내가 여기 없을 때는 틸로에게 약을 넣어달라고 해. 해줄 거야. 틸로는 내 친구니까." 무사가 말했다.

굴레즈는 플라스틱 노즐이 달린 그 작은 약병이 무척이나 탐이 났고, 그것이 있어야 할 자리는 자신의 보다! 사다! 날다! 방명록이라고 생각하면서도 틸로에게 약병을 맡기고 환한 미소를 보냈다. 잠시 그들은 자발적으로 구성된 가족이 되었다. 아빠 곰, 엄마 곰, 아기 곰.

아기 곰이 단연코 제일 행복했다. 그는 저녁으로 다섯 가지 고기 요리를 내놓았다. 구슈타바*, 리스타**, 마르츠완간 코르마***, 샤미 케밥, 치킨 야크니****.

"음식이 너무 많아……" 틸로가 말했다.

"소고기, 염소고기, 닭고기, 양고기…… 노예들만 이렇게 먹지." 무사가 무례할 정도로 많은 음식을 자신의 접시에 담으며 말했다. "우리 위장은 묘지야."

틸로는 아기 곰이 혼자 이런 잔칫상을 차렸다는 게 믿기지 않았다.

"굴레즈는 온종일 가지들과 대화하고 새끼 고양이들과 놀았어. 요리하는 건 전혀 못 봤는데."

"네가 오기 전에 해놨을 거야. 뛰어난 요리사거든. 그의 아버지가 고질라의 마을에서 전문가야. 와자*****지."

"굴레즈는 왜 여기 혼자 있는 거야?"

"혼자가 아냐. 주위에 눈들과 귀들, 심장들이 있지. 그는 마을에선 못 살아…… 너무 위험해서. 굴-카크는 이른바 '모우트'야. 자신만의 세계에서 자신만의 규칙에 따라 사는. 어떤 면에서는 너와 조금 닮았지." 무사가 시선을 들어 웃음기 없는 진지한 눈빛으로 틸로를 바라보았다.

"바보란 말이야? 마을 바보?" 틸로도 웃음기 없이 그를 마주 응시했다.

"특별한 사람이란 말이지. 축복받은 사람."

"누구의 축복을 받았다는 거지? 별 좆같은 축복이 다 있군."

---

* 양고기 미트볼을 커드와 양념을 넣고 익히는 카슈미르 요리.

** 양고기 미트볼을 볶고 매운 소스에 넣고 끓이는 카슈미르 요리.

*** 양고기와 칠리소스로 만드는 코르마.

**** 닭고기 수프.

***** '요리사'라는 뜻.

"축복으로 아름다운 영혼을 받았지. 이곳에선 모우트를 숭배해."

무사는 그런 간결하고 불경스러운 말을, 특히 여자에게서 듣기는 오랜만이었다. 그 말이 그의 죄어든 심장에 귀뚜라미처럼 가볍게 내려앉아 자신이 틸로를 왜, 어떻게, 얼마나 많이 사랑했었는지에 대한 기억을 들쑤셨다. 그는 그 생각을 원래 있던 기억 저장소의 잠긴 칸에 도로 넣으려고 애썼다.

"이 년 전에 하마터면 그를 잃을 뻔했지. 그의 마을에서 봉쇄 수색 작전이 있었어. 남자들은 모두 집에서 나와 들판에 줄을 서라는 명령이 떨어졌지. 굴은 군인들을 맞이하러 달려나갔어. 그들이 우리를 해방시키러 온 파키스탄 군인이라고 우기면서 말이야. 그는 지베이*! 지베이! 파키스탄!을 외치며 노래를 불렀어. 군인들의 손에 입맞추려고 했어. 군인들은 총으로 그의 허벅지를 쏘고 개머리판으로 때린 다음 눈밭에서 피를 흘리도록 내버려뒀지. 그 사건 이후로 그는 군인만 보면 히스테리 상태가 되어 도망치려고 했는데 물론 그건 제일 위험한 행동이지. 그래서 우리와 함께 살도록 내가 스리나가르로 데려왔어. 하지만 이제 우리집엔 거의 사람이 없어서—나도 거기서 안 살아—그도 거기 남고 싶어하지 않았어. 그래서 이 일자리를 줬어. 이 배는 친구 소유야. 그는 여기 있으면 안전해. 밖에 나갈 필요가 없으니까. 손님들에게 요리만 해주면 되는데, 손님도 거의 오지 않지. 식료품은 배달이 되고. 위험이라곤 배가 너무 낡아서 가라앉을 수 있다는 것뿐이야."

"정말로?"

---

* '만세'라는 뜻.

무사가 미소를 지었다.

"아니. 배는 아주 안전해."

'거의 손님이 오지 않는' 그 집은 노예의 게걸스러운 식욕을 지닌 제3의 손님으로 저녁 식탁에 자리하고 있었다.

"카슈미르에서는 거의 모든 모우트들이 죽임을 당했어. 명령에 복종하는 법을 모르기 때문에 제일 먼저 죽임을 당한 거야. 어쩌면 그래서 우리에겐 그들이 필요한지도 몰라. 우리에게 자유로울 수 있는 법을 가르쳐주니까."

"혹은 죽임을 당하는 법이나?"

"여기선 똑같은 의미야. 오직 죽은 자만이 자유로우니까."

무사는 식탁에 놓인 틸로의 손을 보았다. 그는 자신의 손보다 그녀의 손을 더 잘 알았다. 여러 해 전, 그가 다른 사람이었을 때 그녀에게 주었던 은반지를 그녀는 아직도 끼고 있었다. 가운뎃손가락에는 여전히 잉크가 묻어 있었다.

굴레즈는 그들이 자기 이야기를 하고 있다는 걸 강하게 의식하며 피란 양쪽 주머니에 야옹거리는 새끼 고양이를 넣고서 식탁 주위에서 얼쩡거리면서 그들의 잔과 접시를 채워줬다. 그러다가 대화가 끊기자 틸로에게 새끼 고양이 아가Agha와 카눔을 소개했다. 줄무늬가 있는 회색 고양이가 아가, 검정과 흰색이 섞인 얼룩무늬 고양이가 카눔이었다.

"술탄은? 어떻게 지내?" 무사가 미소 지으며 물었다.

그 말이 감독의 큐사인이라도 되는 듯 굴레즈의 얼굴이 어두워졌다. 그는 카슈미르어와 우르두어를 섞어 길게 욕을 퍼부었다. 틸로는 마지막 문장만 알아들을 수 있었다. 아레 우스 베와쿠프 코아가르 야한 민트리 케 사트 레나 나히 아타 타, 토 피르 워 살라이스 두니야 메인 아야 히 크윤 타?

그 멍청이는 여기서 군인들과 함께 사는 법도 모르면서 애초에 왜 이 세상에 태어난 거야?

굴레즈는 자신을 걱정하는 부모나 이웃이 자신에 대해 하는 말을 듣고 기억해두었다가 술탄—그가 누구든—을 비난하는 데 써먹는 게 분명했다.

무사가 큰 소리로 웃고는 굴레즈를 꽉 잡고 그의 머리에 입맞췄다. 굴이 미소를 지었다. 행복한 꼬마 도깨비.

"술탄이 누군데?" 틸로가 무사에게 물었다.

"나중에 말해줄게."

저녁을 먹은 후 그들은 현관으로 나가 담배를 피우며 트랜지스터라디오로 뉴스를 들었다.

이슬람 전사 세 명이 사망했다. 바라물라에 통행금지령이 내려졌는데도 대규모 시위들이 벌어졌다.

달빛조차 없는 칠흑 같은 밤이라 물이 기름막처럼 까맸다.

호숫가 대로변의 호텔들이 군인용 막사로 바뀌어 주위에 가시철조망을 두르거나 모래주머니를 쌓거나 판자를 쳐놓은 상태였다. 식당은 군인들 숙소로, 프런트는 주간晝間 유치장으로, 객실은 심문센터로 쓰이고 있었다. 정성스러운 털실 자수가 들어간 두꺼운 커튼과 정교한 카펫이 성기를 전기로 지지고 항문에 석유를 붓는 고문을 당하는 청년들의 비명소리를 약하게 죽였다.

"요새 저기 누가 있는지 알아?" 무사가 말했다. "가슨 호바트. 그와 연락한 적 있어?"

"연락 안 한 지 몇 년 됐어."

"정보국 부지부장이야. 아주 중요한 직책이지."

"잘됐네."

바람 한 점 없었다. 호수는 고요하고, 배는 안정적이었으며, 침묵은 불안정했다.

"그녀를 사랑했어?"

"응. 너한테 말하고 싶었어."

"왜?"

무사는 담배 한 대를 다 피우고 또 한 대에 불을 붙였다.

"모르겠어. 명예와 관련된 문제겠지. 너와 나, 그리고 그녀의."

"그럼 왜 더 일찍 말하지 않았어?"

"모르겠어."

"중매결혼이었어?"

"아니."

무사는 틸로 옆에 앉아 그녀 옆에서 숨쉬면서, 그라는 빈집의 잠긴 창과 문들이 조금씩 삐걱거리며 열리고, 안에 갇힌 유령들의 숨통이 트이는 듯한 기분을 느꼈다. 다시 입을 열었을 때 그는 밤을 향해, 끔찍한 축제의 빈약한 장식처럼 산줄기를 따라 줄지어 늘어선 군부대의 깜빡이는 불빛들을 제외하면 이제 완전히 보이지 않는 산을 향해 말했다.

"난 그녀를 가장 끔찍한 방식으로 만났어…… 오직 이곳에서만 일어날 수 있는…… 끔찍하면서도 아름다운 방식으로. 우리에게 혼돈의 해였던 1991년 봄이었어. 우린—아마 고질라를 제외한 모두가—아자디가 코앞에 있다고, 아주 가까이에 있다고 생각했지. 날마다 총격전, 폭발, 사살이 일어났어. 이슬람 전사들은 무기를 과시하면서 당당하게 길거리를 돌아다니고……"

무사는 자신의 목소리에 동요해 말끝을 흐렸다. 그는 자기 목소리에 익숙하지 않았다. 틸로는 그를 도우려는 시도를 하지 않았다. 그녀는 무사가 들려주기 시작한 이야기를 피하고픈 마음이 있었기에 그가 일반적인 이야기로 말을 돌린 것이 다행스러웠다.

"어쨌든. 그해—그녀를 만난 해—에 난 직장을 갖게 됐어. 그건 대단한 일이어야 했지만 그렇지가 않았던 게, 당시엔 모든 것이 폐쇄된 상태였거든. 아무것도 작동하지 않았어…… 법원도, 대학도, 학교도…… 정상적인 삶이 완전히 붕괴되었지…… 그걸 어떻게 설명할 수 있을지…… 사회가 얼마나 미쳐 있었는지…… 무질서가 판을 쳤지…… 약탈에 납치에 살인에…… 학교 시험 집단 부정행위에. 그게 제일 웃겼지. 갑자기 전쟁통에 다들 고등학교 졸업 시험을 보려고 했는데, 정부에서 싼 융자를 얻는 데 도움이 되어서였지…… 난 실제로 할아버지, 아들, 손자 이렇게 삼대가 함께 앉아 졸업 시험을 치른 가족을 알고 있어. 상상해봐. 농부, 인부, 과일장수를 비롯해 초등학교 2학년, 3학년까지 다녀서 겨우 까막눈을 면한 사람들이 고등학교 졸업 시험을 보겠다고 앉아서 안내책자를 그대로 베끼고 우수한 성적으로 합격하는 거야. 그들은 심지어 페이지 하단에 있는 '뒷면을 보세요' 표시—손가락으로 가리키고 있는 거—까지 베꼈다니까. 그 표시 기억나? 교과서 하단에 있었던 거 말이야. 요즘도 우리는 멍청한 사람을 모욕하고 싶으면,

'당신 남투크 패스야?'라고 묻지."

틸로는 그가 일부러 옆길로 새서 그녀가 듣기 힘든 만큼 그도 말하기 힘든—더 힘든—이야기 주변을 빙빙 돌고 있다는 걸 알았다.

"당신 91년 졸업생이야?" 무사의 조용한 웃음에는 자신의 사람들에 대한 애정이 가득 담겨 있었다.

틸로는 그가 그렇게 자신의 사람들에게 완전히 소속되어, 그들을 사랑하고, 비웃고, 그들에 대해 불평하고 욕하면서도 결코 그들과 자신을 분리시키지 않는 게 늘 좋았었다. 어쩌면 그건 그녀가 그 누구도 '자신의 사람들'이라고 생각하지 않았기—그럴 수 없었기—때문일 수도 있었다. 어쩌면 그녀의 집 밖 작은 공원에 새벽 여섯시 정각에 나타나 그녀에게 음식을 얻어먹는 개 두 마리와 니자무딘 영묘 근처 차 가판대에서 그녀와 함께 차를 마시는 떠돌이들을 제외하고는. 하지만 그들조차 진짜 그녀의 사람들은 아니었다.

오래전에 틸로는 무사를 '자신의 사람'이라고 생각했었다. 그들은 한동안 하나의 이상한 나라를, 세상에서 분리된 섬 공화국을 이루었다. 그리고 그들이 제 갈 길을 가기로 결정한 날부터 그녀에겐 '자신의 사람'이 없었다.

"우리는 아자디를 위해 싸우며 수천 명씩 죽어갔지만, 동시에 우리가 맞서 싸우는 바로 그 정부로부터 싼 융자를 얻으려 애썼지. 이곳은 멍청이들과 정신분열증 환자들의 계곡이었고 우리가 자유를 위해 싸운 건 결국 멍청하고……"

무사는 껄껄 웃다가 고개를 갸웃하며 입을 다물었다. 저만치서 순시선 한 척이 통통거리며 지나갔고 그 안에 탄 군인들이 강력한 손전등 불빛으로 수면을 훑고 있었다. 그들이 지나가자 무사가 일어서며 말했다. "안으로 들어가자, 바바자나. 날씨가 추워지고 있어."

예전 애칭이 너무도 자연스럽게 튀어나왔다. 바바자나. 내 사랑. 그녀는 그걸 알아챘다. 그는 알아채지 못했다. 춥지는 않았다. 하지만 그래도, 그들은 안으로 들어갔다.

굴레즈는 식사실 카펫 위에서 자고 있었다. 아가와 카눔은 그의 몸이 오롯이 그들을 위해 만들어진 놀이동산이라도 되는 것처럼 그의 몸에 올라가서 놀고 있었다. 아가는 그의 무릎 뒤쪽에 숨었고 카눔은 전략적 고지인 엉덩이에서 매복 공격을 했다.

무사가 조각 장식, 자수 장식, 무늬, 세공 장식이 있는 침실 문간에 서서 말했다. "들어가도 돼?" 그 말이 그녀에게 상처를 줬다.

"노예라고 해서 꼭 멍청해야 하는 건 아니지, 안 그래?" 그녀는 침대 가장자리에 앉아 두 발은 바닥에 붙인 채 손바닥으로 머리를 받치고 뒤로 벌렁 누웠다. 무사가 그녀 옆에 앉아 그녀의 배에 손을 올려놓았다. 긴장감이 불청객처럼 방에서 슬그머니 빠져나갔다. 복도에서 들어오는 불빛 말고는 캄캄했다.

"카슈미르 노래 한 곡 들려줄까?"

"아니, 고맙지만 사양하겠어. 난 카슈미르 독립주의자가 아니거든."

"곧 그렇게 될걸. 사흘이나 나흘 안에."

"어째서?"

"그렇게 될 거야. 난 너를 아니까. 네가 보는 걸 보고 듣는 걸 들으면 선택의 여지가 없을 거야. 너는 너니까."

"학위 수여식이라도 열려? 나 학위 받는 거야?"

"응. 넌 우수한 성적으로 합격할 거야. 난 널 알아."

"넌 진짜 나를 몰라. 난 애국자야. 국기를 보면 소름이 돋는다고. 감정이 북받쳐서 논리적으로 생각할 수가 없게 되지. 난 깃발과 군인들, 그리고 온갖 행진을 좋아해. 무슨 노랜데?"

"네 마음에 들 거야. 너를 위해 통행금지 때도 갖고 다녔어. 우리, 너와 나를 위해 만든 노래야. 우리 마을 출신 라스 코네라는 사람이. 아주 마음에 들 거야."

"절대 안 그럴걸."

"그러지 말고 기회를 줘."

무사는 피란 주머니에서 CD를 꺼내 플레이어에 넣었다. 도입부의 기타 연주를 들은 틸로가 눈을 번쩍 떴다.

여행하는 여인이여, 이 밤이 끝날 때까지
잠시 머물러줘요.
나는 그대의 여정에서 하나의 정거장일 뿐,
그대의 연인이 아니라는 건 나도 알아요.

"레너드 코언이네."

"응. 그는 자신이 사실은 카슈미르인이라는 걸 모르고 있지. 자신의 진짜 이름이 라스 코네라는 것도……"

나 군인일 때,
눈의 아이와 함께 살았지
그리고 난 그녀를 위해 모든 사람과 싸웠지

밤들이 차가워질 때까지.

그녀는 그대와 같은 머리를 하고 있었지
잠잘 때만 빼고
그리고 그녀는 연기와 황금과 숨결의
베틀로 머리칼을 짰지.

지금 거기 문간에 선 그대
왜 그토록 조용한가요?
이 길을 만나기 훨씬 전에
자신의 여정을 선택한 그대인데.

"그가 어떻게 알았지?"
"라스 코네는 모든 걸 아니까."
"그 여자가 머리를 나처럼 했다고?"
"그 여자는 문명인이었어, 바바자나. 모우트가 아니고."
틸로는 무사에게 키스하고는 그를 붙잡은 채 놓아주지 않으며 말했다. "저리 가, 이 지저분한 산 사나이."
"과하게 씻는 강의 여인."
"목욕한 지 얼마나 오래된 거야?"
"아홉 달."
"농담하지 말고."
"일주일? 모르겠어."
"지저분한 놈."

무사는 지나치게 오래 샤워를 했다. 틸로는 그가 샤워하는 내내 라스 코네의 노래를 흥얼거리는 소리를 들을 수 있었다. 그는 알몸으로 엉덩이에 수건을 두르고 그녀의 비누와 샴푸 냄새를 풍기며 나왔다. 틸로는 그 모습을 보고 깔깔 웃었다.

"네게서 여름 장미 향기가 나는걸."

"난 지금 죄책감에 시달리고 있어." 무사가 미소 지으며 말했다.

"맞아. 진짜로 그래 보여."

"몇 주 동안 이와 거머리에게 후한 대접을 해주다가 그것들을 집에서 내쫓아버렸으니까."

'이'는 그녀로 하여금 그를 조금 더 사랑하게 만들어주었다.

그들은 늘 맞지 않는(어쩌면 맞을 수 없는) 퍼즐 조각처럼 서로에게 맞춰졌다. 그녀의 연기smoke가 그의 견고함에, 그녀의 고독함이 그의 모임gathering에, 그녀의 이상함이 그의 분명함에, 그녀의 태평함이 그의 자제에. 그녀의 조용함이 그의 조용함에.

그리고 물론 다른 부분들도, 절대 맞지 않는 부분들도 있었다.

그날 밤 HB 샤힌에서 있었던 일은 섹스보다는 애도에 가까웠다. 그들의 상처들은 치유되기엔 너무 오래되고, 너무 새것이고, 너무 다르고, 어쩌면 너무 깊었다. 하지만 짧은 한순간, 그들은 그 상처들을 쌓인 도박 빚처럼 한데 모아 그것들에 일일이 이름을 붙이거나 어떤 게 누구의 것인지 묻지 않고 고통을 똑같이 나눌 수 있었다. 짧은 한순간 그들은 그들이 살고 있는 세상을 거부하고 그것만큼 사실적인 또다른 세상을 불러낼 수 있었다. 모우트들이 명령을 내리고 군인들은 그 명령을 똑똑히 알아듣고 똑바로 수행할 수 있도록 귀약이 필요한 세상.

틸로는 침대 밑에 총이 있다는 걸 알았다. 하지만 그것에 대해 아무 말도 하지 않았다. 사랑이 끝나고 무사의 군은살을 일일이 세고 키스한 후에도. 그녀는 그가 매트리스라도 되는 듯 무사 위에 엎드려 있었다. 자신의 깍지 낀 손에 턱을 올리고, 명백히 비非카슈미르적인 엉덩이를 스리나가르의 밤에 노출하고서. 어찌 보면 무사를 지금의 자리로 데려온 그의 여정은 그녀에게 놀랍기만 한 일은 아니었다. 그녀는 수년 전인 1984년(누가 1984년을 잊을 수 있으랴), 마크불 부트라는 카슈미르인이 살인 및 반역죄로 복역하다가 델리의 티하르 감옥에서 교수형을 당했는데, 이미 소요의 기운이 팽배한 카슈미르에서 그의 무덤이 하나의 기념비이자 집결지가 될까봐 그의 유해는 감옥 마당에 묻혔다는 기사가 신문에 실린 날을 똑똑히 기억하고 있었다. 그 뉴스는 그들의 대학에서 학생과 교수를 막론하고 누구에게도 관심의 대상이 되지 않았다. 하지만 그날 밤 무사는 그녀에게 조용히, 무미건조한 태도로 이렇게 말했다. "왜 오늘이 나에겐 역사가 시작된 날인지 너도 언젠가는 알게 될 거야." 당시 그녀는 그 말의 의미를 완전하게 이해하진 못했지만 그 격렬한 어조는 기억에 남아 있었다.

"케랄라의 여왕 어머니는 어떻게 지내셔?" 무사가 연인의 머리 행세를 하고 있는 새 둥지에 대고 물었다.

"몰라. 안 가봤어."

"가봐야지."

"알아."

"네 어머니잖아. 어머니는 너야. 너는 어머니고."

"그건 카슈미르적 관점일 뿐이야. 인도에서는 달라."

"진짜야. 농담 아냐. 그건 너에게 좋은 일이 아니야, 바바자나. 꼭 가야 해."

"알아."

무사는 그녀의 척추 양쪽 근육의 능선을 손으로 쓸어내렸다. 애무로 시작된 동작이 신체검사로 변했다. 잠시 그는 자신의 의심 많은 아버지가 되었다. 그는 틸로의 어깨와 군살 없는 근육질의 팔을 검사했다.

"이건 다 어떻게 생긴 거야?"

"운동."

잠시 침묵이 흘렀다. 틸로는 자신을 스토킹하고 밤낮으로 찾아와 문을 두드리는 남자들에 대해 그에게 말하지 않기로 결정했다. 그 남자들 중에 그녀가 일하는 건축 회사에 관리직으로 있는 퇴직 경찰 S.P.P. 라젠드란이 있었다. 그는 관리자로서의 능력보다는 정부와의 연줄 때문에 채용된 인물이었다. 그는 사무실에서 틸로에게 대놓고 호색적으로 굴며 외설적인 제안을 하고 종종 그녀 책상에 선물도 갖다놓았지만 그녀는 무시했다. 그는 밤늦게 술기운을 빌려 니자무딘까지 차를 몰고 와서 그녀의 방문을 두드리며 들여보내달라고 소리를 질러대곤 했다. 그의 뻔뻔함은 설령 위기에 처한다 해도 세간의 여론뿐 아니라 법정에서도 자신이 그녀보다 우세한 목소리를 낼 수 있음을 아는 데서 나온 것이었다. 그에겐 모범적인 공직 경력과 무공훈장이 있는 반면 그녀는 야한 복장을 하고 담배를 피우는 혼자 사는 여자였고, 그녀 편이 되어줄 '변변한'

가족이 있는 것 같지도 않았다. 틸로는 그걸 인식하고 예방책을 세웠다. 만일 라젠드란이 자신의 운을 믿고 덤비면 그가 무슨 일이 일어난 건지 깨달을 틈도 없이 그를 바닥에 메다꽂을 수 있었다.

그녀가 그런 말을 하지 않은 건 무사가 겪고 있는 일들에 비하면 그녀의 일은 추악하고 사소하게 여겨졌기 때문이었다. 그녀는 몸을 굴려 그에게서 내려왔다.

"술탄 이야기 해줘…… 굴레즈를 몹시 화나게 만든 베와쿠프*. 그 사람이 누구야?"

무사가 미소를 지었다.

"술탄? 술탄은 사람이 아냐. 베와쿠프도 아니고. 아주 영리한 녀석이었지. 수탉이야. 굴이 작은 병아리 때부터 키운 고아 수탉. 술탄은 굴을 무척 따라서 그가 가는 데마다 졸졸 쫓아다녔고, 둘은 다른 사람들이 이해할 수 없는 긴 대화를 나누곤 했지. 그들은 한 팀이었어…… 떼어놓을 수 없는. 술탄은 근동에서 유명했어. 근처 마을에 사는 사람들이 술탄을 구경하러 오곤 했지. 자주색, 오렌지색, 빨간색의 아름다운 깃털을 갖고 있었고 진짜 술탄처럼 거들먹거리며 돌아다녔거든. 나는 술탄을 잘 알았어…… 우리 모두 그랬지. 녀석은 어찌나…… 도도한지, 늘 사람들에게 빚쟁이 대하듯 굴었지…… 어떤 느낌인지 알겠지? 어느 날 대위 하나가 군인들을 데리고 마을에 왔어…… 그는 자신을 잔바즈** 대위라고 불렀는데 진짜 이름은 모르겠어…… 그들은 그렇게 자신에게 영화 속 인

---

* '멍청이'라는 뜻.

** 1986년 개봉한 인도 영화 〈잔바즈〉에 등장하는 인물의 별명으로, '무모하고 저돌적인 사람'을 의미한다.

물 이름을 붙이지…… 그들은 봉쇄 수색이나 뭐 그런 걸 하러 온 게 아니었어…… 그냥 마을 사람들과 이야기도 나누고, 겁도 좀 주고, 괴롭히기도 하고…… 뭐 그런 일상적인 일들을 하러 온 거였지. 그들은 마을 남자들을 모두 시장 거리에 모이게 했어. 저 유명한 굴-카크와 술탄 팀도 거기 있었는데, 술탄은 자기가 인간이라도 되는 것처럼, 마을 원로라도 되는 것처럼 주의깊게 듣고 있었지. 대위는 개 한 마리를 데려왔어. 커다란 독일셰퍼드였고 목줄을 하고 있었지. 대위는 협박과 연설을 마친 후 개 목줄을 놓아주더니 '지미! 물어와!' 하고 말했어. 지미는 술탄을 덮쳐서 물어 죽였고 군인들은 술탄을 저녁거리로 가져갔어. 굴-카크는 충격이 이만저만이 아니었어. 피붙이를 잃은 사람처럼 며칠을 울었지. 그에게 술탄은 정말로 피붙이나…… 다름없었어. 그는 술탄이 자신을 실망시킨 것에 대해, 맞서 싸우거나 도망치지 않은 것에 대해 화를 냈어—술탄이 그런 전술들을 알고 있어야 마땅한 이슬람 전사라도 되는 것처럼 말이야. 그래서 굴은 술탄을 욕하면서 울부짖었지. '군인들과 함께 사는 법도 모르면서 이 세상에 왜 태어난 거야?'"

"그런데 왜 그에게 그 일을 상기시킨 거야? 그건 야비한……"

"야르, 굴은 내 동생이나 마찬가지야. 우린 서로의 옷을 입고, 목숨도 맡길 수 있을 만큼 서로를 믿지. 그에겐 무슨 짓을 해도 괜찮아."

"무사쿠탄*, 그건 너에게도 좋은 일이 아냐. 우리 인도에서는 그런 행동을 하지 않고……"

---

* 쿠탄은 남성에게 붙이는 애칭이다.

"우리는 이름도 함께 쓰는걸……"

"무슨 뜻이야?"

"난 그 이름으로 알려져 있어. 굴레즈 대장. 나를 무사 예스위로 알고 있는 사람은 아무도 없어."

"존나 골 쑤시게 복잡하네."

"쉿…… 우리 카슈미르에서는 그런 말 안 써."

"우리 인도에서는 써."

"그만 자야겠다, 바바자나."

"그래야겠다."

"자기 전에 옷 입어야 해."

"왜?"

"관례야. 여긴 카슈미르니까."

옷을 입는 행위가 끼어든 후, 잠은 이제 현실적 선택지가 아닌 것이 되어버렸다. 옷을 다 차려입은 틸로는 그 '관례'가 암시하는 것에 대해 약간은 두려움을 느끼면서도 사랑으로 기운을 얻고, 사랑 행위로 충족된 상태로 한쪽 팔꿈치를 짚고 비스듬히 누워 있었다.

"말해봐……"

"그럼 지금까지 우리가 하고 있었던 건 뭐라고 불러야 하지?"

"그건 '예비-대화'라고 불러야지."

그녀는 그의 까칠하게 자란 수염에 뺨을 부비고는 무사의 것과 나란히 놓인 자신의 베개에 도로 누웠다.

"무슨 말을 해달라는 거야?"

"전부 다. 아무것도 빼놓지 말고."

그녀는 담배 두 대에 불을 붙였다.

"다른 이야기 해줘…… 끔찍하고 아름답다는…… 그 사랑 이야기. 진짜 이야기를 들려줘."

틸로는 그 말을 들은 무사가 그녀를 더 꽉 껴안으며 눈물이 어린 것처럼 눈을 반짝이는 까닭을 알지 못했다. 그가 "아크 달릴라완……"이라고 중얼거렸을 때 그게 무슨 의미인지도 알지 못했다.

무사는 목숨이라도 달린 듯 틸로를 꼭 껴안고서 제빈에 대해, 미스 제빈이라고 불러달라고 우긴 일, 잠자리에서 이야기를 들려줄 때 구체적인 요구들을 내세운 일, 그리고 다른 모든 개구진 행동들에 대해 이야기했다. 아리파에 대해서도, 스리나가르의 한 문구점에서 그녀와 어떻게 처음 만나게 되었는지 이야기했다.

"그날 난 고질라와 대판 싸웠어. 내 새 부츠 때문에. 아주 멋진 부츠였고, 지금은 굴-카크가 신고 있지. 어쨌든…… 나는 문구를 사러 나가면서 그 부츠를 신었어. 그랬더니 고질라가 그것 말고 평범한 신발을 신고 가라고, 젊은 사람이 좋은 부츠를 신고 다니면 이슬람 전사로 체포되기 십상이라고 말했어. 당시엔 그것만으로도 충분한 증거가 됐으니까. 어쨌든 난 고질라의 말을 듣지 않았고 마침내 고질라는 이렇게 말했지. '네 마음대로 해라. 하지만 내 말 명심해. 그 부츠가 문제를 일으킬 거다.' 그 말이 맞았어…… 부츠가 문제—큰 문제—를 일으켰지. 하지만 고질라가 예견했던 그런 문제는 아니었어. 내가 늘 다니던 JK 문구점은 도심의 랄초크에 있었어. 문구점 바로 앞길에서 수류탄이 터졌을 때 나는 안에 있었지. 한 이슬람 전사가 군인에게 던진 거였어. 나는 고막이 터질 뻔했어. 문구점 안의 모든 것이 박살나고, 사방에 유리 파편이 튀고,

사람들은 비명을 지르고, 아수라장이었지. 군인들이 미쳐 날뛰었어—당연히도. 상점들을 죄다 부수고 아무나 눈에 띄기만 하면 때렸지. 나는 바닥에 쓰러져 있었어. 군인들이 나를 발로 차고 소총 개머리판으로 때렸어. 나는 꼼짝없이 누워서 머리를 보호하려고 애쓰며 내 피가 바닥에 퍼지는 걸 지켜봤지. 나는 다쳤어도 아주 심하게 다친 건 아니었는데 무서워서 움직일 수가 없었어. 개 한 마리가 나를 지켜보고 있었어. 내가 무척 딱해 보였던 모양이야. 가까스로 충격에서 벗어났을 때 발에 묵직한 게 느껴졌어. 그제야 새 부츠가 생각났고 부츠가 무사한지 궁금했지. 나는 안전하다고 느끼자마자 천천히, 최대한 조심스럽게 고개를 들고 부츠를 봤어. 그런데 아름다운 얼굴이 부츠 위에 있는 거야. 지옥에서 깨어나보니 신발 위에 천사가 있는 걸 발견한 것 같았지. 아리파였어. 그녀도 무서워서 몸이 얼어붙어 있었던 거지. 하지만 그녀는 아주 침착했어. 그녀는 웃지도, 머리를 움직이지도 않았어. 가만히 나를 쳐다보면서 '아살 부츠'라고, '멋진 부츠'라고 말했는데 정말이지 믿을 수 없을 정도로 차분했지. 울부짖지도, 비명을 지르지도, 흐느끼지도, 울지도 않고 그저 차분히 있었어. 우린 함께 웃었어. 그녀는 당시 수의학 학위를 딴 지 얼마 안 된 때였지. 우리 어머니는 내가 결혼하고 싶다고 하니까 무척 놀라셨어. 내가 결혼을 안 할 거라고 생각하고 계셨거든. 나에 대해 포기하고 계셨던 거지."

틸로와 무사는 연인인 동시에 전前 연인, 애인인 동시에 전 애인, 남매인 동시에 전 남매, 급우인 동시에 전 급우였기에 제3의 사랑하는 사람에 대한 이런 기묘한 대화를 나눌 수 있었다. 그들은 너무도 특이한 방식으로 서로를 신뢰했기에, 설령 그것 때문에 자신이 상처를 받는다 하더라도, 상대가 사랑한 사람은 그 누구라도 사랑할 가치가 있음을 알았다. 그들은 마음의 문제에서는 사실상 숲처럼 빽빽한 안전망을 갖고 있었다.

무사가 지갑에 넣어 지니고 다니는 미스 제빈과 아리파의 사진을 보여주었다. 아리파는 은실 자수가 들어간 진주색 피란을 입고 흰색 히잡을 쓰고 있었다. 미스 제빈은 어머니 손을 잡고 있었다. 그녀는 데님 점프슈트를 입고 있었고 거기 하트 모양이 수놓여 있었다. 그리고 미소 짓는 사과 같은 얼굴을 흰색 히잡이 감싸고 있었다. 틸로는 사진을 한참 들여다본 후에야 돌려줬다. 무사가 갑자기 핼쑥하고 초췌해 보였다. 하지만 그는 곧 평정을 되찾았다. 그는 틸로에게 아리파와 미스 제빈이 어떻게 죽었는지에 대해 이야기했다. 암리크 싱과 잘리브 카드리의 죽음, 그리고 이어진 일련의 죽음들에 대해서도. 암리크 싱이 시라즈 영화관에서 한 불길한 사과에 대해서도.

"나는 내 가족에게 일어난 일을 절대 개인적으로 받아들이지 않을 거야. 하지만 절대 개인적으로 받아들이지 않지도 않을 거야. 그것도 중요하니까."

그들은 밤늦도록 이야기했다. 몇 시간 후, 틸로가 한 바퀴 빙 돌아서 다시 사진 이야기로 돌아왔다.

"머리 스카프 쓰는 걸 좋아했어?"

"아리파?"

"아니, 네 딸."

무사는 어깨를 으쓱했다. "그건 관습이야. 우리 관습."

"네가 그렇게 관습에 얽매이는 남자인 줄 몰랐어. 만일 내가 너와 결혼하는 데 동의했다면 나한테도 그걸 쓰라고 했겠네?"

"아니, 바바자나. 네가 나와 결혼하는 데 동의했다면, 결국 내가 히잡을 쓰고 넌 총을 들고 지하운동을 하고 다녔을걸."

틸로가 깔깔 웃었다.

"내 군대엔 누가 있었을까?"

"모르지. 인간들은 분명 아니었을 거야."

"나방 중대와 몽구스 여단……"

틸로는 무사에게 자신의 따분한 직업과 니자무딘 영묘 근처 창고방에서의 신나는 삶에 대해 이야기했다. 그녀가 자신의 방 벽에 그려놓은 수탉에 대해서도. "진짜 기묘하다. 술탄이 텔레파시적으로—이런 말이 있나?—나를 찾아왔나봐." (아직 휴대전화가 없던 시절이라 그녀는 무사에게 수탉 그림 사진을 보여줄 순 없었다.) 그녀는 자신의 이웃인, 콧수염에 왁스를 바르고 문밖에 늘 환자들이 끝없이 긴 줄을 서는 가짜 성性 전문 전통 의사에 대해, 그리고 매일 아침 길거리에서 함께 차를 마시는 친구들인 떠돌이와 걸인들에 대해 이야기하고 그들 모두가 그녀를 마약왕 밑에서 일하는 것으로 믿고 있다고 말했다.

"나는 웃기만 하고 부인은 안 해. 모호하게 놔두지."

"왜 그러는데? 위험하잖아."

"아니. 그 반대야. 나한텐 그게 공짜 보안장치가 돼주지. 그들은 내가 갱단의 보호를 받고 있다고 생각하거든. 그래서 아무도 나를 못 괴롭혀. 자기 전에 시 한 편 읽자." 그건 대학 시절의 오랜 습관이었다. 둘 중 하나가 시집을 아무 페이지나 펼치면, 나머지 하나가 거기 있는 시를 읽었다. 그러다보면 그들에게, 그리고 그들이 살아내고 있는 특정 시점에 불가사의할 정도로 의미심장하게 맞아떨어지는 시가 나올 때가 많았다. 시 룰렛. 그녀가 침대에서 기어나가 얇은, 그리고 몹시 낡은 오시프 만델시탐의 시집을 가져왔다. 무사가 시집을 펼쳤다. 틸로가 읽었다.

나는 밤에 마당에서 씻고 있었고,
하늘에선 냉혹한 별들이 빛났다.
도끼머리 위 소금 같은 별빛—
우수받이가 가득차 얼어 있었다.

"우수받이가 뭐지? 모르겠네…… 찾아봐야겠어."

문은 잠겨 있고,
대지는 양심에 비추어 황량하다.
진실의 깨끗한 캔버스보다
더 근본적이고 순수한 것은 거의 없다.

통 속에서 별이 소금처럼 녹고
얼음장처럼 차가운 물은 더 까매지고,
죽음은 더 깨끗해지고, 불운은 더 짜지고,
대지는 더 진실해지고, 더 끔찍해진다.

"또 한 명의 카슈미르 시인이네."
"러시아 출신 카슈미르인이지." 틸로가 말을 받았다. "그는 스탈린의 강제노동수용소 시대에 수용소에서 죽었어. 그가 스탈린에게 바친 송가는 진심으로 받아들여지지 않았지."

그녀는 그 시를 읽은 걸 후회했다.

그들은 잠을 설쳤다. 동이 트기 전, 아직 반쯤 잠이 깨지 않은 상태에서 틸로는 무사가 다시 욕실에 들어가 물소리를 내며 씻고 이를 닦는(물론 그녀의 칫솔로) 소리를 들었다. 그는 머리를 단정히 매만지고 모자를 쓰고 피란을 입고 나왔다. 틸로는 그가 기도하는 걸 지켜보았다. 그녀는 그가 기도하는 걸 본 적이 없었다. 그녀는 침대에서 일어나 앉았다. 무사는 흔들림 없이 기도에 집중했다. 기도를 마친 그가 그녀에게 다가와 침대 가장자리에 앉았다.

"걱정돼?" 무사가 물었다.

"그래야 해?"

"큰 변화니까……"

"응. 아니야. 그냥 좀…… 생각을 하게 되네."

"몸만 가지고는 이 싸움에서 이길 수 없어. 우리의 영혼도 함께 징집해야 해."

틸로는 담배 두 대를 더 꺼내 불을 붙였다.

"우리에게 가장 힘든 일이 뭔지 알아? 가장 싸우기 힘든 상대가? 연민이야. 우린 자기 연민에 빠지기가 너무 쉽지…… 우리의 사람들에게 그런 끔찍한 일들이 일어났으니까…… 집집마다 끔찍한 일을 당했어…… 하지만 자기 연민은 너무도…… 너무도 심신을 쇠약하게 만들어. 너무 굴욕적이고. 이제 싸움은 아자디보다도 존엄을 위한 거야. 우리가 우리의 존엄성을 지키는 길은 맞서 싸우는 것뿐이야. 설령 패배한다고 해도. 설령 죽는다고 해도. 하지만 그러기 위해서는 우리 같은 사람들—평범한 사람들—이 전투부대가…… 군대가 되어야만 해. 그러기 위해서는 우리 자신을 단순화하고, 규격화하고, 축소시켜야만 해…… 모두가 똑같이 생각하고, 똑같은 걸 원하고…… 우린 우리의 복잡성을, 다름을, 모순을, 뉘앙스를 버려야 해…… 우리가 맞서야 하는 군대처럼…… 우리 자신을 외골수로…… 획일적으로…… 우둔하게 만들어야 해. 하지만 상대는 프로고 우린 그저 민중일 뿐이지. 그게 인도의 카슈미르 점령이 낳은 최악의 부분이야…… 우리가 스스로에게 이런 짓을 하도록 만든다는 것…… 축소, 규격화, 우둔화…… 이런 말이 있나?"

"방금 만들어졌어."

"우둔화…… 멍청이화…… 만약 그걸 성취할 수 있다면 그때…… 그건 우리에게 구원이 될 거야. 그것이 우리를 패배할 수 없는 존재로 만들어줄 테니까. 그것은 일단 우리에게 구원이 되고 그다음에…… 우리가 승리한 후에는…… 우리에게 천벌이 될 거야. 먼저 아자디를 얻고, 그다음엔 전멸. 그게 전형적인 패턴이지."

틸로는 아무 말도 하지 않았다.

"듣고 있는 거야?"

"물론이지."

"난 너무 심각하고 넌 아무 말이 없구나."

틸로는 그를 바라보면서 그의 깨진 앞니의 거꾸로 뒤집힌 작은 v자 모양 틈새에 엄지손가락을 대고 눌렀다. 그가 그녀의 손을 잡고 은반지에 키스했다.

"네가 아직 이 반지를 끼고 있어서 기뻐."

"꼼짝도 안 해. 빼고 싶어도 못 빼."

무사가 미소 지었다. 그들은 침묵 속에서 담배를 피웠고, 다 피우자 틸로가 재떨이를 들고 창문으로 가서 다른 담배꽁초들이 떠돌고 있는 물에 재떨이를 비운 뒤 침대로 돌아오기 전에 하늘을 올려다보았다.

"내가 방금 한 건 더러운 짓이었어. 미안."

무사는 그녀의 이마에 키스하고 일어섰다.

"떠나려고?"

"응. 배가 나를 태우러 오고 있어. 시금치, 멜론, 당근, 연근을 실은 배지. 난 한즈족이 될 거야…… 수상 시장에서 농작물을 파는. 난 다른 사람들보다 물건을 싸게 팔고 주부들과 무자비한 흥정을 벌이기도 할 거야. 그리고 혼란을 틈타서 빠져나갈 거야."

"난 너를 언제 볼 수 있어?"

"어떤 사람이 너를 데리러 올 거야—카디자라는 여자. 그 여자는 믿어도 돼. 그녀와 함께 떠나. 넌 여행을 하게 될 거야. 난 네가 모든 걸 보고, 모든 걸 알게 되었으면 좋겠어. 넌 안전할 거야."

"너는 언제 만나고?"

"생각보다 빨리 만나게 될 거야. 내가 널 찾아갈게. 쿠다 하피즈*, 바바자나."

그리고 그는 떠났다.

아침에 굴레즈가 틸로에게 카슈미르식 아침식사를 차려주었다.

---

* 직역하면 '신의 가호가 있기를'이라는 뜻으로 헤어질 때 하는 인사다.

버터와 꿀을 바른 쫄깃한 라바사 로티*. 그리고 설탕은 안 들어갔지만 아몬드 슬라이스가 들어 있어 컵 밑바닥에 깔린 걸 떠먹어야 했던 카와**. 아가와 카눔은 식탁 위아래로 날쌔게 오르내리고, 식기 주위를 돌아다니고, 소금을 엎지르기도 하며 한심스러운 매너를 보였다. 열시 정각에 카디자가 어린 아들 둘을 데리고 도착했다. 그들은 시카라를 타고 호수를 건너 빨간색 마루티 800 승용차를 타고 시내로 갔다.

그후 열흘 동안 틸로는 카슈미르밸리를 여행했는데, 날마다 동반자가 바뀌어 어떤 때는 남자들과, 어떤 때는 여자들과, 어떤 때는 아이 딸린 가족들과 함께 다녔다. 그녀가 몇 년간 하게 된 많은 여행들 중 첫번째 것이었다. 그녀는 버스도 타고, 택시 합승도 하고, 가끔 승용차도 탔다. 힌디 영화로 유명해진 관광지들—굴마르그, 손마르그, 파할감, 그리고 그곳에서 촬영된 영화 이름을 딴 베타브밸리—을 방문했다. 영화 스타들이 묵었던 호텔들은 비어 있었고 신혼여행용 별장들(그녀의 여행 동반자들은 그곳에서 그들의 압제자들이 잉태되었다고 농담했다)은 버려져 있었다. 틸로는 일 년 전 미국인, 영국인, 독일인, 노르웨이인을 포함한 관광객 여섯 명이 많은 사람들에게 알려져 있지 않은 신생 이슬람 전사 조직 알-파란에 납치되었던 초원을 트레킹했다. 납치된 관광객 중 다섯 명이 살해되고 한 명이 탈출했다. 시인이자 댄서였던 젊은 노르웨이인은 참수되어 파할감 초원에 버려졌다. 그는 죽기 전 납치범들

* 종잇장처럼 얇고 둥글납작하게 구운 카슈미르식 흰 빵.

** 카슈미르 전통 녹차.

에 의해 이곳저곳으로 끌려다닐 때 종이쪽지에 시를 써서 도중에 만난 사람들에게 몰래 건네는 방식으로 행적을 남겼다.

틸로는 카슈미르 전체에서 가장 아름다우면서도 위험한 장소로 여겨지는, 숲에 이슬람 전사들과 군인들과 무리를 이탈한 무슬림 형제단이 들끓는 롤라브밸리로 갔다. 그녀는 통제선과 인접한 라피아바드 근처의 거의 알려지지 않은 숲길을 걸었고, 풀이 우거진 산속 개울둑을 따라 걷다가 목마른 짐승처럼 네 발로 엎드려 입술이 시퍼렇게 얼도록 깨끗한 물을 마시곤 했다. 과수원과 묘지에 둘러싸인 마을에 들어가 마을 주민의 집에 묵기도 했다. 무사는 예고 없이 나타났다가 떠났다. 그들은 구자르족 양치기들이 여름에 평원에서 양들을 데리고 올라올 때 쓰는 높은 산속의 빈 돌오두막 안에서 불가에 둘러앉아 있었다. 무사가 이슬람 전사들이 통제선을 넘을 때 자주 이용하는 경로를 가리켰다.

"베를린에는 장벽이 있었지. 우린 세계에서 가장 높은 산맥을 갖고 있고. 그건 무너지진 않겠지만 등정될 거야."

쿠프와라에 있는 한 집에서 틸로는, 암리크 싱의 공모자 살림 고지리를 우연히 군부대까지 태워다줬다가 살해당한 젊은 택시 기사 뭄타즈 아프잘 말리크의 누나를 만났다. 그녀는 들판에서 동생의 시신을 발견해 집으로 옮길 때, 주먹을 쥔 채 사후경직이 된 시신의 손에 흙이 가득 쥐어져 있었고 손가락 사이로 노란 겨자꽃이 자라고 있었노라고 했다.

틸로는 카슈미르밸리 여행을 마치고 홀로 HB 샤힌으로 돌아갔다. 그녀와 무사는 만약의 경우를 대비해 가벼운 작별인사를 나눴다. 틸로는 이런 상황에서 가벼움과 농담은 절대적인 진지함을 지니고, 진지함은 대개 농담의 형식으로 전달된다는 걸 금세 배웠다. 그들은 그럴 필요가 없을 때조차 암호로 이야기했다. '색출꾼' 암리크 싱도 그렇게 '수달'이라는 암호명을 갖게 된 거였다. (정식 학위 수여식은 없었지만 그들이 농담처럼 이야기하던 학위는 수여되고 받아들여졌다. 틸로는 아자디 카 마틀라브 키야? 라 일라하 일랄라, 라는 구호와는 무관하다고 할 수 있었지만 이제 그녀는 확실히, 그리고 정확히 '국가의 적'으로 규정될 수 있었다.) HB 샤힌으로 돌아온 다음날, 그녀는 굴레즈가 두 사람 몫의 식사를 차리는 걸 보고 무사가 올 것임을 알았다.

무사는 밤늦게 도착했는데 정신이 딴 데 가 있는 듯했다. 그가 도시에서 심각한 사태가 일어났다고 전했다. 그들은 라디오를 틀었다.

무슬림형제단이 한 소년을 죽였고 소년의 시체는 '사라졌다'. 그로 인한 시위에서 열네 명이 사살되었다. 그리고 이슬람 전사 세 명이 교전중 사망했다. 경찰서 세 곳이 불에 탔다. 그날 사망자는 총 열여덟 명이었다.

무사는 급히 식사를 마치고 떠나려고 일어섰다. 그는 굴레즈에게 무뚝뚝한 인사말을 웅얼거렸다. 틸로에게는 이마에 키스했다.

"쿠다 하피즈, 바바자나. 안전한 여행이 되길."

그는 틸로에게 밖에 나와서 배웅하지 말고 안에 그냥 있으라고 당부했다. 그녀는 말을 듣지 않았다. 틸로는 노 젓는 작은 나무배가 기다리고 있는, 금방이라도 무너질 듯한 임시 선착장까지 그와 함께 걸어갔다. 무사가 배에 기어올라 바닥에 납작하게 누웠다. 사공이 풀을 엮어서 만든 깔개로 그의 몸을 덮고 그 위에 빈 바구니들과 채소 자루 몇 개를 솜씨 좋게 배치했다. 틸로는 사랑스러운 화물을 실은 배가 노를 저어 멀어지는 걸 지켜보았다. 배는 호수 건너 대로로 가지 않고 끝도 없이 늘어선 선상가옥을 따라 멀리 사라져갔다.

배 바닥에 누워 빈 바구니들로 덮여 있는 무사에 대한 생각이 틸로에게 어떤 작용을 했다. 그녀의 심장은 산속 개울에 있는 잿빛 조약돌 같았다—얼음장처럼 차가운 물살이 그 위로 세차게 덮쳐왔다.

그녀는 잠무행 버스 시간에 늦지 않도록 알람을 맞추고 잠자리에 들었다. 다행히 그녀는 카슈미르의 관례에 따랐는데, 그러기로 작정해서가 아니라 옷을 벗기가 힘들 정도로 피곤해서였다. 그녀는 굴-카크가 콧노래를 흥얼거리며 돌아다니는 소리를 들었다.

그로부터 한 시간도 되지 않아 틸로는 잠이 깼는데, 처음엔 소리가, 그다음엔 소리의 부재가—갑자기가 아니라 서서히—잠의 여러 층을 뚫고 헤엄쳐 들어왔다. 처음엔 사방에서 웅웅대는 엔진소리가 들렸다. 그러더니 엔진들이 꺼지고 갑작스러운 정적이 찾아왔다.

모터보트야. 아주 많아.

HB 샤힌이 위아래로 흔들렸다. 많이는 아니고 조금.

조각 장식과 자수, 세공 장식이 된 침실의 문이 부서져 열리고 총을 든 군인들이 쏟아져들어왔을 때, 그녀는 이미 그런 사태를 대비하고 서 있었다.

그후 몇 시간 동안의 일은 매우 빠르거나 매우 느리게 일어났다. 그녀는 빨랐는지 느렸는지 알 수가 없었다. 그림도 선명하고 소리도 정확했는데, 어쩐지 멀게 느껴졌다. 감정들은 훨씬 뒤처져 있었다. 그녀는 재갈이 물려지고 손이 묶였으며, 방 수색이 이루어졌다. 군인들은 그녀를 거칠게 떠밀면서 복도를 지나 식사실로 들어가게 했고 그곳에서 그녀는 바닥에 쓰러져 최소한 열 명은 되는 남자들에게 발길질과 구타를 당하고 있는 굴-카크 곁을 지났다.

놈은 어디 있나?

몰라요.

넌 누구냐?

굴레즈. 굴레즈. 굴레즈 아브루. 굴레즈 아브루.

그가 진실을 말할 때마다 그들은 그를 더 세게 때렸다.

그의 울부짖음이 투창처럼 그녀의 몸을 깨끗이 관통해 호수를 떠돌았다. 눈이 바깥의 어둠에 적응하자 틸로는 군인을 가득 태운 배들의 소함대가 검은 수면 위에서 깐닥거리고 있는 걸 보았다. 수상에서 이루어지는 봉쇄 수색이었다. 그들은 두 개의 동심 호를 이루고 있었는데 바깥쪽 호는 지역 통제팀, 안쪽 호는 지원팀이었다. 지원팀 군인들은 배에 서서 긴 장대 끝에 묶은 칼—즉석에서 만든 작살—로 물속을 찔러 그들이 잡으러 온 사람이 수중 도주를 하지 못하도록 차단하고 있었다. (그들은 최근에 일어난, 그러나 이미 전설이 된 하룬 가데—물고기 하룬—탈출 사건으로 굴욕을 당했다. 기습조가 울라르 호수 둑에 있는 그의 은신처를 덮쳐 궁지로 몰아넣었다고 생각했는데, 그만 놓쳐버리고 만 것이다. 그에게 탈출로는 호수뿐이었고 해양 특공대가 그곳에서 대기하고 있었다. 하지만 하룬 가데는 대나무 대롱을 스노클 삼아 물속 수초 숲에 숨어 있다가 탈출에 성공했다. 그는 당황한 추적자들이 포기하고 돌아갈 때까지 몇 시간 동안 거기 숨어 있었다.)

급습팀을 싣고 온 배는 부두에 서서 팀원들이 전리품을 갖고 돌아오기를 기다리고 있었다. 작전 지휘자는 진녹색 터번을 두른 키 큰 시크교인이었다. 틸로는 그가 암리크 싱이리라고, 정확하게, 짐작했다. 군인들이 그녀를 떠밀어 배에 태우고 앉게 했다. 아무도 그녀에게 말을 걸지 않았다. 근처 선상가옥에서 무슨 일인지 보러 나오는 사람도 없었다. 모든 선상가옥이 이미 소규모 수색조의 방문을 받은 뒤였다.

잠시 후 굴레즈가 나왔다. 그는 걸을 수가 없어서 질질 끌려왔다. 두건을 쓴 그의 큰 머리가 앞으로 꺾여 있었다. 그들은 그를 틸로 맞은편에 앉혔다. 그녀 눈에 보이는 그의 모습은 두건과 피란, 부츠뿐이었다. 두건은 진짜 두건도 아니었다. 수리아 바스마티 쌀 광고가 찍힌 봉지였다. 굴-카크는 조용했고 심하게 다친 듯했다. 혼자 힘으로는 똑바로 앉지도 못했다. 군인 둘이 그를 떠받치고 있었다. 틸로는 그가 의식을 잃었기를 바랐다.

호송팀이 무사의 배가 떠난 방향으로 출발했다. 끝없이 이어진 캄캄하고 빈 선상가옥들을 지난 다음 오른쪽으로 돌아 늪처럼 보이는 곳으로 들어섰다.

아무도 말이 없었고 한동안 배 엔진의 웅웅거림과 밤공기를 가득 채우며 군인들을 불안하게 만드는 새끼 고양이의 구슬픈 울음소리만 들렸다. 고양이 울음소리는 그들과 함께 이동하는 듯했지만 배 위에는 고양이가 보이지 않았다. 마침내 그들은 굴레즈의 주머니에서 고양이—얼룩 고양이 카눔—를 찾았다. 군인 하나가 고양이를 꺼내 쓰레기라도 버리듯 호수에 던졌다. 카눔은 인도군 전체를 혼자 상대할 기세로 송곳니를 드러내고 조그만 발톱을 세운 채 울부짖으며 공중을 날아갔다. 그리고 소리 없이 물속으로 가라앉았다. 민트리*가 점령한 세상에서 사는 법을 모른 또하나의 베와쿠프가 맞은 최후였다. (카눔의 남매인 아가는 살아남았다—그가 협조자가 되었는지, 보통 시민이 되었는지, 이슬람 전사가 되었는지는 영원히 확인되지 않았다.)

달이 높이 떠 있었고, 틸로는 갈대숲 사이로 관광객용보다 훨씬 작은 선상가옥들의 실루엣을 알아볼 수 있었다. 흔들거리는 판잣길 뒤편으로 다 쓰러져가는 목조 건축물—수년째 손님 구경을 못한 후미진 쇼핑 아케이드—이 썩어가는 기둥들에 받쳐진 채 수면 바로 윗부분에 자리하고 있었다. 상점들, 약국, A-1 여성용품점, 그리고 지역 수공예품을 파는 '엠포리엄'들은 모두 판자를 쳐서 폐쇄해놓은 상태였다. 금방이라도 무너질 듯 낡은 목조 주택들이 점점이 박힌, 늪지의 섬처럼 보이는 곳의 기슭에 작은 배들이 대어져 있었다. 기괴한 정적이 흐르는 그 늪지가 완전한 무인지대는 아니라는 유일한 표시는 빗장을 지르고 셔터를 내린 그림자 같은 집들에서 이따금 흘러나오는 노랫소리와 라디오의 지직거림뿐이었다. 배는 물위에 납작 엎드려 있었다. 호수에서 배가 지나는 길에 수초

* mintree. 영어 단어 'military'에서 유래한 말로 '군대'라는 뜻.

들이 빽빽해 마치 액체 상태의 어두운 풀밭을 헤치고 나아가는 듯 초현실적으로 느껴졌다. 아침 수상 시장에서 버려진 채소 부스러기들이 깐닥거리며 주위를 떠다녔다.

틸로의 머릿속에는 불과 한 시간 전에 같은 길로 떠난 무사의 작은 배 생각뿐이었다. 그 배엔 모터가 없었다.

신이시여, 당신이 누구시든, 어디에 계시든, 제발 우리가 천천히 가도록 해주세요. 그에게 도망칠 시간을 주세요. 천천히천천히천천히천천히천천히천천히천천히

누군가 그녀의 기도를 듣고 응답해주었다. 신이었을 것 같진 않았다.

틸로, 굴레즈와 같은 배에 타고 있던 암리크 싱이 일어서더니 호위선들을 향해 손을 흔들어 계속 가라는 신호를 보냈다. 그들이 떠나자 그는 배 운전자에게 왼쪽으로 돌아 작은 물길로 들어가라고 지시했다. 그 물길은 너무 좁아서 속도를 늦출 수밖에 없었고, 문자 그대로 갈대숲을 뚫고 나아가야 했다. 질식할 듯한 십 분을 보낸 끝에 그들은 다시 넓은 물로 나왔다. 그리고 또 왼쪽으로 돌았다. 운전사가 모터를 끄고 배를 댔다. 그다음엔 익숙한 수순대로 진행되는 듯했다. 누구도 굳이 지시가 필요하지 않았다. 군인들이 굴레즈를 일으켜세우더니 2피트쯤 되는 물길을 지나 기슭으로 끌고 갔다. 군인 한 명이 틸로와 함께 배에 남았다. 암리크 싱을 포함해 나머지는 배에서 내려 물속을 걸어 기슭으로 갔다. 틸로는 허물어져가는 커다란 집의 윤곽을 볼 수 있었다. 지붕이 내려앉아서 밤하늘을 배경으로 흐릿하게 드러난 뼈대 모양의 서까래들 사이로

달이 빛났다—각진 흉곽 속의 빛나는 심장처럼.

한 발의 총성과 뒤이은 짤막한 폭음이 땅에 둥지를 튼 새들을 놀라게 했다. 잠시 동안 하늘에 왜가리, 가마우지, 물떼새, 댕기물떼새 들이 한가득 날아올라 동이 트기라도 한 듯 울어댔다. 하지만 새들은 연극을 한 것뿐이었고 금세 내려앉았다. 이제 상식을 벗어난 시간에 들려오는 점령지의 특이한 사운드트랙은 그들에게 하나의 일상이 되어버렸다. 군인들이 돌아왔을 때 굴레즈는 그들과 함께 있지 않았다. 하지만 그들은 한 사람 이상이 들어야 하는 묵직하고 형체 없는 자루를 가져왔다.

그런 식으로 굴-카크 아브루로서 배를 떠났던 포로는 공포의 이슬람 전사 굴레즈 대장의 유해로 돌아왔고, 그의 체포 및 사살은 암리크 싱 일당에게 30만 루피를 벌게 해줄 터였다.

그날 총 사망자 수는 열여덟 명 더하기 한 명이 되었다.

암리크 싱이 다시 배에 자리를 잡고 앉았다. 이번엔 틸로 바로 앞자리였다. "당신이 누구든 테러리스트와 공모한 혐의를 받고 있어. 하지만 우리에게 모든 걸 털어놓으면 다치지 않을 거야." 그가 힌디어로 유쾌하게 말했다. "시간은 충분히 주지. 하지만 우린 전부 상세히 알고 싶어. 당신이 그를 어떻게 아는지. 당신이 어디에 갔었는지. 누굴 만났는지. 전부 다. 천천히 생각해봐. 당신이 명심해야 할 건, 우리가 이미 그 모든 걸 알고 있다는 사실이야. 당신이 우리를 돕는 게 아냐. 우리가 당신을 시험하는 거지."

무사의 집에서 권총 챙기는 걸 잊었다는 듯 가장하며 웃을 때의 그 깊이 없고 무표정한 검은 눈이 지금 달빛 비치는 늪에서 틸로를 바라보고 있었다. 그 시선이 그녀의 피에서 무언가를—무언의 분노를, 고집스러운 자살 충동을—불러일으켰다. 무슨 일이 있어도 단 한마디도 하지 않겠다는 어리석은 결의를.

다행히 시험은 없었다. 일이 거기까지 가진 않았다.

배는 이십 분을 더 달렸다. 집시 장갑차와 덮개 없는 군용 트럭이 그들을 시라즈로 데려가기 위해 나무 밑에서 대기하고 있었다. 차에 타기 전에 암리크 싱은 틸로의 재갈을 풀어주었으나 손은 묶은 채로 두었다.

그 시간에도 버스 터미널처럼 혼잡한 영화관 로비에서 틸로는 특이한 포로를 상대하라는 명을 받고 자다가 불려나온 ACP 펑키에게 넘겨졌다. 틸로의 체포는 기록되지 않았다. 그들은 그녀의 이름조차 묻지 않았다. ACP 펑키는 그녀를 이끌고 아홉 달 전에 무사가 암리크 싱의 레드 스태그 위스키를 놓아둔 접수 카운터, 캐드버리 초콜릿과 크왈리티 아이스크림 광고, 〈달빛〉 〈나는 사랑에 빠졌다〉 〈새〉 〈사막의 라이언〉 같은 영화들의 빛바랜 포스터를 지났다. 그들은 가장 최근에 잡혀온, 묶이고 구타당한 사람들의 대열을 누비고 나아가 시멘트 캥거루 쓰레기통들을 지나고, 극장으로 들어가 임시 배드민턴 코트를 가로지르고, 스크린에서 가장 가까운 문을 통과한 뒤 또다른 문을 지나 뒷마당으로 갔다. 두 여자가 시라즈의 주主 심문센터로 가는 동안 그들을 향한 재미있어하는 시선과 외설적인 웅얼거림이 적지 않았다.

하나의 독립적인 구조물인 주 심문센터는 특별할 것 없는 긴 직사각형 형태의 방이었으며, 가장 두드러지는 특징은 악취였다. 오줌냄새와 땀냄새가 묵은 피의 역겹게 달큰한 냄새로 덮여 있었다.

문에 붙은 표지판에는 심문센터라고 되어 있었지만 사실은 고문센터였다. 카슈미르에서 '심문'은 실재하는 범주가 아니었다. '조사'는 몇 대의 따귀와 발길질을, '심문'은 고문을 의미했다.

그 방에는 문이 하나뿐이었고 창문은 없었다. ACP 핑키가 구석에 놓인 책상으로 걸어가, 서랍에서 백지 몇 장과 펜 하나를 꺼내 테이블에 탁 하고 내려놓았다.

"서로 시간 낭비하지 말자. 써. 십 분 후에 다시 올 테니까."

그녀는 틸로의 손을 풀어주고 문을 닫고 나갔다.

틸로는 손가락의 마비가 풀리고 피가 다시 돌 때까지 기다렸다가 펜을 잡았다. 글씨를 쓰려고 했지만 처음 세 번의 시도는 실패로 끝났다. 손이 너무 심하게 떨려서 자신이 쓴 글씨도 알아볼 수 없었다. 그녀는 눈을 감고 호흡 수업을 떠올렸다. 효과가 있었다. 그녀는 명확한 필체로 이렇게 썼다.

인도 정보국 부지부장 비플랍 다스굽타 씨에게 연락해주세요

그에게 이 메시지를 전해주세요: 가-슨 호-바-트

그녀는 ACP 핑키가 돌아오기를 기다리며 방안을 살펴보았다. 그곳은 언뜻 보면 기본적인 것들만 갖춰진 연장 창고 같았다. 목공 작업대 두 개, 망치, 드라이버, 펜치, 밧줄, 축소된 돌이나 콘크리트 기둥처럼 보이는 것들, 파이프, 더러운 물이 든 욕조, 휘발유통, 금속 깔때기, 전선, 전기 연장선, 전선 다발, 온갖 크기의 막대, 삽 두어 개, 쇠지레가 있었다.

선반에는 붉은 고춧가루가 든 병이 하나 놓여 있었다. 바닥에는

담배꽁초가 흩어져 있었다. 틸로는 지난 열흘간의 배움을 통해 그런 평범한 물건들이 놀라운 용도로 사용될 수 있음을 알게 되었다.

그녀는 기둥이 카슈미르에서 가장 애호되는 고문 도구라는 것을 알았다. 포로를 묶어놓고 두 사람이 포로의 몸 위로 기둥을 '롤러'처럼 굴려 말 그대로 근육을 으스러뜨렸다. '롤러 고문'은 대개 극심한 신부전을 유발했다. 욕조는 물고문용이었고, 펜치는 손톱을 빼는 도구였으며, 전선은 남성 생식기에 전기 충격을 가할 때 사용되었고, 고춧가루는 막대에 묻혀 항문에 집어넣거나 물에 타서 목구멍에 쏟아부었다. (몇 년 후 다른 여자, 암리크 싱의 아내 러블린이 미국 망명 신청 서류에서 그런 고문 방법들에 대한 상세한 지식을 보여주게 된다. 그녀의 현장 조사에 이용된 장소가 바로 이 연장 창고였는데, 다만 그녀는 고문의 희생자로서가 아니라 고문 책임자의 배우자로서 남편의 사무실을 구경할 기회를 갖게 된 것이었다.)

ACP 핑키는 암리크 싱 소령과 함께 돌아왔다. 틸로는 그들의 보디랭귀지와 친밀한 말투에서 그들이 단순한 동료 이상의 사이임을 즉시 간파했다. ACP 핑키가 틸로가 쓴 종이를 집어들고 천천히, 약간 더듬거리며 소리 내어 읽기 시작했다. 글을 읽는 건 그녀의 장기가 아닌 게 분명했다. 암리크 싱이 그녀에게서 종이를 빼앗았다. 틸로는 그의 표정이 변하는 걸 보았다.

"이 다스굽타라는 사람과 무슨 관계지?"

"친구예요."

"친구라고? 동시에 몇 남자랑 자는 거야?" ACP 핑키였다.

틸로는 대답하지 않았다.

"내가 물었잖아. 동시에 몇 남자랑 자는 거냐고."

틸로의 침묵은 예상대로 많은 욕설을 유발했고(틸로는 그중에서 '검둥이' '창녀' '이슬람 전사' 같은 말들을 알아들을 수 있었다) 그다음엔 똑같은 질문이 반복되었다. 틸로의 계속된 침묵은 용기나 뛰어난 정신적 회복력과는 무관했다. 그녀에겐 선택의 여지가 없었다. 피가 순환을 멈춰버린 것이다.

ACP 핑키는 암리크 싱이 히죽거리는 걸 보았다—지금 펼쳐지고 있는 저항 행위에 어느 정도 감탄하고 있는 게 분명했다. 그녀는 그 표정에서 많은 걸 읽었고 몹시 화가 났다. 암리크 싱은 종이를 들고 나갔다. 그가 문간에서 돌아보며 말했다.

"재주껏 밝혀내. 상처는 안 남게 하고. 그 여자가 이름 쓴 사람, 높은 사람이야. 내가 확인해보지. 허튼수작일 수도 있어. 하지만 확인이 끝날 때까지 흔적 안 남게 해."

'흔적 안 남게'는 ACP에게 힘든 주문이었다. 그녀는 훈련된 고문관이 아니기에 그 분야에는 경험이 없었다. 그녀는 전장에서 급하게 기술을 배웠고, '흔적 안 남게'는 카슈미르에는 전파되지 않은 격식이었다. 그녀는 암리크 싱의 지시가 높은 사람과 관련이 있다고는 믿지 않았다. 그녀는 그의 눈빛을 읽었고 그가 여자들의 어떤 점에 매력을 느끼는지 알고 있었다. 그녀는 자제해야 하는 게 자존심이 상했고 그래서 더 화가 났다. 그녀의 따귀와 발길질('조사'의 범주에 들어가는)은 포로에게서 무표정하고 죽음 같은 침묵만 끌어낼 뿐이었다.

암리크 싱이 비플랍 다스굽타의 소재를 파악하고 다치감 포리스트 게스트하우스 직통 전화로 그와 통화하는 데 한 시간이 넘게 걸렸다. 그가 주지사의 주말 수행단에 속해 있다는 사실은 심각한 불안의 요인이 되었다. 그 여자가 그를 아는 건 확실했다. 그것도 아주 잘. 인도 정보국 부지부장은 가-슨 호-바-트의 정확한 의미를 아는 듯했다. 하지만 암리크 싱의 포식자 본능이 망설임의, 조심스러움의 냄새를 맡았다. 그는 자신이 더 큰 곤경에 빠질 수도 있음을, 하지만 여자를 곱게 풀어주면 되돌리기에 너무 늦진 않았음을 알았다. 아직은 빠져나갈 구멍이 있었다. 그는 더이상 일이 꼬이지 않도록 황급히 심문센터로 갔다. 그는 조금 늦었지만 너무 늦진 않았다.

ACP 핑키는 저렴하고 상투적인 해결책을 찾아냈다. 그녀는 '본때를 보여줘야 하는 여자'에게 원시적 처벌을 내렸다. 그녀가 품은 앙심은 대對테러나 카슈미르와는 거의 관련이 없었다—카슈미르가 온갖 미친 짓의 인큐베이터라는 사실을 제외하면.

군부대 이발사 모하메드 수브한 하잠이 막 떠나려고 할 때 암리크 싱이 방으로 뛰어들어왔다.

틸로는 두 팔이 묶인 채 나무의자에 앉아 있었다. 그녀의 긴 머리카락이 바닥에 떨어져 있었다. 더이상 그녀의 것이 아닌 고불거리는 머리칼들은 다른 쓰레기와 담배꽁초에 섞여 사방에 흩어져 있었다. 수브한 하잠은 틸로의 머리를 삭발하며 겨우 이렇게 속삭일 수 있었다. "미안합니다, 부인, 정말 미안합니다."

암리크 싱과 ACP 핑키는 거의 주먹다짐까지 할 기세로 사랑싸움을 벌였다. 핑키는 골이 나서 부루퉁한 상태에서도 암리크 싱에게 대들었다.

"머리를 자르면 안 된다는 법이 있으면 어디 보여줘봐요."

암리크 싱은 틸로의 팔을 풀어주고 의자에서 일어서도록 도와주었다. 그리고 그녀의 어깨에서 머리칼을 털어주는 시늉도 했다. 그는 커다란 손으로 그녀의 머리를 덮어주며, 도살자의 축복을 내렸다. 틸로는 그 음란한 손길을 떨쳐버리는 데 수년이 걸릴 터였다. 암리크 싱은 그녀의 머리를 가려줄 발라클라바를 가져오라고 지시했다. 그리고 발라클라바를 기다리는 동안 이렇게 말했다. "미안하게 됐소. 이런 일이 있어선 안 되는 거였는데. 당신을 풀어주기로 했소. 이미 지나간 일은 어쩔 수 없지. 아무 말도 하지 마시오. 나도 입다물 테니까. 당신이 말하면 나도 말할 거고. 내가 입을 열면 당신과 높은 자리에 있는 당신 친구도 큰 곤경에 처할 거요. 테러리스트와 협력하는 건 작은 일이 아니니까."

발라클라바와 함께 폰즈 드림플라워 탤컴파우더가 든 작은 분홍색 통이 도착했다. 암리크 싱이 틸로의 삭발된 머리에 파우더를 발라주었다. 발라클라바에선 죽은 생선 냄새보다 심한 악취가 풍겼다. 하지만 틸로는 그가 발라클라바를 씌워주는 걸 거부하지 않았다. 그들은 심문센터를 나와 마당을 가로지른 다음 비상계단을 올라가 작은 사무실로 들어갔다. 그곳은 비어 있었다. 암리크 싱이 이곳은 군부대 부사령관인 특수공작단 소속 아슈파크 미르의 사무실이라고 말했다. 그는 작전 때문에 나갔지만 곧 돌아와서 비플랍 다스굽타 부지부장께서 보내기로 한 사람에게 그녀를 넘겨줄 거라고 했다.

틸로는 암리크 싱이 권하는 차를 정중히 거절했고 물조차 거부했다. 그는 현재 진행되고 있는 그 장章이 어서 끝나기를 바라는 기색으로 방에서 나갔다. 그리고 틸로가 그를 다시 보게 된 건 십육

년이 넘게 흐른 후, 그가 미국의 작은 도시에 있는 자택에서 자신과 아내와 세 아들을 총으로 쏘았다는 조간신문의 기사를 접했을 때였다. 신문 속 깨끗이 면도한 통통한 얼굴에 겁먹은 눈빛을 한 남자는 굴-카크를 죽이고 나서 세심하게, 거의 다정하게 그녀의 머리에 파우더를 발라주던 그 사람과 쉽게 연결이 되지 않았다.

그녀는 빈 사무실에서 기다리는 동안, 화이트보드에 적힌 수배자 명단 옆에 (사망) (사망) (사망) 표시가 되어 있는 것을 보았고, 벽에 걸린 포스터에 이런 글이 적혀 있는 걸 보았다.

우리는 우리의 규칙을 따른다
우리는 사납고
어떤 형태로든 치명적인
조류의 조련사들
우리는 폭풍과 싸운다
그대의 짐작대로다
우리는
제복의 사나이들

두 시간이 지난 후, 나가가 안으로 들어왔고 그다음에 쾌활한 아슈파크 미르가 향수 냄새를 풍기며 등장했다. 그리고 아슈파크 미르가 부상당한 라슈카르 이슬람 전사를 소품 삼아 연극을 하고, 오믈렛과 케밥이 들어오고, '인도引渡'가 끝나는 데 한 시간이 더 소요되었다. 그 시간 내내, 그리고 새벽에 아두스호텔을 향해 텅 빈 거리를 달리는 동안에도, 나가가 차 안에서 그녀의 손을 잡고 있는 동안에도 그녀는 온통 굴-카크와 무사 생각뿐이었다. 수리야 바스마티 쌀 봉지(무슨 까닭에선지 그 봉지의 손잡이가, 특히 그 손잡이가 악마적으로 불경해 보였다)가 씌워진 머리를 앞으로 꺾고 있던 굴-카크와 작은 배 바닥에 누워 빈 바구니들로 몸을 가리고 영원을 향해 가던 무사.

나가는 매우 사려 깊게도 아두스호텔에서 그녀를 위해 자신의 옆방을 예약해두었다. 그는 틸로에게 자신이 함께 있어주기를(그는 "오로지 순수한 의미에서"라고 말했다) 원하는지 물었다. 그녀가 아니라고 대답하자 그는 그녀를 안아준 뒤 수면제 두 알을 줬다. ("아니면 마리화나 줄까? 하나 말아놓은 게 있는데.") 그는 하우스키핑에 전화해서 뜨거운 물 두 양동이를 갖다달라고 했다. 틸로는 나가의 그런 세심하고 다정한 면에 감동받았다. 그녀로선 처음 접하는 것이었다. 그는 틸로가 옷을 갈아입고 싶어질 경우에 대비해 자신의 다림질된 셔츠와 바지를 두고 갔다. 그리고 오후 비행기를 타고 델리로 가는 게 어떻겠냐고 했다. 그녀는 나중에 대답해주겠다고 말했다. 그녀는 자신이 무사 소식을 듣지 않고는 떠날 수 없다는 걸 알았다. 절대로. 그리고 그에게서 전갈이 올 것임을 알았다. 어떻게든 올 터였다. 그녀는 침대에 누웠지만 눈을 감으면 어떤 유령이 나타날지 몰라 눈을 깜빡일 수조차 없었다. 그녀가 인식하지 못하는 그녀의 한 부분은 시라즈로 돌아가 ACP 핑키와 공평하게 싸우고 싶다는 생각을 품었다. 마치 때가 지나고 뒤늦게 기발한 대꾸가 생각나듯이. 그건 또한 값싸고 야비한 짓이기도 하다는 것을 그녀는 깨달았다. ACP 핑키는 그저 폭력적이고 불행한 여자일 뿐이었다. 그녀는 살인 기계, '수달'이 아니었다. 그런데 왜 그런 그릇된 복수 판타지를 품는단 말인가?

그녀는 자신의 머리칼이 그리웠다. 그녀는 다시는 머리를 길게 기르지 않을 작정이었다. 굴-카크를 추모하는 뜻에서.

아침 열시경에 겨우 들릴 정도의 조용한 노크 소리가 났다. 틸로는 나가일 거라고 생각했지만 카디자였다. 그들은 서로에 대해 거의 아는 게 없었지만, 그 순간 틸로에게 그녀보다 더 반가운 사람은 (무사를 제외하고) 없었다. 카디자가 틸로를 어떻게 찾아냈는지에 대해 빠르게 설명했다. "우리에게도 우리 사람들이 있어요." 봉쇄 수색팀 배들 가운데 한 척에 타고 있던 수로 안내인, 거의 실시간으로 정보를 중계해준 이웃 선상가옥들과 배의 이동 경로상에 있던 모든 선상가옥 주민들이 그 사람들에 속했다. 시라즈 영화관에는 이발사 모하메드 수브한 하잠이 있었다. 그리고 아두스호텔에는 벨보이가 있었다.

카디자가 소식을 전했다. 군에서 공포의 이슬람 전사 굴레즈 대장을 체포, 사살했다는 발표가 있었다. 무사는 아직 스리나가르에 있다. 그리고 장례식에 참석할 것이다. 몇 개의 이슬람 전사 조직들이 장례식에 참석해 굴레즈 대장을 위한 작별의 예포를 쏠 것이다. 거리에 수만 명의 인파가 쏟아져나올 것이기에 그들은 돌아다녀도 안전할 것이다. 군은 전면적 학살을 피하기 위해 후퇴해야 할 것이다. 카디자는 틸로에게 자신과 함께 칸카-에-모울라에 있는 아지트에 가 있으면 장례 후 무사가 그곳으로 만나러 올 거라고 했다. 무사가 중요한 일이라고 했다는 것이었다. 카디자는 틸로를 위해 갈아입을 옷 한 벌—살와르 카미즈와 피란, 그리고 라임색 히잡—을 챙겨왔다. 자기 연민의 작은 늪에서 허우적거리던 틸로는 카디자의 사무적인 태도에 정신이 번쩍 들었다. 틸로는 자신이 지난밤에 겪었던 시련이 그들에겐 일상임을 상기했다.

뜨거운 물이 왔다. 틸로는 목욕을 하고 새 옷을 입었다. 카디자가 얼굴에 히잡 두르는 법을 알려주었다. 히잡을 두른 틸로는 에티오피아 여왕처럼 당당해 보였다. 그녀는 그 모습이 마음에 들었다. 자신의 머리칼이 훨씬 더 좋기는 했지만. 이젠 과거가 된 머리칼. 틸로는 저녁때까지는 돌아오겠다는 내용의 쪽지를 써서 나가의 객실 문 밑으로 밀어넣었다. 두 여자는 호텔을 나와 죽은 자들을 매장할 때에만 살아나는 도시의 거리로 들어섰다.

'장례의 도시'는 갑자기 생기 있고 활기 넘치는 모습으로 깨어났다. 사방이 움직였다. 거리들은 마자르-에-쇼하다라는 강어귀를 향해 흐르는 인간의 작은 강들, 지류들이었다. 작은 파견대와 큰 파견대들, 구시가지에서 온 사람과 신시가지에서 온 사람들, 주변 마을과 다른 도시에서 온 사람들이 빠르게 합쳐졌다. 좁디좁은 샛길에서도 여자와 남자, 조그만 어린애들까지 모여 아자디! 아자디!를 외쳤다. 청년들이 군데군데 급수소와 공동 취사장을 세워 멀리서 온 사람들이 요기를 할 수 있게 했다. 그들은 물을 나눠주고, 접시를 채워주고, 먹고 마시고, 숨쉬고 걸으며 그들만이 들을 수 있는 북소리에 맞추어 아자디! 아자디!를 외쳤다.

카디자는 머릿속에 도시 뒷길들의 상세한 지도가 들어 있는 듯했다. 틸로는 그녀에게 커다란 감명을 받았다(자신은 그런 기술을 갖고 있지 못했으므로). 그들은 빙 돌아가는 긴 루트를 택했다. 아자디! 구호가 폭풍이 다가오는 소리처럼 울려퍼졌다. (주지사 수행단과 함께 다치감에 숨은 가슨 호바트는 비서가 수화기를 거리 쪽으로 내밀어 전해준 그 소리를 들었고, 도시의 거리들이 안전해질 때까지 그곳으로 돌아갈 수 없었다.) 미스 제빈의 장례식 아홉 달 후 또다른 장례식이 열렸다. 이번엔 관이 열아홉 개였다. 그중 하나는 무슬림형제단이 시체를 훔쳐간 소년의 것이라 비어 있었다. 그리고 하나는 천국에 있는 술탄, 그의 사랑하는 베와쿠프를 만나러 가는, 에메랄드빛 눈을 가진 작은 남자의 갈가리 찢긴 유해로 가득했다.

"나도 장례식에 참석하고 싶어요." 틸로가 카디자에게 말했다.

"그럴 순 있어요. 하지만 모험이 될 거예요. 늦게 도착할 수도 있어요. 어차피 가까이엔 못 가고요. 여자들은 무덤 근처에 가는 게 허용되지 않거든요. 나중에 가요. 다들 떠난 뒤에."

여자들은 허용되지 않는다. 여자들은 허용되지 않는다. 여자들은 허용되지 않는다.

그건 여자들에게서 무덤을 보호하기 위함일까 아니면 무덤으로부터 여자들을 보호하기 위함일까?

틸로는 묻지 않았다.

카디자는 차를 몰고 사십오 분을 달린 후, 차를 세워놓고 하나의 단일 유기체처럼 몇 가지 방식으로—지하와 지상으로, 수직과 대각선으로, 거리와 옥상과 비밀통로로—서로 연결된 동네의 좁고 구불구불한 미로를 빠르게 걸었다. 그 동네는 하나의 거대한 산호, 혹은 개미집 같았다.

"이 동네는 아직 우리 거예요. 군인들은 여기 못 들어와요." 카디자가 말했다.

그들은 작은 나무문을 지나 초록 카펫이 깔린 빈방으로 들어갔다. 얼굴에 웃음기라곤 없는 청년이 그들을 맞이해 안으로 안내했다. 그는 빠른 걸음으로 방 두 개를 통과해 세번째 방으로 들어가더니 커다란 옷장 같은 걸 열었다. 그곳 바닥에 뚜껑 달린 문이 있었고 그 아래에는 비밀 지하실로 연결된 좁고 가파른 계단이 있었다. 틸로는 카디자를 따라 계단을 내려갔다. 지하실 방에는 가구가 없었지만 바닥에 매트리스 두 개와 쿠션 몇 개가 있었다. 벽에 달력이 걸려 있었지만 이 년 전 것이었다. 그녀의 배낭이 구석에 기대어 세워져 있었다. 누군가 위험을 무릅쓰고 HB 샤힌에서 구조해 온 모양이었다. 어린 소녀 하나가 계단을 내려오더니 비닐 레이스 다스타르칸을 펼쳤다. 나이든 여자가 차와 찻잔, 러스크 비스킷과 스펀지케이크 접시가 담긴 쟁반을 들고 따라 내려왔다. 그녀가 양손으로 틸로의 얼굴을 잡더니 이마에 키스했다. 많은 말들이 오가진 않았지만 어머니와 딸은 방에 머물렀다.

틸로가 찻잔을 비우자 카디자가 그들이 앉아 있는 매트리스를 두드렸다.

"좀 자요. 그가 도착하려면 최소한 두세 시간은 걸릴 테니까."

틸로가 눕자 카디자는 누비이불을 덮어주었다. 틸로가 이불 밑에서 손을 뻗어 카디자의 손을 잡았다. 그들은 앞으로 몇 년 사이에 굳건한 친구 사이가 될 터였다. 틸로의 눈이 감겼다. 그녀가 알아들을 수 없는 언어로 두런두런 이야기하는 여인들의 목소리가 상처에 바르는 연고 같았다.

틸로가 자고 있을 때 무사가 왔다. 그는 틸로 옆에 책상다리를 하고 앉아, 한참 동안 그녀의 잠든 얼굴을 내려다보며 그녀를 다른 세상, 더 나은 세상에서 깨어나게 할 수 있다면 얼마나 좋을까 생각했다. 그는 이제 그녀를 다시 보려면 오랜 시간이 걸릴 것임을 알았다. 그것도 운이 좋아야만.

시간이 많지 않았다. 아직 물이 차올라 있을 때, 거리가 민중의 것일 때 떠나야 했다. 그는 최대한 부드럽게 틸로를 깨웠다.

"바바자나. 일어나."

그녀는 눈을 뜨더니 그를 자기 옆으로 끌어당겨 눕혔다. 그들은 오랫동안 할말이 없었다. 전혀.

"지금 내 장례식에서 오는 길이야. 나 자신에게 스물한 방의 예포를 쏘았지." 무사가 말했다.

틸로는 그동안의 일을 이야기했다. 그녀의 목소리는 속삭임을 넘어서지 않았는데, 속삭임을 넘어설 때마다 그녀가 하려는 이야기의 무게에 눌려 목소리가 갈라졌기 때문이었다. 그녀는 아무것도 잊지 않았다. 단 한 가지도. 단 하나의 소리도. 단 하나의 느낌도. 말해졌거나 말해지지 않은 단 한마디 말도.

무사가 그녀의 머리에 키스했다.

"그들은 자신들이 무슨 짓을 했는지 모르고 있어. 전혀 모르고 있어."

그리고 이제 그가 떠날 시간이 되었다.

"바바자나, 잘 들어. 델리로 돌아가면 무슨 일이 있어도 혼자 지내선 안 돼. 그건 너무 위험해. 친구들과 함께 지내…… 어쩌면 나가와. 이런 말을 하는 내가 밉겠지만, 결혼을 하든지 아니면 어머니에게 가. 너에겐 위장이 필요해. 최소한 당분간이라도. 우리가 수달을 처리할 때까지. 우린 이 전쟁에서 이길 거고 그럼 우리, 너와 난 함께 살 거야. 내가 히잡을 쓸 테니—지금 히잡을 쓴 네 모습은 정말 사랑스럽지만—넌 무기를 들어. 오케이?"

"오케이."

물론 그렇게 되진 않았다.

무사는 떠나기 전에 틸로에게 봉인된 봉투를 건넸다.

"지금 열어보진 마. 쿠다 하피즈."

그리고 그녀가 그를 다시 만난 건 이 년이 지나서였다.

카디자와 틸로가 마자르-에-쇼하다에 갔을 때는 아직 해가 지지 않은 시간이었다. 굴레즈 대장의 무덤은 다른 무덤들 사이에서 두드러져 보였다. 무덤 위에 작은 대나무 구조물이 세워져 있었다. 그것은 금실, 은실, 그리고 초록 깃발로 장식되어 있었다. 민중의 내일을 위해 자신의 오늘을 바친 소중한 자유 투사의 임시 성지였다. 한 남자가 멀찍이서 눈물을 흘리며 바라보고 있었다.

"이슬람 전사였던 사람이에요. 몇 년간 감옥에 있었죠. 딱해라, 엉뚱한 사람을 위해 울고 있으니." 카디자가 속삭였다.

"엉뚱한 사람이 아닐지도 몰라요." 틸로가 말했다. "온 세상이 굴-카크를 위해 울어야 마땅하니까."

그들은 굴-카크의 무덤에 장미 꽃잎을 뿌리고 촛불을 켰다. 카디자가 아리파와 미스 제빈 1세의 무덤을 찾아가 똑같이 했다. 그녀가 틸로에게 미스 제빈의 묘비에 새겨진 글귀를 읽어주었다.

미스 제빈

1992년 1월 2일~1995년 12월 22일

아리파와 무사 예스위의 사랑하는 딸

그리고 그 밑의 거의 가려진 글귀도 읽었다.

아크 달릴라 완
예트 만즈 네 칸 발라이 아시
노아 아에스 소 쿤니 중글라스 만즈 로아잔

카디자가 틸로에게 그 글귀를 번역해주었지만 진짜 의미는 둘 다 이해하지 못했다.

틸로가 무사와 함께 읽었던(그리고 읽지 말 걸 그랬다고 생각했던) 만델시탐의 시 마지막 구절이 청하지도 않았는데 다시 그녀의 뇌리에서 떠돌았다.

죽음은 더 깨끗해지고, 불운은 더 짜지고,
대지는 더 진실해지고, 더 끔찍해진다.

그들은 아두스호텔로 돌아왔다. 카디자는 틸로가 방으로 들어가는 걸 본 후에야 그곳을 떠났다. 카디자가 떠나자 틸로는 나가에게 전화를 걸어 호텔로 돌아왔다고, 잠자리에 들 거라고 말했다. 그녀는 무사가 준 봉투를 열어보기 전에 자신도 알지 못하는 이유로 짧은 기도를 (그녀가 아는, 신이 아닌 존재에게) 올렸다.

귀약 처방전과 굴-카크의 사진 한 장이 들어 있었다. 그는 카키색 셔츠와 전투복, 무사의 아살 부츠 차림으로 카메라를 향해 웃고 있었다. 양어깨에 멋진 가죽 탄띠를 늘어뜨렸고 허리에는 권총집을 차고 있었다. 완전무장을 한 것이었다. 가죽 탄띠에는 총알을 넣는 고리마다 초록색 고추가 꽂혀 있었다. 그리고 권총집에는 물이 많고 잎이 싱싱한 흰색 무가 들어 있었다.

사진 뒷면에 무사의 필체로 이렇게 적혀 있었다. 우리의 사랑스러운 굴레즈 대장.

틸로는 한밤중에 나가의 방문을 두드렸다. 그가 문을 열고 그녀의 어깨에 팔을 감았다. 그들은 오로지 순수한 의미에서 함께 밤을 보냈다.

❧

틸로는 부주의했다.

그녀는 죽음의 계곡에서 작은 생명을 품고 돌아왔다.

그녀는 나가와 결혼한 지 두 달 만에 자신이 임신했다는 걸 알게 되었다. 그들은 아직 정식으로 '첫날밤'을 치르지 않은 상태였다. 따라서 아이의 아버지가 누군지에 대해선 의심의 여지가 없었다. 그녀는 아기를 낳는 것에 대해 생각해보았다. 안 될 게 뭔가? 아들이면 굴레즈. 딸이면 제빈. 그녀는 어머니가 된 자신을 상상할 수 없었다. 신부가 된 자신을—실제로 신부였음에도—상상할 수 없었던 것처럼. 그러나 그녀는 신부가 되었고 견뎌내고 있었다. 그러니 어머니가 되지 못할 것도 없지 않은가?

결국 그녀가 내린 결정은 나가에 대한 감정이나 무사에 대한 사랑과는 무관했다. 그 결정은 더 근본적인 곳으로부터 나왔다. 그녀는 자신이 낳을 작은 인간이, 그녀가 어머니와의 관계에서 겪어야 했던 것처럼 이상하고 위험한 물고기들이 가득한 바다를 지나야 할까봐 걱정스러웠다. 그녀는 마리암 이페보다 나은 어머니가 될 자신이 없었다. 자신에 대한 명민한 평가를 통해 그녀는 자신이 마리암 이페보다 훨씬 더 나쁜 어머니가 되리란 결론에 이르렀다. 그녀는 아이에게 자신이라는 짐을 지우고 싶지 않았다. 그리고 세상에게 자신의 복제물이라는 짐을 지우고 싶지 않았다.

문제는 돈이었다. 그녀에겐 돈이 조금 있었지만 많진 않았다. 그녀는 결근이 잦아서 회사에서 해고되었고 다른 직장을 구하지 않았다. 나가에게 손을 벌리고 싶지도 않았다. 그래서 정부에서 운영하는 병원으로 갔다.

대기실에는 임신을 못해서 남편에게 쫓겨나 고통으로 이성을 잃은 여자들이 가득했다. 그들은 임신이 가능한지 검사를 받으러 온 것이었다. 그들은 틸로가 MTP—임신중절수술Medical Termination of Pregnancy—를 받으러 왔다는 걸 알게 되자 적대감과 혐오감을 숨기지 않았다. 의사 역시 못마땅해했다. 틸로는 무표정하게 그들의 설교를 들었다. 그녀가 마음을 바꿀 의사가 없음을 분명히 하자, 병원측에서는 보호자, 기왕이면 아기 아버지가 와서 수술 동의서에 서명하지 않으면 전신마취를 해줄 수 없다고 했다. 그녀는 마취 없이 수술을 받겠다고 했다. 그녀는 통증을 견디다못해 의식을 잃었다가 일반 병동에서 깨어났다. 누군가가 그녀의 침대에 있었다. 신장 장애가 있는 아이가 고통에 찬 비명을 질렀다. 침대마다 환자가 두 사람 이상이었다. 바닥에도 환자들이 있었고, 그곳에 바글바글한 문병객들과 보호자들도 환자만큼 아파 보였다. 정신없이 바쁜 의사와 간호사들이 난리통을 헤치고 조심스럽게 나아갔다. 마치 전시의 병동 같았다. 델리엔 늘 진행중인 일상적인 전쟁—부자와 빈자의 전쟁—말고 다른 전쟁은 없었지만.

털로는 일어나서 비틀거리며 병실 밖으로 나갔다. 그녀는 아프고 죽어가는 사람들이 가득한 지저분한 병원 복도에서 길을 잃었다. 그녀는 일층에서 팔뚝에 마치 다른 사람의 것인 듯한 이두박근이 달려 있는 작은 남자에게 나가는 길을 물었다. 그가 가리킨 출구는 병원 뒤편으로 이어졌다. 그곳엔 영안실이, 그 너머엔 이제 더이상 아무도 이용하지 않는 듯 방치된 이슬람교 묘지가 있었다.

날여우박쥐들이 마치 오래전 시위에서 사용되었던 축 늘어진 검은 깃발들처럼 거대한 고목의 가지에 매달려 있었다. 그곳엔 아무도 없었다. 털로는 정신을 차리기 위해 무너진 무덤에 앉았다.

진홍색 웨이터 코트 차림의 야윈 대머리 남자가 낡은 자전거를 타고 삐걱거리며 달려왔다. 자전거 뒷좌석에 작은 천수국 꽃다발이 묶여 있었다. 그는 꽃다발과 먼지떨이를 들고 어느 무덤을 향해 갔다. 그는 무덤의 먼지를 떨고 거기 꽃다발을 올려놓은 뒤 잠시 말없이 서 있다가 서둘러 떠났다.

털로는 그 무덤으로 가보았다. 그녀가 보기에는 그곳에서 묘비명이 영어로 새겨진 유일한 무덤이었다. 실연의 아픔으로 죽은 루마니아 출신의 벨리댄서 베굼 레나타 뭄타즈 마담의 무덤이었다.

무덤에 다녀간 남자는 휴무일을 맞이한 로즈버드 레스토바의 로샨 랄이었다. 털로는 십칠 년 후 미스 제빈 2세와 함께 이 묘지로 돌아와 그를 만나게 될 터였다. 물론 그를 알아보진 못할 것이었다. 그리고 묘지도 알아보지 못할 터였다. 그때쯤에 이곳은 더이상

잊힌 망자들을 위한 방치된 장소가 아니게 될 테니까.

로샨 랄이 떠난 후, 틸로는 베굼 레나타 뭄타즈 마담의 무덤에 누웠다. 그녀는 조금 울다가 잠이 들었다. 이윽고 잠이 깨었을 때 좀더 준비된 채로 집에 돌아가 남은 삶을 마주할 수 있을 듯한 기분이 들었다.

그 삶에는 적어도 일주일에 한 번은 아래층에서 시바샨카르 대사 부부와 저녁식사를 하는 것이 포함되어 있었는데, 카슈미르를 포함해 거의 모든 것들에 대한 그들의 견해는 틸로의 손을 덜덜 떨리게 하고 접시 위의 나이프와 포크를 달가닥거리게 만들었다.

인도 본토의 우둔화는 전례없는 속도로 가속화되고 있었고, 심지어 이곳에서는 군의 점령도 필요하지 않았다.

그리고 계절의 변화가 있었다. “이 또한 여행이고 그들은 우리에게서 이걸 빼앗진 못해.” M이 말했다.

나데즈다 만델시탐

10
지복의 성자

똑똑한 여자가 묘지로 들어왔다는 소문이 가난한 동네에 빠르게 퍼졌다. 틸로가 잔나트 게스트하우스에 개설한 강좌에 자녀들을 등록시키기 위해 인근에 사는 부모들이 몰려들었다. 틸로의 제자들은 그녀를 틸로 마담이라 불렀고, 가끔 우스타니지(우르두어로 스승이라는 뜻)라고 부르기도 했다. 그녀는 자신의 옥탑방 맞은편 학교의 아이들이 부르던 아침 노래가 그립긴 했지만, 자신의 제자들에게 〈우리 승리하리라〉를 어떤 언어로도 가르치지 않았는데, 승리가 찾아올 기미가 도무지 보이지 않아서였다. 대신 그녀는 제자들에게 산수, 그림, 컴퓨터그래픽(제자들에게 받은 최소한의 수업료로 산 중고 데스크톱 컴퓨터 석 대를 가지고), 약간의 기초과학, 영어, 기행奇行을 가르쳤다. 그리고 제자들에게 우르두어와 행복의 기술을 배웠다. 그녀는 장시간 일했고, 난생처음으로, 밤새 푹 잤다. (미스 제빈 2세는 안줌과 잤다.) 그녀는 하루하루 지나면서 자신이 무사의 '복구품' 중 하나인 것 같다는 기분을 점점 덜 느끼게 되었다. 하루걸러 한 번씩 옥탑방에 갈 계획을 세우면서도 아직 한 번도 가지 않았다. 안줌과 사담이 (그들의 삶 속으로 낙하산을 타고 떨어진 기이한 여인이 어디서 어떻게 살았는지 확인하고픈 호기심에서) 그 집에 들러 그녀의 물건들과 함께 가슨 호바트의 메시지를 들고 와 그녀에게 전해준 후에도. 틸로는 짐을 빼기 전에는 계속 방세를 내야 한다고 생각했기에 그의 계좌로 꼬박꼬박 돈을 입금하고 있었다. 몇 개월 동안 무사에게서 아무 소식이 없자 그의 '복구품'들을 전달한 과일장수에게 메시지를 남겨놓았다. 하지만 여전히 무사는 소식이 없었다. 그런데도 그녀가 몇 년 동안 품고 다니던 끊임없는 두려움—갑작스레 무사가 죽었다는 소식을 접하게 될 것에 대한—의 무게가 얼마간 가벼워졌다. 그건 그를 덜 사랑하게 되어서가 아니라, 만신창이가 된 묘지의 천사들이 만신창이가 된 피수호자들을 보살피며, 두 세계 사이의 문을 (불법적으로, 아주 조금만) 열어두어 이승의 영혼들과 이승을 떠난 영혼들이 같은 파티에 참석한 손님들처럼 어울릴 수 있게 해주었기 때문이었다. 그래서 삶은 덜 확정적인 것이 되고 죽음 또한 덜 결정적인 것이 되었다. 왠지 모든 게 조금은 견디기가 쉬워졌다.

틸로가 연 강좌의 성공과 인기에 힘을 얻은 우스타드 하미드는 유망해 보이는 학생들을 대상으로 다시금 음악 수업을 시작했다. 안줌은 그 수업이 기도에의 부름*이라도 되는 양 참석했다. 그녀는

* 이슬람교에서 하루에 다섯 번씩 예배 시간을 알리는 소리를 외치는 의식으로 '아잔'이라고도 부른다.

여전히 노래를 부르려 하지 않았지만 왕쥐 자이나브에게 노래를 가르치려고 했을 때처럼 콧노래를 불렀다. 자이나브는 안줌과 틸로가 미스 제빈 2세(빠르게 자라면서 버릇없는 천하의 응석받이가 된)를 돌보는 것을 돕는다는 핑계로 오후와 저녁 시간을 묘지에서 보내기 시작했고 가끔 밤에도 남아 있었다. 하지만 진짜 이유—모르는 사람은 없었다—는 사담 후세인과의 황홀한 연애였다. 그녀는 기능대학을 졸업하고 작고 통통한 패션디자이너가 되어 여성복 주문 제작을 하고 있었다. 그녀는 틸로가 처음 왔을 때 환영의 뜻으로 틸로의 방에 두었던 헤어롤과 화장품은 물론 님모 고라크푸리의 낡은 패션 잡지들까지 모두 물려받았다. 사담의 처음이자 무언의 사랑 선언은 자이나브가 교태를 부리며 그의 손톱과 발톱을 진홍색으로 칠하도록 허용한 것이었고, 칠을 하는 내내 두 사람은 낄낄거렸다. 사담은 칠이 저절로 벗어질 때까지 지우지 않았다.

자이나브와 사담은 묘지를 동물원으로—다친 동물들로 이루어진 노아의 방주로—만들었다. 그곳엔 날지 못하는 어린 공작새가 있었고 그 곁을 떠나려 하지 않는, 아마도 어미인 듯한 암컷 공작새가 있었다. 온종일 자는 소들도 세 마리 있었다. 자이나브는 어느 날 우스꽝스럽게 형광 염색이 된 잉꼬 서른여섯 마리가 빽빽하게 든 새장 몇 개를 삼륜 택시에 싣고 왔다. 구시가지에서 자전거 뒷좌석에 새장을 쌓아놓고 파는 새 장수에게서 홧김에 산 것이었다. 사담은 그렇게 염색이 된 잉꼬들은 풀어주면 안 된다고, 금세 포식자의 눈에 띌 거라고 했다. 그래서 그는 무덤 두 개 너비의 높고 바람이 잘 통하는 새장을 지었다. 밤이면 잉꼬들은 그 안에서 뚱뚱한 반딧불이처럼 빛을 내며 날아다녔다. 사담이 공원에서 발견한, 한쪽 콧구멍에 클로버 줄기가 꽂혀 있던 작은 거북—유기된 애완동물—은 이제 테라스의 전용 진흙구덩이에서 뒹굴고 있었다. 암말 파얄은 절름발이 당나귀를 동반자로 맞이했다. 그 당나귀는 무슨 이유에선지 마헤시*라고 불렸다. 비루는 늙어갔지만 그와 라알리 동무 사이의 자손들은 계속 불어나서 묘지 주위를 뒹굴며 놀았다. 고양이 몇 마리가 오고갔다. 잔나트 게스트하우스의 인간 손님들처럼.

게스트하우스 뒤편의 텃밭도 잘되었다. 묘지의 토양은 아주 유서 깊은 두엄구덩이에서 나온 것이니까. 채식을 즐기는 사람은 없었지만(특히 자이나브는 말할 것도 없고) 그들은 가지, 콩, 고추, 토마토, 몇 가지 종류의 박을 키웠고, 묘지 근처의 혼잡한 도로에서 오는 매연에도 불구하고 몇 종의 나비들이 식물들을 찾아왔다. 마약중독자들 중 그나마 몸이 성한 사람들이 차출되어 텃밭을 가꾸고 동물 돌보는 일을 도왔다. 그들에겐 노동이 일시적인 위안을 주는 듯했다.

안줌이 잔나트 게스트하우스에 수영장을 만들어야 한다는 아이디어를 냈다. "안 될 게 뭐야? 어째서 부자들만 수영장을 가져야 하지? 우린 왜 안 되는데?" 그녀가 말했다. 사담이 수영장에는 물이 핵심 요소이며 물이 부족하면 문제가 될 수 있음을 지적하자, 그녀는 가난한 사람들은 물이 없는 수영장이라도 좋아할 거라고 말했다. 그녀는 몇 피트 깊이의 구덩이를 파서 대형 물탱크 크기의 수영장을 만들고 푸른색 욕실 타일을 깔았다. 그녀가 옳았다. 사람

* 파괴와 재생의 신인 시바신의 다른 이름.

들은 그걸 좋아했다. 그들은 수영장을 찾아와 거기 깨끗한 푸른 물이 가득한 날이 오기를 기도했다(인샬라*, 인샬라).

그리하여 대중의 수영장, 대중의 동물원, 대중의 학교를 갖춘 오래된 묘지는 대체로 잘 굴러갔다. 하지만 두니야는 그렇지 못했다.

안줌의 옛친구 D.D. 굽타가 전쟁과 학살, 폭격과 도살에 관한 끔찍한 이야기들을 들고 바그다드에서, 아니 바그다드의 잔해에서 돌아왔다. 바그다드 전체가 고의적으로, 그리고 체계적으로 지상의 지옥으로 변했다고 했다. 그는 목숨을 부지할 수 있어서, 돌아올 고향이 있어서 감사하다고 했다. 그는 이제 더이상 방폭벽 세우는 일을, 아니 그 어떤 사업도 할 생각이 없다며 자신이 이라크로 떠날 때는 비참하고 피폐한 망령과도 같았던 안줌이 번영의 꽃을 피운 걸 보고 기뻐했다. 그는 안줌과 많은 시간을 함께 보내며 수다도 떨고, TV로 옛날 힌디 영화도 보고, 새로운 확장과 건설 계획들을 검토하기도 했다(수영장 건설을 감독한 것도 그였다). 굽타 부인도 세속적인 사랑에서 벗어나 자신의 예배실에서 크리슈나신과 종일 시간을 보냈다.

국내 전선에도 지옥이 다가오고 있었다. 구자라트 카 랄라가 선거를 휩쓸고 새 총리가 되었다. 사람들은 그를 우상화했고, 소도시들에는 그를 주된 신으로 모시는 사원들이 생겨나기 시작했다. 한 열성 신도가 그에게 랄라랄라랄라라는 글씨를 자수로 새겨넣은 가는 세로줄 무늬 양복을 선물했다. 그는 인도를 방문한 국가원수들을 맞이할 때 그 옷을 입었다. 그는 매주 감성적인 라디오 방송을

* '신이 뜻하신다면 (이루어지리라)'이라는 뜻의 이슬람교식 표현.

통해 직접 대국민 연설을 했다. 그는 우화나 설화, 일종의 포고령 같은 것을 동원해 '청결' '순수' '나라를 위한 희생'이라는 메시지를 전파했다. 그는 근린공원 단체 요가를 보급했다. 적어도 한 달에 한 번은 가난한 동네를 찾아가 몸소 거리를 쓸었다. 그는 인기가 절정에 달하면서 피해망상적이고 비밀스럽게 변해갔다. 그는 아무도 믿지 않았고 그 어떤 조언도 구하지 않았다. 혼자 살면서 혼자 식사하고 사람들과 어울리지 않았다. 신변 보호를 위해 외국에서 시식 시종과 경호원을 고용했다. 그는 지대한 영향력을 지닌 극적인 선언들을 하고 극단적인 결정들을 내렸다.

그를 권력자로 만들어준 '조직'은 개인숭배를 달가워하지 않았고 역사를 긴 안목으로 보았다. 그래서 그를 지지하면서도 한편으론 조용히 후계자를 물색하기 시작했다.

때가 오기를 기다리던 사프란색 앵무새들이 풀려났다. 그들은 대학 캠퍼스와 법원을 급습하고, 콘서트를 방해하고, 영화관을 파괴하고, 책을 불태웠다. 역사를 신화로, 신화를 역사로 바꾸는 절차를 공식화하기 위한 앵무새 교육 위원회가 설립되었다. 붉은 요새의 '소리와 빛' 쇼는 수정 작업에 들어갔다. 곧 수세기에 걸친 이슬람교 통치기는 시와 음악, 건축을 박탈당하고 우스타드 쿨숨 비가 희망을 걸었던 허스키한 낄낄거림보다 약간 길게 이어지는 칼소리와 소름 끼치는 전장의 함성소리로만 남을 터였다. 그리고 남은 시간은 힌두의 영광에 대한 이야기로 채워질 터였다. 늘 그렇듯, 역사는 과거에 대한 연구인 것만큼이나 미래에 대한 계시가 될 것이었다.

스스로를 '힌두 신앙의 수호자'라고 부르는 소규모 불량배 무리가 마을에 들어가 자신들이 얻을 수 있는 이득을 취했다. 야심적인 정치가들은 증오에 찬 연설을 하거나 자신이 이슬람교도를 때리는 모습을 찍어 유튜브에 올리는 방식으로 출세를 꾀했다. 모든 힌두교 순례와 축제가 도발적인 승리의 퍼레이드로 변했다. 무장한 호위팀들은 순례단이나 트럭과 오토바이에 타고 술잔치를 벌이는 사람들 곁을 달리며 평화로운 동네에서 싸움이 붙기를 기대했다. 그들은 이제 사프란색 깃발 대신 당당하게 국기를 흔들었는데, 잔타르만타르의 아가르왈 씨와 그의 땅딸막한 간디주의자 마스코트에게서 배운 속임수였다.

'신성한 소'가 국가의 상징이 되었다. 정부에서는 소 오줌을 (세제로서뿐 아니라 음료로서도) 홍보하는 캠페인을 후원했다. 소고기를 먹거나 소를 죽였다는 이유로 공개적으로 매질을 당하거나 린치를 당한 사람들에 관한 뉴스가 랄라를 지지하는 지역들에서 새어나왔다.

세상 물정에 밝은 D.D. 굽타는 이라크에서의 최근 경험을 토대로 이런 모든 움직임이 장기적으로는 결국 방폭벽 시장 창출로 이어질 것이라는 평가를 내렸다.

어느 주말에 님모 고라크푸리가 와서 이웃 사람의 친구의 친척이 소를 죽여 고기를 먹었다는 이유로 가족들이 보는 앞에서 폭도들에게 맞아 죽었다는 이야기를 아주 상세하게 사인칭시점으로 전했다.

"여기 있는 이 늙은 소들을 모두 쫓아내는 게 좋을 거야. 만일 소들이 여기서 죽으면—아니, 만일이 아니라 언젠가 소들이 죽으면—그들은 너희가 죽였다고 할 거고, 그럼 여기 있는 사람들은 모두 끝이야. 지금 이 땅에 눈독을 들이고 있을걸. 그게 요즘 그들이 하는 짓거리니까. 소고기를 먹었다고 비난하며 땅과 집을 빼앗고 난민수용소로 보내버리는 거지. 소가 아니라 땅 때문에 그러는 거야. 그러니까 조심해야 해." 그녀가 말했다.

"어떤 식으로 조심해요?" 사담이 소리쳤다. "그 개자식들을 조심할 방법은 존재하지 않는 것밖에 없는데! 그들이 당신을 죽이고 싶다면 당신이 조심하든 안 하든, 소를 죽였든 안 죽였든, 심지어 소한테 눈길을 줬든 안 줬든 당신을 죽일 거예요." 그가 그렇게 화를 낸 건 처음이어서 모두 깜짝 놀랐다. 다른 사람들은 아무도 그의 사연을 몰랐다. 안줌이 아무에게도 말하지 않았으므로. 비밀을 지키는 데 있어서 그녀는 올림픽 선수감이었다.

독립기념일에 사담은 선글라스를 끼고 빨간 자동차 소파에 안줌과 나란히 앉아 있었는데, 그들에겐 그게 독립기념일 의식이 되어버렸다. 그들은 구자라트 카 랄라가 붉은 요새에서 호전적인 연설을 하고 있는 채널과 구자라트의 대대적인 공개 시위가 중계되는 채널을 번갈아 시청하고 있었다. 주로 달리트로 이루어진 수천 명의 사람들이 우나라는 지역에 모여 시위를 벌이고 있었다. 픽업트럭에 소 사체를 싣고 있다는 이유로 다섯 명의 달리트를 공개적으로 매질한 사건에 대해 항의하기 위해서였다. 그들은 그 소를 죽이지 않았다. 오래전 사담의 아버지가 그랬던 것처럼 소 사체를 트럭에 실은 것뿐이었다. 공개적인 매질을 당한 것에 대한 수치심을 견딜 수 없었던 다섯 남자는 모두 자살을 기도했다. 그중 한 사람이 자살에 성공했다.

"처음엔 이슬람교도와 기독교도를 제거하려고 하더니 이제 차마르들을 노리고 있어." 안줌이 말했다.

"그 반대죠." 사담이 말했다. 그는 그 말이 무슨 뜻인지 설명하지 않았지만, 시위대 연사들이 차례로 나서서 다시는 상위 카스트 힌두교인들을 위해 소 사체를 거두지 않겠노라고 맹세하는 걸 들으며 전율하는 듯했다.

시위 장소에서 나오는 길목마다 자리를 잡고 해산한 시위자들에게 총을 쏘기 위해 기다리고 있는 불량배 무리는 TV에 나오지 않았다.

안줌과 사담의 독립기념일 TV 시청 의식은 밖에서 빨래를 널던 자이나브의 날카로운 비명으로 중단되었다. 사담이 달려나갔고 그보다 느린 안줌이 걱정스러운 얼굴로 뒤따랐다. 그들이 본 것이 유령이 아닌 실물임을 믿는 데 시간이 조금 걸렸다. 자이나브가 하늘을 바라보며 공포에 질린 채 그 자리에 못박힌 듯 서 있었다.

까마귀 한 마리가 한쪽 날개를 부채처럼 펼치고 공중에 얼어붙은 듯 매달려 있었다. 보이지 않는 십자가에 비스듬히 매달린 깃털 달린 예수. 동요한 동료 까마귀들 수천 마리가 하늘 가득 낮게 날고 있었고, 그들의 곤혹스러운 까악거림이 도시의 다른 소리들을 모두 삼켜버렸다. 까마귀들 위로 조용한 솔개 무리가 맴돌고 있었는데 호기심 때문이었을 수도 있지만, 어쨌든 불가사의한 일이었다. 십자가에 박힌 까마귀는 미동도 없었다. 삽시간에 구경꾼들이 모여들어 작은 무리를 이루었다. 그들은 극도로 겁에 질린 채 그 상황을 지켜보며, 얼어붙은 까마귀의 주술적 의미에 대해 서로에게 알려주고 그 불길한 징조가, 무시무시한 저주가 초래할 참사의 정확한 본질에 대해 토론했다.

그 일은 불가사의가 아니었다. 까마귀가 날아가다가 묘지의 반얀나무 고목들의 가지에 엉켜 있던 보이지 않는 연줄에 날개 깃털이 걸린 것이었다. 중죄를 저지른 범인—자주색 종이연—은 잎사귀들 사이로 죄스러운 듯 빼꼼 내다보고 있었다. 그 연줄은 갑자기 시장에 넘쳐나게 된 중국산 신제품으로, 투명하고 질긴 플라스틱에 유리 가루를 입혀 만든 것이었다. 독립기념일 연싸움꾼들은 상대의 연줄을 '잘라' 연을 추락시키기 위해 그걸 사용했다. 그 연줄은 이미 델리에서 몇 건의 비극적 사고를 유발했다.

까마귀는 처음엔 빠져나가려고 용을 썼지만 몸을 움직일 때마다 연줄이 날개에 더 깊이 박힌다는 걸 깨달은 듯했다. 그래서 머리를 옆으로 기울이고 당혹감에 찬 반짝이는 눈으로 아래에 모여 있는 사람들을 내려다보며 가만히 있었다. 시간이 흐를수록 괴로워하는 히스테리컬한 까마귀들이 늘어나면서 하늘은 점점 더 빽빽해져갔다.

상황을 판단하고 황급히 사라졌던 사담이 포장용 끈과 빨랫줄을 꼬아서 만든 긴 밧줄을 가지고 돌아왔다. 그는 밧줄 끝에 돌멩이를 묶은 후, 선글라스 속에서 눈을 가늘게 뜨고 태양을 바라보며 보이지 않는 연줄의 위치를 본능적으로 가늠하고는, 연줄에 밧줄을 걸어 돌멩이의 무게로 끌어내릴 요량으로 하늘을 향해 던졌다. 몇 번 돌멩이를 바꾸어가며(하늘 높이 올라갈 수 있을 만큼 가벼우면서도, 나뭇잎에 걸린 연줄을 끌어내릴 수 있을 만큼 무거워야 했다) 시도한 끝에 성공을 거둘 수 있었다. 이윽고 연줄이 땅에 떨어졌다. 까마귀는 처음엔 연줄과 함께 떨어지는가 싶더니 어느새 마법처럼 날아가버렸다. 하늘은 밝아지고 까마귀 울음소리는 잦아들었다.

정상상태가 선포되었다.

비이성적이고 비과학적인 기질을 지닌 구경꾼들(우스타니지를 포함한 묘지의 모든 사람들)은 대재앙이 비껴가고 대신 축복이 내렸다고 믿었다.

멋진 활약으로 화제의 인물이 된 사담에게 축하와 포옹, 키스가 쏟아졌다.

그런 기회를 그냥 흘려보내는 법이 없는 사담은 이제 자신의 때가 왔다고 생각했다.

그날 밤늦게 사담은 안줌의 방으로 갔다. 안줌은 한쪽 팔꿈치로 몸을 받친 채, 모로 누워 곤히 잠든 미스 제빈 2세를 다정하게 내려다보고 있었다. (아직은 자이나브에게 들려주었던 부적절한 잠자리 이야기를 들려줄 때가 아니었다.)

"상상해봐. 신의 은총이 없었다면 이 어린것이 지금 국립 고아원에 있을 거 아냐." 안줌이 말했다.

사담은 정중한 침묵으로 예의를 지킨 후 안줌에게 자이나브와의 결혼을 허락해달라고 정식으로 청했다. 안줌은 갑자기 해묵은 아픔이 되살아나서 그를 쳐다보지도 않고 조금 매섭게 말했다.

"그걸 왜 나한테 말해? 사이다한테 말해. 사이다가 걔 엄마니까."

"나도 사정을 알아요. 그래서 당신한테 말하는 거예요."

안줌은 기뻤지만 내색하지 않았다. 대신 사담이 낯선 사람이라도 되는 양 그를 위아래로 훑어보았다.

"자네는 죄를 짓고 이라크의 사담 후세인처럼 교수형을 당할 작정을 하고 있는데, 자이나브가 그런 남자와 결혼해야 하는 이유를 하나만 대봐."

"아레 야르, 그건 이제 끝난 얘기예요. 다 지나갔다고요. 우리 사람들이 들고일어났으니까요." 사담이 자신의 휴대전화를 꺼내 사담 후세인 처형 동영상을 찾았다. "자, 보세요. 당신이 보는 앞에서 지금 삭제하고 있으니까요. 보세요, 삭제됐어요. 이제 필요 없어요. 이제 새로운 영상을 갖고 있어요. 보세요."

안줌은 침대에서 삐걱거리며 몸을 일으켜 앉으면서 작은 소리로 온화하게 투덜댔다. "야 알라! 내가 무슨 죄가 많아서 이런 미치광이를 참아줘야 하나?" 그녀는 독서용 안경을 꼈다.

사담이 그녀에게 보여준 새 동영상은 고풍스러운 식민지 시대풍 방갈로—구자라트의 지방행정관 사무실—에 녹슨 픽업트럭 몇 대가 서 있는 장면으로 시작되었다. 그 트럭들에는 오래된 소 사체와 뼈들이 높이 쌓여 있었다. 격분한 달리트 청년들이 소 사체를 트럭에서 내려 방갈로의 넓은 주랑식 베란다로 던지기 시작했다. 그들은 진입로에 소의 뼈로 섬뜩한 자취를 남기고, 지방행정관 사무실 테이블에 뿔 달린 거대한 두개골을 올려놓았으며, 예쁜 안락의자들 등받이에 마치 장식용 덮개처럼 뱀 모양의 척추를 걸쳐놓았다.

안줌은 충격을 받은 표정으로 비디오를 보고 있었고, 휴대전화 불빛이 그녀의 완벽하게 흰 치아에 반사되었다. 청년들은 소리를 지르고 있는 게 분명했지만, 미스 제빈을 깨우지 않기 위해 전화기 볼륨을 죽인 상태였다.

"뭐라고 외치는 거지? 구자라트 말인가?" 안줌이 물었다.

"당신들 어머니다! 당신들이 돌봐라!" 사담이 속삭였다.

"아이 하이! 그들이 이 청년들을 어떻게 할까?"

"그 불쌍한 멍청이들이 뭘 어쩌겠어요? 제 똥구멍도 못 닦는 것들인데. 그들은 제 어미도 못 갖다 묻어요. 그들이 어떻게 할지는 나도 몰라요. 그건 그들이 신경쓸 문제지 우리 문제가 아니죠."

"그래 이제 어쩔 건가?" 안줌이 말했다. "그 동영상을 삭제했다는 건…… 그 경찰놈을 죽이는 걸 포기했다는 뜻인가?" 안줌은 실망한 목소리였다. 거의 못마땅하기까지 한 기색이었다.

"이제 놈을 죽일 필요가 없어요. 영상을 보셨잖아요. 우리 사람들이 들고일어났다고요! 그들이 싸우고 있어요! 이제 우리에게 세라와트 개인이 무슨 의미가 있겠어요? 아무 의미도 없어요!"

"자넨 인생의 큰 결정을 모두 휴대전화 영상을 근거로 내리나?"

"요샌 다 그런걸요, 야르. 이제 세상엔 동영상뿐이에요. 하지만 그 청년들이 한 일을 보세요! 그건 진짜예요. 영화가 아니라. 그들은 배우가 아니라고요. 다시 보실래요?"

"아레, 그렇게 쉬운 일이 아냐, 이 사람아. 그들은 이 청년들을 때리고 매수할 거야…… 그게 요새 그들이 쓰는 수법이지…… 그리고 청년들도 그 일을 안 하면 돈벌이는 어떻게 하지? 뭘 먹고 살지? 찰로*, 그건 나중에 생각해보세. 자네 부친 사진 잘 나온 거 있나? TV 방에 걸어놓게."

안줌의 말은 TV 방을 장식한 자키르 미안의 사진(빳빳한 지폐로

---

* '이제 그만'이라는 뜻.

접은 새들로 이루어진 화환을 두른) 옆에 사담의 부친 사진을 걸자는 뜻이었다. 그건 안줌이 사담을 사위로 인정하는 방식이었다.

사이다는 기뻐했고, 자이나브는 황홀해했다. 결혼식 준비가 시작되었다. 틸로 마담을 포함한 모두가 자이나브가 디자인할 새 옷을 위해 치수를 쟀다. 결혼식 한 달 전, 사담이 가족들을 데리고 나가 특별히 한턱내겠다고 선언했다. 깜짝 선물이었다. 이맘 지아우딘은 너무 노쇠해서 갈 수 없었고, 우스타드 하미드는 마침 그날이 손자 생일이었다. 아자드 바르티야 박사는 사담이 선택한 장소가 자신의 원칙에 맞지 않는 곳이며 어쨌거나 자신은 음식을 먹을 수 없다고 했다. 그래서 일행은 안줌, 사이다, 님모 고라크푸리, 자이나브, 틸로, 미스 제빈 2세, 사담으로 구성되었다. 그들은 사담이 자신들을 위해 무엇을 준비했는지 상상도 못하고 있었다.

사담의 친구 나레시 쿠마르는 궁전 같은 저택과 고급 승용차 군단을 소유한 갑부 사업가의 운전기사 다섯 명 중 하나였는데, 정작 그 사업가는 델리에서 한 달에 사나흘밖에 머물지 않았다. 나레시 쿠마르가 가죽 좌석이 장착된 은색 메르세데스 벤츠를 몰고 결혼 전 파티 손님들을 태우러 묘지로 왔다. 자이나브는 앞좌석 사담의 무릎에 앉았고, 나머지는 뒷좌석에 끼어 탔다. 틸로는 벤츠를 타고 델리의 거리를 달리는 즐거움에 대해 상상도 못했었다. 하지만 그녀는 그것이 자신의 심하게 제한된 상상력 때문임을 금세 깨달았다. 차가 속도를 올리자 일행은 환호성을 내질렀다. 사담은 그들을 어디로 데려가는지 말해주려 하지 않았다. 차가 구시가지 부근을 지날 때, 그들은 친구들과 지인들 눈에 띄고 싶어서 열성적으로 창밖을 내다보았다. 남南델리로 들어서자 차와 그 안에 탄 사람들의 부조화가 호기심에 찬, 그리고 가끔은 분노어린 시선을 끌었다. 그들은 조금 겁을 먹고 차창을 올렸다. 그들은 가로수가 늘어선 긴 도로 끝에 있는 교차로에 정차하게 되었는데, 그곳에서 잔뜩 멋을 부린 히즈라 한 무리가 구걸을 하고 있었다—공식적으로는 구걸을 하고 있었지만 실상은 돈을 요구하며 차창을 쾅쾅 두드리고 있었다. 신호를 받고 정차한 모든 차들이 차창을 올린 상태였다. 차 안의 사람들은 히즈라들과 눈이 마주치지 않으려고 안간힘을 다했다. 히즈라들은 은색 벤츠를 보자 돈냄새를 맡고 차에 순진한 외국인이 타고 있기를 바라며 넷이 한꺼번에 몰려들었다. 그들이 공격을 개시하기도 전에 차창이 내려가고 안줌, 사이다, 님모 고라크푸리가 미소를 보내며 손가락을 벌린 히즈라 박수로 답하자 그들은 깜짝 놀랐다. 그 만남은 즉시 수다의 장이 되었다. 당신들 넷은 어떤 가라나 소속인가? 당신들 우스타드는 누구인가? 당신들 우스타드의 우스타드는 누구인가? 네 명의 히즈라는 팔꿈치로 벤츠 창틀을 짚고 차 안으로 상체를 기울인 채 다른 차들을 향해 엉덩이를 도발적으로 내밀고 있었다. 신호가 바뀌자 뒤에 있는 차들이 초조하게 경적을 울려댔다. 그들은 창의적인 욕설을 한 바가지 퍼붓는 것으로 대응했다. 사담이 그들에게 100루피와 자신의 명함을 줬다. 그리고 자신의 결혼식에 초대했다.

"꼭 와야 해요!"

그들은 웃으며 손을 흔들어주고 성난 차들 사이로 한가로이 뽐내며 걸어갔다. 차가 다시 속력을 내자, 사이다가 이제 성전환수술이 비용도 싸지고 기술도 발전하고 접근도 쉬워져서 히즈라들이 곧 사라질 거라고 말했다. "이제 아무도 우리가 겪었던 것들을 겪을 필요가 없게 되겠지."

"이제 몸속에 인도-파키스탄 전쟁을 품은 사람이 더이상 없을 거라는 얘긴가?" 님모 고라크푸리가 물었다.

"다 나쁘지만은 않았어. 우리가 멸종된다면 그건 유감스러운 일일 거야." 안줌이 말했다.

"다 나빴어. 그 돌팔이 닥터 무크타르를 잊은 거야? 그자한테 돈을 얼마나 많이 뜯겼는지?" 님모 고라크푸리가 말했다.

차는 넓거나 좁거나 평탄하거나 울퉁불퉁한 도로 위를 두 시간 넘게 강철 거품처럼 떠갔다. 빽빽한 아파트 숲 사이를 미끄러지듯 달리고, 거대한 콘크리트 놀이공원과 괴상한 디자인의 웨딩홀, 고층 빌딩만큼 높은 시멘트 조각상(시멘트로 된 표범 가죽 샅바를 걸치고 시멘트 코브라를 목에 건 시바와 지하철 선로 너머로 거대한 형상을 드러낸 하누만)을 지났다. 차들이 20차선을 쌩쌩 달리고 양옆으로 강철과 유리로 된 고층 빌딩들이 들어서고 있는, 밀밭만큼 넓고 '오줌을 누는 게 불가능한' 고가도로를 달렸다. 하지만 출구로 빠지자 고가도로 밑은 완전히 딴 세상임을 알 수 있었다—도로포장도 안 되어 있고, 차선도 없고, 가로등도 없고, 통제도 안 되는 거칠고 위험한 세상에서 버스, 트럭, 거세한 황소, 릭샤, 사이클, 손수레, 보행자 들이 생존을 위한 아귀다툼을 벌이고 있었다. 한 종류의 세상이 굳이 성가시게 멈추어 알은체하지 않고 다른 종류의 세상 위를 날아갔다.

강철 거품은 판자촌들과 희뿌연 연보라색 연무가 낀 공업화된 늪지대, 쓰레기가 널려 있고 슬럼가가 늘어선 철로를 지나 계속 미끄러지듯 달렸다. 이윽고 그들은 목적지에 도착했다. 도시 변두리. 시골이 빠르고 서툴고 비극적으로 도시로의 변모를 시도하고 있는 곳이었다.

쇼핑몰.

벤츠에 탄 사람들은 차가 지하 주차장으로 들어가면서 간단한 폭발물 검사를 위해 여인이 치맛자락을 들어올리듯 보닛과 트렁크를 연 다음 자동차로 가득한 지하로 내려가는 동안, 죽음과도 같은 침묵에 빠져들었다.

밝은 쇼핑몰로 들어섰을 때, 사담과 자이나브는 새로운 환경이 전혀 불편하지 않은 듯 행복하고 신이 나 보였다. 하지만 우스타니지를 포함한 나머지 사람들은 다른 우주로 통하는 문을 지난 듯한 표정이었다. 그 방문은 시작부터 제동이 걸렸는데, 에스컬레이터에서 작은 문제가 발생했기 때문이었다. 안줌이 에스컬레이터 타는 걸 거부했다. 그녀를 달래고 격려하는 데 자그마치 십오 분이 걸렸다. 마침내 틸로가 미스 제빈 2세를 안고, 사담은 안줌과 같은 계단에 서서 그녀 어깨에 팔을 두르고, 자이나브는 한 계단 위에서 안줌을 향해 서서 그녀의 두 손을 잡은 상태로 에스컬레이터를 타게 되었다. 그렇게 도와주는데도 안줌은 목숨을 잃을 수 있는 위험한 모험 스포츠라도 하듯 덜덜 떨면서 아이 하이!라고 외치며 올라갔다. 그들이 경이감에 차서 쇼핑객과 마네킹을 구분하려 애쓰며 쇼핑몰 안을 돌아다니는 동안, 님모 고라크푸리가 맨 먼저 평정을 되찾았다. 그녀는 드라이어로 부풀린 풍성한 머리에 선글라스를 얹고 손에는 커다란 쇼핑백을 든 반바지나 미니스커트 차림의 젊은 여자들을 만족스럽게 바라보았다.

"봐, 이게 내가 젊었을 때 하고 싶었던 모습이야. 나에겐 진짜 패션 센스가 있었거든. 하지만 아무도 이해를 못했지. 난 너무 시대를 앞서갔던 거야."

그들은 한 시간 동안 아무것도 안 사고 윈도쇼핑만 즐긴 후 '난도스'라는 레스토랑에서 점심을 먹었다. 주메뉴로 닭튀김이 푸짐하게 나왔다. 님모 고라크푸리와 안줌은 레스토랑에 처음 와본 것이라 자이나브가 님모 고라크푸리를 관리하고 사담은 안줌을 돌보기로 했다. 안줌은 노골적인 놀라움을 드러내며 옆 테이블에 앉은 사인 가족—늙은 커플과 젊은 커플로 이루어진—을 쳐다봤다. 모녀 사이가 분명한 두 여자는 똑같이 민소매 날염 상의와 바지 차림에 얼굴엔 덕지덕지 화장을 한 모습이었다. 딸의 약혼자로 보이는 젊은 남자는 테이블 위에 팔꿈치를 올려놓고 푸른색 반소매 티셔츠 위로 불거진 자신의 (커다란) 이두박근을 감탄의 눈길로 자주 내려다봤다. 나이든 남자만 유독 즐거워 보이지 않았다. 그는 가상의 기둥 뒤에 숨어서 바깥을 은밀히 내다보는 사람 같았다. 그 가족은 몇 분마다 일제히 대화를 중단하고 얼굴에 미소를 고정한 채 셀카를 찍었다—메뉴판과 함께, 웨이터와 함께, 음식과 함께, 그리고 서로와 함께. 셀카를 찍은 뒤에는 모두가 휴대전화를 돌려보았다. 그들은 레스토랑 안의 다른 사람들에겐 아무 관심이 없었다.

음식에 전혀 감동받지 않은 안줌은 먹는 것보다 그들에게 훨씬 더 관심이 많았다. 사담은 음식값을 지불한 후 의식이라도 치르듯 일행을 둘러봤다.

"내가 왜 여러분을 이 먼 곳까지 데려왔는지 다들 궁금하실 거예요."

"우리에게 두니야를 보여주려고?" 사담의 말이 TV 쇼에서 낸 퀴즈라도 되는 양 안줌이 대답했다.

"아뇨. 여러분 모두에게 우리 아버지를 소개하려고요. 여기가 아버지가 돌아가신 곳이에요. 바로 여기. 지금 이 건물이 서 있는 곳. 건물이 들어서기 전에 여긴 밀밭으로 둘러싸인 마을이었어요. 경찰서가 있었고…… 도로가……"

사담은 자신의 아버지에게 일어난 일에 대해 이야기했다. 자신이 둘리나경찰서의 세라와트 서장을 죽이겠다고 맹세했던 것, 그리고 그 계획을 포기한 이유에 대해서도 털어놓았다. 그리고 자신의 휴대전화에 담긴, 죽은 소들을 지방행정관 방갈로에 던지는 영상을 모두에게 차례로 보여줬다.

"우리 아버지 혼령이 여기서 떠돌고 있을 거예요. 이 장소에 갇혀서."

모두 그의 모습을 상상해보았다—시골 마을 소가죽 벗기는 사람인 사담의 아버지가 휘황찬란한 불빛 속에서 길을 잃고, 쇼핑몰 밖으로 나가는 길을 찾아 헤매는 광경을.

"여기가 그분의 묘로군." 안줌이 말했다.

"힌두교인은 매장을 안 해요. 그래서 묘가 없어요, 바디 엄마." 자이나브가 말했다.

어쩌면 여긴 온 세상의 묘일 수도 있지. 마네킹을 닮은 쇼핑객들은 더 이상 존재하지 않는 걸 사려고 하는 유령들일 수도 있고. 틸로는 그렇게 생각했지만 입 밖에 내어 말하진 않았다.

"이건 도리가 아냐. 이런 식으로 놔둬선 안 돼. 자네 부친에게 제대로 장례식을 치러드려야지." 안줌이 말했다.

"장례식은 제대로 치렀어요. 우리 마을에서 화장했어요. 내가 화장용 장작더미에 불을 붙였죠."

안줌은 수긍하지 못했다. 그녀는 사담의 아버지를 위해, 그의 영혼이 평안히 쉴 수 있도록 무언가를 해주고 싶었다. 많은 논의 끝에 그들은 쇼핑몰에서 그의 이름으로 셔츠를 한 장 사서(사람들이 영묘에서 차도르를 사는 것처럼) 묘지에 묻어 사담과 자이나브의 자식들이 자라면서 주변에서 할아버지의 존재를 느낄 수 있도록 해주기로 결정했다.

"내가 아는 힌두교 기도가 있어요!" 자이나브가 갑자기 말했다. "아바잔*을 추모하는 뜻으로 여기서 낭송해도 될까요?"

모두 몸을 기울여 경청의 자세를 갖췄다. 자이나브는 패스트푸드 레스토랑 테이블에 앉아 고인이자 미래의 시아버지에게 보내는 사랑의 편지로, 어렸을 때 안줌이 (폭도를 만났을 때 도움이 될 거라는 믿음으로) 가르쳐준 가야트리 만트라를 외우기 시작했다.

옴 부르 부바 스바하
타트 사비투르 바레니암
바르고 데바시아 디마히
디요 요 나 프라초다야트**

* '사랑하는 아버님'이라는 뜻.

** 오 신이시여, 그대는 생명을 주는 분/고통과 슬픔을 없애는 분/행복을 베푸는 분/오 우주의 창조자시여/죄를 파괴하는 위대한 빛을 내려주소서/저희의 지성을

사담 후세인 아버지의 두번째 장례식 날 아침, 틸로는 다른 것을 테이블 위에 놓았다. 말 그대로였다.*** 그녀는 어머니의 유골이 담긴 작은 단지를 내놓고 자신의 어머니도 묘지에 묻고 싶다고 말했다. 그래서 그들은 그날 합동 장례식을 치르기로 했다. 코친에 있는 전기 화장터에서 이루어진 화장 절차를 장례식으로 친다면 마리암 이페에게도 이번이 두번째 장례식이었다. 사담 후세인이 두 개의 무덤을 팠다. 한 무덤에는 멋진 마드라스체크 셔츠가 묻혔다. 다른 무덤에는 유골 단지가 묻혔다. 이맘 지아우딘은 그 비정통적인 절차에 약간 반대했지만 결국 기도를 올려주기로 했다. 안줌은 틸로에게 어머니를 위해 기독교식 기도를 올리고 싶은지 물었다. 틸로는 교회에서 어머니의 매장을 거부했으니 어떤 기도를 올려도 괜찮다고 설명했다. 어머니의 무덤 옆에 서 있는 틸로에게, 마리암 이페가 중환자실에서 환각 상태에 빠졌을 때 몇 번이고 되풀이했던 말이 떠올랐다.

나 지금 고자들에게 둘러싸여 있는 것 같다. 그러니?

당시엔 그저 어머니가 중환자실에서 퍼붓는 일상적인 욕설 중 하나에 불과한 줄 알았다. 그런데 이제 틸로는 오싹한 전율을 느꼈다. 어머니가 어떻게 안 걸까? 유골 단지를 묻고 무덤에 흙을 채운 후 틸로는 눈을 감고 어머니가 좋아하던 셰익스피어의 구절을 속

올바른 방향으로 인도하소서. (원주)

*** 영어로 '테이블 위에 놓다(put on the table)'라는 표현에는 '안건이나 제안 등을 내다'라는 뜻이 있다.

으로 암송했다. 그 순간, 그렇잖아도 이상한 곳이던 세상이 더 이상해졌다.

오늘부터 세상의 종말까지 크리스핀 축일은
우리들이 기억되지 않고는 지나갈 수 없을 것이다—
우리, 행복한 소수인 우리, 우리 형제들이여
나와 피를 흘리는 이들은 내 형제이며,
아무리 비천한 자라 할지라도
오늘이 그의 신분을 높여주리라.
지금 침대에 누워 있는 잉글랜드의 남자들은
오늘 이 자리에 없었던 것을 저주로 여길 것이며,
성 크리스핀 축일에 우리와 함께 싸웠던 이가 입을 열었을 때
자신의 사나이답지 못함을 부끄러이 여길 것이다.

틸로는 어머니가 이 남자답고 군인답고 호전적인 구절을 그토록 좋아하는 이유를 도무지 이해하지 못했었다. 하지만 이제 이해할 것 같았다. 눈을 뜬 그녀는 자신이 울고 있다는 걸 깨닫고 충격에 빠졌다.

자이나브와 사담은 한 달 후에 결혼했다. 하객들은 면면이 다양했다. 델리 전역의 히즈라들(교차로에서 만난 새 친구들을 포함해서), 패션디자인을 배우는 학생들이 대부분인 자이나브의 친구들, 우스타니지의 학생들과 학부모들 일부, 자키르 미안의 가족, 사담 후세인이 다양한 직업을 거쳐오면서 만난 청소부, 시체안치소 일

꾼, 시청 트럭운전사, 경호원 등의 옛 동료들. 아자드 바르티야 박사, D.D. 굽타, 로샨 랄도 당연히 참석했다. GB로드의 안와르 바이와 그의 여자들, 연자주색 크록스 신발을 신기엔 너무 커버린 그의 아들도 왔고, 미스 제빈 2세의 구출에서 주역을 맡았던 미녀 이슈라트도 인도르에서 왔다. 틸로와 아자드 바르티야 박사의 키 작은 구두 수선공 친구—자신의 아버지의 페종양 모양을 흙바닥에 그렸던—도 잠시 들렀다. 늙은 닥터 바가트도 왔는데, 여전히 흰옷을 입고 손목 밴드 위에 시계를 차고 있었다. 돌팔이 닥터 무크타르는 초대받지 못했다. 미스 제빈 2세는 어린 여왕처럼 차려입었다. 머리엔 작은 왕관을 쓰고 하늘하늘한 드레스를 입었으며, 삑삑 소리가 나는 신발을 신었다. 사담과 자이나브 부부는 모든 결혼선물 중에서 님모 고라크푸리가 준 염소를 제일 좋아했다. 그 염소는 이란에서 특별히 수입해온 것이었다.

우스타드 하미드와 그의 제자들이 노래를 불렀다.

모두 춤을 췄다.

나중에 안줌은 사담과 자이나브를 하즈라트 사르마드에게 데려갔다. 틸로, 사이다, 미스 제빈 2세도 함께 갔다. 그들은 향유와 부적 파는 사람, 순례자 신발 관리인, 불구자, 거지, 이드 축제를 위해 살을 찌우고 있는 염소 들을 지나쳤다.

자하나라 베굼이 아들 아프타브를 하즈라트 사르마드에게 데려가 아들을 사랑하는 법을 가르쳐달라고 기도한 날로부터 육십 년이 흘렀다. 안줌이 왕쥐를 데리고 그를 찾아가 시플리 자두를 풀어달라고 기도한 날로부터는 십오 년이 지났다. 미스 제빈 2세가 그곳을 처음 방문할 날로부터는 일 년이 넘게 지났다.

자하나라 베굼의 아들은 딸이 되었고, 왕쥐는 이제 신부가 되었다. 하지만 그것 말고는 별반 달라진 게 없었다. 바닥도 붉고, 벽도 붉고, 천장도 붉었다. 하즈라트 사르마드의 피는 아직도 씻기지 않았다.

호리호리한 남자 하나가 벌 엉덩이 같은 줄무늬가 있는 기도 모자를 쓰고 사르마드에게 간청하듯 묵주를 내밀고 있었다. 날염 사리 차림의 야윈 여자는 격자무늬 창살에 붉은 팔찌를 묶고는 아기의 이마를 바닥에 댔다. 틸로도 미스 제빈 2세를 데리고 똑같이 했는데, 아이는 그걸 재미난 놀이로 여겨 필요 이상으로 많이 했다. 자이나브와 사담은 격자무늬 창살에 팔찌를 묶고 반짝이 장식이 달린 새 벨벳 차도르를 하즈라트의 무덤 위에 놓았다.

안줌은 기도를 올린 후 사르마드에게 젊은 부부를 축복해달라고 간청했다.

그리고 사르마드—지복至福의 성자이자, 위로받지 못한 자들의 성인이며, 정확히 규정될 수 없는 자들, 신자들 속의 신성모독자, 신성모독자들 속 신자의 위안慰安인—는 그렇게 해주었다.

삼 주 후, 오래된 묘지에서 세번째 장례식이 열렸다.

어느 아침, 아자드 바르티야 박사가 자신이 받은 편지를 들고 잔나트 게스트하우스로 왔다. 한 여자가 그 편지를 직접 전달했는데, 그녀는 자신의 신분을 밝힐 수는 없고 바스타르 숲에서 온 편지라고만 했다는 것이었다. 안줌은 그게 어떤 숲이고 어디에 있는지 알지 못했다. 아자드 박사가 바스타르 숲과 그곳에 사는 원주민 부족들, 그들의 땅을 노리는 광산 업체들, 그리고 그 업체들을 위해 땅을 개간하려고 하는 보안부대에 대항해 전쟁을 벌이고 있는 마오쩌둥주의 게릴라에 대해 간단히 설명해주었다. 그 편지는 영어로, 작고 빽빽한 글씨로 쓰여 있었다. 날짜는 적혀 있지 않았다. 아자드 바르티야 박사는 미스 제빈 2세의 친모가 보낸 편지라고 말했다.

"찢어버려요!" 안줌이 호통을 쳤다. "아기를 버릴 때는 언제고 이제 와서 자기가 친엄마라고 나타나다니!" 편지를 향해 달려드는 그녀를 사담이 막았다.

"걱정 마세요. 그녀는 돌아오지 않으니까." 아자드 바르티야 박사가 말했다.

장문의 편지였는데 종이를 구하기가 어려웠는지 양면에 쓰였고, 단락 전체를 줄을 그어 지운 부분들이 있었으며, 문장들이 다닥다닥 붙어 있었다. 종이 사이사이에 눌러서 말린 꽃들이 들어 있었지만 편지를 총알 모양으로 작게 접어서 전달하는 바람에 모두 부서진 채였다. 아자드 바르티야 박사가 편지를 자신의 실력이 미치는 데까지 대략적으로 번역해서 읽어주었다. 청중은 안줌과 틸로, 사담 후세인이었다. 그리고 미스 제빈 2세가 전력을 다해 방해했다.

아자드 바르티야 가루* 동무께,

잔타르만타르에 사흘간 머물면서 당신을 면밀히 관찰했기에

* 존경이나 존중의 의미를 담아 이름 뒤에 붙이는 텔루구어 존칭.

당신께 이 편지를 씁니다. 내 아이가 지금 어디에 있는지 아는 사람이 있다면 그건 아마도 당신일 거라고 생각합니다. 나는 텔루구족 여자라 유감스럽게도 힌디어를 모릅니다. 영어 또한 잘하지 못합니다. 미안합니다. 나는 인도 공산당(마오쩌둥주의)에서 정규직으로 일하는 레바티라는 사람입니다. 당신이 이 편지를 받게 되었을 때면 나는 이미 죽었을 겁니다.

몸을 앞으로 기울이고 잔뜩 몰입해서 듣고 있던 안줌은 이 대목에서 확연히 안도한 기색을 보이며 허리를 폈다. 그녀는 이제 흥미를 잃은 듯했다. 하지만 아자드 바르티야 박사가 계속해서 편지를 읽어가자 점차 다시 집중하면서 잠자코 경청했다.

내가 이 세상에 존재하지 않게 되었다는 소식을 들으면 수구나 동무가 이 편지를 당신에게 보낼 겁니다. 당신도 아시다시피 우리는 금지된 지하 인물들이고 나의 이 편지는 지하 중에서도 지하의 것이라고 할 수 있어서, 안전한 경로를 통해 당신에게 전달되는 데 최소한 오 주에서 육 주는 걸릴 겁니다. 나는 델리에 아이를 놓고 온 후로 몹시 양심의 가책을 느끼고 있습니다. 잠을 잘 수도, 휴식을 취할 수도 없습니다. 나는 그 아이를 원하지 않습니다. 하지만 그 아이가 고통받는 것도 원하지 않습니다. 따라서 당신이 그 아이가 있는 곳을 아는 경우에 대비해, 그 아이에 대한 솔직한 이야기를 조금 들려드리고 싶습니다. 나머지는 당신의 결정에 달려 있습니다. 내가 그 아이에게 지어준 이름은 우다야입니다. 텔루구어로 일출을 의미하죠. 단다카라냐 숲에서 일출 때 태어났기 때문에 그런 이름을 붙였습니다. 아이가 태어났을 때 나는 솔직히 그애를 증오했고 그래서 죽일 생각을 했습니다. 진짜 내 아이가 아닌 것처럼 느껴져서요. 그 아이는 진짜로 내 아이가 아닙니다. 진짜로 당신이 내가 여기에 쓴 그 아이 이야기를 본다면, 나는 그애의 엄마가 아닙니다. 강이 엄마이고 숲이 그 아이 아버집니다. 이건 우다야와 레바티의 이야기입니다. 나 레바티는 안드라프라데시주의 동東고다바리 지구 출신입니다. 나의 카스트는 BC(후진後進 카스트)*에 속하는 세티발리자입니다. 내 어머니 이름은 인두마티입니다. 중학교 졸업자이고요. 어머니는 열여덟 살 때 아버지와 결혼했습니다. 아버진 군에서 일했습니다. 어머니보다 훨씬 나이가 많았고요. 아버진 휴가 때 고향에 왔다가 무척이나 살결이 희고 예쁜 어머니에게 반했습니다. 약혼 후 결혼식을 올리기 전에 아버진 무기고 근처에서 담배를 피우다가 군법회의에 회부되었습니다. 그는 고다바리강을 사이에 두고 어머니의 마을과 반대편에 있는 자신의 마을에 와서 살게 되었습니다. 그의 가족도 어머니와 같은 카스트였지만 더 부자였습니다. 결혼식 도중에 그들은 어머니를 식장에서 일어서게 하고 더 많은 지참금을 요구했습니다. 외할아버지는 돈을 빌리러 달려가야 했죠. 그제야 그들은 결혼식을 속행했고요. 아버진 결혼 직후부터 변태적이고 가학적인 성향을 보이기 시작했습니다. 어머니에게 짧은 치마를 입고 사교댄스를 추라고 했죠. 어머니가 거부하자 어머니 몸을 칼로 긋고 자신을 만

* Backward Caste. 불가촉천민 계급을 제외한 기타 하위 계급 카스트들을 가리킨다.

족시켜주지 못한다고 불평했습니다. 몇 달 후에 아버진 어머니를 외할아버지가 있는 친정으로 보냈습니다. 내가 어머니 뱃속에서 오 개월이 되었을 때 어머니 남동생이 어머니를 아버지 마을로 다시 데려다줬습니다. 어머니는 아주 좋은 사리와 장신구로 치장하고 시어머니께 드릴 단것이 든 은그릇 두 개와 새 사리 스물다섯 벌을 가져갔습니다. 아버진 집에 없었습니다. 시집 식구들은 어머니를 들여보내주지 않고, 문밖으로 나와 단것이 든 은그릇을 발로 찼습니다. 어머니는 너무도 수치스러웠습니다. 집으로 돌아가는 길에, 어머니는 강 한가운데에서 장신구를 벗어놓고 배에서 뛰어내렸습니다. 나는 그때 오 개월 된 태아였습니다.

사공이 어머니를 구해서 집에 데려다주었습니다. 나는 외할아버지 댁에서 태어났습니다. 임신했을 때 어머니 배는 무척 컸습니다. 그래서 쌍둥이가 태어날 거라고 생각했죠. 하지만 내가 나왔습니다. 나는 피부가 검고 체중이 많이 나갔습니다. 어머니는 내 피부색을 보고 이틀 동안 의식을 잃었습니다. 하지만 그후로는 절대 내 곁을 떠나지 않았습니다. 온 동네 사람들이 수군거렸습니다. 아버지의 가족도 내가 얼마나 검은지 알게 되었습니다. 그들은 카스트와 피부색에 대한 편견이 심했습니다. 그들은 내가 그들 자식이 아니라 말라, 혹은 마디가 카스트라고, BC가 아니라 SC*라고 말했습니다. 나는 외할아버지 댁에서 자랐습니다. 외할아버지는 축산업에 종사하셨습니다. 공산주의자이셨고요.

* Scheduled Caste. '지정 카스트'라는 뜻으로 불가촉천민의 공식 명칭.

할아버지는 초가집에 살았지만 책이 많았습니다. 할아버지는 나이가 들면서 눈이 보이지 않게 되었습니다. 당시 나는 학교에 다녔고 할아버지에게 〈일러스트레이티드 위클리〉 〈컴피티션 석세스 리뷰〉 〈소비에트 부미〉 같은 잡지들을 읽어드리곤 했습니다. 『작고 검은 물고기』 동화책도 읽어드렸고요. 우린 인민출판사에서 나온 책들을 많이 가지고 있었습니다. 아버진 밤에 어머니를 괴롭히러 외할아버지 댁으로 찾아오곤 했습니다. 나는 그를 미워했습니다. 그는 밤에 뱀처럼 집 주위를 돌아다녔습니다. 어머니는 그를 따라갔고, 그는 어머니를 고문하고 칼로 그은 후 돌려보내곤 했습니다. 그가 부르면 어머니는 늘 따라갔습니다. 얼마 후 그는 다시 어머니를 데리고 자신의 마을로 돌아가서 살게 되었습니다. 어머니는 다시 임신을 했습니다. 외할아버지 마을의 여자들은 둘째 아기도 검게 태어나 어머니가 정숙한 아내였음을 입증해주기를 기도했습니다. 그들은 사원에서 검은 암탉 서른 마리를 제물로 바쳤습니다. 천만다행으로 남동생도 검게 태어났습니다. 하지만 아버진 다시 어머니를 친정으로 보내고 다른 여자와 결혼했습니다. 나는 변호사가 되어 아버지를 영원히 감옥에 보내고 싶었습니다. 하지만 곧 공산주의와 혁명적 사고의 영향을 받게 되었습니다. 나는 공산주의 문학을 읽었습니다. 외할아버지는 나에게 혁명 노래들을 가르쳐주었고 우리는 함께 그 노래들을 부르곤 했습니다. 어머니와 외할아버지는 내 학비를 마련하기 위해 코코넛을 훔쳐다 팔았습니다. 그들은 내게 자잘한 장신구를 사주고 아주 멋지게 꾸며주었으며 많은 남학생들이 나를 좋아했습니다. 나는 대학 예비 과정을 마치고 의과대학에 지원해 합격했으나 등록금을 낼 돈이 없었습니다. 그래서 와랑갈에 있는 국립대학에 들어갔습니다. 그곳에서는 자유운동이 매우 활발했습니다. 숲 안에서뿐 아니라 밖에서도요. 니르말라카 동무와 락스미 동무가 여학생 기숙사를 방문해 우리 여학생들에게 '계급의 원수'에 의해 자행되는 착취와 우리 나라의 끔찍한 빈곤 상태에 대해 이야기해주곤 했는데, 나는 1학년 때 그들에게 발탁되었습니다. 나는 대학 때부터 파트타임으로 당의 배달원 일을 했습니다. 그후 여성 단체인 '마힐라 상감'에 들어가 빈민촌과 시골에서 계급의식을 일깨우는 일을 했습니다. 우리는 텔랑가나주 전역에서 당의 통신 채널이 되었습니다. 우리는 소책자와 팸플릿을 들고 버스로 이동하며 집회에 참석했습니다. 우리는 항의 집회들에서 노래하고 춤을 추었습니다. 나는 마르크스와 레닌, 마오쩌둥을 읽고 마오쩌둥주의에 대한 확신을 갖게 되었습니다.

당시는 무척 위험한 상황이었습니다. 모든 경찰, 즉 코브라*와 그레이하운드**, 안드라 경찰이 사방에 깔려 있었습니다. 수백 명의 당 일꾼들이 죽어나갔습니다. 경찰은 특히 여성 일꾼들을 가장 증오했습니다. 그들은 니르말라카 동무를 죽이면서 그녀의 배를 찢고 내장을 모두 꺼냈습니다. 락스미 동무 역시 그냥 죽이지 않고 눈알을 도려냈습니다. 그녀를 위한 대대적인 시위가 열렸습니다. 또 파드마카 동무의 경우, 그녀를 체포했을 때

---

* COBRA(Commando Battalion for Resolution Action). 게릴라전에 특화된 인도 중앙예비경찰대 소속 특수부대.

** 인도 텔랑가나와 안드라프라데시 지역의 내란 진압 특수 조직.

양쪽 무릎을 부러뜨려 걸을 수 없게 만들고 신장과 간에 손상이, 엄청난 손상이 생길 정도로 심하게 구타했습니다. 그녀는 이제 감옥에서 나와 '아마룰라 반두 미트룰라 상가탄'*에서 일하고 있습니다. 그녀는 당 사람들이 죽었는데 그 가족이 가난해서 시체를 인수해올 여유가 안 되면 어디든 달려갑니다. 트랙터든 템포 삼륜차든 무엇에든 시체를 싣고 와서 가족이 장례를 치를 수 있도록 해주죠. 2008년에는 숲의 상황이 훨씬 최악으로 치달았습니다. 정부가 '그린 헌트 작전'을 선포한 것입니다. 인민을 상대로 한 전쟁. 수천 명의 경찰과 준군사 조직이 숲에 있습니다. 원주민들을 죽이고 마을들을 불태우면서요. 원주민들은 집이나 마을에서 지낼 수가 없습니다. 밤이면 경찰이 백 명, 이백 명, 어떤 때는 오백 명씩 몰려오기 때문에 숲에서 한뎃잠을 자야 합니다. 경찰은 모든 걸 빼앗고, 불태우고, 훔칩니다. 닭, 염소, 돈. 그들은 철강 마을과 광산을 만들기 위해 원주민들이 숲을 떠나기를 원합니다. 수천 명이 감옥에 있습니다. 이런 정치적인 문제는 밖에서도 글을 통해 접할 수 있습니다. 우리 잡지 〈피플스 마치〉를 읽어도 되고요. 그러니 우다야 이야기만 하겠습니다. 그린 헌트 작전 때 당에서는 PLGA—인민 해방 게릴라군People's Liberation Guerrilla Army—모집에 나섰습니다. 그때 나는 다른 두 동지와 군사훈련을 위해 바스타르 숲에 들어갔습니다. 나는 그곳에서 육 년 넘게 활동했습니다. 그곳에서 나는 가끔 마세 동무라고 불렸습니다. 검은 여자라는 뜻이지요. 나는 이 이름을 좋아합니

* 순교한 마오쩌둥주의 운동가들을 위한 조직.

다. 하지만 우리는 다른 이름들, 서로의 이름들을 사용하기도 합니다. 나는 PLGA 소속이지만 대학 교육까지 받았기 때문에 당의 외부 일도 하고 있습니다. 그래서 가끔 와랑갈이나 바드라찰람, 캄맘에 가야 합니다. 나라얀푸르에도요. 이제 마을과 도시들에 우리를 고발하는 정보원들이 많아서 그건 매우 위험한 일입니다. 그런 까닭으로 나는 외부에서 돌아오는 길에 쿠두르 마을에서 체포된 적이 있습니다. 당시 나는 사리를 입고 팔찌를 하고 핸드백을 들고 진주 목걸이 두 개를 걸고 있었습니다. 나는 싸울 수가 없었습니다. 나의 체포는 공개되지 않았습니다. 나는 포박된 후 클로로포름에 마취되어 어딘지 모를 곳으로 끌려갔습니다. 깨어나보니 어두웠습니다. 나는 문 두 개와 창문 두 개가 있는 방에 있었습니다. 교실이었습니다. 칠판이 있었지만 가구는 없었습니다. 국립학교였습니다. 숲속의 모든 학교는 경찰 주둔지가 되었습니다. 선생님들도 학생들도 오지 않습니다. 나는 알몸이었습니다. 경찰 여섯 명이 나를 둘러쌌습니다. 하나가 칼로 내 살을 그었습니다. "그러니까 넌 네가 위대한 영웅이라고 생각한다는 거지?" 그가 물었습니다. 내가 눈을 감으면 그들은 나를 때렸습니다. 두 명은 내 양손을, 두 명은 양다리를 잡고 있었습니다. "너희 당을 위해 너에게 선물을 주고 싶군." 그들은 담배를 피우며 나에게 담뱃불을 갖다댔습니다. "너희 소리 잘 지르잖아! 어디 소리질러봐, 무슨 일이 일어나나!" 나는 그들이 나를 파드마카와 락스미처럼 죽일 거라고 생각했지만 그들은 이렇게 말했습니다. "걱정 마라 깜둥이. 풀어줄 테니까. 우리가 너에게 어떻게 했는지 그들에게 가서 말해라. 너는 위대한 영웅이야.

넌 그들에게 총알, 말라리아 약, 식량, 칫솔을 공급하니까. 우리도 다 안다. 넌 얼마나 많은 순진한 소녀들을 너희 당으로 보냈지? 넌 모두를 망치고 있어. 이제 가서 누군가와 결혼해라. 조용히 정착해. 하지만 먼저 결혼 체험을 하게 해주지." 그들은 계속해서 내 몸을 담뱃불로 지지고 칼로 그었습니다. 하지만 나는 소리를 지르지 않았습니다. "왜 소리를 안 지르지? 소리를 지르면 너의 위대한 지도자들이 와서 구해줄 텐데. 너희들은 소리를 안 지르나?" 그러곤 한 남자가 내 입을 억지로 벌렸고 다른 남자가 내 입에 성기를 넣었습니다. 나는 숨을 쉴 수가 없었습니다. 나는 이대로 죽겠구나 생각했습니다. 그들은 계속 내 얼굴에 물을 끼얹었습니다. 그리고 모두가 여러 차례 나를 강간했습니다. 그 중 하나가 우다야의 아버지입니다. 누구인지 내가 어떻게 알겠습니까? 나는 의식이 없었습니다. 다시 깨어나보니 온몸에서 피가 나고 있었습니다. 문이 열려 있었습니다. 경찰들은 밖에서 담배를 피우고 있었습니다. 내 사리가 보였습니다. 그걸 천천히 집었습니다. 뒷문이 조금 열려 있었고 밖은 논이었습니다. 그들은 내가 도망치는 걸 보고 처음엔 쫓아왔지만, 내가 넘어지자 이렇게 말했습니다. "놔둬, 보내줘." 그건 숲속의 많은 여자들이 당한 일입니다. 그래서 나는 용기를 얻었습니다. 나는 들판을 달렸습니다. 달빛밖에 없었습니다. 아스팔트 도로에 닿았습니다. 도로로 올라갔습니다. 나는 사리밖에 없었습니다. 블라우스도, 속치마도 없었습니다. 나는 되는대로 사리를 걸쳤습니다. 버스 한 대가 왔습니다. 나는 버스에 탔습니다. 맨발이었습니다. 피를 흘리고 있었고요. 얼굴은 호박 같았습니다. 입은 그들에게 숱하게 물려서 커다랬습니다. 버스는 비어 있었습니다. 차장은 아무 말도 하지 않았습니다. 표를 달라고 하지도 않았습니다. 나는 창가 좌석에 앉았고 클로로포름 기운 때문에 잠이 들었습니다. 차장이 캄맘에서 나를 깨우며 말했습니다. "종점입니다." 나는 버스에서 내렸습니다. 나는 그곳이 캄맘임을 알고 안도했는데, 그곳에 내가 잘 아는 닥터 고우리나트의 병원이 있었기 때문입니다. 나는 그를 찾아갔습니다. 나는 술 취한 사람처럼 걸었습니다. 문을 두드리자 그의 아내가 문을 열더니 비명을 질렀습니다. 나는 그녀의 침대에 앉았습니다. 나는 미친 사람처럼 보였습니다. 담뱃불로 지진 얼굴, 가슴, 젖꼭지, 배가 수포로 뒤덮였습니다. 침대가 온통 피투성이가 되었습니다. 닥터 고우리나트가 와서 응급처치를 해줬습니다. 나는 클로로포름 때문에 계속 잤습니다. 깨어나면 울기만 했습니다. 나는 숲에 있는 동지들, 레누, 다마얀티, 나르마다 아카*에게 가고 싶은 마음뿐이었습니다. 닥터 고우리나트는 나를 열흘간 데리고 있었습니다. 그후 숲에서 연락이 와서 숲으로 돌아갔습니다. 나는 12킬로미터를 걸어갔고 그다음에 PLGA 분대가 와서 그들과 함께 지역 위원회 위원들이 있는 캠프까지 다섯 시간 이상을 걸어갔습니다. 중심 지도자인 P.K. 동무가 나에게 무슨 일이 일어났는지 물었습니다. 그는 지금 이 세상에 없습니다. 그 역시 교전중 사망했습니다. 내가 울면서 말을 해서 그는 무슨 말인지 알아듣지 못했습니다. 그래서 처음엔 내가 당의 어떤 동지에 대해 불평하고 있다고 생각했습

* '자매'라는 뜻.

니다. P.K. 동무가 말했습니다. "나는 그렇게 감정에 빠져서 횡설수설하는 건 이해 못해. 우린 군인이야. 감정은 빼고 보고하듯 말해." 그래서 나는 보고하듯 말했습니다. 하지만 나도 모르게 눈으로는 울고 있었습니다. 나는 여성 동지들에게 상처를 보여주었습니다. 그후 그들은 이틀간 대책을 생각했습니다. 그러더니 다시 나를 불러 외부로 나가서 '레바티 아티아차르 베티레크 위원회'—레바티 강간 방지 위원회—를 만들어야 한다고 말했습니다. 게다가 주민 이천 명에 수동 펌프는 두 개밖에 없는 빈민촌을 맡으라고 임무까지 맡겼습니다. 나는 몸이 너무 아픈데 수동 펌프를 더 만들어달라는 시위까지 조직해야 했습니다. 믿을 수 없는 일이었습니다. 하지만 그들은 내게 스스로 일어서야 한다고 말했습니다. 하지만 나는 그때까지 걸을 수가 없어서 외부로 나갈 수가 없었습니다. 출혈이 멈추지 않았습니다. 발작을 일으키기도 했습니다. 상처 때문에 패혈증이 생겼고요. 나는 나갈 수가 없었습니다. PLGA 분대와 행진할 수가 없었습니다. 다시 나는 숲속 마을에 남겨졌습니다. 석 달 후에야 걸을 수 있었습니다. 그런데 임신이 되고 말았습니다. 하지만 신경쓰지 않았습니다. 나는 PLGA에 재합류했습니다. 하지만 당에서 알게 되자 또다시 그들은 PLGA 여성은 아이를 갖는 게 금지되어 있으니 외부로 나가라고 말했습니다. 나는 우다야가 태어날 때까지 숲에 머물렀습니다. 처음 우다야를 보았을 때 엄청난 증오를 느꼈습니다. 그 경찰 여섯 명이 그때처럼 내 몸을 칼로 긋고 담뱃불로 지지는 느낌이었습니다. 나는 아기를 죽이기로 했습니다. 그래서 아기 머리에 총을 갖다댔는데 아기가 너무 작고 귀여워서 방아쇠를 당길 수가 없었습니다. 당시 숲 외부에서는 '인민을 상대로 한 전쟁'에 반대하는 대대적인 캠페인이 벌어지고 있었습니다. 델리의 큰 단체들이 군중 재판을 열었습니다. 피해를 당한 원주민들에게 델리로 와 전국적인 언론 앞에서 증언해달라는 요청이 들어왔습니다. 당에서는 나에게 원주민들을 데리고 지역 변호사와 운동가들과 함께 그곳으로 가라고 했습니다. 나는 어린아이가 있어서 훌륭한 위장이 될 수 있다고요. 나는 텔루구어가 매우 유창했고 모든 사실들을 알고 있었습니다. 델리에 훌륭한 통역가들이 있었습니다. 재판이 끝난 후 나는 원주민 피해자들과 함께 잔타르만타르에서 사흘간 시위를 벌였습니다. 그곳에서 훌륭한 사람들을 많이 보았습니다. 하지만 나는 외부에서 그들처럼 살 수는 없었습니다.

나에게 당은 어머니이자 아버지입니다. 당은 나쁜 짓도 많이 했습니다. 죽여서는 안 될 사람들을 죽였습니다. 여자들이 당에 들어가는 건 그들이 혁명가이기 때문이기도 하지만 가정에서 받는 고통을 견딜 수 없어서이기도 합니다. 당은 남자와 여자가 평등하다고 말하지만 그래도 여전히 이해를 못합니다. 나는 스탈린 동무와 마오쩌둥 주석이 좋은 일뿐 아니라 나쁜 일도 많이 했다는 걸 압니다. 하지만 그래도 당을 떠날 수가 없습니다. 나는 외부에서는 살 수 없습니다. 나는 잔타르만타르에서 훌륭한 사람들을 많이 보았기에 그곳에 우다야를 남기고 갈 생각을 하게 되었습니다. 나는 당신이나 그들처럼 될 수 없습니다. 나는 단식투쟁을 하고 요구를 하며 살 수 없습니다. 숲에서는 날마다 경찰이 가난한 사람들을 죽이고 강간하고 불태웁니다. 외부에서는 당신 같은 사람들이 투쟁하고 쟁점들을 다룹니다. 하지만 숲 내부에는 우리뿐입니다. 그래서 나는 내 총으로 살고, 내 총으로 죽기 위해 단다카라냐로 돌아갑니다.

읽어주셔서 감사합니다 동무.

붉은 경례! 랄 살람*!

레바티

❧

"랄 살람 알레이쿰."** 편지가 끝나자 안줌이 무심코 보인 본능적인 반응이었다. 그건 하나의 거대한 정치운동의 시작이 될 수도 있었지만, 그녀는 그저 감동적인 설교를 들은 후에 덧붙이는 '아멘'처럼 내뱉은 말일 뿐이었다.

그 편지를 들은 사람들은 이제 더이상 살아 있지 않은 먼 곳의 미지의 여인의 이야기에서 저마다의 방식으로 자신의 이야기를, 자신의 인도-파키스탄 전쟁을 보았다. 그리하여 그들은 마치 나무나 어른 코끼리의 대형처럼 미스 제빈 2세를 둘러싸고 간격을 좁혀, 미스 제빈 2세가 자신의 생물학적 어머니와는 달리 보호와 사랑을 받으며 자랄 수 있는 물샐틈없는 요새를 만들었다.

하지만 묘지 중앙정치국***에서는 미스 제빈 2세가 그 편지에 대

---

* '붉은 경례'라는 뜻으로, 주먹을 들어올리는 공산당식 인사다.

** '당신에게 평화가 깃들기를'이라는 의미의 이슬람교식 인사 '살람 알레이쿰'에 '붉은'이라는 뜻의 '랄'을 붙인 것.

*** 묘지 운영 위원회에 공산당식 명칭을 붙인 것이다.

해 알아야 하느냐 아니냐의 문제가 당면한 의제가 되었다. 총서기 안줌은 그 문제에 대해 분명한 입장을 보였다. 미스 제빈 2세가 그녀의 무릎에 서서 그녀의 코를 잡고 얼굴에서 떼어낼 기세로 비틀고 있는 가운데 그녀는 이렇게 말했다. "당연히 엄마에 대해 알아야지. 아버지에 대해서는 알아선 안 되고."

그들은 레바티를 정식으로 예를 갖추어 묘지에 묻기로 결정했다. 그녀의 시신이 없기에 편지를 무덤에 묻기로 했다. (틸로가 기록으로 남기기 위해 편지 복사본을 간직하기로 했다.) 안줌은 공산주의자의 장례식에는 정확히 어떤 의식들이 있는지 알고 싶어했다. (그녀는 공산주의자를 붉은 경례인이라고 불렀다.) 아자드 바르티야 박사가 자신이 아는 한 그런 건 없다고 대답하자 그녀는 약간 경멸조로 말했다. "무슨 그런 게 다 있어요? 무슨 사람들이 고인을 기도도 없이 떠나보내요?"

이튿날 아자드 바르티야 박사가 붉은 깃발을 구해왔다. 그들은 레바티의 편지를 밀폐용기에 넣고 깃발로 감쌌다. 매장이 진행되는 동안 그는 힌디어로 〈The Internationale〉*을 부르고 주먹을 들어 붉은 경례를 했다. 그렇게 관점에 따라 미스 제빈 2세의 첫번째 어머니일 수도, 두번째 어머니일 수도, 세번째 어머니일 수도 있는 레바티의 두번째 장례식이 끝났다.

묘지 중앙정치국은 그날 이후로 미스 제빈 2세의 정식 이름을 미스 우다야 제빈으로 정했다. 그녀 어머니의 묘비명은 단순했다.

---

* 프랑스에서 작곡된 국제 사회주의자 노래.

마세 레바티 동무
미스 우다야 제빈의 사랑하는 어머니
랄 살람

아자드 바르티야 박사는 미스 우다야 제빈—여섯 아버지와 세 어머니(빛의 실로 봉합된)의 딸—에게, 주먹을 쥐고 어머니에게 마지막으로 '랄 살람'을 말하는 법을 가르쳤다.

"……알 살람." 미스 우다야 제빈이 목구멍에서 울리는 소리로 말했다.

11
집주인

나는 아직 여기 있다. 여러분도 분명 그럴 거라고 짐작했을 것이다. 나는 그 재활센터에 들어가지 않았다. 내가 처음 여기 도착했을 때 시작된 폭음은 거의 육 개월 동안 간헐적으로 이어졌다. 하지만 나는 지금 맨정신이다—지금으로서는 맨정신이라고 해야 할 것이다. 술에 손을 대지 않은 지 일 년이 훌쩍 넘었다. 하지만 너무 늦었다. 나는 직장을 잃었다. 치트라는 나를 떠났고, 라비아와 아니아는 나와 말도 하지 않는다. 묘하게도 그 모든 것이 상상했던 것만큼 나를 불행하게 만들지는 않았다. 나는 고독을 즐기게 되었다.

지난 몇 개월 동안 나는 은둔자의 삶을 살았다. 술 대신 읽기에 탐닉했다. 나는 옥탑방에 있는 마지막 한 장의 서류까지—모든 기록, 모든 보고서, 모든 편지, 모든 비디오, 모든 서류철 속 모든 노란 포스트잇과 모든 사진—뒤져보는 것을 일로 삼았다. 그러니까 나는 이 일에도 중독적 성격의 속성을 보인 셈이다—극심한 죄책감, 쓸모없는 회한과 결부된 외골수적 정신 상태라는 의미에서. 나는 그 기이한 기록을 모두 섭렵한 후, 나 자신의 병적 욕구를 만족시키기 위해 그 혼돈에 얼마간의 논리와 질서를 부여하려고 했다. 하지만 어쩌면 그건 그저 또다른 죄를 짓는 것일 수도 있다. 어쨌거나 나는 서류와 사진들을 새로 정리해 상자에 넣고 봉해서, 만일 혹은 언젠가 그녀가 오면 쉽게 가져갈 수 있게 해두었다. 게시판은 벽에서 떼어 그녀가 나중에 큰 어려움 없이 사진과 포스트잇을 똑같은 순서로 다시 붙일 수 있도록 포장했다. 이 모든 건 내가 옥탑방으로 이사했다는 뜻이다. 나는 지금 여기, 이 옥탑방에서 산다. 달리 갈 곳이 없다. 아래층에서 나오는 세가 내 수입의 거의 대부분이다. 틸로가 계속 내 계좌로 방세를 보내고 있지만 그녀를, 혹시라도, 다시 만나게 되면 돌려줄 계획이다.

나는 그 염탐의 결과 카슈미르에 대한 생각이 바뀌었음을 인정해야겠다. 지금 이런 말을 하는 건 좀 저속하고 편의주의적인 짓으로 보일지도 모르겠다. 나도 안다—평생 전쟁만 해오다가 은퇴 후에 갑자기 경건한 반핵 평화주의자로 변신하는 장군들처럼 보일 것이다. 그들과 나의 유일한 차이라면, 나는 새로 생긴 의견을 혼자만 간직할 것이란 점이다. 하지만 그건 쉬운 일이 아니다. 내가 원하기만 하면, 그리고 잘만 하면 그걸로 제법 큰 부를 얻을 수 있을 테니까. 내가 새로운 의견을 세상에 공표하기만 하면 정치적 폭풍이 일어날 것이다. 카슈미르가 몇 년 동안의 기만적 평온 후 다시 폭발했다는 뉴스를 보았으니까.

내가 알기론 이제 더이상 보안부대가 시민을 공격하는 양상이 아니다. 이제 그 반대가 된 듯하다. 시민들—이슬람 전사가 아닌 보통 사람들—이 군인들을 공격하고 있다. 거리에서 아이들이 손에 돌멩이를 들고 총을 지닌 군인들에게 맞서고, 막대기와 삽으로 무장한 마을 주민들이 산기슭을 덮쳐 군부대들을 위압한다. 군인들이 그들을 향해 발포해 몇 명을 죽이면 시위대는 그보다 많이 늘어난다. 준군사 조직은 사람들의 눈을 멀게 하는 공기총을 사용한다—내 생각엔 그게 죽이는 것보다 낫다. 물론 홍보용으로는 더 나쁘지만 말이다. 세상은 시체 더미를 보는 데는 면역이 되었다. 하지만 눈이 먼 수백 명의 사람들의 모습에는 면역이 되어 있지 않다. 이런 말은 너무 노골적이지만, 그 시각적 호소력을 상상해보라. 하지만 심지어 그것조차도 효과가 없는 듯하다. 한 눈을 잃은 청년들이 나머지 한 눈마저 잃을 각오로 다시 거리로 나선다. 그런 분노를 무슨 수로 막을 수 있겠는가?

나는 우리가 다시 한번 그들을 무너뜨릴 수 있을 거라고—그리고 그렇게 될 거라고—확신한다. 하지만 그 모든 게 결국 무엇으로 귀결되겠는가? 전쟁. 혹은 핵전쟁. 그것이 가장 현실적인 답변일 것이다. 나는 저녁마다 뉴스를 보며 우리가 보여주는 그 무지와 어리석음에, 그리고 내가 평생 그 안에 몸담아왔다는 사실에 경악한다. 지금 내가 할 수 있는 거라곤 신문에 글을 기고하는 걸 자제하는 것뿐이다. 나는 신문에 글을 기고하지 않을 것이다. 해고된 술주정뱅이 양심적 병역 거부자, 뭐 그따위 걸로 조롱만 받게 될 테니까.

물론 나는 지금 무사에 대해 알고 있다—우리가 그가 죽은 줄 알았을 때 사실은 그가 죽지 않았다는 것을. 그는 지금까지 살아서 활동하고 있고, 물론 말할 것도 없이 나의 세입자는 처음부터 그걸 알고 있었다. 그녀가 냉동고에 숨겨놓은 물건들을 발견하는 데는 장기간의 정전 한 번이면 되었다.

그러니 어느 날 밤 문 열쇠가 돌아가고 무사가 안으로 들어와 내가 그를 보고 놀란 것보다 나를 보고 더 경악했을 때, 나의 기쁨이 얼마나 컸을지 상상해보라. 처음 몇 분간은 긴장이 가득했다. 그가 떠나려고 했으나 나는 커피라도 한잔 마시고 가라고 가까스로 그를 설득할 수 있었다. 그를 만나니 좋았다. 우리가 마지막으로 만난 건 아주 젊었을 때였다. 청년이었을 때. 이제 나는 머리가 거의 빠졌고 그는 백발이 되었다. 내가 이제 정보국에 있지 않다고 말하자 그는 안도했다. 우리는 결국 그날 밤과 이튿날의 대부분을 함께 보냈다. 우리는 많은 이야기를 나눴다—그 만남을 돌아보자니, 그가 나의 진심을 끌어낼 때 쓴 기술이 나를 조금 불안하게 한다. 그건 꼬치꼬치 캐묻기보다는 비위를 맞춰주는 형태의 호기심과 조용한 배려의 조합이었다. 어쩌면 내가 이제 더이상 '적'이 아님을 그에게 확신시켜주고 싶은 열의 때문에 결국 나 혼자 떠든 꼴이 되었는지도 모르겠다. 나는 무사가 정보국이 하는 일에 대해 너무도 상세히 알고 있는 것에 크게 놀랐다. 그는 몇몇 간부들에 대해 마치 개인적인 친구 사이라도 되는 것처럼 이야기했다. 마치 동료와 문서를 교환하고 있는 듯한 기분이었다. 하지만 그 대화는 너무도 차분하게, 거의 무심하게, 대부분이 수다에 가까운 가벼운 잡담처럼 이루어져서 나는 그가 떠난 후에야 무슨 일이 있었던 건지 깨달을 수 있었다. 우리는 정치 이야기는 하지 않았다. 틸로 이야기도 하지 않았다. 그는 부엌에 있는 재료를 가지고 내게 점심식사를 만들어주겠다고 제안했다. 물론 나는 그가 냉동고 안을 들여다보고 싶어서 그런 제안을 한 것임을 알았다. 이제 냉동고 안에는 상등품 양고기 1킬로그램뿐이었다. 나는 무사에게 그의 많은 여권들과 다른 소지품을 포함한 모든 물건들은 틸로가 원할 때 쉽게 찾아갈 수 있도록 포장해놓았다고 말했다.

우리는 카슈미르 이야기도 조금 나눴지만 추상적인 대화만 오갔다.

"결국 자네들이 옳을지도 몰라." 내가 부엌에서 그에게 말했다. "자네들이 옳을지도 모르지만, 결코 이길 수는 없을 거야."

"나는 그 반대라고 생각하는데." 그가 근사한 로간 조시 냄새가 올라오는 냄비를 저으며 미소 띤 얼굴로 대꾸했다. "결국 우리가 틀린 것으로 판명될지도 모르지만, 우린 벌써 이겼어."

나는 더이상 응수하지 않았다. 나는 인도 정부가 그 작은 땅덩어리를 지키기 위해 어디까지 갈 수 있는지 그가 알고 있었으리라 생각하지 않는다. 카슈미르는 1990년대의 상황을 학예회로 보이게 만들 정도의 무시무시한 피바다로 변할지도 모른다. 다른 한편으로는, 어쩌면 카슈미르인들이 얼마만큼 자멸적으로 변할 각오가 되었는지에 대해 내가 전혀 모르고 있었던 것인지도 모른다. 어느 쪽이 맞든, 위험은 그 어느 때보다 높았다. 어쩌면 우리는 '이긴다'는 것의 의미를 서로 다르게 이해하고 있었는지도 모르겠다.

음식은 아주 맛있었다. 무사는 느긋하고 뛰어난 요리사였다. 그가 나가에 대해 물었다. "요즘 TV에서 못 봤는데, 잘 지내나?"

묘하게도 내가 은둔자로 새 삶을 살면서 유일하게 가끔 만나는 사람이 나가다. 그는 신문사를 그만두었는데 내가 기억하는 그 어느 때보다 행복해 보인다. 어쩌면 아이러니하게도 틸로가 우리의 삶과 우리가 아는 세상으로부터 결정적이고도 확실하게 사라진 것이 우리 둘을 해방시켰는지도 모른다. 나는 무사에게 나가와 함께 라디오나 팟캐스트로 흘러간 옛 음악을 다루는 방송을 시작해볼 계획—아직은 그저 계획에 지나지 않지만—이라고 말했다. 나가가 서부음악, 로큰롤, 블루스, 재즈를, 내가 월드뮤직을 맡기로 했다. 나는 아프가니스탄, 이란, 시리아 민속음악 장르의 흥미로운, 그리고 내가 보기엔 훌륭한, 음반 컬렉션을 갖고 있다. 그 말을 하고 나니 스스로가 얄팍하고 피상적인 존재로 느껴졌다. 하지만 무사는 진짜로 흥미가 있는 듯했고 우리는 즐겁게 음악 이야기를 조금 나눴다.

이튿날 아침 그가 시장에서 작은 템포 삼륜차를 빌려왔고, 남자 둘이 상자들과 틸로의 물건들을 거기 실었다. 무사는 그녀가 있는 곳을 아는 듯했으나 말해주지 않았고, 그래서 나도 묻지 않았다. 하지만 그가 떠나기 전에 그에게 물어야만 하는, 다시 삼십 년이 지나기 전에 기필코 묻고 싶은 한 가지가 있었다. 묻지 않으면 평생 괴로울 것 같았다. 그래서 물어야만 했다. 그것을 에둘러서 표현할 수 있는 방법은 없었다. 쉬운 일은 아니었지만, 결국 나는 질문을 했다.

"자네가 암리크 싱을 죽였나?"

"아니." 그가 녹차색 눈으로 나를 보며 대답했다. "내가 안 죽였어."

그는 잠시 말이 없었지만, 나는 그의 시선에서 그가 나를 재고 있음을, 더 말을 해야 할지 말아야 할지 고민하고 있음을 알 수 있었다. 나는 암리크 싱 부부의 망명 신청서와 무사의 가짜 여권들 중 하나와 이름이 같은 미국행 비행기 탑승권을 보았다고 말했다. 나는 미국 클로비스에 있는 렌터카 회사 영수증도 우연히 발견했다. 날짜들이 일치해서 그가 그 사건과 모종의 관계가 있다는 것은 알았지만 자세한 내막은 알 수 없었다.

"그냥 궁금해서. 자네가 죽였다고 해도 상관없네. 그는 죽어 마땅한 인물이었으니까." 내가 말했다.

"난 죽이지 않았어. 자살한 거지. 하지만 우리가 그를 자살하게 만들었지."

나는 그게 도대체 무슨 뜻인지 알 수 없었다.

"나는 그를 찾으려고 미국에 간 게 아니야. 다른 일로 미국에 가 있었는데 그가 아내를 폭행해서 체포되었다는 신문기사를 보게 된 거지. 그의 주소가 공개되었네. 나는 수년간 그를 찾고 있었어. 그와 해결할 일이 남아 있었거든. 우리 중에는 그런 사람들이 많았지. 그래서 난 클로비스로 가서 탐문을 좀 한 끝에 그가 평소에 이용하는 트럭 세차장 겸 정비소에서 그를 찾아냈네. 그는 우리가 아는 살인자, 잘리브 카드리를 비롯해 많은 이들의 목숨을 앗아간 자와는 완전히 다른 사람이 되어 있었어. 그곳에서 그는 카슈미르에서처럼 처벌을 피할 인프라를 갖고 있지 못했지. 그는 겁에 질려 있었고 빈털터리였어. 하마터면 그에게 연민을 느낄 뻔했다니까. 나는 그에게 해치진 않겠다고, 다만 우리는 그가 자신이 저지른 짓들을 잊게 놔두지 않을 거라는 말을 하기 위해 온 거라고 확실하게 말했지."

무사와 나는 거리에서 이 대화를 나누고 있었다. 내가 그를 배웅하러 나간 길이었다.

"다른 카슈미르인들도 그 기사를 읽었어. 그래서 '카슈미르의 도살자'가 어떻게 살고 있는지 보려는 사람들이 클로비스로 모여들기 시작했지. 그들 중엔 기자도, 작가도, 사진가도, 변호사도…… 그냥 평범한 사람들도 있었어. 그들이 그의 직장에, 집에, 슈퍼마켓에, 길 건너에, 아이들 학교에 나타났지. 날마다. 그는 우리를 보지 않을 수 없었어. 과거를 기억하지 않을 수 없었어. 그래서 미칠 것 같았던 모양이야. 결국 그것 때문에 자폭하게 된 거지. 그러니…… 자네 질문에 대답하자면…… 아니, 난 그를 죽이지 않았어."

사람 잡아먹는 거인 같은 간호사가 아기에게 소아마비 예방주사를 놓는 그림이 그려진 학교 정문을 배경으로 서 있던 무사가 그다음에 한 말은 마치…… 마치 얼음 주사 같았다. 농담이라도 하듯 다정한, 거의 행복한 미소를 지으며 무사 특유의 가볍고 온화한 어조로 한 말이었기에 더욱 그랬다.

"언젠가는 카슈미르도 그런 식으로 인도를 자폭하게 만들 거야. 그때쯤 너희는 공기총으로 우리 모두를, 한 사람도 빠짐없이 전부 눈이 멀게 만들어버렸을 수도 있겠지. 하지만 눈이 성한 너희들은 너희가 우리에게 한 짓을 볼 수 있을 거야. 너희는 우리를 파괴하고 있는 게 아냐. 일으켜세우고 있는 거지. 너희가 파괴하고 있는 건 너희들 자신이야. 쿠다 하피즈, 가슨 씨."

그는 그 말을 남기고 떠났다. 그후로 다시는 그를 만나지 못했다.

그의 말이 옳으면 어쩌지? 우리는 거대한 나라들이 사실상 하룻밤 사이에 무너지는 걸 보아왔다. 우리가 다음 차례라면? 그 생각을 하니 신세기적 슬픔 같은 것이 가슴을 가득 채운다.

이 작은 뒷골목을 기준으로 판단하자면, 붕괴는 이미 시작되었는지도 모른다. 모든 게 갑자기 고요해졌다. 모든 건설이 중단되었다. 노동자들도 사라졌다. 창녀들과 동성애자들과 멋진 코트를 입은 개들은 어디로 갔을까? 그들이 그립다. 어떻게 그 모든 게 이토록 갑작스럽게 사라질 수 있단 말인가?

향수에 젖은 늙은 바보처럼 여기 계속 서 있을 순 없다.

상황은 나아질 것이다. 그래야만 한다.

나는 돌아가는 길에 용케 계단에서 육감적이고 입담 좋은 일층 세입자 안키타를 피해 나의 빈 옥탑방으로 올라갈 수 있었다. 이제 그곳에는 사라진 상자들과 그 속에 담긴 이야기의 유령들이 영원히 떠돌 것이다.

나만의 나약하고 우물쭈물하는 방식으로 앞으로도 영원히 사랑할 여자의 부재와 함께.

나는 어떻게 될까? 나도 조금은 암리크 싱을 닮았다—늙고, 비대하고, 겁을 먹었으며, 무사가 너무도 유창하게 '처벌을 피할 인프라'라고 칭한 것, 내가 평생 몸담아온 조직을 잃었다. 나도 자폭하게 된다면?

그럴 수도 있다—음악이 구원해주지 않는다면.

나가에게 연락해야겠다. 그 팟캐스트 아이디어를 실행에 옮겨야겠다.

하지만 우선 술을 마셔야겠다.

12
귀 키욤

무사가 잔나트 게스트하우스에서 맞이한 세번째 밤이었다. 그는 며칠 전 배달부처럼 템포 삼륜차에 상자를 가득 싣고 왔다. 그를 만나자 우스타니지의 얼굴에 생기가 도는 걸 보고 모두가 기뻐했다. 상자를 틸로의 방 벽 쪽에 쌓아놓는 바람에 그녀가 아흘람 바지와 함께 쓰는 공간이 비좁아졌다. 틸로는 무사에게 잔나트 게스트하우스에 사는 모든 사람들에 대해 자신이 아는 걸 다 말해준 상태였다. 그 마지막 밤에 그녀는 그와 침대에 나란히 누워 우르두어 실력을 뽐냈다. 그녀는 아자드 바르티야 박사에게 배운 시 한 편을 노트에 적어두었는데, 그걸 무사에게 읽어주었다.

마르 가이 불불 카파스 메인
케 가이 사이야드 세
아프니 수네리 간드 메인

투 툰스 레 파슬-에-바하르*

"자살 폭탄 테러범의 성가聖歌 같군." 무사가 말했다.

틸로는 아자드 바르티야에 대해, 잔타르만타르에서(앞에서 말한 밤, 당일 밤, 전술한 밤, 이제부터 '그 밤'이라고 부르게 될 밤이 지난 후 아침에) 그가 경찰의 질문에 그 시로 응답한 일에 대해 이야기했다.

"내가 죽으면 이걸 묘비명으로 하고 싶어." 틸로가 웃으며 말했다.

아흘람 바지가 무덤 안에서 욕지거리를 하고 돌아누웠다.

무사는 틸로가 시를 적어놓은 페이지의 옆쪽을 흘끗 보았다.

거기엔 이렇게 적혀 있었다.

산산조각이

난

이야기를

어떻게

말해야

할까?

서서히

모든

* 그 어린 새는 새장 안에서 죽었다. / 이런 말을 포획자에게 남기고— / 제발 봄의 수확을 가져가 / 당신의 금칠한 엉덩이에 처넣어요. (원주)

사람이

되어서.

아니.

서서히 모든 것이 되어서.

그건 생각해볼 문제라고, 그는 생각했다.

그 글귀는 무사로 하여금 자신의 오랜 사랑, 그녀의 이상함이 그에게는 너무도 소중한 것이 되어버린 여자를 돌아보고 꽉 끌어안게 했다.

무사에게 틸로의 새 보금자리는 암리크 싱이 죽인 젊은 택시 기사 뭄타즈 아프잘 말리크를, 들판에서 발견되어 가족에게 인도된 그의 시신의 양 주먹에 흙이 들어 있었고 손가락 사이로 겨자꽃이 자라고 있었다는 이야기를 연상시켰다. 무사는 그 이야기를 잊을 수 없었다—어쩌면 그건 그 안에 희망과 슬픔이 너무도 단단하게, 도저히 떼려야 뗄 수가 없게, 한데 엮여 있기 때문이었을 것이다.

그는 내일 아침 카슈미르로, 오랜 전쟁의 새 국면으로 들어갈 예정이었고, 이번에는 돌아오지 않을 터였다. 그는 자신이 원하는 방식으로, 아살 부츠를 신고 죽게 될 것이었다. 그리고 자신이 원하는 방식으로—이름 없는 무덤에 얼굴 없는 남자로—묻히게 될 터였다. 그의 자리를 대신할 그보다 더 젊은 남자들은 그보다 더 강경하고, 편협하고, 무자비할 터였다. 그들은 전쟁밖에 모르는 세대에 속해 있어서 어떤 전쟁에서라도 이길 공산이 클 것이었다.

틸로는 카디자에게서 소식을—웃고 있는 젊은 무사와 굴-카크의 사진을—받게 될 것이었다. 카디자는 그 사진 뒷면에 굴레즈 대장과 굴레즈 대장은 이제 함께 있다, 라고 쓸 터였다. 틸로는 무사의 죽음에 깊은 슬픔을 느끼겠지만, 슬픔으로 무너지진 않을 것이었다. 그에게 주기적으로 편지도 쓰고, 만신창이가 된 묘지의 천사들이 그녀를 위해 두 세계 사이의 문을 (불법적으로) 열어주어 그 틈으로 그를 자주 찾아갈 수 있으니까.

그 천사들의 날개에선 닭장 바닥 냄새가 나지 않았다.

틸로와 무사는 함께 보내는 마지막 밤에, 마치 방금 만난 것처럼 서로를 껴안고 잤다.

안줌은 그 밤에 마음이 싱숭생숭해서 잠을 이룰 수 없었다. 그녀는 묘지를 돌며 자신의 사유지를 점검했다. 그녀는 잠시 봄베이 실크의 무덤에 멈추어 기도를 올리고 등에 업힌 미스 우다야 제빈에게, 자신이 치틀리카바르의 팔찌 장수에게서 팔찌를 사고 있는 봄베이 실크를 처음 보고 갈리다코탄까지 그녀를 따라갔던 이야기를 들려주었다. 그녀는 몸을 굽혀 베굼 레나타 뭄타즈 마담의 무덤에 로샨 랄이 가져다놓은 꽃 한 송이를 집어 마세 동무의 무덤에 놓았다. 그 작은 재분배 행위로 그녀의 기분은 한결 나아졌다. 그녀는 만족감과 성취감에 젖어 잔나트 게스트하우스를 돌아보았다. 그리고 충동적으로, 미스 우다야 제빈을 데리고 잠깐 밤마실을 나가 주변 환경에 익숙해지게 해주고 도시의 불빛도 구경하자고 결정했다.

그녀는 시체안치소를, 그리고 대로변에 세워놓은 병원차 옆을 지났다. 그 시간엔 교통량이 많지 않았다. 그래도 안전을 위해 보도를 벗어나지 않고, 주차된 릭샤와 잠든 노숙자들 사이를 걸었다.

그들은 턱수염에 가시철사 한 가닥을 매단 알몸의 마른 남자를 지나쳤다. 그는 손을 들어 인사한 후 출근에 늦기라도 한 양 서둘러 걸어갔다. 미스 우다야 제빈이 "엄마, 쉬 쉬!" 하자 안줌은 그녀를 가로등 아래 앉혔다. 미스 우다야 제빈은 엄마에게 시선을 고정한 채 오줌을 누고는 엉덩이를 들어, 자신이 만든 웅덩이에 비친 밤하늘과 별들과 천 년 묵은 도시를 신기한 듯 바라보았다. 안줌은 그녀를 일으켜세운 뒤 키스하고 집으로 데려갔다.

그들이 묘지로 돌아왔을 때는 모든 불이 꺼지고 모두가 잠든 후였다. 모두라 함은 쇠똥구리 귀 키욤은 제외한 것이었다. 그는 말똥말똥한 정신으로 근무를 서고 있었다. 혹시 하늘이 무너지면 세상을 구하기 위해, 바닥에 등을 대고 누워 공중으로 다리를 뻗은 채로. 하지만 그조차도 결국엔 모든 게 다 괜찮을 것임을 알고 있었다. 그렇게 될 것이다. 그래야만 하니까.

왜냐하면 미스 제빈, 미스 우다야 제빈이 왔으니까.

감사의 말

나는 아래에 소개할 이들로부터 받은 사랑과 우정을 엮어 카펫을 짰고, 이 책을 쓰는 데 걸린 여러 해 동안 그 카펫 위에서 생각하고, 자고, 꿈꾸고, 도망치고, 날아다녔다. 그들에게 감사를 전한다.

존 버거, 내가 시작하도록 도와주고 끝날 때까지 기다려주었다.

마양크 오스틴 수피와 아이자즈 후세인. 그들은 이유를 안다. 그래서 굳이 말할 필요가 없다.

파르바이즈 부크하리. 이하 동문.

쇼히니 고시, 내 계획을 망친 사랑스럽고 무모한 여인.

자웨드 나크비, 음악과 사악한 시, 백합이 가득한 집을 제공해주었다.

우스타드 하미드, 두 개의 음 사이에서 스카이다이빙도, 스노클링도, 행글라이딩도 할 수 있음을 보여주었다.

다야니타 싱, 언젠가 그와 함께 거닐다가 아이디어가 발화되었다.

미나 바자르의 문니와 시고리, 장시간 함께 수다를 떨어주었다.

진잔비 가족: 사비하와 나시르-울-하산, 샤히나와 무니르-울-하산은 샤자하나바드의 집을 제공해주었다.

타룬 바르티야, 프라샨트 부샨, 모하메드 주나이드, 아리프 아야즈 파라이, 쿠람 파르베즈, 파르베즈 임로제, P.G. 라술, 아르준 라이나, 지텐드라 야다브, 아슈윈 데사이, G.N. 사이바바, 로나 윌슨, 난디니 오자, 슈리파드 다르마디카리, 히만슈 타케르, 니킬 데, 아난드, 디온네 분사, 치타루파 팔리트, 사바 나크비, 순닐 사르다르 목사, 이들의 통찰력은 '성자'의 토대가 되었다.

사비트리와 라비쿠마르, 함께 여행하고 많은 도움을 주었다.

J. J. (제기랄.) 하지만 그녀는 여기 어딘가에 있다.

리베카 존, 찬데르 우다이 싱, 자와하르 라자, 리샤브 산체티, 하시 보라, 데슈판데 씨와 아크샤야 수다메, 내가 감옥에 가지 않도록 해준 이들이다. (지금까지는.)

수재나 리아와 리젯 베르헤이건, 지복의 세계적인 대사들이다. 헤더 고드윈과 필리파 시터스, 베이스캠프를 지켜주었다.

데이비드 엘드리지, 탁월한 표지 디자이너. 이십 년 간격으로 나온 나의 두 책을 맡아주었다.

아이리스 와인스타인, 완벽한 페이지들을 만들어주었다.

엘리 스미스, 세라 카워드, 아르피타 바수, 조지 웬, 벤저민 해밀턴, 마리아 매시, 제니퍼 쿠르딜라. 꼼꼼한 교정자, 깐깐한 교열자, 대서양 쉼표 전쟁의 눈부신 주역들.

판카지 미슈라, 여전히 최초의 독자.

로빈 데서와 사이먼 프로서. 꿈의 편집자들.

소니 메타, 메루 고칼레(소울 푸드까지 제공해준), 한스 위르겐 발메스, 앙투안 갈리마르, 루이지 브리오스키, 호르헤 에랄데, 도로테아 브롬베리, 그리고 내가 개인적으로 만나지 못한 다른 모든 경이로운 발행인들.

수만 파리하르, 모하메드 수몬, 크리슈나 보트, 야쇼크 쿠마르, 내가 어려움을 겪을 때 물밑으로 가라앉지 않게 해주었다.

수지 큐, 모바일 정신과의사이자 소중한 친구이자 런던 최고의 택시운전사.

크리슈난 테와리, 샤르밀라 미트라, 디파 베르마, 나에게 날마다 땀과 온전한 정신, 웃음을 주었다.

존 큐잭, '플리덤 차터Fleedom Charter'의 공동입안자인 최고 멋쟁이.

이브 엔슬러와 빈디아 타파르. 사랑하는 사람들.

마리 로이, 이 세상에 둘도 없는 내 어머니, 가장 특별한 사람.

나의 형제 LKC, 나의 온전한 정신의 수호자. 그와 올케인 마리 부부는 나처럼 살아남았다.

골라크. 가자. 가장 오랜 친구.

미트바와 피아, 딸들, 아직 나의 것인.

데이비드 고드윈, 날아다니는 대리인이자 최고의 남자. 그가 없다면.

앤서니 아노브, 동지이자 대리인이자 발행인이자 바위.

프라디프 크리셴, 여러 해 동안의 연인이자 명예의 나무.

산자이 카크. 동굴. 언제나.

그리고

베굼 필티 잔과 마티 K. 랄. 생명체들.

특별한 감사의 말

바구미 교수가 바구미 학생들에게 낭독하는 구절은 존 그레이의 『하찮은 인간, 호모 라피엔스』에서 인용한 것이다.

노랫말 '어둠에서 빛으로 빛에서 어둠으로'는 이오아나 기카의 노래 〈Gone〉에서 가져왔다.

「두니야 키 메필론 세 우크타 가야 훈 야 라브」는 알라마 이크발의 시다.

아리파 예스위의 묘비 2행 연구는 아메드 파라즈의 것이다.

인용 허가

copyright © 1991, 2001 by Willian O'Daly. Reprinted with the permission of The Permissions Company, Inc., on behalf of Copper Canyon Press, www.coppercanyonpress.org.

189쪽의 인용문: 아가 샤히드 알리, *The Country Without a Post Office*에 실린 「Muharram in Srinagar, 1992」에서 발췌. Copyright © 1997 by Agha Shahid Ali. Used by permission of W.W. Norton & Company, Inc.

283쪽의 인용문: 장 주네, *Our Lady of the Flowers*(버나드 프렉트먼 역)에서 발췌. Copyright © Jean Genet, 1943, 1951, 1964, 1973. Translation copyright © Bernard Frechtman, 1943, 1951, 1964, 1973. Reproduced by permission of Faber & Faber Ltd.

311쪽의 노래: 〈No Good Man〉, 아이린 히긴보텀, 댄 피셔, 새미 갤럽 작사 및 작곡, copyright © 1944, Universal Music Corp. Universal/MCA Music Limited. All Rights Reserved. International Copyright Secured. Used by permission of Music Sales Limited; copyright © 1945 (renewed), Sammy Gallop Music Company (ASCAP). All rights on behalf of Sammy Gallop Music Company administered by WB Music Corp.

355쪽의 노래: 〈Gone〉, 조애나 가이커스 작사 및 작곡, copyright © UPG Music Publishing, 2012. Universal/MCA Music Limited. All Rights Reserved. International Copyright Secured. Used by permission of Music Sales Limited.

407쪽의 인용문: The Baldwin Estate의 허가하에 Penguin Classics에서 출간된 제임스 볼드윈의 *The Fire Next Time*에서 인용하도록 허락해주신 것에 대해 감사드립니다.

474~475쪽의 노래: 〈Winter Lady〉, 레너드 코언 작사 및 작곡, copyright © Sony/ATV Songs LLC, 1966. Chrysalis Songs Limited. All Rights Reserved. International Copyright Secured.

486쪽의 시: 오시프 만델시탐, *Selected Poems*(제임스 그린 역, Penguin Books; copyright © James Greene, 1989, 1991); by permission of Angel Books.

519쪽의 인용문: 나데즈다 만델시탐, *Hope Against Hope*(맥스 헤이워드 역, Harvill Press)에서 발췌. Reprinted by permission of The Random House Group Ltd. Copyright © Atheneum Publishers, 1970.

히즈라의 공동묘지 파라다이스

1997년에 데뷔소설 『작은 것들의 신』을 발표하여 인도 여성 작가로는 최초로 부커상을 받으며 단숨에 세계적인 작가의 반열에 오른 아룬다티 로이는 상금과 인세를 NBA(나르마다강 보전운동)라는 단체에 기부하여 또다시 화제를 모았다. NBA는 개발이라는 미명하에 나르마다강을 따라 수천 개의 댐을 만들면서 숲과 농경지를 수장시키고 주민들의 보금자리를 빼앗는 정부 정책을 저지하기 위해 인도 지식인들이 중심이 되어 결성한 풀뿌리 단체다. 아룬다티 로이는 「공공의 더 큰 이익」이라는 에세이를 통해 댐 건설의 폐해를 규탄했을 뿐만 아니라 시위에 직접 참여했다가 체포되기도 했다. 이후에도 그녀는 부커상 수상이라는 화려한 스포트라이트 아래 정치운동가이자 인권 옹호가, 환경운동가로 왕성하게 활동을 계속했고, 에세이 「상상력의 종말」을 비롯해 인도의 핵실험, 정치적 부패, 힌두 극단주의를 고발하는 다수의 논픽션을 써냈다. 그 결과 사회적, 경제적, 환경적 정의를 위해 헌신한 공로를 인정받아 2002년 라난 재단 문화자유상을 수상하고, 2014년에는 〈타임〉지가 선정한 '세계에서 가장 영향력 있는 100인'에 오르기도 했다.

2007년, 아룬다티 로이가 두번째 소설을 쓰고 있다는 소식이 전해지면서 그녀의 첫 소설에 매료되어 열렬한 팬이 된 독자들은 설레는 마음으로 두번째 소설의 탄생을 기다렸지만, 몇 해가 지나도록 출간 소식은 들려오지 않았다. 그녀에게 소설 쓰기는 오랜 시간을 두고 천천히 진행되는 작업이었다. 한편, 그녀가 "긴급한 개입"이라고 부르는 논픽션 작품들은 꾸준히 발표되어 일각에서는 그녀가 논픽션 작가로 완전히 전향한 것은 아닌가 하는 추측이 일었다. 하지만 그녀는 〈가디언〉지와의 인터뷰에서 그런 우려를 불식시키는 고백을 한다. "나에게 소설보다 중요한 것은 없다. 그것이 근본적인 나다. 나는 이야기꾼이다. 나에겐 그것이 세상을, 세상사의 모든 춤들을 이해하는 유일한 방식이다." 마침내 2017년, 첫 소설과 이십 년의 간격을 두고 『지복의 성자』가 세상의 빛을 본다.

『지복의 성자』에는 마치 모든 유형의 인도인들이 들어 있기라도 한 것처럼 무수한 인물들이 등장하지만, 그 중심에는 관습적으로 인간을 나누는 가장 기본적인 기준인 '성별'이 모호한 돌연변이 안줌이 자리한다. 안줌은 남자도 아니고 여자도 아닌 동시에 남자이기도 하고 여자이기도 한 제3의 성, 힌두어로는 '히즈라'다. 안줌은 델리의 구도심 샤자하나바드에서 몽골 황제 칭기즈칸의 후손임을 긍지로 여기는 무슬림 하킴(전통 의사)의 네번째 아이로 태어난다. 첫 아이를 임신했을 때부터 아들이 태어나면 이름을 아프타브로 짓기로 하고 아들을 간절히 기다렸지만 딸만 내리 셋을 낳은 안줌의 부모는 산파가 아들의 탄생을 알리자 세상을 다 얻은 듯 기뻐한다. 하지만 안줌의 어머니는 다음날 아이의 남아 성징 아래에 있는 여아 성징을 발견하고 슬픔과 절망의 나락으로 굴러떨어진다. 그녀의 언어 우르두어에는 사람뿐 아니라 모든 생명체, 심지어 카펫이나 옷, 책 같은 것들에도 성이 있어서 남성 아니면 여성인데 그녀의 아기는 성이 모호했던 것이다. 안줌의 부모는 두 개의 성을 가진 아이를 아들 아프타브로 키우기 위해 여아 성징을 봉합하는 수술비를 모으는 한편 아이에게 사나이의 기상을 심어주려 애쓴다. 하지만 우연히 시장에서 여장을 한 히즈라를 본 안줌은 그(그녀)에게 매료되어 열다섯 살 때 부모님 곁을 떠나 히즈라들의 세계 콰브가로 들어간다.

'꿈의 집'을 뜻하는 콰브가는 안줌이 억눌렸던 여성성을 마음껏 펼칠 수 있는 해방과 자아실현의 장이 된다. 콰브가에서 여자의 삶을 택한 안줌은 남성 성기를 제거하고 여성성을 강화시켜주는 호르몬제를 복용한다. 그리고 어느 날 우연히 사원 계단에서 울고 있는 세 살쯤 된 여자아이 자이나브를 발견하면서 '엄마'가 된다. 엄마 안줌은 이제 콰브가 밖 세상으로 돌아가 딸을 키우며 보통 사람처럼 살고픈 야망을 품는다. 그러던 중 유치원에 들어간 자이나브가 이유 없이 시름시름 앓자 아이의 복을 빌러 아지메르에 갔다가 구자라트를 경유하게 되고, 그곳에서 구자라트 폭동을 겪는다.

2002년 극우 힌두교도가 수천 명의 무슬림을 학살한 구자라트 폭동은 인도 역사상 가장 잔혹한 종교 폭동 중 하나다. 안줌은 요행히 목숨을 건져 콰브가로 돌아오지만 그 참상의 충격을 떨쳐내지 못하고 딴사람처럼 변한다. 결국 그녀는 콰브가 식구들과 불화를 겪게 되고 어린 딸마저 자신을 멀리하자 삼십 년 넘게 살아온 콰브가를 떠나 홀로 공동묘지로 들어간다. 그녀는 아버지 무덤 근처에 양탄자를 깔고 망자들과 더불어 살게 되고 몸단장도, 머리 염색도 중단하여 어느덧 공동묘지에 어울리는 섬뜩한 몰골이 된다.

시간이 지나면서 슬픔에서 벗어난 안줌은 다시 몸단장을 시작하고, 무덤들 사이에 방들을 꾸며 '잔나트 게스트하우스'를 만든다. '잔나트'는 파라다이스라는 뜻이다. 안줌의 공동묘지 게스트하우스는 세상에서 밀려나 오갈 데 없는 신세가 된 사람들에게 따듯한 보금자리가 되어준다. 그리고 어느 날 매춘부라는 이유로 장례식장에서 받아주지 않는 여자의 시신을 목욕시켜 장례를 치러주면서 그곳은 게스트하우스 겸 장례식장이 된다. 이제 이 공동묘지 파라다이스는 산 사람들뿐 아니라 죽은 사람들까지 품게 된 것이다.

델리의 잔타르만타르. 공인된 시위 장소인 이 광장에는 "공산주의자, 폭동 선동가, 분리독립 지지자, 혁명가, 몽상가, 게으름뱅이, 코카인 중독자, 괴짜, 온갖 프리랜서" 등 갖가지 시위자들이 모여든다. 그곳에 검은 피부를 가진 여자 아기가 버려지고, 마침 그곳에 있던 안줌과 친구들은 아기가 경찰 손을 거쳐 고아원에 넘겨지는 일을 막으려 애쓴다. 그 와중에 한 여자가 혼란을 틈타 아기를 데려간다. 그 여자는 틸로, 이 소설의 또다른 중심인물이다.

케랄라 출신에, 홀어머니 밑에서 자라 델리의 건축학교를 나왔다는 점에서 작가 아룬다티 로이의 분신이라고도 할 수 있는 틸로는 1984년 대학 연극 연습에서 세 남자, 무사와 나가, 비플랍을 만난다. 무사는 틸로와 같은 건축학부에 다니는 과묵한 카슈미르 남자이고, 나가와 비플랍은 어릴 적부터 친구 사이인 상류층 출신의 델리대학 역사학도들이다. 이 세 남자 모두 틸로를 사랑하지만 틸로가 진심으로 사랑하는 사람은 무사뿐이다. 하지만 무사와 틸로의 사랑 역시 이루어지지 못한다. 대학 졸업 후 틸로는 델리에 남아 건축 일을 하고, 무사는 카슈미르로 돌아가고, 비플랍은 인도 정보국에 들어가고, 나가는 언론인이 되면서 그들은 뿔뿔이 흩어진다.

1996년, 네 친구는 분리독립운동으로 들끓던 카슈미르에서 재회한다. 무사는 정부군이 무고한 시민들을 향해 쏜 총에 아내와 어린 딸을 잃은 후 정부에 맞서 싸우는 전사가 되었고, 틸로는 무사의 은밀한 연락을 받고 카슈미르에 오게 되었으며, 정보국 소속의 비플랍과 신문기자 나가는 마침 그곳에서 근무중이었다. 위기에 빠진 틸로가 비플랍에게 구조 신호를 보내면서 한 여자와 세 남자의 운명은 다시 뒤얽히고, 십여 년이 지난 현재 틸로는 델리에 있는 비플랍의 집 삼층에서 세입자로 살고 있다.

잔타르만타르에서 아기를 데려온 틸로는 안줌의 잔나트 게스트하우스 겸 장례식장으로 거처를 옮긴다. 얼마 후 아기의 생모 레바티가 쓴 편지가 도착하는데, 거기 아기의 출생에 관한 사연이 담겨 있다. 인도 공산당(마오쩌둥주의) 게릴라였던 레바티는 여섯 명의 경찰에게 잡혀 그들에게 윤간을 당한다. 그 사건으로 아버지가 누구인지도 모르는 아기를 임신하고, 숲에서 홀로 아기를 낳은 그녀는 처음 아기를 본 순간 증오심에 차서 아기 머리에 총구를 갖다대지만 차마 죽이지 못한다. 그녀는 해가 뜰 무렵에 태어난 아기에게 '일출'이라는 뜻의 우다야라는 이름을 지어주고, 정의로운 사람들이 모여서 시위를 벌이는 잔타르만타르에 아기를 버린 후 세상을 떠난다. 아기는 이렇듯 기구하게 태어났지만 잔타르만타르를 거쳐 안줌의 공동묘지 파라다이스로 오면서 귀하디귀한 존재로 자라게 된다. 아기에겐 죽은 엄마 외에도 두 엄마(안줌과 틸로)가 더 있는 데다 다정한 식구들도 많아서 그들 품에서 넘치는 사랑을 받게 된 것이다.

첫 소설 『작은 것들의 신』이 한 가족의 이야기였다면, 아룬다티 로이가 오랜 세월 사회운동가로 활약하면서 쓴 『지복의 성자』는 인도의 이야기라고 할 수 있다. 이 긴 소설에서는 부패한 정치와 사회, 힌두교도와 이슬람교도 간의 무자비한 종교 분쟁, 구시대적인 카스트제도, 상상을 초월하는 빈부격차의 굴레 아래 신음하는 현대 인도인들의 슬픈 사연이 천일야화처럼 끝도 없이 이어진다. 그리고 그 사연들을 퍼즐 조각처럼 하나씩 맞춰가다보면 인도라는 혼돈의 나라가 그 곤혹스러운 실체를 드러낸다. 인도는 피와 눈물을 너무 많이 흘리고 있는, 그래서 무수한 신들과 성자들이 필요한 땅이다.

그 무수한 신들과 성자들 중에서 히즈라 안줌이 의지한 대상은 사르마드다. 사르마드는 17세기 아르메니아 상인이자 시인으로 힌두교인 소년을 사랑하여 인도로 건너오게 되었으며, 아우랑제브 황제가 칼리마(알라 외에 신은 없고 마호메트는 알라의 사도다)를 암송하여 진정한 이슬람교도임을 증명하라고 명령하자 첫 구절 '신은 없다'만 암송하며 자신은 아직 충심으로 알라를 받아들일 수 없다고 주장하여 목이 잘린다. 인도인들은 굴종하지 않는 자유와 사랑을 추구한 그의 정신을 기려 영묘를 만들고 그를 '지복의 성자'이자 '위로받지 못한 자들의 성인'으로 추앙하게 된다. 그는 힌두교인 소년과 동성애를 나눴기에 안줌처럼 '정확히 규정될 수 없는 자들'의 수호성인이기도 하다. 그런데 동성을 사랑하고 권력과 종교에의 귀속을 거부했으며 그로 인해 끝내 비극적인 죽음을 맞이한 아웃사이더가 어떻게 '지복의 성자'가 될 수 있었을까? 그건 인도인들이 추구하는 행복이 현실의 높은 장벽을 뛰어넘어 세상의 모든 존재들에게 공평하게 닿을 수 있는 고귀한 가치들의 구현이기 때문이 아닐까?

콰브가에서 안줌과 함께 살던 님모는 신이 히즈라를 만든 건 하나의 실험이었다고, 신은 행복할 수 없는 생물체를 만들어보기로 했던 거라고, 남자도 될 수 없고 여자도 될 수 없는 히즈라의 문제는 영원히 해결될 수 없는 것이라고 말한다. 하지만 안줌은 불굴의 의지로 숱한 고난을 견뎌내며 그 문제를 해결한다. 그녀가 평생 꿈꾸던 여성성의 궁극적 발현인 '엄마'가 된다. 안줌은 자이나브와 우다야만의 엄마가 아니라 세상에서 밀려나 잔나트 게스트하우스 겸 장례식장을 안식처로 삼은 모든 이들의 어머니이기도 하다. 영원히 행복해질 수 없는 운명을 갖고 태어난 저주받은 히즈라가 위대한 어머니, 지복의 성자로 거듭난 것이다. 그리고 학교와 수영장, 동물원까지 갖춘 안줌의 잔나트 게스트하우스 겸 장례식장은 비록 황폐한 공동묘지에 자리하고 있지만 정의, 평등, 자유, 사랑이 구현된 지복의 성자의 작은 파라다이스다.

민승남

옮긴이 **민승남**
서울대학교 영어영문학과를 졸업하고 현재 전문 번역가로 활동중이다. 옮긴 책으로 『시핑 뉴스』『솔라』『넛셸』『사실들』『빌리 린의 전쟁 같은 휴가』『상승』『사이더 하우스』『한낮의 우울』『완벽한 날들』『빨강의 자서전』『밤으로의 긴 여로』『멀베이니 가족』『아웃 오브 아프리카』 등이 있다.

문학동네 세계문학
지복의 성자

1판 1쇄 2020년 2월 3일 | 1판 3쇄 2020년 3월 17일

지은이 아룬다티 로이 | 옮긴이 민승남 | 펴낸이 염현숙

책임편집 이봄이랑 | 편집 윤정민 오동규 | 모니터링 이희연
디자인 최윤미 이원경 | 저작권 한문숙 김지영 이영은
마케팅 정민호 정진아 함유지 김혜연 김수현
홍보 김희숙 김상만 오혜림 지문희 우상희 김현지
제작 강신은 김동욱 임현식 | 제작처 한영문화사

펴낸곳 (주)문학동네
출판등록 1993년 10월 22일 제406-2003-000045호
주소 10881 경기도 파주시 회동길 210
전자우편 editor@munhak.com | 대표전화 031) 955-8888 | 팩스 031) 955-8855
문의전화 031) 955-8896(마케팅) 031) 955-1929(편집)
문학동네카페 http://cafe.naver.com/mhdn | 트위터 @munhakdongne
북클럽문학동네 http://bookclubmunhak.com

ISBN 978-89-546-7024-1 03840

잘못된 책은 구입하신 서점에서 교환해드립니다.
기타 교환 문의: 031) 955-2661, 3580

www.munhak.com